蓝盔丹心铸和平

中国第一支赴利比里亚维和警察防暴队战地日记

高学德 ◎ 著

人民日报出版社

图书在版编目（CIP）数据

蓝盔丹心铸和平 / 高学德著. — 北京：人民日报出版社，2015.1
ISBN 978-7-5115-3027-1

Ⅰ.①蓝… Ⅱ.①高… Ⅲ.①新闻报道－作品集－中国－当代 Ⅳ.①I253

中国版本图书馆CIP数据核字（2015）第023235号

书　　名：	蓝盔丹心铸和平
作　　者：	高学德
出 版 人：	董　伟
责任编辑：	程文静　郭晓飞
封面设计：	金　刚
出版发行：	人民日报出版社
社　　址：	北京金台西路2号
邮政编码：	100733
发行热线：	（010）65369527　65369512　65369509　65369510
邮购热线：	（010）65369530
编辑热线：	（010）65363524
网　　址：	www.peopledailypress.com
经　　销：	新华书店
印　　刷：	北京鑫瑞兴印刷有限公司
开　　本：	710mm×1000mm　1/16
字　　数：	370千字
印　　张：	20.5
印　　次：	2015年4月 第1版　2015年4月 第1次印刷
书　　号：	ISBN 978-7-5115-3027-1
定　　价：	42.00元

目 录
CONTENTS

出版背景 / 1
序言 / 2
一、国外生活，在荒芜之地建起中国城

吃

落空的烙饼计划 / 6
早餐总是方便面 / 7
只能保证吃饱但不能保证吃好 / 8
苦地瓜秧也成了稀罕货 / 10
终于喝上了放心水 / 11
吃上我们自己种的菜啦 / 12
肉多菜少难坏人 / 13
巡逻队员发明热乎乎的外勤套餐 / 15
巧妇专做无米炊 / 16
三餐变两餐 / 17

建

6名先遣队员夜以继日 / 18
15天建成中国警营 / 20
营院实现真正封闭 / 21
开辟任务区菜地 / 23
像搞试验一样种菜 / 24
海边试种的黄瓜开花了 / 26

人人都是发明家 / 27
电子监控设备遍布营区 / 28
在沙地上牢固立起国旗杆 / 29
五星红旗迎风飘扬 / 31
雪中送炭最暖心 / 31
营区及周边至少埋藏着上千武器 / 32
创新工具大比拼 / 33
防雷防雨有奇招 / 34
比金钱更宝贵的奖励 / 35
营区里测到3G信号 / 37
第一次和家人通话像过年 / 38
住进空调房 / 39
动物和人做朋友 / 40

文体

第一个休息日 / 42
维和生活满月了 / 43
期待已久的电影是国产功夫大片 / 45
看行业报、听新闻联播凝心聚力 / 46
唱歌比赛弘扬中国警察精神 / 48
真情演讲再现艰难困苦 / 49
竞技娱乐文体活动有声有色 / 50
羽毛球比赛获亚军 / 52
多项文体设施受联合国同行欢迎 / 53
看球、巡防两不误 / 54
汇报演出感人至深 / 55

节

联合国日 / 56
感恩节 / 57
平安夜 / 58
春晚 / 60
除夕 / 61
初一 / 63
年夜饭 / 64
元宵节 / 65
党日 / 66
国际维和人员日 / 67

医疗

消毒防蚊费尽心机 / 68
军医在行动 / 70
秘治防蛇包 / 71
又一例疟疾患者成功治愈 / 72
"埃博拉"来了 / 73
心理咨询随队服务 / 74

祖国关爱

前方维和,后方慰问 / 76
上级领导带来的特殊礼物 / 77
维和警察保险说明书 / 78

二、异域风采,这里是非洲

动物凶猛

成群马蜂突如其来围攻 / 82
无孔不入毒蚂蚁 / 83
吃肉喝血芒果蝇 / 85
执勤时与金钱豹面对面 / 86
蟒蛇大战黄鼠狼 / 87
不明蛇种藏身菜地 / 88
毒蛇比敌人还可怕 / 89
大蛇进入营区后又返回 / 90
老鼠趁机蹿入宿舍做窝 / 92
野狼将联合国人员扑倒在地 / 93
蚊虫多到拍坏蚊蝇拍 / 94
晾衣服遭遇老鹰追赶袭击 / 95

淳朴非洲

普通的黑人家庭每天只吃一顿正餐 / 96
人权是当地人最大的保障 / 98
经历长期内战,看透生死 / 99
驻非机构办公环境人均不足 2 平方米 / 101
示范镇警民和谐 / 102
西非最好酒店枪炮痕迹累累 / 103
首都人气最旺的地方是中国人一条街 / 105

三、苦辣酸甜，说不完的队员故事

以苦为乐

最能吃苦最能干活最负责任的联络官 / 108
最睡不着觉的执勤队员 / 109
最让人心疼的女值勤官 / 110
最使人骄傲的女警 / 112
最具贡献的种菜组 / 114
最孤单的民警 / 115

90后与70后

技术最好的电焊工 / 117
出勤、排险最多的队员 / 118

想家的时候

参加维和任务最多的队员 / 119
身兼数职的全能型队员 / 121
家书背后的队员 / 123
对家人最愧疚的队员 / 124
把所有费用都用于和家人沟通的队员 / 126
夫唱妇随的队员 / 127

特殊经历

战胜疾病，最值得学习的队员 / 129
被生死接力的队员 / 130
成为联合国宣传画主角的队员 / 132

技术尖兵

最多才多艺的队员 / 133
最具创作精神的文艺骨干 / 134
发明最多的队员 / 135
身负特殊技能的队员 / 137
量化考核取得100分的队员 / 138
公认的特战尖兵 / 139
海外民事警察最特殊的一员 / 140

四、国际关系见证大国风采

　　　　　　　　　　　与巴基斯坦
中巴关系为什么这么好 / 144
外国友人给我们包饺子 / 145

　　　　　　　　　　　与乌克兰
乌长官借拜年传递心声 / 147
航拍照片赠予我方做礼物 / 148
方便面与警犬的故事 / 149

　　　　　　　　　　　与印度
印防暴队在庆典上表演中国太极拳 / 151

　　　　　　　　　　　与瑞典
向我队员敬礼表达崇敬 / 152

与尼泊尔
我军医急救窒息患者 / 154
300 多枚防暴弹 300 公里顺利移交 / 155

与联利团
搭建便民服务站 / 156
配合军事观察员圆满完成任务 / 157
离职人员念念不忘我防暴部队 / 159
急难援手彰显大国风范 / 160
营区外交卓有成效 / 161
友谊来自日积月累 / 162
热心公益获通报表扬 / 164
公益活动堪为 38 个国家警队表率 / 165
会议期间热衷听中国人讲中国故事 / 166

五、积极援建，中非一家亲

修路建桥
爱心桥最受当地人欢迎 / 170
积极修路改善落后交通 / 171

助学、医疗
全州最大的公立学校缺少桌椅板凳 / 172
全团集体资助好青年 / 173
把爱心送给更多贫困儿童 / 175
助力贫困者实现大学梦 / 176
一本工具书使校长落泪 / 177
全州10万民众仅有一名医生 / 178

教汉语和武术
当地人学会了几十个常用汉语 / 180
首期武术班接收一名女学员参加 / 181
学会中国功夫成为当地受尊重的标志 / 183

警力培训及支援
当地执法人员首次接触电脑充满新鲜感 / 184
"避免和犯罪嫌疑人面对面" / 185
防暴队轮流培训当地执法部门 / 186
参训警员均通过严格考核 / 188
警员从入警到退休只有一件警服 / 188
教学培训受到普遍欢迎 / 190
缺乏关押场所，警局成看守所 / 191
与"泼辣女警"协同执法 / 193
教授女警近身防卫术和单警擒拿格斗套路 / 194
整个行政州各类案件发案率同比下降30% / 196

援物
给当地女性的贴心礼物 / 197
节省方便面派发群众 / 199

六、工作值勤，扬威国外

会议、纪律
中国维和警察信什么"宗教" / 202
日日夜夜总结归纳出《勤务守则及注意事项》 / 204
防暴队重要会议简洁高效 / 205
把决策执行时间压缩到最短 / 206

纪律源自自律
纪律源自自律 / 207
用对方喜欢的方式打招呼 / 209
面对联利团和日常执勤总结出工作要点 / 211
回国不得带象牙等违规物品 / 212
当地俱乐部感叹赚不到中国警察的钱 / 214
行动规范均以维和人员标准作业程序为标准 / 215
物品标注事无巨细，只为方便轮值警队 / 216
从无人区到国外的爱国教育基地 / 217

备勤、站岗
确保再远执勤也能联络到 / 219
"千里眼"与"顺风耳"是执勤最佳保障 / 221
自行车巡逻好处多 / 222
危险的盐分流失 / 223
特大暴雨人不离岗 / 224
执勤过程 24 小时枪支不离身 / 226

演习
防护网上悬挂起罐头盒子 / 227
越是高温越要演练 / 228
演练中的关键 3 分钟 / 229
实战演练震慑犯罪团伙的嚣张气焰 / 230

突发险情及抢险救援
雨季高峰一天 100 场大雨 / 231
连续酷暑，水源告急 / 232

闪电造成的火光进入室内 / 234
当地政府和民众冲突一触即发 / 235
紧急消除机场跑道起火隐患 / 237
为同胞送去救命水 / 238
巡逻归来，救援被困车辆 / 239

参观调研

当地警察商请参观学习 / 241
联合国维和副司令与队员合影留念 / 242
大使评价营区建设堪称联合国表率 / 243
中国警察工作成果让人着迷 / 244
座谈会上大使转达总统夫人的问候 / 245
女市长带队女性代表团走进营区 / 246
联合国秘书长全权代表给予高度评价 / 248
联合国警察部门通报中国防暴队多次被打100分 / 249

检查验收

行政办公室高级官员冒雨检查工作 / 250
原定两天装备核查仅两个半小时即通过 / 251
获得联合国对派遣国最大限额经济补偿 / 253
所有检查均获最高分数 / 255
防御工事和小型掩体被称为最好的综合防御工事 / 257

媒体报道

中国防暴队拉升联利团官媒发行量 / 258
联利团官媒推出防暴队专题报道 / 259
《人民公安报》维和日记专栏引发各方关注 / 260

巡逻

巡逻时发现武装分子留下的痕迹 / 262
泥泞路上强行通过，险象环生 / 263
翻山越岭185公里 / 266
山高路远空降"巴黎营" / 267
挺进最令政府头痛危险系数最高区域 / 269
超强大风强行起飞 / 270
与驾驶摩托车手持砍刀的矿工擦肩而过 / 272
封闭地区没有公路通往外界 / 274
收集犯罪分子活动规律和各类犯罪线索 / 276
罕见路况即使国内雪域高原和原始森林里也鲜少碰到 / 277
橡胶工人基本在半饥饿状态下工作 / 278
暴雨天气救援联合国失联公务车 / 280
深入庆祝现场确保安全无失 / 281

巡逻途中车轱辘飞了 / 283
复杂路况使车辆受损严重 / 284
女警受到当地民众欢迎 / 285
教授民众如何报案等法律常识 / 286
感谢信表达 15 万民众请求 / 287
到最偏远的地方送药 / 288
居民晚上敢出门了 / 290
严厉打击凶残盗猎行为 / 291
超强暴雨冒险起飞坚持巡逻 / 292
节庆活动救援受伤少女 / 294
协助当地警察抓捕涉毒团伙 / 295

荣誉、声音

巡逻途中发现可疑人员 / 296
为中国企业保驾护航 / 298
从"你们来某国知道吗"到"请你们留下来竞选议员" / 299
当地人表达最高感谢之情 / 300
幸福小镇居民陪同巡逻 / 301
防暴队被誉"上帝给我们最好的馈赠" / 302
联合国秘书长特别代表亲手撰写感谢话语 / 303
改造前战乱人员任重道远 / 305

写在后面 / 306

出版背景

自2000年以来，中国公安部已向联合国东帝汶、波黑、科索沃、海地等8个维和任务区派遣维和警察1960人次。

2013年10月21日晚，中国第一支赴利比里亚维和警察防暴队从首都国际机场启程，前往利比里亚任务区执行为期8个多月的维和任务。

这是中国首次向联合国非洲任务区派遣成建制维和警察防暴队。特定的时期，特殊的使命，陌生而危险的国度，犹如一个巨大的哲学命题，赤裸裸地横亘在这支警察队伍面前，横亘在每一个参与维和的中国警察面前。在血与肉、生与死的考验中，这支队伍，这140名铁血卫士将交出怎样的一份答卷？

值中国警察参与国际维和15周年之际，人民日报出版社隆重推出2015年年度纪实文学力作《蓝盔丹心铸和平——中国第一支赴利比里亚维和警察防暴队战地日记》。

作为随队出征的首席新闻官，高学德中校用真实的笔触记录下了他和他的战友们近9个月来在利比里亚度过的257个艰辛日夜，真实再现了这支140人的中国维和警察防暴队全体队员不畏艰险，不负重托，不辱使命，认真履行联合国赋予的各项职责，积极促进任务区恢复政治和社会秩序，获授联合国和平勋章，为祖国和人民赢得全世界尊重和赞誉的整个过程。

作者以优美的文笔，充沛的感情再现和彰显了这支警队历尽艰难困苦，始终誓死坚守岗位、愿为和平奉献一切的坚强意志，讴歌、赞美了这些"和平使者、友谊使者、文明使者、外交使者"以无畏的牺牲与奉献精神，最高程度地体现了他们国际主义、人道主义和英雄主义精神，他们的英勇行为和卓越表现是中国积极践行建设和谐世界理念，为维护世界和平做出积极贡献的具体体现。

人民日报出版社邀请您打开这本战地日记，跟随作者高学德中校走进战火未息的异国他乡，走进非洲神秘莫测的热带丛林，走进百废待兴的利比里亚，零距离触摸和感受这140名铁血警察特有的心路历程……

序言

公安部边防管理局副局长 周书奎少将

随着时代发展和全球安全局势的变化，派遣维和警察参与联合国维和行动，是中国公安边防部队与时俱进，走向世界的警务实践。自2006年8月起，公安边防部队先后成建制派出7支维和警察防暴队赴联合国海地、利比里亚任务区，共有908名中国边防警察参与联合国维和事业。截至目前，仍有140名维和防暴警察在联合国利比里亚任务区执行维和任务。

9年来，在公安部党委、部领导和边防局党委直接领导和教育下，由公安边防部队组建的维和警察防暴队与世界各国的警界同行同台竞技，生死相依，大大提升了中国边防警察的国际执法合作能力。归国后，这些维和警察大都成为工作单位的业务骨干，在边境处突维稳、打击违法犯罪、出入境管理、爱民服务和国际边防警务合作等战线上发挥重要作用，为公安工作做出了重要贡献。

历经9年的血火洗礼和生死考验，中国维和警察防暴队已成为公安部党委精心培育的一支国际化的警务执法铁军！中国维和警察在特殊环境中培育出"忠诚、拼搏、团结、奉献"的"中国维和警察精神"，是新时期全国公安机关宝贵的精神财富，也是广大人民警察追求"中国梦、和平梦"的生动体现。实践证明，参与维和行动已成为公安边防部队锻炼国际化执法队伍、储备国际化执法人才的一个良好途径。

当前，中国已成为联合国安理会常任理事国中派出维和警察最多的国家，被誉为联合国维和行动的一面旗帜。联合国秘书长潘基文曾给予中国维和警察最高赞誉——"世界和平的使者，中国的骄傲！"

2010年初到边防局机关工作后，边防局党委决定由我负责分管国际维和工作，全程推动和见证了近几年中国维和警察海外维和的整个历程，目睹了中国警察在联合国维和事业中做出的巨大牺牲和奉献，2013年3月，我曾率团亲赴利比里亚进行任务考察，也亲历和见证了2013年10月21日中国第一支赴利比里亚维和警察防暴队140名战友和同志带着使命远赴利比里亚，直到凯旋回国的整个过程。政委盖立新、队长国向东，副队长范佳强、许亮，新闻官高学德……这支队伍的每个人我都很熟悉，他们都是我的战友和同志。队伍集训时我几番观摩，队员出征时，我挥手相送，队伍凯旋时，我凌晨在首都机场翘首相望，盼英雄归来，表彰大会时，我握过每个英雄和家属的手。

也许，只有身在战争中的人们才能明白和平的可贵，也许，只有亲历维和行动的人们才知道维和工作的重要和艰难。远离祖国和家人，在遥远而陌生的国度里，在艰苦而危险的战乱中，中国维和警察每天，甚至每个时刻，每一分钟都要面临和承受着生与死的考验，历经血与火的洗礼。为了使命，为了和平，中国维和警察顽强拼搏、忠诚履职，直至为和平事业洒尽自己的血，付出宝贵的生命。我至今仍铭心牢记，2010年1月12日海地发生地震，3名曾经与我们朝夕相处、生死相依的战友和同志在维和任务中以身殉职，长眠在异国他乡的土地上。

记录和传播中国边防警察在维和事业中的奉献和牺牲，弘扬英雄精神是公安宣传与政治工作的重要任务。两年前，高学德同志在《人民公安报》开辟维和日记专栏时，我曾与他有过约定，如果某天，他的战地日记结集出版，我一定为他写序。2015年2月中旬，高学德的最新力作《蓝盔丹心铸和平——中国第一支赴利比里亚维和警察防暴队战地日记》将由人民日报出版社出版发行。很高兴，这一天真的到来了。

作为战斗在一线的部队记者，高学德的每一篇作品都是在极其艰苦的环境下撰写的。在不少同志的眼里，这是一个为了采访和创作能玩命的山东汉子。2007年10月，他曾经冒着零下40度严寒，只身一人深入到中国最北端被媒体记者视为"生命禁区"的漠河县北极边防派出所蹲点采访近10天，写出了撼动人心的新闻特稿，一时间，漠河北极边防派出所盛名远扬。

2013年10月到2014年7月，他的维和日记成为公安部党委机关报《人民公安报》编前会上最热门的话题。为了保证《人民公安报》利比里亚维和日记专栏的顺利刊发，每晚，他都要爬到信号最好、离地面距离最高的哨楼上，用写手机短信的方式撰写战地日记发回给国内的报社编辑。当报刊几经辗转投送到数万读者手里的时候，或许，没有多少人知道，这洋洋洒洒30多万字的日记就是高学德爬到高高的哨楼上，在手机上一个字一个字敲出来的。

高学德用这30万字表达了一个维和警察真挚的情感、冷静的思考、理性的思辨，再现了非洲大地上身处战乱中的人们对和平的渴望，表达了他和他的战友们对祖国、对部队、对事业的热爱之情，表达了身在异国他乡的中国边防警察强烈的民族自尊心、自信心和自豪感，也反映了艰辛的维和历程对每位维和警察的历练和考验。

值得肯定和骄傲的是，在利比里亚这个气候极端，战乱四起，疾病横行，满目疮痍的西非国度，防暴队的战友和同志们长达9个月战斗生活在异国他乡，他们牢记神圣使命，履行祖国和人民赋予的职责，承受着繁重的工作任务、忍耐着艰难的生活，面对着瞬息万变的政治环境，用勇敢、智慧和过人的技能与坚强、宽广的胸怀，胜利地完成了党和国家交给他们的任务，展示了中国边防警察压不倒、打不垮，英勇顽强、不怕牺牲的英雄气概和过硬的铁军形象，圆满完成了各项任务，表现出了高度的政治责任感、奉献精神和专业素质，赢得了世界的尊重，成为中国文化的传播者，世界和平的使者。

高学德用自己的心和真情真实记录了9个月来，在利比里亚维和期间经历的点点滴滴，见证着中国第一支赴利比里亚维和警察防暴队这140名防暴队员走过的每一段历程。朴实无华的文字配着高学德和他的战友们拍摄的来自维和现场的近百幅令人震撼的图片,不仅是这支防暴队9个月维和的战地真实记录,也为以后公安边防部队新闻宣传工作积累了一笔宝贵财富,为部队的思想政治工作贡献了一本不可多得的生动教材。

在我看来,高学德的这本战地日记不只是写给他自己,写给这支英雄防暴队的,更是写给所有在联合国的旗帜下为了维护世界和平并肩战斗、生死相依,默默工作甚至献出宝贵生命的人们的。同时,这本战地日记的出版无疑也是一次很好的总结和纪念。真心希望和期待高学德同志能以此书的出版为新起点,在创作的道路上,在部队这所大学里,再创佳绩,再出新作。

一

国外生活,在荒芜之地建起中国城

吃

建

节

文体

医疗

祖国关爱

吃

落空的烙饼计划
防暴队早餐"新三样":方便面、大米粥、萝卜咸菜

"连续20多个小时无中转的长途飞行,从亚热带气候一下子飞到时差8个小时的赤道附近,你们这些年轻人就应该好好睡上几天,倒倒时差!"不少经常跨国出远门的亲属在电话里叮嘱维和队员们。

来自中国的维和警察防暴队,究竟怎样度过到达营地后的100多个小时?身处这群平均年龄29岁的年轻队伍里,让你感受到的是朝气活力和吃苦耐劳。

数百件大大小小的行李上标记着红、绿、黄、蓝色的彩纸,每个战斗小队一个帐篷几十分钟就人定、床物定,两个小时后各队行进间就喊出响亮的番号……

兵马未动粮草先行,相关物资供给还没到位,厨具炊具也是临时应急的,每天一日三餐着实难为了后勤分队长魏兵、骨干崔永财等人,第一顿疙瘩汤加蛋炒饭总算应对下来了,随后的就餐也是对后勤人员集体智慧的考验。作为先遣队人员先期到达的魏兵,使出了浑身解数,每天十几个电话到处求援,往往一个电话打过去,兄弟部队人员就问:"小魏,你就说缺什么了吧!"搞得这个后勤官一脸苦笑。

25日早上,后勤分队几名炊事员早早地起床,开始研究早餐做什么。地处海外任务区的防暴队是个特殊群体,衣食住行这些具体事都要最高指挥官经常过问,他们决定早上全队吃烙饼的方案报告领导后,迅速在队员中悄悄地传开,如同喜讯一般。

海外不比家,作为一名部队生长的干部,到达任务区的3天时间里,我感受到了什么叫饥饿,什么叫生活必需品上的匮乏,这些都是国内无法体会到的,比如说,夜幕降临了你想写点东西看会儿书,或者出去散步健身,这都很有难度,写东西看书你只能躲在狭小的蚊帐里,因为外面就是无数只有毒的蚊子让你防不胜防。在利比里亚任务区,"让你受到致命威胁的不是恐怖分子的凶器,而是母蚊子不起眼的小嘴!"少数人住在帐篷里还好应对,可大部分战斗队员住在敞开式的帐篷里,夕阳落下夜幕降临,他们将面对的是无处不在的毒蚊子的随时袭击。

25日早上6点30分，后勤分队七八名经验丰富的厨师几经努力，烙饼计划还是最终泡汤，原因是中转营提供的设备根本无法做出大数量的饼来！马上改做馒头！第二套方案也因不可改变的因素而告终，用"大厨"张文权的话说："好在馒头已经做出来了少部分，可以让大家掰成小块尝尝！"

7点30分，全体队员按时列队走进食堂时，他们了解到后勤战友的难处，知道巧妇难为无米之炊，自觉服从食堂的安排，吃上了很多人从小没吃过的防暴队新早餐搭配——方便面、大米粥、萝卜咸菜。

这些食品怎么能让战斗队员们保持充沛的体力，怎么能完成一天的繁重任务？看着队员们一个个懂事地走出食堂，防暴队政委盖立新和队长国向东马上下达命令：取出国内带来的单兵应急食品，让没吃饱的队员继续用餐！

从计划中的烙饼，到转为蒸馒头，再到最后的方便面、大米粥、咸菜"套餐"，队员们有序用餐，毫无怨言。我有幸品尝到了分成小块的试验品——馒头，尽管不如国内面食店里的松软、筋道，但是我确认——这是我长时间以来吃到的最美味的食品。

早餐总是方便面
"方便面营养早餐"见证维和队员苦与乐

这几天互联网偶尔能通，微信也能龟速浏览圈子里的新闻，看到朋友们发出了诸如"家乡胡同特色美食不得不去的地方"，还有"冬天饮什么茶好"之类充满生活情调的文章，想起我们的饮食，想起队员们的苦与乐，颇有一番感触——今天是周日，要是在国内既是休息又是改善伙食的时间。早上炊事班给全队提供的是清淡无味的方便面，副食是一份大盘咸菜，再配上一点儿火腿肠，这就是防暴队特色的营养早餐。主营区里的队员可以集体打回去在宿舍吃"热汤面"，几个驻外执勤点的值日队员直接领着一箱方便面回去自己泡食。

抵达任务区以来，最让队领导耗费精力的就是全队饮食问题：在维和任务区，肉食不缺，可是严重缺乏蔬菜，这种失衡的饮食结构一旦时间长了，就会导致指甲凹陷、排泄不畅通等。前几天，不少队员出现难言之隐：他们到任务区后好几天没有"如厕"。如果这样继续下去，就会有更多的问题发生。当时对周边环境还不熟悉，盖立新政委特地带着几名战斗队员和翻译，驱车前往就近市场采购蔬菜——看着队领导信心十足的样子，我真怕残酷的事实给他们泼冷水。果不其然，他们一番努力，可蔬菜一点儿没弄回来，最后只是按照每人一个的标准带回来了几串香蕉。

后勤分队长魏兵经常前往一家商店，因采购蔬菜数量大、能砍价，最后被对方列入"黑名单"，张文权、黎桂福等几名炊事员费尽周折有时也只能上顿"热狗就洋葱"，下顿变成了"热狗炒洋葱"……巧妇难为无米之炊，这些炊事员除了做饭缺原料，还有更多的不甘心在里面。他们都是原单位食堂里善于煎炒烹炸的部队"大厨"，其中，张文权的"山东包子"堪比哈尔滨不少饭店里的高价面食，张炳强擅长制作粤菜中的各种新鲜时蔬，现在他们只能在野战炊事车前的遮阳网下冒着一天几次的大雨给大家做饭：炉灶不多，火苗不旺，狭小的面积难以容得下两个人对向通过！

就是在这里，他们已经整整辛勤工作了10多天，这里冻肉、罐头不少，偶尔运送来的蔬菜水果每次有几十斤，可平均到140人身上就是杯水车薪，他们几个每天对着库存原材料发愁。"方便面总还有吧？"我的疑问，总算得到了理想的答案："方便面还有1000多件，隔一天吃一顿还能够！方便面加香肠，就是队员们的营养早餐了！"

海外不比家，时间久了，很多人都想吃到可口的饭菜。几天前，几位炊事员忙乎了半天，终于给大家弄出了一顿佳肴：刀切馒头、锅包肉和白菜粉条汤！这是任务区最好的伙食了。看到每个人都吃了很多，炊事员宋成刚还有话说：炊事车炉灶火小，炒菜都变成了炖菜，我们都是每次少量做，做好放在保温桶里先存着，得做好几锅才够吃；做顿馒头难度更大了，一锅几十个，140人得蒸十几锅！

我看了一下今天的日程安排，共有110人次的固定哨位的执勤任务，几百袋水泥需要搬运，大本营需要安装集装箱房，两个执勤点急需安装集装箱卫生间，这些平均年龄只有29岁的队员们体力上能扛得住吗？我问小队长张茂林："你们体力上怎么保障？"他说："前几天留了两个罐头，还有国内带来的两袋饼干，再加上树上摘的芒果，有重活时多加量，没问题！"

只能保证吃饱但不能保证吃好

任务区5名保障兵：积攒十几次木薯才能做出一道菜

远离祖国万里之遥，身处战乱后国家的成建制防暴队一日三餐怎么保障，仅靠携带的部分物资能否保障8个月的桌上餐……这些问题始终是社会各界关注的焦点。11月22日早上，防暴队早餐有了新气象——喝上了豆浆。感动之余，我在微信写下了这样的"维和快报"：防暴队员首次喝上自产豆浆——此举标志着厨房由露天进入室内，餐桌上的豆浆味道鲜美（原料应来自国内土质肥沃的黑土地），数量不多（海外不比家，有点儿就知足），纯豆浆无糖（头一次制作可能是没忙过来，更有可能是白糖比豆浆还稀有）……首次饮用豆浆的早餐秩序井然，队员都少量取用，用餐时间却超过往常10分钟——第一次喝，得好好品味一下……

抵达任务区一个月以来，防暴队5名炊事员始终为炊事原材料问题犯愁，尽管想尽一切办法，还是难以达到最低饮食标准。之前，他们工作地点始终在一台野战炊事车上，十几平方米车厢改装成的操作平台中间，仅有3平方米长条面积空隙，"人走路像开车一样两车无法'会车'"——一日三餐其他人在备料打下手，一人在上面操作，没有空调没有风扇，几个小时下来炊事员和刚出锅的饭菜一样热气腾腾。"炊事员张忠孝形象地描述坚持一个多月的工作状态。

"保证吃饱但是肯定吃不好，我们会和后勤人员一起尽力让大家吃得差不多！"盖立新政委坚定的语气中又充满着些许无奈——他带领后勤分队多次到驻地市场采购、调研，都没有如愿，只能带回香蕉、李子、沙果给队员补充点维生素——队员缺乏的更重要的是各种新鲜蔬菜，哪怕是普普通通的大白菜也好，可在当地实在无法采购到。当地物资有多么匮乏？今天下午我和老炊事员张文权到当地唯一的"集市"探了个究竟：十几名商贩分两排围聚在几顶遮阳伞下，摆着木薯、南瓜、烤鱼、鲤鱼还有说不出名的鱼类，人员不足40人，长度不到30米，正常步速3分钟可以通过——要想采购到理想的蔬菜水果谈何容易！

"每天必须保证一顿有青菜，一星期内不能超过3次方便面，要在洋葱、辣椒、南瓜等八九种蔬菜中轮换调剂……"这是后勤班长张文权做菜"原则"和努力追求的目标，面对我的"好实现吗"的追问，他一脸苦笑后讲述了几次买菜的坎坷经历：当地大部分是沙化土质，极少有种植蔬菜的土壤，黄瓜、萝卜都是按个头卖给我们，一个10利刀（当地货币）左右，要是一次性采购100多人吃的根本实现不了！谈到采购蔬菜的难处，炊事员黎贵福更有话说："我们买木薯每次最多只能买两到三个，拿回来攒着，凑够20多个才给大家做上一顿！"有一次，他们采购物品返回途中，看见一辆车拉着数量不少的蛇瓜，马上返回追上人家，商量了半天才一股脑买下了足够做两顿的原材料。我多方走访了联利团驻当地行政及当地警察局等部门后证实了这一说法：这里确实没有预定或者批量送货的商家和个人，只能这么零买后积少成多，用"少买勤买"的土办法保障100多人的基本饮食需求。

11月22日，是全体炊事员维和以来最开心的日子——他们由野战炊事车正式搬入室内厨房，几十米的操作区加上烤箱、饼铛器、豆浆机等设施，足以让他们极度困难的炊事工作得到一定缓解。不能让大家一直苦下去吧？面对这个极有难度的问题，炊事员们信心十足地说："现在国内带来的设施都能用了，有劲能使出来了，豆腐、豆腐脑、发面饼、包子马上就都能给大家做几顿，定期改善一下伙食！"

苦地瓜秧也成了稀罕货
海外维和艰苦不忘节俭："乌盟组织撤离"与地瓜秧番薯叶上桌

12月4日晚，第一支赴利比里亚维和警察防暴队后勤分队通知每个队员除了盛菜盆外，领取汤碗备用。晚饭时，看到餐桌上大海碗里绿油油的菜叶配着不多的碎鸡蛋，大家心里一阵惊喜，一开始食欲大增，但喝了第一口后满嘴苦涩充盈口腔——这是炊事员采购来的地瓜秧，尽管他们精心调味，那种说不出的味道还是让人一下子就能感觉出来。看着大家一股脑把这盆久违的蔬菜汤喝得干干净净，我真为这群平均年龄29岁的队友们感到自豪。

据司机王法正介绍，这是他们在市场上挨家商户选购，最后以较高价格带回的18把地瓜秧，总重量不超过6公斤，做成炒菜或者炖菜根本不够队员们吃一顿，但是"物以稀为贵"，炊事员们一起商量后决定给大家做成地瓜秧鸡蛋汤，好补充些维生素。

由于定量供给物资中蔬菜少且经常因各种原因无法准时运到，为了保障全体队员身体健康，防暴队每周例会都会雷打不动地将增加蔬菜水果采购量作为重要议题进行研究部署，盖立新政委在讲话中说："据我们前期调研情况来看，当地市场上各种新鲜蔬菜奇缺，但地瓜秧番薯叶还是能买到的，后勤人员要派人专门去研究购买，尽量多买勤买，要把这两项东西作为主要原料，每周吃上几次，缓解蔬菜供应不足的困难。"他还多次教育年轻队员，"3年自然灾害时这些东西很多人都经常吃，尽管味道不好，但是有很多人体必需的维生素，搭配着其他食品多吃点儿没坏处。"

我跟随炊事员走进食品冷藏集装箱内看到，除了部分冷冻食品，最显眼的就是成排摆放的方便面。看着这些每周消耗掉十几箱的速食品，问起还能吃多久，炊事员于博说："这些面下个月就过期了，到时没有这些'保底'的伙食保障会更困难！"确保140人的饮食问题是防暴队领导们的头等大事，这几天他们在想尽一切办法解决菜篮子问题，从首都远程空运、托人从交通不便的几百里外的地方捎带等办法都已列入了工作计划，并安排人专题调研可行性。除此之外，发动全体队员开展近乎苛刻的食品节约活动更是一项重要举措。为了节省饭菜，从队领导到普通队员谁也不能浪费一棵菜、一粒粮食。防暴队食堂就餐时每6人一桌，从队首长到普通队员无一例外，一样的饭菜一样的就餐环境。为了节省饭菜，有好几次在有领导外出顾不上按时回来就餐时，其他队领导会主动到人少的饭桌上"补齐"，以这种微小的行为做厉行节约的示范。

每天的饭桌上，除了新做的饭菜外总有加热好或者重新加工的剩菜剩饭——大米饭加工成稀粥、几个炒菜做成烩菜……就连实在加工不了的点滴饭菜，也会被作为肥料支援到试验型菜地里。走在防暴队几个固定垃圾处置点，没有饭菜、金属、木质类垃圾——这些都被队员们精心使用，甚至被多次反复"以废创新"。今天，二分队一名队员公布了这样一篇幽默的日记内容：

近日，当地乌盟（乌鸦发展联盟简称）在营区附近举行了9方会谈并达成如下协议：中国防暴队开展的"厉行节约爱粮活动"已造成格林威尔乌鸦粮食饥荒问题，各方为全力解决目前食品短缺问题，一致同意搬迁到几百里外的绥德鲁地区，因为那里有很多剩菜剩饭可足够保证本组织的饮食问题。

终于喝上了放心水
衣食住行基本到位：队员忆苦思甜，感慨海外生存多艰难

"安装、调试了10多天，终于差不多了，我们的净化水送检合格后就可以饮用了！"12月3日，后勤分队队员万传昌将国内携带的净化水设备安装情况向队领导专门进行汇报，消息传开，队员们倍感欣慰。

近段时间，有些队员经常出现腹泻现象，继续加大饮食卫生、个人卫生效果还是不明显，一开始怀疑是早餐牛奶没有加热，后来发现包括我在内的没喝牛奶的人员同样闹肚子。后来，队领导组织医务人员检查后发现问题还是出现在饮用水上——这里的水由地下抽上来后直接进入20吨的储水袋，再经初步过滤供给防暴队使用，卫生标准难以达到饮用标准。为此，队里专门安排医务人员就如何进一步防治进行专题授课。谈起效果，军医曲加祥存在一定的担忧："对厨具进行加量消毒，督促队员们用洗手液、药皂每天多次反复洗手，适当地让队员们服用氟哌酸等药品，还是不能从根本上解决问题发生，更多的还要依靠队员们自身的抵抗力。"

队员们身心健康始终是领导们关注的重点工作之一，但是异常薄弱的基础条件让大家感到困难太多，需要付出常人难以想象的努力。所有队员对刚入住营区时的艰苦条件记忆犹新：原先只能保障50人住宿的营区一时间难以容纳100多人生活；仅有10多个厕所蹲位让大家如厕都很困难；没有厨房，没有餐厅，一台野战炊事车超负荷地保障全队人员饮食，最近才由宿舍内搬到改造后的食堂就餐。成建制的防暴队还有哪些基本困难需要解决？队员们告诉我，水电方面还存在很

多的不足，按照科学计算，包括正常饮用、洗衣做饭、办公住宿、浇菜基建至少需要20吨水，目前保障起来还有很大难度。那日常用电呢？

回想入住时的艰苦环境，先遣队队员魏兵、黎贵福等个个都能说出一大堆艰辛往事：为了能让大部队人员到来后吃上饭睡好觉，他们连续4天从格林威尔港口往营区加紧运输物资，每天从早上工作到晚间7点才吃饭，硬是将几百吨的装备、物资提前3天运输到营区里。为了看护好摆满营院的集装箱，他们6名队员每晚两人一组轮流执勤护卫，这期间他们一直睡在简易木板房地板上，没有床，连床板都没有。总能吃上饭吧？面对这个基本的生活要求，范佳强副队长苦笑着说："我们在3周时间里吃饭波动很大，第一周是国内带来的食品，第二周就开始断粮了，第三周才由有关部门补充了一些吃的！但总算苦熬过来了，尽管现在条件还依然艰苦，但能把基础条件保障到这个程度，我们先遣队以及后勤人员都尽了全力。"

面对阶段性工作取得的成果，盖立新政委感慨地说道："任务区里的情况远远超出了我们的预想，各种硬件建设根本不具备140人长期执勤生活的条件，在大家艰辛努力下我们基本实现了在这里生存的条件，但距离能健康生活还有很大的差距。"

吃上我们自己种的菜啦

自产蔬菜走上餐桌：垦荒种菜精神激励维和各项工作艰辛前行

12月10日中午，4竹筐自产小白菜经过炊事员精心烹制，调配着联利团供给的肉食做成蔬菜牛肉汤端上餐桌，供队员们食用。这一天，是中国维和警察防暴队牢记的时间——经过队员30多天的不懈努力，终于在非洲沙石地上开垦出绿油油的菜地，做出了让当地人刮目相看的非凡举动。

乘车行走在当地乡村街道上，除了茂密的热带雨林，基本看不到种植的粮食和蔬菜，市场上也是难以寻找绿叶蔬菜。经过多次调研分析后，防暴队领导得出结论：这里土地沙化异常严重，优良土壤奇缺，老百姓不会在这种贫瘠土地上浪费时间种植粮食和蔬菜。面对队员身体亟须新鲜蔬菜营养补充，队领导从进驻那天开始就组织专门人员成立技术攻关小组，决心在这里试种蔬菜。

自11月4日蔬菜试种成功以来，三分队教导员罗卫波带领队员温鹏等人，由"主菜地"向各执勤点"分菜地"逐步推进，至今已开垦荒地1000多平方米，分别种植上黄瓜、小白菜、广东菜心、空心菜等多种蔬菜，截至12月11日整体长势喜人。今天中午，看到罗卫波时他正在和出差到首都的队友通话，内容就是想尽一切办法买回架设塑料大棚用的"4号软管"，他想在物资短缺的条件下把所有大棚都罩起来——有效预防不期而至的暴雨的不定时破坏。谈起种菜难处，他表情坚定地说："新开的菜地都在山林边上，那里各类虫子很多，每天都会趁机搞破坏，我们经常要半夜带着手电去捉虫护苗，实在没办法时就用农药拌上剩饭杀一下。"在队员心目中，罗卫波和他的种菜小组吃尽了各种苦头：12月5日，他和队员孙廷硕种菜过程中看到一条长长的"黑木棍"，当弯腰近距离清楚地观察时，只见"黑木棍"瞬间扭动身体，高昂起头部注视着他们两人。这条一米多长的眼镜蛇遭受袭扰后，丝毫没有退让的意思，直到被长木棍驱赶才消失在草丛里。看到孙廷硕吓得半天没说出话来，罗卫波一边安慰他，一边拿着木棍在菜地附近草丛里"打草惊蛇"。遇到复杂密集的草丛和菜叶集中的地方，他会走在前面"趟路"探险，这样能在面临危险时保护自己身边的战友。

走进罗卫波的宿舍里，冲入鼻孔的是各种菜籽发酵的味道——大夏天里他坚持不开空调，时常拿着温度计在育种小碗里挨个测试水温，很多菜种只有保持50度左右的水温才能保证较高的生芽率，这就需要他夜间定时换水。看到他这种如痴如醉的执着劲，队员们都自发地给予理解支持：为了提高土壤质量，他自己制作成几个"土肥桶"摆放在卫生间收存小便；每天清晨他还会提着难闻的尿桶去菜地浇灌——他说在不能使用化肥的非洲大地，这种土办法最有效果。

今天，队员们逐个菜地间苗，最终采摘出4筐累计15公斤的小白菜，最后由各位"种菜能手"一起端着送到厨房。久违的自产蔬菜备受欢迎，因为既能补充队员们的身体营养需要，更是一种精神的"营养餐"。问起罗卫波近期的任务目标，他沉稳地说："按照目前的种植速度，每周能让大家吃上3次自产蔬菜，再攒一些过年用，已经是最理想的目标了！那还得盼着老天爷别总下暴雨，一场倾盆大雨就得损失一大部分苗子！"罗卫波每天天刚亮就起来看天气，一掉雨点就往菜地跑，这些已经成为队员们最熟悉的行为。

昨天，营区菜地四周已经安装了整齐的小木栅栏，翠绿的黄瓜秧旁边架起了粗细一致的爬藤木杆，还有队员在旁边打起了一把遮阳伞，闲暇之余大家都会到这里坐一会儿，欣赏一下当地少有的绿油油的菜地。

肉多菜少难坏人

飞机零星捎菜多渠道保障：任务区720顿饭菜耗费巨大精力

2月23日，联利团一架"米8"直升机顺利降落格林威尔机场后，一名乘务人员现场向维和警察防暴队后勤官正常履行捎带接收蔬菜手续时说："这次供给你们生菜、大头菜20公斤，加上前3次运来的总共80斤，本周蔬菜总量全部到位！"

在运回途中，后勤分队分队长魏兵说："我们通过多方努力协调，实现了蔬菜由海运改为空运，保障了餐桌上能有少量新鲜蔬菜，对我们来说完成了一件大事。"

"140人240天的饮食保障，对于身处战乱后的国家维和任务区的成建制防暴队来说是事关队员身体健康的头等大事！联合国对于维和人员食品供给有着严格要求，相关细则有几十张纸的厚度，这就要求后勤部门深入研究，科学订制，满足队员的基本生活需要。"谈起给养保障问题，盖立新政委始终放心不下，"以联利团供给为主，我们想尽了一切办法改善大家的伙食，目前也只能是让大家吃得饱，尚不能实现'吃得好'、'营养足'的目标。"据后勤部门人员介绍，按照联合国人员给养补充规定，每名队员不得超过3.4欧元、人均热量不得超过4500卡路里，两者哪项都不能超出标准。除此之外，根据任务区交通闭塞、运输渠道较少等困难，食品订制周期较长，需要提前3个周期上报所需物品明细进行预订，每个周期4周28天时间，也就是说队员们餐桌上的饭菜大部分都是84天前拟制的"菜单"。

联利团提供的食品怎么样，是否符合队员口味，对于这个大家关心的问题，后勤官姜瑞海介绍说："他们提供的食品种类繁多，比如像奶酪、酱汁这些最常见的东西又不符合中国队员的胃口；蔬菜水果数量又少，所以在供需之间还是存在很大的偏差。"另外，据他介绍，交通问题仍是制约食品供给的关键环节：为了突破"肉多菜少"的原有模式，后勤部门加大了对蔬菜水果的订购量，可原先仅有的几艘货轮缓慢的速度、轮流送货的方式，致使珍贵的蔬菜水果在运输途中大量损坏和腐烂掉，导致队员们好几天吃不到蔬菜水果。

为了解决蔬菜运输周期长、效率低等问题，队领导带着相关人员前往联利团后勤基地食品办进行走访、协调，终于促成了首都蒙罗维亚开往任务区格林威尔固定飞机捎带少量蔬菜的事项。今天中午，看着这些刚刚运达的蔬菜进入厨房，炊事员于博介绍说："目前我们能申请到的蔬菜仅有大头菜、生菜、西红柿等少量种类，对于140人一天3顿饭来说是杯水车薪，这些都得节省着吃，大量的还得依靠我们国内自带的原材料和想办法节省。"

"每天一顿饭搭配少量自购水果，适量以干菜、花生米、面条进行搭配，这样才能让大家吃得饱，有体力执勤、工作！"负责后勤工作的队长范佳强介绍说，"我们携带的易于长期保存的大量干菜、大米、挂面、方便面在前期伙食保障上发挥着重要作用；现在这些东西将要过期，下一步还是要节省所有资金采购当地的少量蔬菜进行补给，确保我们维和中后期伙食保障维持较好水平。"

巡逻队员发明热乎乎的外勤套餐

倾心关爱队员执勤生活：外勤小队早餐开始吃上"两菜一粥"了

携带几十斤的警务装备，高温下全天奔波在无数个执勤现场，别说安安稳稳吃顿可口饭菜，就是解开防弹衣摘下头盔喝口水都是一种奢望，几十次类似远程武装巡逻的勤务队员们身体健康尤其基本饮食如何保障？4月3日，刚执行勤务归来的队员孙佳奇说："现在驻勤生活好多了，吃的住的改善了不少，在队领导支持下早餐我们吃得可口多了，基本能达到两菜一粥了！"

据了解，此前防暴队的饮食住宿历次长途武装巡逻均由联利团所在分部安排提供，大部分地方都是基础设施落后的临时性驻勤点，饮水、就餐、洗澡无法保障。3月份以来，盖立新政委随同数个勤务组驻勤过夜后深感忧虑："夜间驻勤的地方缺乏基本住宿、饮食保障，限时供电期间还发生轻微漏电现象，大家白天啃凉馒头吃咸菜，劳累一天还要睡在地板上，尤其吃不到热乎的饭菜，长期这么下去对队员身体造成的危害不容忽视。"几天前，在巡逻组一处临时驻地，1小队长徐东晓带队到达这里时，正是45℃的高温，8名刚刚走下越野车的全副武装的战斗队员个个浑身湿透，战训服上布满了厚厚的盐渍。他们刚就宿营事项进行了部署，几名队员就倒在地下铺的防潮垫上，不一会儿工夫就发出轻轻的鼾声。徐东晓说："他们整整一天时间都是在执勤现场和极度颠簸的车里度过的，高温、负重加上当地安全形势紧张，每个人精神上和身体上都承受着巨大的压力，途中吃的都是自己携带的干粮，经常有队员吃不下饭只是一个劲地喝水。"随后，他带着我察看了这处临时驻地——眼前这个1000多平方米的院落里，西侧大大小小地布满了几千个老鼠洞，院落里抬眼就能看到大量的苍蝇、蝎子和蜈蚣，东面是靠近海边水草丰茂的地方。一名当地禁毒警察说："这边老鼠猖獗，那边各类毒蛇非常多，夜间经常发生残酷的扑食场面。"他还提醒大家，"在这里防鼠疫和毒蛇误伤都是很重要的工作。"

据悉，防暴队每次远程勤务行程都达到300余公里，加上路况极差，必须在这些临时驻勤点住上一至两夜，保障队员的基本饮食成了队领导担心的问题。在队员张明明心目中，以往的食品内容经常让人感到反胃：凉馒头、成袋榨菜、压缩饼干，加上自带的白开水，成了劳累一天的队员饥饿果腹的途中餐；赶上队里供应充裕，能有些午餐肉和面包算是很大程度改善伙食了。一个月前，在队领导支持下，队员温鹏开始对驻勤伙食进行了自己独有的探索——他在驻勤点利用早晚短期供电的时段，给大家制作了菜汤和炒咸菜为主的热乎饭菜，当队员们面对这些现炒现做的食品时，个个大快朵颐，吃得津津有味。

"和营区相比，外勤队员每天付出了数倍的工作量，如果连吃饭这个问题都解决不了，长此以往，会影响队员的战斗力和身心健康！"面对队员温鹏这种创新做法，盖立新政委组织相关人员进行探讨时提出，"这种形式和内容值得进一步探索，队里应该尽最大努力进行保障。"按照队领导部署，从3月份开始，各巡逻组开始携带电磁炉及简单炊具和少量原材料出勤，并且每队专门安排具有炊事特长的队员同行，鼓励他们晚睡早起为大家提供相对可口的饭菜。最近，由队员温鹏、黎贵福等人研究的一套外勤菜谱在全队进行了推广。这是一种什么样的套餐？就餐时我目睹了制作过程和队员们开心的场面。早上5点多钟，温鹏就悄悄地在队员的身边凳子上忙活起来了。他面前电磁炉上熬着小米粥，上面屉布上热着自带的馒头，旁边打开的塑料盒里放着盐炒花生米，他还正在有序地制作"炝拌土豆丝"。看着这些还没有上桌的饭菜，他说："这些东西携带方便，只要有电源，我用自带的原料和水半个小时就能做好早餐；这些饭菜符合中国人的口味，他们每人都能吃两三个大馒头，比吃压缩饼干和榨菜强多了。"

巧妇专做无米炊
任务后期精细化保障见成效：维和队员营养达到身体基本需求

"通过一次次计算和照片、视频留取证据，我们申请回来1000余斤应得供给食品，通过米面置换的700斤蔬菜陆续到位，这些必将对保障任务后期的队员饮食起到关键性保障作用。"6月10日，维和警察防暴队后勤官姜瑞海清点最后一个月食品数量时自信地说，"140人成建制警队200多天的饮食供应中，除了依靠联利团限量远程供给保障，主要得益于'多条腿走路'寻求更多渠道更多数量的食物原料，才能保证好大家吃饱每一顿饭菜，去安心工作。"

"只能保证吃饱，不能保证吃好！"这是历支成建制维和警察防暴队饮食保障的真实写照。据悉，相关部门供给标准成建制防暴队员每天人均热量不得超过4500卡路里，物品多为肉食、酱类及品种有限的蔬菜，因运输周期长、海运期间船体颠簸严重，并且众多食品中多是西餐原料，肉食、果酱类较多，缺乏身体必需的各类蔬菜，如果长期食用，势必对队员的身体健康造成极大危害，尤其会出现指甲凹陷及"钾钠交换"失衡现象。刚抵达任务区时，因对名目众多的面粉选择缺乏经验，给养员错将"煎饼面"进行了订制，造成了全队持续一个多月时间里每天餐桌都会出现黑乎乎的粗粮馒头。

"我一眼都不能看到队员吃不饱，他们饿着我们就睡不好觉！"这句话是挂在防暴队盖立新政委嘴边的口头禅，成为队领导持续7个月漫长时间里想方设法解决队员营养均衡，尤其是保障蔬菜供应的强大动力。7个月时间里，盖立新政委、国向东队长率队深入蒙罗维亚、绥德鲁、布坎南、格林威尔等地市场调研、采购新鲜蔬菜 23 次，买回白菜、黄瓜、韭菜、西瓜 200 余公斤；公出途中，队领导深入村寨买菜、购鱼是一项政治任务，更是一种自觉行为，他们采购的少量鱼类、香蕉、苹果、菠萝成为队员餐桌上最受欢迎的营养必需品。

"越是蔬菜水果稀少越得均衡分配，让每棵菜、每个水果都吃到队员嘴里，这样才能激发大家的工作积极性。"针对日常蔬菜稀少珍贵等实际，队领导带头推进饭菜节约节省专项工作，一日三餐同队员同餐厅同标准，全队无一人享用"大锅饭"以外的饮食待遇，无人室内摆放非集中分发食物，确保所有食品均衡发放到每名队员手里。在饮食保障技术攻关方面：鉴于联利团后勤服务机构众多、程序复杂等实际，队领导狠抓后勤官、联络官和炊事班团队能力建设，提出了研究最科学方法、掌握最灵活技巧、获得最多最全食品、发挥炊事员最大潜能、制作营养价值高口感最好饭菜的专业攻关思路，先后实现了新鲜蔬菜由海运改为空运、通过取证查找索回了 2600 公斤应得食品、700 斤肉食换为相应蔬菜等重大突破。

历时 200 多天的维和生活中，队领导对于伙食保障的探索和研究始终没有停止过，任务中期时果断将自带面粉、干菜大米全部投放在厨房中使用，节省下联合国供给的主食原料全部改为营养价值稍高、队员更欢迎的副食品和饮品，确保了申领数量不超标、品种更齐全目标的实现，为队员争取的少量牛奶、酸奶成为漫长维和生活饮食保障的重要补充。从联利团防暴办 1~5 月抽样调查数据表明，中国防暴队队员对日趋精细、良好的伙食变化达到 100% 满意，节省下来的大量食品则定期开展"家乡菜评选"、"大锅饭美食餐会"等活动，成为任务区数千名维和军警、职员最羡慕的活动。

三餐变两餐

暴雨无日不下，餐桌再现难题：防暴队耗费巨大精力保障队员吃饱饭

一天十几场暴雨，负责运输食品的货船迟迟不到，持续暴雨同样导致驻地市场暂无青菜、鱼类出售，国内携带物品基本用尽，炊事人员正在竭尽全力保障大家能够吃饱饭……6 月 11 日，后勤分队向队领导提出任务后期伙食保障困难，建议全队把节约节省工作提高到最大限度，有限食品优先保障一线执勤人员和重体力工作岗位，确保顺利完成维和任务。

作为第一支首派进驻非洲的成建制防暴队，提前做好各项物资准备是首要任务，然而原本数量不少、种类较多的自带原材料怎么在后期保障中出现了问题呢？炊事班长张文全指着几个存有少量食物原料的集装箱介绍说："我们携带的食品原材料本来很多，由于方便面、面条等物品经过七八个月长时间储存已经过期无法食用，食盐、酱醋等调味品剩下的为数不多，如果按照以前那样正常使用，后期保障肯定会受到影响。"炊事员宋成钢还发出这样的感慨：食品原材料消耗快的重要原因依然是"140名队员的基数太大"、"大家白天劳累夜间上勤饭量大"。日常工作中，负责面食的他还总结出一套节约节省的办法：每顿饭提供面食时必须一次性让大家吃饱，每人限量不得超过两个馒头，中间不得间断，否则劳动量大的队员很容易又饿了，原定的数量还得增加。除此之外，负责外出采购的司务长崔永财按照每天2至3次的频率外出采购急需的蔬菜、鱼类，可大多数时候都是高兴而去失望而归，说起采购过程中的艰辛，他一脸的无奈："天天下暴雨，渔民船不敢出海，商户没法把大批食品运进市里；这里市场只有番薯、菜叶、秋葵等少数蔬菜，都是按个出售，买上好几次还不够大家吃一顿，再说，好几天也碰不上有货！"原材料数量少了，但队员们每天饭菜必须保障好，为此，炊事班6名队员开始集中精力研究应对措施，目的就是在现有材料的基础上做好饭菜保障队员身体的基本营养，人人争做"善做无米之炊"的发明者。

花椒、八角、味精这些炊事调味品没有了之后，队员们只能利用其他物品代替，尤其在长期没有食用醋的情况下他们开始"醋精兑水"做菜；他们还发明了豆类加海带浸泡发涨后熬成的"八宝粥"，既可以当主食又可以解渴，看着大家对这种粥吃得津津有味，炊事员黎贵福介绍说："我们尽力把味道调制好，放点平时节省的红糖，让大家多吃想吃，但是这种做法只能在晚间，否则清汤寡水的吃了不抗饿，坚持不了多久就出现饥饿感。"最近，受食物供应匮乏的影响，防暴队偶尔将每天三顿饭改为两顿饭，中间给队员发些自热食品、饼干、水果充饥，以此避免最后阶段食物更加短缺，甚至基本用餐难以保障的问题。

建

6名先遣队员夜以继日
海外维和任务区里：一声"同志"好亲切

当地时间29日下午5点左右，一架联合国"米8"直升机搭载着防暴队13名人员顺利到达格林威尔任务区，飞机缓缓降落，远处的五星红旗由模糊到清晰，停机坪不远处，6名先遣队员整齐列队等候大部队战友的到来。

远远望去，范佳强副队长等人员肤色已经不再是原先的"防暴红"，而是变成了更黑更红的颜色，深蓝色的警用T恤衫已经变成了酱紫色！

防暴队盖立新政委快速走到大家面前，饱含深情地逐一握手慰问："同志们，你们辛苦了！"

"一声'同志'，好亲切啊！"范佳强和他率领的防暴队"前指"人员深有体会，在"孤军"筹备营地的20多个日日夜夜里，他们度过了人生中难以忘记的时光，面对的都是联合国分支机构的不同肤色不同国籍的人员和当地的黑人朋友。从抵达这里的那一刻起，他们就夜以继日地开始艰难的筹备工作，和人家搞公关、办事情，打招呼都是中英文，现在大部队来了，所有的艰辛都化为欣慰，这声"同志"代表了大部队与先遣队顺利会合，大家庭开始团聚在一起，可以共同完成工作任务了！

按照公安部下达的命令，范佳强、张涛、曲加祥、万传昌、张政平、曲锋等队员，于9月30日从北京出发，开往利比里亚格林威尔任务区，组建防暴队"前指"，开始烦琐艰辛的筹备工作。

我眼前的这个将近2万平方米的破旧营区里，摆放着木板房、集装箱、各种车辆、简易卫生间、帐篷等设施，尽管还杂草丛生、一片荒芜，但是有饮用水，有照明电，还有干净的宿舍，已经基本具备居住的条件——这些都是6名先遣队队员20多天努力的结果——他们远离祖国，远离组织，缺乏保障，都是自己动手营建的！陪同队领导连夜检查各个哨位情况后，盖立新政委和先遣队队员聊起家常，双方说的是工作，队员们介绍的是"结果"，可我这个旁听者却为其中的"过程"倍感心酸。

——他们工作起来都是"夜以继日"，很长时间里睡眠时间不足4小时，白天接收、安顿上百吨各种工作、生活物资；与此同时，6名同志还要轮流上岗，漫长夜里只有两名同志分前半夜后半夜执勤……

——如果说非洲蚊子泛滥成灾，这里则是"重灾区"：队员曲锋是电工，经常在偏僻处、草丛里或高空中作业，已经被蚊子咬了20多次，每逢有当地人员因蚊子叮咬得疟疾，尤其是因疟疾病逝时，大家都不会讲给他听……

——尽管防范措施比较科学，副队长范佳强突然发现自己全身起疙瘩，红红的颜色，密密麻麻。这一晚他难以入眠，说如果自己倒下了，谁领着队员们做前期工作？

眼前这6名队员个个又黑又瘦，既有明显营养不良的原因，又有长期疲劳作战的因素，"80后"小伙子张政平更是和出国前判若两人，最忙时3天没洗漱过，这几天碰到枕头就能酣然入睡……

一、国外生活，在荒芜之地建起中国城

尽管这样，通过积极筹备，当地时间29日上午，在联利团格林威尔任务区机场，以先遣队人员为主体的我方警队和尼泊尔防暴队顺利举行了简朴而隆重的勤务交接仪式后，鲜艳的五星红旗开始在任务区飘扬，联利团格林威尔任务区各个重要岗位上站立了中国警察，开始正式履行维和职责！

15天建成中国警营

建设美丽家园：队员每天搬运两吨物资，带"护腰"劳动

"每块'垫板'重量150斤，我们4个人一共抬了205块，还没耽误干别的活！"队员阚大伟所说的"垫板"是四方形类似啤酒箱子大小的实心水泥块，专门用于垫起集装箱的"底座"，11月12日3个小时里，他就和3名队友整整抬了总重量超过3吨的水泥块，当然还不算其他物资的往返搬运——他们这个小队今天每人搬运物资超过了两吨。

第一支赴利比里亚维和警察防暴队抵达任务区之初，我清楚地记得这里的样子：到处堆放着垃圾，四周杂草丛生，很多墙角处、树底下沉积着几年甚至十多年的腐蚀品；满院子没有一条像样的道路，即使有也不能连接起来，走着走着就走进草丛里了；因下水管道破裂导致不少区域污水遍地，因时间长了积水严重，高底盘的防暴车也经常在院子里被陷住，后勤队员对着营区门口几个积水深坑开玩笑说：这地方养鱼都够了，保证能游得开！

"20天完成第一阶段营地建设任务，起码要具备衣食住行的基本保障！"10月31日，防暴队盖立新政委在简易棚子里由废弃铁皮箱子搭起的"办公桌"前，向全队人员下达这样的战斗命令！随后，每天几场次的现场会，除了正常勤务，其他队员全部投入到热火朝天的营建中，无论领导还是炊事员，无论医生护士还是女队员，全都在各个不同的岗位上劳动。这里没有喇叭，用不上手机，队领导通过每人一部对讲机，发出数以万计的"小指令""小摆布"给参加营建任务的3个分队，平整地面的、布设管线的、安装空调的、改造水电的……到底有多少个工作岗位，到底每人负责多少具体的任务，我试图数清楚，可是他们每个人都能说出10多件，还有一时想不起来的。我曾经安排指挥中心值勤官业余时间记录一下某位队领导一天内通过对讲机究竟安排了多少件工作：她的统计是121次，涉及勤务、保障、外联，但最多的是营建——很多"大事"涉及全营区的整体规划，更多的是类似于家庭中柴米油盐酱醋茶的小事，事无巨细，都有涉及。

阚大伟是战斗队员兼宣传干事，和战友们一样每天坚持十几个小时的劳动量，有次洗澡过程中被两次紧急叫去工作"应急"。他说："一天到晚累得腰酸腿疼，躺在床上就一觉到天亮，一听到集合号声又打起精神起来参加劳动，我昨天把'护腰'拿出来戴上，要是伤着了这些活就得别人干！"阚大伟是我近距离了解的普通一员，这些身边的战友无时无刻不在感动着我：队员李志超因为天气超热手掌虎口处得了皮肤病，他不曾休息片刻而是用另外一只手战斗在营建一线；全队岁数最小的队员张兴辉，刚在任务区度过21岁的生日，一天安装过十几台空调——在室外烈日下作业，腰带上挂着10多件电工工具，每次见到他都是浑身湿透，眼眉上丝丝汗水往下淌，盖立新政委经常叮嘱他要"悠着点干，别累坏自己"，可他从来没懈怠过，就在10分钟前，我还看到瘦小的他，拖着十几米长足有几十斤重的钢管从窗前路过……

就是包括阚大伟、李志超、张兴辉这些"80后"、"90后"的年轻队员在内的中国维和警察，创造着海外营建的"中国速度"——进入任务区第一天全部住进活动板房，第二天修理使用上自己的发电机，第五天就让偌大的营区杂草全无、地面平整……今天是防暴队大部队到达的第十五天，这里已经成为一个规划有序、整洁卫生的中国警营。

营院实现真正封闭
6名队员6个小时劳作让20吨集装箱"定点集结"

11月30日15点，第一支赴利比里亚维和警察防暴队食堂内，范佳强副队长带领刁望帅等5名队员穿着滴答滴答流水的工作服，吃着迟到的午餐，刚吃了几口饭菜缓解了饥饿后，就连忙举起水杯与利比里亚高级技工贾维庆祝："祝贺我们圆满完成最后一批集装箱的定点安放工作，也祝你一会儿返程顺利。"

近期，随着防暴队阶段性营建工作接近尾声，大门两侧10多个大型集装箱的定点安装、摆放成为难度最大的工程。营区正面位置毗邻大道，处于防范工作的最前沿，属于防暴处的关键部位，要尽快实现营区全封闭，必须早日把这里修建好，为此，队领导几次研究制订工作方案，但落实的关键环节"卡"在大型装载机和专业操作人员上，最后，他们决定请首都蒙罗维亚前来进行技术支持的高级技工贾维一起想办法。贾维在现场了解防暴队需求后，通过翻译告诉队领导："我和防暴队相处了10多天了，你们队员很体贴我，在休息、就餐上处处关照我，尤其是给我意想不到的尊重和理解，尽管我已经预订了下午的返回机票，但咱们在我登机前把这个活抢完！"

当地人严格遵守执行劳动法，少有加班加点的特例，贾维能这么破例支持防暴队最大难度的工作，源自和队员们结下的深厚感情。有他的技术支持，面临的困难就能及时解决。达成这种默契共识后,来不及感谢来不及客套,范副队长握着贾维的手说:"咱们一起努力,一定把最关键的任务完成好!"

在施工现场,一眼望去,一个个房子大小的集装箱盘踞在松软的沙地上,地面覆盖着满是倒刺的杂草,加上中间横亘着一条半米深的简易排水沟,实行大机械作业施工难度可想而知。可是,技术最好的贾维和能吃苦善钻研的维和队员一起配合,迅速研究出施工的步骤和具体的分工——队员们先把固定集装箱的石块摆平,再挖出30厘米的地基进行位置固定,然后由贾维从几十米外逐个运来集装箱,通过空中作业逐个摆正位置。这对于队员们来说意味着高难度的挑战——他们必须承担吊车吊钩悬挂两条笨重钢丝绳、上下攀爬集装箱等难度大、危险系数高的工作,且攀爬集装箱难度远远超过翻越障碍训练科目的高板墙:每组两个人配合着悬挂钢丝绳,尽管戴着手套,依然被锋利的毛碴刺破手掌,加上天热出汗,他们每次被扎破手掌时嘴里都发出"嘶嘶"的声音,但来不及消毒来不及处理,更没有人叫疼喊苦,他们只是争分夺秒地抢时间,确保工程提前完工。

中午,午饭集合号吹响时,他们已经完成了10个集装箱20吨的远距离初步搬运工作,此时他们每个人的身上汗水自上而下湿到腰部,擦汗用的毛巾湿透后晾晒在旁边铁丝网上,当汗水从额头淌到眼睛时,就用胳膊擦几下。此时,是饭后继续工作还是一鼓作气全部干完?范佳强征求贾维的意见后,双方决定发起最后冲刺,确保营区院墙建设有个完美收官,用贾维的话说:"不要让我把遗憾带回首都!"

下午2点,我再次走进他们热火朝天的工地时,太阳下火一样的毒热,没有丝毫的风,天空闷热无比,一动就是一身汗。这时,他们这个调运小组已经连续搬运石块、推摆集装箱、定点摆放近5个小时。拿起他们的水杯发现大部分已经是空的,队员们说:"刚喝到胃里的水很快就蒸发出来了!还是渴得要命,没办法,只能继续喝水。"刁望帅、陈哲正站在高高的集装箱体上,双手紧紧把住粗粗的钢丝绳,眼睛已经被汗水渍得睁不开,但为了确保起调时集装箱稳固、摆放时绝对安全,他们的警惕性没有丝毫放松,不断地大声提醒大家注意事项。

"……一、二、推,一、二、推……"下午3点,随着指挥员范佳强有节奏的指令,所有的集装箱箱体逐个摆放到位,跟原先划定的石灰线丝毫不差。据统计,经过6个小时连续奋战,共有5组11个集装箱被顺利安放到营区正门关键部位上,此项工作顺利完成,标志着防暴队营院实现了真正的封闭,对加强管理、促进勤务建设有着重大的意义。

开辟任务区菜地
中国警察海外亲上亲，身患疟疾不忘送绿荫

"知道国内战友要来了，我们连夜修理好了一辆破旧车，和'国际'同行打好招呼后，就全程保障先遣队开展筹建工作！"

中国赴利比里亚民事警队仲丛明、黎倍君谈起和第一支赴利比里亚维和警察防暴队先遣队刚开始打交道的情景，流露出的不仅仅是喜悦，还有说不出的兴奋。

11月6日傍晚，是仲丛明回国休假的前一天，他没有回到暂居的房子里收拾行囊，而是驾车直奔港口附近的渔场——他要为防暴队140名战友采购一批海鱼。售货商告诉他暂时没有那么多存货时，他还是坚持要了对方的电话并交代清楚，这样可以方便防暴队后勤人员近期来交款取货。

他们的初次相逢是10月10日，当防暴队先遣队6人抵达任务区格林威尔，刚下飞机就迎面看到两名同样胸前佩戴五星红旗的中国警察在耐心等候——他们素不相识，甚至彼此还不知道姓名，就瞬间紧紧地拥抱在一起。"咱们彼此还不熟悉，但都是公安部派来的，是即将一同战斗的同志。"范佳强副队长无比的激动。

"其实，咱们早就熟悉了，有家供货商没有准确掌握你们到达的时间，就把东西邮寄到这里的机场，工作人员不知道谁的，要退回处理，我说在这里我就代表中国，只要是有'中国'字样我就能代收！"民警黎倍君老朋友似的带着他们赶赴营地。

这是个偏僻的海滨城市，中国人来这里的特别少。两名民事警察均来自于广东省公安机关，防暴队来自最北的黑龙江省，一南一北两个地方，但是共同的维和使命让彼此瞬间结下兄弟般的友谊。看到维和战友来了，两名民事警察做了周密的安排：每天到办公室安排好工作后，就全程担当先遣队的向导、翻译、驾驶员，几乎跑遍了当地所有需要接触的部门。每个国家都有自己的制度和习惯，两名民事警察轻车熟路，一路陪同，让防暴队提高了数倍的工作效率，达到了"少碰钉子多开绿灯"的效果。

两名民事警察租住在当地条件简陋的民房，我去参观时顿感惊讶：两张简陋的单人床，共用的小桌子上摆放着水杯、英语版警用工具书等必需品，没有炊具没有米面，只有一面最小号的手持国旗摆放在黑黑的墙面上……"按照联合国提供的经费，原先我俩每个人租住了一个房间，后来因为房顶漏雨，我就搬来和他住在一个房间！"黎倍君一席话道出了民事警察海外生活的艰辛。

尽管如此，为了照顾好来自国内的战友，这两名年轻的警官还是费了很多心思，想了很多办法。由于先遣队只带了一周的应急食品，10天过后就开始天天吃

快餐面了,仲丛明和黎倍君为了解决防暴队员的饮食难题,特地去很远的地方买来一只老母鸡,准备给先遣队改善一下伙食。由于在停留的时候老母鸡下了蛋,大家决定留下来养着,可当天的晚饭怎么办?由于当地物资匮乏,实在买不到更多的食品,暂时的困难没有难住这群警中男子汉:防暴队炊事员黎贵福找出了压箱底的一块羊肉,民事警察拿来了洋葱和面粉,他们在一块石板上用钢管做擀面杖,折腾了大约1小时终于做出了任务区的第一顿饺子。"那才叫个香啊,我们在有限的数量内还送给周围当地员工每人两三个,他们也都赞不绝口!"仲丛明至今还念念不忘,"你们怎么才送给当地人三两个啊?"面对我的追问,他们回答:"一共才几十个饺子,我们8个大男人,就这样也都没吃饱啊!"

格林威尔市人口仅有1万多,民众生活水平较低,要想在这里采购到较理想的生活用品,尤其保障好防暴队140名队员的需求,可以说是难上加难。肉食、饮品等虽然由联合国负责提供,却往往因为交通状况难以准时到达,剩下的相当一部分还需要自己解决。当地能买到如此多的食品尤其是蔬菜吗?用两名民事警察的话说:"那得去碰!"这种"碰"是件辛苦活,在他们俩的努力奔波下,秋葵、蛇瓜、南瓜等当地蔬菜陆续运送到防暴队,尽管每次只有几斤,最多的时候是十几斤,可他们无疑已经尽了最大的努力。

"宁肯少要训练场,也要开辟任务区菜地!"当防暴队做出这一开创性决定时,两名民事警察义无反顾地承担起帮助购买秧苗的重任。那几天仲丛明被蚊子咬伤后开始发烧,时冷时热,脑子每天都昏昏沉沉的——这是任务区致命疟疾的征兆,他一边连续服用了8片疟疾专用抗病毒药加紧治疗,一边强忍着病痛,给防暴队买来了地瓜、西红柿等秧苗——这些菜苗目前已经栽种在防暴队第一块实验型蔬菜大棚里,大部分已经生长成活,在杂草丛生的空地上形成一片特有的绿色,相信不久后就能生长出中国警察在非洲任务区种植的绿油油的蔬菜!

就在仲丛明即将回国休假的日子,他还带着几名队员来到角落里一棵类似于国内槐树的树木前,告诉大家:"一定照顾好这棵树,在营建时别碰伤了,它是非洲特有的药用树种,树叶和花朵能治疗心脏病和风湿等!"

像搞试验一样种菜
接近赤道的维和营区:中国实验型菜地一片生机

从几公里外运来优质黑土,安排6名队员专题开发研究,焊接钢架穿上遮阳网"衣服",向当地行政长官求"土"……经过10多天科学管理和精心呵护,11月13日,位于赤道附近的赴利比里亚维和警察防暴队营区菜地的几垄小白菜苗破土而出，绽放出稚嫩青绿的颜色，引得全体队员轮流前往观看。

自产蔬菜是历届维和警察海外保障的重中之重，它能保障队员身体亟需的维生素，还能让中国警察自己的辛勤劳动在异国他乡生根发芽。自承担维和任务以来，防暴队就积极谋划蔬菜种植，先后从海南、广东、云南等地远程学习技术，订购适合热带雨林气候的蔬菜种子，后勤分队几名队员休假期间专门学习蔬菜种植技术。这些充分的准备让队领导和后勤人员很有信心，可任务区的实际情况却让队员吃"自家菜"的愿望大大打了折扣。11月2日，抵达任务区的第二天，盖立新政委领着3名队员携带着铁锹、镐头，在上万米营区里踏查找地选址，不停地插锹试土，一个地方都不放过，感觉差不多就挖掘查看——他们的目的只有一个——找出能种植蔬菜的合适土壤。

"想找出像国内那样的优质土地，连门都没有！"盖立新政委为了找地种菜费了很大的心思。这里是大西洋西海岸沙滩地区，常年累积的淤沙成为地表的主要成分，沙子的比例占到80%左右，要想找到稍好的土壤难度很大。"连'白蚁山'（白蚁穴形成的土堆）这样危险的地方我们都去看过土质！"菜地负责人罗卫波对选地找土工作印象最为深刻。有一天，盖立新政委在对讲机里急呼："最南侧房后有片草地，水草长得很好，下面肯定有好土，快来挖！"这些罕见的优质土被一点一点集中起来后，他们在营区开辟出600多平方米接近1亩地的面积，分出了不同品种的小实验区，种上了萝卜、小白菜、空心菜、豆角等6种蔬菜，还有从当地找来的地瓜秧，每个菜种分为长度10米的两垄进行试验，从翻土、晾墒、下种、温度、浇水、出芽都有专人观察记录，这是不是队员们最下功夫的工作？我目睹了这样两件事：罗卫波凌晨还在走廊昏暗的灯光下研究遮阳网两侧部位收放辘轳的设计；6名小伙子戴上面罩拿着焊枪硬是焊制成由7根长管5根短管组成的大棚骨架，这样可以应对非洲复杂的暴晒和暴雨交替而至的天气——覆盖遮阳网的两侧可以随时收起，既防止烈日暴晒，又可以让幼苗适当接受柔和的光合作用。

今天，是全体队员值得庆幸的日子，大部分自己种植的蔬菜破土而出，生长成10多厘米的幼苗，朝气蓬勃，生机盎然。这些蔬菜再扩大10倍或者20倍面积，能让全队经常吃上自产的时蔬吗？负责食堂管理的张涛直言不讳："以最快的45天生长期为理想目标，也就是每周能吃上一两顿，那就很不错了！"

在任务区种植蔬菜是全队上下始终关注的大事，为了菜地扩充面积，今天上午，队领导还驱车前往当地一名重要行政长官的办公室，目的只有一个——那就是在机场附近某空闲区域允许防暴队挖运几十立方的土。当对方得知防暴队因为种植蔬菜而正式求助时，立即答应了防暴队的请求。傍晚，当3车珍贵的黑土从十几里外运送来时，我同 10 多名队员在新的试验区域开始新的耕种：从土中筛拣出石块和木棍，再填入低于地面 30 厘米的区域进行新的耕种——这种融入队员情愫、耗费精力最大的工作，种植出来的将不仅仅是餐桌上的菜肴，还有维和队员对绿色的向往。

海边试种的黄瓜开花了
海滩成功试种蔬菜：把绿色和希望留给任务区最需要的人

"海边试种的黄瓜开花了！" 4 月 29 日，由队员业余时间在紧靠海边草丛中艰难试种"沙滩黄瓜"成功的消息在营区不胫而走，这项"成功培育后留给别人"的菜地在大家心中具有特殊意义：几十天后防暴队员将完成任务回国，后续队员和当地百姓将会从中享用沙滩种植出来的蔬菜，还可以利用这一成功经验顺利种植出更多"金钱难买"的绿油油的蔬菜。

至此，在任务区物资尤其是新鲜蔬菜异常短缺的背景下，防暴队组织专人历时 3 个月试验种植的四块菜地已取得历史性成功，10 余种蔬菜产量突破 4000 斤，填补了当地"无法大面积种菜"、"全州无规模性菜地"、"购置时蔬需进口"等多项空白，在保障全队餐桌日常四分之一蔬菜供应的基础上，他们还每月定期赠送给当地共建单位及困难群众分享。"这里几十里内没有蔬菜种植和出售，为了让孩子们补充宝贵的营养，我们只能从隔壁国家长途运来冷冻的蔬菜，节假日时才能让孩子们吃点儿。"今天中午，经常接受防暴队蔬菜援助的当地福利院院长阿达森先生说，"防暴队在这里种出了各式各样的蔬菜，不仅定期送来给孩子们品尝，更给当地民众提供了宝贵的经验。"

"继续扩展种植面积，力争在靠近海边沙滩地试种成功！" 4 月初，根据队领导安排，后勤部门相关人员在距离大西洋岸边仅有 50 米的沙地草丛中开辟出新菜地进行试验。在这片含沙量足有 90%、周边到处是灌木丛的地方如何种植出高产的蔬菜？相关人员向我介绍了这样的坎坷经历：从远处山坡上一点点运来黑土后，在土壤下面 30 厘米处放置厚厚的塑料布防止泥土和水分流失，再组织人力清理掉周边几百平方米的野草消除虫害，这样才具备了海边种菜的基本条件。

据悉，这片仅有 50 平方米的沙滩菜地陆续经过了四五次试验后才长出了绿油油的秧苗，期间又有哪些坎坷经历？炊事员黎贵福介绍说："这里靠近大西洋海边，时常还有台风，以前每次菜苗刚长出来就被大风吹断无法生长，我们研究很长时间后找到了新办法，那就是在幼苗上面支起防风遮阳网，这样才能保证秧苗在有效保护下健康成长。"除此之外，队员们利用节省下来的豆腐渣和日常收集的土粪进行施肥，快速缩短育苗期，提高成活率。

看着长出嫩芽的黄瓜、茁壮成长的空心菜，沙滩地上一派生机盎然的景象，很多队员脸上挂着甜蜜的微笑，问其原因，有队员说："我们任务期即将结束，这些蔬菜在两个月后才能成熟下架，将无偿地提供给后来者和当地居民食用。"

人人都是发明家
"竞智力拼体力建设海外美好家园"

11月14日午休时间，赴利比里亚维和警察防暴队战斗队员张忠孝独自在烈日下劳作——他为了弥补上午装载机陷入淤泥"窝工"的过失，自己整整奋斗了2个小时，驾驶一台中型铲车挖掘出一个30立方的环保垃圾池，这一刻分队指导员李海军测试了一下地表温度：41.4℃。

"继续加强基础性建设，向保障性设施建设进军！"这两天队领导再次发出营建命令，除了定点勤务、备勤人员以外，其他人员全部战斗在各个建设岗位，竞智力拼体力开展了各种竞赛和创新展示活动。今天下午，盖立新政委走近"3号哨位"，看到这里的防护网做得精致实用，马上通知各分队领导："你们查查活是谁干的？简易实用，绝对是用心用脑才研究出来的，要好好表扬一下！"这是队员腾利辉他们的杰作。这几天，他带领两名队友组成哨位防护网技术攻坚小组，找来大量的运输专用防护木板"以旧翻新"改成防护网支架，大的用切割机处理，细条用"线锯"一点点锯开，没工作台就跪在地上，或者一队员双手举着由操作手"加工"，艰难地一条条地做成长短一致的原材料，接下来再逐个拼接，一番复杂操作后让每个重要警卫目标哨楼上都加上了既遮阳还通风的防护网。我接触过很多木工用具，唯独没见过这个20厘米长细细的小东西："你们哪里来的'线锯'？"腾利辉指着两名"工友"说："他俩维和前是边检站检查员，我是派出所民警，出国前谁也没弄过这些玩意，但是我们对每项工作需要的工具都提前预想，现在基本都派上用场了，还得确保带着大量生产工具坐飞机不超重，就得选'便捷式'、'迷你款'的，还有一些'宝贝'在后面呢！"

能创新小发明的不只是男队员，"巾帼维和不让须眉"——女医师高志恒带来的缝纫机也在生活中作用明显，她先把窄长条的门帘加宽后，再巧妙地加入吸铁石片，用缝纫机精细化加工后，可以在进入时不用再生拉硬扯门帘，轻轻打开再合上不用手动而靠引力自动合严，这在蚊虫肆虐的任务区实用价值不小。

维和队员都来自国内执法执勤一线，有的是基层单位领导，有的是专业岗位精英，干起体力活来一开始真不适应，为了让大家掌握方法尤其是均匀用力、提高效率,任杰和李海军两名指导员昨天在工地上举行了特殊的劳动竞赛:烈日下他们挥动铁锹比赛铲土,比速度比质量,比均匀用力,比劳动中心情调节,6分钟后,他们中间一人以100锹、铲土1000斤获胜……今天下午,我看了一下防暴队20天以来的工作量:32个集装箱摆放到指定位置既当院墙又便于管理,30万件装备物资的整理统计完成,生活用品已经下发到队员手里,铲除杂草、平整营院6000平方米,维修屋面防水21间,扩建餐厅、改造厨房面积110平方米,改造上下水管线120延长米,铺设电缆线160延长米,防暴队一级医院开始接收任务区各类患者……

这几天,西非雨季逐渐远去,酷热的旱季陆续到来,从早到晚的"桑拿天"丝毫没有影响队员们的劳动热情,习惯了当地环境的他们开始以小队为单位边劳动边唱歌,其中《南泥湾》《自豪吧,中国蓝盔》两首歌经常响彻营区!

电子监控设备遍布营区
20天复杂地区技术攻坚:2万平方米营区实现智能电子监控

12月2日下午,一名"陌生人员"悄悄接近"联利团"格林威尔分部营区重要设施,当他距离铁丝网30厘米时,指挥中心智能报警系统瞬间响起一阵刺耳的警报声……这是中国第一支赴利比里亚维和警察防暴队首次试验营区安防系统的场景——这套集全数字视频监控、周界报警、视频监控与周界报警联动系统于一体的营区安防系统提前建成完工,标志着营区2万平方米内各重要设施及周边区域实现了智能电子监控管理。

利比里亚经过长期战乱后各项建设异常薄弱,防暴队现住的28间工棚式营房建筑时间较长,营区战乱前为橡胶场农场主庄园。这些建设在荒草和零散树木中废弃已久的混凝土平房,都是"左六右七"极不规整的布局,营院中水流遍地、腐蚀物成堆,一条条简易小道再往前走就是没膝的荒草。"电视剧《聊斋》鬼片拍摄地"、"百年前大户人家古宅"这些形容词都被队员戏谑使用过。面对这样复杂的地理环境,如何确保警卫目标和营区自身安全,队领导多次专题进行研究,在科学部署勤务力量的同时,决定向科技、向警力实施智能化管理防范。11月上旬,由公安部协调的国内电子技术公司的两名技术人员赶来格林威尔助阵,迅速展开了长达20天的设计、安装及调试工作,为全面推进营区智能化管控提供了坚强的技术保障。

重要装备分布在偌大的敞开式营区内,执勤哨位都设立在主营区外,在这里建设智能化数字监控系统难度很大,首次到非洲施工的电子技术公司工程师姚远进行总结:"这里是大西洋海沙常年冲击形成的地表层,加上降雨量超大,营区内部地表层有多处大面积漏电现象,通过资料查询还发现高压电缆敷设比较混乱,断点、接头较多，对营区安防系统造成很大的电磁干扰，情况严重时将使数字监控系统烧毁……"针对这些施工中的"先天不足"，防暴队通信人员与工程人员重新规划部署系统管线，最后决定采用增加线缆屏蔽层、管线深埋的方法，有效解决了表层漏电干扰系统的问题。

防暴队员李全立说："在这里安装成套电子设备，尤其是涉及大量室外作业，工作量和技术难度都是国内的3倍以上，没有任何经验可以借鉴，很多问题就得靠技术人员一点点地琢磨，一遍遍尝试才能解决！"具体有哪些工作难处，他们举例加以说明：不久前安装室外高速球形摄像机立杆时，发现营区地下都是松软的沙土地，摄像机立杆基础根本无法稳定住4米高的摄像机立杆，给施工带来了很大的困难。为了解决这个难题，参加工程的人员由技工变为泥工，采用水泥、沙子及碎石子灌注到立杆基础的方法，从而使摄像机立杆更加稳固、耐用。

我眼前的这套数字智能监控操作台操控着十几个摄像头，将营区及周边地区分为5个防区，每10秒钟自动切换一次画面，一旦警卫目标发现被袭、被盗及遭遇破坏等异常情况，智能系统会锁定肇事者，并通过变焦、跟踪进行监控，有效提升了智能警卫能力。在验收现场，防暴队国向东队长说："这套营区安防系统实用性、可靠性、稳定性较好，会在今后的勤务工作中发挥积极作用；但受当地人肤色及暴雨雷电天气较多因素的影响，我们执勤警卫能力建设丝毫不能放松，要在科技力量的配合下更有效地完成好维和防暴任务。"

在沙地上牢固立起国旗杆

100多小时技术攻关：非洲西海岸沙滩地上建起最规范最坚固的"旗杆工程"

12月8日，利比里亚格林威尔市晨曦中，伴随着雄壮的《义勇军进行曲》，鲜艳的五星红旗冉冉升起……坚实的底座、铮亮的不锈钢旗杆、《国旗法》规定的大小尺寸，看着这些辛苦努力的结果，中国维和警察防暴队五小队长张茂林和队友们站在自己攻关建立的"非洲西海岸旗杆工程"面前合影留念。

随着防暴队营区建设进展不断，由集装箱房和蛇形铁丝网围起的相对独立营院开始逐渐竣工，在营区门口建设标准旗杆及其附属设施成为队领导高度关注的首要工作。"我们远离祖国远离组织远离亲人，但是我们忠于祖国忠诚使命的信念越来越坚固，要在远离祖国万里之遥的战后国家定期举行升旗仪式，必须建立我们最规范最牢固的旗杆底座！"盖立新政委代表党总支向全队党员骨干多次强调此项工程的重大意义。

张茂林和队友们做了大量的细致的准备工作，旗杆长度、重量、底座面积、地下施工方法一一测算。11月29日，当他们动工时发现了意想不到的难题：地面20厘米以下全是乌亮的细沙，往下挖深半米周边就会坍塌一大片。挖深拓宽、安装坚实的水泥基座，至少要挖掘出深2米直径3米的坑才能浇筑水泥基座……这些问题怎么克服？李连坤、鲁博森、牛长瑞等队员犯愁了，晚上谁也睡不着觉，拿着图纸不停地设计、规划，半夜还往国内打电话咨询"解围"的方法。在他们一筹莫展之际，盖立新政委天天和他们在工地想办法解难题，还给他们前所未有的支持："这项工程难度非常大，下面还可能要渗水，所有特殊队员你们需要谁，马上给你们调过来支持！"电工张兴辉、水暖工曲锋、木工滕利辉这些全队特殊人员都被集中到这里来提供智力支持和技术保障。

承担工程建设的100多个小时里，负责旗杆工程的队员们面对一个个难题进行技术攻关，无论多晚，无论是就餐还是行走中，他们都在思考问题，想办法解决难题。张茂林和队友们究竟克服了多少技术难题，采取了哪些办法进行技术攻坚？队员们拿着每天记录的日志回顾工作成果：一是梯形挖掘加挡板防沙法。为了实现最深处长宽度达到4×2米的目标，开工之初坚持6×3开始施工，形成上宽下窄的倒梯形；当挖深约1米时，靠近房屋墙体的一侧突然塌方，这时队员李春江提出了向煤炭工人学经验，采取挡板防沙。他们在靠近墙壁一侧全部打下铁桩后衬以木板，防止沙子下滑引起塌方。二是细沙注水施工法。队员刘石林发现上午挖出的沙子和刚挖出的沙子有很大的区别——上午的沙子经过中午晾晒，变得干并且散，而新挖出来的是有黏性、成形的；于是，他们将水注入深坑增加沙子的湿度和黏性，短期内有效地防止了塌方。三是基础角铁绳吊法。如何下放三角铁基础支架和旗杆底座？在随时面临塌方的情况下，面对重量近100斤的钢铁支架，他们采取用绳子将支架的4个角吊起再平移下放的方法，顺利将支架放进了基础坑内……

还有哪些发明创新？队员们如数家珍：比如人工搅拌、自制重心铅坠校正、木板夯实、石块回填法等，总共有15项创新举措和小发明。谈起这些工作成果，张茂林谦虚地说："这些工作成果的取得，都是大家艰辛努力的结果，很多队领导都参加到这些工作中，在很多关键点上发挥了较好作用！"在旗杆吊放安装过程中，范佳强副队长发明了易于打开的双环结——用吊绳在旗杆上打结，再用绳子将吊绳拴住，解决了旗杆上无法拴绳子起吊的难题，同时能够方便解下来。12月6日早晨，经过十几名队员的高效工作，最终利用起吊车和人力结合，顺利在主营区门口安装了旗杆。

从今天开始，中国维和警察防暴队每周一将会风雨无阻地隆重举行升旗仪式。在首次升旗仪式现场，盖立新政委说："每一支海外警队都是和祖国紧密联系在一起的，祖国和人民的强大支持才是我们做好各项工作的保障。我们不仅建设成了西非海岸最规范最牢固的旗杆工程，更要开展好爱国主义教育，确保全体队员立足艰苦条件履行维和使命，以优异成绩向祖国献礼。"

五星红旗迎风飘扬
蒙罗维亚：100部对讲机齐奏中国国歌

当地时间24日7点整，随着一声："升旗仪式，现在开始！"中国第一支赴利比里亚维和警察防暴队在东道国隆重举行升旗仪式，全体队员随身携带的对讲机同时播放出庄严的《义勇军进行曲》，在防暴队员高亢的国歌声中，鲜艳的五星红旗在防暴队所在营区迎风飘扬。

刚刚抵达利比里亚首都蒙罗维亚的中国维和警察防暴队，进驻联合国利比里亚任务区中转3营区后，经过短暂紧张的卫生清理、勤务编排、后勤保障等工作，克服环境艰苦、自然条件恶劣等困难，在仅有的200多平方米的空地上平整出队列区域，利用营区原有的旗杆，进行了升旗仪式演练，为在任务区第一次升起五星红旗做好准备。

防暴队此次进驻该营区，是开赴任务区前的临时中转阶段，各项物资极其匮乏，没有保障升旗仪式的音响设备，采用笔记本电脑播放《义勇军进行曲》调至最大音量也没有国内升旗仪式那种效果。盖立新政委现场和队员交流想法后，果断做出决定："用笔记本电脑播放国歌，全体队员对讲机调制7频道，同步收听激昂奋进的义勇军进行曲！"

这是一个具有海外维和警察特色的升旗仪式！当日早7点，随着国旗仪式开始，35名队员组成的国旗仪仗队护卫着五星红旗，迈着整齐的步伐走来，全体队员整齐列队，在异国的朝阳微风中向缓缓升起的五星红旗敬礼。

升旗仪式结束后，二小队队长徐东晓说："按照公安部命令，我们刚刚从万里之外的祖国赶赴这里，尽管经过了长途劳累，忍受着时差跨度带来的精神上的'水土不服'，还有的队员用手掌接水刷牙……面对这些难以忍受的困难，当我们向国旗敬礼的神圣瞬间，作为远离祖国、远离亲人、执行和平使命的中国警察，我们感到无比的自豪！"

雪中送炭最暖心
战友从北京背来急需零配件

1月19日，公安部国际合作局维和警察工作处处长孙伟来到中国维和警察防暴队。让队员感动的是，他不远万里从北京背来一箱近20公斤重的急需零配件。

"我们到达布坎南接他时，他满身灰尘，顾不上休息、来不及吃饭，了解完基本情况拿着行李上车就走。他的随行包里除了几件换洗衣服和洗漱用品，最大的包竟然是近20公斤重、我们急需的零配件！"战斗队员邹本双说。

万里之遥、数次转机背着队员们最需要的配件，这个消息传开后，队员们十分感动。政委盖立新说："我们执勤营建的各个环节都受到了公安部的高度关注，孙伟带来防暴队最需要的用品，将激励我们继续把工作做好，以优异成绩回报公安部领导的关爱支持。"

拿到配件后，后勤分队几名队员连夜给装载机、发电机等设备更换配件。队员万传昌告诉我："这些配件在当地买不到，但是没有这些配件就会影响工作进度；孙伟处长带来的这七八十个零件，足够我们使用到任务期结束。"

营区及周边至少埋藏着上千武器

长期内战创伤难抚平：屡现地雷火炮的社会执法有难度，民众缺乏安全感

队员张明明训练途中发现跑道上露出黑乎乎的圆形炮筒、修理工闻鹏程工作岗位常站立的脚下时间长了"磨"出一枚地雷……维和警察防暴队进驻任务区近8个月时间里，队员们共在执勤途中和营区发现并处理销毁战争遗留的迫击炮2门、地雷5枚、子弹等弹药近百发，目前，已组织专门人员全力排除这些仍有杀伤力的武器弹药造成的威胁，同时为驻地很多居民区和公共场所解除了部分相似问题造成的潜在威胁。

"它长期在我脚下土里'藏'着，原先有层土盖着，后来越磨越亮，逐渐能看到制造年限、爆炸威力等数字，仔细一看才发现这个'罐头'形状的家伙是一枚内战时丢弃的步兵地雷，我们立即组织排爆手转移到安全区域，进行技术性引信排除。"修理工闻鹏程谈起前几天发现工作场所隐藏的地雷后仍心有余悸，"我们已经陆续在路边、哨位旁、生活区、训练场发现了大量的火炮、子弹、地雷、炸弹等残留武器，好在队员们有武器使用的经验，没有造成致命危害，我们预测这个几万平方米的营区及周边至少埋藏着上千枚（支）武器弹药。"

据防暴队战勤室负责人介绍："当地很多地方都是当年持久内战的分战场或战斗地，遗留的大量武器弹药有的来不及清理便就地掩埋，更多的是直接流落到民间，这些具有杀伤力的武器给当地治安稳定尤其是民众安全造成了极大的隐患。"针对当地居民区残留枪支、弹药较多的实际，防暴队执行维和任务期间加大了对已发现弹药的引信排除和销毁处理工作，组织排爆手向普通民众广泛普及弹药危害及简易抛弃、深埋常识，尽最大可能地帮助民众消除隐患，远离枪支弹药的威胁。

枪弹威胁始终是造成当地安全形势不稳定的重要因素，为了逐渐消除这一"顽疾"和致命问题，防暴队协同各州警察局多次进行集中专业清理和销毁工作，多次参加联合治枪排爆工作的希诺州警察局特别行动官萨利特介绍说："战乱结束后，尽管有关部门出台了'摩托车换枪弹'活动，但仍然有很多枪支弹药流失在民间，虽然很多成年人熟悉枪支弹药正确的使用方法，但是这些东西的存在对未成年人来说是致命的，尤其喜欢户外玩耍的孩子一旦把它们当作玩具使用非常危险！在中国防暴队的支持下，我们已经将其中的危害通知给了大部分家长，以此消除武器弹药对少年儿童的安全威胁。"

创新工具大比拼

任务区最实用的发明创造：防暴队23件最佳自创生产工具将成为永久记忆

1月14日下午，维和警察防暴队营区内一场别开生面的自创生产工具评选活动正在进行：由队员们亲手发明创造的生产工具创意独特、简约实用、作用突出，引得众多队员前来参观学习。这些自创工具体积大的需要小车推着送来，小巧玲珑的还不足巴掌大，各式各样，门类齐全，基本涉及了基建、水电管线、生活设施、蔬菜种植、木工制作等方方面面。大家通过仔细观看，发现这样的现象：这些凝聚着年轻队员心血和智慧的自创工具，个个制作精美、功能齐全，见证了第一支首派非洲防暴队建设美丽家园的非凡过程。

当天下午3点，4个分队参评作品逐渐送到预定场地。按照评选要求，每件作品上标注了创造人姓名、主要功能、产生效益等内容。这些工具一字摆开后整个就是从头到尾建设过程的缩影：平整地面用的"夯"、扫地不起灰尘的"芭蕉叶笤帚"、铲草用的轻便锄头、基建用的水泥"阴阳面抹子"……"到达任务区后两个月的营地建设过程就是队员们弘扬'南泥湾精神'、'北大荒精神'的真实写照，大家新建了集装箱板房39间、566平方米，改造上下水管线1000延长米，维修屋面21间，改建餐厅160平方米；铲除杂草、平整营院20000余平方米，为执勤生活提供了有力保障。这些成果的取得得益于这些实用、简便的自创生产工具。"防暴队盖立新政委参观评选活动时发出感慨，"这些工具记录着维和生活的辛勤汗水和超强智慧，具有'永久珍藏、值得长期回忆'的意义。"

这次评比活动如同一场趣味比赛，更像一场艰苦奋斗的教育。回想起营建工作的日日夜夜，队员们面对原本破旧不堪的营区、基本生活难以保障的营地建设，不畏惧不等待，喊响了"凝心聚力大干苦干100天，誓让西非沙滩荒漠变家园"的建设口号，在偌大的老式营区上开展了让外界惊叹不已的营建攻坚战。评选现场中，一件长度不足一米、重量不到500克的自创锄头最引人注目。发明者、后勤炊事员黎桂福介绍创作过程及性能："营区里最影响整洁的就是杂草，这里的草比国内庄稼长得都快。要是用普通锄头既累人效率还低，怎么办？我找来把旧菜刀，把刀口破解成两半，打磨一下做锄头，找点钢筋做锄柄，这样铲草快而轻便！"我手握大小合适的不锈钢锄头把好奇地问："你用什么将这个锄头把也制作得这么合适？"面对我的疑问，黎桂福给了我答案："我把旧菜刀把儿直接挪过来了！"

参观的人群每走到一件展品前，主创者都会自豪地向大家介绍一番。后勤队员曲锋是研制工具的专家型人员，他自己一股脑带着4件作品参加评选，当大家问起一对手指长的水泥抹子的功能时，他介绍说："从国内来时没想到营地有这么多需要建设的小工程，所以就没带这种小工具，我就用废铁片做了这两个阳角抹子，那对应的就是另外的阴角抹子。有了它俩的帮助，我参与建设的几十延长米的水泥墙面肯定不比专业的差！"在大家的赞许声中，曲锋拿出自造的饭铲子更是别有创意：比家用饭铲子大出四五倍，薄铁皮的材质周边折成小双层，用手一掂果然很是轻便。"140人吃饭，这个饭铲子盛得快，不累手！"炊事班长张文权补充介绍它的突出作用。

越是小巧越代表高超的技术含量，队员王作稳拿着一个"大号针"现场演示缝制遮阳布的手艺。这个"大号针"又是怎么做成的呢？擅长电焊技术的小队员张兴辉替他揭秘："他把不用的废旧铁钉磨扁后，用专用电焊技术做出针孔，然后再用砂纸打磨好，就能当针用了！"除此之外，女队员高志恒继创造出"吸铁石片防蚊门帘"后，又继续研制出了简便省料的自制窗帘——这种上面有按扣、下面有"衬条"的窗帘能够快速收放，顺手叠起来，看着整洁美观。

防雷防雨有奇招
防暴队多项发明"不惧倾盆暴雨和飓风雷电"

"降下各种旗帜，执勤哨位放下第三道防雨布，营区甬道安装防雨沙袋，营区新式排水管启动！"5月18日，当乌黑的云层伴随着飓风靠近营区时，防暴队指挥中心值班员果断下达命令后，哨位和备勤人员有条不紊地进行防雨防风和防雷电措施的落实。

"暴雨来临时就像整车皮的黄豆倒在地上，还像大个头的冰雹敲打在房盖上，还仿佛是消防车往塑料大棚上喷水，那种感觉让人感到恐怖！"队员李光明说起近期经常不期而至的暴雨心有余悸，"穿着雨衣一会儿就渗进水，衣服马上就会湿透，哨位周边马上就会成为一片泽国，蓝光的闪电顺着建筑物就下来了。"据悉，已经进入雨季的格林威尔地区大部分时间处于阴云笼罩中，每天一场或者数场时间长短不一的降雨给当地人们的生产生活带来很大影响。防暴队领导在走访相关部门和当地民众时了解到：紧邻大西洋的这里属于热带雨林海洋气候，每年5月至10月雨季期间，降水云层经常呈立体型汇聚，一旦出现多云层交叉降雨现象，时间不长暴雨就会伴随超强飓风、雷电袭击当地，每年都会出现大量枯树被雷击、民房被吹倒的情况。几天前，一场强降雨到来时，营区来不及降下的彩旗瞬间被扯碎，正在进行应急训练的队员附近不远处几道闪电击中水泥地面，人员迅速紧急撤离后才避免了危险。

"所有排水管道再深挖半米，哨位增加防雨布，营区各处防雨防风防雷电措施还得进一步加强！"近期，防暴队再次把预防暴雨飓风雷电安全作为重要工作进行部署，其中，各种融入队员智慧的"以沙防水"、"自制排水管"作为紧急措施运用到防雨中，起到了良好的防雨排涝作用。据防暴队盖立新政委介绍："'以沙防水'是汲取了细沙不存水的原理，把最细的沙子装在高密度的塑料袋里，当暴雨形成积水冲来时沙子过滤积水而不流失，并排摆放在营区各路段时既能让队员正常行走，又确保了正常排水防涝。"另外，"自制排水管"同样利用地表层细沙迅速排水的原理，在地面以下30厘米的位置，每隔40厘米下挖放置一个方形排水口的横切面大口径塑料管，统一摆放在房檐、重要路段、公共设施周围，待大量雨水涌入排水管道时，各塑料排水口通过下面厚厚的细沙及时排掉积水，确保营区安全。

近期，不期而至的暴雨雷电给队员执勤、生活造成了极大的不便，一旦被阻隔在某一个安全位置，必须长时间等到雨停后才能出行。为此，队领导再次安排后勤技术人员连夜施工，利用各种废弃铁皮、木板制作成防雨连廊，对宿舍、食堂、会议室等途经路段实行遮雨防护，确保了极端天气下各项活动顺利开展。

比金钱更宝贵的奖励

海外维和一家亲：队员两倍工作量投入建设，队里奖励亲情通话"流量"

"我们是祖国第一支派驻非洲的维和警队，意味着我们是维和家园的开拓者和创业者，一个月来，大家克服自然条件对工作、生活带来的困难，团结一致、不知疲倦地投入到紧张繁重的营建工作中，群策群力地打了一场营建'突击战'，每个人付出了国内两倍的工作量，取得了优异的成绩。不过，再忙也不要忘了给家里报平安，我们决定给表现突出的队员奖励手机充值卡，每周与家人多聊上几分钟！"盖立新政委的讲话得到全体队员热烈的掌声回应。12月1日下午，第一支赴利比里亚维和警察防暴队进驻一个月讲评大会如期进行，没有鲜花没有奖品，面对一个个付出艰辛的突击队和尖刀兵，党总支决定奖励他们手机微信流量——鼓励队员们在工作之余抽出宝贵的时间和家人发短信、通视频。

进驻任务区一个月以来，作为和全体队员同战斗同劳动的宣传员，我目睹大家艰辛的工作付出，几乎没有节假日、不分白天黑夜，坚持白天10小时劳动、晚间3小时站岗执勤的"10＋3"工作模式，按照工作重点和人员特长进行专业小组编排，部分由队领导点名组建，更多的是很多队员自行报名加入到攻坚团队。随着工作任务的进展，十几个攻坚小组陆续组成：旗杆工程小组、集装箱房建设小组、管线改装小组、围墙建设小组、哨位改建小组、通信攻关小组……林林总总，涉及防暴队全局建设方方面面。"营建任务迫在眉睫，必须赶进度重效益，真是辛苦队员们了，下了哨位就劳动，放下工具就得拿枪执勤，个个都累瘦了，脸庞晒得黑红黑红的，衣服每天湿了再晾干，干衣服一会儿又湿透了，看着都心疼！"盖立新政委谈起队员们的表现，除了心疼，更多的是自豪。

"我来了，这里就要变样了！"这句台词用在中国维和警察身上很贴切，30多个日日夜夜里，这些队员们秉承自力更生、艰苦创业的"南泥湾"、"北大荒"精神，凭借不服输的干劲，练就了一批技术较好的"铁匠"、"瓦匠"、"搬运工"、"装卸工"、"建筑工"，硬是短时间内让原先破旧的营区面貌焕然一新。今天，首批被评为优秀突击小队的孟凡军小队、张茂林小队、贺称翔小队以及尖刀队员曲峰、刘禹剑、张兴辉等受到了隆重表彰。获奖小队及个人将获得由党总支奖励的2G左右的手机上网流量，用于抽出时间和家人手机通话、微信视频，共同推动繁重的维和任务顺利完成。

为什么奖励手机上网流量，盖立新政委解释说："目前，我们全队生活保障极为困难，有限的经费都是精打细算，用在勤务上，用在给大家买菜买水果补充维生素上，这次表彰征求大家意见时了解到他们最渴望的是与家人联系，我们就下决心拿出几千块钱奖励一下大家！队员们最关心的就是我们最关注的，花这个钱我认为值得！"几百兆的流量拿在手里，每个队员都倍加珍惜，这是个什么概念？总价值人民币人均不足30元，却是全队从购买副食品宝贵的经费中扣出来的，对于条件艰苦的任务区，这既是一种珍贵的精神奖励，更是全队人员对工作生产标兵的认可。

营区里测到 3G 信号
建设人气最旺的"视频区":哪里信号好哪里就是知兵爱兵的最佳场所

1月13日中午,防暴队员王作稳正坐在休闲凉亭里,手拿智能手机和远在万里外的家人视频通话,倾听妻子和孩子怎么订票回家,年货怎么购置。此刻,营区中心位置几个大树下建起的休闲凉亭下已经聚集了十几名队员在和亲人发照片、通视频,这个信号最好的"视频区"已成为全队人气最旺的地方。

将近2万平方米面积的营区里,中间不足30平方米的区域是手机信号最好的位置——这是全体队员在一次次通话、视频过程中测试出来的。这个"秘密"被闻鹏程、魏兵等队员发现后迅速在全队传开。于是,只要不是上勤、操课的时间,无论刮风下雨还是白天夜晚,这里永远是聚集人员最多的地方。我曾目睹很多队员半夜下岗归来在大树下和亲人通话流泪,也曾看到众多的队友冒着大雨浇湿了衣服用木板挡着手机屏幕和家人开心地视频。

大约一个月前,队领导及时地发现了这个问题,开始着手研究在这个手机信号最畅通的地方建设温馨舒适的环境。为此,盖立新政委等队领导不仅支持大家和国内亲朋好友通话,还主动参与到这个群体中感受这份亲情通话的喜悦:"这里是大家最喜欢来的地方,因为这里凝聚着你们的亲情,只有来自国内大后方亲友们的支持,队员们才能保持旺盛斗志,执行好维和任务。"有一次,盖政委看到安装组长、队员邹本双浑身湿漉漉地跑过来,来不及擦掉满脸的汗水就拿起手机和3岁的儿子通话——那边是妻子儿子心疼的话语,这边是他对亲人的叮嘱。短暂视频通话过后,邹本双又快步回到建设工地投入劳动。类似情况很多很多。

目睹太多感人肺腑的场景后,盖立新政委建议立即在这里建成挡风遮雨的相关设施,保障大家在这里通话、视频有个好环境。在他的提议倡导下,具备多项功能的文化大棚、室外运动场都围绕这个区域逐步建设起来,就连大面积的洗浴房也建在这个区域——便于队员们边用洗衣机洗衣服边和家里人通话聊天。现在,在信号最好的芒果树下,3个大型遮阳伞并排搭起,20个红顶小方凳不规则地摆放着,4个圆形桌上摆放着队员们随身携带的对讲机以及需要给家人视频展示的照片、实物等,便于国内亲友全面掌握队员在任务区的工作、生活情况。

一部手机是队员与亲人联络情感的最佳纽带,休闲视频区成为这一重要内容的最佳平台,然而,对于经历了国内上百天封闭式集训、国外80多天艰苦生活的队员来说,维和任务刚刚完成了三分之一,剩下的考验无疑将更加严峻。对于这点队领导无比清楚,他们仍然把加强亲情沟通作为思想工作重点进行深入研究部署。此前,盖立新政委安排通信技术人员与当地通信部门频繁沟通,多方介绍相关情况赢得对方支持，于今天下午再次向队员传递喜讯：经过我们多方努力，春节期间有望让3G信号覆盖整个营区，让大家在任何一个地方都能把拜年的电话打到国内，保证每个队员除夕夜能给老人拜年、能和妻子孩子通会儿话。

第一次和家人通话像过年
防暴队员们自制手机信号"接收器"定期报平安

"今天是我生活中最特殊的一天，这一天我报名维和、和未婚妻登记，还是她23岁的生日，她独自在家装修的新房子也是这天竣工。我正在驻外执勤点执勤，怎么给未婚妻发去我最真诚的问候呢？"21日下午，防暴队一分队队员车艳良在营房前后边走边思考，最后通过自制的简易手机信号"接收器"顺利地和远在黑龙江黑河的未婚妻邱雪通起了电话。当从未接通信号的手机能够清晰地听到对方声音时，他愉悦的话语竟然不知道从哪里开始说起。

防暴队所属两处驻外执勤点均地处大山深处，周边杂草丛生，常有毒蛇猛兽活动，平时工作联系需要高频对讲机通话，队员携带的手机从来没有过信号，加上每次在外驻训时间超过20天，队员们对家人的牵挂和思念一直埋藏在心中。为此，近期负责驻勤的孟凡军、徐东晓两名小队长带领队员们开始在这远离市区、远离手机信号发射塔的地方琢磨起来，想了很多办法。小队长孟凡军说："能尝试的办法我们都用过，从国内想方设法地捎带信号更好的手机，轮流站在高坡上找信号，还派人走到机场跑道靠近大海的位置进行测试，每次都是高高兴兴地去失望地回来，最后发现这周边一公里内全是信号盲区时，岁数小的队员多次失望之余有的还偷偷流泪。"

看着大家着急的面孔，队员郭强费尽了心思、想尽了办法，最终拿出一个比较理想的创新办法——把手机卡放在瓶子里，再用十几米长的木杆把"信号瓶"支起来，用USB数据线把信号接到地面，一个简易的手机信号"接收器"就制成了。"效果怎样？"面对我好奇的追问，他笑着说："信号时好时坏，但是每天都能有几个时间段和家人通上一会儿话；但是一旦断了线就要等待很长时间，有时候还得等到几天后。"

手机信号断断续续来了，队员们反应怎样？孟凡军说："上个月初次通话时，那场面和过年过节氛围差不多，大家排着队等着和家人说上几句问候的话语。"如今，这种简易"接收器"已经增加至3个，大家对于跨越千山万水和家人亲友听声音诉情感的热情仍在继续。这么多人都渴望拿着话筒听听家人的声音，前后顺序怎么排？车艳良说："大家都非常自觉，每次都是先让最需要的队员打第一个电话,具体说就是家人生病的、亲友过生日的这些情况,每次都是不超过1分钟通话时间,这已经很满足了。"

如果能更多地制作这种"接收器"就会打破无法通话的瓶颈,对于这个问题很多队员有自己的理解:这种"接收器"最关键的是USB数据线,多方查找后发现当地无法采购到这种商品,幸亏有的队员从国内顺手携带了几条,结果在实际使用中发挥了这么大的作用。这几天,队员们主动向我提供好的信息——尽管零部件的瓶颈没法突破,但是他们把"接收器"作为"母机",下面再延伸出"子接收器盒",经过无数次实践也取得很好的效果。今天,我在现场看到这种"分部"接收盒是将易拉罐切除两段,再将剩余部分切成细条起到发射、接收信号的作用,把这种加工后的易拉罐放在不锈钢床体的最高处后,只要有微弱信号时,队员们就可以坐在下面同国内亲友进行通话了,如果信号再好点时还可以慢吞吞地发出一条微信。

对于这种做法带来的效果,一分队教导员任杰说:"队员们大部分是80后、90后的年轻人,这种想方设法沟通亲情的精神令我们感动;我们想方设法地支持他们利用业余时间和家人聊天交流,增加工作信心和战胜困难的勇气,才能保证我们中后期维和任务圆满完成。"

住进空调房
防暴队首次大搬家:注重实战实用,彰显亲兵爱兵

"从左侧开始划分,办公区、作战指挥中心,然后各分队依次排开,每个区域都有队领导同队员一起居住,这样便于突发情况时第一时间现场指挥行动。"1月3日,在中国维和警察防暴队最大一次成建制搬家现场,政委盖立新边指导大家搬运物品,边对着大门口集装箱上的作战掩体讲解:"营区各个部位建成这种防御掩体后,保障指挥中心、供电供水设施都在哨兵的有效保护下,面对紧急情况确保我们自身安全,及时对来犯之敌予以反击!"

记得刚刚到达首都蒙罗维亚中转营时,几十名队员挤在简陋的露天帐篷里,克服种种困难边训练边学习,度过了艰难的短暂时光;到达任务区后条件依然简陋,很多队员只能居住在透气漏雨的简易房间里,连像样的厨房、餐厅都没有,140名队员面对4个厕所十几个蹲位只能排号如厕,经常因为内急而苦不堪言。随着营建工作顺利推进,全队各个公共场所和宿舍突出人性化建设特点,注重简洁实用尤其是防蚊、防蛇等功能,更重要的是在自我防护和安全设施方面下了大力气——用警用公路阻车墙、蛇形铁丝网建成近2万平方米营区的坚固的"墙体",

各个重要位置的集装箱上侧建设了防暴防御掩体，能够有效抵御各种非法入侵。

"新房子新气象，越来越有家的感觉了！"值勤官谷玥欣雨提着大大小小的包裹边走边开心地对我说。她们搬进的是宽敞明亮的大面积集装箱房，有空调有室内卫生间还有其他温馨小设施，宿舍对面不远就是经常昼夜值班的指挥中心执勤室。据指挥中心主任孙福成介绍："这样便于往来工作，及时处置各种突发情况。"和她们相比，一线战斗队员和后勤保障人员的居住条件同样实用舒适——房间有空调有热水有七八种室内健身小器材，还有咖啡等执勤上哨"提神"用的饮品。谈起这些，盖立新政委介绍说："我们将更多的精力用在改建多功能文体大棚、各种室外运动场上，有限的经费用于后勤副食采购、洗浴房增建等方面，确保队员基本生活设施、基础文化需求得到最大程度保障。"

"一切围绕执勤任务完成，一切保障海外维和生活较为舒适，维和9个月是领导干部和普通队员同甘苦共奋斗的漫长过程！"防暴队领导经常提起的这句话充分体现在这次分房搬家上。刚到达任务区时，5名队领导居住在面积不足20平方米的集体宿舍——没有电器、电话、办公桌椅，只有硬板床、电源插座、日光灯这些简陋的设施——这个简陋的房间成为中国海外最大的警察队伍的指挥部，整整10多天时间，这些领导一直在这里办公、居住，指挥勤务行动。

新营区建成后，他们依然居住在建设年头最长、设施最为简陋的老营房。所有队领导统一使用集体发放的工作、生活用品，杜绝任何人超标准使用办公设施，添加多于普通队员的生活用品。

"新建成的集装箱房充分考虑了执勤、值班实际需要，除了办公室、活动室以外，所有的好房间尽可能地保障值班员、执勤人员使用，避免他们夜间值班加班遭受蚊虫叮咬！"盖立新政委如是说，"要想队员不想家，就得把防暴队建成海外温馨的家！"随着搬家工作顺利完成，同时启用多功能文体大棚、多个洗浴房及篮球、足球、羽毛球等场所，全天候开放使用，以此保障全体队员在紧张执勤工作之余能运动放松舒缓压力。

动物和人做朋友
十几种野生动物栖息营区：维和队员精心打造"世外桃源"

12月3日，第一支赴利比里亚维和警察防暴队三分队队员业余时间拿着手机"秀"起镜头里的美好家园——几十张大家顺手拍下的动物画面描绘了人与自然和谐相处的真实场景——队员执勤上哨周边百鸟环绕，巡逻路上小动物们"夹道欢迎"，队员宿舍内蜥蜴、甲壳虫自由来往。人与动物在这里和睦相处，队员们为十几种野生动物创造着更好的生长环境。

格林威尔地处大西洋岸边，靠近赤道，人口仅有2万多人。这里没有任何工业设施，更没有化肥农药等污染源，城市之间甚至连公路都不顺畅，车辆更是少之甚少……在外来者眼里，这里是一片神奇绝伦的土地，汇集了大量鸟类、鱼类以及爬行动物在这里生长生活，是名副其实的野生动物天堂。

也许是热带雨林气候的因素，也许是西非大地久未开发的缘故，这里的鸟类数量多个头大，大雁、白鹭、丹顶鹤、麻雀，还有很多叫不出名字的鸟类云集于此，天上飞鸟不断，地上爬行动物往来穿梭。它们是人类的朋友，更是受到保护的生灵，防暴队员就像对待贵宾那样善待它们，不但绝对禁止捕杀，而且禁止惊扰，把它们当作朋友一样照顾。营区中间大树上是上千只鸟儿的集中栖息处，大大小小有几百个鸟巢，大部分是个头较大、羽毛鲜艳的麻雀，还有很多如同鹦鹉颜色的鸟儿。在队员眼中，鸟巢树上的"主人们"日常生活主要是觅食、筑巢、欢唱，防暴队自从进驻以来就在大树周围20平方米内设置了"警戒圈"，任何人不能靠近，这样便于鸟儿们自由欢快地生活。

"大部分鸟儿都在安全环境里活动，但也常有溜号淘气的！"几名女队员是这里秩序的维护者，更是爱鸟护鸟带头人，她们无数次捡拾起掉在地下的鸟窝，有时还有羽翼未丰的幼鸟困在里面。她们每次都想方设法地把鸟窝送到离地面最近的树枝上，女队员高志恒曾经连续几天照顾一只受伤的小鸟，直到它伤口恢复后飞向天空。

蜥蜴、白鹭、乌鸦、壁虎、大号甲壳虫在营区里随处可见，还经常成群结队地在队员身边嬉闹。旁若无人、数量最多的要数蜥蜴，几乎满院子都是——它们不怕人还"扰民"，经常出现在你的眼前，趁你不注意，快速做几个俯卧撑，或者直接爬到队员的作战靴上，展示它们的强壮，随后便与你对视起来。随处可见的壁虎们"轻功了得"，穿梁越脊攀壁上树如履平地，它们喜欢躲藏在哨位四周的卷帘内，小巧灵活，调皮可爱，刚才还在你眼皮底下小憩，一会儿又不知去向，当你刚刚要忘记时，它们又突然出现在你眼前，让队员们的执勤生活充满了乐趣。营区里还住着"黄姓"一家三口——在4号哨位附近一只母黄鼠狼带着两个孩子，每天阳光落下之前是它们撒欢的黄金时间，先是母亲钻出草丛侦察情况，然后两个小家伙从草丛中鱼贯而出，互相打闹、追逐。队员们对它们不伤害不打扰还经常送吃的，时间长了双方开始和谐相处，偶尔赶上队员们上下哨位路过时，这母子仨不躲避、不害怕，有时候还站立两旁"夹道欢迎"，这既是西非大自然的一景，也是维和队员的一乐。

二分队教导员李海军带着队员们上哨下勤时，曾经两次遇到腹部隆起的母蜥蜴在甬道上"临产",往往去的时候绕过"露天产房",回来时这里已变成母亲带着短短尾巴蠕动的小蜥蜴玩耍的"幼儿园"。12月1日,分队长王丽平在营区挖掘下水道时,累得满头大汗的他惊喜地发现十几只白鹭围绕在周围5米内的区域里,自由散步,捕捉虫儿。这样的美景只有在影视剧里才看到过,现在竟然能在自己身边上演,让他高兴不已,尽管很劳累,他还是让战友拍下了和鸟儿和谐相处的感人场景,通过微信给妻子留言:尽管任务区条件艰苦,但通过我们精心呵护,这里已经是少有的人与动物和睦相处的"世外桃源"了。

我写这篇文字的途中出去转了转,满耳朵是鸟儿的欢唱声,几只五颜六色的蜥蜴正在树干底部"健身",远处草地上有信步悠闲的白鹭,待我重新坐在电脑前,发现对面房角上一只壁虎正用陌生的目光观察我……防暴队营区真有点儿像现代《桃花源记》了。

文体

第一个休息日
由午休"作战靴队列"联想到的……

200多米长的简易走廊里,以宿舍为单位齐刷刷地摆放着防暴队员的作战靴,犹如一列随时接受战斗命令迅速出动的和平卫士,这副整装待发的姿态,与之相应的是6个哨位对讲机里随时传来的执勤情况报告……

11月3日,是防暴队远离祖国整建制开赴任务区的第一个休息日,这期间,"边战斗边营建"的整体思路正逐步推进,近2万平方米的破旧院落里正有计划地逐步推进建设,既有整体规划目标,又有每天的推进任务,用联利团格林威尔任务区行政办公室主任邓肯先生的话说:"你们的营区天天在变化,变得规范整洁!从来没有一支警队像你们这样精心建造自己的家园!"警队的战斗素养和战勤准备没有丝毫懈怠过。记得那是几天前,当飞机载着防暴队指挥官率领指挥中心人员到达任务区后,没有人先吃饭先安置物品,而是在分队负责人引导下逐个哨位检查,看哨兵的精神状态,看警务装备,看火力覆盖情况。他们一边踏查一边解决现场发现的问题,然后在一大片"集装箱阵营"中直奔"枪库",清点数量,查看保养以及出入库登记记录……

昨天夜间，对讲机又传来指令，让政教中心的我随盖立新政委查岗。时间已近深夜，昏暗的灯光下飞舞着数不尽的蚊子、苍蝇以及叫不出名字的"飞行物"，尽管茂盛草丛中的甬道已经尽力清除了杂草，但是"风吹草动"仍让人感到潜在的危险，因为白天就是在这个区域，防暴队员在清理腐烂物时遭遇一条一米多长的大蛇，虽已被装载机误伤碾死，但是北方人对毒蛇的恐惧还是很普遍的——据说蛇类都是群居动物，周围应该还有数量不少的同类，有防备还是对的！我们以木棍为"蛇杖"边行走边"预警"……到达各个哨所后，队领导检查的重点内容只有一项：考核哨兵警用枪支分解结合，以及子弹"卡壳"等常见问题解决，还现场示范了枪支夜间和雨天使用技巧。

从夜间查岗的一幕，再回到午休的"作战靴"场景：我轻轻走进几个小队宿舍，大部分队员在午睡，只见战训服、头盔等物品整齐叠放，防暴枪统一放在随手就能拿起来的位置；少数队员在欣赏电子书，还有的拿着小数码相机在营区拍摄风景。就战勤问题我请教小队长国云峰后得到的答案是：除了固定携枪队员警戒外，所有队员床头全天摆放防暴枪、应急棍、强光手电等物品……"看来大家的准备都是挺周全的？"对于我的问题，国云峰说："我看过'炮兵少校'苏宁的事迹，他从入伍到牺牲住的都是部队的硬板床，武器从不离身，军装、军挎、胶鞋这些物品睡觉时都是摆放整齐的，随时准备参加战斗……"

写到这里，我想起了甲午海战中惨败的清政府海军，参战前夕留在军舰上执勤的人员大部分都上岸享受生活去了，导致装备精良的大清海军几乎全军覆没；侵入朝鲜的多国部队也多有带着美女"裸照"的低劣军官，结果是被我入朝志愿军打得落花流水……前事不忘后事之师——我在200多个日日夜夜里和防暴队员们工作生活在一起，切身感受了这支警队长期磨砺利剑的艰辛和一次次大型任务中塑造出的战斗精神——能吃苦能战斗、能忍耐有毅力、情趣健康爱好高雅，相信大家在未来的战斗中会交出合格的答卷！

维和生活满月了

奋斗30天迎来休息日：亲情电话"自留地"和"奋斗路"主导队员假日生活

"维和生活满月了！"11月24日（当地时间星期天），第一支赴利比里亚维和警察防暴队迎来首个休息日，除正常勤务、备勤分队外均安排整天休息自由活动。过去的一个多月时间，每天10多个小时超长工作时间，战备执勤稳步推进，"破天荒"的营建工作热火朝天，第一次放假休整，队员们在做什么、忙什么、想什么，我在营区走访了解一番后，发现一些具有海外维和特色的新气象。

——31个亲情电话拨错也有惊喜。"花名册上奇数归你，偶数的我来打！"二分队教导员李海军与队长王立平简单分工后分别给全队30名队员家属拨打越洋亲情电话。"打完电话，所有的工作艰辛都被队员亲属一声声暖心的话语化解了！"李海军满脸笑容，"电话中有的我称为叔叔、阿姨，还有的叫弟妹，家属们接到电话都很高兴，好多家长们边接电话边喊'儿子，是我儿子的电话'，我一听就开心地说阿姨我是您儿子的队友，是在利比里亚和您儿子一起维和的分队的教导员，我们朝夕相处共同完成维和任务，也是你们的儿子！"详细询问了电话内容后我发现他们的通话内容主要包括介绍队员的健康情况、任务区的生活条件、安全形式及防范措施，再就是如实了解队员家里存在哪些困难。"这里面还有插曲呢！"王立平队长忙着讲述"意外惊喜"："一个小队统计电话号码时误把在原单位同事岳母的电话留给我们，这个号码连续打了两次，第一次对方说你打错了，还问你这是哪里的电话啊，我说是非洲的。第二次阿姨说你又打错了，你到底是哪的电话啊，听说我是非洲维和防暴队的，阿姨连忙说自己天天看《人民公安报》刊登你们的利比里亚维和日记，知道你们挺累挺苦的，一定注意安全啊！"

——不睡觉也得把责任菜地伺候好。在条件异常艰苦的任务区里能亲手种出绿油油的青菜，是每名队员最渴望的事情。菜地负责人罗卫波通过几十次试验，终于实现了现有菜地健康成长、陆续开垦延伸种植面积的目标。谈起种菜艰辛，他说："我差不多像对待自己的孩子一样侍弄它们，现在最担心的是大雨和蜗牛，防止虫害不能使用农药，要是有石灰就好了！"防暴队试种的小白菜已经长成10多厘米高的绿苗，继续开垦的"2号""3号"菜地试土、规划完毕。早饭时间刚过，拧不过各分队人员的强烈要求，罗卫波像生产队长分地一样，带着各分队推荐的"种菜能手"前往一公里外的新菜地划分责任田——每分队6垄菜地，自行栽种、管理，40天后组织管理和生产蔬菜综合评选，长势好的、产量高的、贡献最大的，要好好奖励。时近中午，9名队员冒着炎炎烈日在菜地里备垄、施肥，搭遮阳棚，栽种菜苗，队员李建立还在旁边不足3平方米的闲置地里栽种下移植来的扁豆苗，边栽苗边说到时候一定要给大家一个惊喜。晚饭后，许多队员拿着手电筒带着网子，自行前往自己菜地捉蜗牛——他们说每人能捉到几十只，然后放生到远处树林里，但这只是权宜之计，明天会及时铲除菜地附近10米范围内的杂草，让蜗牛转移到远处杂草中找不到来菜地的路，就可以避免它们夜间的侵袭了。

——十几条维和特色执勤路加班建成。走在通往执勤哨所的几条甬道上——鲜花点缀、杂草全无，还加上一些"哨位安全我安全"之类的提示牌——这些新气象昨天还没有，都是今天加班的工作成果。队员李光明说："这是昨天没干完的活，今天大家中午小睡一会儿就自觉来了。要把这些执勤路都建设好，当地缺乏水泥等原料，我们从远处运来沙子和石子，铺成一米宽的执勤小路，既安全又整洁！"这些小道长度上千米几百米不等，队员们还精心给每条小路集思广益取名留念——"奋斗路""艰苦路""维和路""和平小道"……每条小道队员们都能讲述一些感人至深的故事，他们还计划在路边修建简易的小宣传栏，把现在的日常工作和劳动成果做成图片贴到上面，可以长期观看。张茂林小队长说："一开始干的时候，当地人员很是好奇，提出了很多问题，诸如这花和树长在哪都可以生长，为什么非得让它们规规矩矩地站成排？道路为什么修成宽窄一样还取直了，弯度大还能迷路吗？现在，修葺一新的道路四周杂草全无、平整规范，各种有毒动物藏不住身，自然减少了很多，再就是遇有紧急情况可以快速反应，不会因为路况问题影响战斗力。看到这些，那些当地朋友的疑问自然就解答了。"

下午，盖立新政委在集装箱前组织召开工作推进会时感慨地说："今天是休息日，大约有一多半的队员在自觉劳动，很多同志浑身是汗水，撵都撵不回房间，让人看着就心疼，有大家这种精神和斗志在，我们的勤务和营建目标一定能早日实现。"

期待已久的电影是国产功夫大片
一场露天电影上演：队员和任务区友人观看，队领导"替岗"

11月27日晚，一场独具特色的露天电影在"联利团"格林威尔任务区院内上演，全体队员及"联利团"工作人员兴致勃勃观看了独具特色的中国国产精彩大片——浓郁的中华文化因素、军人忠诚报国的主题，加上环环相扣的情节，现场观众沉浸在优秀影片带来的良好视听觉中。影片结束后，"联利团"民事警队沙新少校告诉队领导："防暴队以后各种文体活动请你们务必邀请我参加，另外，还恳请你们中间能有人教会我中华武术、书法和茶道文化！"

恶劣的自然环境、匮乏的物质生活，各界民众对精神文化生活的向往……队员们都看在眼里记在心里，开始谋划着将哪些好的文体活动和浓浓爱意送给当地群众。不久前，附近西诺州二号行政长官奥格斯汀先生曾经郑重地向队领导表示："格林威尔各界群众渴望中国防暴队积极参与当地的文化交流交往活动，这里的民众早就盼着和中国警队一起交流武术、茶道、书法等。"

作为首次进驻非洲执行维和任务的防暴队，在传播中国传统文化、促进当地文化、促进两国人民友谊上投入了大量的精力，提前做好了各项准备工作。盖立新政委说："针对利比里亚人民崇尚中国文化尤其是传统武术的爱好，我们组建了播放上百部饱含中华精武精神电影的放映队，还将适时组织中国传统武术进校园、进社区、进企业等系列活动，特别是对于这里的少年儿童，准备了大量带有中国文化元素的精美礼品，还培养了熟悉当地语言的业余文化老师，在营建工作取得阶段性成果后，将扩大与当地民众的交流范围，延伸交流触角，一定让非洲人员感受到中国警察的深情厚谊……"

清晰的放映效果，久违的视觉大餐，对于防暴队员和任务区行政部门人员都是一件值得高兴的事。对于大家期盼已久的电影放映，防暴队除了邀请"联利团"及乌克兰飞行队人员参加此次观看活动外，一线执勤和后勤保障人员均安排在最佳位置观看——他们工作上付出了常人难以想象的艰辛，尤其几个执勤、营建突击小队队员们，放弃了所有的休息时间，在工作质量和进度上得到了全队人员的高度认可，这场首次露天电影专门给他们留出了好位置，作为特殊奖励送给他们。

傍晚，任务区从来没有过的露天电影正式上演，队员们和客人们看得津津有味，我发现独独少了各分队的几名领导，经过了解才知道他们把看电影的机会留给普通队员，纷纷主动到各个执勤点"替岗"站哨。电影即将结束之际，天空开始电闪雷鸣地下起雨来，替岗的队领导们均被大雨阻隔在岗楼里。一小时后，我看到了浑身湿透的三分队领导林雪峰、罗卫波。"你们一定得说说替岗的情景和感受！"面对追问，林雪峰说："这是中国警察在任务区播放的首场电影，大家都想分享那种久违的影视大片魅力，但是我们必须把机会留给一线队员们；我们站在几百米的哨位上隐约听到影片声音也很激动；大雨来时，蚊子都飞到岗哨狭小的空间里躲避，我身上大大小小被咬了十几个包！"队员们劝说他俩快涂抹防蚊药处理，他俩笑着说："也是一件好事，我们暴雨中长时间在哨位上直接感受体会，发现了雨中蚊子数量倍增的问题，下一步一定想办法把这个问题解决好！"

看行业报、听新闻联播凝心聚力
"读"报纸看电视：《人民公安报》、中央电视台增色非洲维和队员文化生活

11月29日晚，第一支赴利比里亚维和警察防暴队食堂前传来一阵欢呼声：全体队员迎来了工作生活中的两件大喜事：一是手机信号覆盖大部分营区，队员们全部通过微信看上了《人民公安报》电子版；二是通过技术人员的艰苦努力，下午5点顺利接收到了中央电视台中国新闻节目。在欢庆现场，通信具体负责人刘禹剑幽默地向大家致歉："从今天开始大家不用再去大芒果树下上微信看新闻了，省得衣服湿透鞋子是泥，成本太高，代价太大了。"

队员们都记得这样一个场景：当乘坐的直升机飞抵任务区时那一瞬间，发现自己的手机信号全没有了，就是卫星电话信号也时好时坏——这里依靠海空运输，交通封闭，位置偏僻，上网看新闻成为最大的奢望。随后几天，防暴队技术人员

通过咨询了解得知：有关通信公司在这里设置的基站距离营区 2.5 公里，而手机 3G 信号传输距离是 1.5 公里，上网上微信难度很大。这些年轻人富有开创精神，更对能看资讯联系家人这项国内司空见惯的精神需求进行了探索研究。经过全体队员几天测试后，发现这里只有营区两棵大芒果树下勉强能接收到信号。经过十几次甚至几十次连续登录后，会奇迹般地登录微信，最佳状态能保持半小时的良好状态，要是不走运也就几分钟。于是，这里无论白天还是夜晚都有队员在大树下等信号，近期雨水多降水量大，大家为了和外界联系，顾不上道路泥泞、浑身湿透，看到他们雨水顺着脸颊往下流，还坚持微信看新闻、一笔一划给家人报佳音的场景，我多少次触景生情、潸然泪下。

《人民公安报》作为全队人员高度关注的主要媒体，已经每天不间断地刊发"维和日记"36 篇，全程反映报道警队要闻和队员的精神风貌，大家每天通过阅读报纸电子版了解国内尤其是公安机关的大事小情成为一种习惯。作为维和日记作者，我每天目睹着大家看到身边人身边事或自己事迹的那种喜悦，为此，我开设了"赴利维和防暴队"公众微信号，风雨无阻地将《人民公安报》日记电子版通过微信向队员发布，由国内各界及维和队员家属组成的好友群已经达到几千人；日记电子版是个窗口，更多的公安要闻尤其是时政报道官兵们备受关注，我利用工作便利每天将《人民公安报》电子版下载，用彩纸打印后发到各个分队供大家学习阅读——他们房间里整齐地存放着十几种警用装备，还有水杯、手套等简单的生活用品，这份海外特殊的报纸就成为他们工作之余文化生活的主要组成部分。我曾经尝试过从国内邮寄书刊或者资料到任务区，几经努力倍感失望，原因是邮寄到首都蒙罗维亚都困难重重，基本无法邮寄到格林威尔。现在，队员们对各种重大新闻、时政要闻都是通过《人民公安报》电子版了解掌握的，大家对于维和日记中的"支持来自强大的祖国和人民""任务区里一声同志好亲切"等新闻标题耳熟能详。

这种苦熬等信号的艰辛日子值得永远铭记。经过通信部门的努力，能手机上网的日子距离我们越来越近了。记得几天前，一声"3G 来了"的口头禅在队员中传播——技术参谋刘禹剑陪同从首都乘坐了两天车赶来支援的某通信公司技术员在营区勘察，他的到来受到了防暴队上上下下的欢迎，盖立新政委专门抽出时间同他座谈协商："你一定要帮我们把通信这个问题解决好，让大家能看新闻阅读报纸，和家人顺畅联系。这对于防暴队是件大事，你算给我们帮了大忙了！"

通信工程进展艰难复杂：第一步协调市里基站信号扇区角度向营区调整，第二步协调增加 2 个 3G 信号接收扇区，第三步将信号放大器增至 6 台。按照每台放大器 30 米内效果较好计算，2 万平方米的营区已经有将近 200 平方米内能接收到信号。这对远离祖国远离亲人的队员们来说，喜悦的心情不言而喻。

今天，当全体队员整齐列队走进简陋的餐厅时发现，闲置已久的电视已经开始播放中央电视台4频道《中国新闻》节目，来自祖国的清晰画面，字正腔圆的中文直播，让大家倍感亲切，兴奋不已。后勤人员说调试工作同样历经了一番波折，原本从国内带来的"高频头"（一种电视接收器配件）无法接收卫星信号，通过派人专门去几百里外的首都采购，经过多方寻找才找到合适的配件，辛苦了十几天总算让大家看上了国内的新闻节目。

唱歌比赛弘扬中国警察精神
维和警察防暴队举办首届"维和好声音"评选活动

2月16日晚，维和警察防暴队营区内掌声阵阵，呐喊声此起彼伏，评委席上由队员临时担任的评委们坐在马扎上聚精会神地打分，15名来自战斗岗位、指挥中心、后勤分队、技术保障部门具有文艺特长的队员选手走上台演唱自己最喜欢最拿手的歌曲，今晚，他们的目的只有一个——凭借自己的特长和功底冲刺全队首届"维和好声音"评选比赛优秀选手奖。

"中国好声音"评选活动是备受国内歌迷关注的文艺评选形式，也是维和警察防暴队青年队员钟爱的节目，很多队员对其中的环节和歌手普遍喜欢，那么，这场由防暴队员们自行组织的"好声音"评选是什么情况？主持人陆洋拿着比赛方案介绍说："我们基本按照国内'好声音'评选模式进行，评委从队员中抽签确定，背对着歌手打分，没有可以转动的靠背椅，我们就用马扎充当，前面放置自制小木板打分，效果照样不错！"这场海外任务区"山寨版"的"好声音"评选现场，没有专业灯光，没有像样的音响设施，但以其独特的创意、崭新的风格营造了良好的氛围，看着9名抽签后获得评委资格的队员走上评委席时，大家响起热烈的掌声——他们中有电工有队员还有厨师，都是怀着对音乐的挚爱荣幸地抽签做评委工作。比赛过程中，他们既紧张又认真，个个拿着铅笔认真地倾听选手们的演唱，仔细对照评分表一项项打分。一名名歌手唱着自己喜欢的歌曲从幕后走出来，评委凭歌声打分，听唱功评判，往往下狠心打了最低分转过身一看竟然是自己身边最好的战友，引得大家掌声再起。

这场形式新颖的比赛中，有草原歌曲、有民族唱法，更多的是主题突出、唱法新颖的弘扬中国警察精神的传统曲目，队员陈哲边弹奏吉他边演唱的《便衣警察》将维和警察带入默默奉献、英勇拼搏的浓厚氛围里；队员李鹏以浑厚的嗓音欢快的节奏唱起了《自豪吧，中国蓝盔》，引得全场齐声高唱：阳光抚摸着深深的蓝盔,不忘妈妈慈祥的笑容,年轻的心,闪亮出征,走千里走万里,祖国为我壮行……

喜闻乐见的形式,各种经典歌曲的比拼,现场氛围一度掀起欢庆热潮:要求增设"复活"环节的,敲着饭盆助威的,举着从菜地摘来的黄瓜给队友"献花"的……晚8点,持续了3个小时的评选活动圆满结束,获得防暴队首届"维和好声音"的10名优秀选手登台领奖——他们的两份奖品是节目单纸打印的获奖证书和后勤部门提供的日常解暑用的小包装茶叶。谈起此次活动的初衷和预期目的,盖立新政委介绍说:"针对非洲维和任务区的艰苦条件,结合驻地环境恶劣营区空间狭小等实际,为了营造健康向上的业余文化生活,我们采纳大部分队员的建议开展了这次好声音评选,真正达到了文化育警、健康身心的目的。"防暴队维和任务期还有长达4个月的漫长时间,如何活跃警队文化氛围,确保各项任务完成,针对这个问题他还补充说:"要想队员不想家,就得把警队营造出家一样的氛围,队员们平均年龄不到30周岁,需要更加新颖更加开放的文娱活动吸引大家加入,让更管用的政治工作保障维和中后期队伍稳定、勤务工作高质量完成。"

据悉,根据近期任务区高温酷暑、干旱少雨的恶劣天气,防暴队将突出警营文化寓教于乐、和谐融洽的特殊作用,结合队员文化需求,继续创造性地开展好"防暴队达人"、"全队幽默大王"、家乡菜评选、维和微型电影拍摄等群众性娱乐活动,全面丰富队员业余生活,促进队伍和谐稳定。

真情演讲再现艰难困苦
回望犁痕接受灵魂洗礼:防暴队"献身和平使命"演讲比赛感人至深

"那是当地旱季最热的一天,毒辣的太阳刺得人睁不开眼,潮湿闷热的空气让人不敢张开嘴呼吸,临行前不能吃饱,防止飞机急剧颠簸让我们吐得一塌糊涂;面对黑压压的人群,我们戴着几十斤的装备一动不动,只要我们手指有一个微小的动作,就可能引起对方误判发生骚乱……两天下来又黑又瘦,照片发给孩子后,他看了半天连说不认识,我爸爸不是这个'黑人'……"

6月20日,维和警察防暴队"献身和平使命"演讲比赛现场上,当一名队员真情讲述自己维和生活中的情感困惑时,现场观众处于一片寂静中,当他深沉地继续说出"宝宝,宝宝,我就是冬天里捂着你的小手送你上学的爸爸啊"时,现场瞬间响起一片带有心灵共鸣的潮水般的掌声。

"当我持续高烧41度躺在病床上,一边头疼难忍,一边思念远方亲人时,军医姐姐不停地用毛巾蘸着酒精帮我降温,当我问起姐姐我还能好起来吗,我还能随队回国吗，她指着窗户上贴满的队友祝福卡片说没事没事，维和兄弟姐妹在一起，咱们不会给中国警察丢脸，你永远不会掉队！"当这位队员说完最后一句话时，他所在的分队队员整齐地站起来发出震耳欲聋的口号："我们永远是一家人！"

"漫长的维和历程中，我痛失一名亲人又喜添可爱的女儿，这一切都是国内各级组织在帮我料理，今天我要说出自己的心声——"队员王宝祥发出普通队员最真实的誓言，"当我第一次走进一名非洲老人小屋的时候，我无法漠视一个白发苍苍生命的凄凉和清冷；就像对我的父亲母亲，哪怕我的口袋里只剩下微少的生活补贴，哪怕面对撕毁与孩子郊游协议责怪的泪水，因为我有责任让小屋里重新燃起希望，有义务让每个这样的异国老人晚年生活过得安详和平静；即使当我面对枪口和匕首的时候，我知道我决不能后退，即便我被罪恶洞穿胸膛，我也要扑向前去，用我的鲜血做最后一次冲锋。"

今天举行的演讲会上，10名队员融入艰辛历程原汁原味的真情诉说，加上大屏幕上同步展示的那一幅幅沙滩地上建设家园的老照片、一个个挥汗如雨全副武装保护平民百姓安全的情景再现，一张张同当地困难民众相亲相爱的笑脸……无不感人至深，触动灵魂，激发士气。这些来自一线作战、值勤联络、后勤保障等各个岗位的队员，他们用充满激情的语言、生动鲜活的事例，动情地讲述了全体队员进驻非洲任务区180天战天斗地开创工作局面，艰苦奋斗确保勤务安全，拓展外联赢得国际社会广泛认可的感人故事，充分展示了维和警察忠诚于党、忠于祖国、骁勇善战、敢打必胜的良好风貌，抒发了维和警察远离祖国、远离组织、远离亲人，立志打造海外一流警队、献身和平使命的无限忠诚。

盖立新政委对于这次演讲比赛评价道："没有排练，没有艺术升华，我们的队员把自己亲身经历的感人场景连接起来，通过真情讲述呈现出了意想不到的效果。别看这些队员岁数不大，但个个都在维和战场上经历着常人难以忍受的苦难，每个人都在夜以继日地加倍工作，同时又取得了理想的业绩，尤其为我们打造任务区一流的钢铁警队贡献了自己的心血，为这支海外警队赢得更大荣誉增光添彩，我为有这样的战友感到自豪和骄傲！"

竞技娱乐文体活动有声有色

练体力增活力常竞赛悦身心：防暴队具有任务区特色文体套餐提升警队软实力

4月21日下午，几场大小不等的降雨过后，天空依然沉闷潮湿，随着一声集合号响，全体队员分别进入自己喜爱的运动项目中锻炼身体——篮球队、排球队、健身组、慢跑队……营区里这种具有海外维和警察特色的文体活动在恶劣的环境中描绘出一幅和谐快乐的警营美景。

下午3点，后勤及机关人员整齐列队听从值班员工作安排：前一小时以分队为单位长跑2000米，然后各体能健身小组分类进行训练、比赛……打开防暴队本周文体活动计划表，"篮球热身赛"、"羽毛球邀请赛"、"防暴队大力王竞选赛"、"散打对抗短期班"、"乐器爱好者沙龙"……这些既充满实战警队特色，又体现维和队员爱好情趣，还带有竞技娱乐性质的文体活动历历在目。

"远离祖国远离组织远离亲人，日夜奋战在条件极其艰苦的战乱后任务区，队员们承受着思乡思亲的心理压力"是非洲任务区维和生活的真实写照。自去年3月份以来，对于接受层层选拔、多次集中培训的队员们来说，圆满完成执勤防暴任务已经成为心中自觉养成的政治责任，他们面对的最大困惑无疑是艰苦的生活环境和单一单调的哨位执勤任务，尤其是枯燥的封闭式管理生活。

"这里是全世界最贫穷的国家之一，物资保障和生活环境达到了很多人无法想象的境地，我们必须把队员的文体生活搞得有声有色，切实增强警队文化建设软实力。为此，我们从有限的经费中挤出来一部分购买的大量文体器材发挥了重要的作用，再配套开展最有特色、最广泛、最群众性的活动，相信每名队员都能在活动中锻炼体能，培养健康的兴趣爱好，进而促进各项任务完成。"谈起全队文体活动规划，盖立新政委坚定地说。年初以来，防暴队立足任务区条件艰苦、信息封闭、生活环境封闭等实际，成立专人专班研究制订文体活动计划，改建了足球、篮球、羽毛球在内的六大运动场，建设了警营网吧，开辟了视频通话休闲区；开展了"维和好声音"、"防暴队达人秀"、"庆新春运动会"、"中乌警队友好球赛"、"沙滩美食节"等富有任务区特色的文体活动，并于任务后期组建了业余健身队、徒步队、慢跑队、排球俱乐部、革命歌曲合唱团、扑克月赛等群众性组织，将所有队员吸收纳入到各个群众性组织中，创造活动时间，提供娱乐场地，确保队员业余时间练起来、玩起来，让文体活动真正"活"起来。在近期防暴队组织的经常性思想工作成果抽样调查中，有95%以上的队员对当前的文体活动表示满意并寄予厚望。

傍晚，女医师丁雪梅满脸汗津津地走来时，已完成了当天多样性的"锻炼套餐"：今天下午是她串休时间，她已先后完成了慢跑、健身、跳绳、九节鞭复习等四项固定科目，晚上还要到餐厅参加乐器培训班。常年从事医护工作的她说："度过了漫长的190天维和生活，没有这些活动调节身心就不能有好的工作状态，所以'运动起来、放松起来'成为挂在大家嘴边的口号！"

"最近天气反常，阴雨天气集中，让人心里感到压抑；偶尔晴天又闷热无比，骄阳烈日带来的紫外线让大家容易产生烦躁情绪，在这种情况下只有让队员们全部编排到各个文体小组，提供最好的设施最宽松的环境让他们运动起来放松起来，才能保障每个人都有健康的身心，确保后期繁重的任务顺利完成。"晚饭前，盖立新政委看着成群结队的人员结束了两个小时的活动返回宿舍时，脸上充满喜悦之情。

羽毛球比赛获亚军
全面提升中国警察国际影响力：防暴队员参加我驻利机构体育比赛获得殊荣

4月23日，由中国驻利比里亚使馆主办的第一届中国驻利单位羽毛球比赛，经过激烈角逐，维和警察防暴队代表队在十几支球队中脱颖而出，以高超的竞技水平和良好的精神风貌获得团体亚军的好成绩，大使馆评价防暴队为"既能防暴处突又能传播中国文化的好警队"。

此次羽毛球比赛由中国驻利比里亚使馆举办，我驻利军警部队、中资企业和华人社团及留学生代表分别组队参加，防暴队选派的两名队员均来自一线作战分队，利比里亚当地体育部门及社会民众纷纷前来观看赛事。据我驻利使馆工作人员介绍："此次羽毛球比赛为近年来使馆组织的一次重要赛事，目的就是增进全体在利人员增强为国争光、团结奋进、创造荣誉的使命感，通过这种群众性比赛进一步提升国家影响力和团队间密切配合的能力，全面宣传中国传统文化，扩大中国正能量宣传，为中国驻利机构和团体及公民创造良好的工作氛围。"

"升起那面鲜艳的五星红旗时，现场所有人员挥动手持国旗，在庄严的《义勇军进行曲》中高唱国歌，这种场景让长期工作在海外的维和警察深感责任重大，精神备受鼓舞！"范佳强副队长介绍参赛场景时语气里充满自豪感，"目前共有2万多名同胞在利比里亚工作，他们虽然在岗位上忙于本职工作，但是大家无时无刻不在思念着伟大的祖国，想念着亲人。这场体育赛事最大的特点就是文明友好、注重同胞感情，比赛之余大家谈论最多的是国家繁荣昌盛和在国外逐渐增强的影响力。"在比赛现场，各场次比赛有序进行，尽管各代表队都拿出了自己的看家本领，但是"谦让"动作每场次都有，每次上场或者比赛结束时双方握手的时间明显增长。对此，某中资企业带队王先生有自己的理解："我们很多人分布在利比里亚不同的地区，有的甚至在深山老林和偏远矿区工作，自然环境恶劣，交通极为不便，这次相聚赛场交流球技促进友谊，大家把比赛成绩看得不那么重，那种一见如故的亲情乡情永远说不完，以赛事为载体进一步培养我们海外协同努力开创工作新局面才是当地全体中国人的最大愿望。"

下午4点，当决赛开始时，防暴队员良好的素质、过硬的球技受到了现场观众的一致好评，观众席上经常爆发出"向防暴队学习"、"维和警察加油"的助威口号，比赛期间很多企业员工、在利留学生纷纷找到防暴队领队签名合影——贺称翔等3名维和警察成为整个赛场的焦点。对此，张越大使做了评价："在华人新春团拜会、中国女性形象展示会等大型活动中，防暴队员们展示的武术、曲艺、警务技能等多种形式的精彩表演很受社会各界尤其是中国同胞的欢迎。不仅如此，警队参与所在国公益事业，传播中国警察文化的成果正逐渐扩大，目前利比里亚国际总部及政府各部门都通过工作渠道向使馆表示了感谢，并恳请中国防暴队在当地各项建设中继续发挥更大的作用。"

多项文体设施受联合国同行欢迎
国际同行周末双休齐聚营区：开展各种健康活动，放松紧张压力

"我们同中国警察开展的每项文体活动都非常有意义，大家相互尊重，配合默契，那种愉悦友好的氛围让我们减轻了很大的工作压力！"4月26日，驻守格林威尔的各国同行齐聚防暴队营区参加丰富多彩的文体娱乐活动时，某国警队长沃克托夫感慨地说："任务区环境恶劣条件艰苦，每个人承受着来自勤务、家庭等方面的巨大压力，是中国防暴队定期承办的多元化文体活动给了我们更加舒畅的心情，他们提供的这个大平台营造的这种友好氛围其他维和团队无法超越。"

据悉，自防暴队抵达任务区以来，先后在荒弃的地方建起了6个运动场，改建了具备放映、演出、乒乓球、羽毛球等多功能的文体大棚，所有的设施重新粉刷后均用中英文标示了使用说明。这些文体设施全天候对本地区所有维和同行开放使用，并定期义务组织各类友谊比赛。谈起文体活动方面的成果，联利团工程建设部门负责人邓肯先生说："中国防暴队利用几个月的时间改建的文体设施无偿提供给各国人员使用，积极组织健康有益的文体活动，让这里的氛围一下子活跃起来，这是任务区多年没有过的新气象，你们的做法对每名维和人员的身心健康非常有帮助，联利团对此非常满意。"

"一台电脑百部影片，饿了吃口快餐面，寂寞时候向着家乡方向看！"这是无数各国维和人员日常业余时间的真实写照，我所接触过的几十个国家的军警、职员工作之余都流露出寂寞枯燥的情绪。今天，刚刚走下排球比赛场地的独联体某国家的安德鲁上校满脸开心的模样，他边擦汗边说："最近勤务方面连续出现几次险情，还有同伴受了重伤，再加上来自国内家庭的很多变故，我和身边的同事始终心情不佳，今天能够在这种宽松的氛围里打场球，然后同大家敞开心扉地交流交谈，心情好了不少。"他还说自己几天前独自外出时突然遭遇4只老鹰低空盘旋围攻，头部被严重抓伤，心里始终感觉很压抑，现在来中国营区打打球、

唱唱歌就会逐渐忘掉很多不愉快的事情。

中午，一场由7个不同国籍队员参加的篮球比赛也在和谐融洽的氛围里结束，各国队员相约合影留念后，来自乌克兰的军事观察员丽娜开始围着篮球场每个部位拍摄照片，问起用途，她说："中国警队建设的篮球场符合国际标准，墨绿色的篮球架、米黄色的标示线，让我们在这种场地里开展比赛非常开心，我要把这些照片发给全任务区几十个熟悉的维和同行，告诉他们要积极申请到这里来工作，因为这里有最好的生活环境和融洽的团队关系。"

看球、巡防两不误

海外维和迎来"世界杯"：合理安排队员观看，强化任务区"看球"治安秩序

2014年巴西足球世界杯同样吸引着驻守在利比里亚维和任务区的维和警察防暴队年轻的队员们，他们正按照科学组织观看活动、全面提高任务警戒级别、加强对驻地治安形势防范等部署有条不紊地开展工作，确保年轻队员适当收看赛事活动，全面维护辖区安全、治安稳定。

鉴于防暴队年轻队员普遍热爱足球运动、驻地民众"人人爱看球赛"等实际，防暴队领导结合工作实际进行科学合理的安排。"越是在这样一个敏感时期，越要确保勤务工作安全无误，每名执勤队员都要以高度的警惕性和良好的精神状态投入执勤处突中；要加强对任务区的巡逻防范，维护世界杯期间当地的安全、治安秩序。"6月，防暴队负责人对队员业余时间观看世界杯赛事进行了重点安排，"适当给当日无勤务人员安排观看球赛时间，同时加大对哨位和派出勤务的检查督导，保证每名执勤队员状态良好、工作标准不降低。"

据了解，利比里亚作为非洲地区足球运动盛行的国家，每逢重大赛事期间，民众收看收听赛事的人数比例远远超过其他国家，期间因观点不同、裁判争议、心爱球队表现不佳带来的治安问题较为严重。为预防赛事期间当地出现重大治安问题和群体恶性事件，防暴队同周边数个行政州警察部门加大了警戒级别，增加了巡逻执勤的人数和频率，以此保障赛事期间驻地安全稳定，民众在安全平安的氛围里享受足球运动带来的愉悦心情。

近日，每逢电视转播赛事期间，各分队均会安排当日无勤务人员进行观看。同其他人员观看球赛情况相比，防暴队员们的表现呈现出更加和谐理性的氛围。6月19日，现场组织观看活动的教导员李海军介绍说："我们这些队员平均年龄29岁，一半左右的人员钟爱足球运动，适当安排他们观看赛事直播有益于激发工作热情；同时，我们通过提前了解观看需求、合理安排人员比例、重点组织强队

竞赛观看这些流程，确保每次观看活动不超过30人，有效保障繁重的勤务工作安全顺利进行。"

对于当地民众痴迷足球运动容易引起治安隐患等问题，防暴队则加强了同当地警察、安全部门的沟通联系，对于公共场所观看集中地、人员聚集区加大了巡逻执勤力度，对任务区驻地执行更高级别的治安管控，确保4年一次的重大体育赛事期间当地治安稳定。

汇报演出感人至深

"向祖国人民汇报"告别任务区演出：最珍惜组织关爱支持，最难忘民众期盼的眼神

"难忘面对复杂平叛、群体性暴骚乱时国内上级领导的关心、指导，难忘数名队员家人生病、老人病亡、妻子生产时各级组织的贴心关爱，难忘病毒肆虐蔓延时国内专家遥控技术支持时的感人场景，难忘临行前所有领导同事那声'平安归来'的叮咛……"6月9日晚，维和警察防暴队"向祖国人民汇报"告别任务区专场文艺演出中，业余演员们通过各类自创文艺节目总结工作成绩，向祖国和人民抒发海外警察的赤子情怀，"不远万里之外的祖国，我们捧着沉甸甸的收获向您诉说：和平的使命让这里牢记五星红旗的颜色，这是您，和平、和睦、和谐价值追求在非洲大地结下的硕果。"

据悉，防暴队抵达利比里亚任务区220天以来，大力弘扬中国维和警察精神，不畏艰险，勇敢顽强，积极作为，自力更生，艰苦奋斗，开拓创新，全面开展"营建突击战"、"保障攻坚战"、"勤务安全战"和"群联开拓战"，狠抓正规化管理，高度重视安全工作，始终保持了高昂的士气，顺利完成了以执勤为中心的各项工作任务，出色地履行了维和使命，树立了中国防暴队一流的钢铁警队形象，受到了国际社会和当地民众的高度赞扬。整建制警队即将于6月下旬陆续回国，离别任务区之际，队员们自编、自演了这台以感谢党组织关爱、回顾维和历程、抒发对任务区各界民众深厚感情为主题的汇报演出。

近期，队员们结合漫长维和生活中的艰辛付出和真情实感，创作了一大批反映海外维和警察严明纪律作风和专业执法理念以及同当地民众结下深情友谊为主题的文艺节目，这些主题突出、内容真实、细节感人的节目，真实再现了历时7个多月维和生活中队员们的牺牲奉献精神和取得的丰硕成果，其中，诗朗诵《维和英雄谱》真实描绘了战斗队员冒着44℃高温维护混乱治安秩序、冒着电闪雷鸣危险保护联合国重要设施的执勤场景；相声《维和一家亲》则将队员与相隔万里

之遥的亲人倾诉相思之苦、相约平安健康的场景进行感人泪下的再现；小品《走进防暴队》以一名海外记者感受队员抗击肆虐的毒蛇猛兽期间满身伤痕累累却重视履行使命的艰苦生活，以及"洋记者"一路走来模仿当地不同职业不同年龄民众赞誉中国维和警察的"神奇"、"朴素"——"中国哥们很棒"、"好朋友"、"爱心礼物"、"遥远的现代化国家中国"等几十个当地民众能熟练说出的汉语日常用语将警民友好、中利友谊进行了最好的诠释和解说。

"我们铭记惠及普通苦难民众的维和任务才是维和警察代表国家履行的和平职责，才是一个负责任大国派出的爱心团队，所以我们在工作中想方设法帮助日常勤务涉及的4个行政州的困难民众，将智力支持和爱心帮扶同步进行，这是我们成为联利团组建以来最受民众欢迎的警队之一的重要原因，他们成千上万次对我们竖起大拇指才是对我们最大的褒奖。"演出现场中，防暴队盖立新政委就同当地民众建立的深情友谊进行了如是讲述。随后，队员代表在朗诵中表达心声："这就是我们，之所以不远千里／头顶着蓝盔，到非洲维和／因为，这个世界真的需要和平的白鸽！"

节

联合国日

联合国日庆祝活动现场："China"、"功夫"的呐喊声此起彼伏

10月24日，是一年一度的联合国日，在西非海岸的利比里亚作为联合国一个成功的任务区，这一天是来自世界各地的联合国人员的重要节庆日。刚刚抵达这里不久的中国第一支赴利比里亚维和警察防暴队应邀参加这次庆祝活动，并于当地时间25日参加了最后阶段的集会庆祝活动。

当远在万里之遥的祖国同胞正在凌晨安然入睡的时刻，防暴队代表于当地时间17点，着装严整，排成两列，精神抖擞地迈着整齐的步伐走进庆祝会场，同不同国籍的联合国同行进行广泛交流，更重要的是展示了这支"联利团"大家庭新成员的良好形象。

当某一个重要时刻来临时，产生激动心情的往往是一种共同效应。这个国际性庆祝集会上，来自各个联合国机构的官员、职员、军警代表"挤"满了不大不小的院子，固定角落里展示着各国代表现场制作的各种特色美食，剩下的地方除了休闲观赏区,就是穿着不同国家不同民族特色节日盛装的代表团队的队员。当防暴队领导率领 5 名身着"中国龙"武术服装的队员入场时,瞬间便吸引了现场观众的眼球。

傍晚,在晚霞和焰火的点缀下,融汇中西方文化的专场文艺演出正式开始,当主持人用英文介绍将由中国警察表演中华传统武术时,我看到,所有的嘉宾停止了悄声交谈,大部分职员放下了手中的食物和饮品,数百名现场观众把舞台前观看区域围了起来——他们的眼神,他们的举动,我感觉用"翘首以待"、"期盼已久"这些词汇来形容最恰当不过了。

南拳、少林拳、刀术、九节牧羊鞭轮流上场,刚柔相济,虎虎生风……5 名防暴队员把中华传统武术的精髓巧妙衔接,紧凑编排,短短的 4 分钟表演过程中,掌声和呐喊声此起彼伏。我用目光环视整个现场,那一瞬间,我为自己是一名中国人,是一名中国警察而骄傲,更为祖国的传统文化感到无比的骄傲:现场不管什么肤色的人群,不管以前对中国文化了解多少,不管他们是否熟悉简单的中文,有两个声音主宰着全场的氛围:"China!功夫"!……China!功夫!"……这就如同盛夏秋收季节的麦田里,微风吹来,金黄的麦浪一浪高过一浪。

在这个"国际大家庭"里,短短几分钟的中华传统武术表演,观看者的几百部手机、数码相机、摄像机齐刷刷地对准中国警察,发自内心地为中国武术、为中国维和警察欢呼呐喊,成为全场难以超越的最大亮点。

来自某阿拉伯国家的维和部队上士先生说:"今天是我最开心的时刻,我看到了中国龙、中国功夫,我和中国维和警察每个人都合影留念了!"

中国维和警察的良好表现不仅得到了广大国际同行的高度赞誉,就连"联利团"代理警察总监凯撒先生也是赞赏有加。他当天会见防暴队领导时提出:"中国防暴队让我很有信心,你们一定要早点成为任务区各警队的楷模和典范!"来自印度的女子特警队队长茜安·墨哈拉女士向盖立新政委发出诚恳邀请:"您和您的队员,一定要在离开首都开赴任务区之前抽出宝贵的时间到印度女子特警队做客!我要让我们特警队员早点和中国警察交流,共享各种特战技能!"

感恩节
西方感恩节:中国警察赠送当地民众系列"温馨套餐"

11 月 7 日晚饭后,正在格林威尔机场执勤的两名队员给我送来了两个大个头的椰子壳,这两个椰子壳果皮坚硬无比,但是"伤痕累累"——他们说今天是西方感恩节,他们从我这里软磨硬泡地"讹"走了两个足球,送给了当地民众,来自中国的正版足球代替了当地民众脚下飞舞的椰子壳。

今天，是非洲一年一度的感恩节，这个充满宗教色彩的传统节日类似国内的春节，当天人们全部放假，据说很多人都要到教会去做礼拜，或者以其他方式庆祝这一盛大节日，以此感谢上帝的恩赐，还要力所能及地把自己多余的食物馈赠给周围的人。

"学说当地话，尊重当地风俗习惯"是中国赴利比里亚维和警察防暴队群众工作的具体要求，对于当地盛大节日防暴队员们做了哪些准备？是否符合居民的需求？我今天有幸参加了这个执勤点队员和附近员工及居民开展的感恩节集体庆祝活动：几段简短的小合唱加上几分钟的硬气功表演后，有的队员为现场观众赠送了6个人民币缩小版的装饰品，每个上面都挂着从100元到5元不等面额的装饰品；来自国内云南西双版纳的队员张兰恩特意给当地朋友准备了代表吉祥的大小各一的两只小象的工艺品。大约20分钟后，这场没有话筒没有舞台只有欢声笑语的特殊庆祝活动到了高潮，主持人、战斗队员姜磊还采取了现场提问的方式，对当地保安队博利先生提问：你和你的朋友最希望得到的礼物是什么？博利高兴地说："我和这里的人们一样，最钟爱的是足球，还有就是中国武术，我们可以一天不吃饭，但是不能一周没有球踢！"

这位39岁身体健壮的黑人小伙子边说边流露出天真的笑容，孟凡军小队长幽默地说："要想系统学好中国武术，需要有个拜师仪式的，但是你就不用了，我们已经是朋友了，我们都会教你学几招！"说到足球时他卖了个关子，让队员拿上一个简易魔术箱子，当谜底揭开时：当地民众看到了他们渴望的礼物——两个来自中国的礼品足球！

这些文体用品是由我们统一管理的，因为刚到任务区还淹没在几百吨的工作、生活物资中，需要整理后集体分配。孟凡军小队长说经常目睹周边民众几个人围着一个椰子壳当作足球踢，而且技术良好，还很痴迷。经过请示领导决定，破例先找出两个足球支持一小队的爱心活动。

我离开执勤点时，看到队员们正和当地民众研究足球场营建计划——他们要在营区跟前的一块草地上为当地民众修建一个五人制足球场……

平安夜

西非平安夜：当地民众娱乐休闲回家看中国功夫片

"每天都有中国防暴队公务车行驶在街区里，看着你们心里就踏实。州长已经在广播里通报你们会负责我们节庆体育赛事活动安全。大家对中国文化很感兴趣，现在每天能销售出很多中国题材的光碟！"格林威尔"海滩之光"音像店的老板艾利介绍说，"今晚是平安夜，当地法定假日的长假第一天，很多人都选择上午踢足球，下午聚餐，晚上回家看影视剧，当然'中国功夫'是年轻人首选的光碟。"

12月24日下午，我们乘车行驶在格林威尔市大街上，到处都是欢庆祥和的氛围，成年人穿着西装、长裙等节日盛装，小朋友也都穿戴整齐在各临街社区自行组织足球赛、集体跳街舞等活动。途经当地唯一一家电影院时，看到门口宣传板上张贴着来自中国的武术影片《叶问》，门口排着几十人的长队。我们带着好奇进去一看究竟。这家车库改造成的影院面积只有70平方米，土质地面上摆放着40多个木质小方凳，老板兼放映师克里斯正忙着打扫地面垃圾，看到中国队员到来，连忙迎上前来用中文"你好"问候我们。他说自己每年播放影片40多部，其中将近一半是来自中国的功夫大片，"除了好莱坞的经典之作，就是中国的传奇功夫受欢迎了。"他说只要有成龙、李连杰、甄子丹、赵文卓的新片出来，都会想方设法采购来放映，问其原因，他说："你们看看，大街上哪个青少年不酷爱中国武术啊，他们每个人都能比划几招！"他也坦言现在来电影院看电影的少了，大部分都是在家边吃东西边欣赏光碟。

外语队员王国强多次前往市区调研、出勤，非常关注当地民众的文化需求。他说市区共有七八家音响商店，尽管设施落后，面积较小，但中国出版的音像制品都有大量的展销，他还曾经接触过七八位老年人组成的太极拳沙龙，他们每天清晨都会在树荫下对着视频练习，态度认真，动作也很规范。

在"海滩之光"音像店里，当老板艾利听我们介绍了国内各种精致影片更新快、视觉效果越来越好时，他直言因交通运输不便加上信息相对闭塞，这里出售的很多"功夫大片"还都是10年前出版的。他指着柜台上摆放着的《少林寺》《黄飞鸿系列》等老片子说："这些当地人都看过，现在依然需求量很大！我看过中国拍摄的《过年》，里面大雪天里悬挂的大红灯笼很美，真想去你们那里旅游！"他还说自己20世纪80年代去过中国的一些南方城市，对热情好客的中国人至今念念不忘。

回来的路上，当地很多单位和工地已经张贴了圣诞节放假公告，更多的人邀请亲朋好友进行自己喜欢的喜庆活动。"明天是圣诞节，今天相当于国内的腊月二十九，明天他们会举行一年中最隆重的庆祝活动。"同行的采购员崔永财说。防暴队指挥中心主任孙福成还介绍："按照联利团通知要求，我们已经做好圣诞节备勤巡逻准备。我们的值班员通过收听广播得知当地州长在贺辞中告诉市民们，中国防暴队将负责节日期间赛事等大型活动的安全保卫，大家可以尽情享受节日带来的无限欢乐！"

春晚
兵演兵事的"海外春晚"：浓郁的"一家亲"再现维和生活艰辛

"宝贝，睡吧／时间已过三更／尽管长夜伴随孤独／我不后悔／因为妈妈已把自己／交给一个／守卫和平的哨兵……"1月28日晚，中国防暴队"中国红·和平蓝"马年春节联欢会上，当队员赵瑛瑛深情地朗诵这首《维和摇篮曲》时，全场23名维和爸爸共同举起远在家乡儿女的照片，随着主持人一句：待到鲜花烂漫时，全场齐声高呼——我们平安回家！

谈起这场以"维和一家亲"为主题的防暴队春节联欢会的创作过程，盖立新政委感慨地说："我们从接受挑选到顺利出征任务区，长达一年的时间都是远离故土远离亲人，忍受着寂寞和艰苦环境带来的挑战。在春节到来之际，通过大家编创大家演出的方式让队员们激发工作热情，这是我们这台晚会的出发点和落脚点。"

"走下哨位就创作，稍有空隙就彩排！"队员们在繁忙的工作之余投入了很大的精力进行文艺节目的创作。"欣赏完这台晚会，就如同重新回顾了我们长达3个月的艰辛维和生活。相声、小品、双簧虽是个个精彩，但都是我们生活的提炼和升华。他们在台上演得投入，我们在台下看得潸然泪下！"谈起观看这台晚会的感受，国向东队长动情地对大家说："进驻任务区以来，我们连续打响了营区建设突击战、后勤保障攻坚战、勤务实施安全战。这些感人至深、催人奋进的节目都是大家挤时间编排的，充分证明了大家都是能战斗懂生活的优秀队员！"

今晚演出的11个文艺节目都是队员围绕着维和生活进行创造加工而成的——新编歌舞《为祖国去战斗》展示了防暴队员全副武装空中巡逻在大西洋海岸的场景；相声《戏说维和》把队员们身边发生的奇闻趣事巧妙编排在一起，使人时而捧腹大笑时而又心酸落泪；诗朗诵《我的名字叫维和警察》，4名队员磁性十足的声音深情地表达着和平卫士的心声：我有责任让每一个脚步坚定／让每一个日子宁静／让每个少女唱着歌声走夜路／让每个黄土屋里的梦境从此不再有惊恐……来自后勤分队的张忠孝和高志恒表演的双簧《维和生活》，把一段段感人肺腑的故事用双簧这种艺术形式进行了最好的创作加工，尤其是模仿"种菜大王"罗卫波夜间和各类害虫斗智斗勇的事迹时，表演"后脸"（双簧表演后面蹲着的那个）的高志恒一句极像的湖南口音："咱那个，说个事啊！"把湖南籍的罗卫波模仿得淋漓尽致。演出到高潮时，当"前脸"张忠孝演绎罗卫波和队友面对聚集赶来无法驱赶的几百只蜗牛时，对着天空失望地高喊："你们别吃菜苗了，吃它们比吃我的肉还难受啊！"此时，台下全场肃静后发出潮水般的掌声。

张忠孝说:"为了创作反映原汁原味的队员生活,我俩经常去训练场、哨所、菜地观察大家的表情和说话方式,再融入双簧这种喜闻乐见的艺术形式,就能演到大家心里去,把最真实最生动的维和故事展示出来!"

《维和摇篮曲》是由《人民公安报》老记者、警营作家王明义指点队员赵瑛瑛创作的一部作品。他们近距离地了解远在家乡独自承担教育孩子、忙于家务的队员妻子的真实状态,像"妻子独自办年货、自己贴的对联像模像样"这种细节都精心摘录下来,对维和警嫂这种既想念又勇于承担的心理进行细致入微的描绘。赵瑛瑛知道那些尚在襁褓或者寒风中背书包上学的孩子们,才是队员们最揪心的牵挂,于是,她暗地里把23个不满8岁的"维和儿女"照片收集起来,安排晚会工作人员适时送到"维和爸爸"手里——看着孩子们一张张健康可爱的笑脸,队员们把接连不断的掌声送给表演者更送给远方独自支撑家庭的爱人们。

晚会临近结束时,反映维和队员在漫长艰苦环境下战友情深的小品《维和一家亲》将晚会推进高潮。当张明明、何海涛等表演者高高举起队员们自创的书法作品"维和一家亲"条幅时,全体队员携起手来齐声高唱《相亲相爱一家人》,随着主持人陆洋最后宣布:"战友们,待到鲜花烂漫时——",队员们用"我们平安回家"的齐声回应表达出最真挚最朴素的心声。

除夕
天涯共此时错时过除夕:防暴队员忠诚履行使命,以特殊方式迎接马年春节的到来

"春节到来之际,作为驻守非洲任务区的维和警队,我们异常思念伟大的祖国想念我们的亲人,勤务人员要坚守岗位确保警卫目标安全,休整人员要按照北京时间开展迎新春庆祝活动,以和平卫士特有的情怀与祖国人民共呼吸共庆祝迎接马年到来!"1月30日是农历大年三十,维和警察防暴队政委盖立新在组织全体队员开展庆祝活动时提出具体要求:"我们要牢记使命不负重托,坚决维护好任务区的和平稳定,组织开展好中国特色的庆祝活动,以优异的成绩向公安部党委交上合格答卷。"

"海上生明月,天涯共此时!"作为执行和平使命的140名中国警察,在举国上下喜迎马年春节的异国的今天,我们决定采取错时过除夕的方式同国内同胞一起辞旧迎新。"早餐后包饺子、中午12点看春晚,马年钟声敲响时组织开展祝福伟大祖国向各族人民拜年的活动!"许亮副队长有条不紊地安排着今天的工作内容。当地时间下午4点整,盖立新政委、国向东队长一行前往7个哨所进行慰问。

他们为正在执勤的哨兵高丽军、曹岩峰、王靖等人送去节日祝福和精心准备的年货，还有一份特殊的惊喜——每人10元钱的手机充值卡。盖立新政委同每位哨兵短暂交谈后都会叮嘱他们："每逢佳节倍思亲，你们'除夕夜'坚守在岗位上履行中国警察职责，守卫目标安全，是全队人员的优秀代表。下哨后要马上给家人亲友打电话拜年，同时把队领导对亲属们的祝福替我们表达好！"

"立足任务区实际，尽最大可能营造欢乐祥和的过年氛围！"从早上8点开始，后勤分队教导员张涛就开始协调各部门准备年夜饭、写对联、贴年画。在集体包饺子现场，队员们分工协作准备着辞旧迎新的美食饺子——和面的、擀皮的、剁馅的……有说有笑地畅谈任务区过年的感受。为了奖励队员们包出了外形美观的饺子，小队长张茂林给4名队员额头点上了白面的小印记，引得全场齐声祝贺；文体组人员陆洋、鲁博森等人正在布置茶话会、看春晚的现场——从国内长途运输来的彩灯、拉花等装饰品部分已损坏，他们挨个用胶带精心固定好，精心地布置好庆祝会场。与此同时，各分队部分队员正在写春联贴年画——由于营区面积大，对联较少，只好在公共场所进行张贴悬挂。走在营区里，大家张贴着撰写着维和工作主题突出的各式各样的对联，印象最为深刻的要数驻外执勤点孙佳奇小队长和队友们自制的特色对联——由于红纸紧缺，他们就将哨所门口立柱用油漆喷成了红色，用毛笔撰写了"手握钢枪踏征程彰显男儿本色，心系使命为和平树立大国形象"的大红对联，引得途经这里的各国维和人员驻足欣赏。

"今天是华夏各族人民最大的节日，也是我们维和勤务正常开展的一天，我们要以饱满的精神和严整的警容执行好任务，在异国他乡展示中国警察的良好素质！"正在指挥中心检查备勤值班情况的盖立新政委说，"今天各执勤哨位共保障6架次联合国飞机安全起降；油库执勤点圆满完成油库安保任务；营区各哨位分别完成车辆及人员进出营门及医院、车辆装备、联利团分部办公住宿设施的安全警戒任务。全天出动执勤哨兵151人次，动用95式自动步枪6支、子弹80发，防暴枪1支、防暴弹4发；出动车辆22台次。"对于防暴队在中国最大的传统节日期间顺利完成勤务工作的良好表现，傍晚，联利团专门发来邮件进行祝贺。

当地时间16点，当央视春晚里新年钟声敲响之际，正在执行远程武装巡逻任务的范佳强副队长率领6名战斗队员如期顺利返回营地；正在首都蒙罗维亚执行公务的4名队员也辗转赶回来吃年夜饭——防暴队140名队员实现了大团圆、大团聚。他们以海外维和警察特有的方式庆祝马年春节的到来。这会儿，盖立新政委带领全体人员穿着崭新的维和警察正装，整齐列队向着祖国和人民拜年："祝愿伟大祖国繁荣昌盛、人民幸福安康！"

初一

农历大年初一：20名各国军警职员走进防暴队拜大年学中国文化

"穿上唐装感觉自己更有绅士风范，拿起长长的毛笔写对联闻墨香很有古色古香的感觉，漫步在红灯笼中国结方阵中感受中国浓浓的节日氛围，这一切总是让人流连忘返！"2月1日是农历大年初一，俄罗斯国籍的联利团军事观察员副队长丹尼洛夫·奥莱格和其他19名国际维和同行向中国防暴队队员拜年，并走进新建成的营区感受拥有浓郁的传统节日氛围的警营。

昨天，联利团总部及格林威尔分部民事警队、安全部门等负责人纷纷致电中国防暴队：农历大年初一共有20名各国维和军警和职员相约前往防暴队营区，向中国防暴队全体队员拜年！据联利团人权部门官员巴卡拉·克里斯介绍："联利团作为联合国派驻利比里亚的和平、安全机构，拥有来自各个国家将近1万人的军警、职员、雇工，每逢各个国家或者民族重大节假日，都会安排相关人员放假庆祝。中国的春节是全世界庆祝人群最多、影响力最大的节日之一，相关部门对此高度重视，鼓励更多的人员参加庆祝活动，增强各国团队之间的友情。"

一句汉语"过年好"迅速拉近了防暴队和来访宾客之间的情感距离。对于来自不同部门不同国籍的拜年人员，防暴队做了精心细致的安排——以学书法、包饺子、穿传统服装、观看艺术展、品茶道、吃中国饭为主题的"中式套餐"已经准备完毕，恭候客人们的到来。谈起接待各国拜年人员活动的主题，盖立新政委说："在任务区任职的各国高管、军警都是文化层次较高、工作经验丰富的人员，注重的是尊重和支持。春节到来之际，为了欢迎他们的到来，我们坚持突出文化特色、突出节庆氛围，通过过硬的警风正气和友好的态度赢得大家尊重，传播中国传统文化。"

"来任务区之前，每到中秋节、春节等重大节日，我和家人都会选择去临近的中国度假过节，看美丽的烟花，加入购物的人群，感受那种人多热闹的氛围。"来自俄罗斯的联利团军事观察员伊莲娜·赛黑伊娃对于防暴队的热情接待说不出的高兴，"你们准备的这些内容虽然很简洁，但是体现着中国传统文化，处处都是喜庆的感觉。"看着营区内隶书、篆书写成的一副副对联，客人们团团围住书法爱好者——小队长国云峰，边学习边动笔练习，还通过翻译聆听国云峰讲述书法文化的深厚内涵。20分钟下来，5名参与练习的客人都工工整整地写出了自己的第一副对联。司法部门官员凯奥德·奥拉朱巴图说："一开始，握着竹质笔杆蘸着墨汁写起来感觉很好，尤其听到老师讲的书法哲理我认为很有道理，'作为执法部门负责人，面对大量的复杂案件，多练练书法可以修身养性'，这点就是爱上它（书法）的最好理由！"事后国云峰说："奥拉朱巴图先生对咱们的文化很入迷，他刚和队员一起品茶后，又请我给他写'道'、'韵'、'禅'这些汉字，还说茶道同样哲理深奥，应该求些书法作品回去好好学习感受。"

　　上午10点左右，当来宾走到休闲区参观防暴队建设成果展时，对队员们在劳动实践中创造的各式各样的自创工具产生了浓厚的兴趣——队员们创造的"S"形水龙头控水器既能节水，还能控制水流的时间；后勤人员利用铁片改造成小巧玲珑的"菠萝水果刀"……如果说这些艺术性、实用性很强的小发明让来宾们赞不绝口的话，那么队员温鹏创造的东方巨龙更是让大家看得赞不绝口：这件长达2米高1.6米的工艺品，形象生动，外观威严。面对大家惊叹的目光，队员温鹏介绍完中国龙文化后给大家答疑解惑："这是我和队友以泡沫为原料，用业余时间雕刻而成，再刷上油漆就制成了这件庞大的艺术品。我们都是龙的传人，来到任务区就要传播传统文化，和大家一起维护世界和平。"

　　队员自己动手建起的多功能文化大棚、绿色盎然的警营"农家院"、大树间用背包绳搭起的秋千架……这些标志性建设处处彰显着中国文化特色，又体现着中国警察的聪明智慧和奋斗精神，看得来宾们流连忘返。此时，厨房里已经飘出大锅饭的香味，来宾们开始换上不同颜色的喜庆唐装，走进餐厅品尝热气腾腾的饺子。10分钟后，在年龄最大的菲奥德先生的组织下，各国维和人员站成一排，双手搭在一起齐声致意："祝愿中国警察工作顺利，祝愿和平愿望早日实现！"

年夜饭

防暴队多个渠道准备年货：年夜饭四菜一汤，"西点"是花卷和炸馒头片

　　当地时间1月24日，是阴历小年的第二天，正在忙于远程武装巡逻和定点执勤勤务的队领导们专门安排人员研究部署年夜饭的专项工作，后勤分队各骨干们使出十八般武艺精心研究春节期间的伙食安排。该分队教导员张涛说："尽管这里条件异常艰苦，但是炊事班人员下足了功夫，到时候肯定能让大家的年夜饭吃上四菜一汤。"

　　任务区没有商场，没有齐全的生活物品，怎么过个吃饱、吃好的春节？这一点对于海外维和警队来说是个不小的挑战。谈起当中的艰辛，负责后勤保障的副队长范佳强说："传统过年用的很多东西当地都没有卖，就连蔬菜也只有几样，数量还不多，要想过好年，我们只能从日常的点滴节省开始。"这个说法从炊事员宋成刚那里得到了验证："队员们每天都是超负荷地工作，在远离家乡远离亲人的条件下，我们最大的愿望是让大家过年吃上饺子。在任务区吃饺子可不容易，供给面粉都是定额的,这就需要我们每次吃馒头时节省下一水舀子量的面粉,才能保证我们大家过年吃上两次饺子。"

和"年夜饭饺子"相比,炊事班"四菜一汤"主打的年夜饭也是大家犯愁的一件大事。采购员崔永财这几天整天泡在当地市场上,想方设法地采购鱼类、蔬菜、调料等节日必需品。"这里副食品不仅品类奇缺,就是数量上也难以保证,我得和商户们主动预约,然后一次次来取货。"谈起给全队采购年货的过程,他一脸的无奈,"我们向全队人员承诺了不仅让大家除夕夜吃上四菜一汤,还能吃上两种馅儿的饺子。"

缺少原材料还得让大家过年时饭桌上丰盛些,这极大地考验了炊事员们的智慧,5名"大厨"开始利用多年积攒的手艺和"绝活"制定菜谱。张炳强的"冷拼雕刻"、黎桂福利用鱼肉代替猪肉里脊做的锅包肉、张文全准备多用剩米饭掺上少量肉馅烹制红烧狮子头……看到大家准备的这些好菜肴,长期制作面食的宋成刚说:"大家除了馒头,很少能吃到有滋有味的面食,我现在想方设法利用有限的材料,准备给大家做出葱花饼和巧克力味花卷,保证大家在大年初一吃上,这就是尽自己最大的能力给大家准备的'西点'了!"

元宵节
维和警察防暴队紧张忙碌中度过海外元宵节

2月14日,驻守在利比里亚任务区的维和警察防暴队140名队员以自己特有的方式度过传统节日元宵节。营区队员自制元宵、自画灯笼开展猜灯谜庆祝活动,备勤分队固定目标警卫、直升机空中巡逻等勤务正常进行——队员们在维和工作岗位上以维护世界和平的良好成绩遥祝伟大祖国繁荣昌盛、人民幸福安康。

"元宵来了!"当天早上9点整,炊事员宋成刚、张炳强端着大盆给队员们挨个桌子上盛自制"元宵",这种元宵和国内市场出售的个头差不多。但不是豆沙、黑芝麻、花生、五仁馅的,而是就地取材加工成的。这种和家常丸子个头差不多、颜色稍绿又透着微黄色的"元宵"口感较好,队员们吃得有滋有味。为了过好元宵节,炊事班精心准备了很长时间,只有这盘自制元宵最能体现节日特色。谈起在任务区过节的部署安排,盖立新政委深有感触:"吃元宵、猜灯谜、赶庙会、看晚会是元宵佳节喜闻乐见的形式,但是对于工作在战乱后国家任务区的防暴队员来说却是一种奢望。我们提前好几天就组织人员筹备,最终也只能以简单的方式让大家感受一下节日氛围,真是委屈这些年轻队员了!"

两盆不足20斤的自制元宵被大家吃得精光,赢得了一阵阵赞誉。谈起制作过程，炊事员张炳强用"实在太难了"概括了这道节日"主打菜"。经过几名大厨连续几天的研究，制作传统元宵的方案因为没有豆沙、黑芝麻等基本原料宣布失败，随后，他们立足现有原材料，多次试验后研制出这种以剩米饭、地瓜秧碎叶、鸡蛋为材料的元宵——做成丸子形状先蒸再炸后，这种自制元宵开始上桌了。

除了吃到美味可口的自制元宵，队员们还利用短暂的休息时间开展了扭秧歌、猜灯谜、录制亲情视频等方式庆祝元宵节。其中，驻外执勤的 3 分队队员们还在营房门口"挂"上了 4 个写有"欢庆佳节"字样的小红灯笼，引得路过的各国维和人员驻足观看——这种以红油漆做底色、黄油漆描边再写上毛笔字的创意出自小队长孙佳奇之手。他和队友们一笔一画地在营房走廊立柱上描绘出 4 个充满吉祥如意的灯笼，也是他们怀念国内节日气氛思念祖国和亲人的寄托。作为主创人员的孙佳奇说："元宵佳节是中国传统节日，尽管这里物资奇缺，大部分东西无法采购到，但我们还是以海外游子的这种特殊方式抒发了对祖国对亲人对乡情的无比思念。"

下午 3 点左右，执行空中直升机巡逻任务的执勤组 8 名队员顺利完成对 200 里外弗赛斯州一处偏远矿山武装巡逻任务返回营地。带队的战勤室主任孙书恒说："这次任务特别艰难，飞机在空中颠簸得要命，矿山巡逻的区域不仅海拔高缺氧气，而且狭窄的道路基本都是在陡崖上，石头多得简直无法下脚，大家艰难地走了将近 10 公里路程，尽管这样，队员们还是强打精神加快速度，抓紧赶回来同战友们吃团圆饭、过元宵节！"

党日

海外任务区特殊党日活动：全体党员重温誓词，4 名队员"火线入党"

当地时间 5 月 1 日，正在利比里亚执行维和防暴任务的中国第一支驻利维和警察防暴队，在"五·一"国际劳动节到来之际，隆重举行了升国旗仪式、重温入党誓词、新同志"火线入党"、讲述党旗由来、"维和情·中国梦"演讲比赛等系列庆祝活动，身处特殊环境的 140 名维和警察以特殊的方式向党表达赤胆忠心，以实际行动践行蓝盔和平卫士的铮铮誓言。

清晨 7 点 10 分，防暴队隆重举行重温入党誓词活动。全体队员身穿防暴服，头戴贝雷帽，整齐列队，在防暴队队长国向东的领誓下，面向党旗，紧握右拳，庄严宣誓："我志愿加入中国共产党，拥护党的纲领，遵守党的章程……"响亮的誓词在任务区上空回响。与此同时，4 名战斗在防暴处突一线的队员经批准在异国他乡正式"火线入党"，成为战火硝烟和特殊环境下培养出的预备共产党员。

一等功臣、全国首届"十大边防卫士"、优秀共产党员任杰说:"这是我永生难忘的一次宣誓活动,在维和任务区,共产党员就是要在执勤、训练、工作和生活等各项工作中体现党的先进性,让任务区数千名维和同行感受中国警察特别能战斗、特别能吃苦、特别能创造、特别守纪律的正能量,以自身行动为党旗国旗增光添彩!"刚刚走下执勤岗位的新党员滕广慧说:"在战乱后的联合国任务区,在情况异常复杂的维和一线,我们4名队员以遇有任务赶在前、冲锋排险抢在先的精神接受党组织考验,将点点滴滴的维和成绩写进入党申请书,获得上级党委批准入党后,我们将以任务区新共产党员的良好形象,为履行和平使命,弘扬中国警察队伍的光荣传统做出更大贡献。"防暴队临时党总支书记、政委盖立新向全体党员讲述了党旗的由来和象征意义,他说:"中国共产党和中国政府是我们维和警队的强大后盾,我们在重大任务、日常勤务、对外交往、后勤保障尤其提升警队影响力等方面取得的成绩都得益于上级党委的坚强领导,我们一定要打造海外任务区最坚强的战斗堡垒,树立中国警察务实清廉文明的良好形象,为党旗添彩,为祖国争光!"

下午,3分队党支部在营区摆满见证维和艰辛历程的数十件实物的防暴队"艰苦奋斗教育基地"开展特殊党课教育,以不同的方式表达了对公安部直接领导的维和工作成果的回顾和深情感悟,讲述了身边一个个优秀共产党员的感人事迹。晚上,防暴队在文体多功能大棚举行庆五·一"维和情·中国梦"演讲比赛暨优秀队员表彰颁奖大会,向执行重大勤务最多、哨位执勤时间最长、创新创造项目最多的骨干队员颁发了纪念品。

国际维和人员日
国际维和人员日庆祝现场:当地民众把最朴实的谢意送给中国维和警察

5月29日,维和警察防暴队队员及驻守当地的维和军警、职员相聚希诺州卡其坡镇,他们受到了当地民众载歌载舞的热情的夹道欢迎,并举行了隆重的庆典活动,以此庆祝"国际维和人员日"这一特殊的节日。当地政府及民众代表为队员戴上亲手编织的花环,送上甘甜的山泉水,用最朴素最真诚的方式感谢全体防暴队员忠于职守、全力维护当地安全、为治安稳定做出的突出贡献。

庆祝活动中,联利团格林威尔分部行政主官阿米诺先生宣读了联合国秘书长潘基文向全世界维和人员发来的节日贺信。潘基文在贺信中说:"目前共有超过120个国家的116000名维和人员在16个任务区执行维和任务。2013年在维和事业中共有106名维和人员牺牲,对他们在维和行动中所做出的贡献永远怀念,并希望所有维和人员精诚团结,使蓝盔部队成为一支'和平力量、变革力量、未来力量'!"

中午,以希诺州各部族首领及长老、妇女、青年、学生代表、商业代表组成的庆祝游行队伍高举"向往和平、和平万岁"、"欢迎中国警察来到利比里亚"等条幅,深情地表达对联合国维和人员的崇高敬意。游行结束后,卡其坡镇镇长斯达克先生专程在人群中找到防暴队国向东队长代表全体民众致谢,他说:"这个镇作为当年内战的重要战争地,大部分民众遭受了战乱带来的致命伤害,很多人背井离乡逃往友邻国家避难,恢复重建后这里秩序依然处于较为混乱的状态。自贵防暴队对全州严重暴力犯罪活动实行高压打击和治安巡逻以来,这里安全环境逐渐变好,我们真诚感谢带来和平和信心的中国维和警察。"谈起现在的生活环境,他说:"以前我们是艰难生存,现在是平稳地生活!"

"没有中国防暴队就没有全州维和团队的活力!"在庆祝现场,阿米诺手持话筒向现场观众讲道,"中国维和警察在维护民众安全的同时,指导镇政府组织青壮年村民联手防御不法人员入侵以及防火、防盗等安全技能等做法,在很多村寨发挥了良好作用,实现了成规模犯罪分子防暴队主导机动快速打击、小问题村民自行依法处理的崭新模式。他们还教授当地专兼职治安员防暴应急棍术等防身技能,很好地提升了当地治安骨干人员的防范技能。"

据悉,"国际维和人员日"为联合国确定的全球范围内参与执行和平使命维和军警、国际职员、志愿者的重要节日,联利团所属各任务区数千名维和人员均在这天参加主题突出、内容新颖的庆祝活动,以庆祝长期以来维和人员在全世界和平建设做出的贡献及悼念战乱中的牺牲者。

医疗

消毒防蚊费尽心机

防范"1号敌人":5名医护人员每天超量吸入超量有害气体

11月16日晚饭后,第一支赴利比里亚维和警察防暴队营区消毒防蚊工作有序开展,崔永财、李春江、王宝祥等5名医护人员身穿厚厚的防护服,手戴橡胶手套,脚穿作战靴,佩戴护目镜等专用消毒装备,按照区域划分"分头行动",目标是对营区内的杂草丛、积水区、房前屋后、哨位岗亭等重要部位喷洒防蚊虫专用药剂。大约

1小时后，当他们赶到洗浴车清洗时，所有队员都让出空位，优先让他们清洗身上的残余药物——他们每次消毒时使用药量大且工作时间长，对身体的危害不可忽视。

防暴队营地周边蚊虫肆虐、蛇蜥横行，防蚊虫叮咬任务异常严峻，尤其是毒蚊子叮咬，成为防暴队员的"1号敌人"，近期任务区疟疾、肝炎、寒热、拉撒热等疾病蔓延，营区卫生消毒灭蚊工作成为关系警队战斗力提升和队员身体健康的关键点。对于无处不在、漫天飞舞的蚊子，盖立新政委等领导早有准备："我们在国内时就开始多方征求专家建议，光预防药品、电子蚊拍就带了十几箱，还配制了毒性较强的消毒药品，但不到万不得已，尽量不用，因为这对我们医护人员的健康危害较大！"

"在任务区对维和人员造成致命危险的往往不是歹徒手中的凶器，而是母蚊子的小嘴巴！"很多维和人员对此深有感触——蚊子是传播疟疾的重要病毒源，而疟疾则是当地死亡率最高的疾病之一。现实中，在防暴队营区每个房间无论怎么处理都会有几十只甚至上百只蚊子，而野外各个哨位附近白炽灯下的更是数以万计。从严格意义上说，"只有蚊帐里是最安全的地方"！面对队员们这个共性认识，大家睡觉时都会把蚊帐多余的部位深掖在床垫下，如果一有空隙就会有蚊子进入，那样的后果好几个队员经历过——一旦看到蚊帐里蚊子身体充满红红的血液，马上就得在被咬伤部位反复涂药，还得在忐忑中度过一周时间的危险期，万一发烧那就意味着更大危险的到来。

为了战胜这些致命的敌人，队员们使用了所有的措施，以防蚊药品为例，"蚊不叮""花露水""驱蚊液""驱蚊包"，每人都有十几件甚至几十件，大家见面经常交流"防蚊妙招"及有效经验。面对无处不在、随时靠近的蚊子，队员们经常采取最原始最管用的"笨办法"：在草丛劳动时戴上厚厚的棉手套，去树林中工作时戴上从国内带去的养蜂专用网帽，让队员们付出代价最大的则是夜间站岗时面对飞舞的蚊子，只能穿上厚厚的雨衣保护自己……

由于即将进入旱季，雨水减少、蚊虫增多，防暴队预防蚊虫叮咬工作面临更加严峻的考验，曾经出现一个分队一周内20余人被叮咬的纪录……面对这一危险，队领导果断安排医护人员每天定期在营区喷洒杀蚊药剂。崔永财、曲加祥2名军医带领3名卫生员以每天48升药量、上千延长米的工作量进行消毒防蚊，付出了常人难以想象的艰辛。每天傍晚，无数的蚊子成群聚集前，他们穿着厚厚的防护服，挥动喷雾手柄逐个重点部位喷洒，任何偏僻处都不放过，目的就是让毒蚊子远离防暴队营区，最大限度地减少病毒危害。

当他们结束操作摘掉口罩眼镜时，我看到他们面部如同潜水憋气的游泳者：汗水密密麻麻地布满红红的皮肤，因流汗过多，胸前部位已经成片湿透。"是不是不能擦汗？"面对我的疑问，崔永财直言不讳："这些药剂能有效消杀蚊子，但对人体的危害也不小，哪敢打开口罩擦汗啊，要是那样马上就得中毒！"他还说，"每次消毒过后眼睛渍得辣辣的，嗓子眼难受得一时半会缓不过来，时间长了手臂和脖颈部位都起了红红的疙瘩。"10分钟前，我碰到了正在消毒作业的战斗队员王宝祥，问起喷药杀毒的感受，他用"脸上和手掌都麻麻的"回答我。

军医在行动

任务区里好医生：日常呵护健康，确保全程无疫情发生

11月26日，格林威尔市区一处较大的市场内，第一支赴利比里亚的维和警察防暴队军医崔永财和两名炊事员一起采购食品，同时指导食物之间的营养搭配：鱼类不要买太多，否则会导致队员体内火大；蔬菜能买多少就买多少，实在不行用土豆干这些半干菜补充……此刻，他的身份既是营养师又是采购指导员——正是这些医护人员无微不至的呵护，确保了防暴队在疫情高发的任务区实现了整体卫生状况良好，无人患上登革热、霍乱、破伤风等热带流行疾病。

走过接近2万平方米的主营区就看到了一栋独立建筑的防暴队一级医院——整洁的就诊环境、健全的基础医疗设施，安静的工作环境和正在进行的基建工作形成鲜明的对比。门诊部内，护师高志恒正在用对讲机提醒、催促一名队员再来做个拍片补充检查——该病号前一天被木门挤伤手指，已经进行缝合处理，需要深入用仪器检查一下是否伤到骨骼。我问："病号都是你们这么追着治疗吗？"何光伟医生介绍说："目前全队病号主要集中在轻微外伤和感冒咳嗽上，加上执勤和营建任务又重，基本都是跟踪治疗，就是说他不吃药不换药你就履行随队军医的义务，这样才能有效果！"

恶劣的自然环境，高发的疫情，很多"头疼脑热"的小情况在这里绝对不能忽视。他说病号李光明劳动时被铁丝刮坏的伤口，要是在国内消炎处理就可以，但是在疫情高发的任务区既要常规治疗，还要防止衍生破伤风，要是转成破伤风就严重了。

翻开医院接诊记录本，我发现上周仅有几起轻微伤和关节错位的处置记录，问起他们的工作重点，护师丁雪梅随口总结了这么几条：当地属于疟疾、霍乱、登革热高发区，做好疫情防治是头等要务；再就是发挥卫生服务保障作用，确保队员身体健康也同样重要。防暴队营区和各个执勤点都处于杂草丛生的树林里，蚊虫蛇蝎很多，很容易引发病菌大规模传播。究竟应该怎样防疫？军医们自有一套管用的办法：他们逐个哨位检查卫生情况，建议对哨位附近所有的杂草统一清除，人群少的地方要清除到10米远，人数较多的聚集地要保持15米内整洁无草。他们还深入到两个单独执勤点现场示范喷洒防疫药剂的方法，尤其是药与水的比例。培养兼职卫生员并经过培训、考核直到过关。

防暴队医院是当地少有的成规模的医院，除了保障防暴队全队人员的卫生安全，还要承担相关国际组织驻利机构人员的诊治。为此，军医们主动承担起任务区各国人员的医疗保障工作，各方反应较好，截至11月27日共诊治有关人员23人次，基本都能药到病除。问起这方面的经验，医生说："对于这方面的患者有严格的工作程序，一定要在相关部门的批准下接收患者，再就是诊治方案翻译成英文让对方签字同意，既要人性化治好病，还要保护好医护人员的自身权益！"

秘治防蛇包

打响防蛇攻坚战：多条措施有效预防，严禁扑杀

摆放在走廊内的作战靴里有蛇盘踞、外出倒垃圾时眼镜蛇扑到队员身上，大清早去室外如厕也能近距离看到有蛇挡在路上"跳舞"……随着非洲旱季的到来，中国维和警察防暴队营区内多次出现毒蛇，威胁着队员们的人身安全，甚至日常活动也受到一定影响。为此，全体队员打响了一场以预防为主的防蛇攻坚战。

几天前，队员陈磊晚间去营区附近垃圾场倒垃圾，透过昏暗的手电光他发现有条细长黑影扑到他小腿部。当他意识到自己受到蛇攻击时，对方已经扑到他胳膊部位厚厚的战训服上。面对这一突发事件，他猛挥手臂将1米多长的蝮蛇甩到3米多远的草地里。

那天，队员朱秀涛清早走出营区去露天厕所如厕，猛一抬头，发现前面有条大黄蛇盘在小路上和他对视，当他拿起木棍准备驱赶时，对方突然纵身跳出1米多远后逃遁而去……

面对周边及营区内接二连三发现的毒蛇，盖立新政委一天内发出数次指令：组织人员迅速收起室外晾晒的鞋子等物品、组织人员对入侵毒蛇研究对策，所有队员天黑后不能单独出营区。与此同时，他还通过多种渠道向国内有关机构和人员寻求预防方法，为做好防蛇工作奠定基础。

防暴队军医们介绍："当地树高林密，杂草丛生，靠近海边，为蛇类聚集提供了良好的天然环境。这里的野生蛇类主要有眼镜蛇、蝮蛇、木薯蛇及巨蟒等，除了巨蟒，其他蛇都是有剧毒的！"如何进行有效预防？怎样确保队员们的人身安全？盖立新政委的决策部署既注重实效更侧重长远建设："尽管众多的毒蛇会威胁队员的人身安全，但是我们任何人都不能去捕杀、去伤害它们。要采取有效措施以预防为主，把毒蛇防在营区外，让它们远离生活区，确保队员们有个安全的生活环境！"12月11日,一场防蛇攻坚战在防暴队全面展开:80名队员整装上阵,对营区两万平方米的杂草进行彻底清理,尤其是墙角处、集装箱下以及其他容易藏匿蛇的复杂环境,以此铲除蛇赖以生存的理想环境。通过清理,整个营区已无杂草,干净整洁且视野开阔,有效防范了毒蛇的误伤及突然袭击。

除此之外,防暴队还有哪些预防措施,尤其怎么保障大家在房间休息时不遭受毒蛇袭扰？军医丁雪梅指着各个房门口悬挂的精致小沙包为我揭开了谜底:这是他们联系国内某林业医院迅速秘制的防蛇配方,糅合在一起的各种药物能够有效防止不同的蛇类动物靠近。据了解,为了制作这种"防蛇包",他们5名医护人员费了不少心思吃了很多苦——当费尽周折从国内求得秘方时,已是当地时间晚上11点左右。他们为了让队员们尽快摆脱毒蛇带来的恐惧,连夜进行试验、制作,戴着口罩和防护手套进行分量包装和制作"药丸"。由于防蛇药品含有一定的毒性,当他们加工制作完80多个"防蛇包"时,每个人都因吸入过量的有害物质发生头晕恶心的症状。丁雪梅曾经在门前近距离目睹草地上游动的青色蛇,还看到过盘踞在医院空调下的木薯蛇,当时也是感到头部"麻酥酥"的,赶紧跑回安全地带。当我看到全队只有医院门口没有这种防蛇包时,问起其中缘由,她说:"当时连夜就赶出这些,都放在队员门口了,要首先保障他们的安全,我们做好其他预防就够了！"

又一例疟疾患者成功治愈

战疫情斗疟疾:任务区"非典"越肆虐,防御战越持久

"经过8个昼夜的科学治疗,我们第三例疟疾患者某队员身体各项指标恢复正常,可以顺利出院归队！"3月17日,随着防暴队医院院长曲加祥在对讲机里公布战友治疗痊愈消息后,几十名队员站在生活区宿舍前面等待患病住院的战友胜利归队。

"某国维和部队出现3例疟疾患者病危回国,另有其他防暴队本月一名拉撒热病患被病魔夺去了生命,全任务区以不同形式对其表示哀思……"近期,联利团多次就防病防疫接二连三下发紧急通报:受持续多日的高温酷暑影响,加之近期当地鼠类、蚊虫活动频繁,部分地区疟疾病毒和拉撒热疫情传播迅速,尤其人群聚集地域爆发扩散性疫情的风险增高。受此影响,队员中先后有数名队员出现持续高烧不退、多汗害冷等症状,陆续住院紧急治疗。据医生崔永财介绍:"疟疾病毒是非洲热带地区流行最广的疾病,目前尚无有效疫苗进行预防;外来人群普遍抵抗力较弱,传播媒介主要为蚊子叮咬,一旦人群中有一个患者,极易由蚊子迅速传染到其他人员,造成难以控制的局面。"另外,他还不无担忧地说:"这里到处是丛山密林,蚊子多得到处都是,所以预防工作非常困难,当地的疟疾比国内的'非典'更可怕。"

据悉,尽管防暴队医院已经较为成熟地掌握了治疗疟疾的方法,但是对于来势凶猛的病情,所有队领导和医护人员丝毫不敢大意,当本月首例队员出现疑似疟疾症状后,盖立新政委立即联系我解放军驻绥德鲁三级医院,协调直升机迅速送来相关稀有特效药品,并通过远程会诊等方式对患者进行针对性更强的治疗。谈起这次疫情预防工作,他说:"两名患者都是身体素质很好的人员,这说明患病和自身免疫力没有直接关系。导致病情突发的原因还是漫天飞舞的蚊子,必须把防蚊攻坚战持续抓下去,就是再大的困难也不能松懈。"在他的倡议下,一场旷日持久的预防蚊子动员令正式下达——具体内容包括:所有室外活动无论天气再炎热也要穿着长衣长裤;晚间除短暂观看重点新闻外其他集体活动全部取消;组织队员对房间、会场房间所有缝隙进行全部封闭,确保不让蚊子进入室内;各项活动都要在阳光下进行,避开早晚蚊子肆虐时段,尽最大力量保证队员减少被蚊子叮咬的概率。

一边预防蚊子传播的疟疾,一边打响拉撒热带来的其他疫情。根据联利团卫生部门通报:近期由老鼠、蟑螂传播的拉撒热病毒呈现高发势头,已经有其他国家维和人员患病死亡的病例。为此,防暴队已建立起包括餐具用品消毒、设立环境卫生督导员在内更加严格的卫生防疫制度。在今天召开的卫生防疫专项工作部署会上,盖立新政委提出具体要求:"预防蚊子传播疟疾和老鼠带来的拉撒热是一项长期严峻的政治任务,只要在任务区工作一天,就要把预防工作作为头等大事,这样才能保障队员们的身体健康,顺利完成维和防暴任务。"

"埃博拉"来了
以战时标准预防"埃博拉"病毒:整套措施涉及全部工作生活,要求接近苛刻

"这次疫情来势凶猛,传播速度快,治疗难度大,一定要科学制定预防措施,迅速进行卫生勤务部署,从现在开始打响防疫工作保卫战。"3月25日下午,维和警察防暴队政委盖立新就预防埃博拉出血热病毒疫情做出最为严格的工作安排,"这种疫情是目前最大的顽敌,我们制定的所有措施要细致要苛刻,以不被看不见的强敌击倒为最终目的。"

24日晚,正在作战值班的值勤官张政平接到联利团疫情通知后首先是一股冰冷的感觉。这份通知显示的内容可谓触目惊心:"邻国几内亚方面已经确认其境内爆发埃博拉病毒，且传播速度迅猛，现已遍及该国直至首都，目前已报病例死亡数十人；这种病毒十分致命，一定要采取必要措施，最大限度提升维和人员的安全健康意识并采取要求的预防措施，全球范围内目前没有疫苗，只有一些起支持帮助作用的措施来控制疾病。"

看着这份标有"此邮件的内容极其重要"字样的通知，防暴队国向东队长迅速召集相关业务骨干进行彻夜分析研究，并在第一时间将通知内容下发至所有队员尤其是驻外执勤人员，以便按照日常医疗常识进行必要的防范。据悉，埃博拉出血热病毒主要从野生动物向人类传播，如血液、分泌物、器官或其他体液的近距离接触可实现人与人之间的传播；该病毒感染只可在特殊环境下通过化验准确诊断；病患症状包括突然发热，强度虚弱，肌肉疼痛，头痛及喉咙酸并伴随呕吐，腹泻，皮疹，肾、肝功能受损（削弱），内、外都有出血情况。疫情分析会上，医院院长曲加祥话语里充满着担忧："确认的邻国病例和附近疑似病例距离我们营区都不是很远，加之当地对疫情的控制能力较弱，医疗设施和专业人员严重缺少，成功治疗案例和参考做法基本找不到，这些都加剧了我们这次预防疫情的难度。当前，只有采取近似极端的措施，才能尽量降低感染风险，有效保护队员的安全。"

经过紧张的研究和论证，早上，一份预防埃博拉病毒疫情的初步方案迅速下发全队进行贯彻，其中很多内容均为超越常规疫情预防的措施，具体包括坚决避免和来自疫情地区的人员接触、关闭服务性公益活动场所、停止一切对外交往活动、控制非联合国人员进入营区等硬性措施。谈起这些近似苛刻的措施，指挥中心孙福成主任介绍说："这次疫情非常可怕，传播途径非常多，目前尚无有效药物预防，更谈不上及时治疗。为了我们队员的生命安全，只能把措施制定得更细致更全面，才能实现初步预防的目的，让队员们远离病毒的危害。"

下午，联利团再次下发通知告知：世界卫生组织将对疫情局势继续进行监控，并与当地政府相关部门保持紧密沟通，如有任何进一步发展会及时告知任务区各军警部队。据了解，目前这些紧急硬性预防工作尚属于初步措施，防暴队将结合联利团卫生部门随时通报疫情和病毒蔓延的情况，继续采取更加科学、更加严格的措施进行深度预防。

心理咨询随队服务

更多关爱送给一线人员："维和一家亲"支撑队员心理健康良性发展

"闷热潮湿的热带雨林气候、当地蔓延肆虐的传染病、同类型反复操作的执勤工作、远离祖国远离故土的思乡思亲情绪，还有全天候全时空预防有毒动物的侵害防范，这些都给队员的心理健康带来无形的压力……"2月25日，维和警察防暴队队医兼心理咨询师何光伟讲授"心理健康与维和同行"专题课后，谈起队员心理健康时特别指出："全队目前开展的工作、休息、娱乐保障队员身心健康的'三位一体'时间安排非常科学有效，尤其是'维和一家亲'活动营造了良好融洽的内部氛围，对于队员顺利完成中后期艰巨的维和任务有着不可忽视的推动作用。"

据何光伟介绍，目前，防暴队狭小封闭的营区场地、单一枯燥的执勤环境，加之从接受选拔、集中培训到顺利完成前120天的维和任务，这些对于平均年龄29岁的年轻队员们来说均承受着不小的心理压力。他说："每次长途武装巡逻任务途中，队员们连续十几个小时大部分时间都是在狭窄闷热的防暴车里煎熬，到了执勤点，面对人数众多的当地人员，需要精神高度紧张地进行安全警卫，夜间到达宿营地往往连饭都吃不好就得上哨警戒，还要处处防范毒蛇、老鼠随时带来的染病危险！"

据了解，为了有效缓解队员们的精神压力，防暴队以所属一级医院为依托，建立起拥有6名心理咨询师的心理咨询门诊室，心理医生、心理咨询师随警作战、随队服务，结合心理测查和日常观察表现，对执勤任务较重、心理压力较大的队员进行全程心理疏导，缓解心理压力，化解不良心理症结，帮助他们牢固树立信心，积极面对维和工作任务和新的生活环境。

维和任务已经行程过半，还有哪些方法确保队员时刻保持良好的心理状态，防暴队盖立新政委说："在漫长枯燥的维和生活中，只有牢牢把握队员们的心理需求，跟进式做好服务保障工作，营造亲如一家、情同手足的战友情兄弟爱，才能形成良好的氛围，推动各项工作顺利完成。我们创新建立的'维和一家亲'活动，通过为队友庆生、传统节日、家庭变故等给予关爱，正作为心理服务保障的重要平台，推进各项工作开展。"据了解，"维和一家亲"活动是队领导投入精力最大、部署最细致最用心的一项爱心工程，范佳强副队长介绍说："为了让大家业余时间有个乘凉、聊天、休闲、交流的好场所，我带着后勤人员走遍了当地所有的市场，挑选购买了遮阳伞、休闲桌椅，目的就是让队员们能够畅所欲言，交流情感，保持良好的精神状态。"

哪个队员不想家？哪个家庭不盼望早日重逢？为了帮助队员们解除后顾之忧，安心执行任务，队领导将"维和一家亲"活动延伸到国内延伸到每个维和家庭，通过定期录制亲情视频、组织家属交流座谈等活动，让维和家庭感受到来自海外亲人的正能量。指挥中心主任孙福成介绍说："无论再辛苦再忙碌，每逢节假日我们都会通过手机短信给远在国内的500多位队员的父母、爱人以及孩子发去温馨祝福，用内容新颖的文字和视觉直观的图片告诉家人：一切都好，请勿惦念！"

祖国关爱

前方维和，后方慰问
事无巨细的关爱，支撑起维和家庭这个坚强的大后方

"你带队出征非洲执行和平任务既辛劳又危险，我们代表全市人民通过你的家属向你和你们的战友表示最亲切的慰问。"几天前，黑龙江省绥芬河市委书记赵连钧、市长王居堂一行专程到防暴队盖立新政委家中慰问，通过手机连线表达对全体海外维和队员的亲切祝福。

小年临近，国内正是三九寒天的季节，一股来自国内各级领导各个部门的慰问热潮让队员们沐浴在浓浓的关爱中。据悉，由黑龙江边防总队党委发起的以"走进维和人家，送去最大的关爱"为主题的春节慰问活动，不仅有普遍的关心关爱，还普遍呈现出针对每个家庭成员特点的贴心举动。今天中午，队员朱林成对着爱人发来的信息动情地念道："巧克力、奶粉、水果，两件质量最好的儿童套装，还给她们娘俩准备了过年喝的少量红酒。"说完这次慰问组送去的"年货"，还有一段同江边防检查站政委孙方岩发来的语音留言："你在非洲代表国家履行和平使命，承受着高温酷暑、蚊虫叮咬带来的巨大压力，每次传来你们的好消息都使全站官兵倍感自豪。站党委会把她们娘俩照顾得好好的，希望你早日完成任务，平安凯旋！"

和朱林成一样，我身边的每名队员都能时刻感受到上级党委带给每个维和家庭的温暖——黑龙江边防总队维和工作领导小组中有200余名各级领导、骨干对口帮助维和家庭，尤其是年迈的老人和襁褓中的"维和宝宝"，每个月都有队员们眼中最敬业的"维和义工"主动上门帮助解决生活困难。总队医院医务处长宋秀珍给维和家属群发短信："只要有求医问药的事就要及时通知我，我永远是呵护你们健康的知心姐姐！"

"不论家人距离多遥远，我们也要把关爱送到他们心坎上……"具体负责此项工作的总队李冰处长告诉我很多人员分组统计、逐个制订慰问计划时，我心里有说不出的感慨。据统计，截至今天，无论是近在黑龙江省还是父母亲属远在山东、河南、江苏、甘肃等多个省份的维和家庭均收到了来自总队机关的慰问金。

平时最牵挂年迈的老人，最思念年幼的孩子，这无疑是每名维和队员的心声。

队员张明明的女儿张梓萱刚出生不到5个月，妻子既要照顾老人和襁褓中的孩子，还得坚持上班干事业，春节到来之际怎么度过这个丈夫不在身边的年？1月18日，黑河边防支队慰问组送去了几千元的慰问金，还有战友们精心选择的电磁炉、电饭煲等生活用品。最让张明明感动的还有两份特殊礼物："支队将在除夕夜选派官兵代表陪同他的家人一起过年，优先分配给他家一套公寓房，让家人在温暖的室内迎接马年的到来！"

此次慰问中，"维和宝宝"成为关爱的主角。1月17日，队员滕利辉远在伊春市嘉荫县偏僻街道的家门口出现了冒着暴风雪赶来慰问的战友们。当他所在的单位领导当众将大黄鸭、小木马等玩具送到滕利辉9个月的儿子滕梓涵怀里时，现场群众发出一片欢呼声。

"我作为防暴队的普通一员，地处高温酷暑的西非大地，每天忙于执勤、建设任务，那种新春佳节即将来临的浓浓年味丝毫察觉不到，可当总队政治部于平主任带着所有处室负责人看望我的家人，送去事无巨细的关爱时，看到9岁的儿子在摄像机里对着镜头向我敬礼说'爸爸，你辛苦了'时，我和大家一样感到那种久违的暖意涌上心头。"

截至今日，全体140名队员家庭均收到了各级党组织送去的慰问金和各式各样的温馨礼物，共有200多名各级领导前往慰问。每次慰问人员一离开，队员们手机上很快就能传来相关的信息，那感人的场景，那贴心的关爱，迅速化为大家坚定意志、挑战困难完成维和使命的无穷动力。

上级领导带来的特殊礼物
公安部慰问组抵达防暴队：捎家书带孩子成绩单让队员感受亲情安心工作

"140名队员每人都有家人、亲属精心准备的礼物，包括老人叮嘱的视频，更多的是孩子年终考试的成绩单，目的就是让大家知道家里一切都好，请你们安心工作。"1月23日下午，公安部慰问组组长许群杰同中国维和警察防暴队队员座谈时指出："你们在政治建队、维和勤务、营区建设等各方面取得了优异的成绩，迅速打开了海外维和好局面，弘扬了中国警察爱好和平维护稳定的良好形象，希望你们为维和事业做出更大的贡献，为公安工作增加更多的亮点。"

"公安部慰问组不远万里的辗转行程，坚持给大家送来最贴心的礼物，让全体队员深深感受到了来自各级首长和亲人家属的浓浓关爱！"防暴队盖立新政委代表全体队员表达决心，"我们一定继续弘扬中国维和警察的精神，完成好每一次任务，以优异的成绩向公安部党委交上合格的答卷。"

当这份礼品清单放在我面前时，我深深感受到慰问组准备工作的细致和旅途的艰辛：34公斤重的两个大行李包，里面放置了录有每名队员家属声音、视频的光碟和照片，每名亲友都有一段或长或短的祝福话语；还有卡通画、小挂件等维和孩子们送给爸爸妈妈的温馨礼物。最让大家开心的还是70多名孩子的成绩单——经队员陆洋统计后向大家报喜："平均成绩93分，所有维和孩子期末考试都是良好以上成绩！"

打开大小不一的礼品盒或者信封，每名队员都有惊喜和说不出的感慨。队员包波的礼物很特殊：一个手工制作的精致的小包裹，里面包着30克的精品绿茶。封皮是一段温馨的祝福话语，落款的位置是一个可爱的笑脸，上面署名"爱你的尧、月"。对于大家的好奇，包波解释道："我爱人叫关尧，女儿叫月月，这是她们娘俩名字的缩写，也是我最爱的人的祝福。"队员吕成林的礼物也很特殊。他母亲为了让他吃到来自山东烟台最好的苹果，特地捎带到哈尔滨由慰问组送到利比里亚。由于水果不能长期保存，难以经受长途颠簸，具体承办的人员把两个象征着平平安安的苹果拍了照，还把老人的祝福和叮嘱录了像，制作成光碟送给了吕成林，让他感受到来自遥远家乡亲人的思念。

为了把140个维和家庭的礼物顺利送达防暴队，慰问组成员、黑龙江边防总队总队长史祯平承担了"邮差"的主要职责。几次转机时，他都把两个大个"邮包"提在手里，登机或者取托运行李时立即检查一下包裹有没有破损。当他对照表格一件件给队员们分发礼物时，同时把自己和队员家属见面的场景告诉大家。谈起这次远程前来慰问的体会，他说："你们在短期内完成了繁重的维和任务，弘扬'南泥湾'、'北大荒'精神，在这里建设了整洁规范的营区，付出了难以想象的辛苦，看到你们又黑又瘦的脸庞，作为你们的领导和同事，我为你们自豪。同时，国内各级领导会关心照顾好你们的家人，希望大家在今后的时间里圆圆满满完成任务，我和你们的亲属在机场等待你们平安回家！"

维和警察保险说明书
组织关爱暖警心：维和警察及家人25项重大疾病纳入保险范围

"自从我母亲在车祸中被碰伤以后，国内保险公司人员经常等到半夜和我了解相关情况，还专程前往我老家核对妈妈住院中的手术花费情况，这些举动让我远在万里之外的任务区放心不少。"4月1日上午，谈起由公安部为所有维和警察及亲人安排的"意外伤害和重大疾病保险套餐"，队员小李感慨地说，"每逢队员家庭发生变故或者亲人患有重病，在自己有劲使不上的时候，这种来自组织的关爱都会成为我们减少担忧、努力工作的强大动力。"

据悉,自2000年以来,公安部已向联合国8个维和任务区派遣维和警察1800人次,其中向海地派遣8支成建制维和警察防暴队1004人次。全体维和警察忠实践行"忠于祖国、维护和平、英勇善战、执法文明"的中国维和警察精神,舍生忘死、顽强拼搏,经受住了生与死、血与火的考验,出色完成了各项维和任务,为祖国和人民赢得了荣誉。由于长期战斗在硝烟弥漫、治安及自然环境复杂的战乱国家任务区,维和警察成为风险最大、遭受侵害最多的群体。

为全面保障维和警察的合法权益,近年来公安部相关部门在加大派遣人员的技能培训、安全防护之外拨出大量专项资金,联合国内大型保险公司为海外维和警察提供人身意外险、重大疾病保险等项目进行"爱心投保"。据防暴队参谋官彭海伟介绍:"由于维和警察海外工作时间长、难以保障休假等实际情况,除了为这些远离祖国远离亲人的他们进行投保外,还将范围延伸到一个个维和家庭,当队员直系亲属遇有突发变故及重大疾病时,按照公安部相关部门与保险公司达成的法律协议,都会为队员家庭提供五万至几十万数额不等的保金,为他们解决燃眉之急。"这几天,队员们每人手里多了一份《维和警察保险说明书》,上面详细说明了队员及直系亲属患有急性心肌梗死、深度昏迷等两大类25项重大疾病和意外伤害赔偿时间及数额等内容。

随着公安部对海外维和工作重视的程度提高,除了患病、遇险纳入保险范围外,众多维和儿童也将成为这项关爱工程的重要组成部分。这几天防暴队指挥中心孙福成、赵微两名同志开始为新生儿童纳入保险材料准备工作忙碌起来。"自2013年抵达任务区以来,我们共有7名队员妻子生了'维和宝宝'。我们除了第一时间送去全队人员的亲切慰问和祝福以外,还要详细整理数据,把这些新生幼儿纳入保险范围。"孙福成介绍说,"这项体现着公安部首长对维和警察的浓浓关爱的暖心活动得到了队员及亲友们的欢迎,大家远在异国他乡,自己有了保险,家人健康有了保障,每个人没有理由不保质保量地完成好维和任务。"

二

异域风采，这里是非洲

动物凶猛

淳朴非洲

动物凶猛

成群马蜂突如其来围攻
执勤点遭遇马蜂"袭击"：不准对其使用毁灭性药品

"大片马蜂围住了执勤房，不远处还有黑压压的一大片向这里飞来，是否会袭击我们，尚不能确定……"

这不是西方恐怖大片的画面，也不是悬疑小说的惊悚文字，而是防暴队机场执勤点不请自来的"不速之客"。

11月2日晚上，对讲机里传来"机场执勤点有异常情况"时，值勤官们一开始真是忙乱了一阵子。国内碰到聚集这么多的马蜂也会让人吃惊，况且这里是非洲动物王国，这些拇指大小的小动物究竟是"敌"是"友"谁也说不清楚，没有现成资料可以查阅，也找不到可以咨询的相关专家，有的队员感叹道："有百度查询也好啊！"

这些情况都不具备，"执勤点无小事"。当机场执勤点岗哨也传来有数百只马蜂聚集的消息时，指挥中心孙福成主任及时上报队领导后，几分钟与前方通话一次，并迅速研究思考处置方法。

执勤点一小队战友们说遭遇2000多只马蜂围攻后，他们全警动员，群策群力，想出了N个应急方案，有火烧，有水浇，还有用毛毯蒙着头部迅速转移到附近防暴车里的备选方案，当他们最后决定用敌敌畏兑水进行杀伤时，对讲机里传来"01"政委盖立新的命令："你们，包括你们1号哨位，不准用农药杀伤，马上关掉所有的灯光，然后注意观察，20分钟后再上报情况！"

两个小时后，一场大雨不期而至，整整下了几个小时。这里的降雨从来不是"淅淅沥沥"的，而是用全拧开的水龙头的声音和水量形容更恰当。不知道大量马蜂是因为暴雨的降临而前往执勤点房屋处躲避，还是大雨将它们驱赶到了山林里，也极有可能是队员关闭了所有的光源让它们再次转移到其他理想的位置，反正马蜂消失了，消失的原因没人能说清楚。

11月3日上午，队领导在机场迎接新战友的间隙，专门到执勤点了解"马蜂事件"情况。"政委、队长，你们可没看到，室外空调机上趴得满满的，就像安上了一层布罩一样，缝隙里全是，咬不咬人还不知道，关键是瘆人！"小队长孟凡军简要介绍了当时的情况。

"你们要是把它们都药死了，恐怕麻烦更大了！比如，这里没有了蜥蜴，谁来帮助我们吃蚊子！另外，蜥蜴要是没了，专吃蜥蜴的毒蛇可能就得把毒口转向更多的人群了。这是个庞大的生物链，谁也不能破坏了……"

任务区新《三大纪律八项注意》里对队员保护生态环境提出了具体要求，实际生活中，他们如同初次走进大森林的孩子，对非洲热带雨林中的小动物们好奇而珍惜，看到满院子的爬行动物都会保持2米远的安全观赏距离，4号哨位的队员还经常给树上打闹的小猴子带去自己吃剩下的食品，即使看到树枝上腾空而跃的"小飞蛇"也只是远远观望或者及时躲避，没有"捕捉"、"杀戮"这些概念，就连逐步清理的营区里，也会房前屋后留下动物们藏匿和生活的空间。我很欣赏一名女队员微信里的一段话：这里就是梦想中的动物王国，早上鸟儿边歌唱边搭窝，白天变色龙在院子里穿来穿去，不经意间你会捡到一个大个的蜗牛，晚上躺在床上都能听到壁虎在你床下嗖嗖地爬过，偶尔会给你咬出个包。除了蚊子，你绝对不会伤害你身边任何的动物……

"多一点儿生活常识，非洲的维和生活会更精彩！"这句话能够代表全体队员对任务区的生活以及对保护生态文明的心声！

无孔不入毒蚂蚁
"保卫重要警卫目标更不能忽视营区里的庞大蚁群"

第一支赴利比里亚维和警察防暴队身处动物王国，自觉维护营区生态平衡的事迹备受国内关注，很多人通过电话和短信慰问广大队员，叮嘱大家切实注意自身安全，有效保护大自然。

"听说很多人关注动物袭击维和营区的事，你们快来看看我这里吧，数万只蚂蚁往返搬家更让人震撼，好几名队员也被'袭击'了！"二小队长徐东晓不停地描述他们那里蚂蚁搬家的"盛况"。11月15日早上，我们驱车前往联利团格林威尔油库执勤点一看究竟。这里储备着大量战备和日常运转的大型油库，毗邻当地一条重要公路，不远处是一望无际的原始森林。当地人介绍说这里适合各种蚂蚁生存，聚集大量蚂蚁不足为奇。

进入营区就看到蜥蜴和很多大个头蚂蚁在营房外台阶上来回爬行，"这是不是就是你说的蚂蚁啊？"看着这些浑身漆黑足有5厘米长的蚂蚁，我好奇地问，"别看这些蚂蚁个大，它们不咬人不聚堆，是纯朋友！"

"全世界基本都差不多，大暴雨是搬家信号，这不是阴云密布嘛，它们马上又要搬家了。"队员吕成林介绍道。

既然蚂蚁搬家是暴雨信号，那究竟是什么蚁群让维和队员费尽心思而又防不胜防？

雨点还没掉下，湿润的风刚一吹来，"未卜先知"的蚁王已经发出了人类尚不能明白的号令：数百只蚂蚁开始从草丛中的一处蚁穴向40米外的蚁冢搬家，这些蚂蚁和国内的蚂蚁体积差不多，但是相互的身体差距很明显，"蚁王"、"蚁后"个头最大，其次是负责警卫保护的兵蚁！几百只蚂蚁走过后，不到30秒时间大群蚂蚁就运行过来了，一条中间有30厘米宽、整体长约35米的对向蚂蚁"车道"瞬间形成，越运动越快……

"快看，这些就是负责站岗的蚂蚁兵，在国内听说过，但是没见过这么明显。这些蚂蚁只只身材健壮，警惕性高，杀伤性强，蜗牛、甲壳虫一旦误入其中，它们就会带领上千只蚂蚁一拥而上，直至杀死对方！"队员王功伟语气中带有一丝丝后怕——这段时间以来，尽管他们从来无意伤害搬家中的蚂蚁，可夜间换岗上勤却难以杜绝这种无意识的动作：很多队员因误入蚂蚁阵而被咬伤。"这里的蚂蚁前面两个钳子超大，几乎是身体的三分之一，当你觉得被咬时急忙拍打掉但已经晚了，蚂蚁是身首异处了，但是头部还在狠狠地咬你！"很多队员就是这样经常被咬伤，尽管异常凶残的蚂蚁携带的是轻微毒液，构不成致命威胁，但还是需及时涂抹外敷药，要经过几天红肿、瘙痒才会逐渐恢复。

西非海岸四季不明，没有春夏秋冬，仅有雨季和旱季。现在正是两个季节交替的时段，这种天气几天就会降下一场暴雨，而小雨几乎天天都下，随着降雨搬家的庞大蚁群以几天为一个周期开始自己特有的行动。除此之外经常会有小股力量"偷袭"维和队员的住所——鞋子里、饭桌上、瞭望哨内，一不小心就会被它们咬伤。队员们除了要监护好警卫目标，还要腾出很大的精力应对这些不速之客，除了躲进蚊帐里睡觉的时间以外，任何时候都得穿着厚厚的作战靴，连袖口裤腿都要系上，尽量减少身体裸露的面积。

"蚂蚁有没有致命的天敌？"答案是肯定的，当地特有的穿山甲仅一只在半天时间内就可以吃掉"蚁冢"内数以万计的蚂蚁。可队员们为什么不这么做？徐东晓说："从防暴队进驻任务区以来，盖立新政委代表党总支提出了新'三大纪律八项注意'，其中就有涉及保护生态的重要内容，我们任何人不能成为环境的破坏者，只能当生态保护人！"

不用"以毒攻毒"，只能采取"物理隔离"的办法，他们在营房大大小小的缝隙都用发泡剂堵死，实在大的漏洞就用毛巾缠着木棍塞住，这样虽然能有效防止，却不能完全阻止蚂蚁群的"造访"。

吃肉喝血芒果蝇

揭秘"袭击者"真相：维和队员艰难应对"2号杀手"

11月17日，防暴队组织各分队代表到格林威尔机场执勤点参观学习勤务、管理、营建经验，面对20多天建设取得的成果，小队长孟凡军依然愁容满面，问起原因，他表情凝重无奈地说："上次'马蜂袭击事件'因调查不够，'主角'变了，不是蜇人的马蜂，是更可怕的芒果蝇！"

6日晚上，用冷处理方式化解了"马蜂袭击"后，孟凡军、邹本双等人仔细查看遗留下的几只"马蜂"，并用镊子翻来覆去对每个部位查看——身处这个神秘的动物王国，防暴队领导命令队员无论接触什么东西，只要不熟悉就不能用手直接接触。他们发现这些个头和马蜂差不多而又色彩斑斓的"飞行物"如同国内垃圾场常见的绿豆蝇，只不过身体大了一号，肤色、翅膀都很艳丽。大孟是个细心人，此刻更丝毫不敢轻敌，而是通过去营地咨询国际维和友人和查阅相关书籍，几经周折得到一个头皮发麻的消息：这些神秘来客是当地骇人听闻的芒果蝇，生活在随处可见的芒果树上，是一种可怕的动物——它们不期而至随处排卵，尤其喜欢人体外面衣服上的各种味道，一接触就会繁殖排卵，而卵虫接触皮肤后就会通过汗腺等部位进入皮肤，开始在人体内吃肉喝血生存，并通过血管逐渐侵入更深的地方……轻者疼痛难忍需要开刀手术，重者皮肤溃烂造成更大的危害。

看完芒果蝇和幼卵的资料片以及真实的场景，指挥中心主任孙福成颇有感慨："危险似乎离我们很远，现在看来就在身边！"更多的细节使我不寒而栗而不能详尽描述，仅从普遍性和危害性上来说，毒蚊子已经可以和芒果蝇同等对待了，如果说蚊子是"1号"敌人，那么芒果蝇就是名副其实的"2号杀手"。有害物种带来的恐怖让维和队员们感到"危机四伏"，应该怎么应对，怎么化解？孟凡军也曾经在短期内一筹莫展，他和队友们通宵达旦地深入研究，最后总结出相关的防范举措：晾晒衣服尽量选择午间阳光烈日时，最好能有较大的风，这样可以让芒果蝇难以生存；再就是晒干的衣服马上用熨斗逐个部位烫，用高温消灭可能存在的幼虫。

维和队员艰难应对着这些潜在的危险，能否收到良好效果，目前尚不能确定，用盖立新政委的话说："不能因为恐惧恶劣环境而影响执行维和任务，只有用科学的方法敢于应对才能更好地防范！"当对"2号杀手"得到正确认识后，各小队纷纷研究"克敌制胜"的办法措施，并坚信一定能够取得技术上的突破，保证每名战友平平安安。

执勤时与金钱豹面对面

哨兵深夜对视猛兽眼睛：严格防范互不侵犯两下安宁

"它那泛着紫色光芒的双眼和我对视了1分钟，似乎想要一决高下。我紧握钢枪纹丝不动，只要它不靠近哨位3米警戒线内，我就一直保持这个姿势。看到我对它没有造成威胁，七八分钟后，它1米左右的身躯蹿进了滨海的丛林之中！"队员阚大伟说起和一头大型金钱豹凌晨"遭遇"的场景，至今还历历在目。12月16日凌晨1点20分，面对岗楼前侧10米处向他观望的金钱豹冷静处置——轻轻把对讲机声音调至最低，身体保持安静状态，一直到对方消除敌意逃离而去。

大西洋海岸的西非大地白天的景色是秀美的，夜间则是各种猛禽动物的欢乐天堂，中国维和警察防暴队3号、4号哨位地处海岸附近的丛林中，周边是大面积的原始灌木丛，这里生存着大量的野生动物尤其是大型猛禽，夜间哨兵已多次发现大型野生狸猫、眼镜蛇、黄鼠狼、大蜥蜴、金钱豹等动物。就连靠近联利团分部、毗邻保安室的2号哨位夜间也多次有金钱豹靠近——最近时距离仅5米左右，每次都是对方有恃无恐地和哨兵对峙，还经常发出挑衅的叫声，这时只要哨兵身体移动或者发出声响，对方极有可能迅速扑上来攻击。

下午，我和一分队教导员任杰前往各哨位实地踏查，尽管队里已组织了大量人员对岗楼周边的杂草进行了清理，但不远处的大片天然林早已成为动物们天然的藏身之处。3号岗楼东侧铁丝网外是延绵不断的灌木丛；4号周边几米处就是大片的橡胶树、芭蕉树，粗大的竹子成片生长，母树发出的几十根手指粗的竹竿遮荫蔽日。正在哨位执勤的队员王跃林荷枪实弹，佩戴着钢盔防弹衣，旁边还放置着警棍、手铐等警用器具。我问他，夜间见到的野生动物数量多吗？他幽默地说："这几个哨位一到晚上10点后，基本就是现实版的'动物世界'，大大小小的十几种动物在这里游戏。像黄鼠狼、大型蜥蜴虽是小动物的天敌，但是金钱豹这家伙一来，全都疯狂逃命。"时间长了，队员们观察出很多规律——蜥蜴吃蚊子，毒蛇吃蜥蜴。只要地面、树干上有大量蜥蜴在，那就说明附近没有各类野生蛇，也就是说自己是安全的。"

训练有素的队员，加上精良的武器，对付再大的野生动物也不成问题吧？面对我这个疑问，任杰教导员说："这里动物很多，但是大多数不会主动进攻人类。我们多次做出明确要求，遇到大型动物要保持冷静，要时刻保持警惕，只要对方不发起致命的攻击，坚决不能开枪击伤。"

队员陈哲向我讲述了执勤甬道上"黄姓"一家三口夹道欢迎的场景。一只母黄鼠狼带着两个孩子，经常在夜间出来玩耍，看到队员上下岗走来很少躲避，队员们只能绕道而行。还有，队员们经常近距离看到两只小猴子在距离几米的树枝上打闹，业余时间还给它们送去吃剩的东西，现在双方相处很是融洽。军医崔永财说："由于任务区属于疟疾、霍乱、登革热等疾病高发区，动物身上难免携带着大量病菌，我们多次宣传卫生防疫常识，避免队员们和动物接触，以免感染疾病。"

漫步在防暴队3号和4号哨位小路上，南侧就是漫长的原始雨林地带，每到夜晚，几十米外的海浪轰鸣声传来，再加上队员们注意力集中在警卫目标上，对于倾听和判断动物们的脚步声或攀爬声都有很大的影响吧？听不到行动的声响，当它们靠近哨位时就增加了几分危险性——这一点我已经从队员们忧虑的眼神中得到了明确答案。

蟒蛇大战黄鼠狼
蟒蛇吞噬黄鼠狼遭围攻：维和哨兵面对"残酷生物链"左右为难

"先是巨蟒嘴里嘶嘶的愤怒声，再就是'遇难'黄鼠狼哀叫的愤怒声，当附近其他十多只黄鼠狼从远处聚集到这里时，直觉告诉我发生了严重的问题。当时看到成群的黄鼠狼冲向草丛那条蟒蛇时，那只被吞掉半个身体的小黄鼠狼还在拼命挣扎！"12月21日下午，哨兵宫本帅目睹巨蟒吞噬黄鼠狼遭到成群黄鼠狼围攻的悲惨一幕后，迅速向维和警察防暴队指挥中心上报情况，请求救援。

当我在维和日记中描述维和哨兵夜间经常面对大型动物对峙的内容后，4号哨位大白天就上演了一幕触目惊心的动物之间活生生的杀戮场景：一条3米多长的蟒蛇从联利团铁丝网外潜伏进来，通过长时间潜伏后突然伏击了正在草丛中觅食的黄鼠狼。当蛇口吞食对方大半个身体，正用庞大身躯缠住剩余部分时，附近10多只黄鼠狼闻讯赶来对其进行围攻。"大蟒正在吞食（黄鼠狼）上半身，赶来救援的黄鼠狼们非常勇敢，不断地上去撕咬。大蟒一旦被外围攻击到关键部位，就腾出长长的尾部进行驱赶！"宫本帅痛心地讲述场景后补充说，"它们这场你死我活的搏杀，搅得草丛里沙土飞扬，特别惨烈！"

得知消息后，防暴队国向东队长带领应急分队人员迅速赶往现场处置。当他们到达时，巨蟒已经完全吞噬了整只黄鼠狼，一边用巨大的尾部应对其他黄鼠狼的围攻，一边贪婪地蠕动躯体进行消化。面对这场残酷的动物之间的自然规则，队员们看到已无法挽救被吃黄鼠狼的生命，只能用木棍敲打着树干，将巨蟒赶回铁丝网外的丛林中。看到队员们赶来处置，成群的黄鼠狼发出悲壮的声音陆续散去。

在现场，国向东队长和联利团格林威尔分部负责人阿米奴先生商讨处置方法。阿米奴先生说："这个区域属于丛林包围中的院落，来自野生动物的威胁无处不在，请你们首先保证哨兵的人身安全！"随后，他安排工作人员送来当地特有的防蛇药品，并表示马上安排工程人员对疯长的青草定期进行清理。国向东说："面对这种动物本能的杀戮，我们感到很无奈、很无助，我们哨兵还不能走下哨位处置。今后，只要发现这种苗头，我们会立即安排人员进行制止！有效保护弱小动物的生命，让它们远离大型动物的毒口！"除此之外，他还要求，通知所有队员上下哨位途中携带长木棍对草丛进行试探清理，防止误伤巨蟒或毒蛇后遭到攻击。不一会儿，几名队员开始在哨位挖出深深的防蛇沟——这种宽30厘米深40厘米的深沟呈90度垂直角，能够有效地预防蛇类通过，对于保卫哨位安全可以起到积极的作用。

在现场，联利团保安鲍利森说，附近灌木丛聚集着各种蛇类，前几年出现过七八米长的蟒蛇，其他国家的维和人员出动装载机，好几个人才把两条巨蟒制服。

不明蛇种藏身菜地
晃动"绿叶"显蛇形：防暴队研制"捕蛇钩"配发到哨位预防

1月14日下午，中国维和警察防暴队三分队教导员罗卫波在菜地侍弄黄瓜秧时眼前突然出现一片长条绿叶：细长的叶片，比黄瓜叶更加墨绿的颜色，他刚要动手摆弄，突然对方急促晃动而逃。"不好，是蛇！"罗卫波目光紧盯着它细细的尾部，用对讲机通知队员前来协助捕捉。10分钟后，这条藏在菜叶深处的1米长绿色蛇被抓住。

一名队员用木棍挑着它往营区外密林放生时大家才看仔细：这条细长的"小家伙"身体薄如叶片，颜色更是和菜叶极其相似，如果静止不动，藏在茂盛的菜地里很难辨别出其存在。一名经常观看《动物世界》节目的队员谈了自己的观点："毒蛇种类很多，这种类型的根本没见过，但是从其鲜艳的颜色来看，应该毒性很大。"

现场，很多队员发出疑问：菜地才种植了几十天时间，怎么能出现这种和菜叶颜色一样的蛇？它应该是喜欢以绿植为掩护的蛇种。那它是从远处寻觅而来，还是这里的土壤就有它赖以生存的环境？这些问题，一时间难以得出理想的答案。

尽管防暴队前一阶段多次对营区进行大规模清理，但是近期防蛇工作还是经常敲响警钟：敞开式库房纸箱子里有蛇藏身、室外空调下面有蛇盘踞，连去远方巡逻时在海滩上也能见到和细沙颜色一样难以防御的毒蛇。为此，盖立新政委同南方籍队员进行座谈时得出了结论：热带雨林地区生存着大量蛇类是不争的事实，很多大蛇尤其是毒蛇不仅是群居动物，还有各自的领地，除非踩踏或者误伤，一般不会主动进攻人类。

屡次进入防暴队生活区的蛇无处不在，一不小心就会被其咬伤，隐患无穷。队员们进行深入研讨后再次得出结论："蛇类依附草丛、废旧物生存、活动，洁净的平地满足不了它的生存需要，要想减少'入侵'，必须扩大杂草、杂物清除范围，至少延长到营区十几米的范围！"当天，队领导安排专人对房上的荒草、营区外过道以外的草丛再次进行彻底清除，尽最大努力消除蛇类藏身之处。这些基础工作完成的同时，队领导又集思广益征集大量方法进行预防：凡是挪动物品时一定先发出响声进行警告，进入草丛时要手持木棍"打草惊蛇"，执勤劳动时扎紧裤腿，头戴帽子，戴上厚厚的皮手套……除此之外，由专人研制的几把长两米、顶端安装着弯钢丝钩的"捕蛇钩"配发到各个哨位。这种自创工具功效能有多大？队员张文勇说："蛇类是软骨动物，只要通过钩子把它绕几圈，轻轻抖动几下它就失去了进攻的能力。就这种工具而言，应对长度两米内的毒蛇没有任何问题。"

采取各种预防措施后，盖立新政委还是放心不下，他在当天工作部署会上不无担忧地说："面对各类恐怖分子并不可怕，因为我们有信心有能力将其制伏，但是对于经常进入生活区的蛇类大家一定不能放松警惕，要人人重视全天候预防，医疗人员要立即准备好应急救治方案，确保我们队员的人身安全。"

毒蛇比敌人还可怕
当地医生乔西亚·约翰逊：讲述防蛇技巧，赠送特效药

"两米远的距离对你是相对安全的，一定要防守好你的哨位，它（毒蛇）比持枪和举着砍刀的敌人还可怕……"2月26日，当地诊所医生乔西亚·约翰逊先生应邀给维和警察防暴队队员介绍预防毒蛇袭击时叮嘱道，"这里的每平方公里区域内都有大大小小的数万条毒蛇，除了全方位加强防范，再就是被咬伤后及时服用当地特有的药物才能有效预防。"

戴着当地特有的皮质宽大遮阳帽，身穿宽大的粗布猎人服，脚踏高筒皮靴的当地人乔西亚·约翰逊今年56岁，是位常年生活在丛林，以采药为生的民间医生。他告诉队员们："我18岁学习医术时被木薯蛇咬过，吃遍了十几种草药才死里逃生活了下来，所以一直致力于研究毒蛇活动规律和预防方法。我知道它们怎么发威，怎么不能靠近你！"相关资料显示：森林覆盖率在90%以上的当地，大部分居民都生活在丛林中，城市、社区也是紧靠着原始森林建造而成，生产、劳动场所基本也是在杂草丛生的地方，当地的民众怎么能有效预防无处不在的毒蛇？对于这个问题，乔西亚·约翰逊有自己独特的见解："当地居民在长期的部落式生活中，已经习惯了和各类毒蛇在共同空间内生活，当地人从孩子出生开始就给他（她）

服用带有鳄鱼骨头成分的食物,还有很多人把一些其他兽骨做成饰品戴在身上,它们会释放出蛇类害怕的刺鼻气味,使毒蛇很远距离就会主动躲避。这样,生活在丛林中才能有效预防隐藏在树枝、草丛、院落里的各类毒蛇的袭击。"

"这里河流纵横溪水遍布,深水里到处生活着鳄鱼,只要有它们在的地方就没有毒蛇敢进入,因为这是动物天性形成的食物链,鳄鱼处于毒蛇链条的上端。"乔西亚·约翰逊讲解起各种预防常识异常细致,"当地允许限量出售鳄鱼骨头,也是出于预防毒蛇的考虑。"他还提醒队员们走大路多观察、走小路持木棍、阴凉杂物下别伸手、休息远离爬藤等十几种预防毒蛇袭击的技巧。

哨位遮阳棚上掉下毒蛇吓人一跳、篮球架子下突然蹿出墨绿的小蛇和队员们对峙……对于近期营区频繁出现的"蛇影",乔西亚实地察看了相关现场后给大家答疑解惑:"现在这个季节正是当地包括蛇类在内的很多动物繁殖的阶段,出来觅食的频率成倍增加。预防它们最好的办法就是眼睛要机敏地保持警惕性,别看它吐着芯子恶狠狠地对着你们,那也是蛇类特有的防卫本能,只要你在两米外的距离,不去进攻它自然也不会受到伤害。"针对队员们提出的怎么用最简便的方法掌握附近是否有毒蛇活动这个问题,他帮助大家总结出规律:"只要你观察到附近有大量蜥蜴在活动,就说明毒蛇没有来袭扰它们,这个区域基本是安全的;如果发现树上或者房顶等高处有鹰类在静静地观察,则说明这附近有不少蛇类正在成为它们盘旋捕食的猎物。"

由于当地及周边地区严重缺乏蛇毒血清,对于如何医治被毒蛇咬伤后的棘手问题,乔西亚·约翰逊给队员送来了几种瓶装的深色草药后说:"中国警察在这里做了很多公益活动,我有义务代表当地人送上这些经过上千次实验的治疗蛇伤的草药,保佑你们安安全全地度过在任务区的每一天。"

大蛇进入营区后又返回

抗击毒蛇、毒蚊侵袭侵害积累丰富经验:多措并举维护生态平衡,招招见效

几天前,位于营区东南侧3号哨位的执勤队员小刘发现一条3米长、皮肤乌黑锃亮的野生蛇穿过铁丝网游向营区,便迅速通过对讲机通报全队注意安全,10分钟后他再次通报"警情"消除:大蛇已原路返回丛林……身处热带雨林的维和警队历时近8个月艰难推进的防蛇、防蚊、防猛兽袭击专项工作取得了理想效果,为实现临时党总支确定的"维护生态平衡,严防动物袭击"的攻坚目标奠定了扎实的基础。

据悉,利比里亚作为典型的热带雨林国家,森林覆盖面积占全国总面积的

58%，高密度丛林植被下聚集着眼镜蛇、蝮蛇等各类剧毒蛇种繁衍生息，漫天飞舞的蚊子给全队防毒防疫工作造成巨大的压力，同时因恶劣环境高发频发的疟疾、拉撒热、埃博拉等恶性传染病同样随时会危害队员的生命安全，联利团屡次通报有维和人员因患有恶性传染病身亡或者回国紧急治疗。抵达任务区7个月以来，防暴队营区先后发现"蛇影"30余次，其活动范围延伸到哨位遮阳棚顶、洗浴车下、休息区、队员宿舍门口、篮球场等地，其体型或鲜艳无比或身形巨大，均属于剧毒类型毒蛇，给队员心理造成了一定的恐慌和焦虑。为此，防暴队采取三项措施打响防蛇防蚊攻坚战：一是90余名战斗队员每天3次轮流使用消毒器对两万平方米营区进行彻底消杀，以每次操作时超量吸入有毒气体为代价维护生活区整体安全。二是医院紧急制作东北林区特效秘方"防蛇包"对重要场所进行有效预防，5名专职医护人员以近距离接触剧毒药品的代价确保队员远离蛇口。三是持续清理营区杂草杂物，消除毒蛇毒蚊生存环境，全体队员以铲除杂草10余吨20万平方米的劳动量打造安全营区。

"这条大黑蛇进入营区后再次返回，肯定和这里干净无草、营房周边散发着淡淡的药物味道有关系，否则的话它来了危险也就来了！"卫生员迟玉超谈起营区多项措施预防毒蛇入侵的效果时深有感触地说，"这些毒蛇喜欢在阴冷的杂草、石堆、杂物中觅食，我们不光将地面进行了彻底清理，就是房顶的枯树叶和生长的野草都进行了彻底清除，用这种方式请它们原路返回既环保又科学。"

铲除杂草、消除积水、合理药物消灭，这些措施对于防蚊防蛇具有显著的效果。除此之外，队领导还对野生动物的生活规律进行了深入的探讨性研究，比如与种群众多的野生动物保持适当距离、不进入其固定活动区域等等。对此盖立新政委有自己深入的理解："这里野生动物数量非常庞大，大部分具有较强的毒性和侵害习惯，队员一旦频繁深入它们的活动范围，极其容易发生可怕的咬伤、袭击事件。所以，我们在营区外开辟运动场、建立执勤甬道时都会远离密集丛林；加上队员活动多、地面清理洁净无杂草、树木，这样野生动物也会远离这些地方，减少相互之间的近距离接触。"

预防蚊子叮咬工作始终是防暴队卫生防疫的重点工作。"这里由蚊子叮咬后诱发的疟疾出血热患者，通过血液化验能在显微镜下看到众多爬动的疟原虫，这种顽症非常可怕，治疗不及时会造成人员死亡，多次反复发病也会对人的脾脏功能带来难以恢复的影响。"防暴队医院负责人谈起长期钻研治疗疟疾病症的体会时说，"由于我们采取了全方位的预防蚊子叮咬措施，年初至今此类病例逐月下降，治愈率达到了100%。联利团卫生部门通报显示，防暴队在此项工作预防、治疗效果方面的成果远远高于其他派出国军警团队。"

老鼠趁机蹿入宿舍做窝
每周防疫讲座开讲：科学抵御鼠疫疟疾两个"致命双雄"

"如果一不小心把饭粒丢在桌面上，怎么办？我提醒大家千万不能捡起来吃了，要用纸巾包起来扔进垃圾桶，然后送到垃圾场进行燃烧后深埋，这样就有效避免了鼠疫病毒的传播……"12月29日，中国维和警察防暴队食堂里曲加祥军医就临时执勤营地如何加强防疫工作开展讲座。

近期，防暴队远程巡逻抵达赛斯托斯城时，当地民事警察就相关注意事项进行友好提示：这里水质较差，除了少量的专用水外，其他水只能用于洗漱和洗衣服，再有就是可怕的鼠疫和肆虐的毒蛇……除此之外，与防暴队近在咫尺、工作生活在一个大院的联利团护士、保安，先后感染上疟疾，经多方抢救后得以痊愈。针对两处固定执勤区域及主营区周边疫情传播的实际情况，防暴队盖立新政委立刻做出指示："后勤医务人员马上对新疫情的危害、预防措施进行专题调研，千万不能麻痹大意，要制订全天候不留死角、人人参与不留空白点的整体防疫计划！"

昨天早上，联利团格林威尔分部唯一一名医护人员突然发热，高烧持续不退，经中国防暴队医院诊治稳定病情后，再次转到首都进行巩固性治疗。"旱季蚊子成倍增多，同在一个院落里有人得疟疾，中午队员宿舍通风时有老鼠趁机蹿入做窝……"对此，少数队员产生不同程度的担忧，造成了一定的心理压力。针对这些问题，曲加祥医生耐心地讲解："疟疾的传播途径主要是通过蚊子叮咬血液传播，只要你感觉自己发生突发性寒战、持续发烧、大量出汗，就有可能是患上了疟疾，按照咱们医院目前的设施和医疗技术，只要你及时就诊绝大部分能痊愈；至于鼠疫感染概率比较小，但是对人体危害相对较大，只要积极正确地应对，感染的可能性比较小，所以大家不要产生不必要的恐慌。"

今天中午，盖立新政委再次提出五项措施强化疫情预防工作：清除营区内杂草及填埋水坑，消除蚊虫滋生环境；夜间除勤务外尽量减少外出，防止夜间蚊子叮咬；勤洗手，养成良好的卫生习惯并将其作为一项硬性规定来执行；私人生活用品（剃须刀、指甲刀等）不得随意挪借，控制传播途径……谈起下一步的预防工作，他充满信心地说："根据前期情况来看，当地蚊子数量超出我们的想象，怎么预防都会有被咬伤的情况发生；好在我们距离市区较远，人群以我们为主，即使有少量人员被蚊子叮咬，患病的概率也会降低！"

为科学预防疫情，增强队员的防范意识，任务区从当天开始进行每周一次的专题讲座，由5名医护人员轮流讲述任务区必备的防范常识。在医院门诊室里，曲加祥医生指着七八张悬挂的自制疾病预防图标介绍说："为了全面掌控疫情，队领导指派我们前往周边地区搜集病例，同各国维和部队医院加强技术交流合作。对于各种常见病，我们准备了两套以上的救治方案，一旦有队员患上热带地区传染性疾病，我们有信心能够及时治愈。"每周末防疫讲座还讲述哪些内容呢？我从医院提供的内容安排看到，除了饮食卫生、胃病防范、皮肤瘙痒，课程最多的仍然是疟疾、鼠疫、防蛇等危害性较大的内容。

野狼将联合国人员扑倒在地
非洲"狼青"现身：防暴队员狼口夺人，救维和同行

2月3日16点左右，维和警察防暴队三分队执勤点营区内，联利团维和人员普林斯被尾随而来的一头野狼扑倒在地，危难时刻防暴队员采取警报声震慑、击打、"围攻"等方法将他从狼口中成功救出。

三分队执勤点营区周围是一望无际的原始森林，是连当地猎人都很少敢进入的野生动物王国。此前，执勤队员经常发现野狼等大型野生动物，一直将防止野生动物袭击作为工作重点进行部署。当天下午4点钟左右，一阵厮打声和动物狂叫声传来之后，分队长林雪峰迅速站在哨楼向下观察情况。此时，联利团维和人员普林斯正在和一头野狼厮打在一起。面对对方发起的攻击，普林斯双手及胳膊已经被狼爪抓得满是鲜血；狼口对着他的脖颈反复展开进攻，企图咬他的喉管。危急时刻，林雪峰迅速召集备勤人员带齐防护用具赶往20米外的事发现场，进行紧急处置。

"这头野狼兽性十足，我们赶到时它还不停地将普林斯扑倒，张开大嘴试图咬其喉部。"林雪峰回想起当时的情况仍心有余悸，"尽管普林斯拿着石头拼命击打野狼，试图让它后退，可根本阻挡不住对方的进攻！"林雪峰等人将野狼三面围住，通过警棍击打、敲打铁盆、呐喊等方式控制局面；周建新等队员与普林斯并排站在一起反击野狼。面对野狼不停张开的血盆大口，周建新抓住机会将一根长木棍对准狼口猛烈击打；队员孙廷硕拉响防暴车刺耳的警报声进行震慑……几分钟后，野狼面对防暴队员持续的围攻和反击转身向附近的山林飞奔而去。

我在傍晚见到普林斯时，队员们正在给他包扎手掌和胳膊上的伤口。问起这头野狼的类型，他说："这里经常有野狼群或者单独出没的野狼趁机进攻独自在室外活动的人，附近村庄每年都有被它们咬死咬伤的人。"很多队员告诉我这头野狼比电视中看到的体型更高大，足足有一米半高，站起来后两只爪子和嘴部正好对着中等身材成年人的脸庞，而且异常凶猛，多人围攻都不畏惧。这究竟是一

头什么类型的野狼?队员邵明亮在国内长期从事警犬繁殖、培训工作,对犬类有着深入的研究。尽管手头缺乏相关的资料,也联系不上野生动物专家,他还是得出了结论:"这只体型硕大的野狼,应该是非洲狼和家犬交配繁殖的第一代,也就是血统最纯正的'狼青'。"他还补充说,"远处看到它时感觉和一条大狗差不多,样子也温顺,但是一旦让它盯上了就会发现它比狼还野性还凶猛,如果不是人多还拿着棍子,普林斯真就凶多吉少了!"

蚊虫多到拍坏蚊蝇拍

深山坳里的执勤哨位:队员夜间难拒万只飞虫"伴舞"和变色蛙"亲密"

昏暗的灯光下数以万计的飞虫绕圈飞舞,被"围"在中间的哨兵不停拍打脖子、手腕这些裸露的部位,乌黑的枪柄上沾满了刚刚消灭掉的各类飞虫、蚊子……5月14日晚上10点,走上防暴队设立在深山塔台上面的5号哨位时,哨兵邵明亮边挥舞手掌在密度极大的"飞物"中开辟出一条通道,边介绍说:"它们(蚊虫)才开始出动,到后半夜连打都打不过来,密密麻麻遮挡得视线都受影响。"

这个哨位位于大西洋岸边一处山坳中,三面均为一望无际的原始密林,来自山间草丛的众多飞虫、蚊子、爬行动物始终成为队员最头疼最没辙的难题,它们带来的困扰和危害每名队员都深有体会,每个人讲述起来如数家珍甚至望而生畏,队员阚大伟介绍说:"夜幕一旦降临,这里就成了蚊虫肆虐猖狂的世界,成群成片地飞向我们敞开的哨位,因为这里有微弱的光线吸引它们在'灯光'下聚众作乱。每晚两个小时的执勤时间即使拼命地驱赶,还是免不了被咬伤,被这些毒性强的蚊虫咬伤后身上马上就会起通红通红的疙瘩。"据悉,每晚光临哨位的飞物主要以蚊子、飞蚂蚁为主,还有其他很多种说不出名的飞物,并且"个头超大,叮咬能力极强"。身处数量可怕的飞舞蚊虫中,如何保障勤务目标的安全,邵明亮指着远处停放的一架架武装直升机说:"我们专门把灯光照射角度向警卫目标进行了调整,加上反光效应,即使被蚊虫团团围住,还是能够看到保卫设施的安全无误。"

身处环境恶劣的执勤点原本配备了大量的花露水、风油精等物品,为什么队员依然还要忍受这些飞虫的袭扰?对此,队员们更有一肚子苦水:最早配备的手持电蚊蝇拍拿到哨位之后,面对数以万计的蚊虫只用了几个小时就沾满了厚厚一层被打死的蚊虫,几天后这个崭新的蚊虫"必杀器"难以承受超负荷的工作,直接坏掉了。另外,品种众多的防蚊药物反复涂抹到皮肤上之后,导致多名队员出现瘙痒症状。尽管如此,多种药物交叉使用后依然无法应对满天飞来的蚊虫。

据了解,这处地处大山深处的哨位除了蚊虫,还有其他众多野生动物带来的危害，其中以每天几十次出现在立柱、桌椅甚至队员鞋面的变色青蛙最为典型。这种非洲特有动物具有远距离跳跃和贴墙、扑人等超强技能，因其可以瞬间变换成墨绿、橘黄、乌黑等多种颜色，属于当地民众验证的具有较强毒性的蛙类野生动物，因此，队员们除了应对空中无处不在的蚊虫，还得防范这种"变色蛙"随时发起的袭击。对于坚持在 5 号哨位恶劣环境下执勤队员的身心健康问题，防暴队范佳强副队长说："对于这种罕见的恶劣环境，我们通过轮流驻勤、定期换岗的方式进行调整，避免队员因为频繁被蚊虫叮咬诱发各种疾病。队领导尤其高度关注大家精神方面承受的巨大压力，尽管队员很多都是国内执法单位的骨干，但这种蚊虫肆虐，不时进行有毒侵害的环境在国内是极其罕见的。"

晾衣服遭遇老鹰追赶袭击
日常工作生活预防"鹰袭击"成为安全防范新课题

两天前，队员邵奎智前往一棵大芒果树下收取晾晒的衣服回来途中，突然感到头皮发凉，一股强风吹来，他机敏地蹲下回头看，发现两只翅翼展开足有一米的雄鹰正挥动锋利的双爪伺机对他进行攻击，当他反击后回到宿舍时，老鹰还追赶到门前大树上跟踪他。近期，队员们分别在营区、执勤路、训练场等地遭受低空飞行的老鹰伺机发起的进攻，经队员全力应对尚未造成重大伤害。

地处原始密林和临海灌木丛交会处的防暴队营区，栖息生活着众多具有攻击性的野生动物，其中以野生鹰群最为凶猛，它们数量众多、体型庞大，由于处于当地自然界生物链的上端，不仅给草丛的幼小动物造成致命威胁，同时对队员的人身安全造成的威胁也不容忽视。盖立新政委通过日常观察总结出规律："这里大量的老鼠、蜥蜴、蛇都是老鹰扑食的猎物，它们经常蹲在房顶、树梢观察和在空中飞行巡视，很快就能发现猎物，然后几分钟就能发起一次致命进攻，成功率非常高，经常可以看到它们嘴里叼着毒蛇、老鼠低空飞行的场景。"他还以友邻警队队员安德鲁被 4 只雄鹰集体攻击为例说明原因："光着头尤其头发短的人员，在野外独自行走时极易被老鹰误判为肉食动物，再加上衣服鲜艳，更增加了受到攻击的可能性。"

防暴队组织业务骨干专项研究防范措施时，分析出鹰袭击人的原因：队员邵奎智被鹰袭击的芒果树及周边大树上都有老鹰安放的鸟巢，现在正值鹰孵卵的季节，在其前往收取衣服时被认为侵害其幼子或者偷食鸟蛋的可能性非常大，加上鹰类天生具有记忆入侵者外观和报复的动物天性，它们追随邵奎智并进行袭击有其充分的可能性。除了人员以外，营区饲养的家禽同样受到了鹰类的入侵，炊事员张炳强回忆起老鹰飞入营区扑食小鸡的场景至今心有余悸："几天前的中午，周边还有队员在训练，一只老鹰在空中盘旋了好一会儿，呼啸着飞了下来，两只爪子分别抓起正在觅食虫子的小鸡准备飞走。由于这只雄鹰飞行需要一定距离的缓冲才能飞入空中，队员们过来营救时，只见它挥动一米多长的翅膀，扇得遍地都是灰尘，根本不惧怕人群的到来，最后在仅有一米多的低空飞行十几步后才升空离去。"

营区及周边丛林的老鹰主要以扑食毒蛇和老鼠为主，很多体型较大的动物也成为被猎杀的对象。近期由于暴雨狂风增多，蛇鼠野外数量减少，鹰类的注意力更多转移到室外活动的人群上属于正常现象。被其袭击伤害有哪些危害？队员们通过讨论和资料查询后认为：日常以毒蛇老鼠及腐烂食物为主要食物来源的鹰类，锋利的爪子具有传播剧毒和病菌的条件，被其抓伤后容易感染鼠疫、霍乱等传染性疾病。为此，队领导就加强防鹰类袭击事项采取了"减少人员单独行走"、"出行必须戴帽子"以及随时注意观察防范等措施，以此减少日常室外活动时遭受鹰类突然袭击的可能。

淳朴非洲

普通的黑人家庭每天只吃一顿正餐
贫穷厚道的黑人兄弟

当地时间10月26日上午，国内好友张溪桥女士得知中国防暴队到达利比里亚的消息后，从远在塞内加尔的工作单位辗转过来看望我们。身材娇小年龄不大的她，一年前因工作关系来到这片神奇的土地上，是个十足的"非洲通"，防暴队在郊区偏远的中转营，没想到她竟能很轻松地找到这里，大家感叹她这么"有招"时，她笑着说："靠山吃山靠水吃水，我在这里工作主要靠黑人朋友。"

由于我们是中国"首支首派"非洲的警队，"万事开头难"，免不了和当地黑人打交道，心里总是感觉陌生，"不托底"。几天过去后，那种最初的印象逐渐消退，新的概念一点点形成。

中转期间，防暴队队员全部靠自热食品和随身携带的粮食果腹，但在几位炊事员的精心操作下，每餐都能保障餐桌上有菜有饭。当我们将数量极少的剩饭剩菜倒在垃圾桶里时，周边七八个黑人雇工蜂拥而上，捞出来大口大口地食用……

看到这令人惊呆的一幕,队领导安排每天3次"挤出"少量的饭菜给营区内黑人员工食用。

因为长期的战乱和贫穷,利国就业岗位少,社会福利不足,"普通的黑人家庭每天只吃一顿正餐",人均寿命不超过50岁。这些首都各行各业的工薪阶层,每月仅有一两百美金的薪水。这个数字是个什么概念呢?我曾和后勤人员到蒙罗维亚最大的平民超市采购应急食品时看到物品标价:汉堡5.5元、大蒜3元……这些都是以美金计算,不是当地的国家货币"利刀"。用"利刀"可以买到香蕉等食品,不是论斤而是论个出售,每个手指大小的香蕉要10多个"利刀"(1元人民币相当于13"利刀")。

蒙罗维亚大街上,人口没有国内城镇的稠密,路边棚子里、树荫下到处都是休闲的人群,衣着简单,举止随意,很多女性用一块长条的花布改装成上下连体的裙装,也会经常看到穿着蓝色或者上灰下白色衣服的学生。据当地人介绍,只有学校才会有某些国际慈善机构或者政府提供免费的饭菜和学习用品。偶尔会看到西装革履配以欧版皮鞋的男士,当地人告诉我:这都是有身份的人!

乘坐"UN"车辆出行,经常能碰上乞讨者,他们黝黑的肌肤渴望的眼神,伸出一双黑瘦的手,向你哀求,向你乞讨……我想起这里有一望无际的森林、土地,这些休闲的人群为什么能待得住?这些年富力强的人为什么不用自己的双手去创造属于自己的财富?

防暴队联络官和当地官员、员工打交道的时间长点儿,有着自己的看法:"这里的人曾经长期饱受战乱,对很多事情都没有信心,长远的问题很少考虑,只要解决了目前的吃饭问题就可以了。这里的工薪阶层也包括警察,每天都是按部就班地工作,不紧不忙,每天会给自己安排几次工间休息,出来喝饮品聊聊天,到点就下班,绝对没有加班加点一说,因为工作上的事,周六周日打谁的电话都不会接听。"说起乞讨和爱占小便宜的问题,这里的人更是和别处不一样,"不出三句话就会向你索取小礼物",但是你给了就给了,不给也不纠缠你。

接待友人张溪桥的过程中,认识了来自塞内加尔的黑人乌金,他是一名穆斯林兄弟,人厚道能吃苦,从来不占别人的便宜,忙得不吃饭都不会有怨言。他介绍了很多朋友和中国人合作,都实现了事业和友情的双赢。他用英语说:"其实非洲各个国家的黑人都是朴实厚道的,尊重友情,乐于助人。"

张溪桥到过非洲很多国家,她介绍说:"到非洲后我认识了很多黑人朋友,最让我感到高兴的是一个男孩助理,我教他汉语不到半年,就已经考取了大连外国语学院,并且和他所在国的孔子学院签了协议,毕业回来就是汉语老师了!还有这位乌金先生,现在收入也不错,按照当地法律规定,他在当地可以娶4个老婆,所以需要很多的钱来养家！"

对张溪桥带来的乌金和蒙罗维亚当地一名出租车司机，我们分别安排了穆斯林专用食品和正常的饭菜，开饭时间到了却找不到那位"大黑"司机了，他要出去买吃的——他感觉自己收了雇主的费用，不能再"蹭"免费午餐。

27日上午，营区门口来了位黑人司机，他和英语不熟的队员靠着手语比划了半天才明白，"联利团"雇佣他往返运送过中国维和警察，后来发现有箱物品落在他车里，便从很远的地方返回来送还——可见，我们对黑人朋友还有待深入了解。

人权是当地人最大的保障
队员眼中的保安队长鲍利：强烈的民主意识、贫困的家庭生活

格林威尔机场是当地的窗口，也是当地通往外界的主要渠道，这里的人员应该最能代表当地人的基本生活状况吧。带着这个问题我认识了保安队长 Bow，队员们说翻译起来没找到合适的词汇，就叫鲍利吧——和他认识30多天了，我对他的初步印象是热情好客、容易沟通，再就是和当地人一样生活极度贫困。

刚开始打交道时，鲍利身上的怪异让人难以接受，比如，工作时你给他照张相，他会飞速逃走，几天都不会理会你，还直言要不是看在一起工作的面子，他会向主管部门投诉我。这页翻过去之后才知道原因，当地人把没有得到允许就被拉进镜头视为对方拿自己当猴子一样玩耍。

不仅是"肖像权"，鲍利其他方面的维权意识或者维护尊严更是如此，哪怕是对上司也一个标准。机场一名管理人员让他抓紧搬运东西，务必在下班前完成时，面对成堆的货物和短暂的时间，他恼怒了，并和那位身着西装、脚踏欧版黑皮鞋的"头"吵了起来，对方一句他回绝一句，一副一切无所谓的姿态。等到关系融洽了，我问他怎么冲撞顶头上司，他说出了一套当地通用的理论："对于这种让我加班的事，根本就不能接受！我直接告诉他自己很难受，继续下去会危害自己的健康，他就不会再继续刁难下去！"在当地人眼里，健康也就是人权的代名词，人权是当地人最大的保障。

"你不怕被炒鱿鱼吗？"

"这里的人都这样，再换人也是这样子。工作起来履行职责，下班以后去踢球，去教堂连法律都给予最大保障！"鲍利说这是他身边所有人对工作和生活的最常见的理解。

鲍利是3个孩子的父亲，听说他妻子又有喜了，可看不到他兴奋的表情，因为他还顾不上照顾待产的妻子，得解决其他几个孩子吃饭的问题。机场固定工作

的几十美金收入开始捉襟见肘——这里的人们惯用西方国家思维,各种生活必需品也是西方发达国家的物价。鲍利开始由每天固定两餐改为一餐——木薯、米糊,问起他是否要给妻子补充点儿营养,弄点儿肉吃,依然看到他摇头否定的表情。他坦言市里只有一家肉铺,价格昂贵,还不新鲜,不是他这个工薪阶层能去的地方。只吃一餐的鲍利自有生存之道,午休时间,他能几分钟箭步冲进几十米外的山林,再过半小时就满载而归:土豆、芒果,还有一些甲壳虫……活生生的甲壳虫怎么吃?他说随处生个火堆放上铁盆煮一下就可以了。

鲍利的妻子是当地的一个临时雇工,和当地女性一样收入甚微,怎样维持一家五口的生活?鲍利指着延绵不断的原始雨林介绍说:"这里80%的土地是常年积累的海沙成分,除了可以种植香蕉、橡胶、木薯等,其他粮食无法生长起来,普通百姓的生活来源基本依靠山里树上的果实。"长期在机场执勤点工作的队员袁强验证了这一点:"鲍利9岁的儿子经常得到队员们的帮助,为了感谢这些来自中国的警察叔叔,他跑进附近山里20分钟就摘回来一箱子椰子和芒果。"

几天前,我因公到机场时听队员们讲述了鲍利队长这样一件事:作为他的所在单位的固定员工,本来每半年要轮换到其他单位去工作,这次他却主动要求留下来工作。问其原因,鲍利说一是尽管这里比其他地方工作量大,但是有少量的勤务补助;再就是和中国队员在一起自己很开心,大家经常在一起开展文体交流活动,自己很想延续发展这份友谊。这使我想起一件事:因为执勤点的队员每次都会将少量饭菜送给生活困难的鲍利食用,所以他每天晚上下班后都会在办公室等一会儿吃完再走;有一天由营区打饭回去晚点的队员乘车返回途中,看到夜幕下独自步行回家的鲍利,知道他没有吃上晚饭,感觉自己心里酸酸的。

几天前,中国防暴队与某国警队搞联谊活动,入场时防暴队最高指挥官盖立新一如既往地和鲍利握手,还恭喜他喜得贵子,这时鲍利已经能说中文"你好"、"谢谢"等简单话语。等到双方交流完毕要在飞机前面合影留念时,鲍利自己跑了过来要进入镜头,中国警察很友好地默许,可当鲍利刚要站定位置时,对方警队队员却粗鲁地把他"请"出了合影队伍。鲍利整整郁闷了两天时间,我们安慰了几次,他说:"他们肩上佩戴着自己国家的国旗,我右肩上不也是我们的国旗吗?"可见鲍利是位骨子里热爱自己的国家,渴望赢得尊重的人。

经历长期内战,看透生死
内战幸存老兵约翰:讲述残酷的战争危害,希望防暴队长期留在这里

"我和队员们长期在一个院落里工作,目睹你们超强的作战能力、严明的队伍纪律，尤其对当地民众善良友好，让当地人对未来感到非常有希望，希望你们能够长期留在这里维护安全稳定。"5月17日，联利团安保部门职员约翰走访防暴队执勤点，讲述当初内战时期的残酷场景时，赞誉维和警察防暴队在和平重建中发挥着巨大的作用，在当地安全事务中承担着更重要的职责。

"你们小队旁边的篮球场下面就掩埋着几百具俘虏和受害民众的尸体，作为当初的见证者和参与人，我有责任告诉你们很多值得警惕的事实。"今年45岁的约翰曾于10年前参加席卷利比里亚全境的内部战争，深受战乱之苦的他对当初亲身经历的战争惨状记忆犹新，"不同派别之间的武装冲突中，像我这种被枪口威逼加入作战队伍的人是多数，当然更多被残杀的是生活在对方控制区的无辜平民，尤其是妇女儿童的数量很大。"他谈起自己当时"参军入伍"的场景时难以抑制激动的情绪，"一伙战乱分子攻入我家乡时，他们用枪口顶着我的脑袋，要么打死我要么跟着他们打仗，我只能选择后者！我们这些人大多数什么训练都没经受过，就是进攻杀人和失败时拼命跑；除了被打死的，还有很多士兵被围在山里活活饿死了。"

从小在格林威尔布特镇长大的约翰熟悉这里的每一个地方，他经常在防暴队营区走动，提醒哪里地下有残留子弹，哪个草丛里埋藏的自制地雷多，包括哪个位置埋葬着大量战场死亡人员尸体，一旦队员们劳动中发现了生锈的武器，他就会过来讲解其构造和排除技巧等。据他介绍：当地作为10年内战的分战场，很多青壮年卷入到了战斗中，当地超过30岁的成年男子很多有战争经历，所以队员们丝毫不能放松警惕，要加强防范，提升对安全局势的控制能力。约翰本人作为在不同战场战斗数年的老兵，和很多同乡约好等待形势好转后悄然回家，先后从事教书、种植等工作，最终依靠微薄的收入维持生活，据了解，他目前除了每月100美元的工资收入，还在下午串休时采集当地特有的绿色植物自己加工肥皂，补充到自家的杂货店出售。看着他每天乐此不疲的样子，问他是否幸福时，他微笑着说："我和周边人群一样，经历了10多年的内战乱世，看透了生与死，只要每天能够吃上点儿食物就是开心快乐的。未来会幸福，但是过程很漫长，这些需要更多像你们这样敬业的维和队伍更好地履行职责，加速进程。"

"年轻时到处跟着队伍打仗，然后做教师，再后来成为联合国的临时雇员，尽管薪水不高，但是能够健康活着就是我最大的心愿！"在同队员座谈时约翰畅谈着对和平环境的美好憧憬，"我每天都在关注中国防暴队的活动，我喜欢你们过硬的战斗作风尤其是严明的纪律，这是一支不爱'占便宜'的好团队，从来不和当地民众发生冲突，还给他们送去大量的生活必需品，只要有你们在，当地安全形势就会持续好转！"

驻非机构办公环境人均不足 2 平方米
感受和谐与融洽——《人民公安报》记者走进联合国利比里亚特派团见闻

全面参与国际警务合作，致力于世界和平建设发展，是近年来中国公安机关的一大特色和亮点，维和警察防暴队正是这一重点工作的载体和纽带。

第一支赴利比里亚维和警察防暴队到达东道国的最初阶段，各项正规化建设紧张有序开展，当地时间 24 日上午，队领导代表中国警察第一时间前往联合国利比里亚特别代表团拜会相关部门领导，通报防暴队到达后的各项工作准备情况。记者随队走进了联合国这一重要任务区综合机构，感受了这个包括各国警务人员在内的工作环境。

蒙罗维亚街道不多，集中在一条主要的街道上，类似于国内的各种"中山路"，包括总统府、警察总部、司法部、各国驻利使领馆等重要机构都在这里办公。路面不是很宽阔，大约有国内各大城市路面的一半宽度左右，因此每到工作日都会形成汽车摩托车交汇在一起的车流。几十里长的路面有数个十字路口，都设有规范的交通岗亭，路口均有身着当地警察制服的交警模样的人员维持交通秩序，看着他们负责而又轻松的姿态，让人感受到这里交通秩序较为良好。由于当地人讨厌别人照相或者找其合影，记者遗憾地没有拍下这些异国交警维持秩序的现场画面。

就在这样一条繁华的主要街道上，坐落在海边的"联利团"大楼应该属于首都标志性建筑，主楼有 9 层，外观精美，内部设施良好。防暴队因住在机场几十里外的中转营地，因此从上午 11 点就出发前往目的地。到达时，联利团防暴办主任、高级警官罗伯特先生一直在等待防暴队领导。他曾经代表联合国维和行动部前往中国考核评估这支防暴队，期间与防暴队建立了良好的工作关系和深厚的工作友谊。老朋友相见，格外高兴，此刻，他与盖立新政委两双手紧紧地握在一起，道友情，话任务，有着说不完的知心话。他自豪地向现场人员说："从 7 月份我去中国考核你们回来后，我在'联利团'各个部门极力推荐你们，因为你们是支文明的警队，战术素养高，重视协作，作风值得敬佩！"

罗伯特先生在整个"联利团"里属于高级警官，"管着一大摊子维和事务"，桌面上摆放着各种资料和工具。让人意想不到的是，他的办公桌在一个不足 40 平方米办公室里的角落位置，通过目测，记者感觉他"属于自己支配的工作区域仅有 2 平方米左右"。这个狭窄的区域里，共有七八个国籍的联合国警察在一起工作，他们见面或者微笑示好，或者只是文明地避让一下对方，给人的感觉很是和谐。

众多的"国际警察"中，有 3 名来自中国的警察战友，他们是夏青、何乔、赵雷，分别在防暴办、人事、移民管理部门工作。除了正常的工作，他们还把中国防暴队的各项工作当作分内事，跑前跑后，全力协调，没有感谢，没有握手寒暄，但是大家心里都无比清楚：无论在国内还是在国外，我们中国警察是一家人！

防暴队领导首次走入"联利团"大院的过程中，全体工作人员对这支来自中国的同行队伍很是友好，除了入口处严格的安检程序外，所有面对的都是善意的微笑，还有几位职员主动找中国维和警察请教神秘的"功夫"，看到现场条件不允许，几位安保人员还和大家"预约"武术交流时间。尽管出口处几位安保人员目睹了防暴队领导在院子里的公务活动，临出门时仍然严格地检查证件，正常放行后，又伸手拦住了已经启动的车辆。原来，他们发现防暴队两台车辆牌照字样有磨损，提醒中国防暴队及时到后勤基地换发新的牌照。这个细微的举动，体现着"联利团"安保工作人员的责任心。

示范镇警民和谐

走进模范管理区"政府营"：警长送饮品，医护人员给队员擦汗

"这是联利团会同当地政府管理的最好的示范区，除了交通偏僻以外，有警察局，有处理各种违法案件的小型法院，教育医疗也都好于其他地方……"2月7日，在防暴队勤务组前往政府营武装巡逻的路上，联利团军事观察员依莲娜女士说，"这里恶性案件少，但是联利团要经常派人来这里检查巡视，给民众增强信心，同时防止原战乱分子趁机捣乱。"

政府营位于利比里亚希诺州与大克鲁交界处，人口约有3000人，大部分为商人、小贩，其余人员从事农业。当地警务室负责人马尔林说："这里是当年内战时期经历战斗最多的地方，数百名无辜平民死亡、受伤；这些年政府当局加强了对这里的管理，增加了公共设施投入，民众对生活的信心很快恢复起来，社会治安成为全州几十个镇的典范。"这个原始木质仅有40平方米的警务室，墙壁上悬挂着总统肖像照和一块铜质警徽，4名警员挤在两个桌子上办公。马尔林指着其他3名年轻警员介绍说："别看我们仅有4个人，但是具体负责安全、治安、刑侦、禁毒、移民管理职能，人人都要兼任好几项工作，每天都工作到深夜！"

这是一处典型的深山警务室，从州政府所在地格林威尔到达这里的过程很是艰难，需要经过桥梁27座，其中铁质、混凝土桥梁9座，桥况很好，可以正常通过；木质桥梁18座中6座桥况较差，通过时较为艰难。警员库勒介绍说："和你们一样，上级警察局人员来这里一次需要开车10小时，赶上路况差基本就无法到达我们这里，加上缺乏通信设施，所以我们接受上级的命令非常少，各项工作只能靠相关法律确定的职能办理。"

"这里的民众守法意识很强，都渴望继续在这种良好的社会环境下生活，你们的到来更为他们增强了信心！"政府营镇长阿杰梅带着法庭庭长利贝尔、诊所所长奎恩、学校老师西斯特尔等人员迎接防暴队到来时说，"这几年我们建立起这些功能齐全的管理机构，有政府帮助的，但更多的是民众们自发支持的。这里的涉法问题、教育和医疗保障都让其他地区很羡慕。"法庭庭长利贝尔向巡逻组和民事警察介绍说："我们这里山高林密，交通不便，但是木材产量很大，大部分案件都是外地人潜入这里非法采伐和盗窃犯罪。对于审判工作，我们依法审判，由村民们组成的陪审团大力支持我们的工作，所以社会形势很好。"他还自豪地说："我们5名法务人员还曾经成功地审判了一名战乱分子头目，缴获了他的枪支，判了重刑。"

上午11点开始，根据联利团任务书要求，联合巡逻组深入到三所小学、医疗所、法庭等地进行实地走访，了解这里的安全形势和民众需求。这里因地制宜建立的场所，相互之间分布较远，大部分都是山间崎岖山路。防暴队员们会同民事警察开始了长达3个小时的全副武装行进。期间，在到达西科特村时，当地驻村警察梅利拎着一大袋当地产饮料找到带队的王立平分队长："中国防暴队第一次来这里，赶上这么热的天气，一定要品尝一下我个人给你们准备的饮品。"见不好推辞，王立平分队长示意队员收下，同时安排队员拿来随身带的中国饮料，回赠这名警员。他高兴地收下了。

下午4点左右，8名队员来到此行的最后一站——政府营诊疗所。他们边开展工作边现场举行馈赠仪式，将携带的饼干、书包发放给当地儿童。整个发放过程井然有序，围观的当地居民对中国防暴队的爱心善举表示衷心感谢，纷纷向队员们竖起大拇指。主要巡逻任务已结束的队员们尽管已是浑身湿透、大汗淋漓，但是看到诊疗所地处密林边缘、设施异常简陋，便主动帮助检修线路、教授手机报警方法。这时中年女性、诊所护士梅威瑟专门拿来湿毛巾心疼地给队员穆新朋和李光明擦汗。她感慨地说："你们这些年轻的孩子，走了这么远的路来这里巡逻震慑坏人，还给我提供治安帮助，连休息一会儿都来不及，让我看着都心疼！"

西非最好酒店枪炮痕迹累累
走近首都标志性景观：难忘的奋斗史和战乱留下的创伤

"很多有志青年会经常来这里瞻仰英雄纪念碑，回顾我们辉煌的奋斗史，当然也在这里反思10年内战给我们造成的巨大创伤：英雄纪念碑还在，而我们这里最好的建筑被战火毁掉后至今无法复原……"1月27日，利比里亚大学孔子学院的当地学生王伟（汉语名）边给我们讲解，边在首都蒙罗维亚最高的一处山地上感慨万分，"这里有我们首任总统的纪念碑，但这里几乎所有的最好建筑都被战争损坏了；民众们渴望和平和自由，但是短时间内很难实现这一目标。"

我眼前的这栋十几米高的纪念碑人像是利比里亚首任总统罗伯茨先生，是当地人最为崇敬的民族英雄。这里面朝大西洋，可以俯瞰首都最美的海岸沙滩，不远处是总统府、议会大厦和高法大楼形成的标志性建筑物群。在一片绿树映衬下，纪念碑显得庄严肃穆，四周不远处部署的4个老式炮台让人感觉这里是一处长期经历战火洗礼的地方。导游王伟介绍说："罗伯茨先生具有同封建势力坚决斗争的勇气和智慧，1847年开始当选利首任总统，连续担任6届总统，带领当地民众推翻了农奴制，开启了幸福生活的新篇章。在他的后继者的领导下，当地人在20世纪70年代时人均收入就达到了700美元的最好时代。"

据介绍，纪念碑所在的Norris炮台建于19世纪50年代，海拔300多米，是全城最高点。移民先驱曾在此与当地土著人激烈战斗。

"这些老式炮台和又黑又大的土制大炮没能保护这里民众的安全，2003年前长达10年之久的内战让全国陷入战争阴云中，数以万计的人员在炮火中丧生，几乎所有人流离失所，就连这座号称西非最好的海景酒店也难逃厄运。"青年导游王伟所说的杜肯酒店就在我旁边不到100米的位置。远远望去，这座高达近百米的楼体蔚为壮观，外观却是凌乱不堪，看不到玻璃门窗等装饰物，墙面上到处都是枪炮留下的痕迹。

据了解，这座拥有几千平方米大小、能同时容纳上千人商务活动的杜肯酒店，是当时战乱的焦点——因为这里地处首都最高位置，在大量装备精良的政府军保护下，前来这里避难的人群曾经多达上万人，企图躲过反政府武装的疯狂进攻。正在楼下散步的中年男子塞利福克介绍说："当时大家都感觉这里应该是最安全的避难所，但是没想到反政府武装连续用大炮枪口对这里进行了长期的轰炸，先后有800多名无辜平民被打死。"他还说，"我当时17岁，参加了对反政府武装的阻击战，好几场战斗都是在这里通往市区的大铁桥上打的，那里被子弹打成了马蜂窝的样子，就是我们的对手用汽车拉来的成箱弹药击中的。"塞利福克还说，"内战刚开始时，很多人都以为首都才是最安全的地方，大量的人员从外地蜂拥而至，一度让这里人满为患。但是很多人还是没有逃脱战争带来的厄运，先后有10多万人被无辜杀害。"

看到杜肯酒店破旧的大门口开始拉上了隔离带，几名工作人员坐在那里值班，我问这里是否要重新装修营业，王伟说："很多商家看好这里美丽的海滩和独特的地理位置，已经有人买下这里的产权开始投资再建，希望不久后能够再放光彩。"看到包括各国维和人员在内的游客来这里观赏，真希望这些地理位置优越的各式建筑能在和平环境里重放出昔日的光彩。

首都人气最旺的地方是中国人一条街
首都蒙罗维亚水街：正在兴起的非洲西部"唐人街"

"物美价廉的轻工产品在水街，吃中餐感受中国文化还得去那里！"3月30日，乘坐利比里亚首都蒙罗维亚出租车，当地司机拉斯维先生极力推荐我到中国生意人主导的商业街水街去看看，"那里是中国人集中的地方，中医中药包括各种文化表演应有尽有，是我们首都人气最旺的地方之一。"

水街位于蒙罗维亚繁华的商业区一条1000多米长的街道上，和其他地方相比，这里无论客流量还是往来车辆都是其他地方的数倍以上。这条街上共汇聚了由中国同胞开设的店铺80多家，占所有商家的80%左右，主要经营轻工、电子、服装、建材等类型产品，包括国内主要菜系主打的餐馆。我考察一番之后发现这些国人商业区最大的特点是浓浓的中国味道，名字都是中英文表示，有"长城"、"凤凰"、"华夏"、"北京"等中国特色的店名。在"中国风"批发部门口，来自浙江的店主赵俊生说："水街是中国人最为集中的聚集商业区，现有来自多个省份的从业中国人2000多人，所经营的商品因品种多、质量好、价格低，越来越受当地人喜欢。经这里出售或者批发出去的商品基本遍布利比里亚所有的行政地区，偏远地区的民众以逛水街购物为时尚。"

唐装、旗袍、中山装为主的服装加工和中医中药这些具有浓浓东方韵味的行业在水街同样备受欢迎，"中国红服装店"老板李杰明谈起中国服饰的销售情况，兴奋地说："中国商品在非洲各个国家非常走俏，尤其在当地穿欧版鞋配薄料改进成半袖的中山装非常流行，成为当地公务、商务人员的最佳选择之一，每天的批发和零售逐渐攀升，很少压货。"和服装行业相比，传统中医门诊同样受到各类患者信任，张茂盛创办的"妙手中医诊所"，4年时间里共接待医治了600多名病人。随着患者增多，他已从原先简陋的铁皮房里搬到现在宽敞的上下楼新诊所办公，最近还聘请了自己培训的4个当地大学生做助手。"非洲天气炎热潮湿，中暑和热伤风类型疾病很多，中药中很多调理虚火消除肝火的药物很适用这类患者。"谈起近年来在当地从医的经验，他有自己独特的体会，"这里很多人群生活水平低，药费承受能力更是极其有限，这种情况下我们出售的清凉油、藿香正气水、维C银翘片等效果好价格低的药物，很受他们欢迎。"

"全世界华人创造财富最好的地方是唐人街，我们也得齐心协力把这里打造成非洲的'唐人街'，让中国人在这里受欢迎赢得尊重，这是我们两万多在利比里亚创业人员的最大希望。"当地最大的建材商店老板陈勇财代表当地华人说出了心声。由于当地社会治安存在诸多隐患，每年都会发生几起针对中国商户的白天抢劫和夜间盗窃案件。"中国同胞间有微信群，相互都有联络电话，每当听说中国人商店出问题时，大家都会边报警边以最快的速度赶到现场支援，我们已经成功制止了3起这种类似恶性抢劫行为。"说起当地华人团结一心打击犯罪团伙的经过，他言语中充满了自豪感。他还说了这样一件事：几年前当地发生小规模暴动骚乱时，这里一名姓陈的华人组织人员在枪林弹雨中保护自己的财产，凭借中国人的勇猛击退了战乱分子无数次的进攻，为全体中国人赢得了尊严，更为日后合法创业奠定了基础。

"普天同庆海外华人心系祖国，张灯结彩庆祝马年新春。"尽管春节已经过去了很长时间，在水街华人商铺上各种迎春对联依旧到处都是，各家各户门口上常年贴着小型手持五星红旗。对于常年贴对联的习俗，陈勇财给出答案："和国内人员相比，我们对于祖国对于故乡的思念时时刻刻都保持在心头，看到五星红旗，知道那是有中国人的地方，听到谁说汉语马上过去打招呼，这就是海外华人浓浓的爱国情怀。"

三

苦辣酸甜,说不完的队员故事

以苦为乐

90后与70后

想家的时候

特殊经历

技术尖兵

以苦为乐

最能吃苦最能干活最负责任的联络官
瘦掉20斤，工服似乞丐：联络官张政平被强行"补觉"

11月19日，赴利比里亚维和警察防暴队营区基建工作正如火如荼地展开，十几个小组分别就集装箱安放、电路改造、发电机试用等专项工作展开攻坚，此时，联络官张政平正在蚊帐内安然入睡，发出甜甜的鼾声——他是被队领导特批并强迫休息的第一名队员。

张政平前一天晚上负责战勤值班，既要保障警队和联利团的沟通协调，又要接受6个哨位定时报告，还要处理一些文件，忙得不可开交。今天上午，本该串休的他还是进入营建现场，整整忙碌了4个多小时。中午当队友李虎啸发现他"极度疲惫，嘴唇发紫"后，马上强行让他卧床休息。

"联络官担负着防暴队战勤值班、对外联络、沟通协调、外事翻译等重要职责，此岗位全队共有七八名人员，最能吃苦最能干活最负责任的当属张政平。满院子都是他的身影，对讲机里呼叫频率最高，每天累得让人看着就心疼，你们必须强迫他休息！"盖立新政委对每个队员的表现和身体状态最熟悉，而对张政平"偏爱"最多。当天晚上，张政平值夜班一夜未眠，涂抹了四五次清凉油强打精神，附近机动哨孙佳奇看到后主动过来替班，让他坐在椅子上甜美地睡了20分钟，这一刻是凌晨4点钟。

25岁的张政平，身高1.83米，维和前长得白白净净，戴着一副眼镜，是长期在机关工作的"秀才兵"，通过联合国甄选评估后，他以良好的素质尤其是过硬的外语能力赢得联合国考官高度评价。一个月前，作为先遣队员即将提前出国的他多少天里都懂事地陪着伤心的母亲，不谈维和不说出国——他说他是母亲唯一难以远离的宝贝儿子，就应该让母亲开心快乐。就是这样一名"80后"年轻队员，到达任务区后，当地"土英语"说得比谁都好，尤其说话文明懂礼貌，是任务区行政、基建、通信各部门都喜欢的中国队员——他的外事沟通达到了很好的效果：处置群体性骚乱事件临危不惧，陪同指挥员和相关部门及当事人全力斡旋；涉及防暴队营建、物资等问题讲原则，有办法，凡事都有好的效果。他还短期内对发电机功率、汽柴油节能标准、通信设施安装这些专业性很强的术语、规则由门外汉变为专业人,让我惊奇的是这个年龄不大的队员还能对地板革、柴米油盐这些生活用品事务搞得懂、办得好!

午休时间,我和张政平站在走廊上聊天,他手里捧着晒干的衣服给我留下了深深的印象——深深的酱紫色,裤子上已经大部分磨得发白,衣服上大大小小的口子好几个……队员们说全队张政平的衣服破旧最严重,远处看和乞丐服差不多。"在国内集训这么久都没掉肉,那时候训练累但能睡好觉,这段时间就不行了,因为得天天思考很多事,吃不下睡不好,一下子瘦了20多斤。不懂的事情我就得请教别人,更多时候是查字典找资料!"这是他的心里话,也是他每天生活状态的写照。

这几天,基建工作涉及的集装箱、发电机组等大型设施需要大型吊车搬运,由于当地缺乏大型装载机操作人员,一度给工程进展带来困扰,张政平通过积极联络沟通,促成了"顶尖技工"贾维从首都蒙罗维亚赶来帮助工作。贾维技术好但是性格内向、脾气大,沟通起来难度大,全队只有张政平能让他心情好、干活快、效率高。沟通理顺了,但也苦了张政平——贾维急于赶工期,每天加班加点工作,无论他怎么加班,张政平都全程协同工作,做好语言翻译和现场保障,哪怕是前天晚上通宵值班,第二天也是如此。

"别看他文静内敛,能耐大着呢,防暴队和任务区行政部门的沟通真得依靠他……"负责后勤工作的副队长范佳强评价说,"由于张政平沟通协调得好,现在任务区很多保障部门放弃休息时间来营区加班加点,促进各项基建工作的推进,这在当地是很少见的。"

这会,张政平走出院子,他说要去协调下水道疏通的事,眼前的他皮肤黑红,胡子茬明显,一副疲倦的样子。问起他最渴望干什么,他露出一排整齐的小白牙说:"好几天没给妈妈打电话了,想她了。要是再打上一场篮球,最好不过了!"

最睡不着觉的执勤队员
闻着浓烟执勤听着轰鸣声入睡:油库执勤哨堪称任务区最苦岗位

距离宿舍13米的大型发电机发出巨大的噪音,飘着黑黑的浓烟,熏得蚊子都躲得远远的,在油库哨位上既要提高警惕,还不能戴着口罩上勤,这是一种什么感觉?维和警察们又怎么面对,又如何在长达5个月的漫长工作中赢得赞誉?轮流在格林威尔机场执勤点工作的维和警察们点点滴滴的感受和实际生活中摸索的经验给了我们最好的答案,那就是以苦为乐、保持平静、适当转移注意力——他们在艰苦岗位上摸索出的应对方法得到了任务区新闻媒体的广泛关注。

今天上午10点,当我走进这个执勤点工作生活区,首先听到的是超大分贝的轰鸣声——13米外一台老式柴油发电机占据着营区20多平方米的位置,一股浓烟弥漫在整个工作区里。这个时间正是队员们夜间执勤白天串休的时间,5名队员正躺在蚊帐里"补觉"——与其他地方不同的是,他们耳朵里不是塞着耳机就是自制的棉团,还有的把上衣虚盖在头部。看着他们努力入睡的样子,正在带班的2小队长徐东晓说:"队员们在这种环境里睡觉一开始很难适应,后来稍微好点了,但大部分人员还是因为噪音大、浓烟呛鼻子睡眠质量不高,经常剧烈咳嗽后惊醒。"他还说,"队员们只能听着音乐转移注意力!"走上狭窄的哨楼,首先闻到的是刺鼻的浓烟味道——这里距离发电机烟囱仅有20米,全天候都在烟雾覆盖中,闻着这种难闻的味道,正在执勤的队员吕成林苦不堪言:"这种浓烟每天都在飘,蚊子都不往这里飞!"说着他忍不住咳嗽起来。

步行在这个当地唯一的机场里侧,几架直升机和固定翼飞机正在降落,十几名不同肤色的维和人员正在这里候机等待,漫长的土质长条跑道周围尽是一望无际的草丛,下了勤的4名队员正在这里武装巡逻。看着这里陈旧的设施,聊起队员们的生活,徐东晓颇有感慨:"这里是联利团重要的出行和中转驿站,每年有上千名维和人员途经这里,队员们既要严守安全,更得维护中国警察形象,即使承受再大的压力也必须把工作完成好。哨位上的队员闻着再大的烟味也不戴口罩,这不光是纪律,更是中国警察维护形象的自觉。"年初至今,队员们除顺利完成300架次飞机起降安全警卫和储油罐等重要设施守护外,还主动承担起消防队职责,成功处理突发火情5起,消除发电机等故障3次,多次受到联利团的通报嘉奖。

据了解,由于当地提供的基础设施较为落后,队员们饮水、洗澡等问题难以保证,存放生活用水的袋里的水放出来经常是浑浊带有异味的,洗澡还要利用休息日搭便车到主营区解决。对于这里艰苦的工作生活环境,防暴队领导深入调研后采取轮流驻勤、换班轮休等模式进行调整,尽最大可能缓解队员的压力,确保队员的身心健康。

当天,前来执勤点做客的还有当地最大的官方新闻媒体《今日》报社的记者哈特威利先生。他深入队员中间进行了一番采访,然后对我说:"我接触过全任务区150多个执勤哨位,虽然条件普遍比较艰苦,但是你们的环境恶劣是最有代表性的,尽管如此,你们创造的业绩却是最优秀最出色的。"

最让人心疼的女值勤官

年轻的值勤官们:超强度熬长夜,女生怕掉头发男生怕补不了觉

"进入不足30米的指挥中心工作间里,正是各分队上报当天勤务数据的时间,这边是现场办公,那边操作平台上两名值班员正在有序地处理来自16个监控区域、4部对讲机里随时反馈的情况,旁边1部大号对讲机是来自联利团各国籍值班人员航空、勤务的通报……"1月12日晚,防暴队指挥中心进行着和往常一样的烦琐工作。此刻,主任孙福成正在安排次日前往港口接收给养和给外勤人员留饭等事宜。他说:"对于这种不间歇处理事务的模式大家都习以为常了,但是也苦了年轻的值勤官们,他们熬长夜后能补上一觉都很难实现。"

前天的夜班是后勤官姜瑞海夜班紧张忙碌的一次:撰写日报、上报联合国专报、处理哨位数次紧急情况,还得每30分钟视频查岗一次……早8点还得就夜间情况和当地有关部门进行交涉,中午该补觉时机场传来接收食品的通知……他灌下一杯浓咖啡,往额头涂上风油精强打精神后说:"哪怕给我10分钟时间,我都能好好睡一觉。"据悉,身处战乱后任务区的防暴队实行全天候值班制度。指挥中心承担着全队整体调度和协调工作等重要职责,还负责外事、文秘、政工、战勤工作,是全队至关重要的部门。国向东队长介绍说:"同普通协调机构相比,防暴队指挥中心责任更大,涉外性实战性特点更突出,受领联合国行动指令、汇报工作情况时那种精准度和挑战性标准高、时效性强,值勤官们承受的压力是常人难以想象的。"

"核实参与行动各方对接方式、上报食品损耗、保修电路、了解治安动态、掌握新闻资讯……"值勤官何洋谈起值班内容一口气说了十几项。她还说:"日常工作主要是对防暴办、行动支持部、民事警队、军事观察员组、后勤供应部门、当地警察局这些单位,平时稍微好点儿,要是赶上勤务多,需要沟通的内容就成倍增加,尤其是各个国籍维和人员口音不同,仔细辨别确认后放下电话就得马上记在本上,防止事多忘记了!"看着她拿出的厚厚的记事本,上面是大片汗水留下的痕迹——里面密密麻麻地记录着各种需要办理的大事小情,提醒自己马上去落实。

当我问结束夜班后还有哪些后续工作处理时,何洋同样如数家珍:"每次勤务结束后英文版的专题报告几个小时内必须上报,接收的电子邮件要及时翻译成汉语落实……"看来翻译工作是让值勤官们投入精力最大的工作,究竟难度有多大?值勤官张政平说:"对双语维和人员来说最怕的就是翻译量过大、涉及面较广,这不仅需要过硬的语言基础,还要有渊博的知识。我们5个人3天内曾经翻译过3万字的资料,经权威审校基本达到良好水平。"他还告诉我这次翻译攻坚战结束时,好几名队员趴在桌上的桶装方便面上睡着了,连吃口快餐面的力气都没有了。

"男警值班熬体力,女警值班熬美丽"。这句值勤官们常用的口头禅道出了女警的辛酸。谷玥欣雨、赵萌萌、赵瑛瑛这些平均年龄只有27岁的执勤官们,以每月十几次夜班加白班的工作量，始终值守在值班室，和男同事一样处理着各种复杂多样的勤务情况。"赶上事情多，每晚电话、对讲机、手机响声会达到200多次，往往这边还没处理完，旁边的几个又响起来了，让你连思考的时间都没有，只能逐个机灵处理！"谈起刚值夜班的情景，90后女警谷玥欣雨说自己值班，次日脑子总感觉被铃声吵得晕晕的。就是眼前这位刚满24岁的年轻女警，面对警卫目标遭遇盗贼侵入时，沉着应对，果断对应急小组发出一道道指令，成功保护了重要设施的安全。谈起当时的勇敢和机敏，她笑着说："那个区域各个部位情况都在我脑子里，到了哪步应该怎么处置，不用深入思考我就知道应该怎么办最合理！"

每天工作时间超过12个小时、上夜班过后白天休息几个小时都困难，这些女警坦言："夜班结束再处理完当班情况，就是中午了，躺在床上满脑子都是值班的事，马上入睡难度很大，十有八九是瞪着眼睛看天棚或者听听歌，要是能安稳地睡上几个小时，那就很幸运了。"办公室主任赵微作为女生中的大姐姐，对这些年轻女孩给予了无微不至的关爱和体贴，时常监督她们定时吃饭、适当散步后再补觉。谈起女警在艰苦环境里高强度工作对心理和生理的危害，她不无担忧地说："任务区蔬菜少，食物单一，加上每天工作在大量电子设备的狭小空间里，对这些正长身体的女生来说，潜在的危害性不可忽视，最突出的是长时间熬夜后，经常出现大量掉头发的现象。每次看到大量秀发掉下来，很多女生都会难过伤感地掉泪。"

最使人骄傲的女警
维和警队"花木兰"勇挑重担：撑起任务半边天，饱尝任务区苦辣酸甜

"001收到！大家辛苦了！凌晨请队员们多用风油精，注意预防蚊虫叮咬，时刻保持高度警惕！"5月8日凌晨，防暴队指挥中心女值勤官何洋手持对讲机向负责联合国重要设施的7个哨位发出安全提示。今天，是她和女同事在任务区第78个夜间值班日，天亮后还要到当地学校辅导20多名孩子学习中国文化——她们投入精力最大的中文古诗、舞蹈班将于维和任务结束前圆满毕业，成为中国警察培训成功的首批利比里亚中文特长学生。

妇女能顶"半边天"，这句话用于维和警察防暴队也同样成立。防暴队7名女队员中，有5名是执勤官，担负着营地指挥中心24小时不间断指挥调度的重任，另外两名是护士兼枪械管理员、内勤，都是"要害部门"。

5名执勤官都是英文口语、笔译超强的队员，她们实行两班制，每次夜间工作时间超过12小时，每隔3天就要承担一次。除了夜间应对各种复杂情况，清晨值班的后续工作同样需要精益求精。在她们心中，"值班无小事、勤务无小事、涉外无小事"。夜间每隔半小时的视频查岗和勤务情况记录结束后，还得按照"值班情况负责到底"的要求，白天继续翻译、处理联利团发来的通知、指令、行动方案以及友邻维和力量发来的各类邮件，上传下达，指挥调度，工作任务十分繁重。夜班结束后继续工作 8 小时是常有的事，最多时连轴转 24 小时。

爱美是每个女人的天性，熬夜又最容易让人衰老。这种"黑白颠倒"的日子让女值勤官们个个苦不堪言。"姐妹们有的受强紫外线照射皮肤严重过敏，还有的生物钟紊乱成夜成夜睡不着觉……"谈起女值勤官们的感受，何洋如是说，"我们往往几十天不停地在值班、补觉，连营区里各个建设成果都很少去参观，每个人都是在亚健康状态下完成工作，一听到对讲机和电话声都会激灵一下，唯恐又出了什么问题。"

丁雪梅是防暴队的护士兼军械员，也是女队员中年龄较大的姐姐。她和男队员组成的医疗团队实现了 190 天无疫情、无重大传染病、无人员伤亡的最好成绩，有效阻止了埃博拉、拉撒热等驻地流行疾病，成功地为 27 名国际同行进行了有效治疗，为中国维和医疗部门赢得了最高赞誉。鉴于此，丁雪梅重新"捡"起传统武术的爱好，通过夜以继日的强化训练，短期内达到了极高的水平，先后为任务区和所在国无数重要团体进行展示。联利团最高事务负责人卡琳·兰德格琳女士用手机对她表演的双节棍全程录像，尤其得知她还擅长"步枪射击悬空鸡蛋"、"中医针灸按摩"时，赞誉她为"全任务区女性应该学习的榜样"。

身在异国他乡的战乱后任务区，女队员难免会有这样那样的困惑。我面前的女队员何洋黑瘦的脸上永远是一副天真的微笑，一旦说起大家的困惑，她不假思索就能说出好几件：天性爱美的女性维和生活中推选"手艺"最好的姐妹轮流给其他人剪头发，往往是把"三七分"剪成"五五分"，这样需要漫长的时间长长后才能掩盖这种手艺不良；由于当地环境恶劣、条件艰苦、疫病流行，对于女性来说无街可逛、无物可购，长时间活动范围仅限在宿舍、食堂、工作间等固定的位置；在任务中后期，后勤保障极度短缺，除了联合国供应的大量肉食，蔬菜只有大头菜、胡萝卜"老两样"轮流转，周而复始的桌上餐吃得两名 90 后女队员一看到肉食就恶心反胃，无奈之下，远在家乡的妈妈把她们每天想吃的食物记下来，答应等到她们回国后一样样地做给她们解馋。

"还有 10 个夜班我们就结束了整个任务区的战勤值班工作，感受了其中酸甜苦辣的同时，我们最大的收获是女警同样能在战乱后任务区发挥作用。"谈起历时近 7 个月的执勤生活，何洋颇有感受，"当第一支防暴队任务结束的那天，我们依然战斗在指挥台上发出那句'001 收到，大家辛苦了！'"

最具贡献的种菜组

加速产出蔬菜过大年：队员温鹏手缝7针，坚持带病作业

"他双手端着刚刚采摘来的一大筐蔬菜，满脸是开心的笑容。看着他来了，炊事员在繁忙的操作间里立即给他腾出地方，接过菜筐开始称重报数：'黄瓜29斤、空心菜10斤……种菜组共提供蔬菜540斤！'"1月9日，送菜人温鹏缠着绷带的左手被露水湿透后微微发红，渗出血色。就是这位队员目睹当地菜市场高昂菜价后，立志种出更多蔬菜让队员们春节餐桌上"吃自己的菜，过海外最开心的年"。

利比里亚任务区蔬菜奇缺，而且价格是国内的2倍还多。早在开荒种地时温鹏就深有感触——他随同采购员去市里菜市场时，那里的品种和价格让他大吃一惊：整个市场不到20个摊位，出售的蔬菜只有四五种，既不新鲜还价格超高。大白菜每公斤6.65美元、黄瓜4.0美元、圆葱3.5美元、菜花2.8美元……这个价钱让温鹏感到难以承受，同行的翻译刘发善提醒他："这些都是以美元标价，要是使用当地货币'利刀'买够全队吃两顿的菜得半书包钱！"

当晚，他把这个情况在三分队种菜组通报后，队员们和他一样坐不住了："国内带来的经费是保障购买急需用品的，都买了这金贵的菜，不值得也不能这么做。"这时候，温鹏已经成为种菜组长，是分队教导员罗卫波最得力的助手，很多工作都由他负责。罗卫波说："温鹏是原单位的执法民警，种菜种地是个门外汉，但知道自种蔬菜重要性后，就像小孩子喜欢上心爱的玩具一样着迷，整天吃不好睡不香，净琢磨着怎么管理菜地，怎么提高产量。"

执勤走下哨位，拿着生产工具奔向菜地，遇到优质黑土，再危险也走过去挖了带回来；经常浑身被蚊虫叮咬得红肿也顾不上涂药，就是手部受了重伤也一如既往地投入种菜工作。几天前，温鹏在自制几百平方米的蔬菜大棚支架时，因要赶在菜苗长高前进行全封闭覆盖，他和队友闻鹏程开展了日夜不停的攻坚战——画图纸定位置，找边角废料、继续木工改造……这个过程中，他因疲惫过度被锯条刮伤，血流不止，被紧急送往医院诊治——医生为他的伤口缝了整整7针，一再叮嘱要输液一星期，静养观察病情。

温鹏和队友们种植的菜地初具规模了——主营区3个蔬菜大棚，不远处执勤点开垦出四块小菜地，种植面积总计达到1000多平方米；黄瓜、丝瓜叶蔓将近一米高，带着嫩芽的黄瓜、丝瓜翠绿翠绿的……截至1月9日，温鹏和他的队友共产出各类蔬菜540斤。这个消息传来时，保障压力很大的后勤分队犹如吃了颗定心丸，负责采购的崔永财欣慰地说："要是按照当地的菜价，这可是笔不小的费用。看目前的种菜势头，自产蔬菜有望解决总体基本需求的四分之一还多！"此刻，

温鹏想起来厕所收集的"土肥"桶都满了,再晚了溢出来就白瞎了,立即起身提着两个桶就往菜地走去,完全忘记了手上昨天缝了7针的伤口,还在吃着强效消炎药,距离恢复好还早着呢!刚走了两分钟,手掌伤口部位传来阵阵钻心的疼痛,殷红的鲜血顺着水桶往下流……

目睹了这一场景的小队长邵明亮发现后,夺下他手中的水桶,强行将他送到医院再次包扎。两天后,盖立新政委看望他时不失心疼地批评道:"你伤得不轻,怎么还去干活?""政委,春节前要是整片菜苗都不长起来,我就躺不住!"温鹏的一番话说得在场的人员无不深受感动。事后盖立新政委说:"这个队员太懂事了,这种举动让人看着心酸心疼。这里一年四季都是高温天气,年味不浓,但是腊八都过了,队员们开始思亲想家。我们没有年糕、汤圆,连烟花爆竹都没有,只有让大家吃得饱饱的,高高兴兴地上岗执勤,开开心心地参加文体活动,在遥远的非洲任务区过个好年!"

最孤单的民警
民事警察牛犇:多同远方的战友欢聚是我在"原始村寨"维和的强大动力

"只要是中国人举办的活动哪怕走得天昏地暗,哪怕克服一切困难我也会竭尽全力赶来。在异国他乡的任务区里见到同胞尤其是警察战友,对我来说是最幸福的事。"5月16日,我驻利比里亚民事警队民警牛犇走进防暴队营区有说不出的喜悦,"中国警察人多欢聚的时候我特别珍惜,这样会忘却以前好几个月的孤单寂寞和来自工作上的巨大压力。"

渔镇是利比里亚条件最为艰苦的地区之一,那里交通偏僻,自然环境恶劣,供水供电通信保障等公共设施基本处于较为落后状态,当地安全、治安形势较为严峻。民事警察牛犇就是在这样的环境里持续工作了6个月时间,同来自各国的维和人员建立了良好的工作关系,并以优异的成绩得到了当地联利团分部的高度认可。

自2013年9月到达渔镇工作以来,牛犇在那种接近"原始社会"的艰苦生活环境中吃尽了各种苦头:住在当地人密集的落后生活区里,操着纯正的英语同说土话的当地人交流却不畅通;在仅有木薯叶、少量圆葱出售的当地,他经常拿着钱"买不到食品","上顿面条下顿米粥"这种一日两餐的方式持续几个月后让他瘦了十几斤。"繁重的日常工作之余,我渴望看到一张黄种人的面孔,能有个同胞和我说说话都能高兴很长时间,可惜长时间都没有!后来我把亚洲其他国家人都当作'老乡'相处,毕竟还有些共同语言。"谈起刚到达渔镇联利团分部民事警队的前几个月时间的苦闷生活,牛犇语气平和地说,"后来我利用出差办案等机会,去哈泊、绥德鲁找老乡看战友,一见面就有说不完的话,毕竟我工作的地方只有我一个中国警察。"

"单警深入任务区各地工作真的很难!"谈起工作中的体会,他经常发出这样的感慨,"我的职责是代表联利团警察部门巡视所在国当地警察人员的履职情况,每个艰苦的偏远警务室必须经常去,每个案发现场必须去指导。这里不同于国内,往往重大刑事案件发生时我和当地警察一样人身安全都难以保障。"据牛犇介绍,年初以来,他和同行多次深入当地偏远部落里调查严重的暴力案件,拘传案犯时还受到过当地人员投掷石块等抗法袭击,最终依靠自身的机敏顺利地完成了任务。现在回想起当初他们坐在单独警车内,外面是愤怒的人群时他还说:"我们没有配备枪,没有有效武力支援,想起就感到后怕。"但一提起当地经常发生的家族私刑、活人祭祀等愚昧违法行为时,他信念坚定地说:"再碰到这种伤天害理的事,我还会冲上去。"

每一次处警都有危险,每一次驾车外出都是重大考验!渔镇作为交通闭塞的州政府所在地,经济社会仍然在缓慢的步伐中发展,医疗、通信、交通等落后状态给在这里执行维和任务的牛犇留下了深刻的印象:"每次出勤都是少量人员乘坐一台车行走在漫无边际的原始雨林里,道路泥泞不说,很少碰到其他车辆路过,一旦陷入泥坑或者其他原因造成车辆抛锚,手机、对讲机都没信号,只能听天由命。"说完这番话时,他神情黯淡下来。就是在这种艰苦的环境里,他除了驾车长驱直入原始森林协同办理各种案件,还连续两次运送维和同行到135公里外的医院紧急救治。"我的肯尼亚籍维和同事尼古拉斯先后两次患有重病,在驻地诊所吃药打针无效后出现昏迷症状,我开车冒险把他送到我驻解放军医院救治,当检测出他患有伤寒、副伤寒、疟疾三种疾病时,医生说你真够大胆的,开车运送你就不怕被传染?"牛犇说出当时情景时丝毫没有害怕,"这些病在任务区都是要命的,他得救了我又没被传染上,我至今为自己当初的果断和勇猛感到自豪。"

"渔镇偏远落后,治安复杂,尤其各种流行性传染疾病难以控制,加上前战乱人员经常聚集闹事,我必须对自己的安全负责。"牛犇说。眼前这个身材消瘦的维和单警曾经长期租住在当地贫民区的一个小院落里,曾经一场暴雨冲毁了他住处所有的围墙,将他完全暴露在民众视野里,面对这一"人身安全隐患",他连续20多天利用业余时间去远处山林里砍伐木桩和竹子,一趟趟搬运回来,然后自己动手重新建设围墙。此后,院落建起来了,生活逐渐安稳了,寂寞也就随之而来,电脑里几百部爱国影片和以警察为主题的电视剧被他反复看遍了,剩下的时间就跑去巴基斯坦军营看卫星接收的中文新闻,每次都会看到很晚,只剩下自己一个人守在电视前。

今天，利用难得的休息日赶到防暴队营区的他说，这是他在任务区期间最开心的时光。可以和战友们交流体会，可以尽情地参加文体运动，可以拿起熟悉的警务装备好好温习，便于回到自己的工作岗位时更好地执行任务。

90 后与 70 后

技术最好的电焊工

走近最小维和队员张兴辉：能吃苦爱创新，课余时间想喝"尖叫"

90 后的维和队员表现怎样？他们在异国他乡艰苦的条件里能否适应？当很多国内朋友关注这个问题时，我走近中国维和警察防暴队最小的队员张兴辉——一个朝气蓬勃不失天真可爱、爱好广泛勇于承担重任的阳光大男孩。

当天中午，他从库房角落里找来一个仍能使用的微型发动机，来到卫生间里对着损坏严重的挂式电风扇实施了零部件更换。紧张忙碌了 20 分钟后，这里重新吹起了清凉的风。防暴队主管营建工作的范佳强副队长介绍说："他是全队技术最好的电焊工之一，什么东西到了他手里马上就能变成你想要的工具。他点子很多，人小鬼大！"12 月 13 日，队里要做几个鞋架，其他几个队员怎么设计都感觉不够科学，无法继续下步操作，张兴辉来到现场后左右看了一会儿，顺手拿起树枝在沙地上边画图边讲解："把横平竖直的铁架改成左侧面斜成 45°角，一样的横板从下到上依次凸出一块，能省材料还能保证最大量地让鞋子接受更多阳光照射！"这次操作能省下多少材料，他那肤色黝黑的细手臂费劲地拿起多余的材料说："得有 40 斤重吧，在任务区花钱买不是个小数目！"

张兴辉 1993 年 10 月份出生，是全队岁数最小、长得最瘦的队员，是大家喜欢的"小老弟"，工作中所有的人都会对他贴心关爱。对于身边大哥哥大姐姐的疼爱，他却逃避"溺爱"勇于挑战：防暴战术训练时他是训练量最大、技术难度最大的战术枪操小组的尖子；课余时间参加武术队训练，每天早晨五点半就起床练基本功⋯⋯这些都是每天以汗洗头、以汗洗澡的高难度任务，大家从来没听他叫过苦喊过累。

到达任务区后，他主动承担起修建下水管道、安装空调、焊接生产用具等工作。前不久，他安装空调时室外温度高达 43℃，太阳烤得皮肤火辣辣的，在室外劳动一会儿，就会"抬头是汗低头流水"。为了让全队人员尽快享受到凉爽的室内凉风,他一天安装过6台空调。看着他大汗淋漓不停地喝水,我问他有什么感受时,他边抖抖湿透的衣服边幽默地回答道:"这套'水服'去洗浴室可以直接打肥皂就会起泡泡,省了一道工序!"

满手的油渍、身上挂着十几件七八类的工具,遮阳镜下稚嫩的小脸,一笑起来甜甜的,这是张兴辉展示给大家的最佳状态。每当夜深人静,队友们都入睡了,他还经常要做好几项工作:等大家洗完澡后关掉洗浴车发动机;往4个3吨重的水罐加水确保全队生活用水充足;刚调试柴油发电机时还要半夜去定时加油维护。有天午夜,我加班返回途中拦住他问:"这些活怎么都是你起来干?""一开始就是我经手的,现在不把这些事做完做好我睡不着觉!"

这些举动,这种沉稳,我感觉是这个年龄段青年难有的品质,但张兴辉就是这么一个心里想事、勤快做事的小伙子,怪不得全队第一阶段总结表彰时,他以吃苦精神、工作质量、完成进度等各项主要指标排名靠前,作为全队唯一一名90后队员登台领奖。

业余生活中的张兴辉怎样,有哪些个人爱好?后勤分队队长魏兵说:"他业余时间特爱玩,电子赛车、反恐游戏他都擅长。你要是再给他配上点儿零食,他会美得要命!"我问过张兴辉心里最爱什么,他腼腆地说:"在国内时爱吃零食,喜欢喝饮料,每次工作完回宿舍都会吃点儿喝点儿,现在零食是没有了,所以特别怀念那种'尖叫'饮料的味道!"

出勤、排险最多的队员

防暴队年龄最大的队员袁强:大家眼中出勤多排险多经验多的"袁三多"

"前方地域情况复杂,有民众求救,能否赶在天黑前赶到执勤地域?"几天前,在希诺州通往绥德鲁市一处复杂的路段上,防暴队执勤组一台越野车因路况极差"趴窝"不动,其他驾驶员几次抢修后发动机始终没有发出响亮的声音,队员兼司机袁强熟练地打开车头机盖,在众多线路中找准两条关键连接线进行搭连,发动机机器瞬间发出悦耳的轰鸣声,确保了车队顺利前行。

袁强今年42周岁,维和前担任原单位基层领导职务,有着丰富的执法经验,尤其精通车辆维修和驾驶工作,是全队一专多能的业务骨干。日常工作中,他所在的一分队很少有人叫他的名字,大部分以"大哥"这个亲切叫法称呼他,说起里面的原因,小队长孟凡军这样说:"他是全队岁数最大的队员,平日执勤上哨都在给大家做榜样;他不光主动承担凌晨容易犯困的执勤任务,还把自己节省的风油精、方便面留给夜间执勤的同志,每次都亲自递到小兄弟们手里,再叮嘱几句注意事项。""稍微有高空作业和风险略大的任务,他主动请缨不容推辞,自己拿起武器和工具就走在最前面,我们这些小兄弟没有一个不信服的。"80后队员陆洋、张兰恩等人谈起袁强"大哥"的浓浓关爱和带头作用,使用频率最高的词汇是"有他在场,大家心里有底"。

冲过大泥坑"天堑之路"的首选司机是袁强,跑夜路当天往返600公里得让他去,连夜紧急送病号也是他稳当驾驶打头阵……谈起老队员袁强的表率作用,防暴队盖立新政委说出了自己的感慨:"防暴队每逢有急难险重的任务,我们都会首先想到袁强这名老队员,他经验丰富处事灵活,有他参加的重大勤务和紧急任务我们会多了层保险,增加了一份自信。"据悉,进入任务区以来,老维和队员袁强先后参加了处置群体性骚乱事件、远程武装巡逻及要人警卫几乎所有的勤务,哨位执勤时间超过2000小时,驾驶各种类型防暴车在复杂路况行驶里程达到4000公里,排除各类车辆险情23次,成为全队出勤、排险最多的队员,加上平时他热衷关心照顾岁数小的队员,因此被大家称为防暴队里的"袁三多"。

几天前,他和一名年轻队员前往首都蒙罗维亚运送一批重要物资,因队里次日急需使用,他们早上4点出发,次日凌晨2点就顺利返回到了营区。除了路上的谨慎小心驾驶,在首都期间中间办理手续、领取货物还花去半天时间,在泥路、土路、险路占所有路程85%的任务区里,他们是如何实现短时间内往返620公里,安全到达这一目标的?"道路几米就能碰到一个深坑,有时候几十个深坑连成一片'坑网',又是夜间行车,危险系数大增,我不能让同行的年轻副驾驶冒险,自己晚间不吃饭防止犯困,另外把风油精瓶夹在车窗口往里吹,这样就能保持清醒冷静。"袁强每逢碰到困难都会像这次一样拿出丰富的经验和技巧应对,每次执行重大任务都有值得大家学习效仿的地方。

想家的时候

参加维和任务最多的队员
"三维"队员王立平:妻子60只千纸鹤是最大的动力最贴心的爱

2月4日是农历大年初五,维和警察防暴队队员们执勤、训练之余纷纷通过微信给家人发照片、视频拜年,以特殊的方式度过警队春节休整的最后一天时间。此时,二分队队长王立平冒着炎炎烈日从各个执勤点查哨回来,整理完勤务记录,开始从大信封里取出一只千纸鹤阅读妻子写在上面的话。他说:"爱人王珠珠出国前亲笔写好的60封千纸鹤家书是对他最贴心的关爱,更是完成今后工作的巨大动力。"

王立平两次参加海地任务区维和,这次又来到这里担任分队长工作,和家人聚少离多,非常珍惜和妻子家人的浓浓亲情。他说:"目睹任务区人们的贫苦生活,看着战友们尽其所能地维护这里的和平环境,我感觉能让家人幸福地生活是最难能可贵的,所以我业余生活大部分时间都用在给爱人和儿子写家书发微信上。"据了解,王立平3次维和包括参加培训时间总共超过30多个月,而他恋爱、结婚、有儿子这些人生大事都是在这期间完成的,所以他经常教育队员们:"我们要加倍珍爱家人尤其是妻子,没有他们的理解和支持,我们无法保持这么好的工作状态,更谈不上完成好长期艰苦的维和任务。"

2011年,刚刚从海地任务区归来的王立平,在家人催促下和聚少离多尤其是"隔空"相恋一年的女友王珠珠领取了结婚证,但因为工作繁忙又被部队紧急召回投入到紧张的工作当中。如今,他们的孩子已经17个月了,由于平时一直两地分居,他们至今还没有补办迟来的婚礼。2013年初,王立平又报名参加了第一支赴利比里亚的维和警察防暴队,他们一家三口在一起的时间总共没超过100天。临行前,王立平对妻子说:"你岁数小,还自己带着孩子,我不在家的9个月,一定要好好工作,带好儿子。"面对王立平的愧疚和担心,王珠珠连夜在灯光下对着台历亲笔写下了60封不同时间、各个节日的家书,叠成千纸鹤放在丈夫的行囊里。

"维和时间9个月,她把千纸鹤分成了8个部分,标上了月份,让我每几天打开一次。每次拆开都会让我开心快乐!"特殊家书让王立平感动不已,"这里面有她爱的叮咛,生活上的嘱咐,更多的是对安全注意事项的提醒。看着她娟秀的字体和一段段发自内心的浓浓关爱,我没有理由不完成好任务,给祖国给爱人一个最好的回报。"王立平的千纸鹤家书不仅成为自己最大的精神动力,还征得爱人的同意部分公开给队友们分享。他给我展示的是前两天拆开的书信内容:

"亲爱的,新年好!和往年一样,我看完午夜的烟花和春晚,一定会想到今天我们分隔在地球两端不同的天色同时看一场直播晚会,分享家乡浓浓的年味,就像有时候看天上的月亮,只有一个,或许在我抬头的那一刻,你也在仰望星空,这样我们的目光就可以隔着大西洋,在同一个地方交汇,这是维和人相亲相爱的特殊方式,也是彼此信念的坚定。"

据王立平介绍,刚刚走出校门的王珠珠因为自己是维和家属,在工作和生活上表现得很坚强——她在丈夫远行的日子里,一边既要做好大学政治辅导员工作,一边还要将大量的精力用在为孩子办医保、租公寓、买菜做饭这些家庭琐事上,就连年迈的老人也照顾得好好的。前不久,王珠珠参加所在大学艺术大赛取得优异成绩,在"家属为其颁奖"环节上,17个月大的儿子王依哲迈着蹒跚的脚步上台给母亲鲜花。王珠珠抱起刚刚懂事的儿子向观众致意:"我是维和警察的爱人,他正在西非任务区执行防暴任务!我和千百个维和家属一样,深爱着自己的丈夫,更深爱着世界和平事业!"对于她的自立自强和良好的艺术表现,台下观众给予了潮水般的掌声。

今天,在随机展开的采访现场,大家在纷纷畅谈王立平爱人发来的千纸鹤家书里情真意切的话语后,没等我提问,几名队员大声说:"不用'海采'!我们想说的是王立平队长很幸福,我们看着这种亲笔信也都很幸福。"王立平对亲如兄弟的队友们说:"任务期过去一半了,有家属们的鼎力支持,我们一定要加倍努力地完成好工作任务。回国后,我一定戴着和平勋章补上迟来的婚礼,让心爱的儿子给漂亮的新娘妈妈扯婚纱!"随后,队员们开心地补充这场几个月后的婚礼环节:"我们都去给你们当真爱的见证人!"

身兼数职的全能型队员

队员邹本双:制作的亲情相册和"和平衬衫"春节期间送到儿子手里

2月1日是农历大年初二。今天中午,任务区格林威尔市晴空万里,骄阳烈日,此刻,维和警察防暴队队员们正在营区内找信号找位置和家人亲友们视频通话拜年。其中,队员邹本双顺利通过手机视频看到儿子邹兵吉穿着自己不远万里捎回去的"和平衬衫"高兴得手舞足蹈:"儿子,这是我给你捎去的小衬衫,还有给你制作的相册,都记录着爸爸在任务区维护和平的身影。新年到来之际,我最想让妈妈教导你向警察叔叔学习,敢于履行危险使命,勇于承担和平职责,再就是从小开始就要做事踏实,做人坦坦荡荡,敢于挑战艰辛。"

邹本双是防暴队身兼数职的全能型队员——战斗队员、营建组长、狙击手、排爆手……维和满100天又赶上马年春节,邹本双有哪些感受?手里拿着儿子邹兵吉可爱照片的他感慨地说:"长这么大我是第一次出国,来到全世界最穷的国家之一利比里亚。这里条件艰苦、天气炎热、疾病肆虐,驻地几乎就是原始状态,所有的设施只能满足生存而不是正常生活的需要。刚到来时我们一下子就失望了,可各级组织在关注我们,妻子儿子都告诉我一定努力工作好好生活。看着刚刚懂事的儿子天真的眼神,我知道自己必须做出让他长大后引以为豪的事情。于是,我和战友们干了很多从来没有干过的事,填泥坑、布管线、建营地、盖房子……

现在每天我都在给儿子讲述我们的建设成果。"

儿子简单的祝福语是邹本双刻苦工作的强大动力。到达任务区后的100个日日夜夜里，邹本双和队员们夜间上岗执勤，白天冒着烈日酷暑建设家园，自己动手新建办公、生活用集装箱板房39间、566平方米；安装空调67台、改造上下水管线1000延长米，更换百余个照明灯具和160个门窗；维修屋面21间，改建餐厅160平方米；铲除杂草、平整营院20000余平方米……队员们每天以汗洗头以汗洗澡，以"付出五倍艰辛、投入十分智力，建设最美海外家园"的精神，打造出全联利团最美最规范最实用的防暴队营区。

用自己的奋斗精神和建设成果给儿子做最好的学习教材，是邹本双敢于挑战各项高难度工作的强大动力。看着营区里摆放整齐、功能齐全的集装箱房，我问他：你在部队里应该也没有干过像这样造房子之类的事吧？他回答道："没有，我和我的队友原来都是在部队里从事军事训练工作的，而且我来之前选拔过来的岗位是狙击手，后来由于工作需要把我调到这里来盖房子，但是我觉得无论是干过还是没干过，既然组织需要我，那我就要踏踏实实、保质保量地把工作完成好。"他给儿子的相册里有自己队友大雨中浑身湿透坚守岗位的场景，有乘坐飞机空中巡逻的画面，有深入偏远山区看望困难儿童的合影，还有自己抓获隐藏在身边一条蝮蛇的镜头……制作这本相册见证了邹本双对儿子的浓浓挚爱——他利用普通记录簿做相册，借来彩色打印机，经常在深更半夜给儿子打印照片，担心刚上学的儿子很多字不认识，大部分用拼音在每张照片下面标注了说明。

邹本双和儿子经常视频沟通的画面和传回去的信息，成为邹兵吉所在学校师生们的生动教材。儿子的班主任不仅在全班宣读他写的任务区维和感想，还邀请他把前方很多生动的场景和画面记录下来，等回国后到学校去给孩子们上课。他在一次和孩子老师张美玲电话沟通时说："我想告诉小孩子的是做事要踏实，做警察无论在哪里都要忠于职守，能吃苦吃过苦的经历对孩子以后成长很有帮助。我现在没有办法陪伴在儿子身边，不能像当年父亲教导自己一样，亲力亲为地教给儿子这些道理，只能拜托老师通过这些照片、事例好好教育孩子。"

和众多维和队员一样，手机视频是邹本双和儿子沟通的唯一方式。他每天都会找时间和儿子进行视频通话，利用手机每天只有几个小时能有稳定的信号的时机，开始和儿子进行远程亲情对话。这会儿，刚和儿子对话完的他说如果儿子能理解自己在利比里亚所做的事，理解自己是如何行为处事的，他相信那会是最好的言传身教。

队员们都给家人和孩子精心准备了新年礼物，有根雕艺术品、维和警察纪念币等等，可由于当地邮寄渠道不畅通，很多队员只能等到任务结束才能带回家。

同大家相比，邹本双是幸运的——他准备的"亲情相册"和和平衬衫通过当地华侨顺利捎回国内，已于今天送到儿子手里。他给儿子准备的是一件特殊的T恤，上面写着"我的爸爸去利比里亚维和了"，这是联合国提供给维和人员的特供商品；还有一张印在节目单纸上他获得"尖刀队员"的"荣誉证书"，他希望这种一辈子都碰不上几次的经历和特殊的荣誉也能留在儿子的记忆里。

家书背后的队员

防暴队致信87名"维和宝宝"：你们平安健康是海外维和父母最大的心愿

"当爸爸（妈妈）不在身边时，你们少了一份血浓于水的关爱；当狂风暴雨中你们背起书包或者躲在姥姥奶奶怀里时，我们眼含热泪遥望家的方向。孩子们！任务区里大部分儿童缺医少药，我们还得为他们撑起一片安全的晴空。200多个日日夜夜平安的西非夜空里，最闪亮的是父母对你们浓浓的思念……"

5月30日，维和警察防暴队临时党总支向国内各地队员的孩子们发出"慰问短信"，鼓励87名"维和宝宝"健康成长，与队员家属相约将更多的爱送给成长中的孩子们。

"我们远离祖国远离家乡远离亲人，最最牵挂的就是年迈的老人和天真可爱的孩子，这里和国内有漫长的8个小时时差，在孩子生病或者学习出现滑坡时，我们经常会等到凌晨也就是国内早上和他（她）们通电话，送去做父母的关爱。"5月31日下午，二分队队长王立平谈起家中年幼的儿子连呼"想他，真的很想"。据了解，全队87名维和宝宝中大部分为0至10岁的孩子，他们或由队员爱人单独照看，或由老人照顾，很多上小学或者升初中的孩子同样让远在万里之外任务区的父母们牵挂。副队长许亮对此有着很深的感受："11岁的儿子许柏宁前段时间因学习压力大得了病毒性肺炎，连续半个月住院治疗，妻子和外地的姐姐轮流请假照顾他。那段时间我出勤在外，手机无信号任务又重，连续好几天都无法获知孩子病情是不是好转了。"说完，许亮一脸的愧疚之情。

维和7个月的时间里，先后出生的5个维和宝宝牵动着防暴队全体队员的心：他们出生时，兴奋心急的爸爸忙着找信号找时间视频通话，很多维和叔叔阿姨忙着给宝宝妈妈制作电子相册和发祝福短信，队领导则忙着协调国内有关人员代表全队去家中看望慰问。谈起其中的感受,盖立新政委说："孩子出生是做父母的大事，维和任务是每名警察应尽的和平责任，为了让这些孩子一出生就感受到维和大家庭的关爱，我们会竭尽所能地让孩子平平安安，让刚有孩子的队员安心执行任务，这方面我们会给他们安排专门时间和家人打电话、发微信，只要我们能做到的，即使困难再大也得落实好。"

"六·一"儿童节前夕,我走访了解到每个成年队员都在为孩子准备具有任务区特色的节日礼物,有的是长达数千字的"维和爱子书",有的是手工制作的工艺品,还有的是一针一线绣制的十字绣亲子图,分队长王立平则将自己7个月的维和生活感受尤其是对爱人和儿子的思念撰写成长达10万字的真情纪实——他将远隔重洋万里对亲人的思念、目睹任务区极其艰苦的生活环境和人生的感受、走近当地困难家庭儿童,关爱这些营养不良小家伙的点点滴滴,分为几十篇文章真实地记录下来,准备回家后自己印制成书籍送给妻子和成长中的儿子。

这几天,连续大范围降雨已导致驻地手机信号接收器大部分损害,属于孩子的节日就要到了,队员们都想着找个时间和孩子说会儿话,电话里"许个愿"。很多人经常在上万平方米的营区里四五个信号较强的位置徘徊,无论刮风下雨还是午夜,只要能顺畅通话,很多队员都会尽量和孩子开开心心地说上一会儿贴心的话。"对于孩子们来说,儿童节收不到爸爸的礼物,肯定是件遗憾的事。我女儿说同学要是问起的话,她会说爸爸在非洲维和!"分队教导员张涛不仅自己这样做,还把经验分享给身边的队友们。

对家人最愧疚的队员

队员王宝祥:干好工作是我告慰父爱、关爱未来宝宝最好的见证

"披星戴月往家赶也没能听到父亲临终遗言,最怕漫天暴雪中怀孕的妻子无人搀扶滑倒,面对妻子腹中渐渐成长的宝宝只能用高昂的电话费远程胎教……"今天,二分队4小队长吕冠福指着勤务训练中最认真流汗最多的队员王宝祥说,"他是全队承受压力最大,也是工作最努力最能吃苦的队员,这种精神最让大家敬佩。"

来自黑龙江某边防派出所的王宝祥没想到自己维和过程中会经历这么多悲喜交加的坎坷经历。去年7月,正在国内封闭集训期间,一个来自家里的电话让他彻夜难眠:始终隐瞒着病情的父亲癌症进入晚期,病危时刻盼望着见他最后一面。一边是维和任务,一边是父亲最后的遗愿,让他左右犯难,心如刀绞。次日凌晨4点,他试着敲开了政委盖立新的房门报告这一情况。"怎么这时候才告诉我们?你立即准备好东西坐天亮最早的飞机回家看望老人,我们帮你履行报批手续!"盖立新政委一边安慰他,一边着手帮他安排行程。

机票有人订好,中途有战友加速送站,就连从车站到达乡下的路上都有专门的车辆快速送达……在防暴队领导的倾力帮助下,王宝祥于当天下午从北京赶到2000里外的家乡伊春市。几天后,处理完父亲的后事,重新归队的他向队领导道谢:

"我看到了爸爸最后一眼,老人走得很安详,请你们放心。"

王宝祥真的见到了父亲最后一面吗?答案是否定的。父亲的遗言是母亲转达的,他赶到家里时父亲已经去世了两个小时。"爸爸的遗言是让我必须完成好维和任务,再就是好好对待妈妈和妻子,因为我们家就我一个男孩了,既要报国还要爱家。"王宝祥以成熟男人的特性隐瞒了实情,目的就是不想再给组织添麻烦。

每个维和队员都有情感深处的故事,但王宝祥的经历却是最典型的例子。去年10月,王宝祥接到上级命令:立即赶赴维和警察培训中心,择时出征任务区。报名归队的凌晨,王宝祥收拾卫生、做家务,天刚蒙蒙亮就买回来了足够几个月用的米面粮油,可他无论怎么献殷勤都无法让妻子破涕为笑。因为妻子马珊珊隐瞒了已怀上宝宝的喜讯,此时,正为自己将独自承担胎教、生产过程而伤心。这一切,即将当上爸爸的王宝祥蒙在鼓里。

后来怎样?面对我好奇的追问,王宝祥哭笑不得地说:"当内因无法解决时,往往一个外因一个场景就能扭转男人的逆境!"及时雨来自队友滕利辉夫妇——丈夫背着重重的行囊,搀着身怀六甲的妻子!当隐瞒怀了宝宝消息的马珊珊和身怀六甲、即将分娩的滕利辉的爱人四目相视,触景生情,伤感化为知足——两个即将承担独自生产、抚育孩子重任的警察妻子相互安慰,相互鼓励。这一去就是万里之遥,这一别之后就是长达200多天的漫长等待……汽笛声响时,她们对着缓缓开动的列车发出了维和家属无言的心声——手指天空代表白天思念,头枕着双手表达夜晚惦记,两个竖起的大拇指紧贴心口那是彼此都要放在心中!

腹中的孩子已将近6个月,他却无法履行一个父亲的责任,王宝祥是怎样的心情?"每当听到妻子要到亲戚朋友家请人家照顾时,我会多打电话告诉人家妻子爱吃什么不爱吃什么。孩子3个月时第一次明显胎动时,我特想听到孩子可爱的动静,想把手机放在妻子腹部吧,又怕手机辐射到小家伙。后来,妻子在那边描述,我在这边任泪水流过脖子,也坚持不让自己哭出声!"王宝祥说,"我最担心就是冰天雪地的大冷天,妻子要是滑倒了怎么办?我不在家谁又能及时搀扶她?"说完这句话,我伸手握住这位脸庞黑瘦的小伙子的手安慰他:"维和队员都是幸运的,远在家乡的亲人也会平平安安的。"

没能听到父亲的临终遗言,孩子出生时他还在任务区执行任务,这些客观存在的人生最大遗憾是否会影响他的情绪?小队长吕冠福这样评价道:"王宝祥平时少言寡语,想起去世的父亲和尚未出生的孩子经常默默流泪,但是一到工作时间,最苦最累的活抢着干;危险最大的勤务他都强烈要求去执行。他说只有这样才能对得住家人尤其是马上要出生的孩子。"

晚间,我见到王宝祥正穿着厚厚的防护服在营区里进行消毒杀菌——雾气熏得他额头和脖颈都是密密麻麻的汗珠，眼睛杀得红红的。当我问起晚上通常会做什么时，他告诉我三件事：每天坚持给3个月后出生的宝宝写篇日记，记录他每天揪心的思念；坚持查字典和咨询队友为宝宝取个最有代表性的名字；再就是晚间也就是国内时间清晨时电话给孩子远程胎教。

"现在东北边陲依然寒冷多雪，最害怕最不敢想的是怀孕的妻子独自在暴风雪中行走滑倒受伤。已经花费了上千元的话费哄爱人开心和对孩子以维和警察特有的方式诉说思念——我远在战乱后任务区封闭营区里，只能以这种方式让她们感受一点点儿温暖和关爱……"写下王宝祥最后这段心声时，我望着星光满天的夜空，想着远在万里之外的家乡，期盼千千万万的维和亲友健健康康、平平安安。

把所有费用都用于和家人沟通的队员
多少愧疚情难补，唯盼团聚牵手时：队员杜俊生夫妻隔空相爱，度过平安每一天

"前几天过节，队领导举着饮料杯挨个'敬酒'，告诉我们吃饱吃好别想家时，正好那天她做流产手术刚走下手术台，我眼含热泪走上哨位紧握钢枪，对着东北方位祖国的方向深情遥望……"队员杜俊生谈起自己的妻子刘美玉时总是有说不完的话，"这一年多时间里，她每天都关心这个国家的安全形势，一有疫情动态报道时夜里不睡也要等到天亮，看最新的资讯看进展如何。你知道吗？她每天在台历上都会画上一个圆圈，然后写上'平安'二字，我们返程倒计时天数她比我们队员记得都清楚，一天不差。"

"现阶段的维和任务不是炸碉堡堵枪眼，只要我们科学安排勤务，防暴处突没有想象中的危险！"作为战斗队员的杜俊生刚进入任务区时经常这样宽慰妻子刘美玉。作为当地医院医务人员的刘美玉一开始时半信半疑，然后开始了长期的资料查询和网上了解——她说生活中最大的事情就是了解关注任务区的安全形势尤其是医疗防疫情况，经常整天整夜地查询有关报道，包括利比里亚周边国家的情况都掌握得清清楚楚。"一个贫穷落后的国家，一个医疗保障水平极低的地区，在那里长期生活怎么能对身体没损害？"刘美玉经常忧虑远在任务区的丈夫杜俊生，"病毒种类多，饮水安全难以保障，满地都是传播病菌的老鼠、蟑螂和毒蛇蝎子，就是专业的医疗机构预防都困难，何况你们是一群兵呢？"

一个月前，当周边国家及利比里亚突发埃博拉出血热病毒时，刘美玉连续几天处于极度担忧中，看到感染人数和死亡病例逐步增多，她知道队员们同样处于担忧之中，于是给杜俊生发来短信："无论你们感染什么病菌，无论你们是否健

康归来,我和其他家属都会准备好热乎的饭菜,收拾好干净的房间欢迎你们归来!"

"爱人的流产既有自身健康原因,肯定也有为我安全方面担忧的压力造成的!"谈起刘美玉流产手术的事,杜俊生满脸的愧疚,"这里治安不好,环境恶劣,营区到处都是毒蛇毒蚊子,刚来时吃不好睡不着,尤其每次出勤时遍地都是老鼠窝的场景,尽管我都瞒着她,可她都多方打听到了,经常担心得成夜睡不好觉。"妻子刘美玉手术后一直处于长期休养中,每天都吃着苦涩的中药。"知道你从小怕吃药,味道苦吗?""很苦!""怎么才能让你早点好起来?"……"你每天都平安是我最大的心愿!"——这是杜俊生隔空和妻子刘美玉的一段真情对话。

"安全"二字何其沉重!杜俊生知道妻子和所有维和家属一样,每天心里想的日常关注的都是任务区这个方向的事情,于是,他和队友们多了一个心眼,每天把建设美好家园、改善营区环境、保障安全勤务的工作成果多给远在国内的亲人"显摆"一下,拍成图片发给他们,或者利用夜间信号好时开通视频给他们"直播"——让更多更有成就的果实冲淡他们的担忧,当然像"营区冲进了野狼"、"板房地下抓住了毒蛇"、"巡逻路上追赶带枪人"类似的场景他们会严格保密,免得妻子父母知道了又是长时间的担心。"任务区6个月时间里,我发信息、通视频、打电话用了500多美元,所有的补贴都用在亲情通话上,为的就是让她减少女性那种特有的牵挂和伤感!"联合国对于维和警察每月都发放少量的生活补贴,杜俊生把所有的微薄补助和自带的钱都用在同妻子隔空交流上。对此他有自己独特的理解:"任务区和国内不通邮寄,不能休假探亲,我们只能以这种方式交流感情,让她安心放心。我们每名队员都是这种心情,安全完成各种任务,我们安全亲人健康,这是我们最大的心愿。"

"相隔万里路,最珍惜那份家人带来的浓浓亲情!我们现在都学乖了,任何一次勤务都描绘得无比安全和温馨,多给她们看鲜花美景和可爱的当地儿童,其他的一概忽略……"杜俊生说妻子台历上显示距离结束任务还有60天,越到最后越要注意细节安全、浑身上下都不能有损伤。今天,即将前往一处深山老林里矿区执勤的他又要以美丽的谎言应对妻子的担忧。

夫唱妇随的队员
防暴队员鲁博森夫妇:相约将更多的关爱送给最需要的孩子

2月17日,希诺州示范学校二年级(3)班简陋的教室里,由维和警察防暴队队员鲁博森主讲的"关注全球弱势儿童身心健康,中国人民公益性教育稳步前进"专题授课上,他利用PPT展示了远在国内的妻子春节期间远赴省城帮助孤儿治病的场景：颠簸的救护车内，妻子高晓森紧紧搂着正在吸氧的小患者，用热毛巾敷在他额头上降温……当鲁博森解释这个场景时说："这是我远在祖国的妻子几天前照顾生病孤儿的画面！"话音刚落，现场上百名当地师生立即发出经久不息的掌声。

夫妻双方都热爱社会公益事业尤其对弱势儿童的帮扶，让鲁博森和妻子高晓森走到了一起。去年10月份，现任黑龙江省双鸭山市一家社会福利院辅导老师的高晓森告诉鲁博森："很多资料显示利比里亚很多儿童的教育、生活都得不到基本保障，还是很多非法侵害活动的主体，你们一定要力所能及地给他们提供安全保障。"爱人的话，鲁博森记在心里，日常执勤工作之余，他将更多的精力用在当地儿童学习、生活情况的实地调研上，还主动报名参加了防暴队对希诺州公立示范学校的对口支教上——他负责教授两个班级的孩子中国古典音乐和电脑常识，很受当地孩子们欢迎。每次课余时间，他都会给孩子们播放竹笛、古筝乐曲。经常听他播放《竹林深处》《渔歌唱晚》乐曲的学生萨达姆斯说："一开始感觉这种曲调很美，后来经过鲁警官介绍音乐的背景和那种山林意境后，觉得很适合我们这里山多水多的自然景观，我们都开始逐步迷恋这种中国古典音乐了！"鲁博森介绍说，当地孩子大部分来自条件艰苦的贫困家庭，人均年收入仅有200美元左右，大部分农活由女性完成，所以很多孩子尊重日夜操劳的母亲，他们都能用汉语熟练地演唱《妈妈的吻》这首歌。

"中国春节期间，也就相当于你们当地的新年元旦，我妻子每逢这个时候都是在社会福利院陪着孤儿们度过的。今年春节她为了抢救一个孩子的生命，去了远方省城大医院治疗，好几天都顾不上休息，日日夜夜坚持在病床旁照顾患病的孤儿！"今天，鲁博森给这些异国他乡的孩子讲述自己的妻子投身爱心事业经过时，同样博得了同学们阵阵掌声。

春节期间，鲁博森妻子所在福利院的一个孩子邢汗林突发心脏病瞬间昏迷，高晓森急忙作为监护人同他一起前往省城哈尔滨大医院治疗。孤儿邢汗林住院期间，都是高晓森负责给他办手续、交费用，并一直陪伴在身边直到他康复出院。期间，高晓森拿着手机微信上的照片鼓励邢汗林："你的鲁叔叔在非洲执行维和任务，那里的孩子生活异常艰苦，连一日三餐都保障不了，但是他们爱学习向往知识，你一定要坚强起来早点康复起来！"

特殊经历

战胜疾病，最值得学习的队员
"抗疟"女警赵瑛瑛：病床上最担心使命完不成队友受传染

"在疟疾鼠疫蔓延的高危任务区里，我们通过科学方法有效预防，确保了队员们远离病魔、身体健康，其中女队员赵瑛瑛积极配合治疗，以自身顽强的毅力战胜了疟疾顽症，这种精神值得大家学习！"2月12日，在维和警察防暴队阶段性总结大会上，盖立新政委对全队"抗疟第一人"赵瑛瑛提出表扬。

"联利团再次发来通报提醒预防疟疾注意事项，上个月共有2名异国维和人员患上疟疾不治身亡，还有4名重病患者已在首都最权威医院紧急抢救，另外，1名高管人员被迫前往美国紧急治疗……"近期队领导多次对预防流行疾病尤其是疟疾病毒进行通报。在格林威尔任务区，疟疾死亡率是仅次于癌症、艾滋病的高危疾病，而传染源是无处不在的蚊子。目前，当地处于旱季后期，白天持续高温达到40℃，加上多日无雨，营区周边蚊子成倍增多，尽管采取了多方面预防措施，仍然是防不胜防——几天前，女队员赵瑛瑛白天被蚊子叮咬后皮肤起了小红点，虽然立即涂抹了各类外敷药进行预防，但是晚间还是突然发起了高烧，体温高达39℃，浑身发冷不停地"打摆子"……"只要是发烧就得马上按照疟疾进行治疗，1分钟都不能耽误！"盖立新政委马上安排队医进行最高级别的治疗：全面化验、持续输液、辅助中药治疗、定时测试温度。"这些流程一天都没少过，看着领导和队医们全力以赴地给我治疗，尽管浑身疼痛难忍，我还是强打精神配合他们的抢救！"回想起治疗过程，赵瑛瑛心有余悸地补充道，"我值班时经常阅读各任务区通报因疟疾死亡的事例，我感觉疟疾产生的疟原虫正在侵入我的血管，但我坚决不能让它得逞，不能让大家为我担心！"

防暴队医院院长曲加祥牢牢记住盖立新政委出国前交给的"不能让任何一名队员因疟疾而倒下"的死命令，长期投入大量精力持续对预防治疗疟疾进行研究，到达任务区后的几十天时间里，他一直和首都蒙罗维亚、附近绥德鲁地区等专业医院保持密切联系，业余时间查阅各种外文资料，对照上百个治愈案例吸取经验，目的就是一门心思地把治疗疟疾这项医疗难题全面攻克。成功治疗首例疟疾患者赵瑛瑛后，他专门做了总结："按照我们现有的设施和医疗技术，从理论上讲治疗这种热带疾病没问题，可毕竟是首次接触临床病例，其他医护人员缺乏信心，定下治疗预案后，我坚持大胆用药大胆治疗，好几次关键时刻我一手打着抢救针一手指挥他们治疗！"

医务人员技术自信和大胆的实践对于治疗首例疟疾发挥了关键作用，而作为患者的赵瑛瑛同样经受着身体和精神上的煎熬。怎么和"谈疟变色"的病魔进行抗争？赵瑛瑛康复后说："半醒半昏迷的状态下，我知道无数战友在窗外看着我，他们在祝福我在为我祈祷，我坚决不能倒下，不能让疟原虫把我击倒，那样的话大家会更恐惧！还有一种声音在提醒我，如果被病魔摧毁了而不是死在和敌人战斗的战场上，那将是我最大的耻辱！"

疟疾是全世界医学上难以攻克的顽症，至今没有药物可以预防，其传染性更是异常可怕——除了蚊子叮咬外，肢体接触、唾液等都可以广泛传播。赵瑛瑛病情稳定以后，连续好几天坚持隔离休养不和队友接触，每天躲在小蚊帐里看书听音乐写日记，就连吃饭饮水都是饼干和储存的瓶装水——她说自己已经和死神擦肩而过，绝对不能再把病菌传染给心爱的战友们。当我问起休养时最盼望和最害怕什么时，她说："最盼望能早点好起来，去值班去执勤去过正常的维和生活，加倍补回来耽误的工作；最怕的是把病菌传染给大家，还怕妈妈知道了会为自己担心！"

被生死接力的队员
维和警察生命安全高于一切：海外军警齐心协力救治重病队员

"每名维和军警都是祖国派往海外的重要成员，哪怕是山高路远困难重重，只要有一线希望我们就会齐心协力尽最大力量救治。看到他脱离危险、正在康复，这是我们最高兴的事。"5月5日，防暴队盖立新政委率队专程看望正在我解放军驻绥德鲁二级医院恢复治疗的队员小李时，同该医院领导共同表态说，"只要任务区维和军警紧紧地团结在一起，就没有完成不了的任务和克服不了的困难。"

"相关部门直升机夜间天气原因不能起飞！"

"你们边运送我们专业医生连夜对接救护！"

……

几天前的一个夜晚，防暴队医院和解放军绥德鲁医院负责人电话连线不断，时刻保持最新情况的沟通联系，此刻他们的目的只有一个——那就是尽一切可能地救治重病患者队员小李。

据医院负责人曲加祥介绍说："任务区近期天气闷热潮湿，加上自然环境恶劣，在这种环境下队员的身心压力很大，极易诱发各种严重性疾病。尽管各项预防措施和工作调剂非常科学，还是出现了队员突发重病的少见个例。"当天晚上，队员小李就餐时突感胸闷气短、呼吸困难、肺部绞痛难忍，被第一时间送至医院诊断时，主治医师曲加祥等人感觉到问题的严重性，迅速进行最严格、最细致的检查后，向队领导迅速呈报处置意见：该队员疑似患上自发性气胸疾病，肺部被积水覆盖出现呼吸困难，如不立即手术开刀处理，后果不堪设想。

"队员生命重于一切！"3分钟后，盖立新政委等所有队领导齐聚医院现场，立即组成最高级别的应急小组进行处理：联络组、救治组、运输组、后勤保障组相关人员短期内迅速到位，各负其责进行准备，抢救工作有条不紊地展开。这个晚上是个不平凡的夜晚，全体队员的心都和戴着呼吸机的患病队友连在一起，指挥中心数部电话响个不停，大家的目的只有一个：那就是坚决不能让战友倒下，尽一切可能让他得到最好的治疗。

20分钟后，盖立新政委组织现场队领导果断做出决定："经过紧急联系，确定相关部门的直升机因恶劣天气原因现在不能承担紧急运送任务，我们坚决不能等到明天，1分钟都不能等，马上组织最好的车辆最好的医生护送到解放军绥德鲁医院，立即进行手术治疗。"此时，解放军绥德鲁医院领导第一时间打来电话通报情况："我们已经组织好专门医生等候患者到来，为确保患者生命安全，应采取途中双方对接的方式，我们急救人员连夜赶往交汇处，见面时立即开始最好的抢救。"

"夜间行车连30米的视线都保障不了，每一次碰到泥坑我们都会紧紧地抱住他（患者）。我们全程不休息，一切都在抢时间！"负责此次重病号运输任务的范佳强副队长承担着前所未有的压力，尽管满额头都是密密麻麻的汗珠，还是一手拿着对讲机一手拿着卫星电话，不停地同其他车辆和前后方医院保持畅通联系，力求平稳快速地达到条件更好的医院救治。次日凌晨1点，他们顺利抵达200公里以外的解放军医院，确保了患者接受最及时的检查，并于两个小时后成功地实施手术治疗。

目前，经过双方医护人员的共同努力，患者小李脱离生命危险，身体各项指标恢复良好。谈起这次成功救治重病队员的感受，绥德鲁医院负责人感慨地说："我们都是中国政府派驻任务区的兄弟部队，已经在任务区的艰苦环境里培育起一家人一家亲的崇高友谊，当维和警察面临重病困难时，全体军医义不容辞地承担起救助任务，目的就是大家携起手来一起攻坚克难，真正实现维和报国的光荣使命。"

成为联合国宣传画主角的队员
队员肖像宣传画受高度评价：中国维和警察最能代表联利团维和人员形象

走进首都蒙罗维亚那栋高矗威严的联利团总部"泛非大厦"，肤色各异的不同国籍配有"UN"标志的维和人员行走在大厅、走廊里，他们都会欣赏和关注主楼大厅墙壁上悬挂的中国维和警察肖像宣传画——维和警察防暴队员张生奎全副武装的形象被摄影师拍摄后，光荣入选"泛非大厦"这个"维和人员之家"的公共场所主要宣传画，以此向数千名维和人员及国际社会宣传中国维和警察高大威武、文明执法的良好形象。

据悉，联利团作为联合国派驻利比里亚任务区的主要行政机构，现有军事人员、联合国警察、文职人员及联合国职员数千人，工作地点主要集中在"泛非大厦"，这里成为各种政治活动、行政事务、国际交往活动的主要场所。作为倡导尊重多样性文化的联利团，营造和谐融洽的内部氛围已经成为该和平组织组建多年的优良传统。在大厦主厅往来行走的人员经常选择在这里驻足交谈和休闲娱乐，对于新换置的中国警察肖像宣传画印象良好，很多人选择在这里合影留念和拍照，将自己在联利团的工作经历和中国警察的光辉形象联系在一起留下永久的纪念。负责联利团文化宣传的一名部门负责人谈起选用这幅照片的经历时说："大家共同喜欢的才是我们最佳的选择，我们的摄影师在中国防暴队工作期间，信手举起镜头拍下这位队员阳刚威武的形象，将他作为联利团的形象使者后，很受大家的欢迎！""178厘米的身高，目光里既有防暴警察的威严，还有维和人员那种值得信赖的和善，这是中西方人员都喜欢的良好形象！"这位负责人对于大家心目中理想的维和人员形象代表进行了描绘。

6月4日，"上镜"队员张生奎从队友那里得知自己成为"泛非大厦"宣传画"明星"后满脸的不好意思，他说："无论长相、身高还是警务素质，我都不是全队最好的，但是他们选择我做宣传画人物，是对整个中国警队的认可，我们一定维护好自身的良好形象，不让所有关注、支持我们警队工作的人失望。"队员形象入选联利团宣传画在全队引起了强烈反响，对此防暴队国向东队长感慨地说："我们警队自进入非洲大地以来，一举一动都自觉融入国际社会的监督下，通过全面落实从难、从严、从高的警队管理要求，全面规范队伍管理秩序、严明纪律、锤炼作风，确保每次任务、每次对外交往活动中队员良好的形象和过硬的素质都给当地民众和维和同行留下百分之百的好印象。"

技术尖兵

最多才多艺的队员

队友眼中的张忠孝:"懂艺术最顾家,任务区里脏活累活依靠他"

3月22日下午,利比里亚任务区内一条简易的穿山公路上乌云密布、电闪雷鸣,参加外勤任务归来的驾驶员张忠孝熟练地驾驶着一辆越野防暴车避开一个个危险路面,匀速地向营区返回。途中,他娓娓诉说着自己5个月来在任务区投身防暴勤务、业余时间创作艺术作品以及在新婚不久出征海外的情感故事,期间,他稍作停顿后冒出一句:"按照这个车速计算,傍晚4点前咱能回到营地,今天是排污池抽粪的日子,我还得把这些活干完才能休息。"

张忠孝出生于山西省一个文艺世家,对于曲艺有着独特的理解和表演天赋,执勤、训练之余,每次防暴队舞台上他都是大家最喜爱的明星——将各种时尚歌曲巧妙地摘取起来进行"串烧";把维和生活最感人、最生动的画面和人物表情牢牢记在心中编排成双簧,尤其是他扮演的受到中国警察帮助的当地年轻人,模仿得惟妙惟肖,看得观众时而捧腹大笑时而又感慨万分。如今,在防暴队各种大大小小的演出活动中,他成为不上台大家盼、一现身掌声如潮的最有艺术看点的业余演员"笑笑"。

这位舞台上带给大家无限欢乐的"笑笑"是位多才多艺的队员。他擅长电脑绘图,具有较好的文学天赋,同时喜欢钻研摄影技术,每次业余时间拍摄下任务区民众艰辛生活、残酷的生物链、恶劣的自然环境以及队员们投身和平使命、忍受艰苦寂寞的场景,都会精心设计画面,写上自己独特视角下的心得体会。这种"有图有真相"、"既有现场冲击力又有真情实感描述"的作品,被发到手机微信上之后广受好评。

"他很懂得生活真谛,心里眼里总有别人看不到的东西和独特的感受!"对于大家这种类似评价,张忠孝很少解释,更不去表明自己的观点——他说除了维和报国的崇高理想外,自己最大的愿望是干好工作,回报妻子的理解和支持。"我俩相亲相爱四五年时间了,为了支持我维和,她决定放弃去外地支教的好工作,在出国前举办了婚礼,目的就是让我安心在任务区工作。"每每提起新婚妻子王瑞对自己事业的支持,张忠孝总是有着说不完的愧疚,"结婚后第5天,我就出征来到非洲，我俩的蜜月是在天各一方的地球两端度过的，不把工作干好我拿什么应对她！"

"遇有战斗任务，他是首选的司机兼战斗队员，日常工作他是后勤战线的业务骨干！"后勤分队教导员张涛说起自己的"爱将"张忠孝的良好表现，话里话外都是一种欣赏和疼爱，"营区最脏最累的活是排污抽粪，头一次排污池满了以后，那种味道熏得很多人都躲得远远的，他不等领导安排就上前操作，经常弄得衣服上沾满了污水，鞋子上爬着臭虫……"

"进驻任务区5个月时间里，营区60车600吨污水及生活用垃圾，均由张忠孝同志负责抽取、运输、深埋处理；另外他还奉命对市区多处公共场所居民区污水进行义务清理！"今天，当分队领导对他的"排污工作"进行小结时，张忠孝把这段话作为最好的礼物送给远在国内的妻子王瑞。为什么把自己最辛苦最艰辛的一面送给妻子，而不是把自己执勤处突威武阳刚的形象传递给她？对此，他有自己独特见解："爱人看重的就是我吃苦能干，结婚6个月她在家辛苦等候170多天，我能给她的就是一段海外吃苦耐劳的经历。这些苦累的活最能磨炼我的意志，每当满身脏水汗水时自己经常想，把全部精力投入到全队保障工作中，在最需要的岗位上体现自己的价值，我们未来即将开始的二人世界会经受住一切考验。"

最具创作精神的文艺骨干
《蓝盔之恋》作者陈哲：我把中国海外警察的无私奉献写在歌声里

"崎岖的路上满是泥浆，任凭汗水浸透了衣裳。勇气和坚强化作翅膀，不惧风浪在天空中翱翔。自豪的泪水润湿眼眶，和平的勋章在胸前闪亮，五星红旗在赤道闪光，这是中国警察的信仰……"

5月21日，由防暴队文艺骨干、战斗队员陈哲创作的新时期维和警察主题歌《蓝盔之恋》开始在西非大地维和警营广为传唱。

"我是一名音乐爱好者，我又怎能不为自己神圣的海外维和工作歌唱！"陈哲一语中的地阐述自己创作维和新曲的初衷，"蓝盔是和平的象征，全体维和警察围绕和平使命在海外付出的艰辛常人难以想象，所以我选择'蓝盔之恋'，最能代表维和警察的心声。"谈起歌曲创作感受时，他诚恳地说："中国维和警察在联合国各个任务区以专业、敬业著称，经常是冒着生命危险奔波在各自的工作岗位上。任务区都是战争残余势力活动频繁的地方，除了克服衣食住行等困难，往往人身安全都难以保障，我只希望把自己在西非大地的心灵感受抒发出来，把维和警察无私奉献、坚韧不拔、崇尚荣誉的品格传递给社会，让各界群众真正了解这支和平蓝盔警队。"

据悉，防暴队自去年10月份进驻任务区以来，克服了埃博拉、疟疾、拉撒热三大流行性传染疾病，有效预防了毒蛇、毒蚊、毒蚂蚁频繁袭扰，队员们长期饮用简单过滤后锰超标的地表水，尤其在经过国内集训、海外任务区长达15个月漫长维和历程中，更是忍受着思乡思亲带来的情感困惑，这些都成为陈哲歌曲创作的艺术源泉。"一个'情'字成为这首歌曲的最大特色，爱国情、爱警情，还有亲情友情爱情，这是我最想表达的主题。"唱完深情舒畅的《蓝盔之恋》后陈哲感慨地说，"我们这支警队队员平均年龄才29岁，一半结婚一半未婚，结婚的大部分是新婚不久，期间七八个维和宝宝出生，还有的队员老人重病或病逝，我目睹了他们在亲人重大变故或者孩子出生时深夜在院子里遥望祖国方向流泪痛苦的情景，所以，我坚持用舒缓抒情的'小夜曲'风格谱曲。""浩瀚的夜空下紧握钢枪，也会想起远方的姑娘。你的思念，我的守望，请别哭，我最美的新娘。"这些感人至深的歌词就是他在这种感受里创作出来的。

据悉，防暴队通过7个月艰苦卓绝的工作，目前已在维和勤务、外联工作、营区建设、警营文化等方面取得了优异成绩，以忠于祖国、忠诚使命、骁勇善战、纪律严明等过硬素质赢得了国际社会的广泛认同，逐步成为联利团当之无愧的一流钢铁警队。"我们的队伍就像那太阳，日出的地方是家的方向。我们是不可战胜的力量，世界为我们鼓掌。和平的希望，花儿一样，在西非大地绽放。"唱完这段豪迈、奋进的歌词后陈哲说："我们进驻西非大地以来投入的各项防暴勤务都坚决维护驻地广大民众的合法权益，同时广泛开展爱心捐赠活动，其中代表中国警察送给当地民众的礼物被他们称为'上帝的馈赠'。所以，我力争通过铿锵有力的曲调生动再现维和警察以国家荣誉至上，为维护世界和平贡献力量，不怕困难，不畏艰险的精神风范。"

陈哲在原单位是一名文艺骨干，业余时间活跃于一线执法单位创作演出，为战友们送去欢声笑语，其创作的歌曲《燃烧》获得公安边防部队文艺调演二等奖。作为一名防暴队战斗队员，他参与了防暴队所有的文艺创作、演出活动，目前已创作多首以维和队员战斗生活为题材的歌曲、小品、舞蹈等艺术原创作品。

发明最多的队员
队员曲锋十几项发明创造都是海外任务区"了不起的事"

"我试试吧，应该差不多！"两天前的上午，维和警察防暴队后勤分队水电工曲锋拿着队友送来的一个巡逻用强光手电开始进行钻研——手电放置5号电池的卡槽里薄薄的卡片在强烈颠簸的车中损坏，没有精密的焊接设备，找不到维修厂家，连买都没地方，维修起来难度不小。2月24日晚间，他送还维修好的手电时让对方猜了半天谜后才揭开谜底："我用废弃饭盒给你改装成卡片，你可以长期使用，保证坏不了！"

曲锋是防暴队后勤分队的一名普通队员，平时爱钻研善琢磨，连睡觉的蚊帐里都摆满了各种电器常识书籍，什么东西到了他手里肯定能研究出绿色环保的好东西。防止蚊虫进入室内的弹簧"门推子"、超大超轻饭铲、废铁片做成精细无比的菠萝刀都成为队员们爱不释手的好工具。这些功能好、经济适用的小玩意，对于曲锋来说是兴趣爱好，而对于解决队员们的生活难题却发挥着重要的作用。如果说这些小创新小发明方便了队员生活，那么能攻克难题让陌生的大型设备正常运转起来才是考验他智慧、能力的关键。几天前，当两组大型国产净化水设备初步安装后，领导决定由曲锋负责对其功能进行调试。此时，任务区已经干旱少雨，地下水位急速下降，相关部门保障的基本饮用水已经频频告急，队员们都将焦急的目光投向了日夜奋战在水源地旁边紧急施工的曲锋身上。

"十几万元的净化水设备大部分都是高端精密的仪器，我连大学都没上过，更没有学过这方面的专业常识，一开始就感觉压力真的很大！"回想起自己当时熬夜攻关的苦衷，曲锋确实感觉自己压力不小，"我对着说明书一项项调试，几百个部件都安好了，到了试运行时怎么都实现不了自动供水，经过检测后我感觉设备线路图肯定有问题，于是我扔掉说明书，按照自己的思路重新研究。"骄阳烈日下，曲锋坐着小马扎对着这两组机器边画图边分析，一遍不行两遍，反反复复试验，一直到所有的构造和零部件都在自己脑子里滚瓜烂熟……几天后，他凭借脑子里新设置的固定的电路图进行安装，最终顺利地完成了攻关任务。

机器启动运转起来后，经过多个工序卫生处理的清凉饮用水喷出来了，曲锋拿着手机给厂家技术人员通报情况："经过我们反复试验发现你们泵组控制线路存在明显错误，我们已经纠正过来了，请你们及时改进！"谈起这项工作的重要性，盖立新政委说："这里是全世界最贫穷、物质最短缺的地区之一，很多东西如果我们自己维护、维修不了，就会影响警队的基本生活保障。正是以曲锋为代表的这些队员善于琢磨、善于研究，发明创造了很多急需用品，解决了很多难题，保障了各项工作顺利开展。"

据悉，曲锋业余时间各项发明创造已经达到十几项，成为全队自主创新最多、效果最好的队员，谈起他的自创精神和成果，参谋官彭海伟介绍说："他这些发明创作给我们工作减轻了很多压力，任务区急需的很多部件如果自己解决不了，就得去首都蒙罗维亚甚至通过国内邮费昂贵的航空运输，或者长达50天的海运解决。在这些技术能手的努力下,我们至今没有因为设备损坏和零件短缺影响正常的保障工作。"

身负特殊技能的队员
"能工巧匠"点缀丰富多彩的维和生活

今天,联利团的一名军事观察员品尝过中国维和警察防暴队食堂的大锅饭后,感叹不已后幽默地说:"你们是怎么把这些大厨'骗'来的?他们这么好的厨艺在我们国家都是按小时付酬金的!"受他幽默点评的启发,我想起了营建工作中那些挥汗如雨、心灵手巧的能工巧匠们——是他们在物资匮乏的任务区绞尽脑汁规划设计维和家园,更是他们一个个身手不凡的创新实践把中国防暴队营区建设得美观实用。

——"腾万能"。队员腾利辉因饰演反映维和生活小品《一粒高》主角"腾总经理"而得名"腾总"。以前,业余生活中他还经常摆出几个"总经理"造型,说上几句经典台词。出国维和后,他一改"总经理"派头,从最劳累最辛苦的技工做起:给各个长期经受风吹雨淋的破旧岗亭翻新后穿上遮阳网防晒布"新衣裳",获得"最佳装修工"的美誉;巧手制作晾衣架、小木椅,队员们又称他"腾木匠";他还能因地制宜修建花坛、甬道,就连移植花草这么有难度的活也非他莫属。还有,就连和他仅有过"数面之缘"的一台20世纪八九十年代生产的缝纫机,到他手里30分钟就能用得得心应手。

——"国神罐"。燥热的天气,高强度的工作量,队员们劳累一天不能躺在床上就睡觉,这时候小队长国云峰和他的中医火罐疗法上场了——他不辞辛苦从国内背来的42个火罐派上用场了。他说自己即使在漫长艰辛的途中,也要把这些易碎品随身带在身边,就是为了能把自己的医疗保健技能提供给队友们。从他取出大小不同火罐的那时起,他的业余时间中宝贵的一部分精力就用在了服务大家庭上。我在他简单的火罐服务现场看到:预约而来的队员们,趴在干净的地毯上四肢放松,或者看着一册书,或者听着舒缓的音乐,国云峰按照刷罐、点火、找穴、计时、起罐、按摩等流程,各个环节做得细致到位,中间他还给对方讲授理论:罐子拔在后背不同穴位发挥不同的效用,主要是能排除体内湿气,祛除虚火,缓解疲劳。据国云峰介绍:"通过先前的主动推广和多次实践,现在各个年龄段的队员都主动前来体验,连90后的小队员也多次来尝试。这是中医理论支撑下的简易实践,既绿色环保,还没有任何疼痛,让大家去去火没有坏处。"

——"穆金剪"。长达9个月的海外维和生活,队员们的良好形象怎么保持?

这个问题出国前很多人都担心。这些平均年龄 29 岁的队员都渴望能有个干净利索的发型。现在这个问题已不再让队员们困惑，队员穆新鹏等业余理发师专业的水平、精湛的技术已经让大家佩服得五体投地——每天午饭后，他会带着理发工具在一处小过道里恭候大家——最多时提前预约的人员达到两位数，他必须按照顺序用对讲机通知。每次修理头发都能看到他上身衣服滴滴答答地流汗。这里天气闷热，理发这种技术活需要认真投入、精心操作，对他来说"理个好发型就得流下一身汗"。如今上到队领导、下到普通队员的好头型大部分都出自他的巧手。中午，经常是大家休息了他还在为队友们打理发型，我问他心理能平衡吗？他这个实在人说出了自己坦诚的话语："人都爱美，没有好头型就没有好心情，心情好了大家工作动力就上来了！我感觉这项工作很重要！"

——"高氏冰棍"。后勤分队女医师高志恒心灵手巧，看到各种原材料都想琢磨出小发明小创新，继创造出防蚊蝇门帘"自动吸合"技术后，开始对着每周一次的早餐剩余豆浆再次发力：把用过的塑料杯和牙签刷洗消毒后，把豆浆放置其中，再一杯杯摆放到冰箱冷冻格里，耐心等待 4 小时后，冷冻美味的"高氏小冰棍"就新鲜出炉了！不仅如此，她还向我介绍了下一步计划：和队员们相约找来牛奶、酸奶、果酱、咖啡、水果，以及所有能想到的东西来做冷饮和冰棍，加工制作后给队员们送去炎热天气里凉爽的美味。我告诉她当地一家冷饮店各种冷饮卖到 20 多美元一份时，她说："这么一说我动力更大了，一定多研究制作，让大家品尝到更多不同口味、颜色的美味冷制品！"

量化考核取得 100 分的队员
维修抢险样样精的"大师傅刘"：海外艰辛维和有他更"保险"

几天前的一个傍晚，下着暴雨，维和警察防暴队的一台防暴车陷入一处无法躲避的大泥坑中损坏严重，此时周边情况复杂，战斗队员持枪站立在车旁边冒雨警戒，时间刻不容缓！"维修工刘宾火速救援！越快越好！"接到命令的后勤分队维修工刘宾迅速抵达现场，将十几公斤重的工具箱放在地上后，自己侧身爬进车下进行最快速度的检查——"刹车系统损坏！油管刹车分泵被撞坏漏油……" 5 分钟后，随着刘宾的抢修工作紧张有序进行，这台防暴车的发动机重新启动，顺利驶离复杂地域返回营区。

"这个情况还好，以前维和时经常枪声子弹在身边乱飞抢修遇险车辆，都习惯了。"作为第三次执行海外维和任务的刘宾在战地抢修车辆方面有着"特战队员"的心理素养，"没什么大事，修车期间出了问题（遭遇袭击）是我一个人，要是大量暴徒围上来,一车战友都有危险。"继 2004 年和 2006 年两次前往海地执行维和任务后,在战后任务区练就过硬车辆抢险本领的刘宾再次前往利比里亚任务区勇担重任。45 台车 16 个车型,目前已自行维护 123 次,哪台车到了哪个时间该保养,跑了多少里程该换易损配件,刘宾对于这些庞大数据熟悉于心。他说:"维修保养普通车辆一般人都会,关键是让那些大家伙别出任何问题!"——他指的"大家伙"是结构复杂、配件精密的大型防暴车和日夜不停转动保障队员饮食的冷藏车等特种车辆。后勤分队队长魏兵说:"防暴车和冷藏车、油罐车这些特种车辆就得交给他才能放心,只有他才能做到日夜维护保养,保持良好状态运行,否则一个部件损坏了任务区没地方购买,还会影响勤务队员吃饭用的食物没法保鲜保存!"刘宾有个记录自己工作情况的小本子,上面密密麻麻地记录着自己每天对每台车辆整理的相关数据,今天已经是他维护各种特型车良好运转的第 215 天,夜间正在查看冷藏车燃油量的他拍着这台日夜维护的冷藏车"伙计"举起大拇指说:"没问题!"

"大师傅刘"是队员们对刘宾技术和人品的亲热称呼,更是任务区其他军警和当地警察部门对他尊重的称呼。进驻任务区以来,刘宾先后帮助联利团军事观察员组、民事警队排除车辆疑难问题 7 次;连续工作几个小时,让当地警察局一台废弃多年的警车开始上路出警……他手机里至今还存着这样一段视频:在一处泥泞路面上,经他成功抢修后的警车重新闪亮了警灯,几名当地警察把他围在中间合影留念,其中带队警长熟练地说着汉语"大师傅刘",然后大家齐刷刷地举着大拇指向他致敬。

车辆维护专家"大师傅刘"技术上没的说,勤勤恳恳的工作态度得到了队员们的一致认可,他在全体队员量化考评中取得 100 分的优秀成绩足以说明这一点,对此,盖立新政委评价他时说:"刘宾作为车辆维护方面的优秀人才,各方面素质非常过硬,即使在患上疟疾高烧 41°时,还惦记着没有完成的工作,这是一名维和防暴队不可缺少的技术骨干。只要他在这里,多复杂的勤务我们的车辆都会有安全保证。"

公认的特战尖兵

特战队员张兰恩畅谈和平使命:维和警察过硬的实战技能和良好的作风是维护任务区长久安宁的保证

"这处哨所距离丛林和要道分别有几十米距离,我们设置了外围壕沟、坚固的蛇形网、内侧沙箱掩体三道防御工事,一旦'有事'时我们能够在瞬间实施反击,由执勤小队设在几十米外制高点上的机枪手协助我们一线哨兵击退所有来犯之敌。"维和警察防暴队战斗队员张兰恩谈起9个月的执勤防暴感受时深有感触地说,"我们全程抓好备战防暴处突的同时,全面延伸公安机关的群众工作光荣传统,把和平、和睦、和谐的理念,尤其是把无微不至的关爱传送给当地民众,这是每个维和警察工作不断取得成果的宝贵经验和最大的维和感受。"

张兰恩是众多维和警察中最有代表性的一员,始终战斗在广东、云南缉毒缉私和湄公河联合执法第一线,以"实弹射击用弹过万发、击中靶心数千次"的良好成绩,以及抓毒枭、排水雷等侦破一线的丰硕战果,成为战友们心中公认的特战尖兵。"他懂战术战法,设置构建的哨所具备防守和进攻的硬件基础,是我这么多年见过的上千名维和军警中最优秀的队员,只要他们存在,当地安全和治安形势就能长期维护下去,民众的稳定幸福生活距离也就越来越小。"格林威尔市资深警察、原政府军指挥官森普·杨这样评价相识数月、常见面常沟通的战斗队员张兰恩,"他们警队纪律严格到接近苛刻的程度,但对民众又是那么的友好友善,真正做到了让前战乱分子恐惧远逃,让普通民众爱戴的最佳效果。只要有中国警察继续驻扎下去,包括我这个老兵在内的民众都会在稳定环境里把生活逐步搞起来。"

张兰恩作为常驻单独执勤点的队员,将大量业余时间用在关爱当地困难民众上,其参与开办的"维和驿站"帮助当地困难群众200多人,无偿为他们提供饮用水、药品、应急食品等;执勤之余为驻地居民区修路、排污,累计为困难家庭捐助生活用品1000多件,1500多名民众获益,活动引起联利团高层关注和认可,并被联利团官方网站专题报道。驻地民众称"中国防暴队是上天赐予格林威尔人民的礼物"。

"心存善念广撒爱心,这是中国警察海外执行任务的政治自觉和良好品行的体现,我和战友在两个人来往穿梭的执勤点工作时间超过3个月,对于当地民众有难必帮,通过一件件他们最急需的食物和物品,释放维和警察的友好友爱的正能量,所有人以认识中国警察为荣耀,每个见到我们的人都会敬佩地举起大拇指!"近日,正忙着整理多余物品送给当地困难民众的他感慨地说:"要相信大部分民众是友好善良的,他们对维和警察的信任和高度评价会进而延伸到中利友谊上,促进两国民众交流交往更加广泛。"

海外民事警察最特殊的一员
走近机场联络员黎倍军:负责紧急情况处理,维护空港正常运转

12月22日上午,中国民事警察黎倍军手持对讲机时刻保持与飞行员的联系,核对空中、地面风速情况,同时还要对跑道、停机坪等位置保持高度警戒……10

分钟后，在他的调度引导下，一架"米8"直升机顺利降落在格林威尔机场。谈起黎倍军机场联络员的特殊身份，格林威尔机场经理罗门先生介绍说："几个月来，他熟练掌握机场联络员职能，认真学习刑事侦查、危险物品检查、爆炸物品排除等特种工作，已经成为我最得力的合作伙伴，更是机场不可缺少的重要管理人员。"

格林威尔机场是全国第三大机场，承担着通往首都蒙罗维亚和周边城市的空中运输工作。除了民用飞机，这里还定期不定期有固定翼、武装直升机等专用机型起降，是联利团在当地的重要保护性设施。自去年7月份以来，刚刚抵达任务区的中国民事警察黎倍军的工作简历受到了联利团格林威尔分部行政官员的注意：在广东公安机关指挥中心工作，善于处理应急性事务，还有过硬的商务英语……"这些关键条件凑到一起，再加上中国警察过硬的综合素质，他就是最佳的人选！"机场经理罗门谈起商请黎倍军前来协助工作时的情景，至今还在为当初的大胆选择而自豪。

今天早上，看着在机场办公室忙碌的黎倍军，问起他主要负责哪些工作，是机场安保负责人还是承担其他工作职能，他略微思考一下说："很像国内机场塔台总负责人吧！"按照机场赋予的工作权限，他每天到达机场的第一件事就是要向首都机场报告当地的天气情况，具体包括风向、风速、云层及水平能见度等，这些飞行所需的基础数字需要每小时报告一次，这是黎倍军耗费时间最大的专项工作内容，然后就是配合地面工作人员进行跑道安全检查等工作。

航空飞行是全世界技术参数要求最为严格的职业，中国警察怎样完成这些高难度的技术保障？据机场有关人员介绍说，担任协调员以后不久时间，黎倍军凭借严谨的作风和超强的敬业精神，开始单独代表当地机场负责同相关部门的空中指令协调工作。这会儿，他正通过对讲机与首都机场、空中飞行员进行地对地、地对空、空对空的3座电台密集式情况沟通联系，确保即将飞来的客机在原始雨林复杂的气候下成功降落。

我眼前这座机场跑道还是砂石土特殊处理后的路面，调控中心既没有即时气象预报系统，更没有多余的现代化导航设施，遇到紧急情况怎么处理？黎倍军说："这些就得靠长期积累的经验，比如风向、地面能见度等常用参数，我们就是通过玻璃外的'风袜'进行目测获取数据，再就是听刮风的声音。这种观测方法需要认真的态度和较好的悟性，不是每个人都能担任这种工作。"他还说在电台通信中简明清晰的语言和正确无误的判断是协调员的生命线，因为这项工作关系着飞机和乘客的最大安全。有一次，一架载客量为40人的大型固定翼飞机准备降落时，一阵乌云飘来，瞬间浓云密布、能见度不足几十米，随后下起了暴雨，跑道上开始积水，电台受到雷电影响信号接收较差。为了确保此架飞机安全返回，他与机长对"是否有足够的剩余油量"情况核对时，因电台信号不清晰一直没有得到准确数字，为了确保人机安全,他一边通知机场地勤人员做好应急紧急降落准备，一边不停地和空中机组人员进行紧急联系，最终确定对方油料充足后，才将悬着的心放下来。

"我可能是中国海外民事警察中较为特殊的一员，能够承担当地空港管理中的重要职能，这是联合国对我的认可。我会珍惜这份工作，确保经由这里起降的航班平安顺畅！"黎倍军对于这份"兼职"充满了感情。每周除了工作日到机场参加早六晚五的值班，周六周日他还要回到民事警队处理大量的日常工作。说起这种无休息日的辛苦，黎倍军说："两个岗位两份责任，我作为中国警察代表参与当地的机场管理工作，就会尽最大努力确保每年几百个架次飞机的起降工作。"

四

国际关系 见证大国风采

- 与巴基斯坦
- 与乌克兰
- 与印度
- 与瑞典
- 与尼泊尔
- 与联利团

与巴基斯坦

中巴关系为什么这么好

巴基斯坦维和队员：巴基斯坦是中国防暴队最好的朋友

巴基斯坦队员："中国对我们援助的项目很多，在国内连老人和孩子都能数出很多件！"

中国队员："同志们，我们'5·12'汶川地震时，巴基斯坦为了援助我们灾区人民，前来运送救灾物资的飞机为了多载些救灾物资，随队的医疗队拆了座椅，以这样的姿势飞往中国救灾！""朋友们、战友们，你们还记得巴基斯坦在中国受灾期间，一共赠送了多少帐篷吗？"

当"22260顶帐篷"的翔实数字用中英文喊出时，中国第一支赴利比里亚维和警察防暴队二分队队员们和巴基斯坦防暴队工程师阿里·马利斯等人紧紧地拥抱在一起。

蒙罗维亚当地时间29日10点钟，防暴队尚未开赴格林威尔任务区的3个小队正在进行勤务技能训练，赶上课间休息，一台"UN"标示车辆开过来，还没等队员们打招呼，车辆在距离训练区30米的地方停了下来，身材高高、一脸络腮胡子的巴基斯坦防暴队工程师阿里·马利斯先生带着战友跑步过来，一个标准的军礼过后，满脸热情地自我介绍："我叫马利斯，是你们的巴基斯坦朋友！"

一名"二维"（两次参加过海外维和任务，简称为"二维"）队员急忙向大家介绍：在以前所有的维和任务区，巴基斯坦都是中国防暴队最好的朋友，大家可以放心地和他们交流。

有朋自远方来，不亦乐乎！在维和任务区，每支防暴队都忠诚履行国家的外交使命，国家之间关系友好的警队会更交往融洽，关系一般的也会多方展示本国军人的良好素质和形象。记得刚进入中转营的当天晚上，我防暴队立即进入正轨勤务状态——"有五星红旗的地方就要有中国哨兵！"开始在营区固定位置排设哨兵，某亚洲国家看中方哨兵上岗，随即也部署人员上勤。"这就是中英街，这就是界碑！并肩站岗的中国警察不逊色任何一个国家！"战斗队员李鹏自豪地告诉所有战友自己的体会。这个夜晚平静而安详，而我防暴队所有哨兵姿势挺拔、纹丝不动，手握武器、目视祖国的方向！

对方人员也开始"较劲"——和我队员比"军姿"！可一夜的勤务连前半夜都没坚持住就自行撤下了岗哨！第二天两国人员一起交流时，对方指挥官对着我们执勤的这几个小伙子连连竖大拇指！

进入东道国以来，防暴队将外事交往作为工作重点，各分队收集整理了26个相关国家的资料和信息，对待任何国家的相关情况都能熟练地掌握，对待中国人民的老朋友、好朋友更是无比友好。

30分钟过去了，中巴两国的队员还在继续交流。

马利斯："我们国内同胞常说，当全世界都遗弃我们的时候，中国人把最好的东西自己不用，送给我们，我们才打败了侵略者……"

中国队员："鉴于中巴两国之间的伟大友谊，你们将'中国是巴基斯坦的坚定盟友'写在小学课本上。"

……

当双方交流到为了支援中国的抗震救灾，巴基斯坦搬光国内的战备帐篷时，很多中国队员眼睛里溢出感动的泪水！

在一片中英文"中巴友谊万岁"的喊声中，双方人员对着镜头在鲜艳的五星红旗下双手紧紧地握在一起，相约在任务区巩固友谊，维护和平。记得有人告诉过我："在以前维和任务区中，巴基斯坦防暴队指挥官曾经告诉我方队领导，'要是因为战斗我牺牲了，我的队伍暂时就归你指挥，直到祖国再派出新指挥官！'"我没有核实这段话的真实性，但是我确信我们会在硝烟战火的维和战场上建立和两个国家一样的生死友谊。

外国友人给我们包饺子

各国维和军警："我们喜欢热情好客的中国警察，更喜欢喜气洋洋的中国红"

几天前，防暴队一行前往绥德鲁地区参加授勋仪式期间，专程前往几个友好军警部队礼节性走访，发现在各个不同国家的营区里都有他们喜欢的中国元素体现——带着"福"字的大红灯笼、大大小小的中国结，经常能碰到说着日常汉语的异国维和人员，还有自制"改进版"的饺子，更让人钦佩的是他们对中国警察那种一见如故的亲切。

巴基斯坦防暴队是利比里亚任务区人数较多、任务最重的成建制部队，承担着利比里亚绥德鲁、哈泊等3个地区的防暴、维稳、定点检查、武装巡逻等任务。走进他们宽敞明亮的队部，瞬间映入眼帘的是悬挂在背面墙体一块投影布两侧的中号中国结，再回头一看入口处竟然摆放着两排大红灯笼，这种久违的感觉让双方部队领导的情感距离一下子拉近了。交流完当地反恐、维稳以及治安状况规律等情况后，盖立新政委和巴基斯坦防暴队队长山克中校畅谈的主题依然是中巴两国人民之间的友谊。盖立新政委深情地说："去年3月份，公安部赴利比里亚考察团抵达当地时，巴基斯坦防暴队给予中国警察最高外事礼节，队员们腾出舒适的房间给中国客人，自己却很多人挤在小房子里过夜。所以，只要有巴方防暴队的地方我们就要加强合作，密切交流，这是两国外交大局的需要，更是两国军警的感情基础的体现。"谈起两国人民日益增进的文化交流，希里石副队长说："在我们国内，中国人民的友好善良人人尽知，每逢过节都要悬挂一些中国吉祥物，你看这些中国结、红灯笼从我们进驻任务区至今都使用了四五年时间了。"

双方互赠代表本国传统文化的礼品，是外事活动的重要环节。让防暴队领导惊诧的是巴方赠送的一件手工制品：纯白羊绒制作的平顶帽子，额头上方是个长长的类似孔雀羽毛的饰品。山克队长说："这件手工绒帽是巴基斯坦青年送给家族内事业成功的'长兄'的珍贵礼物。在任务区只有中国警队指挥官才值得我们赠送！"

交谈交流结束，巴基斯坦维和人员给中国警察端上自己制作的甜点，七八种小食品既有任务区配发原材料的加工，还有自己国家的风味食品。最让人印象深刻的是有一种里面包着蔬菜、先煎制再过水的小面点，问起食品名称时，翻译姜瑞海说："汉语直译过来是'蔬菜包'！"这时一个个头高挑皮肤白皙的青年中尉走了过来，用汉语说："饺子，你们的饺子！"顿时引起大家会心的笑声。随后的交流中发现这名中尉是个汉语迷，当他说出"别客气，请坐"后，大家对他发音准确的汉语给予了高度评价，他说："常用汉语我能说一百多句，你们今天说的内容，我都听得懂！"

在印度防暴2队会客室里，正在播放的是中央电视台9频道的英语节目，正在进行的是国内一场篮球赛事，对方联络官阿布什克说："前不久，我们公出格林威尔路过你们营区时，你队领导热情地提供饮食保障，让我们备受感动。因为此前只有一面之缘，但是你们已经拿我们当作好同事好朋友对待，让我们感受到来自中国的友好和热情。"他还说，"你们营区是我们远方的'家'，我们这里也是，希望成为你们随时光顾的'驿站'。"

临别前，阿布什克赠送了中国防暴队适于当地生长的菜籽，翻译姜瑞海则赠送他一条米黄色的防蚊手链——这是他提前在电话里以好朋友的身份请求的。他说中国防暴队的防蚊手链很多人都喜欢，他自己渴望得到这种颜色的手链。

与乌克兰

乌长官借拜年传递心声

飞行大队尤乌根参谋长：以新春为起点，继续开启携手共进的和平新篇章

2月5日是农历大年初六，联利团飞行搜救队参谋长尤乌根上校专程前来维和警察防暴队，代表参加维和任务的乌克兰飞行人员向中国防暴队拜年，双方就共同完成新年度维和任务进行了友好会谈。

"中乌两国人民的友谊源远流长，彼此的军警交流合作基础牢固，我们又是联利团维和任务的重要武装力量，春节到来之际，我专程从首都蒙罗维亚赶来，向友好的维和战友——中国维和警察拜年！"座谈会上，尤乌根上校开门见山地向防暴队领导表达此行的主要目的，"作为联利团所属两支重要的和平武装力量，此前，我们双方的各项交流合作得到了任务区的广泛认可，希望我下属的飞行分队全力保障防暴队开展好维和处突工作，为创造当地的和平稳定环境再立新功。"

据悉，联利团直升机飞行大队由乌克兰军事人员组成，分布在联利团各个不同的任务区，承担着空中运输、武装巡逻、重要物资转运等重要任务，共有200余名飞行及保障人员在该任务区执行维和任务。该队联络官阿那托尼中尉介绍说："中乌两国维和队伍始终是任务区强化合作的典范，在执行任务和业余生活中不断深化交流交往，协同作战完成工作任务，还促进了双方队员友谊的发展，尤其我们在遇到工作生活困难时总会得到中方警察的大力帮助。"和防暴队一路之隔毗邻而居的格林威尔飞行分队菲奥德上校说："前不久，我们营区设施日常维修、路面平整遇到难题时，都是中国队员主动前来帮助我们解决，碰到发电机损坏、铁丝网焊接等事情，都是邀请防暴队的专业技术人员来维修。和中国警察结下的深厚友谊是我们维和工作中难得的宝贵财富。"

谈起加强中乌团队合作、促进新年度任务完成时，盖立新政委说："从进入任务区那天开始，双方同事加兄弟般的感情就在健康轨道上发展，每次组织文体活动、艺术表演、观看影视剧时双方都会邀请飞行队同行参加，大家在各项交流中培养了感情，为加强团队间协作奠定了基础。"

"我和国内朋友一样，很喜欢到中国去过年看烟花，知道你们首次在这里度过中国人最大的传统节日，我带着同事们的祝福专程赶过来看望你们，祝你们新春快乐，祝愿任务区中乌维和人员健康长寿！"尤乌根参谋长在逐个看望正在执勤的哨兵时都会向大家拜年，还说着一口流利的中文："过年好！"临行前，他特意走到队员们为庆祝新年到来撰写的"做维护世界和平的卫士，做促进中利友谊的使者"书法作品前和大家合影留念。

航拍照片赠予我方做礼物
任务区里广交朋友：常来往多共享促进友谊推动工作

11月25日上午，联利团军事观察员5队队长扎德阿龙佐中校拜访了防暴队领导，双方端坐在芒果树下，没有果盘、甜点，每人一杯清茶共诉友谊，畅谈工作——他近期要轮值到其他任务区，临行前将自己工作范围内掌握的当地治安情况全面介绍给中国防暴队，同时将经验毫不保留地提供给中国朋友，他说这是观察员工作范围内的事情，更是好朋友之间应尽的义务。

利比里亚格林威尔任务区是个多国人员共同相处的大家庭，由于中国防暴队的到来，这里热闹了很多，各种联谊共建活动明显增多，彼此之间更加和谐友好。不久前扎德阿龙佐首次到访时，盖立新政委等队领导坦诚友好的态度让他感动不已："贵方指挥员们不喝酒不吸烟，但是给我们更多的是尊重、友好、理解和支持，只要是原则范围内的工作，我们都会尽力配合得很好！"作为地区军事观察员的他即将赶赴新岗位之前没有一走了之，而是牵挂着比邻而居的中国朋友，于是他将自己掌握的治安形势、社会动态进行了认真梳理，专程前来"传经送宝"。

远亲不如近邻，中国防暴队与乌克兰飞行队一"路"之隔，营地之间相距仅有15米，自从认识那天开始彼此就成了要好的朋友。那天晚上，他们完成飞行任务后迅速进行了一场特殊的待客方式：斯特钦科队长带领其他5名飞行员、技师、医生走进厨房，各显其能烹饪饭菜——尽管任务区条件异常艰苦，他们还是制作出了几个略微像样的菜点。面对应邀前来访问的中国警队领导，他抱歉地说："我们都是职业军人，谁都没下过厨房，但是为了迎接你们的到来，还是都尽力施展厨艺做些你们喜欢的饭菜！"

相互观摩警务技能，交流维和经验，适当开展文体活动，多层面地促进了双方的工作感情。交往中最多的活动方式是喝茶聊文化、畅谈任务区的生活体会，就是这些更能促进双方工作上的合作和感情上的发展。斯特钦科队长说："中国防暴队进驻短短一个月时间里，认真遵守联合国及东道国法律法规，以谦虚、友好的姿态和大家相处，保证我们的机场安全，是我们最信得过的朋友！"谈起团队友谊，他坦言，"飞行队与防暴队永远是最好的友好团队，全体飞行队员一定会竭力为中国警队提供工作支持。"

几天前，乌克兰飞行队同样要到其他地区执行维和任务，好朋友即将分离，双方都想念牵挂着对方，不同层面的交流、交往增加了好几次。临行之际，斯特钦科做出了让人感到意外的举动：他带领继任者空中飞行熟悉情况时，经上级部门同意，全程为中国防暴队航拍相关位置照片，并在营区上面绕行3圈以示敬意。当他带着翻译送来这些珍贵资料时，紧紧地握着盖立新政委的手说："好朋友，你们刚到任务区，这些资料对于执行维和任务和营建规划有帮助。知道你们需要，经过上级同意，就拍摄了这些图片，是我们送给中国警队的特殊礼物！"

扎德阿龙佐和斯特钦科同中国朋友依依不舍之际，已经牵线搭桥为新来的队友和中国防暴队建立、启动了友好合作关系——他们是中国维和警察友好交往的代表，抵达任务区以来，防暴队先后同联利团及其所属防暴办、新闻办、食品办、机场以及任务区各友邻部队、警队加强交流交往，共开展各种外事交往活动32次，传递了中国维和警察正能量，畅通了涉外工作渠道，赢得了联利团及任务区各机构的大力支持，促进了各项工作的开展。

方便面与警犬的故事

打造距离祖国最远的清廉警队：立足任务区传递中国正能量，每项工作都让国际社会"点赞"

"这几天我们供水系统出现了问题，纠结在负责保障的联利团后勤部门，眼看着大家没水喝洗不上澡，队领导分成3组负责抢修、谈判协商、远程运水，最终解决了问题！"4月22日，后勤分队队长魏兵谈起这次最常见的排忧解难工作细节时不由得感叹道，"这些队领导一旦碰上涉及队员衣食住行的难题，就是夜里不睡觉白天连轴转也得把问题立即解决好！"

维和警察防暴队作为公安部第一支派驻非洲的成建制防暴队，既是距离祖国最远的警队，又是有着140名队员的"大家庭"，怎么立足任务区的复杂环境打造最优战斗力的一流警队，政委盖立新有这样的体会："要想把距离祖国最远的海外党总支打造成清廉、务实、节俭、高效的坚强堡垒，必须在党性原则坚定、简朴务实清廉、能吃苦耐劳上做标杆当典范，这样才能迅速打开工作局面，赢得联利团这个'国际大家庭'的广泛认可！"据了解，自进驻任务区以来，防暴队全体党员骨干坚持执行突出一线带头作用的"四位一体工作机制"，通过邀请全体队员对公务活动外事交往"零支出"承诺进行全程监督，不断推进警队廉政建设向纵深发展。谈起"四位一体工作机制",党员骨干张茂林介绍说:"这种'室内日常办公、室外跟班作业、一线指导勤务、全程监督管理'四位一体工作机制,主要是要求所有领导干部坚持以身作则率先垂范,在实际操作中改进作风,在并肩作战中发现苗头解决问题,在单独执行任务或面对复杂环境时发挥临场指挥、果断处置的重要作用,无论处置突发事件还是营建攻坚,包括日常方方面面的工作都是他们拿主意、想办法。"

"中国防暴队领导只有穿上正装才能第一眼认出来,他们在训练和劳动时从服装和动作上你看不出他们是指挥官!"这种来自联利团各部门及当地数位州领导的评价如实描述了队领导在任务区里的朴实作风。据了解,执行维和任务的6个月时间里,全队各项成就取得各项成果的"制胜法宝"是"官兵同心"、"官兵一致",在任务区艰苦的环境和尖锐的斗争形势背景下,队员们身边没有"背手发话"的领导,个个都是"埋头苦干"的普通一兵——"尽管联合国对于防暴队指挥官的宿舍、福利待遇同队员有区别,但是我们中国警队有自己的特殊要求,必须坚持吃苦在前同甘共苦!"在临时党总支书记盖立新的倡导下,所有队领导坚持与队员吃住同标准同要求,住房选采光、通风等条件最差的、建设年头最长、设施最为简陋的老营房,新建设的集装箱房统一分配给加班较多的值勤官、后勤炊事员居住;5名领导干部坚持统一使用集体发放的工作、生活用品,杜绝任何人超标准使用办公设施,不添加多于普通队员的生活用品。

在国际人员汇聚的任务区怎么开展外事活动,以什么方式与同行们交流感情,取得工作支持?我曾经目睹了这样一件事情,深感有趣:几天前,和防暴队一墙之隔的乌克兰飞行救援队新轮值来的人员和队领导相识之后,双方隔着铁丝网进行融洽交流,就治安形势、双方合作达成了很多共识;随后,队领导赠予对方十几袋方便面解决对方刚到达的饮食困难;对方随即送来两条幼犬"加强营区治安防范"。这种立足任务区实际、勤俭节约的外事交往方式,颇受队员们的好评。谈起外事工作的经验做法,盖立新政委深有体会:"在任务区任职的各国高管、军警都是文化层次较高、工作经验丰富的人员,注重的是尊重和支持。中国防暴队要以过硬的警风正气和友好态度赢得大家尊重,永远不搞金钱外交、物质交往这种低俗的活动,那样就会成为国家的罪人、警察中的败类。"

年初以来,全队共开展友好联谊活动50余次,先后有100多个部门单位的同行做客防暴队,双方都有哪些外事交往内容?多次参与此项工作的值勤官谷玥欣雨介绍说:"我们带来的警用领带夹等小标示、微量茶点都很受欢迎。虽然赠予数量少,但是对方往往能够记忆深刻。"她还向我讲述了很多外事工作的细节和场景:队里的外事活动主要通过茶会座谈、文体活动交流来促进工作感情。所有交往活动、工作餐均在营区大食堂进行，还有很多选在文体大棚、各类联谊赛场地上，往往是一杯清茶、一份象征性的礼物就成为双方促进感情的最佳方式。

据指挥中心主任孙福成介绍："防暴队是全国警察在海外的形象代表，一举一动都备受国际社会关注。为了充分展示中国警察的良好形象，我们必须恪守公安外事纪律，一切活动从简从实，切实侧重文化交流，注重工作实效，对于必要的外事活动侧重文化交流实行'零支出'，既不花钱还能给对方留下深刻的印象。"

与印度

印防暴队在庆典上表演中国太极拳
印度女子防暴队致信我女队员：代表全球女警维护好任务区和平稳定

联利团各任务区有一支特殊的维和警察防暴队：整建制的防暴队以104名女性警察为主，担负着任务区重要设施的安全守卫、夜间巡逻及其他联合国授权的公共事务管理等任务；她们还教授当地男性警察警务技能，是整个任务区独具特色的维和群体——这就是印度防暴1队。今天，该防暴队队长莫哈拉中校致信中国防暴队7名女性队员预祝圣诞快乐，并相约在任务区积极发挥女警作用，以女性的良好素质和负责任姿态推动世界和平发展。

联利团代理总警监凯撒先生曾经讲过："组织动员女性警察积极参与执行维和任务，不仅是联合国尊重女性的体现，也是增加女性参与地区冲突预防、和平谈判、战后重建及维护安全稳定的迫切需要。"据了解，联合国各任务区目前女性军警、职员仅占总人数的9%，未来要积极推动此项工作，力争达到总人数的20%，让女警充实到更多的部门和各个重要岗位。

莫哈拉女士说："尽管和中国防暴队女队员有过数面之缘，但通过联利团网站和内部信息，我最关注的就是你们的良好表现。你们全程参与执行维和任务，在对外联络、战备值班中发挥着女性细腻、周到的特有品质，出色地完成了前一阶段的工作任务。当然，受任务区艰苦环境制约，你们承受着更大的压力，付出的艰辛是常人难以想象的！"

进驻任务区50多天来，中国防暴队7名女队员始终承担着值勤官、联络官等任务，重点参与全天24小时战勤值班工作，在营区建设、外出采购中同样发挥着积极作用。谈起工作感受，办公室主任赵微深有感触："女队员经常连续12小时在执勤室工作，对着 3 部对讲机 2 部电话，负责所有哨位、外出车辆以及其他出勤人员的调度指挥，很多复杂情况是国内从来没碰到过的，这些都需要年轻的女值班员临机决断、妥善处理。"

印度女子防暴队队员们经常夜间巡逻在任务区各个重要路段，深受当地民众尤其女性居民的喜欢。在该防暴队授勋仪式庆典现场，看到她们的女队员正在表演中国传统太极拳，行动官希娃女士说："咱们两支防暴队都有数量不少的女队员，又有很多相同的文化观念，一定要常来常往加强合作，创造更多的机会让任务区的女同胞们多交流多走动，让当地民众看到维和女警阳光可亲的面孔！"

与瑞典

向我队员敬礼表达崇敬
维和同行丽娜女士：我们期待着和战斗作风良好的中国警察再次协作

"你们良好的战斗素养和吃苦耐劳的精神，体现了 UN（联合国）保障当地和平发展的决心，尤其给当地妇女儿童带去了安全感和爱心善意，是我接触到的维和军警中最好的战斗团队！" 2 月 9 日，联利团里弗赛斯州分部民事警察丽娜女士配合维和警察防暴队圆满完成巡逻任务后感慨地发出赞誉："我们民事警队以同中国警察协同作战为自豪，你们是整个任务区最让人期待再次合作的警队！"

身着打磨发白的战训服，驾驶警务越野车穿越在任务区所有的偏远部落和社区，维和之余专门搜集战乱后地区妇女儿童的身体健康资料，手持一部老款对讲机随时发出险情提示——这就是瑞典籍维和女警丽娜日常巡逻途中的工作状态。她今年 42 岁，有着良好的军事素质和海外维和经验。据她的同事凯萨琳女士介绍："丽娜 18 岁就参加了瑞典国家特种部队，多次在清剿贩毒团伙老巢行动中荣立战功；退役后曾经在联合国多个战乱国家的任务区执行过维和任务，是全分部公认的全能型民事警察和爱心使者。"

2 月 8 日，在前往里弗赛斯州曼德镇联合巡逻途中，作为向导的丽娜女士驾驶着越野警务吉普车在车队最前面给防暴队巡逻车引路。期间，60 公里的山路上随时会有"陷阱"、"断桥"和水坑。为了确保车队安全，她不时在对讲机里传来"躲避"、"减速"等提示。上午 10 点 10 分，当车队行驶至一处山坡最高处时，前方传来她急促果断的声音："立即停车，原地戒备！"我们迅速下车观察，只见她驾驶的车辆急刹车,停在一处挖掘后覆盖着枯树叶的深坑半米远的位置。面对这一突发情况,她表情坦然地提醒大家:"这有可能是犯罪分子防止警察进入或者猎人捕捉野兽制造的'陷阱'!"当队员们称赞她的勇猛和机敏时,她笑着说:"我在任务区3年时间里,跑遍了这里的每条公路,再有难度的地区我都勇敢去尝试去体验,所以积攒了一些实用的经验。"

到达曼德镇现场后,根据民事警队前期提供的情况介绍,防暴队盖立新政委立即进行细致的勤务部署,具体包括现场绘制执勤警力分布图、确定宣讲和平理念的内容、制定应对突发情况的勤务预案……丽娜女士在边观摩边详细记录下这些细节后说:"你们的部署很专业,能预想到的情况全都落实到具体人员负责,这是维和警察深入危险区域防范袭击的最高标准,也是保护自身安全的必要措施。"丽娜开始和防暴队员并肩作战——没有武器的她毫不畏惧,走进人群掌握各种隐患和犯罪分子的活动规律,还主动公布自己的身份和地址。随后,在将近2个小时的走访、巡逻中,丽娜女士除了记录当地情况,接受群众报警求助外,还在从事着一项特殊工作——遇到中老年女性和儿童尤其是他们中健康明显不好的人员,她都会记下他们的姓名、年龄、受教育情况、病情、急需救治内容等情况,还会让队员帮她拍下和这些受助对象的合影。看到维和队员给当地群众带来了清凉油、肥皂等日常用品,她和英语队员耿福全沟通后一边给妇女儿童发放,一边幽默地通报给大家:"这是中国警察给你们的礼物,不是上帝的馈赠。"她还说:"这些来自战乱后任务区苦难群众的信息我会发布在一些公益网站上,赢得全世界女性群体的关注和支持。这些年已经有不少体现爱心的服装、文具、药品辗转邮寄到这里。"

当天中午,联合执勤组决定在曼德镇附近路边空地就地休整吃午饭。看着队员们经过十几公里武装巡逻已经是浑身湿透、大汗淋漓,丽娜取出随车携带的野营行军炊具开始给大家煮食方便面,由于没有易于燃烧的干柴,她决定独自去密林深处寻找。不一会儿工夫,她抱着几十根枯树枝返回,开始生火做饭。"怎么这么快找回柴火?"面对队员们的疑问,丽娜拍着腰带上的军刀自豪地说:"这把军刀跟了我10多年了,我用它击退过匪徒、宰杀过袭击我的巨蟒,用它弄点儿干柴不是问题!"

当天晚间10点,防暴队和民事警队组成的联合执勤组顺利返回里弗赛斯州分部宿营。看着队员们返回营地第一时间开始组织验枪、清点枪弹数量等工作时,丽娜女士依然用相机镜头记录下这些场景,每个角度每个细节都不错过。夜间11点20分左右,她端着热腾腾的咖啡前来看望正在全副武装站哨的队员温鹏时说:"你们劳累了一天,这里夜间到处都是飞舞的蚊子,你们还在坚持武器不离身守卫分部安全，包括你们执勤过程中的每一个细节都是那么规范那么认真，是我接触的防暴队员中最有素养的团队，我代表分部同行向你们致敬！"说完，她向温鹏敬了一个标准的军礼！

与尼泊尔

我军医急救窒息患者
中国医生来了：救护直升机不用再运走尼泊尔重伤员

11月9日中午，同在任务区执行维和任务的尼泊尔防暴队队长巴特莱率领七八名队员来到防暴队军医曲加祥宿舍，他离任轮值前，特意送上专门为曲医生制作的纪念册——经过曲医生救治的10多名异国队员，都用英语写上了一段祝福语。

格林威尔任务区原本有个诊所，仅有一名当地护士负责，尚不具备诊治各种疾病的条件。这个情况，赴利比里亚维和警察防暴队医生曲加祥也是10月10日那个夜晚才知道的。那天是他随先遣队到达营区的第二天，已经是八九点的时候了，一阵急促的敲门声后迎来两名特殊的求助者，一名是尼泊尔防暴队队长巴特莱中尉，另一名是任务区高级管理人员查尔斯先生，他们此行的目的是恳请军医治疗突发疾病濒临窒息的队员贾维尔。当时贾维尔躺在行军床上，呼吸短促，已没有了知觉，曲加祥在短暂时间内做出准确的判断：患者系双侧鼻窦炎过敏，因接触当地某种植物而突发疾病，如果不马上救治就会危及生命。他马上采取治疗措施：迅速建立静脉通道，减轻喉头水肿，缓解气管痉挛……30分钟后，贾维尔呼吸开始逐渐顺畅，青紫的脸色得到缓解——他被从死神手里拽了回来。经曲医生进一步治疗后，几天后他恢复了健康，重新回到了工作岗位上。

在缺医少药的任务区，这种突发疾病无疑是致命的，当时围在现场观看的尼泊尔防暴队全体人员都松了口气，尤其是那位年轻的中尉巴特莱为队友转危为安而欣慰，查尔斯先生也道出了实情："你来的同时，我已经报请上级安排了一架急救直升机，如果你救治不利，他们会在一小时后将患者运送到首都治疗！那样长的时间，对他的身体健康更不好！"

此后，在任务区大院子里，尼泊尔队员见到曲加祥医生会像见到自己的长官一样，见面敬礼，微笑示意，因为这位来自中国防暴队的医生已经成功治愈了他们中的很多患病者，如因维修电瓶被炸伤面部的队员多诺万。当时一声爆炸后，多诺万眼前一黑，面部好几个地方开始流血，尤其眼部更是流血不止，看不到眼前的东西。曲医生仔细检查了他的伤势，然后轻声告诉他："没事，这是个小问题！"接着，开始进行外伤处理，用盐水清洗眼眶，接着冷敷充血的眼睛，再滴上抗生素药水，但胸部的外擦伤只是涂抹了紫药水。3天后患者就能正常活动了。

事后，我问为何不用手术还敢保守治疗，曲医生自信地说："别看他浑身是血，只要眼睛里没有电瓶爆炸时崩进去的碎片，就可以常规治疗！"曲医生还治疗了割伤手指的吉布提，因为他的成功医治才让这名队员躲避了因伤被遣送回国的厄运，能够继续在任务区服役。

问起他到底义务为多少别国友邻部队人员看过病，他诚恳地说："这个真不记得了，有感冒的，有刮伤的，尼泊尔防暴队应该有一少半的队员找我看过病！"今天下午，我再找曲加祥核实情况时，他穿着防化兵专用的防护服，围着上万平方米的营区消毒灭蚊，问他"长期接触有毒喷洒物会对自己的身体健康造成影响吧"，他撸起袖子让我看，只见胳膊上出现不少密密麻麻的红疙瘩，这都是长期消杀蚊虫带来的不良影响。

300多枚防暴弹300公里顺利移交
首次承担危险物品运输面临智慧、毅力双考验

"作为4个行政州唯一成建制的防暴队，既要勇于承担联利团运输危险类物品的特殊指令，更要集中一切智慧确保此次弹药运输工作万无一失顺利到达。"3月23日凌晨，维和警察防暴队盖立新政委对负责押送弹药的特勤组战斗队员下达行动命令时着重强调，"全任务区同行都在关注我们的这次任务，大家一定要在中午天气升温之前安全送达目的地，安全交接后安全返回营区。"

300多枚防暴专用弹的长途运送，没有专用车辆，缺乏弹药专业管理专家，这种任务如何安全执行？3月22日，联利团相关部门多次发来邮件商请并说明其中原委："这批属于布坎南市尼泊尔防暴队急需使用的专用弹药，因该防暴队抽调大量警力转战南苏丹任务区，只能调动中国警队负责长途运送，这既是联利团的信任，更是征求各方意见后最终确定的结果。"得到正式行动命令后，盖立新政委迅速组织队内枪械、运输类专业人员连夜进行研究部署，通过长达两个小时的任务分析会，对每项细节进行了周密安排。"防止车辆颠簸、保持弹药稳定状态、控制车内温度、预防高热爆炸、预防敌对人员蓄意抢夺，是这次勤务的重中之重！"讨论过程中，战勤室主任孙书恒再次重申最终行动方案的三大要点。会后，盖立

新政委面对充满信心的 6 名战斗队员语重心长地说:"弹药一分钟不送达,你们特勤组指挥员和队员心里警惕的弦一秒钟都不能放松,一定要牢记自身安全和弹药安全。"

凌晨,数箱危险系数较高的弹药"穿"上了厚厚的棉布防护服,彼此之间进行了泡沫物理隔离……一切准备就绪后,分队长林雪峰带领队员荷枪实弹端坐于车厢近距离护卫。随着一声"出发"的命令,车队缓缓驶向崎岖山林中的狭窄道路。对于行驶中的安全细节安排,特勤组指挥员、参谋官彭海伟说:"这段时间白天温度持续达到40℃以上,采取这个时段运输非常科学,主要是考虑凌晨目标较小,路上车辆行人不多,有利于执行弹药运输任务这些积极因素。"车辆缓慢行驶在高低不平的道路上,由三分队选派的两组战斗队员手持步枪警惕地关注附近"敌情",同时高频率同前导车保持情况沟通,便于对各种突发情况的紧急处理。坐在车速不足 40 迈的防暴车上,驾驶员李志超介绍说:"这种路面到处都是水坑,车上装载的又是易爆物品,越是缓慢匀速越能保证安全,每次遇到深泥坑和险桥,必须下去勘查清楚,才能绕行通过。"

从凌晨到日出再到路面行人车辆陆续增多,队员们警惕的眼神和随时投入战斗的姿态丝毫没有变化。上午 9 点,他们迟到的早餐在车内进行——车速不减,警戒位置不变,队员们一边手持武器,一边腾出手来嚼压缩饼干,相互递着瓶装水解渴……上午 11 点,当特勤组与前来接应的联利团相关部门顺利会合时,在狭窄车内坚持了 9 个小时的队员们浑身不停地往下流着汗水,个个因室内空气不流通涨得满脸通红……随着开始交接命令的下达,6 名队员抬着精心护卫了 300 公里的弹药顺利移交给对方,随后进行了签字仪式。

与联利团

搭建便民服务站
提供中转温情关爱:多国人员喜欢光顾的维和驿站

12月13日,联利团资产管理部门官员瓦鲁斯先生乘机从格林威尔返回首都时,走出候机帐篷直奔中国维和警察防暴队 5 小队搭建的"维和驿站"凉棚里,和队员们喝茶聊天,交流维和常识,畅谈生活感受——40 分钟前他们是陌生的维和同行,40 分钟后离开时他们已经成为无话不谈的好朋友。

"维和驿站"是联利团油库执勤点防暴队员带给中转旅客的"小清新"——在一处10多平方米废弃凉亭基础上加工建成,有便利饮水桶、水杯、纸巾及个人洗漱用品等,旁边还有休息室、卫生间、淋浴间、吸烟区等附属设施,成为当地人员出行、各任务区维和及其他国际机构人员中转的温馨休闲场所。

油库执勤点远离市区,建设有联利团航空部门的候机帐篷,很多中转旅客在这里停留等候,赶上天气不好或者其他原因,旅客们会在这里等候一两个小时。为了缓解在这里中转人员的单调生活,中国维和警察防暴队报请相关部门批准后,决定建设一处集中转休息、休闲放松功能的便民服务驿站,供所有经停人员休闲使用。我眼前这个占地十几平方米的凉亭,入口处有显著的中英文介绍,上面由遮阳布覆盖,当中是水泥做成的四方形休闲桌,七八张板凳放置得规范有序,随手打来一杯凉茶,大家围坐在一起,微风吹来顿感舒适。二分队长王立平介绍:"每天从这里经停的人员,来自不同的国家不同的地区,自从我们改建了这么一个场所以后,他们不等邀请都会到这里休闲放松一下,队员们没有勤务时还提供义务翻译工作,介绍中国、介绍防暴队、介绍我们文明开放的家乡!"

我到达这里时,由绥德鲁任务区经由这里中转的维和官员罗兰德正带着两名队员在这里乘凉,我们的队员们正向其介绍中国各地的名胜古迹。当视频里播放出东北地区大雪过后人们在雪地里打雪仗堆雪人的场景时,他感叹地说:"你们真是让我开阔了视野,原来世界这么神奇,中国如此美好,零下30℃还有这么美好的景色!我们一定向周围人宣传美丽的中国!"

配合军事观察员圆满完成任务

军事观察员亚历山大:复杂环境中有你们护卫,我们心里最有底

距离大本营190公里的偏远市山区,有十几个自然社会部落社区,治安混乱,非法采矿点较多,武装护卫工作如何确保万无一失?12月23日至24日,防暴队武装护卫组一行8名队员翻山越岭、越险桥穿丛林,在格林威尔通往大吉德州府绥德鲁市之间常人难以到达的"天堑"之地圆满完成了预定任务。

军事观察员组负责在战乱后地区监测停火、监督停战协定、预防孤立事件升级等任务,由于没有配发武器装备,重大任务需要成建制防暴队武装护卫。临行前,联利团军事观察员亚历山大中校说:"绥德鲁所在的联利团A3战区少数边缘地区存在严重的安全隐患,对新年度工作构成很大威胁。这些地方无论位置还是交通都是常人难以到达的地区,不是中国防暴队协作我们根本无法前往。"据了解,此次任务大部分地点在远离公路的偏远部落式社区,当地人极少与外界接触,存在抵触情绪，很多林间小道多有毒蛇猛兽出没，对战斗队员综合技能和装备保障具有极大的挑战性。为此，盖立新政委多次审定勤务方案后指出："这次武装护卫任务难度很大，不确定因素增多，尤其是人身安全和通信保障至关重要，要增加枪支弹药数量，所有队员必须熟练使用卫星电话和短波电台，配发紧急情况下快速应急使用的警用匕首。"

两台防暴车行驶在异常颠簸的山路上，军事观察员莫特中尉说："随着新年元旦的到来，少数前战乱分子很活跃，很多偏远部落社区成为他们首选的盘踞地点，只有全面了解掌握他们的藏身之处和周围的相关情况，才能开展有针对性的打击。"他的话很快得到了验证，随着车辆逐步开进山区，前方多处发现不明身份的人员穿越在路边密林里，还有很多用树枝、石块堵塞道路的情况出现……此时，坐在前导车上的小队长张茂林手持对讲机机敏地观望着四周，并随时向后车队员通报可疑事项："从这些人的神态和行为初步判断，当地人防范意识很强，说不准隐藏在山林的敌对人员正在暗处观察我们，我们必须随时准备参加战斗。"

24日9点左右，护卫组车队行驶至和平营时，前面一处20多米长的险桥阻断了通行道路。经组长任杰现场勘查分析后得出结论：木板加石块搭建的桥体腐朽不堪，难以承受大吨位防暴车顺利通过……为了确保护卫任务完成，任杰、张明明、吕成林、孙德才等人员乘坐小型吉普车强行通过险桥，冲上山间泥泞土路，护卫4名军事观察员继续向目的地行驶。

在距离绥德鲁市几十公里的深山老林里的和平镇，军事观察员通过多种方式对这里的非法武装人员涉嫌大规模采矿活动进行深入调查。刚刚抵达时，当地人见到我们立即围观上来，同行向导尼尔森提醒我们："他们大部分是没受过教育的山区居民，但是不排除当中有少数武装分子，要保持警戒！"对于这种能够引起混乱导致局面失控的场景，护卫组开始妥善处置，随身警卫、场面控制、车队警戒3个小组各负其责，同步到位。军事观察员苏珊娜女士说："每次一下车迎面而来的都是数不清的当地人，有质问的有看热闹的，场面很混乱。每次都是中国队员持枪警戒、文明执勤，让我们在十几个偏僻村落里顺利开展工作。"为了消除群众疑惑，每到一处群众聚集地，队员兼翻译吕成林都会在第一时间向当地群众主动介绍情况："我们是中国维和警察，不代表当地政府，不代表任何党派，是你们可以信任的中国朋友。"

24日夜间，护卫组顺利完成任务返回营地。对于这次行动，亚历山大先生进行了这样的总结："你们每天在车上颠簸八九个小时，连休息和就餐都在车上进行，遇有危险时你们冲在前面，遇有困难时你们总能妥善解决，你们的护卫工作是我接触过的防暴队中最优秀的，只要你们在，再偏远再危险的地域心里都有底气。"

离职人员念念不忘我防暴部队

联利团分部人员离职：我无比怀念和中国警察相处的美好时光

1月2日，联利团格林威尔分部院内一场特殊的欢送仪式正在进行——在这里任职9年的女护士乔安娜公派前往国外留学，回想难忘的维和生活，她无比怀念同各国人员结下的深厚友谊，她将自己最后一次亲手制作的西点送给前来送别的防暴队员："前段时间生病昏迷时，是你们全力抢救了我，还派人送我去蒙罗维亚进一步治疗；你们的敬业精神给了我追求美好生活的信心，我学到更好的医术后会重返任务区，像你们一样服务更多的普通民众。"

联利团分部现有外勤办、军事观察队、民事警队、民事部门、地区行政办公室、监狱管理部门等相关机构，共有来自三大洲10多个国家的维和人员在这里长期工作。乔安娜女士作为分部唯一的一名女性，具体承担着医护工作。因维和人员都是来自异国他乡的军警人员，平时忙于繁重的工作，一日三餐没有固定的地方，只能到处打游击。当地不仅物资匮乏，而且物价居高不下，在这种情况下，乔安娜义务承担起给大家做饭的工作。每天忙完自己手头的活，她就开始给各国人员烹制不同口味不同配料的饭菜。对于这些来自多个国家不同信仰的人员，她每次都是分灶分餐，为节省成本还经常走很远的路去山区采购少有的新鲜蔬菜，尽可能地给这些远离家乡的维和人员提供可口的饭菜。

在安保部主任罗伯特·拉米眼中，乔安娜是大家最信赖最值得尊重的大姐姐：她出生于利比里亚平民家庭，通过自身努力考取护师资格证后被联利团聘用，成为维和大家庭的正式员工。她说来自全世界不同国家的维和同事献身和平使命的精神感动了她，她要尽自己最大的努力照顾好这些年轻人。中国民事警察仲丛明说："乔安娜大姐很善良很友好，是我们的业余向导和生活上的知心人，她在日常生活中给了我们无微不至的关爱！"两个月前，当仲丛明患上可怕的疟疾时，是乔安娜到处求医寻药帮他控制了病情的恶化，每天还给他送去可口的病号饭，使他早日摆脱了病魔的侵害。

当得知乔安娜要公费前往澳大利亚学习的消息传来后，防暴队范佳强副队长率领后勤分队人员代表全队去送别这位热心大姐。后勤分队炊事员黎桂福同样对她心存感激："我们几名先遣队员提前到达这里时，睡在潮湿的地板上，吃的只能够每天保障一顿饭，是乔安娜帮我们跑市场买食物，帮我们度过了最困难的日子。"此后，防暴队队员同乔安娜结下了深厚的友谊，在工作上在生活中相互帮助，彼此关心，尤其后勤分队两名女军医更是同她发展成为关系密切的朋友。

两周前，乔安娜患上疟疾，发烧让她深感不安，防暴队听说后，立即组织医护人员对其进行初步抢救。病情缓解后，队领导又安排一名医生护送她前往首都进行巩固性治疗。民事警察德鲁逊说："中国警察对乔安娜大姐重病期间的无私关爱，深深感动着我们全体维和人员，这体现着我们这个国际大家庭彼此间亲人般的浓厚深情。"在握别之际，乔安娜深情地说："我深深体会到有中国人的地方就充满了浓浓的爱心，相信有了这种情感基础，新的一年你们在任务区的工作将更加顺利、圆满。"

急难援手彰显大国风范
中国维和警察弘扬友好互助精神：持续救助四大洲5个国家维和人员受赞誉

"我们的公务车辆陷入深水沟里，车门以下位置被淹没，请求中国兄弟警队火速支援……"6月21日晚，维和警察防暴队接到联利团军事观察员5队队长哈利姆中校的求援电话后，两台高性能防暴救援车迅速前往，持续数小时的紧急救助后，在深夜暴雨中拖回深陷淤泥的车辆，带回赤脚站立水中的两名军事观察员。

近期，持续高强度的暴雨和潮湿天气对当地生产生活造成了极大的影响，同时对于来自世界各国的维和人员的公务活动以及身体健康造成了不良影响。对此，中国维和警察防暴队全面弘扬专业、敬业、互助的优良传统，出动专业装备和技术人员对遇险被困人员进行义务帮助，受助人员包括亚洲、欧洲、南美洲、非洲四大洲5个国家10余名军事观察员和维和职员。"我俩因为在暴雨中持续工作了三四个小时，浑身浇透长时间没有找到取暖的地方，随后就头疼发烧，还不停腹泻。在新一轮埃博拉病毒重新蔓延之际，我们既怕患上埃博拉出血热，又担心感染了疟疾病毒影响生命安全，"来自欧洲黑山共和国的格兰·德约科维奇少校带领来自亚洲吉尔吉斯斯坦国籍的同事桑吉·图尔格木巴耶夫上尉前来防暴队就诊时说明病情并商求道，"再有20多天我们就完成任务回国了，一定帮我检查是否患了重病。"按照他们的请求，防暴队医院组织内外科及血液专业人员进行了全面细致的化验、检查后，以科学的医疗数据推翻了其他医院为这两名维和人员初步鉴定的"化验结果呈阳性，疑似出血热类疾病"的诊断，重新确诊为伤风类重感冒，并进行了常规治疗，确保其短期内痊愈回到工作岗位。

据悉，进驻任务区以来，防暴队紧贴实战需要建立最完善的卫勤体系，全力打造维和同行受益、官兵健康指数最高的维和警队医院，先后为来自11个国家的联利团军事观察员、民事警察、民事人员等工作人员诊治32人次，成功抢救1名过敏致喉头水肿引发窒息的尼泊尔防暴队员，陪护1名疟疾合并肺炎病危女性维和人员转送至蒙罗维亚约旦三级医院治疗，受到联利团的高度称赞。

营区外交卓有成效
联利团中转营里:"比黄金还要宝贵的真情和友谊"

"我们是朋友,是哥们!"
"我喜欢中国,喜欢长城、故宫,还有兵马俑。"
"这事你交给我,就妥了!"
……

这些简单的中文普通话和东北方言,每个"联利团中转营"里的外籍军警和非洲管理人员都会说上几句。除此之外,他们还会叫出中国防暴队员的中英文名字:张队长、莫妮卡警官……另外,他们还有中国警察帮助起的中文名字"阿来""兴旺"等等。

"四海之内皆兄弟"、"白头如新,倾盖如故",维和警察防暴队二分队指导员和同营地外军部队、营区管理人员交往时,经常使用这两句经典的诗词、谚语。他说这两句话最能代表中国维和警察同其他国家人员友好交往的真诚和姿态。

"联利团中转营"远离市区60多公里,是个全封闭的军营,也是个汇聚各国维和军警的"国际大家庭",居住着刚刚到达或者即将撤离任务区的各国维和部队、维和警队人员。这里往往是"一个走廊住两国军队、一片帐篷里有三种肤色",训练学习各自组织,业余时间交叉在一起,我防暴队各级领导和队友们自觉开展"营区外交"活动,当好国家的友好使者,通过多层次的交流交往活动,在这个多国混居的营区里传递中国人爱好和平、崇尚文明的正能量。

"中国是礼仪之邦,一贯坚持和平友好外交政策,既然我们工作生活在一起,中国警队就要主动和每支队伍相互学习,加强交流,做合作共赢的好朋友!"进驻营区的当天,防暴队领导率先走访执行营区守卫任务的尼日利亚防暴队领导和岗位执勤士兵,听说中国防暴队最高指挥官前来访问交流,对方马上布置礼仪兵列队迎接。指挥官率先用简单的中文问候我方人员后,简要阐述了中非传统友谊以及两国良好的外交情况。交谈交流过程中,防暴队盖立新政委与对方指挥官一致倡议:我们部队之间的交流交往也要像中非关系一样,结下比黄金还要宝贵的真情和友谊!

史蒂文先生负责营区管理工作很长时间,第一次受到来自联合国常任理事国中国防暴队领导的看望和慰问,他通过中方值勤官赵萌萌告诉大家:"第一次亲自来看望慰问我们普通员工的是中国警队领导,我一定把你们的关心支持珍藏在心里!你们让我们得到尊重,还为我们的员工提供中餐保障,你们是我最敬仰的文明警队!"

几天来，很多营区黑人员工业余时间都会抽空找中国警察聊天、求教，从风油精、蚊不叮的使用到中医按摩的技巧，队员们都会不厌其烦地教授，还请他们看中国"大片"，喝国产绿茶；厚道的非洲兄弟去远处找来热带雨林特有的大树叶，送给队员们在暴雨降临时遮挡在头部……

28日晚，两片帐篷中间的甬道上，雨季的雨水将地面洗刷得干干净净，星空照耀下，微风徐徐，这是西非夜间最凉爽的时刻和最好的景致。此刻，一场"小型国际演唱会"在这里举行，防暴队业余歌手陈哲边弹吉他边演唱，乐曲悠扬，歌声不断，吸引了印度、尼日利亚两国队员前来加盟参演，唱到高兴时刻，他们还用中英文共同演唱了《泰坦尼克号》主题曲以及闻名中外的歌曲《少林少林》，演出持续将近两个小时后，大家才互道晚安就寝。短暂的两天时间里，应印度维和部队指挥官亚达少校的主动要求，双方开展了两次交流活动，每次都有很大的收获。谈起两军之间的交流学习情况，亚达说："中国的队员太棒了，很乐于助人，很好合作，你们积极参与联合国组织的各项活动，为各国维和部队做出了榜样。"

这股"中国热"还在持久延续。29日下午，当新一批中国队员乘坐直升机前往任务区时，各国部队、警队都有队员自动到门口欢迎，前来协调乘机事务的中国籍联利团防暴办夏警官自豪地说："你们名声这回可大了，格林威尔任务区不少团体和群众都等着你们呢，他们还有两点具体请求——教他们使用筷子，还要传授几招'中国功夫'！"

友谊来自日积月累
尊重多样性文化的多国籍维和团队

12月10日下午，我见到联利团格林威尔分部的查尔斯先生，他正在忙着为全体人员筹备每月一次的快乐时光（HAPPY HOURS）餐会——他作为部门主管，每月会在简易小酒吧里组织来自不同国籍的维和人员聚餐：一只鸡腿、几块饼干，加上些饮品，大家围坐在一起放松地聊工作、谈感悟，缓解紧张的工作压力，更重要的是增进漫长维和过程中的珍贵友谊。

联利团格林威尔分部目前共有来自中国、加纳、孟加拉、摩尔多瓦、保加利亚、塞尔维亚、尼日利亚、喀麦隆、挪威、肯尼亚、冈比亚、乌干达等15个国家的50余名维和人员。工作中，他们是密切协作的队友；生活中，他们是感情亲密的朋友、哥们儿。大到每个人所在国国庆日，小到个人生日，大家都记得清清楚楚。走进这个非洲庭院式办公区里，迎面而来的联利团格林威尔分部高级主管邓肯先生告诉我："再过一个多月就是中国的春节了，我们会准时去参加你们的'春晚'，看红红的大灯笼！"

联利团格林威尔分部位于20世纪90年代废弃的农场主橡胶园区里，坚实宽大的混凝土建筑，几万平方米的院落里长着粗大的芒果、椰子、木棉树，被铁丝网环绕着。这里经常挖掘出来的废弃子弹、土枪、自制钢炮，时刻提醒人们这里曾经多次经历过大范围的战火焚烧。联利团格林威尔分部作为联利团在该地区的唯一组织协调机构，下设军事观察员、民事警察、飞行救援队、行政及基建办公室等警队和部门，还包括有人员最多装备最好的中国维和警察防暴队。定期组织工作部署、多层面开展文化交流、私人间正常交往成为这个"小国际社会"的主流：执行任务时想着给对方带便餐，遇有治安异常时第一时间交流共享，周末组织警队间篮球比赛，连30分钟的沙滩排球健身赛上都会有三四个不同国籍、不同肤色、不同语言的维和人员参加，就连中国防暴队播放爱国影片时也会有外籍人员坐在小马扎上看得津津有味，感受中国露天电影带来的别样快乐。

今年56岁的查尔斯是位来自加纳国的"老维和"，他在过去27年时间里效力过联合国14个任务区。谈起国际间友谊他感慨地说道："我所接触的维和人员中，信仰不同文化各异，作为他们的同事和朋友，我会发挥自己的作用，让大家和睦相处良好合作，共同推动维和事业发展。"就在前几天，刚休假回来的他，挨个房间给大家送巧克力——他说自己家乡生产的巧克力全世界排名第四，自己一定把家乡的特色美味与维和队友们共享。不仅如此，他在照顾各警队人员身体健康上同样尽心尽力，尼泊尔防暴队队员突发重病时他紧急协调来直升机待命，并全程陪护在患者身边，掌握救治情况进展，还说如果当地救治不利马上就直飞首都接受更好的治疗。

利比里亚当地人乔安娜女士是分部医院唯一的医护人员，她还有份兼职工作，那就是为这些来自世界各地的维和人员做饭。她制作的大份快餐里有蔬菜、炸鸡腿、烤木薯鱼、辣酱、甜品等等，甜味、辣味、柠檬味交替刺激口腔。当夸赞她手艺不错时，她会幽默地说："维和人员来自全世界不同的国家，有亚洲、欧洲、美洲、非洲的，口味不同，我都得让他们吃饱、吃好。多年的磨练，我都快练成国际大厨了！"除了她的专业厨房，还有个备受各国人员青睐的中国灶——中国民事警队仲丛明、黎倍军使用的面积不足5平方米的狭窄炊事操作间里，经常有七八位各国人员来"蹭饭"。他们经常围坐在凉亭里，吃着中国粤菜、喝着蔬菜汤，边吃边聊，加深理解。随着时间的推进，彼此之间的感情和互信在不断增强。

今年10月份，联利团格林威尔分部民事警队其他人员得知中国防暴队大部队即将进驻的消息，了解到两位民事警察需要做大量的准备工作，亟需交通工具保障，这些国际友人表现出最大程度的支持——他们宁可步行上班，也要把有限的车辆让给两位民事警察用于繁杂的准备工作。看到中国防暴队如期有序入住营区，各项工作顺利起步，这些异国维和人员见到中国民事警察仲丛明时不忘"讨人情"："这里面也有我们一份功劳！"

热心公益获通报表扬
中国防暴队的大力支持让任务区的保障能力提档升级

"水源地周围灌木丛疯长恳请防暴队协助清理、闲置多年的运动场在队员整修下开始投入使用、经过队员们业余时间义务劳动8处排污管道得到清理……"2月19日，联利团防暴办代理主任尤里代表总警监办公室对维和警察防暴队积极参加公益活动并发挥良好的作用进行通报表扬——他将此内容以邮件形式群发至任务区内30多支防暴队，全面推广介绍了中国维和警察融入维和大家庭以及服务公共事业发展的敬业精神。

联利团格林威尔分部作为一处运行10年以上的维和任务区行政部，各项设施老化程度严重，公益性建筑处于维持使用状态。去年底，得知中国防暴队拥有20余名电工、水暖、维修、园艺特长队员后，分部行政办公室主任查尔斯主动向中国防暴队领导求援。实地查看分部所属数万平方米区域后，盖立新政委同意对方的申请并表明防暴队态度："作为维和大家庭一员，我们愿意利用业余时间为分部正常运转提供积极帮助，为陈旧设施改造做出应有的贡献，让分部大院给各国维和人员提供更加完善、舒适的工作环境。"

"1500米的院内沙土公路竟然有70多处水坑，每次大雨过后积水成片，车辆陷入深坑难以行驶的情况不在少数，因路况极差对车辆造成的磨损需要大量费用维修！"看着眼前这条已经休整一新的路面，盖立新政委介绍说，"有中国警察的地方就有良好的工作环境，我们不能看着又脏又差的路面出现在我们的视野里，所以我带着大家利用两周业余时间把这里修建成现在这么平整。"不久前，盖立新政委带着后勤技术骨干对这里进行全方位勘查，并采取了增加排水渠道、平整水坑、加固主体路面等方法，组织30多名队员投入200多个工时，将原先破旧不堪的路面修葺一新。

几天前，联利团防暴办代理主任尤里前来视察，专门查看了由队员们维修后正在全天开放的室外多功能运动场，副队长范佳强介绍道："我们对这里进行了全面维修，重新画好了场地标示，安置了崭新的篮球板，现在具备开展篮球、网球、羽毛球、排球比赛的多项功能，每天都有十几名维和同行来健身运动！"据悉，截至目前，防暴队共为联利团相关部门义务焊接输水管道1000余米，铲除影响人员财产安全的杂草 5000 平方米，还圆满完成了协助维修办公区、安装防护铁丝网、开辟巡逻道等多项建设。

这几天，因格林威尔分部办公区地下管道损坏，供水和排水系统出现困难，人员正常工作生活难以保障。接到求援后，防暴队后勤分队专门派出维修人员和专业排污车前往进行帮助，通过几个小时的努力，今天下午相关问题已妥善解决，行政办公区恢复正常运行。

公益活动堪为 38 个国家警队表率
联利团总警监辛茨：中国防暴队是团队协作和公益活动当之无愧的典范

"中国传统节日春节到来之际，我专门邀请大家座谈一下，主要是祝贺你们在警务培训、支持当地教育发展尤其修建联利团公用道路这些公益活动取得的良好成绩，这些方面对于提高联合国和平作用发挥了不可代替的作用，是各项公益活动当之无愧的表率。"1 月 26 日下午，联利团总警监格雷格里·辛茨先生会见防暴队领导并就今后工作提出更大希望，"联利团警察系统年度会议刚刚结束，大家对中国防暴队期望值最高，希望你们在今后的工作中全面参与培训当地警察，提高他们的警务技能，促进当地警员的执法能力建设。"

刚刚担任联利团总警监职务的格雷格里·辛茨先生第一时间邀请中国防暴队谋划未来维和工作蓝图时提出："你们积极为联利团各项任务开展提供力所能及的支持，在参与公益活动上为各军警部队做出了榜样。你们利用业余时间修缮联利团格林威尔分部院内破旧道路 400 延长米，让往返这里的人员行车减少了磨损，提高了效率。长期以来，中国防暴队在参与联利团公益活动方面的做法最让大家信服。"

据悉，中国防暴队自去年 10 月份抵达任务区以来，积极发挥中国警察群众工作的优势，先后与乌克兰飞行队、约旦、印度、尼日利亚防暴队、巴基斯坦维和部队及约旦驻联利团三级医院开展共建交流活动，主动为联利团雇员、乌克兰飞行队播放电影，积极传播中国文化；并在油库执勤点建立了"维和驿站"为友邻维和部队人员休息提供便利，共为来自任务区的 200 余名维和人员提供饮水、冲凉、饮食保障。中国防暴队的积极作为促进了联利团内部的友好合作，成为拥有 38 个国家派遣维和警察的合作典范和最佳协作警队。

"既要完成维和防暴主业，更要同当地民众开展广泛的交流活动，宣传中华传统文化，提升当地民众的整体素质，推动这里战后和平的重建工作。"盖立新政委这样向辛茨总警监表达了防暴队的积极态度。据了解，近期防暴队充分发挥女队员的优势，重点加强与当地儿童和妇女的沟通交流，先后成立了中国传统文化宣传队，由女队员教授格林维尔示范学校的学生汉语、中文歌曲和女子防身术；在营区和驻外执勤点成立了两个武术培训班，共有30余名联利团维和人员和当地青年参加各类武术技能的培训。当地社会各界对中国传统文化十分感兴趣，效果良好，极大地增强了当地群众的安全感。

辛茨总警监表示："随着利比里亚和平进程的加快，维和警察将承担更重要的职责使命。鉴于目前警务工作的形势，我们诚恳邀请中国防暴队未来能够担任利比里亚国家警察（LNP）和移民警察（BIN）部分中高级警官培训工作，并计划邀请防暴队治安、移民管理、刑侦和行动等领域的优秀人员兼任当地警察培训工作教官，促进当地执法人员能力素质的提升，为联利团维和行动做出更具长远意义的贡献。"

会议期间热衷听中国人讲中国故事
联利团例会间隙热门话题：听中国防暴队队员讲中华传统文化

4月2日，是联利团防暴队长联席会议时间，来自全任务区8个防暴队负责人参加的例行任务总结、分析、部署会上，长达两个小时的会议中，每次都有15分钟休息时间，这会儿，总警监助理约瑟夫和往常一样打开话题："请中国防暴队队长国向东先生介绍中国传统文化。"简单的开场白后，国向东队长开始介绍起中国公安机关文化建设以及近年来开展的一系列文化育警情况："中国警察文化已经成为中华传统文化的重要组成部分，目前拥有成千上万的文学、艺术、新闻类创作人才，他们正活跃在广大警务一线单位，边工作边体验执法执勤一线火热的生活……"

由队长介绍本国文化传统是什么时候开始的？中国传统文化能否吸引大家的注意力？据联络官姜瑞海介绍说："目前这个任务区共有23支FPU（维和警察防暴队）队长参加每半个月一次的例行会议，由于各国防暴队实行6到8个月轮换制，每个新履职的队长以新面孔出现时都会介绍本国和警队相关情况，但是他们都是一次性介绍完，只有中国防暴队起了个良好的开端，从去年10月份开始就延续下来。从中国的四大发明到各种传统习俗，在座的队长们听得非常着迷，因为他们大部分都是首次系统地'听中国人讲中国故事'，每次会前见到我们都会问：'今天有哪些精彩内容带给我们？'"

中国是东方文明古国，截至2013年，经过联合国教科文组织审批列入《世界遗产名录》的项目多达46项，总数列亚洲第一、世界第二位，每年前来中国旅游观光的外国人数超过 5000 万人，尤其是散发着神秘感的四大发明更是吸引各国维和同行的注意力。"这些防暴队长们都是受过高等教育的警务部门的领导，有的去中国短期实地考察过，更多的是陪亲属朋友去过中国旅游观光，因为我国地大物博，名胜古迹众多，他们渴望能够系统地学习掌握。"已经为各国维和同行开展中国传统文化讲座 5 次的国向东队长感慨地说，"他们对中国文化的兴趣远远超过了我在国内时的想象，对于中式建筑、餐饮、戏剧、山脉、河流都非常感兴趣。时间长了成了好朋友，我会经常将国内带来的京剧脸谱、竹筷子选择性地送给他们，否则每次他们都会善意地恳求。"

尼日利亚防暴队队长阿尼格今天在交流中国文化后畅谈了自己的体会："中国之所以有今天经济的快速发展，和他们厚重的文化积淀是分不开的。学习了书法茶道和太极拳术后，我告诫自己警队的年轻人，如果整天忙着工作、赚钱、消费，不去边学习边思考，培养自己独特的文化追求，是很难实现人生价值的。"

目前这种面对面有重点地介绍中国传统文化的形式不仅受到各队领导的欢迎，还有的警队把中国队领导邀请到营区去授课，截至目前主动邀请中国防暴队前去开展这种活动的就有尼泊尔、肯尼亚、约旦等防暴队。国向东队长告诉我一件事："今年 2 月份，应 20 名约旦籍维和军警、职员的邀请，我和队员们专程前往他们营区参加他们组织的文化乡情日活动，主要介绍中国传统文化尤其是瓷器制作工艺，很受大家欢迎。"在联利团"泛非大厦"门口，我采访约旦防暴队队员阿布鲁小队长学习中国传统文化的感受时，他谈起了学习中国瓷器文化的感受："泥土经过烘焙、烤制后做成的精美瓷器，质地精美，经久耐用，成为全世界人民喜欢的工艺品和实用工具，这种工艺非常神奇！"

在今天的会议上，国向东队长还利用 PPT 形式图文并茂地介绍了中国警队丰富的警营文化，以及在任务区广泛宣传中国传统文化延伸的工作成果。随后，联利团总警监辛茨先生说："中国作为四大文明古国，有很多文化观点和形式值得我们借鉴学习，你们教授同行、当地民众尤其是儿童文化知识，教授武术让他们强身健体，目前已经得到了社会各界的广泛关注。我同样希望你们可以加倍努力地去与更多其他国家的同事们进行文化知识交流，成为有内涵、有水准、有涵养的维和人才。希望你们继续努力，让联合国以及你们的祖国为你们的努力而骄傲。"

五

积极援建,
中非一家亲

修路建桥

助学、医疗

教汉语和武术

警力培训及支援

援物

修路建桥

爱心桥最受当地人欢迎
走近中国援建"和平桥":当地治安好,人民生活比较富裕

"中国援建的一座长20米宽5米的钢架桥上,每天都有少年儿童在这里游戏、娱乐,看着远处参照中国技术种植的成片水稻,我们经常想起善良友好的中国人民……"12月18日,格林威尔当地居民在中国援建的"和平桥"上回顾中利友谊,述说着两国人民之间友好的交流交往活动。

由格林威尔执行公务前往绥德鲁市,我们行驶在遍是尘土和泥浆的简易公路上,以每小时40公里的平均速度艰难前进。大约3个小时行驶了136公里,拿着地图、指北针进行图上作业的副小队长刁望帅提醒大家:"前面那座桥就应该是中国援建的'和平桥'了!"远远望去,只见500米外的一座钢质铁桥坐落在十几米宽的河流上,将两端泥泞的道路连接起来,桥头两侧是两个人数不足40人的社区,现场十几名平均六七岁的儿童正在做着各种游戏。看到我们停车下来,他们顿时一拥而上,有的抱住队员的大腿,喊着"China-China-China",一名10多岁的孩子拉着队员袁强的衣服,指着车辆风挡前的中国国旗高喊:"China Good!"

当地警察局警员安东尼·杜班向防暴队许亮副队长详细介绍了这座桥的来历:当地经历大范围战乱后,各项基础设施基本瘫痪,为恢复当地生产生活秩序,世界各国人民对这里伸出了援助之手,相继建成了学校、医院等公共设施,而由中国人民解放军维和部队某部2007年无偿援建的"和平桥"建成后在当地受到了空前的欢迎——这里通行车辆较少,车速较慢,干净无泥的这个水泥地面就成了当地居民尤其是少年儿童的主要休闲场所。

45岁的当地居民哈桑说:"这里是各个国家援建比较集中的地方,中国援建的桥梁当时耗费了很大的精力,材料都是从很远的地方运输来的,但是质量非常好,到现在基本没有维修过。"他还说"中国元素"对这里民众生活有着较大影响,比如不远处一片水稻试验地就是学习了中国的种植方法生长起来的,已经保障很多人吃上了自己生产的优质大米。据了解,在这个多国援助的绥德鲁市郊区,人民生活水平普遍较高,刑事治安案件发案率低于周边地区,随着旱季的到来,当地警察局将会加强这里的治安巡逻力度，人民群众的安全感会随之增强。

带队的许亮副队长详细了解了黑人兄弟稻田的长势情况，称赞他们通过勤劳的双手在海岸线丛林中种植出较为高产水稻的创新精神，并向现场的尼尔等3名黑人朋友详细介绍了中国防暴队已经在营区种植出了很多种类的新鲜蔬菜，邀请他们适时去参观交流。得知当地人吃大米只有稀饭、米糊几种吃法后，我们向对方推荐了蛋炒饭、咖喱饭等更多吃法，尤其可以加入杂粮做出营养更丰富、味道更可口的多宝饭，尼尔一定让我们把这些做法用英文翻译过来，写在纸上留给他们以后在生活中尝试。

积极修路改善落后交通

任务区里道路畅民心安：防暴队协调有关部门推进修建"搓板"路93公里

"我在这里生活了几十年，从来没有见过路面这么光滑，连雨季和夜间都畅通无阻了！"5月24日，当地毛维镇鲍勃·霍普老人正在收取房后大量的椰子、芒果和香蕉，准备搭车去首都蒙罗维亚销售。他说就在几个月前，自己身边就是有再多的东西也只能眼看着烂掉，也没有人能够开着车来这里收购，这其中主要原因就是道路路况差造成"当地人走不出去，外面商贩进不来"。

据了解，由格林威尔市到达里弗赛斯州的主干路有95公里，毛维镇是防暴队在该州巡逻的最远乡镇，距格林威尔有260公里，即使在旱季少雨的"好路况"下，大部分路段还是高底盘改装后车辆难以行驶的"搓板路"，就连性能较好的防暴车以最快每小时40公里时速，至少也要7个小时才能抵达。由于路面仅限车辆单向通行，一旦前方有车辆遇困，后面车辆只能被迫折返。特别是进入雨季，该州只能中断与外界的交通。以毛维镇为例，由于交通不便，当地群众根本无法走出去享受就医、就学等公共服务，甚至连最基本的生活用品诸如盐、米都很难外出采购。鲍勃·霍普老人是受过中等教育的人，在他眼中往日这里的生活情境多少有些凄惨："吃饭靠上树摘果子，穿衣靠一块布遮体，这是当地人最真实的生活写照。眼看着到处都是甜蜜可口的天然食品，因为无路可走运不出去，只能让它们烂掉腐蚀成肥料。"我曾经两次见过当地往返首都蒙罗维亚从事运输事业的车主乔里·贝克，他每次出车运货都是一次具有挑战性的事——必须携带席梦思床垫和足够的食物才敢上路。"这里很多路面上面积水下面是松软的泥潭，一旦陷进去需要好几台车齐心合力才能拖出来，再不就是用铁锹一点点挖淤泥，经常边挖车体边下沉，一直到远处看不到车顶还是开不出来。"被当地人称为"勇敢司机"和"冒险运输家"的乔里·贝克谈起当地道路感慨颇多，"我得和两头的修理厂人员保持固定联系，遇到险情抛锚后，就想办法托人捎信找人来救援，要是一连串车子都堵住了，只能露天休息等人来帮助。"他还介绍，因为附近几个州道路情况极其糟糕，还有的需要搭乘直升机才能到达，所以日用百货价格是首都商店里的几倍甚至十几倍，主要是运输成本造成的。

"要逐步解决当地民众就医、就学和购买食盐、米面等生活基本需求问题，这样才能彻底改变当地的落后面貌，这就要协助他们解决交通落后这个瓶颈！"年初至今，防暴队领导专门就涉及道路改建提出合理建议，全力促成这一长期形成的问题的有效解决。据指挥中心办公室主任赵微介绍，防暴队曾在呈送的行动报告中24次反馈当地民众修路的强烈愿望，并经积极协调和沟通，目前，从格林威尔通往里弗赛斯州的主干道路已修建完93公里，路面也由单车道拓宽成双车道，群众出行更加便利了。相关数据显示，长途巡逻期间，防暴队还曾为偏远乡镇的群众提供力所能及的帮助，累计为12名当地群众提供医疗救助，捐赠盐、食品等生活必需品100余件。对此，联利团四区长官阿米尔评价："只有中国防暴队能将联合国维和力量延伸到这无任何交流方式的偏远地区，能让当地群众知道联合国在关注他们的安全和生活。"

助学、医疗

全州最大的公立学校缺少桌椅板凳
防暴队启动爱心助学活动："我们尽力帮助这些贫穷孩子！"

"没有桌椅板凳，缺少基本教学设施，连最需要的粉笔都不够用。他们中不少孩子在战乱中失去亲人，家里像样的住处都没有，很多都是饿着肚子来上课，作为中国维和警察应该让孩子们得到更多的关心帮助！"1月8日上午，中国维和警察防暴队盖立新政委再次率队参观完希诺州示范学校的简易校舍后动情地对大家说，"孩子是这个国家的未来，我们要尽快启动对口爱心助学工程，尽些绵薄之力，给他们学习的基本保障和生活的信心！"

该示范学校作为全州最大的公立学校，因教育设施落后、校舍简陋，始终处于艰难的"维持"状况。校长沃顿先生介绍说："学校建成10多年了，教育经费得不到按时保障，教师员工工资待遇始终在下滑；教学设施少得可怜，每个月都有学生因贫困辍学回家务农，根据大部分家庭的困难情况，每天只能上午上课下午放假回去干农活看弟弟妹妹。鉴于这些实际情况，我们渴望得到强有力的帮助让教学工作继续下去，为提高整体国民素质做些贡献。"

眼前这所简易校舍有大大小小教室20多个，里面窗户不少采光较差，到处散发着潮湿的味道。大部分教室仅有极少数木质破旧教桌，没有成排的课桌，根本看不到孩子爱玩的文体设施。面对我们善意的提问，斯克里副校长无奈地说："我们大部分教室没有课桌，搞实验的仪器只能对照图画'操作'，500多名学生只能轮流在有少量桌椅的教室上课，平时孩子们听课、自习都坐在地上，经常被蚂蚁、虫子咬伤……"

得知学校的情况后，中国防暴队多次派人到这所学校调研、联系，为进一步开展助学活动掌握更多情况，并协商当地教育、警察等部门一起研究助学措施。在爱心助学启动仪式上，希诺州二号行政长官奥古斯汀、州教育厅官方代表马赫主动来到活动现场，共商如何推动学校有保障的教育继续发展。马赫先生向防暴队许亮副队长表示："示范学校为战后相关部门投资建设最成形最有发展前景的公立教育学校，几年过去了，现在已成了全州学生最多条件最差的学校，希望能在中国警察的帮助下改善教学环境，提高办学质量。"

在警校的助学启动仪式上，防暴队领导全面考察了学校基础设施，同校方领导、教师及学生家长进行了广泛交流，对学校公共设施建设、文体器材、运动场地、课程设置以及学生的健康状况进行了初步了解，并就下步警校共建达成了系列协议。仪式结束后，防暴队员为师生进行了具有中国特色的艺术表演：精彩的武术组合表演，5名女警官的中英文歌曲教唱……拿着防暴队员赠送的足球，男孩子们在沙土地的广场上即兴表演；队员代表为十几名女孩子背上了崭新的书包，目送她们开开心心放学回家……

在学校门前，盖立新政委说："这些场景看着就觉得心酸，心里油然升起一种责任感。每个孩子都是父母的心头肉，更是一个国家的未来，战乱过去这么久了，当地整体设施没有改观，连孩子的教育都在低层次徘徊，我们要尽所能地支持教育事业，帮助这些孩子们，让他们学习知识，健康成长。"

全团集体资助好青年
受助青年普克林斯：走进大学深造是我对中国警察最好的回报

2月28日晚，联利团格林威尔分部执勤室内当地员工普克林斯正在昏暗的灯光下复习年度高考资料，洁白的纸张上写满了密密麻麻的数学公式，书本上两三种记号笔记着学习体会。看到维和队员陆洋正向他投来欣赏的目光，他俩不约而同地举起右手大拇指向对方示意——彼此好好努力，实现各自的梦想。普克林斯是维和警察防暴队集体资助的一名当地青年，他正在努力实现自己人生最大的愿望——考进理想的大学进行深造。

普克林斯是当地 2013 年度高中毕业的青年，因付不起前往几百公里外高考点的路费而失去笔试和面试的机会，现在边工作攒学习费用，边进行考试前的冲刺复习。据联利团格林威尔分部行政人员史密斯介绍："能进入当地学校系统学习文化知识是无数孩子的梦想，然而，受家庭困难条件影响，大部分孩子仍然无法坚持读到初中和高中，近年来能够顺利考入大学校园的学生，在全州甚至全国都寥寥无几。"当地多家新闻媒体对教育现状多次发出感慨：公共教育经费投入明显不足，来自贫困家庭的沉重压力，以及落后的交通条件等因素导致了大部分孩子无法完成学业，失去了继续学习深造的机会。

2013 年度，当地曾经出现全国大学生入学考试"零"升学率的事实。面对这个不争的事实，普克林斯有自己的理解："我们这些分布在各州的学生有不少成绩优异者，但是搭便车前往首都考试点往返要七八天时间，还要支付高昂的住宿、交通、资料等费用，很多家庭都还不能承受，所以，我了解的人群中基本都不会去遥远的地方参加考试。"他有什么与众不同的梦想？"自从进驻任务区以来，每天都能看到这个身材清瘦、浑身有朝气的年轻小伙子背着沉重的书包，边走边看书，遇到不清楚的问题尤其是数理化疑难问题，总是找队员们请教，后来才知道他是边工作赚钱，边复习功课准备考大学的普克林斯。"队员阚大伟介绍说，"他每个月赚到的几百块钱除了赡养老人，其他全部用在购买各种复习资料上。"得知他艰苦求学的经历后，盖立新政委建议队员要力所能及地帮他完成学业："这个小伙子聪明勤奋，每当看到他那双渴望知识的眼神时都会触动我的心灵。作为代表中国人民执行和平任务的防暴队，一定要支持他好好学习，帮助他走进大学校园，实现更大的理想。"

语言不通，学习的课程不一样，队员们怎么帮助勤奋好学的普克林斯呢？三分队分队长林雪峰说："对于帮助这个基础好、有上进心的小伙子，我们抽调数理化、英语基础特别优秀的队员组成帮教小组，在帮他学习书本知识全力迎考的同时，还教给他很多应用常识，介绍全世界经济、政治、文化发展规律，尤其是中国传统文化，可以共享给他很多的典故、事例，对他树立信心、成为高学历综合人才很有帮助。"同在一个院落、经常朝夕相处的环境，队员们对普克林斯逐渐有更深的了解：值勤官张政平、队员刘辉刚多次对他进行相关科目的模拟考试，他各科成绩都在 85 分以上；而且他很聪明很能吃苦，喜欢深夜独自在蚊虫叮咬的值班室内钻研更高层次的学问。

后来，防暴队开展"爱心助学活动"，共有 22 名队员拿出日常节省下的津贴和衣物、学习用品赠送给普克林斯。除此之外，防暴队还积极向有关部门推荐普克林斯勤奋工作、聪明能干的优秀品质，目前，他已经由普通工作人员转到工资待遇略高的营建部门担任技术工作。普克林斯的父亲萨文努前来防暴队致谢时说："谢谢你们给予我儿子的全力帮助，在我们这个国家，上大学是一件非常难的事情，去年全国没有一人考上大学。他学习成绩非常好，加上你们的帮助，我想他一定会成功。"

把爱心送给更多贫困儿童

防暴队员携手山姆儿童爱心基金：将更多关爱送给战后贫困儿童

联利团后勤部门职员山姆先生在漫长的维和工作中，把很多精力用在救助战后贫困儿童活动上，以他名字命名的爱心工程已经坚持了 11 年。今天，他作为基金会负责人同维和警察防暴队正式签署爱心协议：通过双方共同努力，全面延伸对战后困难青少年的救助范围，向更多偏远山村社区的受助对象增加食品、衣物以及学习用具，年内力争为数百名孤儿创造更好的生活条件，争取更多的权利。

山姆是来自西方国家的爱心人士，自 2007 年成为维和职员以来，工作之余常年奔波在利比里亚各个战乱后任务区，鼓励更多志同道合的友人建立儿童爱心基金，通过寻找、确定、接待、照顾孤儿、被遗弃和因战乱受到伤害的孩子，为他们提供食物、衣服、安全的饮用水和稳定的生活环境以及必要的医疗保障。据了解，山姆先生主导的爱心基金会目前共持续帮助了 56 名儿童，负责他们幼儿园到中学期间的费用支持，使 250 个单亲家庭孩子得到医疗保障和义务法律服务，购买 30 英亩土地作为儿童机构的新家和用于开展农业技能培训项目。

到访的山姆对防暴队到达之后在加强困难儿童权益保护、文化知识补习等方面的工作成果给予高度评价："我们所从事的儿童救护机构是一个没有利益，没有政府、政治、经济扶持用来照顾受战争牵连儿童的爱心组织。你们到达任务区后的每一项爱心公益活动我都在关注，看到已经有 30 多名困难儿童在你们的帮助下开始学习法律、计算机以及武术等技能，你们支持建设的多功能运动场已经成为孩子们课余时间最喜欢的活动场所，很多孩子穿上了由你们捐献的运动服装。这次与你们携手共建后会让更多的孩子们的学习生活环境慢慢好起来，一直到他们享有和正常孩子一样的权利。"

据了解，在 1994 年 11 月利比里亚内战危机爆发前后就有大量孤儿和被遗弃的儿童流浪在街头、公共场所、被遗弃的房屋内。由于这些危机，一些人道主义机构开始对这些儿童开展救助活动。就像大部分战争一样，儿童是最大的受害者，他们经历的第一点就是饥饿和痛苦。这些在战争结束后被遗弃的儿童需要对他们提供保护和帮助，以防止引发社会问题。

在双方举行的"把爱心送给更多困难儿童"签字协议上，双方就参与活动人员、能够提供的节余食品、学习用品及共同开展针对困难儿童的公益活动的具体内容达成了共识。在座谈会上，防暴队盖立新政委谈道："中国维和警察在着力维护当地安全稳定的同时，最让我们担心的是当地困难儿童难以保障的学习和饮食温饱问题。看着孩子们无助的眼神和瘦弱的身体，我们所有队员都会节衣缩食献出我们的爱心，让中国人的善良友好在这里传播，把更多的食品物品赠送给最需要的孩子，让他们早日走出困境，成为对社会对家庭有用的人才。"

助力贫困者实现大学梦
"深夜借笔"引出一段爱心助学故事

"尽管我每天只吃一顿饭，为了攒够学费从外地来到这里租房求学，但是你们的爱心支持鼓励了我，你们的创业精神是我学习的榜样！"5月9日，联利团员工邹恩·马里达斯感慨地说，"当我众叛亲离地奔波在求学路上时，在最艰难、最需要帮助的时候，是中国维和警察给了我信心和勇气，我一定会成为有知识有用途的年轻一代。"

三分队队员们和他结成帮学对子还要从那次"深夜借笔"说起——两个月前的一个凌晨，该分队队员周建新、耿福权正在哨位执勤，当他们发现有人影往这里走来时差点将其当作歹徒进行拦截，经过盘查和了解，确定来人为联利团分部临时雇员邹恩·马里达斯。他在分部值班室昏暗的灯光下已经整整学习了七八个小时，身上被蚊虫叮咬的黑红印记布满了裸露部位。当整套模拟考试题练习到关键时刻，因油笔笔芯用完无法继续演算下去时，他迫不得已来向两名哨兵求助："我找到答案的思路了，应该把它记下来，能否借给我油笔使用？"

看着他满脸着急的样子，周建新和耿福权下哨之后去了解了他的情况：在夜间借用值班室木板搭起的学习桌上，堆满了从垃圾场捡来的废纸，上面密密麻麻地写满了计算公式，在飞舞的蚊子叮咬下他眼神依然充满着对知识的渴求。据了解，邹恩·马里达斯是一个战后寄居在叔叔家长大的孤儿，户籍所在地位于几百公里外的蒙罗维亚市，从小靠着在学校窗口旁听对知识产生了巨大的兴趣，因亲友反对其"在无用的学习上浪费工夫"，只能被迫远离家乡到这里边工作边求学。目前，他每月赚取微薄的工资维持学习及暂时租住房屋的费用，业余时间用来辗转在各单位向学者、老师求教及捡拾学习用品。"我每天只吃一顿饭也不会感到饥饿，一两年不买衣服也没问题，但是不让我学习我会生病难受的！"邹恩·马里达斯描述自己学习的状态时说，"这里蚊子多得要命，还有毒蛇跑进来干扰，但是有学习用的桌子还有免费使用的照明电灯，这对我来说已经足够了！"

周建新、耿福全都是队里精通英文的"双语队员"，在他们心目中，邹恩·马里达斯不是个普通的学习爱好者。"他有很好的文化基础，从那一道道例题和反复推敲得出的答案来看，他很执着很有潜力。"他们还通过外围全面了解了邹恩·马里达斯的相关情况：这个年仅19岁的小伙子爱学上进，由于品行好，现已担任施工队负责人职务，经常主动替班或者帮助生活更加困难的人。

"在教育现状不容乐观的任务区里，我们不能看到有希望有潜力的人员掉队，尤其是和高等教育擦肩而过，更不能让他因为生活困难而无法踏进大学门槛！"在举行的"手牵手爱心助学"仪式上，三分队教导员罗卫波向队员们发出了倡议："大家都要把节省的物品拿出来，把零用钱换成学习用品和挡风遮雨的衣服，捐赠给这个勤奋好学的小伙子，让他在中国人的帮助下圆梦成才！"据悉，队员们共为邹恩·马里达斯捐赠油笔、练习本以及米面、衣物等用品总价值100美元，足以保障他今后半年期间学习、生活所需。

一本工具书使校长落泪
送给当地师生最值得期待的礼物：《牛津大字典》和体育用品保障教学工作迈上新台阶

椰林深处掌声阵阵，草坪上一片欢声笑语。5月23日上午，格林威尔市弗兰克布朗小初中学校里一场捐赠、交流活动正在进行，当校方接过维和警察防暴队捐赠的《牛津大字典》和部分体育设施时，全场200多名师生及家长手持五星红旗高喊"感谢中国，感谢中国警察"的响亮口号。

当地偏远学校还存在哪些严重困难？孩子们有没有学习用品？"六·一"前夕，防暴队领导带着这些问题对全州公立教学机构尤其是偏远山村学校进行了深入调研。几天前，盖立新政委一行走进椰林深处的弗兰克布朗学校时被眼前的场景惊呆了：学生们拥挤在破败不堪的陈旧教室里，破旧的课本各年级轮流使用，千疮百孔的房顶、走廊棚顶漏着雨水，孩子们在雨中追逐着自制的足球、篮球……"我想知道你们需要哪些东西，我们又能提供哪些最急需的支持？"当盖立新政委看着孩子们一双双渴望的眼神征求校方意见时，约瑟夫·布里奇校长简单思考后动情地讲述起学校举步维艰的状况："我们在经费严重短缺、教学设施多年没更新的条件下,艰难地走过了很长时间,你们是第一批走进校园帮助我们的人。需要的东西很多,老师和孩子们最需要的是《牛津大字典》,有了它,我们才能避免把错误的知识教授给孩子,那样老师是要负责任的。"

据悉,该学校是当地十几个村寨唯一的公立学校,现有小学、初中各年级学生 200 余人,教务人员 9 人,由于教育经费短缺,师生们每天都是在半饥饿状态下完成教学、学习任务的,为此,学校采取半天学习制,以保障老师和孩子下午回家务农,赚取微薄的费用补充家庭需要。详细考察学校的困难现状后,防暴队领导经过深入研究后决定:应该尽最大努力帮助师生解决实际困难,想办法购买到他们最渴望的《牛津大字典》;再把队员节省下来的球类、自购的书包、衣服等尽可能地赠送给这些急需要帮助的孩子们。

当天上午,捐赠仪式及双方文化交流活动在该校举行,队员们为这些深山里的孩子们表演了精彩的中国功夫,观看了同学们自己编排的非洲特色文艺节目。期间,当崭新的书包、众多的文体器材送到孩子们手里时,现场发出阵阵欢呼声。当衣着朴实的乡村教师穿上队员赠送的新衣服时,流下了激动的泪水。活动最后时刻,盖立新政委将远从首都蒙罗维亚购买的厚厚的《牛津大字典》赠送到校方手里,约瑟夫·布里奇校长语气哽咽地说:"孩子们,这本大字典将作为学校特殊的'图书馆'进行保存和使用。大家千万不要忘记,我们期盼了整整两年的文教工具书,是中国警察帮我们实现了这一梦想,这将推动我们的教学工作迈上新台阶。我只想代表全体师生说声,这是中国防暴队给学生们最有价值的福利,是我们最值得珍惜的礼物。愿上帝保佑这些和平使者!"

全州 10 万民众仅有一名医生

希诺州州长米尔顿·迪亚盖伊：警地共建后的医疗服务将使更多民众脱离病魔困扰

"全州 10 万多民众仅有一家医院、一台救护车、一名医生,每天面对几十人的患者,仅靠现有的人员和设备,很多事情我们感到无能为力,现在就盼着防暴队医生来义诊,帮我们救治更多的患者。"1 月 20 日中午,希诺州州长米尔顿·迪亚盖伊同中国维和警察防暴队政委盖立新现场考察当地医疗设施时恳请迅速启动双方医务人员的交流合作机制,"当地医院邀请防暴队军医前来提供技术支持,尤其是开展系列义诊活动的事情,由州办公厅全程负责筹办,尽快促成这项有益于民众身体健康的公益活动。"

希诺州地处偏远的大西洋海岸,多数民众地处交通闭塞的深山社区。受恶劣的自然环境影响，这里的民众发病率和重病死亡率高于全球平均水平。迪亚盖伊州长介绍道："我1994年担任全国信息部副部长时就前往中国参观学习，了解了中国警察的热情友好。你们到达任务区后所做的各项工作，尤其十几次紧急救治联利团职员的事情，我通过广播电视全程关注了。邀请中国防暴队给当地医疗机构提供智力支持和技术培训，这是全州民众最强烈的要求。"

行走在州公立医院里如同进入了国内最普通的乡镇医院——简陋的病房、难以维持的公共设施、人满为患的门诊部，走廊里几十名急病患者在焦急地等待医生前来诊断后办理住院手续。在一间不足30平方米的库房门口，一名护士指着放置整齐的药品告诉我们："这是我们全州民众维持一年的各类药品，不光要保障医院需要，还要运送给乡下的31个诊所使用。"

这家简陋的医院里设置有外科、内科、精神疾病科、妇产科、艾滋病治疗中心、手术室等十几个专门科室，每个房间里都有患者在接受治疗和输液康复。这么多患者的需求，按照正常惯例，如果想科学运行起来没有几十名大夫肯定不行。当我们问起今天有多少医生在值班时，同行的希诺州发展部长托马斯奎诺无奈地说："我们全州只有一名医生在这个医院办公。他每天都在超负荷工作，最多时一天要做十几个手术，再这么下去他的身体状况让人担忧。"几分钟后，一名穿着医护服满脸疲倦的大夫向我们走来。"China Good! 我是威尔莫特·弗兰克医生，在这里工作4年多了。听说中国朋友要来，走下手术台我就来了。我看过白求恩的事迹，希望你们派防暴队的'白求恩'帮助这些患者！"弗兰克医生言语中对中国防暴队充满了无限期待，"今天我给7名患者进行了紧急处理，但是还是有不少人的手术需要拖延到明天才能进行。"

长达40分钟的室内参观，让防暴队员们内心深受感动。盖立新政委对州长米尔顿·迪亚盖伊说："救死扶伤是全人类的义务，也是中国警察维护和平的重要任务，看到这里环境简陋、缺医少药，因为严重缺少医务人员导致了大量病人得不到及时治疗，我们都很着急。防暴队会报请有关部门同意后马上制订帮助协作计划，适时选派军医前来帮助工作，向更多的普通病人开展义诊，力所能及地帮助患者摆脱疾病困扰。"

临行前，面对该地区唯一一台救护车破损的问题，盖立新政委现场对随行的后勤部门人员叮嘱道："救护车运转不起来就会贻误救命的宝贵时间，你们要马上安排修理人员对车辆进行全面检修，确保恢复到最好状态，为紧急运送患者提高效率。"

教汉语和武术

当地人学会了几十个常用汉语词汇
教汉语学当地话：维和警察在任务区推广"双语"，促进文化交流

"你好，中国哥们（汉语），你们的物品都到齐了（当地特色英语），比预定日期早两天……"1月5日，维和警察防暴队后勤官姜瑞海在格林威尔港口和"卡特琳娜"号船长阿布拉罕进行着特殊的语言对话，其中夹杂着汉语、标准英语以及利比里亚当地惯用英语。这个涉及十几种几百公斤的保障食品点数、称重等程序总共用了两个小时，这是姜瑞海最满意的一次对外交往："以前，和当地人交往语言是最大的障碍，我说标准英语他们听不懂，他们说当地英语我也听不太明白，需要附加大量手势才能知道对方的意思。现在通过我们的'双语'，学习交流起来基本没障碍了！"

防暴队抵达任务区不久就发现了一个奇怪现象：明明和当地民众说的是标准英语，可对方回答起来总是词不达意，说出来的话队员们也一知半解。队领导走访了解后得知，利比里亚居民多为西方国家后裔，通用语言是英语，但因分散居住且交通不便等因素，各地形成了具有当地特色的"方言"、"地方话"——大部分话语和标准英语完全是不同的表达方式。联络官姜瑞海说："刚到达任务区时，每次参加涉外活动都会让我囧一次，我说的标准英语对方听不懂，他们当地的所谓普通英语我也听不明白，还不能靠表情判断，只能反复多问几遍才能翻译好。"

对外交往无小事！和姜瑞海有一样"遭遇"的还有驻外执勤点、勤务行动组、采购员、驾驶员等，都会在难以对接的语言方面碰到难题。

"语言问题不能成为阻碍和当地群众交流的障碍，一定要想办法解决好！"盖立新政委等队领导多次对此提出要求，希望各分队相关人员认真研究解决方法。"让更多的当地职员学习汉语，鼓励外语队员学习当地惯用英语，培养大家使用对方听得懂的表述方式，这样效果会逐渐好起来！"5小队8名队员在连续两个月驻外执勤中采取这种方法取得较好效果。据队员李连坤介绍："防暴队作为驻守当地的成建制维和警队，前期和当地各部门各机构以及团体都有过广泛接触，对于我们的友好态度，他们都给予了热情的回报。期间，我们既推广标准英语，更推荐他们学习常用汉语词汇，都得到了他们的大力支持。"

5小队的有益尝试得到了全队的积极效仿，各分队在对外交往中都会向对方推荐中国传统文化，教授汉语日常用语。同在联利团任务区分部执行任务的中国民事警察黎倍军说："中国在全世界有着广泛的影响，文化和商业对非洲各个国家又有着更深入的影响，这里很多商店出售的商品都写着'Made In China'（中国制造）。尤其防暴队进驻后很多人都在主动学习简单实用的汉语！"他还告诉我现在走在大街上很多的人都会说"你好！中国朋友""我喜欢你们的风油精和武术"——他们随口说出的十几个简单的汉语日常用语，连接起来基本能表达清楚心里的想法。

语言融洽畅通需要多方努力，为了让当地群众消除语言障碍，防暴队员下了一番功夫：由指挥中心总结出120多个常用单词，下发全队组织学习；27名外语队员轮流授课，讲述他们收集整理而来的当地群众使用频率较高的英语词汇……几十天下来，各个涉外场景出现了意想不到的和谐，偶尔出现几个生僻词语反复核对后也能准确掌握，经常外出采购的队员王法正说："现在沟通顺畅多了，我们能说很多当地惯用英语，他们也能说几十个常用的汉语词汇，现在连'相互照顾价格''这个钱数没问题'都能说出来！时间缩短了很多，不用光盯着人家脸上看表情，听声音就可以了！"

这种彼此之间的默契很有助于加深防暴队与当地群众的沟通，许亮副队长说："当地群众知道防暴队这种谦虚友好的态度，尤其是主动融入当地语言环境后，很多人都在改变自己的语言表达模式，开始尝试用标准英语和我们交流，我们要珍惜他们的这种友好支持。"

首期武术班接收一名女学员参加
任务区武术培训开班：当地众多妇女儿童将会学武防身

"联合国高度重视保护妇女儿童的人身安全，我作为全市第一个系统学习中华武术的女职员，一定好好学习早点毕业，把武术套路和防卫技术传授给更多女同胞！"12月31日傍晚，正在学习中华传统武术的当地女职员卡迪琳兴奋地说。当天下午，联利团格林威尔分部一处宽敞的空地上，包括卡迪琳在内的15名当地青年正兴致勃勃地学习中国传统武术中的南拳、少林拳和实用防卫技术，7名具有武术特长的中国维和警察防暴队队员手把手地帮他们纠正动作，传授基本动作要领。

正在现场参加此次首批武术队员开班仪式的防暴队许亮副队长介绍说："足球、舞蹈、武术是当地人最钟爱的文体活动，听说中国防暴队拥有各派别的武术人员后，已经有十几个部门和团体向我们提出学习申请。首批培训班以联利团分部人员为主，我们还同意并接收一名女学员参加这次培训，希望以这种举动影响带动更多妇女儿童学武健身，提高身体素质，有效防护非法侵害。"

据相关资料显示，当地非法侵犯妇女儿童行为呈逐年上升趋势，仅2013年全国就发生了1000多起强奸案，受害人数最多的群体是身单力薄的妇女儿童。政府部门对此高度重视，多方寻求相关措施进行有效保护，努力提升妇女儿童自身的防卫水平。

进驻任务区以来，防暴队将履行国际维和警察义务、积极保护当地妇女儿童合法权益作为重要职责，抽调具有警务技能、传统武术、法律常识等方面特长的女队员组成专门小组，有针对性地开展技能培训和法律宣讲，为提升妇女儿童维权意识奠定了基础。防暴队指挥中心办公室主任赵微说："当地普通群众就业岗位较少，生活水平较低，对妇女儿童的正常生活造成很大影响，尤其很多犯罪分子将矛头指向这些弱势群体，发生了很多令人发指的罪恶行为，让我们深感忧虑。"

首期武术培训班开设了擒敌拳、警用防身术以及南拳、少林拳、刀术、棍术等科目，为期一周，培训时间选在午休和傍晚，便于学员们有更充分更自由的时间参加学习。来自于联利团安保部门的普林斯先生说："我特别喜欢你们自创编排的防卫棍术，简单的十几个动作融入了进攻、防守等要领，简单实用，便于操作，学会之后用它防卫自身安全没问题。"他还说他所守卫的部门去年多次有人潜入盗窃，由于缺乏相应的防卫措施，最终没能及时制止这类违法行为。

防暴队女军医丁雪梅多次参加比武竞赛和警务技能演练，具有丰富的实战经验。教学过程中，她具体负责手把手教授卡迪琳防卫的基本动作。经过反复示范和多次纠正，一个小时后卡迪琳已经熟练掌握了上肘击、下肘击、前蹬以及其他近距离击打等动作技巧。她说自己是两个孩子的母亲，是单位为数不多的女性职员，经常加班走夜路，偶尔会碰到图谋不轨的违法人员，自己要快点学会警务动作，新年过后自己就可以走夜路上班了！"她说很喜欢双节棍，舞起来虎虎生风，携带起来很方便，对出行或者在偏僻地方抵挡非法侵害肯定有很大的威慑作用。丁雪梅说："她很聪明，相信她很快就能熟练掌握。"

据悉，新年过后防暴队将会同当地相关部门和妇女社团，加强对妇女儿童的常规培训，有针对性地开展性侵犯预防、自我维权、健康常识知识讲座等活动，尤其是动员邀请更多的妇女儿童学习防身术、自卫技能，切实提高她们的自我防卫能力。

学会中国功夫成为在当地受尊重的标志
把中国武学精髓传递给非洲民众：340名当地爱好者圆梦维和武校

"希望大家学习中国传统武学精髓，尽可能地传授给当地民众，因为他们通过武术这个窗口能更多地了解中国传统文化，尤其是信奉和平、和谐、和睦理念的，从而为加深扩展中非友谊搭建更坚实的桥梁。"4月9日，位于维和警察防暴队营区内的维和武校首批培训班顺利结业，防暴队政委盖立新对首批教练员及学员寄予殷切希望。截至目前，共有3处维和武校教授当地340名学员完成教学任务，均以良好成绩结业。

"你们在联合国日向国际社会表演，你们在中国驻利使馆向全国各界表演，你们不是普通的三招两式，而是精通各个派别的武术高手。你们来了，当地绝大部分民众轰动了，通过官方广播和政府官员向你们申请学艺，这是当地所有爱好中华武术人员的心声。"当地学员弗朗西斯谈起自己120天跟随防暴队员习武的感受时抑制不住自己激动的心情，"来自中国的武术影视剧都被大家看了几十遍了，仍是爱不释手。现在很多人学会了真功夫，周边各个社区都形成了功夫热。"据了解，按照当地社会各界的商求，自2013年12月份防暴队已在营区、执勤点、当地学校开办了3处中华武术培训点，报名者络绎不绝，经过考核选拔共有年龄适宜、基础较好的340名队员成为首批学员，开始了为期120天的系统学习。培训内容包括武学理论、拳术、棍术、器械和中国传统文化等内容。

非洲当地人喜欢什么武术科目？怎么教授才能有良好效果？对此，盖立新政委有着丰富的经验："我们选自国内特警队、机动分队的40余名专兼职武术教练员，都是经过5年以上系统学习的武术专业人才，他们熟练掌握各派别武学理论，尤其擅长实践教学，加上他们都是在公安基层单位经过实战锻炼的，所以在日常教授上既注重理论更突出实用，目前看非常受当地民众的欢迎。"

今天上午，在一处执勤点空地上，武术教练、队员崔强强正在对34名队员各个科目进行验收：学员们表演的南拳、少林拳、太极拳动作到位，拳法腿法熟练，每一个动作到位都会有节奏地发出喊声。谈起当地民众对中华武术的痴迷，崔强强说："我们国内很多名胜古迹当地人不一定都知道，但是中国功夫无人不晓，从孩子到成年人都会几个经典动作。他们学会了基础科目后，现在很多人都选学了双节棍、九节鞭，能学会这些技术性较高的技能，在当地是有素质的象征，更会赢得别人尊重。"在众多的"洋学生"中还有一群可爱的孩子，他们都是当地学校的小学生，现在每个人练起功夫来有模有样，中国功夫已经成为他们每周必修的文体科目，当地两所学校正在同步推广防暴队员融入武术基本动作的"五步拳"。女军医丁雪梅作为唯一一名女教练员，对儿童的武术教育更加注重启蒙灌输："这些孩子生活在战乱后的任务区，经常会面对各种不法侵害，我们强调给他们讲中华武术强身健体、主动防卫、和谐内心的宗旨，学会保护自己保护他人安全，绝对不能利用功夫做坏事，从而切实提高良好品行基础上的武术水平。"

警力培训及支援

当地执法人员首次接触电脑充满新鲜感

当地安全部门职员接受首次计算机培训：手指接触键盘的刹那，那种与时代接轨的兴奋，我们会永远铭记

"时间、地点、人物、现场基本情况简要记录在表格里，同时要对嫌疑人持有凶器的尺寸、大小等重点事项用加粗、加黑的形式进行标注……"5月22日，防暴队举办的希诺州安全部门人员计算机培训班上，首批15名学员正在进行着计算机操作基本科目的学习。

"见过计算机，但是没有操作过！"培训班上这些身着各种制服的执法人员对崭新的台式电脑充满着新鲜感，喜悦之情溢于言表。手指放在哪个按键上、手眼怎么结合等计算机操作基本要素，队员们一一手把手地教授这些热情好学的"洋学生"们。现场观摩此次培训情况的联利团格林威尔民事警队队长奥马尔介绍说："这里和其他地区的情况基本一致，安全部门所属执法人员办理各种案件、执法执勤等公务活动仍然依靠手工制作法律文书，计算机使用仍处于空白盲区，这些给新时期的执法工作带来严重不便，最突出的问题是很难和外界实行信息接轨。"据悉，此次针对希诺州安全委员会职员开展的计算机实用技能建设培训，共有来自其所属移民局、安全局、消防局、保卫局、监狱管理局、法庭审判等8个部门首批15名学员，培训内容主要以计算应用基础知识和技能以及其他相关警务技能为主，时间为7个工作日，主要由防暴队员中执法骨干和计算机通信人员辅导教学，采取一对一教学、实地操作演练的方式推进教学计划完成。当崭新的计算机摆在学员们面前并开始适应练习时，当地安全部门职员奥赛利·维勒兴奋地说："我从事执法七八年时间了，还是第一次真正自己操作计算机，我手指接触键盘的刹那，那种与时代接轨的兴奋，我们会永远铭记。"

下午，队员鲁博森以《全球化信息发展趋势执法能力建设智能化综述》为题，向现场所有学员讲述了计算机发展趋势以及中国基层警察网上办案、无纸化办公、一体化文字处理等经验做法。当学员们通过图片展示观看中国警方普及使用的"数码鹰"、"数字证书"提高执法公正性、成倍提高工作效率时，现场发出了热烈的掌声。今天，希诺州安全委员会主任兼州大法官加里布·埃尔现场对本次培训阐述了畅想："安全委员会所属8个部门至关重要，各自履行着重大职责，是维护当地安全稳定的主要执法力量。按照培训计划，所有的单位负责人和业务骨干均要参加这次培训，通过中国警察一点点地教，学员一点点地学，争取早日达到人人会用计算机，单位实现计算机打印文件、文书的目标，这将是全州安全系统具有里程碑意义的一件大好事。"

近期，防暴队各项远程巡逻、武装护卫任务日趋繁重，这种集中人员、挤出时间对当地安全人员进行较长时间的基础培训究竟有哪些重要意义？防暴队盖立新政委介绍道："自年初我们集中培训当地警察局警员后，各方面的良好反映超出了我们想象，尤其体现在警察实战能力明显提升等方面，取得了社会各界的广泛认可。鉴于这些方面的成效，联利团防暴办多次商请我们对执法基础较为薄弱的当地安全部门人员进行系统能力培训，这次培训班的目的就是通过常识灌输、现场教授、能力测试，切实提升当地司法人员的综合素质，为战后和平重建做出中国警方应有的贡献。"

"避免和犯罪嫌疑人面对面"
首次警务执法能力培训班开班：将更多人性化执法理念实战技能传授给当地警察

"面向身着警服的你走来的任何人，你都要视为身藏武器怀有敌意的犯罪嫌疑人；你要按照徒手防范、搜身检查、上铐控制等警务升级程序进行执法……"2月18日下午，一名教员正在给20余名当地警员边讲解边示范，这是维和警察防暴队警务执法能力建设培训班首堂课"防卫与控制技术"的授课场景。

近期，按照联利团警察部门安排，防暴队与民事警队联合开展了以提高当地警员综合能力素质为主的警务执法能力建设培训班，由国际执法经验丰富、熟悉联合国任务区警务执法技能的队员担任培训班教练员，分批次地对当地所有警员进行一次全方位培训。据防暴队许亮副队长介绍："当地警员多数工作在交通不便的偏远山区，受客观条件限制，很少集中开展规范性执法培训活动，加之缺乏相应的警用装具，面对复杂恶性案件时自我防范工作处于较低水平。"据了解，这次培训班将结合当地警员的基础素质情况，有重点地开展安全意识、搜身、上铐等防卫技术科目的培训，采取教员授课、现场示范、模拟实战、考核测评等环节进行，目的是对参加首次培训的当地警员警务技能进行全方面有重点的提高。

"你和犯罪嫌疑人的安全距离至少要超过你手臂伸开后的长度，对于未受到警绳、手铐约束的人员必须紧盯他的双手，迅速利用反关节控制技术控制他的四肢，才能确保你自身安全！"教员陈哲用熟练的英语对学员楚门·巴克雷提出的疑问逐个进行解答，"首先保证自身安全后，在控制嫌疑人的过程中保护他（她）的安全同等重要，这是国际警务执法的要求，更是中国警方值得全世界推广的人性化执法理念。"在培训现场，陈哲和其他20名教员采取一对一的方式对学员进行手把手地讲解、演示。

"避免和犯罪分子面对面，只要确认他（她）涉及了违法活动，作为处警人员首先要在案发现场占有主导地位，还要边展开行动边强令对方怎么配合，避免把他们送到法庭之前身体受到任何解释不清的伤害！"女警员比尔·佩思在课间座谈时对融入了中国警察人性化执法理念和丰富经验的做法赞赏有加，"中国警察教给我们的这些要点非常实用，要是早点掌握这些理念就会避免很多不必要的伤亡和处警过程中遭受的投诉。"据了解，在这次国际性警务教学中，防暴队教员提出的"既要把对方当作犯罪分子，同时也要将对方视为合法者进行人身保护"以及重视证据、提示对方配合等全新警务执法理念得到了广大学员们的一致好评。

"中国警察教授的技能很专业很实用，都是国际警务组织认可范围内的警用常识，尤其经过防暴队执法执勤实战验证后，很符合当地警察能力素质的现状。这种培训方式是整个任务区少见的，具有向周边地区警局推广的价值！"联利团外勤部门高管巴拉克先生边观摩教学现场边畅谈自己的感受。在培训现场，防暴队盖立新政委介绍说："由防暴队专业教员和示范团队开展对当地警察的技能培训，目的是更好地践行联合国的核心价值观，传授中国警察的实战经验，协助当地警察加强警务技能建设，促进警务合作和执法水平的共同提高。"

防暴队轮流培训当地执法部门
利比里亚最偏远警务室布鲁托尔警员：带着中国警察的精神去执法去战斗

"灌木丛作战低姿前进的技巧，阴雨天里查找证据的基本要领我都会了很多，这将对山区警务工作有着很大帮助！"6月2日上午，防暴队针对希诺州联合执法部门进行的警务技能培训结业仪式上，来自最偏远的里瓦德警务室警员布鲁托尔自信地说，"我将带着中国警察的精神去执法去战斗，让自己负责的6个村寨安全和治安状况得到彻底扭转。"

"听说中国防暴队轮流培训当地执法人员的消息后，我激动得好几天没睡好觉！"布鲁托尔所在的里瓦德警务室距离州政府所在地200余公里，需要通过公路乘车、山区徒步、河流乘船等多重方式才能到达就近的城镇，到达格林威尔市需要3天时间，能够接受系统执法技能培训对他来说有着重要的意义。"我自10年前担任那里的社区警员以来，基本处于和外界脱节状态，没有最新的治安动态，没有警务装备更新，连仅有的一套警服还是重大节日才拿出来穿。"据悉，防暴队多个批次执法能力培训期间，当地警察局多次提到"里瓦德警务室"这个地方，通过了解得知该警务室无论艰苦程度、交通条件、治安状况都是全州甚至全国条件最为落后的警务基层单位，为此，防暴队领导建议"想方设法邀请里瓦德警员前来参加培训"，并通过推迟开班日期、提供日常食品等办法等来了辗转赶来的警员布鲁托尔。

"他学得很刻苦很认真，基本执法理念和警务动作很到位，课余时间经常主动找我们学习防卫性警械的使用技巧。"防暴队一名负责执法培训的教官评价布鲁托尔说，"他在艰苦偏远的环境里工作久了，什么东西对他都是新鲜的，我们会尽最大可能帮他提高基础技能。"据了解，里瓦德警务室为三州交界处复杂地域唯一的执法机构，辖区人员成分多，各类案件频发，办公环境极差，布鲁托尔作为唯一的警员承受着巨大的工作压力。"我是靠着'画地为牢'，民众帮我捉拿、看管和押送等土办法抓住了很多盗贼和故意伤人者！"谈起日常执法工作中的苦衷，布鲁托尔感慨地说，"我必须抓紧学习技能，让案件侦破得既迅速又有充分的证据，确保让抓到的歹徒都能受到法庭严惩，这样才能树立警察的威信。"

"不能让这些单独执法的警员们冒着危险去办案，至少要保证自身安全！"当天举行的结业式上，防暴队向布鲁托尔等13名执法人员捐赠了警棍、手铐、警绳等器材，由队员"一对一"地教授他们使用技巧和系列擒敌防暴基本动作。毕业仪式上，观摩学员们警务技能演示后，前来参加此次毕业典礼的联利团格林威尔分部外勤部主任希图先生对学员们说："这次培训活动在全州联合执法史上具有里程碑意义，你们学会了各种基础执法技能，更增添了无比的信心。作为国家安全基石和承担重大执法任务的人员，你们要带着中国警察精神去执法、去战斗！"

"带着中国警察的精神去战斗！"布鲁托尔警员和其他同学以响亮的声音喊出了自己的铮铮誓言。

参训警员均通过严格考核
希诺州代理州长奥古斯丁：全州警察务必珍惜中国警方教授的宝贵技能

"众所周知，我们的国家刚刚从内战中复苏，所以警察体制还不够完善，现在我很严肃地对你们说，你们一定要努力、认真地学习，巩固所学到的中国警察教授的各项警务技能，这对你们的工作和职业生涯都很重要！"2月21日，在中国第一支驻利比里亚维和警察防暴队举办的警务执法能力建设培训班上，希诺州代理州长奥古斯丁代表全州人民对掌握新本领的警员进行鼓励，同时感谢中国防暴队在课程和内容上的精心安排，"相信这些经过培训的学员一定能够成为全利比里亚最优秀的警察，同时衷心希望中国防暴队能为更多的警察提供警务技能学习的机会，（中国警察）上帝保佑你们！"

今天下午，联利团有关部门、希诺州政府、州安全理事会及当地新闻媒体相关人员相聚防暴队营区，共同观摩首批警务执法能力建设培训班学员的汇报演练。经过为期5天的集中培训，20名学员熟练掌握了搜身与控制、徒手防卫、街头巡逻等基础警务技能，对于复杂环境下应急处突及自身安全防护有了新认识。期间，共开展集中授课30课时，实战背景下模拟练习15场次，开展单个科目考核7次。经过严格考核，所有参训警员均能熟练掌握相关警务技能，综合成绩达到良好水平以上。

汇报演练结束后，防暴队盖立新政委为首次培训合格的学员颁发荣誉证书。在活动现场，参加此次培训的格林威尔市警察局长博格巴感慨地说："中国警察教授给我们的这些技能可以用实用、快捷、安全这些词汇形容，看到我的警员学到的这些本领，我本人和他们一样无比的高兴。这是个良好的开端，我真诚地希望这种专业的培训能够持续开展。"学员中警龄最长、岁数最大的警长楚门·巴克雷说："8年前我从首都警察学院学了警用基本技能，时隔这么长时间后，这是我第一次系统学习这些规范有效的实用常识，尤其是由中国警察手把手地教授，这对于我们完成各项警务工作势必有着巨大的帮助。"

警员从入警到退休只有一件警服
100余件工作生活用品赠送两州警察同行：这份国际警察友谊怎是两行热泪能概括的

6月12日天空中下着超强暴雨，维和警察防暴队会议室内却是两种警服人群之间最和谐最难忘的场景：100多件经过高温消毒的警用皮鞋、服装以及各种崭新的生活用品整齐摆放着，来自希诺州和大吉德州的警察代表们从防暴队领导手里接过这份沉甸甸的礼物，他们边现场试穿这些衣服、皮靴，边激动地和防暴队员们逐个拥抱，感谢的泪水长流不止。

当地警察为什么如此喜欢这些日常工作生活用品？多次前往当地警察局及检查站参观的盖立新政委深有感触："无论是硬件设施还是软件建设，这里警察系统的条件应该是全世界最为艰苦最落后的。办公设施严重落后不说，警察们连一套像样的衣服、鞋帽都没有，给日益艰巨的执法任务造成了极大的不便。"据了解，防暴队日常工作涉及的4个行政州中，警察部门设施、工资待遇常年处于维持状态，这既是当地缓慢发展的经济造成的，更是10年内战硝烟战火对当地警察系统基础设施造成摧毁后尚未恢复的原因所致。走进大吉德州警察局，从局领导到普通警员普遍工作在仅能容身的狭小房间里，往往治安、刑侦、交通、消防等四五个部门挤在不足15平方米的空间里办公，给日常工作造成了极大不便。除此之外，警察人员的福利待遇更是常年维持在每月150美元左右，在物价高涨的当地生活状况极其堪忧。今年5月份，当地某警察检查站警长卡利夫这样讲述他们的实情："在我们这里，每位警察人员从入警到退休只有一件警服，无论你是工作10年还是20年，只有这套衣服供你公务活动时使用，所以每个人都倍加珍惜，像对待自己的结婚礼服或者嫁衣一样善待它，否则大型公共活动你就得出丑了。"

警车跑不起来、缺乏警用装具，就连治安看守所也只能设立在办公室对面的仓库里……同当地警察并肩作战长达7个多月的防暴队领导深知他们的难处，并为此多次想方设法研究如何帮助他们破解当前的艰苦工作生活条件的难题。日前，根据全队即将整建制撤离任务区等实际情况，队领导在全队组织开展以"奉献爱心关爱当地警察、帮助同行兄弟克服生活困难"为主题的捐赠活动，队员们纷纷拿出了自己舍不得穿的衣物、干净结实的皮鞋以及尚未使用的各种生活用品，全队集中收集后通过剪除警用标示、清洗消毒、登记型号、分类梳理等程序，将四大箱凝聚着中国警察爱心的物品全部捐赠给希诺州、大吉德州两个警察局的人员。

"我今年45岁，从警26年，今天是我多年来首次当着这么多人长时间流泪致谢！"在捐赠现场，大吉德州警察局长博格巴试穿了各种衣服、鞋帽后，激动的心情汇聚成真诚的谢意，"我除了感谢再也说不出太多的话语。这些物品不仅每个同事都会无比喜欢，更重要的是这种两国警察之间深厚的工作感情会让我们牢记长久，永远难忘。"

教学培训受到普遍欢迎
维和警察防暴队教官杨福芳：当地警察对中国警务实战技能很是痴迷

"他们崇尚中国警察过硬的纪律作风，对于训练中的技术多样性和吃苦精神很是喜欢，尤其对我们精良的装备个个都是爱不释手！"2月27日，谈起对当地警察长期调研以及培训的印象，维和警察防暴队兼职教官杨福芳做了这样的评价。"他们喜欢中国警察灵活多样的训练方法，启发式的严格训练让他们短期内警务技能有了明显提升，当地警察局正在向上级有关部门申请继续对移民、禁毒等特殊警种进行系统执法素质能力培训。"

杨福芳是公安部直属中国维和警察培训中心的战术教员，2012年参加联合国维和警察防暴队教官培训班以来，始终对海外警察的整体情况持续关注。进入防暴队后，他利用各种机会对所在国数个地区警察的系统执法情况进行深入调研，经常同这些异国同行广泛进行交流，共享一些先进的警务理念和实战技能。当我问起利比里亚当地警察执法工作有哪些优点和不足时，他介绍说："当地警察同行非常重视实战技能的学习，这和他们的岗位素质需要有着直接关系。他们的悟性比较高，对于中国警方的宝贵经验保持着强烈的学习意识，能够得到中国防暴队颁发的培训合格证书是他们从警历程中非常高兴的事情。"对于任务区警察部门存在的客观困难，他同样进行了深入总结："这毕竟是战乱后缓慢发展的国家，警察部门同样面临着缺乏基本警用装备、执法任务多、警察人数严重不足等问题。"除此之外，他还对当地警察严重缺乏警用车辆、大部分警察无法执行异地办案以及对打印机、纸张等办公用品长期得不到补给和保障感到担忧。

"警察局建在乡镇社区宽敞的路边上，门口都建设有简易检查站，都有两至三名警员在执行危险物品、可疑人员盘查、询问工作。他们缺乏必要的非杀伤性武器，但是警惕性极强，一旦发现可疑问题就会集中所有警力进行有效控制。"谈起当地基层警察执法时的情景，已经考察了十几个基层警察局的杨福芳很认可当地警察的敬业精神，"这些坚守在执法一线的警察同行普遍收入不高，但是一旦站到岗位上对工作异常负责。执法过程中他们异常注重维权意识，没有得到允许，任何人不能对他们的工作过程进行拍照，除非上级督查部门人员。"

近期，联利团防暴办等部门再次发函商洽中国防暴队延伸警务技能培训，对周边地区移民、禁毒等警察进行警务技能培训。对于我方教学培训成果受到广泛欢迎的原因，杨福芳说："当地警察普遍只是从警时经过短期的入警培训，理论基础较弱，教授过程中突出常用动作重点教、实用技能反复教的办法，编辑一套融汇十几个常用动作的警体拳术，学会这些基本功，再引导他们灵活运用，就达到了学一样会十样的效果。"

"跟中国警察教官学了很多实用技能,再参观了他们精良的装备,我夜里很久才能睡得着觉,盼着向他们学习更多的东西!"接受采访的特别行动官穆罕默德感慨地说。对于当地警察渴望学习中国警察先进经验的迫切心情,盖立新政委等队领导对进一步开展警务技能培训提出了新的部署:"防暴队教官团队要在致力支持当地警察上想办法下功夫,尽快开展更大范围的执法讲座、电脑制作法律文书以及痕检文检等技术知识的教授,全面提高当地警察的整体执法水平,促进打击违法犯罪的能力。"

缺乏关押场所,警局成看守所

走进当地警局:人均办公面积不足 5 平方米,异常注重实用警技能培养

"我们这里共有 35 名警察,却挤在八九间芭蕉叶大的办公室里,缺乏警用装备尤其是强制性设施,两台警车因'超期服役'破损严重,但当地复杂的治安形势让大家练就了较好的实用技能……"15 日下午,利比里亚警察第四区司令、助理警监帕特里克·史密斯先生邀请防暴队领导参观当地警察机构时提出,"鉴于当地警察部门各项建设的不足,恳请中国防暴队为当地警察队伍建设提供必要的智力支持和软件方面的帮助。"

据了解,史密斯司令任职的利比里亚警察部门第四区下辖大吉德州、希诺州、里弗赛斯州 3 个地区的警察局,共有警官、警员、文职人员约 200 多人。这些警察局大多地处治安环境复杂、生活条件艰苦的战乱后地区,来自各类突发性治安案件的压力很大,每年都有一至两名警察被迫辞职。

格林威尔警察局位于一条当地较繁华道路的旁边,整个建筑为不足 160 平方米的混凝土平房,外侧空地上建有车库、训练场等基础设施。走进这栋容纳全局 30 多名警务人员办公的大屋子里,除了感觉光线不好以外,再就是空间狭小——从侧门进去后,首先看到的是门上标有预防妇女儿童参与犯罪活动的卡通类宣传画。在这间不足 5 平方米的办公室里面,中间放置的一张长条桌占据了大部分面积,它的两侧只能放下 4 张椅子。一眼望去,整个室内除了纸张、油笔、墙上的宣传画和一沓手写的笔录外,再也没有其他办公用具。办理案件最基础的文书都还得一笔一划写吗?正在整理案卷的警员本奇曼说:"我这个办公室条件算好的,为了保护妇女儿童权益增加了通风窗,放置了椅垫,其他办公室没有这种待遇呢!"他还说自己最犯愁的就是证据确凿、难以调解、需要起诉的案件,因为呈给法庭的文书需要打印后送到法官手里——全局没有一台能使用的打印机,他每次都要跑到联利团分部

民事警察办公室打印，在这种情况下一旦案子多了，他的工作量就会成倍增加。

警员本奇曼的话在我们随后的参观中得到了验证：交通管理中队警员挤在同样不足6平方米的办公室内，刑事侦查部门靠近走廊窗户竖起简易铁门就成了办公区，技术保障部门和值班室挤在同样狭小的空间里……走进副局长劳伦斯办公室时，看到的是陈旧简单的办公座椅和墙上悬挂的巡逻值班表，一台黑色布满灰尘的老式打印机摆放在办公桌上。在这个狭小空间里，我们进去参观需要分成3个批次，否则连站立的地方都没有。尽管这里条件简陋，但是大家依然热情地和劳伦斯交流感情，畅谈工作想法。劳伦斯真诚地说："咱们认识很长时间了，今天让你们看到了我寒酸的办公环境,希望我们的工作能得到防暴队的支持和帮助。"他还介绍说，"当地警察由于严重缺乏警用装备，面对各类违法人员必须有机敏的反应能力和制伏强敌的警务技能。办公区域的狭小也成为警察审理案件的最大缺陷，比如询问或者了解情况时，和嫌疑人中间既无间隔，更没有有效的区域缓冲，每当发生近距离袭警事件时，我们的警员都是义无反顾地冲上去，以贴身肉搏的方式让对方屈服。"说完这番话，劳伦斯一脸的无奈。

行走在警察局室内中间不足30米的过道上时，一阵嘈杂的声音传来，声音来自两间阴暗的房间。我们转眼望去，才发现这两间以简易铁门隔离的区域就是警察局看守所，里面关押着五六个审查中的各类违法人员。看到一名身强力壮的中年女人正在向对面办公室的警察求救，我身边一名年轻警员说："她长期逃避赡养老人的义务，按照我们的法律是要严加处罚的，但是这里已经人满为患，只能批评教育后责令其写出保证书放她出去！"帕特里克司令介绍说："我们整个办公区不足160平方米，人均可使用面积不到5平方米，这里严重缺乏单独的关押场所，只能把办公室对面改造成简易看守所。尽管这样可以节省专门看守的警力，但是带来的隐患却是警察的人身容易受到威胁的问题。"

同室内办公区条件相比，警察局室外设施同样亟待更新完善——仅有的两台警用吉普车购置于20世纪90年代，目前因部分配件破损严重而长期无法使用，看着院子四周2米高的铁丝网，行动部门负责人库梅告诉我们："这个铁丝网围墙已经损坏了好几处，对我们夜间值班人员来说造成了很大威胁。几十米外就是当地唯一的一所监狱，前段时间十几个重刑犯越狱后，我们全局人员既要外出追捕，还要守住警察局这个大本营，防止遭受他们致命的袭击报复。"

如此简陋的办公条件，又缺乏完备的警用枪械保障，当地警察怎么防范自身安全，又怎么在复杂环境里保护平民？帕特里克司令指着室外一处摆放着沙袋、单双杠、木棍的训练场说："我们要求全区警察人员必须全面掌握近身格斗技术，每年将这些科目作为绩效考评内容，鼓励大家业余时间学习武术、跆拳道等实用技能，还定期组织擒拿格斗比赛，目的就是让大家锻炼好体能，掌握更多战胜犯罪分子的本领。"

"鉴于当地警察部门的正当请求，防暴队会适当帮助他们开展警务技能培训，提供相关技术支持协助其提高保障能力。"盖立新政委等队领导决定力所能及地与格林威尔警察局开展对口技术支持和协助软件建设。16日下午，范佳强副队长带领汽车修理人员对警察局的损坏车辆进行了检测，并通过更换配件等方式确保车辆尽快投入到当地日常警务活动中。

与"泼辣女警"协同执法
里弗赛斯州：女性从政从警比例高、危险系数大

180公里的崎岖山路，需要临机处置的各种险情，当地警察分局局长艾丽娜始终和全副武装的中国防暴队员并肩作战。没有武器装备的她每到一处都走到群众当中介绍防范常识，接受各种咨询，她笑称自己是当地有名的"泼辣女警"……1月7日，中国防暴队一行10人前往200公里外的里弗赛斯州茂维、I.T.I（镇）、波路黑等乡镇武装巡逻时，先后接触了女警察局长、镇长、4名警官及当地行政女官员，她们吃苦敬业的精神和面对危险奋力拼搏的勇气给中国维和警察留下了深刻的印象。

当天，我们此行将要到达的地区是里弗赛斯州4个交通偏僻、治安较差的乡镇，往返路程496公里。事前，联里团里弗赛斯分部民事警察达弗利在电话里说："这几个地方毗邻毒品泛滥区宁巴镇，我们的任务是掌握那里通往外界交通要道的治安情况，了解走私贩毒数据，为今后实施大型缉毒行动提供相关保障。"他还通报了一件新鲜事，"今天同咱们一起工作的大部分人是当地女官员和女警察。"

I.T.I警察分局位于一条简易公路旁边，办公地点在一排蓝白相间的平房里，5名男性警察的最高指挥员是高级女警艾丽娜。警察局门口的道路设有简易的检查站，一条粗绳子作为路上的"栏杆"阻挡过往车辆，路边树立着木板做成的"警察检查站"的英文内容。巡逻组赶到时，艾丽娜局长带着几名警员热情地上来迎接我们，并简要通报当天的工作任务和路线。她身穿整洁的警服，绶带领花光鲜亮丽，身材魁梧，说话办事利利索索。翻译吕成林说："她的语速很快，思路也敏捷，翻译她的话我得反应快点儿，否则，她随后又是好几句紧跟着说出来。"

我们一同前往100公里外的三德碧池村的路上，更多地了解到这位女警察局长的基本情况：现年39岁的她接受过首都警察学校的专业培训，随后在偏远山区警察局做社区民警，用她自己的话说"自己单身走夜路，深入匪窝搜信息，男警能干的自己都没问题"；她还多次和犯罪分子赤手空拳搏斗，成功抓获多名逃犯，赢得上级多方认可，成为全州唯一的女警察局长。记得她在警察局门口时说过："早

季到了路通了,现在漫山遍野都有非法淘金采矿的,除了我身边这条河里的船民不敢,那些人都张狂着呢。等咱这次摸清情况,有机会一起收拾他们!"

我们到达任务地三德碧池村工作时,现场见证了她泼辣的作风——听说女警察局长来了,几百名群众全部到场听她讲话。面对黑压压的人群,她十几分钟内就连续了解了人口变化、治安情况、黑恶势力活动规律、非法运输矿产品等情况,每次提问都有不少人争着回答她的问题。热热闹闹的警民互动问答刚结束,她突然感觉不好意思了:"我忘了介绍中国防暴队人员了,现在请国向东队长讲话!"她的坦诚直率引发现场观众的一片笑声。

当天下午,巡逻组到达庄到阳光假日海滩镇、达茂维镇和波路黑镇时,代表当地协同防暴队开展工作的同样都是女行政领导,她们分别是镇长玛丽·多米亚、金丽雅、米诺秋叶。她们平均年龄42周岁,都受过较好的文化教育,而且都性格爽快——对于当地没医院、没学校、缺少警察的现状直言不讳,深入陈述弊端,强烈要求政府部门尽快解决这些问题。在直通宁巴镇毒品泛滥地区的主干道上,玛丽·多米亚镇长话语里担忧不少:"这里运输毒品的行为很嚣张,经常有人看到他们带着猎枪有恃无恐地运'东西'!最害怕的是他们把毒品出售给当地的青少年,那样的话,这里的下一代就更危险了!"我问碰到这种情况会怎么处理,她说:"我当镇长10多年时间了,能让大家始终支持我,靠的就是不畏惧坏人,敢于带领村民和他们斗争。要是贩毒分子出现我面前,我就是拼了命也让他们屈服!"

同行的民事警察达弗利介绍说:"当地非常重视维护女性权益,鼓励更多的女性担任政府主要部门行政领导工作,但像我们此行工作接触这么多的女性领导还是很少见的。"他还告诉我女性从政从警风险比异性要大,当地去年发生的人员被害、失踪案中就有多位女性,其中一名是学校女领导。

临别时,艾丽娜的言语验证了达弗利的观点。她说:"因为常年战乱的原因,当地警察不配备枪支,警务行动需要外力支援,这样造成了警察出警时需要多加防范,加强自我保卫!"她说她最羡慕的是中国防暴队精良的装备,卫星电话、夜视仪、轻型防弹护具等都让她爱不释手。"如果能有套像样的枪械,作为从警10多年的警察,自己会连睡觉都摆放在自己身边。"她以遗憾的口吻说出自己的心里话。

教授女警近身防卫术和单警擒拿格斗套路
当地警察考察团:"中国防暴队每项建设都让我们感到痴迷"

"我走了12公里山路赶来参加警务交流活动,不仅学习了先进实用的警务常识,还看到了最规范最实用的营区建设,你们给了我无微不至的关怀,更给了我做好社区警务工作的信心和勇气。"1月10日中午,格林威尔警察局考察团女警员狄波拉感受到了从未有过的震撼,"你们问我喜欢中国防暴队哪项建设,我告诉你,这里的一切都让我感到痴迷!"

整洁的营区处处体现着中国维和警察的创新创造,因地制宜建造的训练场、功能齐全的运动场,尤其是重点部位设置的防御掩体和高科技全视角监控设施,让当地警察考察团人员惊叹不已。警察局博格巴局长对此次活动做了精心准备,成员中有行动支持部门、治安、技术、禁毒等多个部门人员,还专门安排了3名女警员前来参观、交流。在防暴队指挥中心监控室,十几个摄像头同步传输的警卫目标周边情况一目了然,模拟"破坏分子"进入红外监控区域后,报警系统瞬间发出刺耳的声音,应急分队人员迅速前往处置……这些先进的警务技术引起了男警们的兴趣,他们逐个学习操作技巧、抄写说明书,更希望在科技强警方面得到中国警察的进一步支持。考察团成员走在全封闭的营区里,观摩了防暴队由铁丝网、防暴板等自创修建的牢固"围墙"——现场试验能够预防人员、轻型车辆突然袭击等强大功能后,博格巴局长感慨地说:"你们这种设施很实用,还美观,很像我电视里看过的'长城'!"除了营区建设和警务装备展示,最让考察团感兴趣的是什么?许亮副队长给出了答案:"他们来到我们刚建成的'警营农家院',看着一尺多长的黄瓜,宽大的蔬菜叶,满眼都是绿油油的景色,这位局长不光问技术问技巧,说什么还要向我们要点种子回去试种。"博格巴局长在现场说:"一个月之前我来过这里,现在变化得我几乎都认不出来了。你们这种工作效率、建设速度值得我们每位警察学习。"

玛利亚、安娜、狄波拉是整个警察局在职在位的3名女警。她们分别在格林威尔市警察局总部、偏远山区检查站及社区警务室工作。"和其他国家相比,我们这里的警务装备水平比较低,和男性警察比较,女警的工作压力更大!"22岁的狄波拉说,"我是十几里外的帕拿马检查站的警队长,孩子还不满3岁,为了来中国防暴队营区参观学习,我整整走了3个小时的山路,赶了12公里才赶过来。"

"作为普通警员,女警往往和男性一样独自承担着一个镇子的所有案件,由于缺乏警用枪支,一旦遭遇武装走私贩毒等行为,除了马上向附近警队请求支援,就是保护好自身安全。能否顺利制止恶性犯罪活动,那就靠个人运气了!"女警安娜女士和防暴队7名女警官交流时说出心里话。据了解,当地年轻女性要想成为一名女警,既要有良好的文化素质,还要经受严格的法律、体能培训,然后才能有机会进入警察队伍。当地警察施行终身聘用制,从警期间如无违纪或犯罪记录,可一直工作至退休年龄。

为了帮助当地女警应对日常工作面临的多重危险,防暴队做了精心安排——

为她们量身定做并教授了女警近身防卫术和单警擒拿格斗套路。队员赵瑛瑛说："她们学得很认真，进步也很多，回去后多加练习，对于她们提高防袭击防侵害，迅速制伏强敌会有较好的辅助作用。"

在活动现场，防暴队领导在这侧同警察局人员商讨开展更加深入广泛的警务合作，而那一侧女警之间的交流更是笑声不断、一片和谐：她们共同开展了跳绳活动，还提着筐子在菜地里进行了新鲜时蔬采摘，并在防暴队女警宿舍做起了手工活……30分钟过后，有趣的现象出现了——那就是只要她们一起出现，肯定是双方女警手牵手肩并肩有说有笑地在交流。活动结束时，女队员高志恒说："这3名女警察工作压力大、生活很困难，其中一名是边工作边带孩子，为了做好内勤工作，她经常忍着病痛坚持在工作岗位上。我们特地给她们准备了食品、工艺品等，还给女警的孩子准备了一些绘画用品。"

整个行政州各类案件发案率同比下降30%
希诺州警察局：有中国警队支持协同，我们已实现提档升级目标

"30%，是的，整个行政州各类案件发案率同比下降了30%，州政府、议会及各界民意代表对警察部门的支持率达到了最好水平。"5月6日，希诺州警察局新任局长奈特·沃克先生前往防暴队营区就加强双方执法合作建设时指出，"在中国防暴队支持下我们的行动能力、执法水平、侦破力量得到了最大程度的加强，我们已经在多次全国警察部门的考评中名列前茅。"

据奈特·沃克介绍：受整体经济低迷和警用装备短缺的影响，利比里亚部分偏远地区警察局在人员编制、车辆配备尤其软硬件建设方面存在很大的不足，远远不能适应暴力案件频发、街头抢劫行为接连不断的公共秩序管理需要。"警车跑不起来"、"遇到施暴人员没有武器应对"、"办公条件简陋到极限"都是各个警察部门普遍头疼的问题，尤其是"打印案情报告还要走远路去求人帮忙"的难堪事情让办案警员感到"头疼"。自中国防暴队进驻以后，为加强当地安全、治安局势管控，按照联利团的部署和安排，一直实行防暴队主导下的防暴警察、民事警队加当地警察巡逻执勤、武装打击、案件侦破工作模式，彻底实现了全州数百平方公里范围内所有区域的迅速到达、现代化警务管理、全新型通信技术保障的目标，以往"管不到、不敢靠近、遇险撤退"的局面得到彻底扭转，尤其是持续对以往"无警区"、"治安管理盲区"的40多个行政镇进行治安管理、武装巡逻和安全隐患调查，全面提升了当地警察部门的行动能力，赢得了当地民众最大的支持和信任。

据了解，利比里亚警察系统坚持实行严格规范的业绩考评制度，同大多数国家一样，"发案率"和"案件侦破率"同样作为主要参数纳入月份综合成绩考评，在中国防暴队的支持配合下，该警察局连续4个月进入同类单位综合考评成绩前列，得到了包括国家警察总监克里斯·马萨奎奥的多次表扬。几天前，该警察局原局长博格巴因成绩优异荣升全国警察部门第四战区副司令，专程到防暴队感谢时说："在你们的支持帮助下，我和我的团队执法能力建设迅速提升，警队整体建设大幅度增强，社会治安稳定，州政府、各界民众对我们的支持率持续攀升，我们成绩的取得得益于贵队的全力帮助。"为感谢防暴队的支持和配合，博格巴先生眼含热泪地同在场队员逐个拥抱致谢。

"种种迹象表明，很多黑恶势力和团伙在强大武力的震慑下，已经开始潜逃至外地甚至是周边国家藏匿，我们接到的报警电话上个月只有20次左右，这是历史最好成绩，也给我们继续努力工作带来巨大的信心！"今天的座谈会上，奈特·沃克同防暴队就一系列合作事项达成协议时感慨地说，"希望贵防暴队继续支持我们警局的整体建设，让和平重建整体规划拥有最好的治安环境，让我们用更好的成绩回应全州民众的新期待。"据了解，根据双方达成的协议，防暴队近期将继续协助当地偏远社区警务站人员开展近身防卫、计算机培训、法律文书制作、警械使用等技能培训，还将有重点地向偏远的基层警察职员捐赠一批警用物资。

援物

给当地女性的贴心礼物

培育中利姐妹情，弘扬跨国警民爱：维和女警将法律维权健康常识十几项内容打包赠送当地女性

一件件健康护理品、一袋袋红糖艾蒿、一条条实用日常注意事项摆在桌面上；一项项支援女性发展的法律讲座、交流交往、共建活动计划表上打上了已完成"√"的备注……6月7日，维和警察防暴队7名女警全身心支持当地女性发展的"套餐型"计划接近尾声，这些充满中国女性传统爱心和女警细腻情感的持续帮扶，必将对驻地希诺州、大吉德州女性事业的发展起到前所未有的智力支持和信心培育。

众所周知，此前长达10年之久的持续内战中遭受迫害最为严重的当数女性这个特殊的群体，如今她们的工作、生活究竟是个什么状态？今天，持续7个月时间将更多精力投入到当地女性状况调研的防暴队办公室主任赵微认为：我们所在的这个国家整体重视女性维权和女性事业发展工作，我们接触的女性当中有女市长、女（医院）院长、女（警察）局长，连偏远的警察检查站长、警务室警员都有少数女性担任，但由于当地自然环境恶劣、交通网络尚未普及，加上很多女性生活在偏远的村寨和部落里，她们承担着农耕、抚养数个孩子和繁重的家务劳动，一定程度上造成了她们法律常识、科学知识、维权意识、自我防护能力尤其是生理健康知识较为缺乏。

行走于当地街道、商场、农田，可以看到很多女性都在同男性一样从事着繁重的劳动。作为格林威尔市区唯一一家综合商场的"鱼市"，从事销售、物品运输的女性占工作人员总数的一半以上。"以州立中学为例，现有的300多名学生中，女生仅有80人左右，说明大部分女性掌握基础文化知识后，就会选择回家务农或者走上工作岗位！"谈起当地女性的生活状况，值勤官赵瑛瑛说，"让人欣慰的是随着当地政府对女性工作的重视，医疗、教育、文化等部门的女性领导、职员逐年呈现增多的良好趋势，预计很快会突破三分之一。"

防暴队进驻任务区以来，7名年轻女警针对当地社会各界女性伸出了友爱之手，按照每月有联谊、周周有活动、定期搞帮扶、逐步推进关爱女性活动的工作思路，全面深入当地各界妇女中间开展共建联谊活动。由女警们精心制作的包含全球女性发展动态、国际女性维权时讯、女性权益保障法规、基础科学知识、防侵害技能、卫生健康常识在内的理论知识、实践操作、爱心礼物等十几项内容被"打包"赠送给当地各界女性。"由于当地基础设施较差，很多女性对自身的健康维护基本处于较低水平，我们赠送的很多女性用品及'暖宝'、红糖、艾蒿等效果显著的女士保健品，她们喜欢的心情无法用语言来形容。"说起连续开展十几次的爱心捐赠女性活动，赵微感叹地说，"为期7个月的维和生活，我们收获最大的就是帮助当地女性做了一些实实在在的关爱活动。每次交流交往我们一起吃饭一起开展活动，一起分享我们内心的感受，每次分别时大家手牵着手相送，她们回赠的那个持久拥抱让我们久久难忘。"

据悉，维和女警作为联合国警察的特殊组成部分，在当地女性心目中有着不可代替的信任，每当她们走到一起时相互沟通交流都会顺畅无比。谈起同中国女性长期的交流交往感受，格林威尔市市长芭芭拉女士赞叹地说："我们同中国女警建立的感情将会让当地姐妹永生难忘，她们带来的新理念、新知识，送来的贴心用品，以及培养的生活好习惯对提高当地女性能力水平、健康水平具有里程碑式的意义。"

节省方便面派发群众

任务区民众：每份爱心馈赠都体现着中国人民的爱心

"这是送给你们的礼物，希望能够对你们贫困的生活有帮助，一定好好教育孩子读书学习，成为建设美好家园的有用人才！"4月14日，在希诺州加塔雷镇路口居民家中，防暴队盖立新政委亲手把方便面、足球、书包、学习文具等物品送给户主查理斯·玛莎时说，"这些东西都是队员们不远万里从国内带来的，是中国人民送给你们的爱心礼物。"

据了解，自去年底进驻任务区以来，防暴队累计出动警力11000多人次，行程32695公里，巡逻执勤途经当地近百个村庄，每次都把"适当赠送生活用品、传递中国人民爱心"作为固定内容进行部署，把从国内携带的食物、衣服、各类学习用品及中国传统工艺品赠送给当地民众尤其是老人和儿童。今年3月份，获悉防暴队多次在任务区进行爱心捐赠活动后，联利团有关部门先是高度关注，随后了解详细情况后给予很高的评价。作为执行维和任务的军警队伍，对于向民众捐赠物品联合国有着怎样的规定？负责后勤保障工作的副队长范佳强进行了详细介绍：每一支防暴队都是由联合国后勤部门负责日常生活供给，按照正常需求量运输配发食品及其他基本生活用品，这些物资不经过允许绝对不能使用于保障警队以外的各种活动，否则视为违反《联合国出兵法律指南》规定和其他有关法规，轻者通报批评，严重者予以处罚。

不久前，防暴队队长国向东带队前往偏远的艾继博达社区巡逻，当车辆驶离当地几公里后他又返回几户居民家中挨个送去了少量罐头，回想起当时的场景，他说："看到那里的人们在石头支起的锅里煮着少得可怜的稀粥，四周是围成一圈等待吃饭的孩子，不把我们的一半分给他们，我自己吃不下去，脑子里总是出现孩子饥饿的样子！"进驻任务区以来，防暴队积极投身中利友谊发展，多次在格林威尔示范学校开展捐赠活动，坚持"巡逻执勤到哪里帮助困难群众的爱心就延伸到哪里"的做法，对当地社区进行医疗援助以及其他人道主义活动，尽最大可能对当地困难民众提供帮助、支持、友爱。对此，联利团有关部门多次进行通报表彰。谈起在任务区开展爱心活动的体会，值勤官何洋说："我们从国内精心挑选的各种学习用品文教礼品，都是队员自己掏钱付费，很多商户听说我们来非洲后主动赠送了不少礼物。我们自带食品尤其将节省的米面赠送给当地困难民众后，他们那种高兴、幸福的表情，是其他地方的人们很难看到的。"

"找来废弃材料亲手做座椅、利用自带废料制作运动场设施，把自己执勤加班配发的国产方便面节省下来，利用每次出勤机会赠送给目的地那些最可怜最需要的人，让他们痛快地吃顿饱饭，给他们一种力所能及的爱心支持，即使我自己饿上半天心里也高兴！"谈起每次执勤巡逻途中给当地人献爱心的场景队员李春江都感慨不已，"这里的孩子每天一日三餐很难保证，看着他们消瘦的身体，尤其是渴望食物和学习用品的眼神，让人久久难以忘记。"现在，在队领导的号召下，各分队针对当地困难情况有重点有步骤地组织献爱心活动，号召大家将国内携带的物品、塑封食品尽量节余下来，定期深入贫困社区进行爱心捐赠。据盖立新政委介绍："防暴队作为中国警察的海外代表，我们在完成防暴处突任务的同时，时刻不忘促进中非友谊发展的使命，按照联合国人道主义要求，坚持用中国制造的礼物送给当地生活贫困的民众。出国前队员们购买的很多精细礼物捐赠给当地困难人员后，受到了他们最大的欢迎。他们不会记住我们每个人的名字，但是他们会牢牢记住中国警察，记住崇尚和平善良友好的中国！"

六、扬威国外

工作值勤,
会议、纪律
纪律源自自律
备勤、站岗
演习
突发险情及抢险救援
参观调研
检查验收
媒体报道
巡逻
荣誉、声音

会议、纪律

中国维和警察信什么"宗教"
140名维和精英会师任务区，各种"新词汇"彰显新警风

骄阳似火，烈日炎炎，大西洋西岸的季风稍做短暂停息，格林威尔犹如笼罩在巨大的蒸笼中，处于热浪中的还有当地重要的交通设施——飞机场。当地时间11月4日上午，防暴队盖立新政委、国向东队长等领导已经是第5次到达这里迎接队员的到来——他们将迎接最后一名从首都蒙罗维亚转运来的队员。

"你再不来，后勤这摊子就该忙冒烟了！"队领导紧紧握住"最后一兵"李虎啸的手，说不出的亲切。后勤官李虎啸英文名字叫"tiger"，名如其人，他既有老虎的劲头，更有不达目标不罢休的韧劲。当地很多办事机构制度多，与国内差异大，他白天挨个走访办事，晚间就对没能公关成功的人、事逐个琢磨，办事效率渐入佳境，事情都办好了，各个国家的人员也开始喜欢他了，最后联利团有关部门还想留他做食品办秘书——防暴队离不开他，他又怎舍得朝夕相处的战友，最后经过各方协调才让他顺利归建。

李虎啸的到来标志着复杂烦琐的中转工作终于完成。今天是全队大团聚的日子，各项新规定新气象也逐渐形成，具有维和防暴队特色的"新词""潮语"不断形成，大体可以总结归纳出以下几条：

——见面"打哑语"。

"现在每名队员每天平均上岗3小时，还要投入营建工作，睡眠时间明显不足，每个宿舍都有串休'补觉'的队员，必须让他们睡好觉，这就要求我们走廊和房间里严禁喧哗，睡觉翻身动静都得轻点儿！"这是昨天上午值班员任杰召集分队长、小队长开会时提出的具体要求。6个哨位的勤务加上每天十几个小时的体力劳动，每个人都是国内200%的工作量！"百废待兴"的各项工作需要每个人全力参与。一个小队长说得好："必须照顾好每名同志，他累倒了其他同志就得多承担每次15分钟的勤务！"从此之后，经过各个宿舍门前，大家碰面都是微笑示意和做噤声手势，每个房间都有队友为"补觉"人员摆放的饭菜，还在饭盒旁边写上了充满温情的话语："揉揉眼睛，你该进餐了！""这是留给你的饭菜，如果需要辣椒酱，请自己在柜子里取一下！"

——"谁送你上的岗？"

我阅读过包括外军在内的不少军事类书籍，也看过《军语》之类的专著，第一次听说"送岗"这个新词。我因事去找两个队长，却听说大白天他们在睡觉，顿感蹊跷："他们昨晚不站岗怎么还睡？"队员邵奎智说："他们一个晚上都在'送岗'，比站岗还累！"我说听过到时间去接岗（位），没听说过"送岗"啊！小邵解释说："3号、4号哨位设在大树丛林中，杂草丛生，没有灯光，没有电话，这几天又经常电闪雷鸣，队员们对环境还不很适应，心理压力不小，队长们创造了新举措——'送岗'，轮流把哨兵送到岗位上，讲讲注意事项，聊聊家常话，排除了深夜的哨位寂寞，时间也过得快。送完这个送那个，送来送去就得大半夜，队员受益了，带'长'的付出了双倍的艰辛。"

——"集体打电话"。

任务区是个国际大家庭，很多国家队员都有自己的信仰——拜阿拉的，拜耶稣的……"平时正常执行维和任务，课余时间拿出一米见方的小毯子开始跪拜！"这是别国警队队员经常做宗教功课时的做法，在任务区里已经司空见惯。我防暴队员信仰共产主义，热爱自己的祖国，没有单独的信仰，但是有个动作经常被外军队员误解：队员们盯着手机屏幕满院子转，姿态虔诚，表情认真。他们好奇地问你们这是信奉什么宗教，其实，这是队员们满院子找信号，一旦出现信号时就会拨通电话向家人报平安。队领导充分理解队员们思念亲人渴望沟通的心情，可由于当地手机信号不好，时常难以通话。队领导一直在想方设法解决手机通信方面的难题，从4日开始信号变得好多了。由于和国内有8小时时差，任务区上午操课时已经是国内下午时段，队员的情感需求得到了队领导的大力支持，全体队员上午正课时间可以自行抽空打电话，只要不是出勤、战备、上哨就可以，队领导不仅不制止，还会大力支持。

——"今天被咬了吗？"

"天天裹着厚厚的战训服，抹着大量的预防药，昨天还在电话里告诉爱人，'我要是让蚊子咬了对不住你在家给我的药品，可今天大雨来了，蚊子都进室内了，赶上内急没预防好，让蚊子狠狠地咬了一口！'"一向细致周密的小队长孟凡军今天也首次"中标"。在任务区首要天敌就是蚊子，它们无处不在、漫天飞舞，如果想不让它们碰上，只有全天躲在蚊帐里。对于维和警察来说，这绝对不可能！经常能听到任务区有被蚊子咬后紧急抢救的病例，无言的恐慌一度笼罩着全队人员。好在盖立新政委的一席话给大家吃了宽心丸："在蒙罗维亚等大城市人口密集，交叉感染多，所以被咬后感染疟疾病毒概率大，而这里人口较少，传播的可能不大。"尽管如此，每个人见面之后还是像国内问"你吃饭了吗"那样，问一声"今天你被咬了吗"。

——"紧俏的遮阳布"。

防暴队带的几十匹遮阳布哪里去了？按说已经足够了，现在很多位置都想用，却感觉一时紧俏了。要是这么问，7名女队员会集体回答：都用给我们生活区了！防暴队是个男女汇集的大家庭，女队员们和男生一样承受着高温酷暑、物资匮乏、生活单调等困难。这些司空见惯的困难，身体强壮的男队员都难以抵抗，何况身体素质相对较差的女生：谷玥欣雨高烧3天后坚持参加指挥中心第一天的战勤值班；赵瑛瑛被"米8"直升机几番颠簸折腾呕吐得"软着陆"后坚持到厨房帮助改善伙食；赵萌萌中暑服药后不到一小时就坚强地走出宿舍工作。关心照顾好老人、妇女、儿童是国际慈善机构的惯例，照顾好女队员更是全体队员义不容辞的责任，对着男卫生间的窗口、指挥中心的玻璃、女队员生活区都优先安放了遮阳布——封闭起相对的空间，尊重女性的隐私权。除此之外，还在开放营区的女生区设置流动岗哨，安置防护安全的铁丝"地龙"，给这些远离祖国远离亲人的女性队员以更多的安全感。

日日夜夜总结归纳出《勤务守则及注意事项》
首次轮值新气象：20个艰辛日夜撰写出"勤务宝典"

11月21日上午，"向国旗敬礼！向新队友致敬！"随着分队指挥员任杰响亮的口令，第一支赴利比里亚维和警察防暴队第一次勤务轮值在格林威尔机场、任务区油库举行——这次规模不大、位置特殊的海外警务维和警察轮岗交接仪式中，除了武器性能良好、设施完好如初、"水满桶粮满缸"等常规特点外，两个小队20名队员还捧出日日夜夜总结归纳出的《勤务守则及注意事项》。

我案头这本装订简易的小册子，涉及勤务、卫生防疫、营区生活等部分，没有空话套话，都是防暴队员艰苦环境下的亲身体会和辛苦结晶，很多切身体会足以让所有读者心生感慨：某周日队员们在营区内用木杆采摘树上木瓜时，无数只蚂蚁顺着杆子迅速下来，一分钟不到就已经爬满队员全身，害得队员们跑到卫生间一丝不挂地清理，身上还是留下无数蚂蚁咬伤的痕迹。还有，他们总结出了修缮后的哨楼在暴雨降临时只有躲在左侧木板后，才能避免被暴雨浇透，还不影响上千平方米范围内警卫目标的全角度瞭望……

问起两个执勤点队员，怎么写出这样实用性强的执勤"宝典"，他们讲述了这样的经历："把每天点点滴滴的感受记录下来，及时总结提炼，把每个人不同的感受和做法融汇在一起，最后和大家再一起用最朴实的文字归纳出来，就是留给新队友们最实用的手册！"

家有6个孩子的保安波森经常下班后等着吃我们的饭菜、机场管理人员中有3个"穆斯林兄弟"要注意聊天内容、哨所附近经常有眼镜蛇出没夜间要手持木棍清道……这20多个大大小小的注意事项，队员们都对新队友细致交代。这些日日夜夜坚守哨位，辛辛苦苦"破天荒"营建"新家"的队员们，把自己所有的体会毫不保留地留给新战友，到底是一种什么样的奉献精神？分队长杨攀说："刚开始到这里履行勤务职责时，条件异常艰苦，队员们如厕要到草地里'挖坑'，洗浴时需要别人扯着布帘子'遮丑'……通过20多天的艰辛奋斗，他们把哨所弄成了最安全最规范的哨位，安装好了集装箱房厕所和淋浴间，这些任务区最舒适最'享受'的东西，他们还没来得及用一次，今天就得转向下一个执勤点！"

防暴队重要会议简洁高效
10分钟两个勤务部署会：细致部署周密安排，确保"首巡"成功

"长途复杂路面行车一定要携带拖车专用'硬牵引'，还有异地驻勤必须备足室内室外用的消毒物品，确保临时驻处安全卫生……"12月20日早8点整，中国维和警察防暴队远程、市区首次巡逻勤务部署会没有主持人、没有任何背景"铺垫"，直奔勤务主题、巡逻路线、人员组成、警用装备尤其现场纪律等实用内容，边传达上级精神边周密部署，中间还穿插必要的细节研讨，这场会议8点10分结束，各执勤组迅速投入到各自的筹备中。

按照联利团的部署要求，防暴队近期将承担格林威尔至赛斯托斯城远程巡逻和格林威尔市区节日期间治安巡逻任务。早上8点，当队领导发出开会通知后，指挥中心、各分队及小队领导各自携带前期拟制的行动方案齐聚会议室，共同商议行动过程中可能出现的问题及应对方法。

勤务会议是防暴队的重要会议，更是求真务实的战时会议。这次会议不设主持人，也没有以往会议的程序，盖立新政委开门见山地简单说明两次勤务的时间、主要内容、负责人等内容，接着直接提出相关具体要求："此次远程巡逻任务距离远、情况复杂，市区巡逻是中国防暴队首次在当地民众眼前亮相，围观人员肯定不少，所以，这两项任务不仅要选作战、通信、医疗、驾驶等方面的骨干人员组成，还要由下次即将承担巡逻任务的分队骨干参加，依次轮流，形成每次巡逻执勤都由有经验的人员主导的机制，为以后固定巡逻勤务奠定基础！"

围绕前两次复杂地区探路存在的问题，参加会议的3小队长朱强发言中既谈困难又提出解决方案："根据当地通信设施分布及发射架分布情况，勤务组一旦

离开营区30公里，除了卫星电话，在茂密的山林中其他通信工具根本无法发挥作用。我的想法就是充分利用短波电台的超强功能，把性能发挥出来，在各个地域进行反复调试，及时把前方情况报告给营地指挥部。"针对"10米一个坑，时刻在颠簸"的山区路面，范佳强副队长现场提出："要组织全体驾驶员学习常见问题的解决方法，防止车辆抛锚；各队一定要携带拖车用的'硬牵引'，软牵引远途不好发挥作用！"国向东队长就执勤纪律进行细化："相关执勤规定大家继续坚持好。另外，严禁执勤过程中吃口香糖，禁止倚靠车体或其他物体上休整，严禁任何人携带照相机拍照，队员之间尤其和群众一定要使用规范执勤用语！"他还要求全体队员观看一下《一位翻译引起的战争》的影片，要以高度的责任感做好涉外语言交流。

10分钟的勤务部署会，涉及的多个问题现场都得到妥善解决，散会后各组人员开始分头部署、准备。指挥中心战勤室主任孙书恒向首批执勤人员讲解《勤务组警务装备及个人携带生活物资》清单内容后，提出工作要求："明天清早行动开始，除枪支外所有物品今天下午3点必须提前装车，到时直接取枪出发。"

把决策执行时间压缩到最短
新年第一会：执勤行动砍掉一切无用程序保打赢

"今后，一切勤务用车只由一名队领导审批，减少不必要的中间环节；明天开始停用所有非勤务用对讲机，防止占频道导致战斗情况上传下达不顺畅……"1月4日，维和警察防暴队在新年首次党总支会专题研究防暴勤务工作时做出一系列决定。"新年新气象，作风体现在实战上！"队领导按照这样的工作思路要求集中全体队员最大的智慧，研究制订更实用更科学且能经受住实战考验的勤务方案，重点砍掉一切无用或者作用不明显的程序，一切从实战出发谋打赢，确保今后各项复杂勤务活动顺利完成。

遵循联合国武力迎战原则，显示武力存在震慑打击恶性犯罪活动是成建制防暴队的首要职责。自2013年10月份到达任务区以来，防暴队按照联利团周密部署，已圆满完成10余次情况各异、内容不同的防暴处突任务，每次都得到相关上级部门的通报表扬。面对近期勤务数量增多、不确定因素加大，新年到来之际，盖立新政委对每次勤务行动都是全面分析、冷静思考，并在新年首次总支会议上要求全体骨干要时刻保持清醒头脑："骄兵必败！海外维和工作所处环境瞬息万变，尤其当地治安基础薄弱，各种矛盾叠加交织，面对新年度勤务要认真总结，敢于查找不足和差距，对今后勤务工作进行深入谋划。"根据提议，防暴队组织专人对以往的勤务进行了全方位深层次的"诊断号脉",将对现有勤务工作模式进行查缺补漏列为防暴队新年度的重点工作,汇聚了队领导、分队长、小队长、训练骨干等十几名专家型人员,鼓励大家一起找问题提建议,敢于"用自己的刀削自己的把","找出不足是能力,解决问题是贡献",对原先的工作模式行动方案进行外科手术式的解剖、梳理。期间,盖立新政委边分析需要改进的地方边提出具体要求:"完善后的《方案》要减少程序,集中指挥,要把责任明确到具体的人,把执行过程进行最大程度的细化和规范,不能有一个人一分钟时段的盲区……"

按照队领导部署,指挥中心人员连续奋斗20多个日夜完善出台了新的《防暴队勤务工作规范》,共对五大部分几十项内容具体细化。摆在我案头的《工作规范》可谓细致入微:以勤务派遣为例,派遣10人以下的勤务时,备勤分队领导自动进入指挥程序,5分钟完成领取警用装备,10分钟领取完所需物品,15分钟后整装待发等候出发指令;远程执行武装任务出动20人以上时,队领导必须一线指挥,同队员并肩作战;只要执勤出了营区驻地,必须有一名外科医生随队保障,坚守"所有勤务的组织实施均以安全为最高原则"的警规铁律。

国向东队长说:"如果说维和防暴勤务是树干,要果断砍掉一切影响树干生长的旁枝杂叶,也就是说废弃一切无用程序,保障勤务程序简单顺畅,下达命令快捷无阻!"按照队领导的部署安排,凡涉及任务书签发、车辆派遣、通信指挥等环节都进行了有效改进:新派车制由原先的两级审批精简为管理和审批为同一名队领导,对讲机只能用于处突行动和执勤任务,涉及勤务任务书的文件谁主管就上报给谁,不能"绕圈"贻误战机……拿着这份会议纪要,二分队李海军教导员说:"今后勤务部署过程会更加科学便捷,把准备过程缩短到了最低,大量时间用在现场决断和处置上,应急处突任务的完成会一个比一个更完善更理想。"

纪律源自自律

纪律源自自律
详解维和任务区里的新"三大纪律八项注意"

"满院子爬行的蜥蜴、蜗牛,草地上散步的各种小鸟,包括穿山甲等野生动物,任何人不能碰,不能伤害,让它们好好繁殖,在中国人的营区里健康成长……"

当地时间10月31日上午,防暴队在营区简陋的"帐篷会议室"内,就大部队到达后注意事项提出具体要求,对室外吸烟、随意拍照、伤害野生动物等违背东道国法律和习俗规定的行为作为警队"铁规"明令禁止。

防暴队以公安边防部队为主组建,队员都是经过层层选拔的军龄5年以上的现役军人,人人都能熟唱、遵守"三大纪律八项注意"和各项规章制度,这次,当我们远离祖国到达非洲任务区后,将自觉执行这些新的"三大纪律和八项注意":

——外出时"大车让小车"。

我们所在的国家道路狭窄、车辆较多,会车时都会停车让道,坚持"大车让小车、轻车让重车",优先让对向车辆通过。从首都蒙罗维亚到路况较差的任务区格林威尔市,我防暴队始终坚持交通"新规",每当遇到当地民众的车辆,都会礼貌停在路边等待,并主动鸣响喇叭致意,每次都得到非洲朋友竖起大拇指给予赞扬!

——"严禁室外吸烟"。

每个国家都有符合国民利益的法律或自己的特色习惯,在利比里亚可以看到随地大小便的民众,却永远看不到室外吸烟者。受常年战乱影响,利比里亚当地民众的生活条件还很艰苦,生活环境恶劣,随地大小便行为缺乏有效监管,但是对于室外吸烟这一习惯严格控制,已经明确写到法律里。负责防暴队所在区域卫生垃圾处理的黑人朋友乔治先生说:"中国警察和我想象中的一样,无人在室外吸烟,少数吸烟队员都是到指定的吸烟室,事后,他们会妥善处理造成的垃圾!"

——"尊重和保护满院子的动植物"。

非洲是全世界生态保护最为完好的地区之一,森林覆盖率很高,水土丰茂,自然环境淳朴优美,"清晨叫醒你耳朵的不是集合号声,而是你窗外鸟儿的'百鸟朝凤'!""和国内相比各种爬行动物都是大一号的!"从蒙罗维亚到了格林威尔市才发现,最大的一棵树上各种鸟窝竟然有几百个,上千只麻雀大小、五颜六色的鸟儿正在欢快游戏和歌唱。我拿起掉落在地上的鸟窝观察,这个用细软木质物编制成的椭圆形鸟巢,体积有成人拳头两个大小,很是精致,队员们称鸟巢前后两个大点的区域为客厅和卧室,是个很舒适的居所。营区里到处都是"大号"、"超大号"的蜥蜴、蜗牛和说不出名字的虫子,你可以近处观赏,也可以拿在手里玩耍,它们不仅不怕人类,还会找到缝隙"溜"到队员房间里做客,有时会爬行到蚊帐里,还会大大方方毫不畏惧地在你面前信步走过——蜥蜴是没毒的,还会帮助人们每天吃掉大量的蚊子。女队员赵瑛瑛微信上有张经典的照片——她头戴贝雷帽,手掌心举着一个比鸡蛋还大的蜗牛,还时尚地加了句流行广告词:没有买卖就没有杀戮!

——"和外国友人见面就要打招呼,因为你代表中国"。

联合国任务区是个小型国际"大家庭",每个人都对中国警察异常关注,从高级管理人员到普通的保安队长,都能熟知远在万里之外中国的相关情况。防暴队员见到任何一个外国友人都会友好地打招呼,对方也会微笑示意,闲暇之余大家还会一起彼此交流、学习。

——"不准随意拍照及光膀子"!

"在利比里亚这个国家,光膀子让人家看到的,不是神经病就是流氓……"当队领导讲出这些规定和要求时,全体队员对这个规定印象更加深刻了,"中国警察要做全世界最文明最礼貌的警队,人人都要做形象代表,鄙视这种'流氓'、'精神病'行为……"利比里亚是个人权意识很强的国家,群众都有强烈的自尊心,在没有得到允许的情况下,绝对不允许随意将镜头对准他们,这种行为对他们来说是歧视和不尊重。

——"正确善待当地人的需求"。

由于生活困难和出于对中国传统文化的喜欢,很多当地人会向中国防暴队员索要礼物和食品,面对这种特殊的喜好,我队员都要妥善处理,提倡适当赠送清凉油、"蚊不叮"等小礼品,即使对方有过分要求,也不能生硬拒绝。"中国防暴队开饭了!"每次防暴队炊事车香味飘出后,都有当地员工、群众"闻香而至",恳求能赠予午饭。防暴队领导要求后勤人员:"要尊重当地人的基本饮食请求,不歧视,不冷落,要拿出少量饭菜供给附近当地人食用,坚决不赠送剩菜剩饭!"

防暴队盖立新政委和队员交流时说:"我们所接触的当地人员都是友好朴实的,他们懂得尊重人,懂得礼节,尤其这里的人和动物都能和谐相处,经济社会也一定能够实现科学发展!"

用对方喜欢的方式打招呼

维和任务区重礼节重团队意识:有趣的响指礼和维和同行的"一壶茶"

"联利团共有数十个国家9000多名军警、文职及志愿者,他们都是经受过高等教育的人员,对于礼节、礼貌尤其来自中国警察的尊重异常重视,所以全体队员必须深入学习任务区的优良传统,熟悉相互之间见面问候和打招呼的方式方法,以友好合作的姿态赢得各国同行和当地民众的赞誉!"2月20日,维和警察防暴队盖立新政委就外事纪律尤其是注重礼节、礼貌培养提出明确要求,"要自觉融入维和大家庭,用对方喜欢的方式打招呼致问候,全面树立中国防暴队的良好外在形象。"

据防暴队联络官姜瑞海介绍,联合国利比里亚任务区维和人员和当地民众通行的见面礼节主要有以下几种：握手礼、贴面礼、击拳礼、响指礼等。众所周知，握手礼、贴面礼是国际社会最常见的礼节，击拳礼则是当地民众长期生活中自创独有的理解——最常用的是在每次公共活动场合一个团队或者其中一个代表参加完演讲、竞赛返回座位或者归队时，会伸出右拳和自己队友或者支持者轻轻地碰一下，以示自己发挥良好或者达到了大家共同表达的意愿。几天前，我就这个问题采访部落式社区曼德镇族长普斯林·塞拉尔时，他介绍说："这个礼节来源于我们最传统最广泛的足球运动，每次无论自己的球队是赢了还是战败，只要队员尽力了，大家就会击拳祝贺，是给对方鼓劲加油的最便捷方式！"说完，他指着正在门前草地的简易球场上比赛的孩子们说，"你看他们只要是踢球间隙，彼此之间就会击一下拳头，给自己信心，给对方力量支持。"说到这种团队间的鼓励，他还给我讲了一个当地人最常用的表达方式——每次有自己的代表登台演讲时，演讲者会发出一声"哈喽"的问候，台下会齐声应答"嗨"，然后，演讲者重复对方的词汇"嗨"，台下会立即应答"哈喽"，也是一种简单问候和引起共鸣的欢快方式——对于这一个特有方式，我已多次在当地公共场合见到，很有趣，很能集中会场人员的注意力。

历数当地人见面礼，最有特点的当属环节较多、人人使用的"响指礼"。这里除了孩子、妇女之间，成年男人见面必须按照规定流程操作一遍以示友好："握手——互相握住对方拇指——弯曲拇指外的四手指勾在一起——用中指和对方打出漂亮的响指。"这个当地人人都在使用的礼节程序不少，但是看着让人感觉很雅观很温馨。对于其中的由来，普斯林·塞拉尔族长给了我解答："说法有很多，主要的意思是'你很棒'、'咱们很友好'。但是在长期内战中我们又有了其他更深层次的理解，那就是在硝烟战火流离失所中好朋友见面不容易，握手后再彼此握住大拇指有相互庆祝的意思。勾住手指表示亲友间依依不舍，打出响指是祝福大家好运的寓意。"他还说，"这个礼节有点麻烦，你进入一个场合或者一个群体时，必须友好地和所有人进行一遍，否则得不到你示好的人就感觉你特别的不友好。"这个观点很像中国烟民们"宁落一群不落一人"的俗称说法。

和当地民众之间除了注意见面礼节，同多国维和同行之间如何进行初次或者重要见面场合的情感表达也是我们研究的问题。联络官姜瑞海这样介绍经验："这种国际团队间的见面礼节，大部分是握手礼和贴面礼，作为联络人员我们会在初次沟通时友好地询问了解需要注意的禁忌事项，对方都会给予理解和提醒，这种做法避免了双方会面时产生不愉快。"他还给我讲了某异国友好维和部队的一个特殊习俗——这支队伍每次聚餐或者开展活动时，都由其中岁数最小的人员或者指定者端着一个茶壶和一个杯子，轮流走到每个到场的人员跟前，奉上一种特制的茶水。"一个团队共饮一壶茶共用一个杯,那种融入战友情、同胞爱的感觉让人看着很震撼很温馨。"联络官姜瑞海至今对这个场景念念不忘,"他们对待所有维和同事也是同样的方式,表示将你看作最尊重的朋友和兄弟。"

面对联利团和日常执勤总结出工作要点
维和工作每天都是学习日:专家型队员脱颖而出,个个都是"任务区问题专家"

"对于某民事部门领导跨部门行动指令婉言谢绝并说明理由,对于当地政府部门提出的共建事宜涉及企业之间的争议,我警队不介入……"4月3日下午,防暴队研究近期业务工作时,队领导率领10多名业务骨干对各类复杂勤务果断进行研判,迅速做出决策部署。历时20分钟的会议结束时,盖立新政委强调:"面对联利团及当地相关工作制度和指挥链条,我们培养的相关业务专家已经能够精熟掌握灵活运用,今后我们力争把每名队员都培养成任务区的问题专家和业务能手。"

作为第一支驻利比里亚维和警察防暴队,刚刚抵达任务区时,队员们经常为这样的事犯愁:接到的任务书明明说清了内容和意义,却要征求你是否有能力完成此项工作;某些职能部门人员巡查营区后发现欠妥当的事项表面满意,随后就会"投诉"反映你应该改进的地方……面对这些问题,防暴队组织专人进行了深入研究,并对照联合国发放的厚厚教材进行逐条分析,最后得到的结论是:联利团作为国际大家庭,执行的规则和工作理念不同于国内。例如,下达任务书中除非紧急勤务,其他常规勤务通常需要经过征求意见、协商讨论、最后确定等环节,才能促成一次勤务的正式实施;职能部门对你工作方面的"投诉"是一种善意的帮助,只有这样相互监督相互提出建议才能促进工作提升。如今,以队领导和值勤官、行动官为主组建的维和勤务业务小组对来自上级业务部门的各种指派任务能熟练地进入"快车道"。负责与联利团各部门协调最多的联络官姜瑞海说:"现在我们前往联利团汇报、沟通很多事情,都会优先得到他们的办理,往往给我们意想不到的支持,因为我们的工作思路符合这个'大家庭'的规则和思路,提供的参考方案最符合实际需要,操作起来往往效果最好。"据统计,去年底至今,联利团已连续4次在防暴办月份通报表扬中国防暴队"熟悉指挥链条、严格遵守工作制度"。

车速普通路面不得超过50迈、暴雨达到1小时执勤车不得继续前行;外出必须携带预定时间两倍的应急食品、宿营地基本没有电源保障;不得在人群聚集地购买物品,尽量只对老人和儿童送去多余的食物……这些由外勤、运输、群联等小组提供的日常工作要点已经在历次实践中得到了验证,包括每次群众集会时从人群的穿戴打扮和使用的交通工具上,队员都能够迅速地分辨出是党派和平活动还是政府组织的公益宣传。普通队员们对于任务区情况的了解掌握程度怎样?我接触的很多队员给了我很多意想不到的答案:双休日是当地发案率最低的时段,民众们绝大部分相约参加宗教活动;你看到电闪雷鸣而没有感觉空气潮湿时,那不是下雨的前兆而是当地特有的晴天"雾雷"……

据悉,利比里亚自2003年结束持续长达10年的内战以来,大部分公共设施在战火中被摧毁,管理制度和公益性建设处于和平重建过程中,加之经济发展速度缓慢,很多问题和事项需要深入研究,对于长期驻扎在这里的防暴队员来说,警务技能、民族宗教、工作流程、自然状况同样是他们热衷钻研的重点内容,其中,战勤室主任孙书恒为了保障每次行动圆满成功,通过实地勘查、外文资料查询、多方走访当地民众等方法,自己动手制作的辖区地图已经在各项任务中发挥了显著的作用。如果有人看着他用五颜六色的图案做出的不同地域表示,随口提问地名、道路、降雨量等行动要点内容,他除了对答如流,还能详细提供周边犯罪分子的活动规律、周边最近兵力部署等"额外话题",让提问者得到很多意外收获。谈起这些昼夜研究出的工作成果的重要性,孙书恒介绍说:"这里是全世界欠发达国家之一,对于各种信息的查找非常困难,包括常住人口的具体数量、道路情况以及天气预报等数据基本没有途径去查询和了解。目前我们动手整理出的这些东西不仅自己使用方便,还无偿提供给当地有关部门和民众们参考。"

"立足任务区履行好维和使命,关键是要把握好和平使命原则,研究好复杂多变的工作规律和任务特点,机敏灵活地行使好联合国授予防暴队的职权,才能维护好地区稳定!"多次带队深入安全形势较差的山区、矿区执行维和任务的盖立新政委多次强调这样的观点,"武力打击和支持和平建设是维和警队的双刃剑,对于拥有武器从事犯罪活动的团伙露头就打,对于普通民众有难就帮是我们维和任务的重中之重,做好了这些才能得到东道国的真心拥护。"

回国不得带象牙等违规物品
恪守国际法规弘扬光荣传统:防暴队承诺"只带走实战经验和宝贵的维和经历"

"西非国家物产丰富,诸多地产纪念品珍贵而有特色,但是它属于当地人民,无论联合国规章制度还是中国警察的光荣传统都要求我们忠于维和使命,严守维和纪律,尤其在轮换回国期间不得携带任何违规物品,切实做好维和警察遵纪守法的典范。"5月25日,防暴队召开轮换工作部署专题会上,盖立新政委向全体队员发出倡议，"任务区后期工作是对全体队员的法纪观念、道德品质最关键的考验，大家要全面总结任务区机动作战、政治工作、警队管理、复杂地区综合保障、群众工作等方面的宝贵经验，确保任务期队员无违纪、无通报批评、无投诉记录。"

据了解，该防暴队自去年 10 月份进驻联利团以来，面对复杂的社会形势、艰苦的生活条件和危险的工作环境，提出了"中国防暴警察亮相非洲责任重大"、"维和队员都是特殊宣传官"的工作要求，将遵章守纪作为打造任务区一流钢铁警队的制胜法宝和最佳抓手，把义务保护当地生态资源作为执行警令铁规的"试金石"，以防暴队制定的"任务区三大纪律八项规定"为基本，全面加强轮换前的队伍管理工作。

随处可见的爬行的穿山甲、商店里展销的犀牛骨、蟒蛇皮等物品琳琅满目，走在大街上经常有不法商贩兜售象牙、豹皮、野生鳄鱼……对于任务区这些"习以为常"的现象，队领导多次提出最为严厉的警告和纪律要求：无论是国内法律严禁的还是所在国法律明确要求的，任何队员都要远离违禁品，做到不看、不问、不围观，任何人手指沾染了违禁品就容易成为中国警察的败类和罪人，一旦发现将予以最严厉的警令处分。"这里是全世界野生动物种类最全、数量最庞大的地方之一，生物链交错纵横，我们既要防范自身安全，也要更好地保护它们的生存环境，只有人和动物和谐相处，人类社会才能稳步有序发展。随处可见的动物，很多既天真可爱，又容易携带难以治愈的病菌，队员们应该远处观赏不能近距离接触，这些方面很重要。"对于野生动物保护的人文要求，盖立新政委多次这样教育队员们，"这些动物活动规律很强，很多还有自己的固定领域，任何人不得擅自闯入，更不得袭扰它们的生活环境。"

年初以来，联利团环保办公室人员先后 3 次深入营区进行工作调研和专项检查，对防暴队农业生产不使用化肥、污水垃圾消毒无菌处理尤其是野生动物保护等工作给予最高评价，其中该办公室负责人乔伊丝观看了队员们收治、收养的受伤鸟类、猴子、雏鹰等野生动物图片资料后说："我们通过走访周边民众、问卷调查、同队员座谈等形式了解到，中国防暴队每个人都有深厚的大自然保护情结，至今没发现有人私自购买当地野生动物标本、骨骼以及其他违规公益品，并且严格尊重当地野生动物的生活习惯，保护它们的安全已经成为一种良好品行的体现。"

"弘扬中国维和警察的光荣传统，认真总结任务区作战经验，珍惜海外执法执勤荣誉，争做遵纪守法的和平卫士……"当天，全体队员共同表达遵纪守法、严禁携带违禁品的铮铮誓言在责任书上落笔。

当地俱乐部感叹赚不到中国警察的钱
健身俱乐部"零收入",彰显警队的严明纪律

"康维佳俱乐部对我们持续宣传其广告的良好效果,并且针对中国队员给予所谓的健身优惠,因为长期无人前往该处消费捧场,其主教练相约队员比体力竞肌肉,已被我队员代表在下午'掰腕子'、'秀肌肉'两个科目比赛中打败。他说中国警察的钱彻底赚不到了!"5月27日,在维和警察防暴队队员代表孟凡军同当地康维佳健身健美俱乐部主教练约翰利尔竞技后,约翰利尔感慨地说:"你们纪律太严明,身体素质更是达到一流水准,当地很多会所和酒吧饭店不会从你们队员手里赚到一分钱。"

"我们作为第一支首派非洲成建制执行任务的中国警察,国际社会尤其各大境外媒体给予了超常规的关注,某些国家预言当地将成为中国人购物、消费的'小中国'。警队要全程按照驻港部队纪律标准进行管理,人人为中国警察树立良好形象,行为举止都要接受当地民众监督,要让这些预言化为泡沫!"抵达任务区之际,盖立新政委向全体队员提出明令要求,"大家所有活动都要标上健康向上的'标签',亚健康和庸俗的事任何人都不能沾染,让国际同行和当地百姓通过你们的言行举止牢牢记住五星红旗和中国警徽,这是所有人必须做到的基本要求。"

"着装严整、举止文明、说话和气、有求必应、有难必帮,严禁任何人前往驻地饭店、餐馆等公共场所……"指挥中心主任孙福成手拿这份长达数页几十条的《防暴队文明守纪及执勤规范细则》介绍说,"结合任务区实际情况和风俗习惯,我们将执勤中严禁吸烟、咀嚼口香糖,依靠车体、树木及建筑物,以及当地人打招呼不回礼都进行明确要求,至今队员们无人私自外出、无人到达过商业性娱乐场所,很多本来将140人的中国警队预想为主要消费群体的场所逐个换地方营业或者关闭。"

据悉,为了打造全任务区一流的休闲娱乐设施和宜居舒适的生活环境,防暴队立足当地条件艰苦、信息封闭、生活环境封闭等实际,成立专人、专班研究制订文体活动计划,改建了足球、篮球、羽毛球在内的六大运动场,建设了警营网吧,开辟了视频通话休闲区;先后开展了"维和好声音"、"防暴队达人秀"、"庆新春运动会"、"中乌警队友好球赛"、"沙滩美食节"等富有任务区特色的文体活动,并于任务中后期组建了维和武校、业余健身队、徒步队、慢跑队、排球俱乐部、革命歌曲合唱团、扑克月赛等群众性组织,将大部分队员吸收纳入到各个群众性组织中,创造活动时间,提供娱乐场地,确保队员业余时间练起来、玩起来,让文体活动真正"活"起来,有95%以上的队员对当前的文体活动表示满

意并寄予厚望。全体队员均为平均年龄29岁的年轻队员，伴随着信息化尤其网络时代的到来，他们对新知识新时讯新动态的渴望远远超过国内岗位人员，队领导"尽最大力量改进营区通信条件"、"鼓励业余时间同家人视频通话"、"分区域安手机放信号放大器"、"建立视频通话休闲区"等细致入微的工作，受到了所有队员的欢迎。

行动规范均以维和人员标准作业程序为标准
维和警察在国际警务平台施展才华：素质过硬队员成为联利团公认专业人才

"后勤官、联络官、值勤官、医疗官这些涉外岗位队员多次在联利团各项重大活动中承担重要职责，我们被抽调到防暴办、后勤基地工作的队员长期承担重要的任务，这是全任务区对中国警队人员素质水平的认可。"6月19日，在防暴队勤务工作总结会上，队领导就专业人才建设情况指出，"防暴队将继续培养适应新形势下海外维和任务需要的优秀人才，为祖国争光，为中国警察赢得荣誉。"

维和警察防暴队作为派驻联合国任务区执行维和任务的特殊警队，所有职责和行动规范均以《联合国维和人员标准作业程序》为依据。"这本厚厚的规范性书籍涉及法条、规则数千条，已经成为防暴队队员精熟掌握、灵活运用的工作手册和行为指南，为他们成为联利团认可的高素质专业人才奠定了基础。"谈起队员们刻苦钻研相关法律法规和行为规则时，防暴队国向东队长说，"很多（中英）'双语'队员既有长期执法执勤经验，更有英语专业八级语言基础，加上前期每个人都投入了大量的时间和精力去打基础、练实践、疑难项目逐个攻破，很多人逐步成为全任务区公认的专业人才是一种客观的必然。"据悉，年初以来，联利团先后抽调防暴队后勤官、联络官各一名到后勤基地办公室、防暴办履行日常事务秘书、协调员职责，全面参与联利团各项工作建设，屡次受到相关部门的夸奖和表扬。

不久前，在联利团十几个国籍人员参加的一次大型会议上，担任首席翻译工作的联络官张政平富有磁性的声音、极其优美的英语解说征服了现场所有观众，众多的军警团队代表纷纷以"声音堪比NBA俱乐部职业解说员"发出由衷的赞誉。当他们得知联络官张政平日常沟通联系中熟练掌握相关制度规定、熟悉各国风俗人情及民族习惯，尤其在联络沟通中发挥了"双方满意、简洁明快"的良好作用时，更是给予高度评价。

"红色代表危险地区、黄色代表我们尚未探查明白情况的地区，绿色显示的是携带轻武器，少量人员就可以执行任务的稳定地方！"目前，由防暴队战勤室制作的周边上千平方公里内的警务数据信息图基本完成，这些都是值勤官们平时积累加艰辛搜集整理制作而成的勤务参考图,已经在持续7个多月的各项复杂勤务中发挥了突出作用。前段时间,当联利团向防暴队发出行动指令:将联合有关部门对距离营地直线距离约70公里的"巴黎营"进行武装巡逻,先后提出三个相互距离十几公里的备降机场为"疑似"巴黎营。值勤官们通过周密分析研判,认为相关部门提供的地图对几处任务地标注不明,缺乏翔实信息,对于安全完成任务存在较大困难,为此,他们带领作战骨干连夜对任务进行分析研究,多方找来地图并查到"巴黎"这个小村落,通过联系多个部门和人员核实,最终确定其中一个地方就是主要任务地"巴黎营",随后又不停地修改行动方案,对可能遇到的困难逐个设想,为当日复杂气候条件下一次性准确、安全降落目的地起到了关键智力支持作用。除此之外,防暴队还在全队范围内抽调专业特长骨干人员进行"课题攻关",形成了一整套具有中国警队特色的勤务模式,制定勤务标准化作业程序,对任务环节逐一规范,坚持图上推演和路况、地形分析,对勤务要求、分工、装备等及注意事项全面部署。按照勤务风险等级进行风险评估,行动时时刻注意人员、车辆、枪弹和装备安全,事后及时总结讲评。联利团总警监两次对中国防暴队勤务的做法表示赞许,警队执勤模式也受到任务区众多防暴队、民事警队学习借鉴。

"海外维和路上不能没有这些特长队员,他们以精湛的技能、过硬的作风尤其是丰富的涉外、勤务工作经验,在各自的工作岗位上取得的成绩得到了国际社会的高度认可,成为中国警察中优秀的国际执法合作人才,为执行海外任务积累了宝贵的经验。"谈起这些特长队员今后工作努力和奋斗的方向时,盖立新政委说。

物品标注事无巨细,只为方便轮值警队
"轮换工作既要科学高效,更要对维和使命负责对后续警队战友负责"

"本支防暴队各项工作接近尾声,内容烦琐、程序复杂的轮换工作全面展开,从领导到队员一定要本着对维和使命负责、对后续工作负责的态度帮助后续警队做好各项工作,确保他们来到首日即可以投入繁重的勤务工作。"6月17日,在维和警察防暴队轮换工作部署会上,队领导向全体队员发出倡议,"要在轮换工作中体现中国警察团结友爱、协同作战的精神,确保月底实现勤务顺利交接,以周密细致的安排赢得国际社会的良好评价。"

这几天,后勤分队人员进入了最忙碌的时期:数万件物资装备的位置、保养记录、注意事项进行图文并茂的细致梳理,按照交接总负责人、分类负责人、仓库保管员三级负责制,对所有执勤、工作、生活物品进行全面清点、整理,确保营区内所有物品数据清、底数明、状况良好。"这些大大小小的物品我们使用了

9个月，心里明白怎么回事，但是要细致地进行标注、说明，让新来的队友一下子就能看明白怎么使怎么用，需要做大量的工作，所以我们组织了专门人员尽最大可能地说清楚讲明白，让他们便捷使用、减少时间浪费。"防暴队副队长范佳强作为轮换移交工作负责人，已经带领自己十几人的团队忙碌了一个多月，期间多次同国内后续兄弟警队保持联系后仍然有更多细致工作安排，"新警队刚到达任务区，后续给养需要较长时间才能到达，所有队员要发扬团结友爱、互帮互助精神，把食品、蚊帐、洗漱用品等所有能用物品都给新同志留下来，一丝一毫都不能浪费，以全力支持他们度过刚到达两个月的给养保障困难期。"

据悉，成建制维和警察防暴队工作量大、细节要求内容较多、注意事项较多，尤其新警队人员证件办理、中转运输、过渡住宿等工作涉及众多相关部门和人员，很多事情如果考虑不细致、安排不合理，势必对两支警队交接造成工作不便。为此，队领导采取专人研究细则规定、提前部署安排、强化与业务部门合作等办法，全面推动轮换交接工作。这几天，专程前往联利团防暴办负责协调轮换工作的防暴队两名联络官、后勤官就任务区内航班安排、证件办理、物品检查等烦琐事宜办理取得了理想效果，各项工作进度达到了预期目的，对此，防暴办负责人赛琳娜给予了高度评价："中国警队对于轮换工作的安排非常细致，程序和步骤值得其他国家队伍借鉴学习，同时彰显出你们警队间密切合作、协同完成繁重任务的良好素养。"

从无人区到国外的爱国教育基地
海外警营学"两会"精神：我们以优异成绩和祖国共同谱写新春华章

今年两会刚刚结束，海外维和警营便掀起学习热潮。3月14日上午，中国第一支驻利比里亚维和警察防暴队全体官兵端坐在营区内，围绕"两会"精神尤其是政府工作报告展开热烈讨论，地点设在美丽实用的营区和警用装备停放场。

废旧营区内建起的崭新营房、沙滩地里开垦的蔬菜园区、挥汗如雨打造的美丽中国警营、广场上鲜艳的五星红旗迎风飘扬……海外异国维和营区内，一个个实战防御掩体合理分布，一台台国产新型防暴车、运兵车整齐排列，蓝白相间的车体上"UN"字样分外醒目。

"科技水平体现着国家综合国力和中国警察科技强警成果！由公安部装备的执勤监控设施和红外线多角度即时报警系统成为联利团装备部门首肯的示范项目，并号召全任务区几十支维和部队和警队前来参观学习！现在，我们携带的综合性保障设备不仅能够满足执勤、办公和生活需要，业余时间还多方面为联利团分部、兄弟部队以及驻地困难群众提供义务帮助，不仅得到了联合国支付给我国政府更多维和经费的补偿,还得到了任务区和东道国的高度赞扬,(联利团)总警监办和装备部门近期多次对我们通报嘉奖。"几天前,防暴队以优异成绩通过装备性能核查后,联利团有关部门将相关数据收集整理后上报联合国纽约总部,建议宣传推广中国防暴队各项经验做法。手拿近期后勤装备管理成果的后勤分队教导员张涛学习"两会"精神后,结合近期工作成果抢先发言。

"任务区维和人员和当地社会各界对中国传统文化的痴迷远远超出了我们的想象,我们的'中国传统文化武术学校'目前已经培养书法、手工、武术学员42人,现在报名的人数源源不断,包括当地很多行政领导和企业家,预计任务期内学员人数会超过200人,他们对发展越来越好的中国兴趣十足,很多人让我们当向导,期待着有机会到中国去学习、观光。"队员王作稳自幼学习中华传统文化,尤其擅长各派别武术项目,谈起自己几十天内担任文化武校教授"洋学生"的感触时说,"搭建中非友谊桥梁,传递中国和平梦想的正能量是我们中国警察的重要使命。"

这时,防暴队外联组队员何洋对照数据开始畅谈体会:"我们按照国际惯例要求融入中国警察实践经验,针对当地警察部门各警种开展的安全要素、行动守则和搜捕看管等警务技能培训,毕业后的学员已经反馈回良好的信息,他们在数起实战案例中采用中国警察传授的技巧,现场处置和办案质量明显提高,期待有机会同我们进行更广泛的学习和交流活动。"听完她的汇报,盖立新政委就加强警务合作、协助当地执法部门提高综合素质专项工作提出具体工作计划:"前期针对当地执法、安全、监狱管理部门开展的执法培训,联利团和当地独立大法官评价培训工作对警察部门能力建设具有里程碑式的指导意义,说明我们的做法符合东道国执法部门的发展需要,确实起到良好的作用,这是中国警察同非洲警方加强合作的有益尝试,今后我们要继续延伸工作效果,按照联利团的要求为周边地区警察继续提供更多更实用的执法能力培训,切实推进当地司法部门能力建设再上新台阶。

"实战能力提升是完成复杂环境下维和任务的基础和保障。遇到突发任务无法应对,碰到强敌打不赢,中国警队就会失去任务区各界拥护,更谈不上打造敢打必胜、骁勇善战的一流钢铁警队。"不久前,刚刚执行完前武装分子隐藏地区武装巡逻任务的队员邹本双对目的地治安隐患多、家族势力控制的复杂局面记忆犹新。近期,当地将陆续进入地方选举时期,各种违法犯罪活动出现高发苗头,不少民众担心安全形势出现问题,社会各界纷纷通过各种渠道向联利团安全部门申请中国防暴队加大打击力度,确保社会治安稳定有序。对此,国向东队长说:"按照联合国工作权限,加强武装巡逻次数,延伸武力震慑范围是我们义不容辞的责任,各承担具体任务的勤务小组要同时加强法律宣传,着重宣传防暴队以及当地警察对恶性犯罪露头就打的工作态度,决不允许我们驻地范围内发生各种恶性案件,危害当地民众人身安全。"

"我们前期开展的对外交流交往已经得到了任务区维和军警部队和国际职员的广泛关注和认可,首创的'维和驿站'接待各国同行超过500人次,各种交流交往活动超过30场次,各国维和团队主动邀请我们开展共建、联谊活动的次数呈上升趋势,他们对中国警察的评价越来越高!"负责防暴队外联群众工作的许亮副队长说出了自己的真实感受。他说,"我们立志把距离祖国最远的海外党总支打造成清廉、务实、节俭、高效的坚强堡垒,争做贯彻中央《八项规定》、《六项禁令》的模范执行者,以简朴务实清廉、能吃苦耐劳打开工作局面的良好形象展示给国际社会,全面传递中国警察正能量,赢得联合国这个'国际大家庭'的广泛认可。"

"我们的美好生活会越来越好!"盖立新政委拿着政府工作相关内容说,"本年度公安执法水平会实现更高水平的发展,警务保障能力会越来越好,加强国际执法合作目标越来越明确,我们的使命更加光荣,责任更加重大……"

祖国更加繁荣昌盛,人民警察维护平安稳定的职责更加重要,维和警队的使命完成会备受国际社会关注。只有圆满完成防暴处突任务,在战乱后任务区不断取得优异成绩,才能胸戴和平勋章凯旋。维和警察防暴队140名队员表示,一定牢记重托不辱使命,打造维护世界和平的威武文明之师,为祖国和人民赢得新荣光。

备勤、站岗

确保再远执勤也能联络到
实现全区通信无盲角:"L"状天线确保复杂区域信号畅通

"格林威尔主营地呼叫:赛斯托斯地域是否清楚?收到回复。""清楚!""首都蒙罗维亚是否清楚?""清楚,各项指标清楚!"4月6日,维和警察防暴队通信技术攻关小组在营地指挥中心与到达利比里亚全境各重点区域的两部车载电台进行成功测试,其中阴雨天气、山林峡谷、矿区施工点等偏远地域通话效果良好。至此,通过长达一个月的艰辛努力,防暴队实现了利比里亚全境内通信联络无盲区。

近期,随着跨州执行复杂地区远程武装巡逻、重要物资护卫等任务增多,通信保障问题造成的工作不便逐渐增多。对于这方面的感受,执勤官刘发善深有感触:"通过前期对通信设备的改造,距离营区150公里范围内的执勤小组部分时段、区域能够听到对方声音，但是对于外勤人员的具体方位、遇到情况等准确参数辨别起来很困难。"前方情况不能完全掌握，中心营地队领导就时刻惦记着他们的安全，对此盖立新政委说："每次外勤组离开营地，通信联络问题是最大的问题，只要固定时间听不到他们平安的消息，我们的心就始终悬着。路况复杂、治安隐患多，加上近期突发性自然灾害频繁发生，只要他们还没安全回到营地，就是时间再晚也要把对讲机放在身边，随时等候他们的消息。"

据后勤分队技术人员介绍，防暴队员配备的16部车载短波电台为紧凑型短波电台，额定输出功率较小，因车载短波天线体积小，在辐射上效果不好；同时电台功率小导致通信效果差，加上当地阴雨天周期长、雷电辐射严重，从车体输出端连接鞭状天线的射频电缆受到金属车壳屏蔽，受潮湿气候影响，电台功率会损失一半，有时送达发出的功率不到电台输出功率的20%……以上原因造成了很多时候电台通话效果较差，无法实现即时通报各种相关信息和具体情况，给中心营区指挥决策造成了不便。

"通信不畅造成的微小差错都会对队员的人身安全造成极大威胁，无论如何也要解决好这个问题！"防暴队领导对此高度重视，不惜投入大量人力和物力进行解决。近一个月来，以通信参谋刘禹剑为骨干的技术攻关小组多次深入深山老林和矿区进行实地勘查，并同通信设施厂家进行反复的商讨，最终确定通过配置高性能车载卫星电话、外置吸盘式卫星天线、增设防摔防水防尘和防震附属配件"三位一体"的装备整合使用方案，确保在所在国所有区域内，任何复杂环境下均能保证通话清晰，营地与外勤人员双向交流畅通无障碍。

3月15日，范佳强副队长率领通信装备测试小组驱车数百公里，到达首都蒙罗维亚，对友邻部队驻地绥德鲁市、布坎南市、哈泊市及大克鲁州等8处重点区域进行实地监测，通话正常且质量较好；在返回营地途中及赴赛斯托斯执行长途武装巡逻任务中，车载短波电台与营区短波基地台进行不间断测试，车载短波电台工作稳定，基本不存在通信盲区。车载短波电台的安装实现了长途执勤车辆在营区500公里半径内无盲区通信，解决了长距离通信不畅通的问题。

谈起在当地复杂地域通信如何畅通的问题，刘禹剑介绍说："这里路面的颠簸程度、茂密的森林和陡峭的山谷，其复杂程度远远超过了我们国内的预想。经过我们监测发现原本性能极好的设备到了这里性能都会大打折扣，后来经过多次尝试，发现电台射频电缆和鞭状天线组成的天线振子无法形成'L'状，导致辐射方向较乱，通信效果不好，以致通信不畅通。"

当天下午，乘坐的两台装备有外置吸盘式卫星天线的防暴车，在崎岖的山路上高速行驶，始终能够接收到来自中心营区的稳定信号，双方对话清晰、操作简单、响应速度快，解决了在执行长途武装巡逻任务中车内手持式卫星电话无信号不能实时接听或拨打电话的问题，车载卫星电话配合车载短波电台使用，实现了长途执勤车辆在利比里亚境内无盲区通信。

"千里眼"与"顺风耳"是执勤最佳保障
防暴队将实现 300 公里内复杂区域勤务工作即时语音指挥

2月2日中午，两台高性能防暴车穿梭在利比里亚原始热带雨林简陋的道路上，每间隔10至20公里距离时，范佳强副队长都会率领通信人员停车检测车载电台性能。截至当天下午5点，他们站在标有大红"福"字的车体前通过长距离车载电台向防暴队指挥中心报告："经过一整天测试，我们顺利完成车载电台性能检测任务，此举标志着防暴队实现了300公里内复杂区域勤务全天候即时通信指挥！"

"经过长达10年的战乱，整个利比里亚基础通信设施被全部摧毁，手机基站较少、固定电话处于尚未起步阶段，就连一般性能的卫星电话在这里都很难保障我们的勤务需要。"谈起通信设施给频繁的外勤工作造成的不便，盖立新政委感慨地说，"以前外勤组离开营地几十公里就失去联系，原始密林中各种通信工具马上失灵，只能通过外勤人员手持卫星电话在固定时间找到理想区域给我们打电话报情况。"据防暴队通信人员介绍：由于任务区地理位置极度特殊，包括卫星电话在内的各种通信工具很难实现"双向联系"，尤其是队领导无法实现与前方的沟通、指挥，成为阻碍各项勤务工作的绊脚石。为此，在公安部的大力支持下，防暴队决定再次增添两台长距离车载短波电台和两部高性能车载卫星电话，加强与各外勤组人员的全程全天候指挥、联络，确保队员们在任何区域、任何环境下都能接收到来自指挥部的行动指令。

新设备到达时已经是大年三十，看着这些性能较好的"千里眼"、"顺风耳"，很多队员强烈要求尽快进行测试，以保障雨季前频繁的勤务工作安全无误。鉴于此，盖立新政委决定春节期间选派4人组成的通信设备测试组深入到山区复杂地域进行全面检测工作。今天早上，测试组整装待发的同时，还在两台防暴车上贴上庆祝传统春节的大红福字——他们决心圆满完成测试任务，在长途跋涉中度过一个有意义的大年初三，为马年新春勤务工作奠定基础。

国内正是年味浓浓、爆竹声声的喜庆时刻，测试组则在积水不断、满是尘土的路上边行驶边检测技术装备。此刻，通信队员刘禹剑正手持电台话筒与指挥中心保持联系："营地通往首都蒙罗维亚道路70至75公里处信号较差，今后各项勤务联系应该尽量避开这一路段，其他路段和区域信号良好！"在距离营地200

公里处的布坎南市郊路段上，范佳强副队长说："这里的通信条件和国内预计的完全不一样，到处都是十几米的大树，几乎都是延绵不断的原始森林，原有的卫星电话必须在空旷地还得距离城市较近的地方才能拨打出去，遇上极端天气或者危险情况，人不能下车，与营地联系只能中断！"而新购置这些设施已基本解决了这些技术难题——长距离短波车载电台可以在高速行驶的车上接收到来自营地指挥中心的各项指令；两部卫星电话天线安装在防暴车上后，可以不用下车随时与营地保持联系。这些设备带来的"双向联系"成为今后完成各项任务的最佳保障。

下午2点，当测试组抵达首都蒙罗维亚郊区时，刘禹剑再次进入密林边缘一处高岗进行最后路段的测试。他一边移动位置搜索信号一边说："在这种原始森林里车载台的信号发射对天气、环境指标要求非常高，主要靠电离层传输信号，下大雨云层厚信号不好，反过来万里无云的大晴天也往往没信号！只有车载台和卫星电话交替使用才能保证联络畅通。"他边说边记录各个路段的详细数据——这些密密麻麻的几十组参考数值，完全可以保障防暴队在任务区内任何地域都能顺利完成任务。

当天傍晚，测试组从200里外的区域向防暴队指挥中心报告："我们顺利完成测试任务，各种条件下的通信联络方式已经顺利掌握；队员们精神状态良好，正在驱车赶回营地途中……"临近午夜，当4名队员带着满身尘土返回营地时，盖立新政委边安排大家吃饭边对大家提出表扬："同志们主动请缨，放弃春节休息时间完成了关键的通信保障工作，以后再出勤我们不用提心吊胆，担心一线出现问题了，你们的精神值得全队同志学习！"

自行车巡逻好处多

勤务工作细致入微：任务区首台警用自行车"上岗"后带来的N多好处

2月15日，中国维和警察防暴队值班员张涛骑着墨绿色的自行车行驶在营区狭窄的小道上——他依次对营区内4个固定哨位和1个流动哨进行检查后说："以前每次徒步查岗走一圈下来需要40分钟，现在骑着自行车一个来回不到15分钟。"

防暴队营区将近2万平方米的面积，4个固定哨位分布在杂草丛生的丛林间，中间一条小道宽度不足50厘米，值班员每次查岗是件不小的"负担"——白天骄阳烈日大汗淋漓，夜间蚊虫叮咬还得防范毒蛇猛兽袭扰；每天既要处理大量营区日常事务，还要对各哨位检查4至5次，这样的工作着实是件苦差事。近期，盖立新政委多次带领值班员夜间对营区哨位踏查，每次都如实记录所需时间、各路段情况、野生动物带来的危险程度等数据，不断地研究制定更符合勤务工作实际的方式方法，最终出台了投入使用自行车查岗等具体措施。

自行车巡逻到底有哪些好处？"首先是速度快了，再就是车轮旋转的声音可以驱赶很多毒蛇、蚊虫，车辆自带的高亮度车灯对于观察远处事物效果很好，还可以不受天气影响……总之，骑着自行车巡逻有 N 个好处吧！"指挥中心主任孙福成介绍说，"我们还将设计安装便携式防雨棚、警务器具包等附件，这些对于下雨天巡逻查哨和处置突发情况都有很大的帮助。"

"投入使用自行车巡逻查哨会更加便捷和高效，这个想法非常符合任务区实际，没有比这个交通工具更好的了，一定想方设法买到！"几天前，盖立新政委等队领导决定购买一辆自行车后，后勤分队人员很是下了一番功夫。当地格林威尔市没有自行车出售，首都蒙罗维亚找到一台高质量的自行车难度也不小，为此，队员闻鹏程专程前往首都蒙罗维亚，逐个商店打听寻找，终于买下这台来自中国生产的普通家用自行车。自行车买到后，长途运输回来还是不小的问题，为了克服长途运输的困难，闻鹏程精心对自行车进行了安全包装，并在运输返回途中始终抱着车体，以避免极其颠簸的路面对自行车造成损害。

当天，后勤分队人员按照警用自行车标准要求，对车体喷上了警察专用蓝白相间的标志，让这台巡逻自行车外形更加美观。第二天承担值班任务的分队长林雪峰还给这台自行车缠上小红布和微型中国结等挂件。他说："我们将骑着具有中国文化和警察特色的自行车查岗查哨，扎扎实实地做好维和工作，以优异的成绩迎接雨季繁重任务的到来。"

危险的盐分流失
恶劣环境见证维和艰辛：队员"银铠甲"变成"汗无盐"

11 月 18 日中午，毒辣的阳光照射下，第一支赴利比里亚维和警察防暴队军医崔永财看着正在训练、劳动的队员说："大家现在每天高强度体力劳动，夜间执勤上哨休息不好，人体必需的维生素保障不了，最明显的是汗水淋淋却看不到衣服上的盐渍！"

第一支赴非洲防暴队是中国警察成建制海外维和第二阶段的第一支警队，自 4 月份已经接受了超过 200 天的高强度训练，体力毅力都经受了严峻的考验，国内集训期间人均体重减轻 30 斤，以"汗洗头汗洗澡"著称，汗水湿透后呈现出的"银铠甲"是队员们永恒的回忆。这支以黑龙江边防总队为主组建的警队进驻赤道附近的营区后，受高温闷热、维生素供应不足、环境恶劣等因素影响，衣服上成片成片的盐碱已逐步消失。爱出汗的邵奎智一开始以为这是潮湿湿润气候带来的好现象，小队长国云峰凭借自己的业余爱好分析研究后,告诉他这是体内营养成分在逐渐流失。

一周数次方便面,很少见到蔬菜,每周基本固定在十多样食物范围内,这样的饮食结构会对身体造成怎样的危害?以当天为例,早餐是方便面加咸菜,中午是清炖肉,数量不多,连调味的青菜都没有,每个人只能吃半饱,营养价值可见一斑。"'汗无盐'从医学角度怎么解释?"崔永财医生说:"队员大部分来自东北寒区,和热带雨林温度差异很大,加上天气闷热、高强度的工作量,维生素供应不上,这就导致队员体内钠流失,也就是大家所说的盐分……"

这几天,防暴队执勤、营建等工作全面铺开,除了战备执勤和联合国重要目标警卫,队员们兵分多路、各负其责建设美丽家园,现在每个人的衣服都因暴晒时间过长变成酱紫色,每天都是汗水淋漓、汗流浃背。队里洗浴车、室内淋浴室全天开放,很多队员每天冲澡都在3次以上,否则浑身湿透的衣服粘在皮肤上,吃饭、午休都没法进行。就在刚才,一分队指导员说:"蔬菜大棚里温度计显示是零上40℃,阳光下温度还得高出不少,现在所有室外劳动的人都是汗水淋淋的。"

当我找到崔军医继续问"钠流失"的深度危害时,他不无担忧地说:"针对队员这种'钾钠交换'长期失衡现象,我们尽管让大家多用口服补盐液,平时鼓励多饮食盐水,这样可以短期内迅速补充体内盐分,但也只是权宜之计。长期缺盐会让人生埋逐渐失衡,手指甲深陷,还容易患上风湿性关节炎,具体怎样还要看队员们的体质和抵抗力。"

获悉情况后,盖立新政委等领导深感忧虑,同时也积极想办法,落实到生活保障上就是"找"蔬菜买水果,专门去当地市场调研蔬菜采购情况,安排后勤人员订制保障物品时"砍掉"其他食品,尽可能地运回更多蔬菜,确保队员们每周餐桌上能有几次期盼已久的绿色。

特大暴雨人不离岗
罕见暴雨突降4小时:哨兵浑身湿透坚守警卫目标安全

11月19日晚间7点至10点,格林威尔一场突如其来的特大暴雨下了4个多小时,整个地区笼罩在一片雨水中,地面积水瞬间达到20多厘米,能见度不足5米,这场大雨严峻考验着防暴队勤务、生活设施抗灾害能力。

近期,尽管西非海岸逐渐进入旱季,总体雨量减少,但总会有超人想象的特大暴雨随时降下,给工作生活带来危害。今天晚饭时,阴云密布中一道霹雳闪电之后,大雨瞬间开始倾注而下,这一刻,盖立新政委正带领战勤室主任孙书恒乘车前往各个哨位检查——对营区外几个哨位进行安全检查并看望冒雨执勤的队员们。大部分哨位原先基础设施较差，由四根较粗木桩加上简易梯子搭建而成，距离地面高约 2 米处的不足 4 平方米的平台上四面敞开，设施破旧、建筑时间较长，加之我方维护工作尚未完成，这场暴雨无疑考验着队员们的坚强意志和战斗能力。

"在大雨中执勤既要坚持勤务原则，又得灵活机动，确保警卫目标和自身安全，要多活动多换位置，可以通过不同角度观察目标区域……"盖立新政委逐个哨位叮嘱后，要求各分队领导靠前指挥，做好各种突发灾情的预防准备。

负责任务区行政办公设施安全的防暴队 4 号哨位设在茂密丛林中，背靠波涛汹涌的大西洋，距离营地最远，情况最为特殊。大暴雨降临时，六小队副小队长刁望帅在这里度过了艰难的 4 小时，"这是第一次见到这么大的雨，一会儿工夫就看不到远处了，能见度不到 3 米，10 米外的白炽照明灯都看不清。雨大时下半身难以躲避，要是风雨交加全身都难幸免，穿着雨衣也无济于事！"降雨过程中，时而狂风刮起，时而电闪雷鸣，挡风遮雨的遮阳网如果放下，多少能起到一定的作用，再关了对讲机防止雷击安全系数会更大些，可哨位队员们没有任何人这么做，"紧靠大海的遮阳网我放下了，其他三面的雨再大我也不能动，在这 4 米的平台上我边移动边观察，按照规定这时对讲机可以关了我没那么做，只是把它放在距离我稍远点儿的角落里，随时保持与指挥中心的通信联络！"刁望帅的这些机灵处置做法第二天得到了分队表扬，可他也在暴雨中吃尽了苦头——当结束 3 个小时勤务返回时，岗楼下已是一片泽国，他在没过膝盖的积水中摸索返回，作战靴和小腿都浸泡在雨水里。

当天，暴雨中上哨执勤的队员还有李长刚、邓传波、刘诗林、王洪波等，他们都在暴雨中坚守岗位，克服重重困难确保警卫目标安全。三四个小时下来时，每个人都是衣服湿透、浑身泥水，回到房间后边晾衣服边大口喝白开水。问起哨所挡雨情况，哨兵李长刚一脸的无奈："我身边的椅子都浇坏了，今早换了把好的，你说我们能躲到哪里去？"老队员袁强看到雨水越来越大，无奈之际，把执勤记录放在多余的钢盔里，吊在顶棚上才没让雨水全部泡透……和这些固定岗位队员相比，负责营区安全的流动哨兵更是辛苦——九小队队长邵明亮带领队员们负责在大雨中对将近 2 万平方米营区进行安全巡逻，"大雨一会儿都没停止，我们巡逻的脚步始终在行进！"邵明亮这样表达队员们的决心。

格林威尔是典型的热带雨林气候，大雨过后天气迅速升温，队员们开始统计部分房屋漏雨后的修缮工作，更重要的是完善恶劣天气下的勤务保障工作。三小队队长朱强对哨兵在保护好警卫目标的同时，还能妥善保管好执勤记录和交班签名册的做法给予了充分肯定，这会他正利用午休时间到队部来申领皮质文件夹，目的是再有恶劣天气时最大限度减少损失。

执勤过程 24 小时枪支不离身
全天候保持战斗状态：防暴队战备执勤中迎接新年到来

"数台装甲运兵车值守在联合国所属机场、油库、发电机、水源地等重要设施周围，几十名全副武装的战斗队员巡逻在重要路段，6 个固定哨位哨兵增至 3 人，其中一名队领导坐镇指挥负责各种复杂情况的处置！"12 月 30 日，维和警察防暴队按照联利团行动指令，全面提高防暴执勤警戒等级，确保元旦期间当地重要设施、场所以及平民安全。

近期，随着新年元旦假期的到来，当地及周边地区多次出现治安隐患，对公共设施及重要部位造成一定威胁。昨天晚上，盖立新政委组织相关人员紧急召开勤务部署会时强调："针对新年到来，当地治安矛盾突出等情况，我防暴队要提高警惕加强警戒，将防暴处突维护稳定作为首要任务，全面提高警戒防范级别，确保当地群众度过一个平安稳定的新年元旦。"当天早上，随着防暴队指挥员一声令下，各战斗小队、勤务小组携带多于平时两倍的警用处突装备迅速赶到预定位置，展开定点驻守、武装巡逻、侦察瞭望等任务，密切注意防范各种有预谋的破坏活动。

上午，我走进临海的简易哨楼时，小队长孟凡军正在这里对人员进行分工。他根据该哨位复杂的地形，将警卫区域划分为内部区域、邻近区域、周边区域等 3 个区域，每名战斗队员负责观察一个区域，有效警戒范围为 50 米。整个执勤过程 24 小时枪支不离身，始终保持战斗状态。他说："临近年末岁尾，各种潜在的不稳定因素不同程度存在，作为整个任务区唯一一支成建制防暴队伍，只要有百分之一的潜在危险，我们也要做百分之百的战斗准备。"

中午，天上下起了小雨，位于机场执勤点的处突小队冒雨在外围区域巡逻，这里人来人往秩序较好。负责一线指挥的许亮副队长说："我们身处战乱后国家任务区，每逢重大节假日必须要提高警惕，防止少数暴乱分子兴风作浪，切实保障当地公共设施的基本安全。"二分队王立平队长正在执勤现场向队员们提出执勤纪律："防范工作既要准备充分，又不能忘记工作纪律；要主动向出入这里的团队和旅客宣传中国防暴队的和平理念，一切节日巡逻防范都是为了当地民众的切身利益。"

加强与任务区各部门的良好协作，共同提高工作效率是防暴队勤务行动的基本做法。当天中午，范佳强副队长前往联利团分部，召集民事警队、军事观察员、安保部门、外勤办等相关人员，就元旦期间安全保卫和应急处突工作进行深入磋商，现场商定了各维和团队之间相互支援、对讲机频道设置等相关事宜，并就防暴队应对复杂群体性事件的预定方案进行了通报，为深入合作共赢奠定了基础。

据了解，针对当地社会各界新年期间庆祝活动密集、和平集会较多等实际，防暴队将实行双人双岗、全天候备勤值守制度,针对各种预想情况开展不同规模的实战演练,提升处突防暴能力,维护当地安全稳定的社会环境。

演习

防护网上悬挂起罐头盒子

提高警惕练好内功:精心准备科学练兵,扎实做好战勤处突工作

11月28日,防暴队指挥中心战勤室主任孙书恒从驻地几处标志性地域勘查回来,全身携带了望远镜、GPS定位仪、卫星电话、地图的他,利用10多天的时间完成了对任务区复杂地区尤其是公路、港口、丛林的实地勘查,为执行好各项维和防暴任务奠定了基础。

尽管如此,当车辆行驶在当地为数不多的公路上,远望防暴队主营区周边环境依然既重要又复杂——这里西临大西洋,北侧是原始雨林,南侧为杂草、树丛,附近就是机场、油库以及通往首都的唯一一条等级公路。为执行好各种环境下的维和任务,盖立新政委带领相关人员10余次前往各执勤点实地调研、查看,根据任务区实际情况,组织专人制定出台各类勤务预案,建立了勤务派遣、报告、通信、轮换等8项制度,对勤务组织、执勤行为和枪弹安全进行了统一规范。

拿起战勤室正在制定的一份预案,看后深感敬佩。这份8页纸的预案涉及维和执勤的方方面面:什么情况下携带多少弹药,都由谁携带负责,分队间多长时间保持联系一次,遇有情况谁先发出指令,给养每人带多少、水袋装多少水……这些内容一条条一款款都写得清清楚楚。每天目睹孙书恒深思熟虑地制作勤务预案,我问他还有多大的工作量,他笑着说:"勤务方案要随着形势的发展随时跟上,只要维和任务不结束,战斗准备就不会停止。"再问起他这项工作的标准是什么,他说:"只要有情况发生,能第一时间里拿出两到三个可行性方案供指挥官参考使用,保证执勤任务圆满完成就是我最大的心愿!"范佳强、许亮两名副队长进行预案解读时随机提出问题:哨位突然断电或周边蛙声骤停、鸟禽惊飞及有其他异常声响时怎么处置?当有人向哨位打冷枪或投掷爆炸物时如何应对?……这些问题他边出题边核对正确答案——他们就是这样谋划勤务工作,设想得细致,考虑得周密,对于不同场景不同方式的"险情"灵活应对处置。

走在防暴队营区中，看到这里已经由一个月前的敞开式变为现在的相对封闭安全型——几十个集装箱整齐摆放形成防护效果良好的"院墙"，外侧是上千米蛇形防护网形成的外围防护，既安全又整洁。防护网上悬挂着300多个用过的罐头盒子，这又能发挥什么作用呢？正在执勤的小队长吕冠福说："别小看这些不起眼的盒子，用途大着呢。每隔3米挂一个，一有风吹草动马上就等于发出声响报警！"他还说这只是外围防范，里侧在固定位置定点安设了高瓦数的白炽灯进行照明，还有流动岗哨24小时警卫重要目标设施。"近期，防暴队已成功制止了两起附近区域物资被盗事件。

旱季的西非国家每天都是高温酷暑的桑拿天，队员们如何在复杂环境下完成执勤任务？盖立新政委说："我们针对中暑、雷击及蚊蛇叮咬等预防重点，为每个哨兵配备了勤务挎包，里面装有应急药品、饮用水、花露水、蚊不叮和雄黄粉等物资，重点做好防暑降温、防蚊驱蛇，确保队员人身安全和警卫目标安然无恙。"

11月26日，一声急促的集合哨声响起，二分队备勤人员放下手中的工具，停止进行的活动，飞速奔向装具架，小队长们边穿戴防弹衣边部署工作，并冲出宿舍火速集结，十几种装备包括路锥、阻车钉等器械携带完备，3台防暴车冲过积水淤泥搭载着30余名队员直奔演练地点，整个过程不到15分钟。"这种全天候不同场景的全副武装演练每周要进行3次以上，以此检验警队的应急作战能力，为显示武力存在，执行联合国赋予的防暴任务提供可靠保障！"防暴队值班员任杰说。

越是高温越要演练

零上47℃，战高温斗酷暑：加倍饮水调整心态苦练维和技能

"现在地面温度是零上47℃，处突分队经过两小时高强度训练，圆满完成了防暴队应急棍的复习、演练任务，说明大家基本适应了西非任务区高温下的实战训练能力！"4月7日中午，维和警察防暴队营区内以防高温练技能为主的演练结束时，盖立新政委总结道，"在西非大地接近50℃罕见高温到来前，我们采取的系列防暑抗病措施初见成效，处突分队和各执勤哨位均无中暑昏倒，尤其是晒伤现象，为下步在持续高温的艰苦卓绝环境下开展维和工作奠定了基础。"

"什么叫非洲高温？到了任务区我才真正领会到了。火辣辣的太阳晒得树叶枯黄，天上没有一丝风，早上7点到傍晚就没掉下过40℃，要不想点儿办法，站在空地里一会儿就得昏倒！"几天前，队员刘磊尽管抹了不少防晒用品，脸上还是被晒得成片红肿。对于刚刚结束的45分钟的室外训练工作，他深有感触，"只要剧烈运动一会儿，全身上下就和水洗的一样，汗水顺着衣服成流往下淌！"近期，

每天持续 12 个小时以上的高温酷暑，对防暴队员的工作、生活造成了很多不便，防暑防晕倒已经成为日常工作的重点。今天傍晚，当我走上一处哨位问起正在执勤的哨兵张兰恩什么感受时，脸上布满汗珠的他直呼："太热！"看到他对面一台风扇正呼呼地吹着，问他对高温能否有所缓解时，他介绍说："风扇在这种极度高温下作用不大，但是没有它更受不了，它起码能保证前面有风吹着呼吸畅通，但是坐下一起来，后背、臀部全部湿透了。"

如此罕见的高温酷暑，勤务工作怎么安全开展？队员身体健康怎么保障？这些问题是队领导近期高度关注的事项，很多具体措施每天都在调整。都有哪些管用措施呢？值班员任杰拿着和医务人员商定的措施介绍说："我们首先从保障队员足够饮水做起，现在大家每天饮水量是以往的 3 倍，是国内的 5 倍以上。再就是调整队员心态，以加强室内休息和适当开展舒缓的读书、听歌活动为主，这样能有效缓解他们高温下的急躁情绪。"按照队里部署，后勤部门储存的冰糖、精盐、绿豆、枸杞等物品统一下发各分队，四五种不同味道有利于防暑降温的饮水桶摆放在各分队门口，全天候供应队员饮用。

据当地有关部门通报，这种高温天气将会持续几十天，超过 50℃的罕见高温会时有发生。如此极端天气下如何保障勤务工作和队员身体安全"双保险"，盖立新政委这样阐述了观点："非洲的燥热天气是客观存在的，确保在这种持续高温天气下完成任务，必须做好适应训练和有效预防两项重点工作。越是天气炎热越要把队伍拉出来训练，让队员们逐渐适应这种天气下的训练、执勤工作。但有效的预防工作切不可忽视，否则会对整体战斗力造成影响。"

据了解，根据联利团任务书安排，防暴队近期空中巡逻、武装护卫任务逐渐增多，完成这些高温天气下的任务挑战性不小。为此，队里有针对性地强化高温下的适应性警务技能训练，以更好地完成各项任务，锻炼防暑能力，提高队员的综合应对能力。

演练中的关键 3 分钟
70 名战斗队员瞬间投入实战演练：确保各种复杂环境下"一枪制敌"

"根据联利团行动指令，由近百名'战乱分子'组成的武装团伙正向市区赶来，我队立即对联合国重要设施、人群聚集点、公共机构进行武力保护，两个战斗分队立即进入战斗位置！"6 月 3 日下午，维和警察防暴队一场以防袭击防暴力冲突为主要内容的实战演练在营区周边 2 万平方米范围丛林内展开。演练总指挥、防暴队政委盖立新根据指挥中心情况通报及时下达战斗决定，"7 个战斗小队全力阻击来犯之敌,对于进入 1000 米内'战乱分子'警告无效后必须一枪制敌!"

刺耳的警笛在拉响、防暴车警灯闪烁不停,70 名战斗队员携带冲锋枪、机枪、狙击步枪等多种杀伤性武器急速进入战斗位置,狙击手、排爆手、机枪手迅速进入分布在丛林、交通要道、重要设施前侧、集装箱顶部 15 个战斗掩体、防御工事、三面环形掩体、U 形机枪及狙击枪射击点等战斗位置,对视野以内恐怖分子实行警告喊话和鸣枪示警。

负责保护联合国重要设施安全的狙击手李鹏此时正在一处制高点对"来犯之敌"首恶分子进行射击瞄准。谈起阻击、打压犯罪分子的体会,多年从事实战处突的他介绍说:"全队现有 9 名实战经验丰富的狙击手,每人全天候复杂环境下实弹射击用弹次数超过 5000 发,对于固定或者运动状态的敌人,击中率达到 99%,只要他(敌人)出现在我视野中,一枪制敌绝对没问题。"

"从取枪、上弹再到整建制乘车开出营区,我们的要求是坚决不能超过 3 分钟的时间,这样才能保证我们对于周边地区的复杂形势进行有效武力震慑和武装打击。"负责今天现场演练协调保障的范佳强副队长介绍说,"防暴队自进入任务区以来,坚持全天候执勤日常实战练兵不间断的硬性铁规,实行 24 小时战斗备勤制度,目的就是随时保证拉得出打得赢。"

历时 3 个小时的多科目、多场景、多类"假想敌"的实战演练结束后,盖立新政委总结演练情况时向全体队员提出更高要求:"我们要时刻牢记身处战乱后任务区的特殊环境要求,全面执行最严格的战备制度,一旦任务区出现动乱和遭受成规模武装分子破坏,必须按照联利团的要求在最短时间全歼来犯之敌。"

实战演练震慑犯罪团伙的嚣张气焰
首次派出整建制战斗小队:最好的警用装备在最复杂地域展开多科目实战演练

"目标地域:纽恩福耶检查点、杰克森威尔检查点、托克巴威尔检查点、ITI 检查点以及宁巴路口、亚帕路口;演练科目:清除路障、遭枪击快速通过、遭枪击快速撤离,请各战斗小组按计划实施……"2 月 22 日上午,随着副队长许亮一次次下达行动口令,维和警察防暴队正在执行远程武装巡逻任务的三分队 3 个小组 12 名战斗队员迅速在不同地点、不同环境下展开实战背景的防暴处突演练。

谈起这次整小队建制执行防暴任务的初衷,分队长林雪峰说:"根据此前我们掌握的情况来看,远程武装巡逻任务路途长达 400 公里,大部分区域都是人群聚集的陌生环境,很多人为设置的障碍,不明身份人员的蓄意挑衅,都会给任务完成带来意想不到的困难,尤其会危及联合国人员及队员自身安全,所以,我们此次采取整建制参与行动,对全面提高协同作战能力,应对复杂环境下突发情况,非常有必要。"在行动现场,配有狙击步枪、班用机枪等高强力处突武器的几名队员听到行动命令后,迅速占据车顶、附近树后及山坡等制高点,对周边300米范围内地域进行武力控制,排障车、排爆组携带专用装具对可疑目标进行勘查排除。下午1点,巡逻车队进入密林深处空地杰克森威尔检查点进行武装巡逻时,一场模拟遭遇"枪击"紧急情况的处突演练迅速展开,队员们瞬间进入各自的战斗位置,有序展开……10分钟后,负责现场指挥的副队长许亮对这场紧急处置情况进行了概括总结:"大家能够在行进中遇有枪声时,快速反应迅速判明枪声方位,尤其是判明枪声密集程度和大致方位及距离,准确报告人员受伤、车辆受损的基本情况,最关键的是车辆丝毫没有减速;各组予以还击的同时,能够加速通过危险路段,为我们下步反击赢得了宝贵时间……"

对于这次实战模拟演练的背景,许亮副队长介绍说:"随着我们武装巡逻任务向更加偏僻的地域延伸,发现这里社会治安情况更加复杂多样,大量有过战争经历的老兵和不明国籍、不明身份的人员夹杂在采矿和伐木人群中,成为这里安全隐患最大的难点。我们进行各种复杂背景下的实战演练,主要目的是震慑犯罪活动打击犯罪团伙的嚣张气焰,提高防暴队的实战技能。"下午1点,该巡逻队先后到达理查村、巴肯镇等路段两处险桥、低洼处进行了遇有人为路障、敌对人员围攻等假设敌情的实战演练后,对十几个重点环节进行现场考评,对处置不当的问题进行现场纠正后,顺利返回营地。返回途中,分队长林雪峰就这次任务区复杂地域实战效果介绍说:"我们的敌情设想力求复杂多变,现场采取最难排除的巨石、粗壮的树干,或者木板搭成的险桥,在不同方位设置'敌人',目的就是考验队员们的应变能力和果断打击对手的战斗决心。通过今天一系列的实地演练,队员们对巡逻中如何应对突发事件有了更深的理解认识,进一步提高了防范意识和实战能力。

突发险情及抢险救援

雨季高峰一天100场大雨
系列措施确保安全:西非强雨季到来,准备工作丝毫不能懈怠

"身处每年降雨量高达5万毫米的'世界雨都',每一场暴雨都会是瞬间倾

盆而下，容不得你有丝毫反应就已是半米深的积水，如果防范不到位就会给我们带来致命危害！"4月17日，维和警察防暴队部署雨季排涝防水专项工作时，盖立新政委通过前期对雨季调研情况进行这样的工作安排，"一定要将整个营区的排水设施进行重新修整，对哨位加固同时安装双层防雨布，给每处供电供水设施装上防雨罩，确保人、车、枪、电在大雨来袭时安全无恙。"

利比里亚作为非洲西部国家，属于热带雨林气候，每年4月至5月为雨季，首都蒙罗维亚年平均降雨量达到5万毫米，以"世界雨都"著称。西非大地的雨季是什么场景？持续降下的暴雨会对人们的工作生活带来哪些不便？作为先遣队员的黎贵福去年10月到达任务区时赶上了雨季的"尾巴"，对此深有感受："只要有云彩飘来就会立刻降下大雨，然后就是毒辣辣的烈日：每场雨一小时到几小时不等，只要下大了，外面什么都看不到，满眼都是降雨激起的水气，瞬间地面就是半米多深的积水。"除了黎贵福，很多先遣队员同样对雨季大雨有着各自的印象，例如"这里降雨不像国内那样'柔和'，简直就是不停地往下倒水"、"雨点子打得房盖啪啪作响，入睡都困难"、"雨衣根本不管用，一会儿就湿透了"……

据了解，在年降雨量接近6万毫米的格林威尔地区，防雨、排水问题一直困扰着当地民众的正常生活，最多时每天会连续降下100多场大雨，所有出行人员必须着短衣短裤，尤其要穿着利于积水中行走的大短裤，其中强降雨下的雷电击中树木牲畜甚至人员的现象时有发生。仅以格林威尔市区为例，每年就有数名居民被雷电击中。

泄洪沟必须下挖半米深、所有室外甬道都要搭上遮雨棚、各种线路必须全部检修一遍、房顶室外高处都要安装避雷针……当天上午，队领导对防雨工程建设提出最高要求，并将各类技术人员分成营房、水电、营区、哨位等多个小组，有重点地派往各个区域进行技术支持，协助队员对这些岗位设施进行加固、完善。除此之外，全队还集思广益，鼓励队员查找防御隐患，听取大家的意见，其中，当队员提出"大雨持续不停，哨位漏雨严重如何应对"时，盖立新政委等队领导现场研究后立刻做出决定："安排数台防雨应急执勤车，一旦碰到超强暴雨天气，由高底盘应急车往返送哨兵；在大雨不停、哨位无法防雨的情况下，可以实行车内执勤、放哨！"

连续酷暑，水源告急

全天持续8小时40℃高温饮用水告急："停止洗澡洗衣服保饮食保执勤"

"上午10点41℃、11点43℃……中午12点40℃……今天室外平均温度

41℃，持续时间超过 8 小时！"3 月 15 日，维和警察防暴队一分队教导员任杰连续多次对室外气温测试后向指挥中心报告："建议减少哨兵执勤时间，加强饮水降温。全营区节约用水，停止一切室外业余活动，防止发生中暑事件。"

持续全天的高温酷暑造成的危害首先严重影响队员的执勤工作。中午的哨位上，队员孙广辉、穆新鹏等人满脸的汗水顺着脖子流进衣服，厚厚的战训服被汗水浸透后黏糊糊地成片成片贴在身上。穆新鹏边擦着眼角的汗水边说："这个温度比国内桑拿天和秋老虎更折磨人，从早上开始就是这个温度，根本没有降下来的意思。"他面前摆着湿毛巾、清凉油、藿香正气水等消暑用品，军用水壶里的水已经喝得一滴不剩。谈起今天持续超高温造成的危害，刚从哨位上查岗回来的政委盖立新总结道："这个温度队员们在国内都没经历过，身体和心理都容易造成压力。除了预防中暑外，预防疫情传播、防止天热蚊虫叮咬、预防队员焦躁等工作同样重要，必须引起我们的高度重视，拿出管用的方法进行应对。"

据了解，持续高温已经对营区生活造成了极大不便，出现大范围用水短缺，地下水急剧下降、饮用水井半数枯竭……近期，由于当地干旱少雨，地表水位下降造成纯净水供应不足，尤其是高强度燥热天气造成地表水位蒸发过快，对防暴队各项生活保障工作带来不便。这几天，水电工张兴辉工作中碰到了难题：平时能抽 3 个小时的水，现在发动机工作半小时后就抽不上水了；随后，营区各处用水的地方陆续开始供不应求……经过相关人员论证，缺水问题出在地表水位急剧降低上，主要原因是近期降雨减少、地下水位明显下降造成的。据联利团后勤部门人员介绍：当地经过长期内战的损害，集中供水、供电、固定电话等主要基础设施一直没有得到恢复，各单位及居民始终依靠自行发电和取用地下水维持办公和生活需要。

今天，持续 8 小时 40℃以上的超高温加速了地表水的蒸发，截至傍晚，供应全队生活用水的中型储水袋水量耗尽，保障饮用水的两口井中其中一口水量枯竭。为缓解生活保障带来的难题，队领导多次进行专题研究后认为：针对当前各项勤务繁重以及天气炎热等情况，要集中精力保障正常执勤和队员的基本生活需求，改进原有的工作生活习惯，进行最大限度节约节省，确保顺利度过生活保障困难阶段。后勤分队营建组长万传昌介绍说："饮水保障是防暴队生活设施基本需求，根据目前形势我们已经开始采取限时供应饮用水的具体办法，力尽所能地每天节省下为数不多的生活用水。"

"从现在开始全队关闭淋浴车，停止所有人员洗澡，具体恢复时间等生活用水充足再决定进行开放；所有洗衣机进行统一管理，至少两天内停止洗涤一切物品，尽最大限度克服因缺水带来的生活困难……"傍晚，盖立新政委对于节约用水工作提出具体要求,"各部门要深入研究精细化管理工作,砍掉一切没必要的环节和容易引起浪费的事项,确保全队度过旱季饮用水保障的困难阶段。"

闪电造成的火光进入室内
超强雷电袭击格林威尔地区:防暴队紧急抢修部分受损设施,确保各项工作正常运转

"轰隆隆、轰隆隆、咔嚓……"6月4日傍晚,一道持续几十秒钟的超强雷电袭击了维和警察防暴队驻守的格林威尔地区,几束火光在营区闪亮后,部分靠近雷电区域的室内瞬间白昼一片,由此雷击引发的电线短路造成防暴队及周边市区营区部分发电机损坏,全市大部分地区持续停电停水两小时以上。前期经过开展防雷防强降雨安全教育的各固定哨位尚未受到罕见雷击影响,警队各项工作运转正常。

"一声巨响后,听到那种强大的刺耳声音我心里咯噔一下,眼前一道强光直击营区最高处的电线杆,火光顺着电线杆倾斜而下!"傍晚正在联利团4号哨位执勤的队员陆洋回忆起当时突发雷电时的情景仍然心有余悸,"非常恐怖,我迅速把枪口平放,防止雷电击中这里!"雷电发生时队员孙佳奇、阚大伟等人正在房间办公,他们分别目睹闪电造成的火光进入室内或在电器电源接口处闪亮。各处队员迅速关闭电脑、空调等电器电源,采取快速远离电线、空旷地进入安全区域的有效方法进行躲避。"关闭对讲机,后勤技术人员进行抢修!"险情发生不到一分钟时间,盖立新政委、范佳强副队长询问哨位安全情况后迅速冲进磅礴暴雨中前往发电机、净化水设备间进行现场查看,并迅速组织技术人员进行抢修。

据悉,此次高强度雷电击中附近地下铺设的电线后,瞬间导致地下管线短路,造成发电机部分零部件烧毁,同时受到影响的还有保障全队饮用水使用的净化水设备以及空调、冰箱、冷藏车等设备,其中,净化水设备经过持续3小时冒雨紧急抢修后,目前只能按照"手工供水"方式维持使用。"长这么大,在国内就没见过这么猛烈的雷电,在洗手间里都能看到闪进来的火光!"谈起下午暴雨不期而至、突发高强度雷电时的情景,队员周建新介绍说,"看着几百米上空厚厚的云层快速向这里移动,大家感觉这场雨小不了,大部分人进行了躲避和安全防范,这样才保证了队员自身的安全。"

据分管后勤保障工作的副队长范佳强介绍:此次突发雷电对周边地区所有发电机、信号塔造成了较大影响,大部分供电、通信设施处于紧急抢修中。防暴队在更换备用发电机、抢修净化水设施的同时全面启动供水供电"双保险"的备用设备，迅速恢复了供电，炊事基本用水于6月5日早晨得到恢复；指挥中心专用的互联网受损后通过及时开通卫星电话与国内保持沟通联系，确保了各项勤务的顺利开展，目前仅有少数电子设施、空调受损，整体工作未受到影响。据介绍，由于前期组织专门人员对6处哨位进行了撤除电线、增添木质设施、合理设置哨楼高度等有效措施，确保了此次高强度雷电中哨兵安全无恙。目前，大范围降雨仍在持续进行，营区电力、供水等基础设施面临严峻考验。

当地政府和民众冲突一触即发
黑夜暴雨中"手电方阵"欢迎战友凯旋

"前面有深水坑，后面车辆注意避让！"
"所有车辆拐弯处减速行驶，快速行驶中保护好手中武器！"
……

当地时间31日晚8点30分，防暴队承担处置群体性骚乱事件任务的战斗分队归来，在泥泞土路上缓慢行驶返回营区门口时，看到了从警以来最特殊的欢迎队伍——许亮副队长率领几十名留守队友，在暴雨中人人举着手电筒迎接战友们凯旋：银色的光束照耀着夜空，发射出比演唱会还有格调的亮光。

"在我们刚刚到达任务区，大部分物质装备还没投入使用的时刻，按照'联利团'防暴办指令，同志们能够快速反应，迅速抵达事发地点，不费一枪一弹，妥善处置了这起群体性突发事件，尤其是二分队、三分队的同志，刚到任务区放下个人物品就立即投入战斗，你们辛苦了！"盖立新政委在暴雨中向首战告捷的队友们致敬。

当日下午4点，联利团紧急发出工作指令：距离防暴队营地16公里处的布特镇发生非法拦截公路的群体性突发性事件，100多名民众挖断道路、设置路障、围聚抗议，事件有扩大趋势，影响了当地正常的生产、生活秩序和社会稳定，需要中国防暴队前往处置。

对讲机发布命令时，三分队教导员罗卫波、二小队小队长国云峰、吕冠福等人带领队员从首都蒙罗维亚乘坐飞机刚赶到任务区，房间还没安排到位，大量的个人物品还摆放在走廊里，队员们正忙着找房间、修门窗、分床位，当听到出勤命令的瞬间，他们和其他分队、小队领导一起请求参战。

截至当天，防暴队到达任务区才仅仅几天时间，数百吨的物资和2万平方米的营区都还在紧张清理中，"放下行囊，放下工具，迅速拿起武器投入战斗"的命令一发出，队伍不到半小时时间就已经整装待发，我也开始拿起装备一同前往，除了罗卫波、国云峰这些营区"新主人",另一部分是刚刚还在清理卫生、建设营区的"老队员":10分钟前,盖立新政委还在老芒果树下和我们一起铲除杂草、运走多年积攒的腐烂物品,双手磨得通红也顾不上休息;范佳强副队长还在以平均1分钟1次的频率在对讲机里频繁调配工作;队员李志超驾驶着装载挖掘机用10分钟学会了怎么吊起偌大的石头——他还开心地说自己在原单位是训练警犬的,擅长乐器,这回还学会了"玩"装载机;队里岁数最小的"老疙瘩"张兴辉上午安装了4部空调,腰带上别着十几件电工用具,现在换上了同样数量的警用装备……

到达目的地后,一段数百米满是泥泞的损毁低洼路段阻挡住了防暴队的车辆。就在这里,防暴队领导和同步到达的当地警察局人员进行协商。这是一起当地民众和政府有关部门之间发生纠纷导致的群体性抗议活动,并迅速升级成阻碍交通、影响通行秩序的骚乱事件。按照联合国防暴规定,我警队负责保护联合国的重要物资和人员的安全,没有"防暴办"授权不可行使其他权力。

营房没修好,人员没到齐,脚跟还没站稳,面对这次重大勤务,防暴队领导的原则、立场、方法把握得恰到好处——显示武力存在,震慑违法犯罪,保护当地执法者人身安全,做好正当防卫……

商谈现场几个身着便装而又起着重要作用的是当地警察,他们为什么没有穿制服?一名民事警察说:当地警察入警后只配发一套警服。一套警服怎么能经受长年累月的磨损?所以,他们处警基本都是身着便服。

由于前一个晚上下了整整一夜的暴雨——利比里亚没有春夏秋冬,一年只有旱季、雨季两个季节。尽管现在是旱季,降下的却是雨季也少见的连夜暴雨,公路两侧又是茂密的山林,天空中飞舞着咬人不出声的黑色小蚊子,30名队员就在这样"坏透了"的环境里,分成3组伫立在泥水中执勤、守卫,"大泥坑"对面,由当地警察局人员在防暴队的安全保障下与闹事人群进行艰难的谈判。

"大姑娘上轿头一回"也未必经验不丰富,防暴队从一开始的处置决定到过程中的果断措施,每次都及时用电话通报给了"联利团"防暴办,这些方法都得到对方的高度认可——文明执法,坚持中立,按照联合国武力使用原则果断采取措施,最后的结果是不战而屈人之兵。经过将近两个小时的谈判,双方初步达成了和解协议,路面开始陆续恢复正常通车,人群逐渐散去。防暴队员在泥泞的黄泥路上驾驶车辆缓慢返回营地。

晚上8点30分,被雨水、汗水浸透,下半身沾满黄泥的参战队员下车入营区时,惊喜地发现暴雨中战友们以这种特殊的方式迎接他们的归来……

迟到的晚餐后,我见到了正在"批评"队员的六小队队长国云峰:"身上喷了无数次花露水，谁也不能不洗澡，都给我起来去淋浴！"看着他们疲惫的身影，我心中闪过一丝无名的酸楚，随后走入几位队领导同住的宿舍兼办公室，听他们还在总结这次勤务需要改进的地方：要把应急食品、强光手电、花露水等6件勤务用品放在一个包里，确保出勤时拿着登车就出发，还要带上望远镜……

紧急消除机场跑道起火隐患
维和队员快速处置火情，确保机场油库安全

"你们执勤哨兵充分履行职责，能够准确判断远处火情，短时间内就把机场跑道附近的火情消除了。要是没有你们果断临危处置，我们的油库可就危险了！"上午，联利团格林威尔分部油库经理罗门恩先生拉着我的手，一定要好好说说队员们扑救火灾的事。"你们哨兵目光很敏锐，1000多米外的防护网外的距离，当时还是逆光观望，当情况通报给我们时，值班保安都不相信是真的！"

12月13日傍晚，负责油库安全警卫工作的二分队哨兵发现疑似火情：机场正南方跑道防护网外草丛有小股浓烟冒起。获悉情况后，二分队领导一边上报情况，一边安排人员准备灭火。情况反馈给油库工作人员时，对方以旱季小范围着火属于正常事情为由，不赞成立即前往处置。而二分队长王立平带领几名骨干迅速进行研判——他们根据机场人工观测气象风向标、"风袜"等设施进行判断，得出的结论是鉴于当时风力、风向对于机场防火工作存在诸多不利因素，加上几个大型油管的存在，危险系数增大，于是，防暴队指挥中心迅速下达前往实地查看和临机处置的命令。当小队长张茂林与执勤点保安约翰先行跑步赶赴现场时，只见枯草引起的浓烟正逐渐扩散，几处火头越过机场防护铁丝网窜向飞机跑道两侧，火势开始随风向朝油库方向蔓延。情况紧急！张茂林迅速向王立平分队长汇报，请求派出队员对火势进行控制。当天17点38分，防暴队指挥中心果断发出扑救火情命令后，王立平分队长带领8名备勤队员迅速携带消防器材冲向着火地点，并根据现场情况将人员分成自我防护、现场扑救、外围处置3个战斗小组，克服风向转变突然、浓烟强烈、着火面积较大等实际困难，科学组织扑救。

油库副总经理布鲁特斯说："他们的专业扑救让我感到很惊讶，不仅如此，前方扑火的同时，留守队员们已经对远处的油罐实施断电、疏散人员等工作，还在大罐不远处设置了第二道防线，确保这里的绝对安全！"

"幸亏发现及时，再加上傍晚没有飞机起降，否则处置起来就更麻烦了！针对这次险情处置，我们还要做更多的准备，研究制定更多的应急预案！"虽然处置得力，但分队长王立平针对这起火情处置仍在不断地进行总结和分析。在现场，

我看到这个能储存5万升成品油、运行着3台发电机的工作区已经恢复了正常运营，维和队员正和油库工作人员检查消防设施安全。小队长张茂林感慨地说："想起当时突发的火情，真有点后怕，这个区域实在太重要了，我们以后必须加强最高等级的安全防范，把防火、防电、防盗、防袭击各个环节做好做实！"

为同胞送去救命水
防暴队紧急为停靠当地的中国货轮增补生活用水

"谢谢你们在关键时刻提供帮助，我们的生活用水已经断了两天了。在国外看到中国警察就有说不出的亲切。"12月27日，船长陈敬汉拉着中国维和警察防暴队范佳强副队长的手连声感谢。中国大型货轮"金达林"号在大海航行几十天后，因缺乏生活用水紧急停泊在格林威尔港口，并就继续供水向当地政府求援。获知此消息后，中国维和警察防暴队经过联利团同意许可后，紧急往该船输送保障性生活用水，确保其继续完成航行运输任务。

12月26日，格林威尔当地时间14点，防暴队指挥中心电话响起，联利团格林威尔分部向中国防暴队发出请求：一艘中国籍货轮停靠在格林威尔港口，由于远渡重洋从中国来到利比里亚，近两个月的航行，船上的生活用水已经耗尽，货轮船长陈敬汉向格林威尔市政府求援。由于当地政府没有救援能力，无法提供所需供水设备和保障水数量，商请中国防暴队能否想法解决。

此时当地进入旱季，降雨减少，地下水位降低，防暴队正常用水已经受到不同程度影响。面对这种情况以及中国货船提出的需求，防暴队领导态度坚决地做出决定："中国同胞遇到这种困难，防暴队即使有再大难处，也要保障他们的补给用水后航行回国！"盖立新政委紧急会见联利团格林威尔分部后勤部门主管阿米奴先生提出建议："只要供水程序符合联利团和当地政府的相关规定，我们义不容辞地为包括中国同胞在内的所有船只提供必要的人道主义帮助。"12月27日，得到相关部门的明确答复后，防暴队迅速组织技术人员赶赴港口区查看。由于该货轮船体较大，加水部位距离地面较高，操作起来存在一定困难。防暴队两名技术人员协同船员进行搭建续水管、中间连接"活节"处理，随后，范佳强副队长带领队员运载着10吨生活用水和2吨饮用水开赴格林威尔港口，对"金达林"号进行补水。

"金达林"号是我国派往世界各地执行运输任务的10万吨级货轮，共有25名船员。据该船大副汤可军介绍，他们已经出国航行了60多天，还要继续航行几十天才能顺利返回祖国。由于格林威尔市缺乏相应的供水车，他们不得不在这里延长停留时间，寻求补给用水渠道和解决方法，船员们的正常生活已经受到一定影响。走在甲板上，可以发现船员们个个精神疲惫，满脸倦容。船员李全军介绍说："生活用水耗尽后，大家已经两天没洗漱了，前两天饮用水开始限量供应，从今早开始饮用水也全面告急！"当防暴队运水车将节省下来的水输送到船体水仓里时，船员们开始端着脸盆去水房尽情地洗脸、洗头。

供水完毕后，队员们应邀去船上短暂休息，12名船员夹道欢迎，向防暴队员鼓掌致敬。货轮政委张继荣说："在国内时我们就关注你们这支警队到达的消息，没想到以这种方式在这里相聚了。在困难的时刻能得到自己国家警察最强有力的帮助，全体船员心里都有说不出的感动。有强大祖国的支持，远行海外的人们一定要为国争光，维护好国家利益！"

目睹了中国警察与同胞们的深情厚谊场面，联利团格林威尔分部官员阿米奴给予了高度评价："看到你们在这里欢聚，及时解决了生活困难，真为你们感到高兴！"范佳强回应道："不论是中国还是其他国家船只，只要遇到困难后提出需求，中国防暴队都会积极进行救助，这是履行和平使命的重要任务之一。"

巡逻归来，救援被困车辆

中国防暴车来了："搓板路"上遇险车辆顺利脱险

"开始把所有木桩放入最深的水坑，四周填置石块，然后小型车辆开始尝试通行……"2月6日，蒙罗维亚至格林威尔的唯一一条公路上，在中国防暴队盖立新政委指挥20余名队员和当地司机处置一处两米深的水坑后，9台受阻的各类车辆顺利脱险。

利比里亚属热带季风气候，年平均气温为25℃，分旱季和雨季两个季节，年均降水量逾5000毫米，为西非海岸乃至全球降雨最多的地区之一，素有"非洲雨都"之称。过量的降雨和薄弱的交通基础让这里80%以上的道路泥坑不断、通行难度加大，经常遇到高低不等的水坑是当地人最头疼的事。防暴队驾驶员形容这里的道路是"随时有起伏、处处有泥坑、经常头撞车棚"的糟糕路段，很像家庭使用的搓衣板，统一称为"搓板路"。

当天下午，盖立新政委率队巡逻归来时远远地就看到七八辆车受阻在前方几十米处。"还是上次陷车的地方，看样子得下功夫把这些车都拖出去才能返回！"驾驶员袁强说，"几天前，就是在这个地方防暴队通过填埋水坑、搭设临时路面等方式，成功救出了4台车辆。"

车辆行驶至阻车现场时发现，突降的暴雨冲毁了道路左侧，并形成了一个宽两米深一米多的水坑,而另一侧因一辆载重20吨的大货车"抛锚"后停滞不前阻断了整个路面。大货车司机萨达姆斯满脸愁容:"看到这里路基松软,我想加足马力冲过去赶在天黑前回家,没想到路面松软程度超过我想象,发动机一下子憋死了,再也动不了了。"看着因为自己的货车阻挡了很多车辆难以通过,萨达姆斯商请防暴队能否想办法让其他车辆先行通过,再把自己的车也拖出去。

盖立新政委带领3名驾驶员对现场进行全面查看后,迅速制订救援方案——先在货车旁边的水坑搭建应急通道,保障其他车辆天黑前顺利通过,再想办法救援大货车。这种科学方案得到了现场十几名当地人员的赞成,并一同加入到救援队伍中来。他们先从附近找来几个施工用的方形水泥块,立起来放置在水坑里,再就地取材做成几米长的实木板,铺在水泥块上做桥面,然后一起动手往这个应急桥空隙里填置石块和小木块,夯实桥墩基础。

在现场,十几名黑人兄弟同防暴队员并肩劳动,搬土石,截木板,不停交流操作中的细节问题,一起喊着中英文口号抬着重达100斤的水泥块放置水中……盖立新政委看到这个场景后很受感动,在听到这些当地人已经在这里滞留了十几个小时,一整天没吃饭后,马上安排队员拿出随身携带的干粮分给在场的所有人一起充饥。看到当地司机路易斯腿部被树枝刮伤后,安排随队卫生员进行安全包扎,并给他服用了预防破伤风的药物。分队教导员任杰介绍说:"这里只有一条公路通行,开车行驶经常会遇到这种情况,当地司机遇到这种情况经常得在现场驻上几天才能找机会脱险,所以我们必须携带各种应急用品,包括充足的食品和药品。"

17点25分,驾驶员王发正驾驶一辆轻型皮卡车顺利通过,开始用"硬牵引"拖着随后的重型车逐个穿越简易应急桥。"我们的防暴车只有通过危险路面,才能对最后一台大货车在同方向位置展开救援,集中所有的车辆把它拖出去!"盖立新政委在最关键的救援现场通过对讲机调度所有参与救援的防暴队司机。18点20分,随着盖政委一声"开始"的短促命令,3辆防暴车迅速启动,采取低挡位、大油门的方式,一起拖动萨达姆斯的大货车缓慢行驶,压着泥浆歪歪扭扭地开出陷车路面……

夜幕降临时,防暴队车队开始启动车辆返回营区,萨达姆斯和被救的10余名当地民众站立在车队两侧,齐声道谢:"Thanks for china fpu!"(感谢中国防暴队)

参观调研

当地警察商请参观学习

格林威尔警察局长：有你们在，当地会更加平安稳定

"中国防暴队员的整体素质尤其超强的警务技能、人性化执法理念远远超出了我此前的理解，恳请贵方尽快安排人员对当地警察及保安人员进行警用技能培训！还希望中国防暴队允许当地警察分批到营区交流学习。"12月5日，格林威尔市警察局长博格巴先生率队前来参观学习时向中国防暴队郑重提出请求。

今天下午，按照联利团格林威尔分部组织安排，博格巴局长一行4人在联利团民事警队人员的陪同下前来防暴队参观学习时，开门见山地向盖立新政委表明来意："今天，我带来了刑侦、防暴、治安方面的主要负责人，就是想来你们营区实地参观学习，中国同行千万不要保留，请把最好的技战术展示给我们！"

漫步在中国维和警察营区内，处处整洁规范，队员举手投足体现出良好的素养，尤其是各种标语、展板以及体育设施让这里充满着浓浓的警营文化氛围。看到眼前的场景，博格巴局长连声说："这里变得我都快不认识了！"之后商请队领导能否演示警务技能。根据他的请求，10分钟后一场因地制宜的中国警务技能演示现场展开，数种警用枪支及各种警用辅助器械整齐摆开，枪械保养擦拭得铮亮如新，临时负责讲解的队员对武器性能、使用技巧、联合国武力使用原则等内容随机进行讲解，各项数据、指标随口而出，准确无误，博格巴局长连连竖起大拇指给予赞扬。随后，10余名正在从事营建工作的队员换上防弹衣，带上警用器材，在简陋的场地上为来宾们现场演示了抓捕、搜身、上铐等警务技能。演示过程中，队员们流利的英语口令、精湛的技术，尤其在制止"嫌疑人"人身权利方面的人性化"保护"做法，博得了博格巴局长一行的高度赞扬，他让随行警员用DV全程录制下来，表示明天就在全局进行播放，用中国防暴队的这种联合国执法理念和规范动作教授新聘用的15名警察。

现场与分队领导交流后，博格巴半开玩笑半认真地对队领导说："你们队员熟悉当地语言，甚至能听懂这里的方言、'土语'，我们交流很畅通，这里的民众一定会喜欢你们！"

据当地警员介绍,格林威尔市现有常住人口两万多,主要以橡胶生产和渔业为主,民众普遍生活水平不高,治安状况整体稳定,但随着体育盛会等大型活动的到来,不安定因素在日渐增多。座谈中,性格直爽的博格巴局长向盖立新政委等队领导通报了相关信息:"我们定期与国家警察总部沟通介绍中国防暴队的情况,你们的日常活动严格遵守当地的法律法规,对待民众文明礼貌,尤其是出行车辆模范遵守交通法规,主动给老人和孩子停车让路,大家非常喜欢你们!这些都是社会各界极力认可的,你们的到来让全市治安状况逐渐好了起来!"随着交谈深入,他态度诚恳地发出请求:恳请中国防暴队迅速组织人员对当地警员的执法理念、警务技能和体能素质等方面进行系统培训,他会邀请首都及周边警察局人员一同前来参加这些培训活动。

负责翻译工作的联络官姜瑞海在现场说:"博格巴局长十分诚恳,对我方期望很高,向我方表达警务培训需求时,连续说了十几分钟,让我连翻译都来不及,其主题就是希望双方尽快搭建起互相交流学习的平台。他连续3次提出来几天后能否组织当地警员来我方营区参观学习。"

会谈中盖立新政委表示:"目前,防暴队各项工作处于刚刚起步阶段,正常警卫目标监护和营建工作异常繁重,出于对当地警察机关需求的考虑,在'联利团'授权许可下,中国防暴队愿意为当地警局执法能力建设做出积极贡献,并为格林威尔地区的安全稳定提供有力保障。"

联合国维和副司令与队员合影留念

联利团副司令萨比尔·阿里准将:中国防暴队正在成为任务区最有战斗力的警队

"你们在100多天时间里开展了翻天覆地的营建工作,在沙滩荒地上打造了一座美丽壮观的中国警营。你们业余时间训练的仪仗队警容严整警姿雄威,彰显了超强的战斗力……"2月10日中午,联利团维和部队副司令萨比尔·阿里准将在专程来到中国防暴队看望队员的同时特别指出,"你们多次前往无警区、治安盲区、前战乱分子藏身区开展武力震慑和武装护卫,那里的安全形势一天比一天变好,维和部队清剿压力明显减弱,我代表全体军事人员向你们致敬。"

当天中午,格林威尔天气燥热,气温高达43℃,防暴队员正冒着高温酷暑进行着仪仗队、警务技能等科目的训练。阿里准将检阅防暴队业余仪仗队后感慨地说:"中国防暴队队员警容严整、动作标准,从你们黑瘦的面孔和敏捷的眼神里,我能感觉出你们具有超强的战斗力和严明的组织纪律性,这些都见证了全队极好的工作标准及质量，不难想象中国防暴队及其队员为此所付出的艰辛与努力。"随后，阿里准将信步走到防暴队队旗前敬了一个标准的军礼，致以职业军人对崇敬队旗的最高致礼。在观看了防暴队重要物资随车警卫和处置暴骚乱演练之后，他主动同参演队员就任务区突发情况处置程序及技巧进行了深入的探讨，期间，他在与盖立新政委交流时坦诚地说："你们每名队员目光炯炯有神，手掌力量充足，尤其在暴乱人群控制、随车警卫等方面都是行家里手，还有专门精熟排爆、狙击方面的专门人才，值得任务区维和部队军事人员学习效仿。"

据悉，阿里准将所就职的联利团维和部队作为纯军事化的武装力量，目前共承担着两个战区数十个安全形势严峻地域的军事防御和对敌打击任务。在分析任务区危险形势时他指出："格林威尔任务区目前仅有少数军事观察员驻守，大量防暴处突任务由中国防暴队具体承担，通过你们3个多月的努力工作，本地区及周边4个行政州安全形势明显好转。尽管当地整体局势平稳但也隐含大量问题，新年度里任务区各部门对中国警队给予了很高的期待与希望。"

"防暴队大量的活动信息、报道我都在密切关注，你们行动组织正规有序，程序安排合理，这次对整体工作和营区建设全面考察后，我会向联利团各部门积极推荐你们的经验做法。"工作结束时阿里副司令对防暴队整体工作给予了高度赞扬。

下午2点整工作结束时，阿里准将深入到防暴队队员宿舍、营区参观，看着整洁的生活设施、规划科学建设合理的营区营貌，他在防暴队建设成果展示墙下同队员合影留念。临行前，这位来自巴基斯坦的职业军人同盖立新政委等人逐个拥抱话别，并向全体队员留言纪念："每个巴基斯坦人包括我都对中国有着特殊的感情，我本人对同中国警察间的友谊感到自豪和高兴，当然，我们之间的友谊不止局限在这里，而是深深地扎根于每一个巴中人民心中。"

大使评价营区建设堪称联合国表率
中国驻利使馆大使：我对创新诸多的任务区标杆警队表示敬意

"我深知国内北方气候特点，先不说你们要执勤、训练，搞营区建设，仅在适应当地气候这一项上你们就吃了很多苦头啊！"4月15日，中国驻利比里亚使馆张越大使深入维和警察防暴队营区实地参观指导后，对全体队员艰辛奋战6个月的工作成果给予了充分肯定，"你们在海外为国家树立了良好的形象，争得了荣誉，我代表祖国向你们在任务区所取得的成绩表示祝贺，向你们的努力和付出表示由衷的敬意。"

当天上午，张越大使深入到防暴队办公区、队员宿舍、勤务动态板、宣传栏、晒衣场、文艺大棚、淋浴车、农家院等地全面了解防暴队的整体建设情况，并用手机对队员们的创新工作成果进行实物拍摄。期间，他看到了队员们努力奋斗150天试种成功的大片菜地，尤其汇集前期队员营建风采的相关资料建成的"艰苦奋斗教育基地"，他拿起队员们创造的一件件生产工具，观赏了磨损破旧的手套、服装等物品，尤其了解到队员们边执勤边生产自产蔬菜已经达到3000余斤时，感慨地说："能在非洲大地种出青菜，这本身就是一件很了不起的事，更让我吃惊的是你们还能有这么大的产量。你们是第一支成建制赴非洲的维和警察力量，没有现成的经验可供借鉴，很多事情都是摸着石头过河，将基础打得这么牢固，真是不容易！我去过很多其他国家维和部队的营区，我可以肯定地说咱们中国防暴队的营区建设堪称任务区的绝对标杆。"

据悉，防暴队抵达任务区以来，坚持自觉接受大使馆业务指导，将党建工作纳入其党总支具体领导，较好地把握了贯彻上级精神指示、加强理论学习等方面的重点，有效提高了工作质量。为深入学习国内重要指示精神，队领导曾经连夜乘车600公里，第一时间学习年度公安工作重要指示精神，这种"事不过夜"的学习态度得到了张越大使的高度称赞："你们抵达任务区6个月时间内，在参加支持当地和平重建方面付出了艰辛努力，做了大量值得称赞的工作，利比里亚政府多次向使馆通报防暴队的优异表现。你们取得的非凡成绩，在海外为国家树立了良好的形象，争得了荣誉，我代表祖国向你们在任务区所取得的成绩表示祝贺，向你们的努力和付出表示由衷的敬意。"

中国警察工作成果让人着迷
联利团高层管理人员：我们一直在任务区轮回宣传中国防暴队精神

"我们已经通过简报和群发邮件，尤其是每次前往各军警部队工作时，都会拿出专门的时间介绍中国防暴队敬业、专业、负责任的精神和取得的丰硕成果，向他们全面推荐你们这支当之无愧的一流警队！"联合国兰德格琳女士在格林威尔同防暴队领导座谈时提出，"全任务区对你们继续寄予最大的希望，期待你们创造更多经验，带动兄弟防暴队为维和任务做出更大贡献。"

据了解，联利团近期已经搜集整理了中国防暴队建设、外联、勤务、文化、保障等内容的示范片，由防暴办、后勤行动支持部等部门统一下发给所属指挥链基层单位学习借鉴。据联利团后勤基地史处长介绍："防暴队短期内在勤务、外联、自我保障方面取得的工作成绩，具有基础扎实、后续力充足、计划科学、当地政府和民众认可度高等特点，在整个任务区具备其他防暴队和相关单位学习借鉴的典型经验,目前由联利团各部门掀起的学习借鉴热潮将会持续很久。"几天前,远在几百公里外的联利团民事警察第四区指挥官专程前来拜访,主动提出邀请防暴队跨区远程提供行动支持和保障。期间,他坦诚地说:"众所周知,你们行动迅速,执法执勤严格守纪,具备友好合作的一切条件,如果可行,我方将不遗余力地向上级部门提出加强远程合作申请,一直到批准为止。"

据指挥中心人员介绍,近期跨区跨州提出加强勤务合作的军事观察员队、民事警队数量继续增加,经过上级部门审批,本月16日就有3个执勤队共计28名队员同日同时外出执行长途勤务。

今天举行的座谈会上,联合国秘书长特别代表兰德格琳女士谈起防暴队的优异表现时说道:"我们在历时一周时间的巡回工作期间,每到一个(联利团)地区分部都会详细介绍推广你们的经验做法,作为这个任务区的总负责人,我有义务让他们了解你们方方面面的工作成果,这不是一般的成绩而是用'震撼'才能描述的成果,希望他们以中国防暴队为榜样,迅速加快工作进程,早日完成联合国总部赋予本任务区的整体和平重建任务。"

座谈会上大使转达总统夫人的问候

中国驻利使馆赞扬防暴队非凡成就:维和警察防暴队工作成果备受关注,赞誉不断

"利比里亚总统瑟利夫夫人称赞中国防暴队装备和人员素质均属一流,并委托我问候你们!"日前,中国驻利使馆组织我驻联利团军警队伍座谈会时,张越大使总结维和警察防暴队各项工作成果时指出,"140名维和队员执行维稳、处突繁重工作的同时,广泛参与当地的和平重建工作,尤其在文化交流、爱心助困助学等方面取得了所在国社会各界的广泛称赞,全面宣传、传递了中国政府维护世界和平、承担大国责任的良好形象。"

据悉,防暴队进驻任务区以来,将加强中利文化交流交往、促进公益事业发展作为重要任务来完成,组织青年队员成立了对外联络、警务教学、中国功夫等多个小组,全面加强同当地社会各界的友好交往、文化交流工作,按照力所能及、注重实效的工作思路开展各项工作,赢得了利比里亚社会各界和驻地群众的认可。

"一定要把信心和勇气输送给当地的少年儿童!"防暴队7名女队员组成的爱心帮扶团队坚持深入驻地各所学校和失学儿童家中,利用业余时间教授学生们计算机知识、法律小常识、汉语、中文歌曲、中国武术等技能,坚持培养当地少年儿童勤劳勇敢、自强不息的文化精神。在驻地高中、初中、小学3个层级的4

所学校开展文教用品系列捐赠助学活动，累计捐助学校教学、体育用品100多件，当地1500多名学生从中获益，队员们被当地民众称为"上天赐予格林威尔人民的礼物"。

"中国防暴队在当地各种公益活动中的良好表现让当地民众感到很震撼！"张越大使谈起防暴队历时7个多月的群众工作成果时赞叹说，"你们在很多爱心帮扶活动中真正为民众解难题、送温暖，在联合国日、联利团大型活动中演练的警务技能尤其是原汁原味的中华传统武术，传播了中华文化正能量，希望队员们一如既往地坚持下去，为促进中利两国文化交往做出更大的贡献。"

女市长带队女性代表团走进营区
格林威尔市长芭芭拉女士：代表全国各界女性祝愿中国女警节日快乐

"你们做了那么多有利于当地女性事务发展的好事情，还要夜以继日地守卫着当地安全，尤其你们不畏高温酷暑，带着沉重的装备站岗执勤的敬业精神值得全州女性学习。"3月6日上午，格林威尔市市长芭芭拉女士率领当地社会各界女性组成的代表团参加维和警察防暴队警营开放日一系列活动后感慨地说，"我在全国妇女儿童组织任职多年，担任市长工作4年时间里，从来没有像今天这样带着女同胞们零距离地感受中国女警的敬业精神和友好善良。"

当天上午，应防暴队7名女警邀请，芭芭拉女士率领当地市政、警察、医疗、教育、新闻出版系统20余名女性代表组成代表团，前来防暴队警营参加"携手共创美好未来"为主题的警营开放日活动。就这次活动的初衷及形式内容，指挥中心办公室主任赵微介绍："三八国际妇女节到来之际，我们作为中国警察派驻利比里亚执行维和任务的女性代表，选择开放日这种鲜活的模式全面加强与当地各界女性的沟通交流，通过邀请当地女性体验我们的执勤工作环境、感受共建活动成果、座谈女性作用发挥等形式，进一步宣传中国女性在公共事务管理中的积极作用，进一步加深非洲人民对中国警察敬业精神的了解。"

上午10点整，在骄阳烈日下，芭芭拉市长一行走上防暴队3号哨位，看到正在执勤的值勤官赵萌萌、何洋已是满脸汗水——就是在这种面积不足5平方米，到处飞舞着大个头蚊子，经常有老鼠、蜥蜴窜动的狭小空间里，她们正在手持沉重的警用步枪对警卫目标各个区域进行观测。穿上备勤用的防弹背心，戴上数斤重的钢盔，再穿上厚重的作战靴……芭芭拉市长穿上队员们常用的装备进行了现场体验式执勤，当得知女值勤官要在风吹日晒下完成长达2个小时的执勤任务时，她连声赞叹："这天气得有40多度，戴着这些装备坐着都会出汗，你们还要保持良好的警戒姿势，真是了不起。"

女性代表团走进防暴队指挥中心时，看着女值勤官们正繁忙地处置各个哨位和外出勤务人员反馈回来的信息——她们边通过不同频道的对讲机发出处置指令，边熟练地操作计算机快速记录勤务情况，不同型号不同功能的机器设备和七八台台式、手持对讲机发出的噪音很容易让人产生烦躁的心情——她们得知就是在这样艰苦的环境里，这些中国女警已经在任务区顺利地度过了130多天，每人夜间值班时间超过800多小时，在休息时间严重不足、营养得不到良好保障的情况下，圆满完成各种工作任务时，希诺州医院院长诺茜·纽莱女士对记者说："她们对着十几个视频监控区域和联利团五六个部门联络使用的对讲机，对各种情况应对得很稳妥，操作得那么娴熟，看着她们手持对讲机处理附近火情、击退非法入侵者还有遥控指挥停水停电紧急处理时，那边说情况这边通过对讲机迅速就发出了工作指令，简直就是我心目中穿着警服的'魔术师'。"

当天，防暴队7名女警业余时间针对当地妇女儿童开展的部分爱心活动在营区进行了成果展示——10名当地小学生表演的中国传统武术、古典诗词朗诵、中文歌曲大联唱、计算机基本操作等科目逐个进行了成果演示，赢得了在场观众的阵阵喝彩。身穿洁白学生装、背着队员赠送的崭新书包的小主持人洛维塔·维赛正在用中文演讲："你们胸前的五星红旗是那么鲜艳，你们头顶的警徽是那么耀眼；每次目送你们返回营地时，这些稚嫩的心有着无数的期盼……"当他的即兴表演进入高潮时，现场所有受到防暴队爱心帮助的小学生们用熟练的汉语说出："中国警察阿姨是我们最爱的东方天使！"

"我们国家是全世界最大限度支持女性参与各项社会管理，鼓励女性在重要岗位担任行政职务的少数国家，很多成功的女性已经走向了市长、镇长乃至最高元首总统的工作岗位。看到中国女警在任务区取得如此多的工作成绩，我有义务向全国各界宣扬你们的成功做法！"当天举行的座谈会上，谈起当地妇女事业发展工作成果时，芭芭拉市长说道，同时发出了这样的恳求，"当地持久缓慢的和平重建工作，需要中国警察尤其是女警们继续发挥更大的作用。通过教授当地女性学科技、学手艺，灌输她们敢挑战能吃苦的精神，力推她们走向更好的工作岗位，为当地经济发展和社会进步做出女性更大的贡献。"

据悉，目前参加防暴队举办的中华传统武术培训班、警用防身技能、中国传统文化业余培训班的30余名妇女儿童已顺利完成学习任务，以优异的成绩圆满毕业。另外，当地大量的妇女儿童正通过各种渠道申请参加今后防暴队组织的各项文化交流活动。对于当地社会各界尤其是广大妇女儿童的殷切期望，盖立新政委说："加强中利两国人民的文化交流，向当地妇女儿童传播中国传统文化是中国警队义不容辞的义务。今后，我们将根据她们的合理需求，进一步开展中医理疗、手工制品技术以及法律常识等方面的技能培训，力尽所能地提升当地女性的综合技能，为她们走向社会、展示当代女性能力提供帮助。"

活动结束时，当芭芭拉市长详细了解到目前中国有无数优秀女警常年奋战在治安、刑侦、禁毒等高风险岗位上，付出超强的艰辛取得很多骄人的战绩时，仍在利比里亚某女性非政府组织担任理事职务的她向现场7名女值勤官及医护人员表达自己意愿："我代表利比里亚各界女性，祝愿万里之遥的中国女警节日快乐，希望我们中非女性携起手来共同开创更加美好的生活。"

联合国秘书长全权代表给予高度评价
联利团高层走进防暴队营区：你们很多创新工作比想象中的还优秀

"到中国防暴队来，我有4个方面要亲眼看看，那就是你们的礼宾队、奋战在执勤值班岗位上的女警、营地建设成果和你们闻名全任务区的蔬菜园，现在这些都比我预想中的好得多，很精彩很精致！"利比里亚时间3月16日下午，联合国秘书长驻联利团特别代表卡琳·兰德格琳女士在总警监格雷格里·辛茨先生的陪同下，前来维和警察防暴队参观指导工作时提出，"你们的工作成果让人流连忘返，我期待带着更多维和同行尽快与你们再次长时间相聚。"

卡琳·兰德格琳女士作为联合国秘书长派驻联利团的全权特别代表，在履行联利团最高行政管理职责的同时，长期关注中国第一支成建制防暴队在勤务、建设、文化以及后勤保障工作等方面的工作成果。当天下午2点45分，她检阅了由数十名队员组成的礼宾队，看到这些身材挺拔、素质过硬的年轻队员们，当了解到他们都是多次在实战执勤中立功受奖的优秀队员时高兴地说："你们的队员精神面貌很好，警务技能非常专业，个个都是表现突出的战斗尖兵，我代表联利团管理部门向你们致敬！"

"击打！""推挡！""成小组防卫！"……随着指挥员一声声口令，处突小队演练的防暴应急棍时而整体推进，时而变换队形进行防御，虎虎生风的木棍被队员们舞动得煞有威力……卡琳·兰德格琳现场观看了防暴队应急棍术演练后，同队领导就任务区应急处突工作进行交流时说："在群体性事件频发的任务区，创新使用这种威力大、杀伤力小的棍术，能够很好地震慑犯罪行为，维护地区治安稳定，应该在整个任务区各防暴队推广使用你们这种棍术战法。"随后，卡琳·兰德格琳在深入队员宿舍参观时，对整齐划一的设施和应急装备"24小时不离身"管理制度表示赞赏；当她看到全队使用的上侧纱网下面棉布的特制蚊帐时，了解到这种蚊帐既能有效预防蚊子叮咬,还能遮挡光线保证队员轮休睡眠质量时,笑着说:"你们对待日常工作很用心,将更多的聪明智慧运用到生活细节上,有效地保障了队员的人身安全,营造了更加温馨舒适的生活环境。"

当参观完营区娱乐设施、多功能运动场、指挥中心监控指挥系统后,卡琳·兰德格琳提出要求:"现在联利团各部门都在宣传中国警队大面积多种类种植蔬菜的做法,我一定要现场看看你们的蔬菜园。"当她深入到多个蔬菜种植区域实地查看绿油油的菜地时,队领导介绍说目前已经成功种植出空心菜、黄瓜、木薯、地瓜等近十种蔬菜,产量已经突破3000斤,她高兴地说:"这里都是沙滩地,倒下一杯水瞬间就会渗到地下,你们运土种菜的首创精神实在了不起!"

期间,兰德格琳女士详细了解了防暴队的人员配置、营区建设、勤务任务、营区安防设施建设情况,对中国防暴队在圆满完成各项勤务的同时,全面与联利团各方有效地开展合作,为当地民众和联合国工作人员提供救助服务等方面的做法给予了高度评价,并期待与中国防暴队队员们尽快相聚。

联合国警察部门通报中国防暴队多次被打100分
联利团军警高官:中国防暴队三大经验做法值得全任务区推广

12月28日,联利团警察部门副行动协调官维克多、第四战区司令官米什克夫深入中国防暴队调研、观摩后通报:"你们在对任务的快速反应能力、勤务纪律执行和营区管理上远远超出了联利团各部门的预想,你们短期内的建设成果,尤其是人防和物防相结合,让营区自卫、反击能力成倍增加,让人看了叹为观止,值得任务区所有维和团队学习。"

当天上午,维克多一行专程前来防暴队调研、参观,当队领导简短介绍完近期工作完成情况时,他轻轻打开笔记本幽默地说:"看来我得好好给您补充一下了,你们至少4次以上勤务被同行和当地警察局打了100分,整体都是优秀以上成绩。"据米什克夫介绍,联利团是个运行多年的国际和平组织,有着科学的评价系统和多个测评渠道,每支警队、部队的日常表现都会及时全面掌握,每次行动中的亮点或者失误,大部分都会被相关部门准确了解。米什克夫司令官还通报说:"中国防暴队每次巡逻、护卫包括共建交流上报的内部资料和信息,都成为各国同行交流学习的范例。"在联利团防暴办月份通报表上显示:中国防暴队月份内各警卫哨共派出执勤警力2183人次,夜间处置突发情况3次,组织应急拉动演练4次;处置机场、油库执勤点机场区域草地和发电机顶棚两起火情,顺利执行103架次飞机安全起降警卫任务。期间,与中国维和警察防暴队协同作战的各国籍民事警队、军事观察员、移民官员、禁毒官员等,在上报的专项任务完成报告上对中国维和警察的行动能力、遵守纪律、时间观念、主动协作等栏目均打"√",乌克兰飞行运输队还多次在报告中提到:"多次协同配合中,中国防暴队到达指定地点分秒不差,拟制的行动方案在复杂环境里发挥了最佳效果。"

维克多曾担任成建制防暴队指挥官7年时间,带领警队常年在偏远山区执行维和防暴任务,多次执行过较为艰巨的防暴任务。下午,他率领联利团同事参观防暴队正规化建设和营建工作成果展示时,看到队员们良好的精神面貌和过硬的军事素质,尤其短期内建设成的封闭式营区,都给他留下深刻印象:"作为一名职业军人,很多问题一眼就能看得出来!你们的行动能力、部队管理和纪律方面都是整个任务区一流的,这个是毫无争议的。"

第四战区司令官米什克夫参观完营房各个方位正在建设的防御掩体后,信步走进执勤室观摩,看望正在制订行动方案的值勤官,并逐个测试GPS、手持对讲机、红外夜视仪、执法记录仪等十几类执勤用具,尤其是了解到防暴队整理出附近3个地区相关任务地点涉及的地貌、路况、天气数据后,由衷地称赞道:"你们的工作真的让我很震撼,其他警队都应该学习你们这种实战精神。"

随着当地近期维和防暴任务增多,联利团军警官员轮流深入各战区指导各军警队执勤及保障能力建设。维克多一行已经利用10多天时间到第四战区各支队伍逐个调研访问,每到一处都会做出客观公正的评价。值勤官谷玥欣雨说:"他们整个参观交流过程中都是处于兴奋状态的,至少3次使用'震撼'这个词语来评价我们的工作!"

检查验收

行政办公室高级官员冒雨检查工作
"所有部门都要给爱国敬业友善的中国警察提供便利"

6日午间,一场暴雨不期而至,不到半小时积水已经没过脚脖。此时,联利团格林威尔任务区行政办公室高级官员查尔斯先生没有在办公室喝咖啡或者小憩,而是冒雨来到防暴队营地检查员工们的施工进展情况。他拿着进度表一项项检查,还不停地叮嘱当地工人什么事情,翻译告诉我:"他说这是中国人的事情,你们必须认真负责地做好！"

由于和国内有 8 个小时的时差，到达这里感觉经历的事情很多，其中感触最深的就是防暴队与当地官员及异国军警部队的交流交往。短暂的 10 多天时间内，上到联利团总警监，下到各个分支机构的负责人，都与防暴队结下了深厚的友谊。

"爱国、敬业、守纪、友善，会力所能及地帮助别人……"这是很多当地官员对中国维和警察的整体印象，格林威尔机场经理罗曼先生对来访的防暴队领导说："你们的队员很敬业很有素养，几天工夫就让这里变了样，他们主动协商在机场执勤点升起中国国旗，尽管这个机场从来没有哪个国家的防暴队单独升过自己的国旗，但我允许并批准了他们的请求。"从短暂居住的联合国中转营到现在的几个正式执勤点，都有鲜红的国旗在飘扬。我曾经问过那个"闹市区驾驶摩托车追防暴队"的中转营管理人员斯蒂文，他目睹了中国警队进驻中转营短暂的时间里早出操晚学习，白天训练劳动，还搞文体活动，见到任何雇员都彬彬有礼，他说他自己很喜欢这支队伍，还告诉我做这个营区管理人员近 10 年时间里，从来没有哪个国家的警队像中国警察这样守纪律，有素质，乐于帮助人。

互联网时代所有的大事小情都会让有心者了解掌握，联利团防暴办主任罗伯特受命前往中国考核评估防暴队，后期也经常浏览我们的新闻报道。当队领导去拜见时，他放弃午休时间足足等了一个小时——西方人大多是公私分开的，工作的事很少在休息时间处理。他兴奋地说："你们在国内集训后期的表现我很关注，真是没有让我这个考官失望，我还要继续在各个部门推荐你们，让他们对你们所有的正常需求开绿灯！"这次见面让防暴队领导很意外：他提前掌握警队物资到达时间，哪些已经到位，哪些尚未落实，都一清二楚，在他协调下很多事情按时得到了落实。"防暴办"是个权力很大的部门，罗伯特先生见了中国防暴队，此时的身份只有一个了，那就是老朋友——他初次见到先遣队时还宴请大家吃了顿价格不菲的地道中餐。

短短 10 多天时间里，防暴队已经同联利团官员、当地政府机构、各国军警部队开展友好交往活动 37 场次，每次都是和谐融洽，工作友谊、个人感情也日渐增长——尽管当地没有加班的习惯，可任务区几名行政高官经常放弃休息时间到防暴队营区督导工程进展，有的甚至还半夜到这里查看物资安保措施是否落实到位……

原定两天装备核查仅两个半小时即通过

联利团考官叹为观止：10 万件装备物品管理维护堪称任务区典范

11 月 24 日，联利团装备核查组组长英格里德·多特女士致信第一支赴利比里亚维和警察防暴队领导:"你们来到任务区不足一个月,且经历3次装备物资转运,在交通条件差、气候恶劣的任务区安顿下来已经十分不易。我们原计划用两天时间来完成这次装备核查,没想到短短两个半小时就顺利结束此项工作,这对其他队伍而言,即使在长期准备的条件下也是难以达到这样效果的,检查情况令人十分满意!这令我不得不信服同事们都提到的'中国速度'!"

9月5日,防暴队装备物资和其他保障物品组成长长的车队,在特警人员护卫下从廊坊出发抵达天津海港,再经过几十天漫长的海运到达任务区。那晚,夜幕下的车队在警灯照耀下缓缓行驶,蔚为壮观——这是来自祖国和人民强大的支持。全程参与物资运输和管理工作的后勤分队教导员张涛回想当初的场景至今记忆犹新:"爱护保养警用装备,让每件物品都保持最好的状态,是全体后勤人员首要的职责,也是大家劳心费神最多的工作。"

40大类1500多种10万多件装备、物资不是个小数字,这是防暴队以及后续警队的基础保障,每箱货物、每件工具在大项目所属专项的子目录里,经过后勤分队人员的精心管理,你可以"按图索骥"30分钟内找到。不光如此,集装箱内所有的物品除了正常包装还有专用的加固木板、纸箱加固包装。"几次大规模装运规划时从没考虑雇佣商业人员,是队员们一件件肩扛手抬的,这样我们对安全性和防损坏心里有底……"后勤分队长魏兵如是说,"正是大家不懈努力和日夜艰辛的付出,才能让防暴队所有的装备、物品以最好的状态接受联合国的核查、评估。"

翻开手里这册《防暴队工作指南》才知道装备核查的重要性:派出成建制的维和警察防暴队是各联合国成员国应履行的国际和平义务,所装备和配制的所需警用装备和工作生活必需品均由联合国给予经费补助。谈起装备核查的重要性,盖立新政委多次强调:"一定要确保各项警用装备和物品最好的性能和状态,核查工作事关国家利益,是防暴队现阶段的重点工作,我们必须克服困难,以最佳的成绩给祖国和人民交一份满意的答卷!"

进驻以来,后勤部门相关人员轮流在室内查资料、做计划、算数据,过程极其细致严密,敬业精神更是达到一定境界,大家说他们干的是"针线活",人人都有技工水平。无论白天风吹日晒,还是夜间蚊虫叮咬,十几名现场同志在仓库、车场、弹药库等场所坚持对警用装备做好首次使用保养、维护、管理,还有那满载49辆车和32个集装箱内的众多办公和生活物品,按照任务区实际先后进行了两次再分类、再细化工作,几个小时下来每个人都如汗洗过一般,张涛等队干部衣兜里的便签和记录本每天都被汗水成片浸湿——在他们眼中,如果自己不尽心不努力,损失的是国家的利益,更是海外维和警察最大的耻辱。

各种装备整齐摆放在营区里，大部分都是刚刚启封使用。为了让它们保持最好的状态并得到最科学的维护，防暴队专门安排一辆维修车辆——4名维护人员乘车流动，携带各种工具，哪里需要就直接服务到哪里，坚决不放过任何出问题的地方。

11月19日，联利团装备核查组组长英格里德·多特女士率领9名考官来到中国驻利比里亚维和警察防暴队营地，分别对医疗设施、各型车辆、防护工事、电力供应、通信器材、武器弹药、消防设施、餐饮住宿、个人警用装具、自我维持装备进行了全面检查，这是防暴队警用装备维护工作首次"迎考"，他们能否赢得最好的成绩？在现场我看到，核查人员认真细致，既有重点项目的系数检查，又有大宗物品的抽查，对重点装备更是细致入微——核对序号、查验性能，发电机启动后听运转状态不少于30分钟；车辆要开到不同的复杂路面检验性能；医用药品所使用的患者数据逐个核对……考官们各负其责，仔细查看，整个过程不到3小时顺利完成。核查组长在反馈会上评价道："你们的专业素质和敬业精神，大大缩短了我们的工作时间，你们扎实的准备工作让我感到惊讶，检查情况令人十分满意，你们是整个任务区几十支维和军警队伍中当之无愧的典范！"

装备物资核查是项重要的专业工作，考官们几乎对所有的参评内容都打"√"肯定，到底这种认可在所有任务区是个什么成绩？后勤官李虎啸给我出示了一组这样的数据：任务区前不久开展的统计中，其他国家的队伍合格率刚达到总体要求的40%，而刚刚抵达一个多月的中国防暴队除了因时间关系个别设备尚未安装外其他所有科目全部达标，这是任务区装备维护保养最好的警队！

获得联合国对派遣国最大限额经济补偿

联利团装备部门负责人巴里：防暴队各项节约建设成果将会为国家赢得更多荣誉

"你们自建的集装箱住房充分发挥功能，发挥了保执勤、保办公的最大效能，对你们所在国的设施租赁补偿由10人提高为30人，相关补偿费将择时送达中国政府！"2月11日，联利团装备部负责人巴里先生率队核查评估后高度肯定了中国防暴队后勤建设尤其是警用装备管理成果，"通过全方位的检查验收，核查组认为你们科学谋划自主创新，在有限的区域内建设功能齐全的设施，各种警用装备始终保持在最佳状态，有理由赢得联合国对派遣国最大限额的经济补偿。"

据悉，联合国维和警队派遣实行装备设施长期租赁补偿制，各警队装备保养使用尤其性能情况决定着赢得相关补偿的数额，能否得到最大限额的经济补偿事关国家整体利益。作为第一支首派非洲的成建制维和警察防暴队，队领导高度重视装备管理和维护保养工作，先后成立车辆管理、水电工程、营房建设等4个专业小组，共有20余名队员具体负责装备管理和运行维护，确保所有设施均处在最佳使用状态，对于维护国家利益、赢得联利团评估认可发挥着重要作用。

后勤分队张兴辉是水电小组的业务骨干，负责全队水电设施的日常维护，为了让这些装备设施发挥最大的功效，他的工作流程上记录着这样的固定程序：夜间每隔两个小时巡查3台发电机运转情况、查看柴油现有量，晚7点打开洗浴车供水8点整准时关闭，下午对营区常用的26台自我维持装备发动机进行一次安全监测……张兴辉每天的工作情况代表着后勤人员爱护装备的敬业精神，这其中到底有多大的作用？后勤官姜瑞海介绍说："让所有的装备设施保持最佳工作状态，既能维护防暴队的正常执勤、生活运转，关键是还能确保国家投入的维和经费得到联合国的最高额度偿还、补助，队员们人人都把这项工作看作最高政治标准和维护国家利益的有效做法。"

"争取到最大的经济补偿和联利团后勤部门的工作支持，必须有能让核查部门信服的工作成果！"防暴队国向东队长介绍说，"我们立足原先异常薄弱的基础，自建改建的很多场所和设施都得到联利团的高度认可，自然会得到应有的回报！"今天，巴里率领的装备核查组对队员们的两项建设成果深感满意：一是营区废弃多年的防雨棚改建成具备会议、娱乐、比赛等八项功能的多功能文体大棚；二是破旧不堪的空房子修建成容纳100多人就餐、文化学习的现代化餐厅。走进整洁宽敞、中国文化氛围浓郁的多功能文体大棚，巴里感慨地说："这里以前垃圾遍地，棚顶都是黑乎乎的树油子，这么短的时间让你们建设得如此漂亮、实用，装备部门没有理由不给你们通报表彰和必要的经济补助。"

进驻任务区以来，全体队员积极弘扬"南泥湾"、"北大荒"精神，坚持废材利用、创新创造，将懂管理、搞技术、会干活的能工巧匠合理编组，高效组合，组建了集装箱安装小组、防护技术攻坚小组、垦地开荒种菜小组、基础管线建设小组、通信技防安装小组，共改造上下水管线1000延长米，更换百余个照明灯具和160个门窗；维修屋面21间，改建餐厅160平方米；铲除杂草、平整营院2万余平方米；铺设营区电缆线430米、安装柴油发电机5台、供电箱配电柜5组，实现电力自我供给；并集思广益，创造发明，自行研制弹药库防护设施、哨楼遮阳防护网、防蛇厕所防护罩以及简易工具23件，累计节省经费达20多万元。

工作结束时，巴里对防暴队装备管理尤其是营区建设、自我保障工作的成果表示由衷钦佩："你们这种奋斗精神展示了中国警察吃苦耐劳的优秀品质，为任务区各军警部队树立了学习榜样。今后，我所在的联利团装备部将会为你们提供最大的支持和帮助。"

所有检查均获最高分数

全优通过联合国最严格装备大核查：精心准备应对"狡猾"考官，赢得378个"√"

3月25日中午，利比里亚格林威尔骄阳高照，闷热无风，联利团消防部门行政主管、核查组成员约翰逊·米勒先生示意队员把营区各个部位56个灭火器搬到广场，逐个检查每个仪表盘，确定仪表盘指针均在绿色安全区域后赞道："核查通知没有明确要求的内容，但你们做得非常好。"

当天上午，联利团核查组长卡来伯先生率领装备、医疗、运输、防暴办、武器、工程、防火、通信8个部门的9名核查员到达防暴队营区。他在炎热天气中提醒队员们注意："作为联合国最严格最规范的装备大核查，是检验贵国装备在你们手中维护保养成果的科学手段，我们不会放过任何细节，当然很多方法可能是你们预想不到的。"他的话一出口，尽管准备工作已经无比细致，但很多队员还是为即将开展的大核查捏了把汗。后勤官姜瑞海告诉我："联合国装备大核查是联合国对警队派出国提供的装备和设施能够满足维和任务要求而进行的综合性评估检查，同时是联合国对装备所在国进行经济补偿的主要依据。队员们对评出好成绩已经当成一种政治责任，谁也不想在自己负责的内容里丢分，哪怕是0.1分！"

当核查组成员走进主候检区时，只见十五大类数百件装备整齐摆放，擦拭干净，旁边是中英文标示的功能介绍和保养记录，现场负责引导的值勤官谷玥欣雨非常自信地告诉各位考官："这是各类装备的样品，另外数千件物品如有需要可以随时提出来，只要3分钟时间就可以让你们看到它们。"装备核查专项工作负责人、防暴队队长国向东补充道："我们已经为各位分发了所有装备的整体情况，配备了专业的人员负责介绍，他们会为你们详细介绍装备数量、保养情况、运行能力，请主考官宣布考核开始吧！"

随后，卡来伯先生说："每名考官会使用最规范的方法考核，相信你们的工作经得起检验，这样我们就会实现共同努力下的双赢。这是核查清单和任务分工，请做好准备！"按照他的安排，所有考官分为8组，在营区不同的分考场进行了全面的考核评估，每个项目都要进行多角度、多程序的检查，所有部件性能保持、是否有损坏情况都通过"√"、"×"进行判分，如果出现"×"将视为永久性不合格，将不会再有机会"补考"。

序列号、室内温度、搬动铁门是否瞬间报警……在核查官朱利奥·拉莫的指令下，军械员邵明亮在枪库内逐个完成动作。而另一名核查官安德瑞则直奔队员宿舍，除了查看队员个人十几件"单警系列装备"是否近身整齐摆放，他说了一句"对不起,这里我需要看看"后,便"冲"进正在串休安睡的队员房间……随行的值勤官何洋向大家介绍道:"他查看的内容很特殊,基本不是核查要求的事项,那就是队员宿舍任何时候不能存放食物,更不要说小电器了!"30 分钟后,从各个宿舍出来的安德瑞满脸笑容:"你们已经充分认识到小电器容易引发危险,存放食品会引来老鼠、蟑螂,带来卫生方面的危险,你们做得超出了我的想象!"说完,他在相关栏目里打了个大大的"√"。

"哪位同行提供一张餐巾纸?"在餐厅核查现场,核查官阿里问。他拿着洁净的纸巾在餐厅对所有的橱柜和餐具进行擦拭。20 分钟后,他拿着依然干净的纸巾提醒后勤分队炊事班人员,"作为集中居住、集中生活的成建制防暴队,高标准执行卫生标准是极其重要的,你们把这些细节处理好了,患上疾病的概率大大减少。"同样是这位以严格著称的考官,围绕着营区几百米的菜地转了两圈后,先是问蔬菜每月产量,然后借口查看工具库物品摆放情况,进去之后先是吸气味,再就是挨个工具架上检查,最后在表格空白处写上了:"此警队无农药、化肥在使用!"

"他们的检查有点苛刻,有点'狡猾',测试仪器的方法非常严格,哪个环节都不会放过!"后勤分队技术员刘禹剑刚结束了通信器材的查验,终于松了口气。负责通信器材查验的官员阿德兰·阿哈先生先是调动流动岗哨,挨个监控摄像头前走动进行检测,还要求刘禹剑现场启动应急发电机听机器运转情况。"摄像头要是发现不了走动的人,或者发电机一次性启动不了,他绝对不会笔下留情。"阿德兰·阿哈先生在随后检查防暴队的办公电脑、音响设施、警营网吧以及六大运动场时,都是随口出考题立即要答案,最终他对受检的所有设施都给了最高肯定,在 11 个项目中打了 11 个"√"。

"他们预定检查的时间是中午 12 点至下午 4 点,我们充分的准备工作加速了这次严格系统的检查,最终在 14 点就完成了最后一个项目的检查!"谈起紧张忙碌的大核查工作,后勤官姜瑞海这样总结道,"我们打造任务区最好的装备使用、维护一流警队的目标实现了,他们在所有 378 个评分栏目中共留下 378 个对号,无一不达标。"下午,在此次大核查工作最后的总结陈述中,所有参加核查的核查组成员都不吝惜对中国防暴队的溢美之词,其中核查员安德瑞说:"我在利比里亚任务区工作已经 3 年多了,这是参与的准备最充分、标准最高的一次核查。特别是你们核查前的幻灯片陈述,完全与核查工作紧密联系,对我们的核查帮助非常大,我甚至不用到实地就已经基本了解了你们所属装备的基本情况。"

防御工事和小型掩体被称为最好的综合防御工事
打造攻防一体实战格局：防暴队首批自建防御工事投入使用

"你们业余时间建设的防御工事和小型掩体，设计合理牢固结实，能有效防止各类枪弹的袭击，尤其是各重要位置的火力交叉设置，对于营区防卫和有效打击'武装分子'起着至关重要的作用！"3月19日，在维和警察防暴队营区内外各环形工事、U掩体、最高点射击点前，40余名参加施工的队员整齐列队，接受联利团和队领导的检查验收，联利团格林威尔分部行政办公室主任查尔斯现场评价道："我在联合国多个任务区工作过，长期从事战备工作的检查验收，这是我见到的设计最合理、防御能力最好的综合防御工事。"

行走在防暴队周边数万平方米的区域内，十几个防御掩体、小型工事星罗棋布地建设在各个制高点、路口、草丛深处，各战斗小组正在进行全副武装实战背景下的战术演练。谈起持续十几天的防御工事建设成果，盖立新政委介绍说："作为负责任务区4个行政州唯一的成建制防暴队，我们必须把战斗基础建设放在首位，全力建设好攻防兼备、灵活机动的防御工事群，遇有突发情况时，在确保自身安全情况下，有效地进行火力反击，迅速进入最佳战斗状态，确保圆满遂行作战任务。"

据悉，首批防御工事群由全队具有军事作战特长的骨干人员负责，他们通过现场勘察、科学论证、实际测试制订了施工方案，组织各分队备勤人员利用十几天业余时间进行了自行建造，目前共建成战地掩体、自卫哨工事、三面环形掩体、U形机枪及狙击枪射击工事等建筑，形成了里外交叉、全面防御的阵地战术格局。走进三分队刚刚建设完成的一处环形防御掩体内，由十几个自制沙袋搭建的防御主体上设置了机枪、步枪、防暴枪射击端口，内侧设有立姿、跪姿、卧姿等不同姿势射击沙坑，前面空旷地域所有的杂草树木已经清除，在红外望远镜和常规军用望远镜检测下相关情况一览无余……就目前建设的各类防御工事和掩体性能，战勤室主任孙书恒介绍说："我们建设的各类掩体和工事，充分考虑了当地树木杂草多、雨水大等客观条件，首批竣工的各类掩体充分考虑了通视环境，以150米有效观测为距离，形成了里外交叉、高低错落的火力防护网，遇有突发情况时，各战斗小队能够迅速进入战斗位置实施有效反击。另外，我们充分考虑高温多雨的实际，在掩体内铺设了地沟，加固了墙体，确保了掩体和工事具备防雨、防浇灌、防垮塌等功能。"

今天，防暴队就进一步加强实战演练，确保复杂背景下的战斗任务完成等事项进行现场部署。盖立新政委对有关事项强调说："中国防暴队是全任务区最受关注的警队之一，面对存有各种隐患的安全形势，预防和打击恐怖主义活动是我们的首要职责,建设好立体化、全角度的防御掩体后,要同步加快实战演练,将处置复杂背景下的应急处突能力提高到新水平,为履行维和防暴使命奠定扎实基础。"

媒体报道

中国防暴队拉升联利团官媒发行量

联利团官方媒体:中国警队事迹宣传引起所在国民众高度关注

"我们通过官方网站、电台和所属《今日》杂志深入宣传中国防暴队事迹后点击率和发行量骤升,当地民众和数千名维和同行如此关注一支警队事迹的现象是以往没有过的!"4月10日,联利团新闻部官员托比·杜拉先生前来营区商谈进一步集中宣传维和警察防暴队的经验做法时说,"从近期我们双方合作的情况来看,我们有必要建立全天候经常化的宣传合作机制,让更多观众了解获悉中国防暴队的每一项工作成果,因为他们(观众)非常期待。"

联利团新闻部主管下的官方网站、电台和《今日》杂志面向所属的数千名维和人员,同时向当地民众开放,为目前设在利比里亚的影响力最大的新闻传媒机构,开设视频、图片、文字、音频等专门栏目,全面宣传维和事业进展情况和各军警部队及其他职能部门工作动态。"自中国防暴队进驻任务区以来,我们安排专门人员负责采访、报道你们的活动动态。遵守纪律、亲民威武、执法文明这些特点集中在一起,全任务区只有你们做得最为突出,这是媒体人员的共识,更是我们抽样调查的民意体现。"联利团资深媒体人桑里·鲁鲁迪先生畅谈前期采访、编发防暴队新闻稿件时说出了自己的感受。据联利团近期相关情况的反馈显示:目前很多当地部门及民众通过联利团官方媒体新闻资讯了解到中国防暴队开办计算机培训班、教授中医理疗、防身护卫等技能培训后,共接到来自绥德鲁市、先头市、大吉德州等地300多个电话、邮件咨询相关事宜,有意到防暴队参观学习,其中,由新闻部出版发行后提供市场零售的《今日》杂志发行量每期增加500份,很多民众购买是因为增加了"中国警队报道"。

今天上午,托比·杜拉先生一行同防暴队就进一步加强双方新闻宣传合作,建立快速报道畅通渠道进行洽谈时指出:"在刚刚结束的联合国向防暴队授勋仪式上，联利团所有部门派员观摩了你们的工作成果，其认可和赞誉程度是前所未有的。大家关注的焦点就是我们深入宣传推介的重点，我们一定把贵队在执行勤务、建设营区、开展群联、文明执法等方面的丰硕成果有计划地宣传推广给我们几十万忠实观众。"洽谈会上，托比·杜拉先生一行等人还应邀浏览了中国警察网，观看了网站整体设计及大量维和新闻报道，重点浏览了网站关于在利比里亚维和警察部分的相关文字、图片、视频报道。当工作人员向他介绍中国警察网深入报道联利团所属中国维和警察的基本情况后，他感慨地说："中国警察网整体设计非常美观，信息量非常庞大，从维和工作动态报道来看非常具有国际警务特色，很多报道的角度和大胆使用图片的方式值得我们借鉴学习。"

随后，托比·杜拉同防暴队就今后加强宣传合作，扩展报道内容达成了诸多共识。盖立新政委就发挥维和警队职能和服务作用，为推动和平事业发展、贡献力量等民众关注的问题接受了专访。

联利团官媒推出防暴队专题报道
联利团官方杂志专访防暴队领导：联利团万名军警职员应该学习借鉴中国警察的爱民经验

"这是一支友好、和谐的警队，他们按照其国家政府赋予的和平使命，全面参与促进联利团各项建设的同时，还竭尽全力投入当地的和平重建工作，很多村寨部落从他们身上看到了希望和信心。本期推出中国防暴队的专题报道，诚请各位维和同行学习借鉴他们的丰富经验……"5月26日，联利团官方杂志《今日》年内首次推出任务区内成建制维和警察防暴队专题报道时首选中国防暴队，以此向任务区近百个国家的维和军警及国际文职人员进行专门宣传推介。

据悉，近期，防暴队盖立新政委应邀接受了联利团新闻部门的专访，就该杂志关心的中国政府支持联合国的维和行动和国内民众对派驻防暴队的态度，第一支派驻非洲维和警察防暴队的角色、责任，以及中国防暴队的日常工作、外联活动和所面临的主要挑战等进行了解答。

"国际同行们对你们的工作思路感到好奇，你是怎么带领自己的团队实现持续发展的？"针对采访组人员提出的采访内容，盖立新政委介绍说："维和警察防暴队进驻任务区以来，认真贯彻落实中国公安部部署要求，团结一心、艰苦奋斗，先后部署开展了营建突击战、保障攻坚战、勤务安全战和群联开拓战，圆满完成了营建、勤务、外联等工作任务，尤其把加强驻地文化建设作为赢得当地民众支持、爱戴的根本途径，主动与驻地学校建立长期共建关系，向全校师生传授中华武术、教授中国国学，传递和平梦想的正能量，共同向学校师生捐助学习用品 100 多件累计达 6000 元，资助当地学生 40 名。"

据了解，此次专访中，盖立新政委阐述了我国政府作为联合国常任理事国在参与国际事务、履行国际义务、发挥负责任大国作用以及长期珍视中非传统友谊、致力于非洲和平重建等方面所做的贡献和努力，并就第一支赴利比里亚维和警察防暴队在联利团框架内履行维和使命、促进中利友好、加强当地警察执法能力建设等方面的工作进行了介绍。

据了解，《今日》杂志为联利团唯一的官方杂志，分为纸质和电子版两种形式定期出版，内容以业务指导、经验介绍、新闻动态、军警职员风采等板块为主，受众主要来自数十个国家派遣的军事人员、联合国警察、国际文职人员及当地文职人员和联合国志愿者近万人，并面向利比里亚全国各界公开发行，目前为任务区及利比里亚最大的新闻期刊。

《人民公安报》维和日记专栏引发各方关注
"维和日记"全程报道中国警方海外维和动态，宣传维和队员风采及践行群众路线教育实践活动

"有一种责任叫作全程相随，有一种支持叫作如影随形，有一种服务叫作越过万里重洋在战乱后国家任务区执勤哨位上闪光！"谈起《人民公安报》连续 200 多个日日夜夜不间断宣传报道第一支赴利比里亚维和警察防暴队勤务、建设、工作、生活等全面事迹的感受，盖立新政委感慨地说，"自抵达任务区那一天开始，《人民公安报》维和日记专栏就成为我们警营文化生活中的重要组成部门，这个栏目既包括维和家属在内的社会各界宣传我们的工作成果和崭新变化，还成为全体队员努力开创工作新局面，争做和平卫士的强大精神动力。"

"利比里亚维和日记"专栏伴随着中国第一支赴非洲成建制维和警察防暴队抵达任务区，在"126 部对讲机齐奏义勇军进行曲缓缓升起的五星红旗"中全面展开，期间对首次处置群体性暴骚乱、艰苦条件下建设营区、全面开展种类最齐全的防暴勤务、赢得联利团组建以来对所有军警队伍最高评价以及开展文化交流传递中国警察正能量等亮点工作逐一报道、全面宣传；对全体队员战胜疟疾、霍乱、拉撒热三大流行疾病和蛇患、毒蚊子等自然灾害，展示中国警察吃苦耐劳精神进行全面报道……这些具有战乱后任务区特色的报道在社会各界尤其在全国公安机关和广大民警中引起良好反响。据悉，自上一年 10 月 24 日以来，针对中国第一支赴利比里亚开赴任务区全新亮相国际社会那一刻起，《人民公安报》报社编委

会立即做出"开辟利比里亚维和日记专栏,组织专门人员保障编辑刊发"的决定。此后200多个日日夜夜里,报社编辑人员在繁忙的工作之余,安排专人风雨无阻、雷打不动地关注来自西非利比里亚任务区里的维和新闻——互联网不畅通,由专人负责微信接收、节假日编辑人员负责沟通协调刊发内容、重大节点或重大任务拨打越洋电话联系报道内容、报纸版式确定后第一时间微信发往万里之外的维和警营让队员们阅读;很多编辑人员虽未谋面或者还不知道姓名,却对"维和日记"内容精心地编辑排版,相关接收稿件人员即使出差在车上或者休假也从不间断地将"微信稿"改成"文档电子版"传回编辑部,尤其那句"稿件收到,请任务区维和战友注意安全",不仅使作者时常感动得热泪满面,而且传递到每名战斗一线上的队员时都成为《人民公安报》送给万里之外战友最真切的关爱……这是一种什么精神?4月23日,在防暴队群众路线教育实践活动推进会上,盖立新政委专门提出:"我们警队从无到有、从弱到强,《人民公安报》给予了前所未有的支持和帮助,无数个素不相识的编辑人员怀着高度敬业精神,手持宣传海外警察、报道维和队员的接力棒,把更多的工作精力和报纸版面给了我们这些远离祖国远离组织远离亲人的防暴队,我们既要学习报社这种服务海外一线警队的精神,更要向那些不间断编辑维和新闻的编辑们致敬!"

3月份,一篇关于维和警察防暴队重大新闻的报道在"中国维和警察"官方微博点击率超过100万次,日常各种勤务、爱民新闻网络转载、转发均会呈现上百条数百条的持续发酵效应。"任务区200多天时间里,我们在复杂地区勤务完成、重大活动展示中国警察形象、扩展驻地爱民影响力等方面取得了国际社会广泛认可的良好成绩,每名队员都付出了艰辛努力,涌现了大量的创新、创造做法,我们队32名队员中有22人上过电视登过报纸,所有的家属、朋友及更多关注的人都看过'维和日记'刊发我们警队的新闻!"二分队教导员李海军对此专门做过统计。据悉,"利比里亚维和日记"以日常不间断地深入宣传警队整体业绩、国际社会良好反响、日常感人事迹,坚定了队员投身维和事业的决心和信心,弘扬了中国维和警察精神,在全队形成了积极向上、吃苦耐劳、创新创造的主导氛围,增强了全体队员全面参与打造任务区一流钢铁维和警队的信心和决心。

巡逻

巡逻时发现武装分子留下的痕迹
闯入原始森林遇险境：收集相关证据，不打无准备之仗

"各小组注意，各小组注意，前面水沟为人为设置，紧急停车！立即进入战斗准备！"3月31日下午2点，维和警察防暴队远程武装巡逻小组进入雾气缭绕的原始森林途中，面对复杂敌对分子制造的重重险情，指挥员、政委盖立新果断下达命令，"射击目标为四周布满脚印的林间小路，一旦发现可疑人员立即鸣枪示警，遇到反抗迅速出击。"

早上6点20分，按照联利团简要任务书要求，由11名队员组成的武装巡逻小组会同民事警察、移民官和当地警察组成远程武装巡逻组，驱车180公里前往里弗赛斯州沙滩镇C区进行武装巡逻。出发之际，分队长杨攀在颠簸的车上向队员们介绍此行任务时说："任务书对该地域的相关情况介绍内容简单，重点是前往该地区进行武装巡逻以及勘察路况，全面了解掌握敌对分子的犯罪活动信息，大家提高警惕，务必防止前战乱人员打黑枪搞偷袭。"

中午，巡逻组抵达该州宁巴镇，继续往任务地区域开进不久，发现周边树木茂盛，乌云笼罩，路旁是一望无际一人多高的灌木丛，多次承担此类任务的队员张明明边注视着前方情况边分析问题："从目前情况看，我们已经进入一片原始森林地区，路上无任何车辆行驶痕迹，大部分车轮印记都是往返摩托车造成的，这说明惯用摩托车作案的前战乱分子在这个区域活动猖獗。"13点10分左右，当道路越来越难走、水坑越来越多时，盖立新政委立即组织参战队员停车进行情况分析，看着十几条林间道路的脚印时，他说："我们从对向双车道路段进入单车勉强通过的泥潭路，路边出现了很多通往山谷的一条条羊肠小路，这些都应该是武装犯罪分子留下的痕迹！"随后，盖立新政委命令队伍就地观察，并确定所在位置及通信状况，为下步行动进展提供参考依据。当随队技术人员调试卫星电话时，发现在遮天蔽日、缺少开阔地的这里无法和营区指挥部保持联系，属于极端环境里的通信盲区；另外，经队员李长刚图上作业和GPS卫星定位，确定这里为树龄普遍在200年以上的原始森林，这个区域面积约为80平方公里，无其他道

路可行走——复杂路段疑点增多,通信联络无法保障,前面是一望无际的原始森林,让此次任务陷入僵局。

"立即协调随行当地移民官提供 C 区治安资料,勤务组在高度警戒中缓慢前行,各车之间保持 30 米有效距离,遇有情况立即通报!"面对前方难以判断的形势,盖立新政委下达了这样的命令。车队在密林中继续行驶 30 分钟后,当地移民官查尔斯·威利用现有资料查找到这样的信息:"前方 25 公里的 C 区为前战乱分子聚集区,目前由这些人员主导的贩毒活动异常猖獗,由于受到威胁和致命攻击,已经长期没有当地警察、司法机构和社区观察论坛人员敢前往,情况异常复杂。"此时,巡逻组人员边通过对讲机了解他传来的情况通报,边驱车缓慢向前行驶。15 点 30 分钟左右,巡逻车队前方出现一处长约 30 米的泥水沟,中间摆设了大量树木和石块进行阻挡,周围布满了脚印……车队停止后,盖立新政委果断地发出进入战斗准备的命令,并组织数名业务骨干现场进行分析研判后认为:"重重迹象表明前方将有大量敌对武装人员在活动,对方不仅人数众多、携带武器,而且极有可能藏身于隐蔽性较好的树林中间,一旦强行推进情况对我方极其不利。"鉴于这种突发情况,杨攀分队长向同行民事警察正式提出工作建议:"此次任务方式确定为武装巡逻,如果坚持下去瞬间就会转变为武装打击,这种缺乏充分准备的行动应在今后合适时机进一步开展。"

返回临时驻地途中,盖立新政委针对此次行动过程做出强调:"按照联合国武力升级原则,所有行动均要在确保维和人员自身安全的前提下进行,在这种罕见的复杂环境里贸然采取任何超出原定行动性质的举动,不仅无法圆满完成任务,更会对自身造成不可估量的损失。"巡逻组决定认真梳理整理行动中掌握的各种数据和详细情况,立即上报联利团防暴办,择期对 C 区开展更有针对性的武装行动。

泥泞路上强行通过,险象环生

探路赛斯托斯城:这是一条至关重要而难以通行的"天路"

航空运输成本高且对天气条件要求严格,海上运输速度慢,民众生活物资难以搭上"顺风车",因此公路货运成为利比里亚民众生活最需要的途径。格林威尔市通往首都蒙罗维亚必须通过布坎南、赛斯托斯城两个重要地区,唯一一条公路无论是治安巡逻还是商务运输,都无比重要,可谓是阻碍当地经济发展、对外交往难以突破的"瓶颈"。12 月 6 日,中国维和警察防暴队 9 名队员奉命前往该路段实地勘察,为进一步执行维和任务以及加强当地战后重建提供重要交通保障,他们驾驶高性能警务车在险象环生的泥泞路上 7 小时"冲"出 120 公里,在少见的泥泞路面中越过 50 多处危险路段，最终在难以逾越的"天堑"面前安全返回。

截至 12 月 5 日，联利团已经多次下达任务信函要求实地勘察当地唯一一条通往首都的一级补给公路——目的地距离防暴队营区 200 公里的赛斯托斯城。面对这一特殊任务，盖立新政委、国向东队长多次召集相关人员进行分析研究，问题针对到底是什么路况、能否安全通过、短短的 200 公里为什么当地人竟然没人能说出具体情况、途中可能遇到哪些危险这些内容展开……队领导专门安排相关人员对这些问题逐项研究，多方打听信息，制定了包含十几项内容的应对措施。"联利团高度重视此次探路工作，说明这项任务既重要又充满困难，一定要选素质过硬、专业特长突出的队员组成探路勤务组，本着对联合国维和任务对当地治安、交通负责的态度，想方设法勘察清楚，拿回翔实准确的数据，尤其是什么车辆在什么情况下能通行，一定要掌握准确，为当地经济发展做出应有的贡献！"盖立新政委带领相关人员认真研究几次后对勤务小组一再叮咛嘱咐，还对战勤人员辛苦几个日夜拟订的勤务方案多次修订，提出要将完成勤务和确保人员安全同时列为首要任务来完成。

当地时间 12 月 6 日清晨，天还没完全亮，范佳强副队长带领 8 名队员整装待发，检查携带物品时队员们细致入微的准备工作让人由衷敬佩：警用枪支、车辆抢险工具、海事卫星电话、救生衣、睡袋、急救包等生活用品，一共有十几项，还有打火机、防蚊喷剂等，这些物品都会在茂密丛林、简易公路上和探路中发挥重要作用。

随着一声"出发"的命令，3 辆越野车组成的车队直奔目标方向驶去——不到 30 分钟时间，车队就进入了两侧是茂密丛林的简易公路，黄沙土的路面宽度仅能通过对向行驶车辆，高低不平的水坑几分钟就能碰上一个。袁强、闻鹏程、王文波 3 名 10 年以上部队驾龄的队员途中小憩时说："路面复杂、危险程度是无法想象的，处处低洼不平，雨水中碾压成的车辙沟都有半米深！加上林区雾气大能见度低，每次通过危险路段都是一次严峻挑战！"

极度颠簸的驾驶室，如同小帆船在海浪中行进，一不小心就会碰到头部，坐在我旁边的范佳强副队长如同临战指挥的首长，通过对讲机平均 10 分钟发出一次路况提醒和减速指令。此时战勤室主任孙书恒双腿上摆放着地图、测距仪、望远镜、标尺等用品，他还要测试车辆性能、山区通信参数等工作。我们知道眼前的好路况只是短暂的，更多的危险还在前面地方等待。果不其然，上午 10 点左右，我们行驶了 44 公里刚路过赛万社区时，几十米长的泥塘路横挡在车队面前：十几条没膝的深沟不规则地出现在当中。20 米距离时，驾驶员袁强惊呼道："快看，泥坑里有个大'甲壳虫'！"顺着他手指的地方，一辆黄色车体的四轮载货大货车车窗以上位置在深沟中露出。这辆车的司机是杂货店老板，刚从300里外的首都蒙罗维亚拉着纺织品回来。见到我们，他介绍说一路上基本都有这种情况，自己已经从好几个泥坑中突围出来，整整走了7天时间了。面对这一情况，防暴队勤务组决定从泥坑旁边的山坡强行通过。倾斜的坡度、旁边的深坑加上松软的临时路面，其艰险程度都是始料未及的，当驾驶员王文波采用低挡位大油门越过坡顶往下缓缓慢行时，右后车轮开始慢慢深陷，随着旁边驾驶员的大声紧急提醒，他冷静地慢慢加油同时向左侧打方向盘，最终冲出危险地带。几分钟后，我告诉他需要用铁锹在山坡挖出安全区域时，他半天没反应过来，后来说自己还没从惊魂未定中走出来。

　　按说，这是一条极为重要的公路，但很少能看到有车辆迎面驶来，偶尔有灵便的摩托车往来穿梭，但是数量也寥寥无几。一个，两个……当我们大约经历了40多个复杂路段并详细记录有关数据后，真正的难题来了——前面高于地面10米左右的大山坡上，十几台大型货车都陷在淤泥中，少数司乘人员在挥动铁锹清除淤泥，大部分人在无望地等待救援。来自布坎南的司机赛舍先生看到中国维和警察的车辆开过来，躺在床垫上的他迅速起身来介绍情况："以前只听说过这条路走不了，自己想碰运气过来试试，没想到车辆同样是陷得'没脖'了！"他还说车已经在泥坑里待了3天了，自己运输的水果基本都腐烂掉了，带的食物昨天就吃光了。面对他的困难，范佳强副队长一边安排队员给他提供食品，一边组织队员对他的车辆实施现场救援……20分钟后，面对无法通行的天然障碍，勤务组在救援部分遇险车辆后，立即组织同行的民事警察及当地警员召开现场会，决定如实记录此行勘查路况的数据上报联利团，为该地区的公路建设、治安巡逻及各种救援情况提出可行性报告，之后所有勤务人员有序撤回营地。

　　返程后，孙书恒正对着地图、录像、图片资料尤其是全程记录的十几页纸数据进行归纳整理，准备连夜上报，为有关部门推动公路建设、开展治安巡逻以及当地战后重建提供宝贵的第一手资料。他边劳作边说："这条路能查到的网上资料只有1992年的，这么多年的变化咱们能记录下来，希望能发挥一定的作用。"联利团军事观察员组一名负责人在看望路况勘查队员听取相关情况介绍后，感慨地说："这条重要的道路连续几年没有公务车、军警车前往勘查，具体什么情况缺乏翔实的数据，你们的勇敢执着为大家揭开了谜底，这对联利团的任务部署、补给运输以及当地的经济发展起着重大的作用，你们了不起！"

翻山越岭 185 公里

首巡跋涉进驻"无警区":你们来了,这里的圣诞节会更安定祥和

"185公里的泥泞道路翻山越岭,坑洼路面车辆故障短期排除,协同民事警察和当地警员深入到这个偏远社区了解当地治安情况,在个别缺少警务人员的人群聚集地现场办公……"这是12月21日中国维和警察防暴队首次远程武装巡逻过程的真实场景。

经过长途跋涉,当日上午10点40分,防暴队巡逻组顺利抵达希诺州与里弗赛斯州交界处I.T.I镇警察局,与前来接应、配合工作的联利团赛斯托斯分部民事警察阿里(斐济籍)、索罗门(尼日利亚籍)及当地警员克里斯会合。民事警队警员阿里致简短的欢迎辞后直奔主题:"全州共有常住人口7万多人,还有很多来淘金、采伐木材的外来者,当地警察仅有13人,像I.T.I警察局能有正式警员加义工的很少,很多地方只有警察局而没有警员在那里办公、居住。"

按照联利团防暴办授权通知,双方按照既定巡逻路线迅速展开武装巡逻:双方联合对大量驾驶摩托车往返的人员、可疑聚众人群、路边携带猎枪人员进行治安检查和盘问,并分别进行了妥善处理;深入到沙滩路口等镇组织群众了解治安状态及存在的困难。

"你们来了,一定要到镇进行深入巡逻,顺便我们也开展一些日常警务工作,那里只有营房,至今还没有警察到那里常驻值班!"在阿里先生的商请下,防暴队一行10人乘车前往人口多达4000人的宁巴路口镇。这里房屋纵横、人口众多,随着采矿业和种植业的发展,外来人口增多,治安隐患较多。防暴车到达村口时,闻讯而来的100多位群众推选镇长哈里斯·詹姆斯同防暴队进行了友好会谈。詹姆斯镇长坦诚地说:"这里的治安白天还可以,夜间抢劫、盗窃、持刀伤害案件时有发生。自从传开了中国防暴队要武装常态化巡逻的消息,包括贩毒在内的违法行为开始藏匿起来,上周没发生一起案件!"当问起他们有案件或者有困难怎么求助时,旁边有男性居民告诉我们:"小案件我们就放弃了,实在过不去的事要骑摩托车到15公里外的亚帕镇警察局报警!"当带队的范佳强副队长通过翻译通告村民"中国防暴队今后将在这里进行固定巡逻"时,现场村民发出一阵欢呼声。几位村民争着向队员们表达内心想法,执勤官张政平向队友们翻译说:"他们对防暴队今后经常到来充满了期待,还有居民开玩笑说今后咱们就可以是哥们了!"临行时,詹姆斯镇长说:"你们能经常来巡逻执勤,这里的治安会马上好起来,起码我们的圣诞节会更加欢乐安宁!"

途中民事警察所罗门先生介绍说:"这里地域辽阔,很多地方山高林密,普通车辆无法到达。当地缺少政府管理人员尤其是警察,随着圣诞节和元旦新年的到来,很多庆祝活动会增多,中国防暴队的武装巡逻对于震慑犯罪分子会起着积极的作用!"据相关资料显示,由于这里地理位置偏远、交通复杂,少数前武装战乱分子藏匿在人群中,伺机从事贩毒、绑架、谋杀等活动,给当地居民的人身安全和正常生产、生活造成了严重威胁。

步行通过简易的路面及远距离的车上巡逻之后,当天下午2点巡逻组顺利抵达联利团赛斯托斯分部,顾不上吃午饭也来不及休整,迅速同当地民事警察就下一步工作进行会商。民事警察通报了当地的安全形势后,着重介绍了年初以来当地已经连续有公职人员失踪的基本情况,从已经抓获的部分嫌疑人来看,不排除被当地疯狂的极端分子绑架后用于活人祭祀。针对这些危险分子和极端行为,双方研究如何发挥震慑作用,进行有效预防、打击,切实提高当地民众的安全感。

山高路远空降"巴黎营"
步空联巡治安盲区:"特战队员"震慑犯罪分子帮助困难民众

1月1日,联利团军事观察员毛恩上校总结联合防暴队特勤组前往巴黎营地域进行步空巡逻工作成果时称赞大家:"你们适应直升机巡逻的作战能力、应对原始森林危险环境的水平、远程通信保障的能力以及在犯罪活动猖獗的矿区震慑犯罪的能力,展示了我们意想不到的水平,你们是任务区最称职的'海军陆战队',更是值得我们尊重的快速反应部队。"据悉,以往由维和军队执行的远程作战任务首次改由中国维和警察防暴队承担,达到了预定时间完成预定任务、各方反响良好的理想效果。

2013年12月31日,联利团向防暴队发出通报:距离防暴队营地直线距离约70公里的"巴黎营"现有居民1000人左右,处于大山深处矿区中,非法采集矿产资源及非法贩卖大麻等毒品活动猖獗,由于山高路远、情况复杂,当地治安、安全及民众生活等各种具体情况无法掌握。新年到来之际,联利团及当地政府渴望掌握详细情况,便于加强管理,开展人道主义援助。由于道路不通、海运不畅,就连直升机定点降落都存在一定的问题,因为那里缺乏高质量的降落地域。联利团官员在电话中商请:"可以抽调附近直升机搜救飞行队承担任务,中国防暴队能否承担此次步空联巡任务?"

任务书信发至防暴队指挥中心后,经初步研判认为这次任务较为特殊:相关部门提供的地图对几处任务地标注不明,缺乏翔实信息;加上直升机武装巡逻对战斗员的综合素质要求较高,对于安全完成任务存在较大困难。为此,战勤室主任孙书恒、分队长林雪峰等作战骨干连夜对任务进行分析研究，不停地修改行动方案，对可能遇到的困难逐个设想，并拟制多个方案。截至12月30日，当他们多方找来地图并查到"巴黎"这个小村落时，又通过联系多个部门和人员核实，最终确定这个地方就是主要任务地"巴黎营"，他们还通过多次图上作业和科学测算，对其他地域进行了进一步明确。当相关可行性报告上报至防暴队盖立新政委案头时，他迅速做出决策："针对这次特殊地域特殊运输方式的步空联巡，一定要从全队精选人员，组成有狙击手、排爆手、战场救治以及擅长山区通信技术人员的特勤小组，以超强精力编组深入这个复杂地域，确保任务顺利完成！"

临行前的勤务联席会议上，当我方向军事观察员组及承担此次飞行任务的直升机搜救飞行队通报已查明了任务地地面详细数据时，军事观察员阿杜勒先生由衷地说："你们多次的勤务已经验证了队员丰富的作战经验，这种危险任务首次由防暴队承担，也是上级部门慎重研究后决定的。相信有你们协同，一定能顺利完成任务。"

当天中午，10名全副武装的战斗队员整齐列队，有序奔向准备起飞的"米8"直升机，每个携带30多公斤各种装备的队员进入机舱后，熟练地进入操作程序。几分钟后，飞机准时开赴目的地。据分队长林雪峰介绍，特勤小队经过40分钟空中飞行后，准确无误地在"巴黎营"起降点降落，然后协同两名军事观察员开始在密林、矿区进行徒步巡逻。随后，在巴黎营村与村落长老、代理村长及村民进行深入会谈，并通过对涉爆涉毒区域的实地踏查，全面了解当地人口、社会治安、教育医疗和司法机构等情况，对当地非法采矿及贩卖大麻毒品等行为进行调查掌握。

"我们在这里生活很多年了，很少看到政府人员到这里来工作。你们很友好很善良，会让大家对未来增加信心，更好地生活！"村民默罕默如是说。

除了给当地居民带去安全感和打击违法犯罪的信心，特勤组还在居民区深入开展法制宣传和爱民活动，现场救治了因缺医少药面临恶化感染的脚部受伤的村民默罕默，向村民群众赠送消炎止痛药品，对有外伤的进行了应急治疗。向当地老人和孩子赠送了新年礼物，传递了中国警察的友好态度和爱民精神。

全程目睹了我防暴队的过硬素质和良好技战术水平后，同行的直升机搜救飞行队给予了高度赞扬——完成任务返回营地的飞行过程中，机长米洛夫少校特意邀请分队长林雪峰到驾驶室就座。他坦言："任务区人员对优秀警队指挥员会给予应有的特殊礼遇，你们是维和同行中最优秀出色的作战队伍。"

挺进最令政府头痛危险系数最高区域

巡逻区域延伸100公里：整体治安稳定社会基础薄弱不可忽视

"挺进藏匿有前战乱分子的地区时见不到镇长看不到长老，前来配合工作的全是虎视眈眈的青年人；巡逻途中防暴车在半米深的积水中艰难行驶，一不小心就会趴窝停摆，前方民事警察的吉普车多次遇到险情。"在1月17日夜间举行的勤务总结会上，二分队教导员李海军感慨地说，"好的情况就是所有我们武装巡逻过的地区治安明显好转，没有发生恶性案件。"

1月16日至17日，防暴队12人组成的巡逻小组再次前往里弗赛斯州部分偏远山区执行远程武装巡逻任务，尤其要挺进危险系数最大的沙滩镇。来自各方的信息显示，这里聚集着大量前武装分子，长期从事违法犯罪活动。"尽管10余次的武装巡逻、护卫任务积累了一些经验，随着任务地逐渐向更复杂地区延伸，面对的人群好坏难以辨别，准备工作一定要充分，要把各种困难预想充分，多准备应急预案。"盖立新政委在临行前的勤务动员会上提出慎重又严格的要求。

16日早上7点，12名队员整装待发，不难发现他们携带的武器装备显然经过了周密思考和科学准备：除了步枪、手枪、防暴枪、防弹衣外，还携带了部分催泪弹、爆震弹、痛球弹等十几种非杀伤性武器——这些齐全的武器装备会在复杂人群中发挥超强的警力优势，提高整个行动安全系数。行走在崎岖坎坷的泥沙路上，队员们才发现险情频现的路况仍是完成任务的重要阻碍。这两天的大量降雨将当地公路冲得面目全非，随处可见半米深的积水。3台防暴车行驶在不足4米宽的黄泥路上，溅起的泥浆不时喷洒到挡风玻璃上，每隔几米一个的水坑让车体上下颠簸不停。驾驶员李海滨眼睛紧盯着前方路况，机敏地处置着各种突发情况，"在这种路况下开车就像坐着洗澡盆在海里航行，一不小心就容易掉沟里！"李海滨话还没说完，就看见前面民事警察驾驶的吉普车左后车轮已经陷进路边的泥坑里。

一阵紧急救援后，巡逻小组继续艰难地向前行驶。这次主要任务地路线是宁巴村——星期日海滩镇——扎米镇——沙滩镇，总行程520公里，大部分路面都是这种"鬼见愁"的路面。六小队长国云峰就这次任务主要特点介绍说："我们已经对这里进行了数次武装巡逻，给居民百姓增强了生活信心，震慑了犯罪分子，我们这次要进行回访，看看当地情况有没有好转，好转到什么程度。"在随后的行程中，扎米镇长萨缪尔·约翰逊、星期日海滩镇矿业主席摩西斯·服勒莫均坦言："你们在这里定期巡逻后，很多有组织的犯罪活动没有再发生过，贩毒、走私的团伙更不愿意和你们直面接触，那样他们会受到致命打击，所以都藏到更偏远的地方去了。"为了验证当地官员的话，防暴队每到一处都找老人、妇女、孩子等不同年龄段的人群了解情况，他们对中国警察整体印象良好："你们纪律严明，从来不给当地人添麻烦，还开展不少小型宣传以及资助活动，大家非常喜欢你们。"

"你们进入沙滩镇时要保持最高的戒备标准，随时应对突发情况！"队领导临行前的叮咛嘱咐得到了验证。"这个地方被怀疑有大量前武装分子盘踞，同时也是他们操纵指挥各类犯罪活动的大本营，具体多少人多少武器，外界根本不知道，但种种信息表明这里是最令政府头疼的地方！"联利团里弗赛斯州民事警察罗琳女士这番善意的提醒让危险系数最高的区域充满了紧张氛围。战勤室主任孙书恒想起当时的情景现在还记忆犹新："从这个镇子进入我们视野时，全体队员就进入了迎战状态，对两侧山林、路面遮蔽物里的瞭望观察丝毫没有放松过；到了镇子中心地带，队员们分成警戒、护卫、处突3个小组，除了护卫民事警察的尖刀小组，其他人员都以车体为掩体并占领制高点对整个局面进行控制。"

当天14点27分，同行的联利团驻塞斯托斯城民事警队队长韦斯利果然在这里碰到了很多棘手的问题："多次宣传此行工作任务后，当地镇长、部落长老拒绝前来会谈，随后十几名身强力壮、眼神怪异的青年人成为围观的主体，从其表情和态度上判断并不友好。如果我们再继续下去很可能发生意想不到的情况，因为他们对政府的抵触情绪非常严重。"鉴于这种特殊情况，联合巡逻组采取迂回方法向单独居住的家庭了解了当地相关的治安、安全信息，并决定提前返回营地。返回途中，民事警察亨利·里弗斯对当地的社会情况不无担忧："这里上千名儿童仅有300多人入学，数公里的路途让很多孩子逐渐辍学；当地还没有达标的饮用水，更无法购买到药品；派遣的不少警察以种种理由为托词拒绝前来履行任务，社会管理基本是一片空白。"望着缓慢行驶在泥泞路上的前导警车，他继续表达自己的观点："这里糟糕的路况挡住了居民和政府之间的沟通联系，这种信任和支持很难建立，需要长时间才能恢复过来。"

超强大风强行起飞
年前步空联巡帕恩镇：成功试降3个临时降落地，途中靠凉馒头充饥

1月29日，正当国内以各种方式庆祝马年春节到来的喜庆时刻，维和警察防暴队勤务组10名队员正乘坐直升机在利比里亚希诺州与大克鲁州交界处复杂地域进行武装巡逻。他们在超强大风对机身造成严重颠簸的情况下，成功对临时降落地点进行尝试性降落，并通过展示武力、宣传和平理念，维护了当地治安稳定，顺利完成联利团交给的又一项艰巨任务。

近期，联利团下达防暴队协同军事观察员巡逻原始森林深处的帕恩镇并测试

3个临时降落地任务指令后，迅速引起队领导高度重视。盖立新政委对着地图深入研判后做出具体指示："和以往步空联巡任务相比，这次地域更复杂，无论是超长时间空中飞行还是长期没有降落过的临时降落点，再加上最近降雨多、地面积水多、杂草疯长，面对的困难会很多，一定要带足应急设备和食品。"为此，执勤组出发前做了精心准备：荧光背心、救援绳、强光手电、各类药品，还携带了发烟弹、救生衣等紧急情况下使用的野外救生设备。看着每名队员携带的几十斤重的装备，我问一分队长杨攀："危险情况下使用的装备都带齐了吗？"他拍着30多斤重的工具箱解释道："海事卫星电话和GPS定位仪都是双备份，还有足够两天用的应急食品，但是不到万不得已不动用这些'保安全'的物品！"

临行前，看着机场彩旗和观测风向用的"风袜"迎风招展，机场工作人员说："今天风力不小，飞行起来难度很大！"果不其然，当天9点55分，"米8"武装直升机起飞不到10分钟，我们已经感觉到机身颠簸程度超过平时的状态——时而紧急升空上百米，时而紧急转头几十度低空飞行躲避大风，连坐在驾驶室的飞行员身体都呈现出不舒服的姿势，队员们一个个忍受着来自五脏六腑的痛苦，紧握安全带坦然度过一个个超强度的上下颠簸……45分钟后，执勤组会同联利团军事观察员顺利抵达帕恩镇开展工作。当第一组6名队员前往帕恩镇中心街区开展安全调查、武装巡逻、社会调研等任务时，朱强小队长迅速带领剩余队员对直升机进行安全警卫。在这片仅有几百平方米的简陋临时降落点上，朱强带着队员宫本帅、于大超等4名队员站在半人高的杂草中持枪对周边不停地进行巡视。此刻，他们每个人上身都有大量蚊子在"围攻"，远处还有几条手腕粗细的毒蛇穿行而过。队员们厚厚的作战靴和皮手套上爬满了几只到十几只不等的大个头蚊子。朱强边拍打边说："这种原始森林空地里危险系数最大，要防止随时有歹徒放冷枪，还得防范大型动物冷不丁地发起袭击！"

"我们面对上百人的围观人群时，为了保证大家近距离下的安全，只能减少中心位置的警戒力量，留下两位随身警卫军事观察员，其他4名队员布置在人群周围制高点上，这样便于施展非杀伤性武器，危急时刻可以有效控制局面！"带队前往镇里执行任务的杨攀分队长的紧急部署，后来得到了军事观察员和队领导的高度肯定。他还说："道路建设的滞后、生活保障金的延迟发放让这里的群众情绪很不好，如果不能有效控制局面，这里家族主导下的人群随时会造成麻烦。"

事后得知，前方执勤队员们在长达1小时的高度戒备过程中，武器装备始终保持战斗状态，不能吃饭饮水，加上负重量较大，最后个个都是浑身让汗水洗了好几遍……勤务组结束了对帕恩镇武装巡逻后开展的备用机场试降行动更是让队员们吃尽了苦头。"当地一个月后逐渐进入雨季，车辆根本无法行驶，所以必须抓紧勘查这些临时备降点是否具备降落的基本条件！"飞行员偶雷克山大介绍备用飞机临时降落点的重要性后，又提醒大家做好相关心理准备："这项工作对技术要求很高，时间又长，就是专业飞行人员也很难吃得消！"

1点20分至2点50分的短暂时间内，执勤组先后3次成功降落在三处密林边缘地域的简易临时降落点。"每次空中旋转观察、低空查看和尝试降落都是过山车般的感觉，那种飞机上下落差很大的起伏都是在瞬间完成，几个回合下来头晕恶心的感觉特别强烈！"谈起其中的艰辛，队员于大超记忆犹新，"就算是折腾得浑身像散架一样，还要提高警惕，既要保护飞机安全又要保证自身战斗力不能下降。这里的成年男子基本都参加过长期的内战，不能排除他们对目标大、声音响的直升机的恶意企图。"

下午3点40分，顺利完成任务后，军事观察员阿兹曼逐个和队员们握手庆祝："通过双方共同努力，我们再一次顺利完成更高难度的步空联巡任务！"勤务组开始轮流限时10分钟时间在最后一处简陋机场空地上进食迟到的午餐——队员们吃着早餐剩下的馒头，嚼着方便面和榨菜、咸菜调味。看着大家吃着这些冷硬食品而不动应急包里的单兵自热食品，朱强小队长解释："任务区物资保障很短缺，不到最后关头咱们不动应急食品；再说饿了吃什么不重要，只要能填饱肚子，吃什么都无所谓！"

返回营地后，杨攀和王跃林简单洗去了满脸的尘土，开始起草行动报告——无论再苦再累，中英文版的书面报告都要在短时间内上报相关部门。此时，他们桌面上还放着吃剩下的半个馒头和两袋方便面。这个场景使我联想到明天就是大年三十了，正当国内亲人开始准备丰盛的年夜饭时，我们的海外维和队员还在这么艰苦的环境里执行维和任务，这种特殊时期的酸甜苦辣都会成为每名维和队员永久的记忆。

与驾驶摩托车手持砍刀的矿工擦肩而过

盖特雷镇千名采矿工：中国防暴队给我们带来了金子般的信心

"内战中很多人因为拥有黄金遭受了杀身之祸，现在矿产资源丰富的山区同样存在着巨大隐患！请中国防暴队于近日挺进里弗赛斯州深山矿区集中地进行武力震慑和法律宣传！"1月8日，随着联利团防暴办任务书的下达，维和警察防暴队盖立新政委率领11名队员艰难进入距离营地110公里的盖特雷镇，在复杂的治安形势下进行武装巡逻，对民众关心的治安、民生问题进行有效帮助。

行驶在宽度不足3米的山路上，到处都是驾驶摩托车、持有砍刀的矿工穿梭而过，漫山遍野都是手持原始工具淘金的身影……面对这里不容乐观的治安形势，联利团里弗赛斯州分部民事警队队长阿里介绍说："随着政府采矿权限的放宽，这里天然的金矿资源开始成为淘金者聚焦的地方，每个季度都会增加上百名外来人口争夺资源，甚至非法抢夺金子的事情也时有发生，恐怕还有很多前战乱分子混在其中，如果不能有效管理就会酿成大问题。"当天上午10点左右，防暴队执勤组到达这里时发现混乱局面超出了原有的想象：细木杆搭成的简易房和帆布帐篷布满了几公里的道路两侧，多处都是酗酒嘈杂的声音，随处可见兜售黄金制品的商贩……当地族长奥尔夫莱德向我们介绍了当地基本情况："这里有遍布山间的河流，到处都可以顺利地淘到金子。外来人员越来越多，一旦交易不公就会引发械斗，居民们都是提心吊胆的。"他和执勤组谈话时只能选择在僻静的小木屋里。他说很多话不能在人群聚集的场合讲出来，否则自己的人身安全难以得到保障。

"除了治安问题，再就是人多造成的环境恶化，尤其是饮水、医疗难题成为影响当地民众人身健康的最大因素，每天40多度的高温酷暑让这里臭气弥漫，近期经常有人员因此得病死亡！"按照族长奥尔夫莱德的提示，执勤组对这里的情况进行了实地走访：到处都是简易住所，处处有垃圾堆放，没有水源地、缺乏卫生保障……在一个多小时踏查过程中很多居民介绍了当地情况，居民西多夫说："这几个月是黄金交易最多的季节，因为很多金制品要在雨季前销售出去，所以每天都有大量现金交易进行，随之很多犯罪分子都进来了，开着车带着砍刀，淘金人只要不小心就会人财两空！"居住在一公里外老城区的中年人奥尔古特指着新城区说："那里都是外来淘金者集中居住的地区，他们来抢夺我们的资源，还以主人自居，我们当地人都有怨言的！"除此之外，饮用水、基本药品、教育设施等问题长期困扰着当地民众，影响着民众的正常生活。30多岁的妇女希尔本看着在地下爬的3岁孩子说："我们每天都需要到两公里外的河里去取水，虫子很多，这里好多孩子饮用后经常闹肚子，还得不到医生诊治，连基本的药品都没有。"

中午，执勤组在密林深处一片空地上召开任务分析部署会，盖立新政委担忧地说："这是典型的原始部落式散居地区，资源丰富，淘金者多，加上基础设施基本处于空白状态，很容易滋生暴骚乱活动，我们作为成建制防暴队有义务维护这里的安全稳定。"随着各种情况的汇总，结合防暴队职能权限，盖立新政委现场部署工作任务：一是执勤组分成3个小组对这里的所有地域进行一次武装巡逻，震慑暴力犯罪分子；二是召集镇长、族长及当地各界代表召开座谈会，通报防暴队定期加强巡逻严厉打击暴力犯罪活动的决心；三是向当地民众尤其是妇女儿童发放日常药品，以保障恶劣环境带来的疾病能够得到必要的医治。

傍晚，各个巡逻组深入山林十几里地巡逻归来后，随队卫生员迟玉超开始给

50 余名老人、妇女、儿童发放感冒通、板蓝根、头孢等十几种常用药品……防暴队临行前，奥尔夫莱德族长邀请全体队员给他签名留念，还留下队领导、联络官的电话，他拉着盖立新政委的手说："你们能定期来巡逻就是对我们安全的最大保障，一旦发生问题，即使要走十几里山路我也要打电话向你们求援。你们提供了安全保障还留下这么多药品，给我们带来的是比金子还重要的信心。"

封闭地区没有公路通往外界

防暴队员空降达德维肯镇：实施武力震慑，为公众提供医疗卫生服务

"1组对全镇进行武装巡逻，2组对学校和工地等人员聚集区实施消毒，参战人员务必做好防袭击和预防疾病传染工作，开始行动！"3月27日上午10点，维和警察防暴队九小队整建制空降达德维肯镇，随着特勤组组长罗卫波发出行动命令，12名参战队员迅速冲出稳定停放在草坪的直升机，全面深入镇中心及附近社区履行维和警察防暴队相关职能。

"此次联利团任务书显示，行动任务地达德维肯镇长期没有警察到达巡逻，近期走私、贩毒、贩卖人口等犯罪活动有所抬头，按照任务授权，我们必须进行武力震慑和武装巡逻！"上午9点30分，特勤组长罗卫波在颠簸的机舱内进行任务部署时提出，"根据当地卫生部门商请，行动同时要把协助当地居民预防埃博拉病毒作为重点工作任务，尽量帮助他们改善卫生条件。"随着工作任务的确定，随行卫生员迟玉超等人开始整理消毒水、消炎药品等，并将几十件为村民准备的防护手套、药品进行分装清点，便于到达目的地后迅速进行分发。

据悉，距离希诺州政府所在地90公里的达德维肯镇，目前尚无公路通往外界，属于较封闭型自然社会状态，以往发生在这里的各种恶性案件均有前战乱分子参与，经常持有土枪及砍刀等凶器实施作案，其手段残忍，机动性强。针对这些特点，防暴队专门制订了法律宣传方案，目的是有效震慑团伙重大犯罪活动，同时预防频繁发生的一般性治安案件。10点20分，巡逻组会同当地镇长、民众代表对该镇4个社区和36条街道进行历时两个小时的武装巡逻，期间，耿福全、周建新等"双语队员"每到一处都会进行深入法律宣讲，对民众提出的治安、刑事案件方面的问题一一解答。在达利斯社区中心地带，巡逻组邀请闻讯赶来的60名村民席地而坐，同他们进行深入交流座谈。受巡逻组指派，队员耿福全代表防暴队使用流利的英语表达防暴队此行的目的："中国防暴队作为此地区成建制防暴队，有责任维护当地安全稳定，本地区范围内任何恶性犯罪活动一经发现，我们均会在第一时间到达你们身边，维护大家的合法权益，保护你们的安全！"他诚恳的态度和开放的姿态赢得了村民们的阵阵掌声。随后,他重点宣讲了中国防暴队的职能作用、报警联络方式、承担的防暴职责等方面内容,并现场分发了防暴队的求助电话和当地警察局的报警方式。看着巡逻组队员严整的警容和热情的态度,当地青年组织协会负责人大卫·付克帕先生主动站起来代表村民发言:"这是我们五六年来第一次看到防暴队前来巡逻,你们形象好、纪律严,知道恐怖犯罪分子带来的大规模破坏,这些需要大量警力震慑他们的罪恶行为。看到你们来这里,我们最大的心愿就是和你们做朋友,邀请你们经常在这里开展警务活动。"随后,村民们集中反映了犯罪团伙活动规律、作案方式等治安信息,对能否开展持续稳定的武装巡逻提出强烈建议。结合该地区的治安特点和安全形势,特勤组长罗卫波经过现场分析后向当地政府及民众提出以下建议:"一是发现恶性犯罪活动立即通报中国防暴队,为进一步空中和陆地机动化派员到达争取宝贵时间;二是建议当地建立群众性治安防范组织,在法律允许的范围内使用木棍、铁棒等进行合法的自我防卫,对来犯之敌进行自卫性打击;三是由防暴队建议并协同州警察局对这些偏远社区每月定期进行治安巡逻,对犯罪团伙实行统一武装打击和抓捕行动,确保当地拥有良好的安全环境。"

特勤组细致入微的部署安排得到了现场民众的一致欢迎,镇长托普太维斯向队员们竖起了大拇指并称赞道:"你们的敬业精神是显而易见的,我们这里没有警局更没有常住警察,安全形势十分脆弱,是你们的到来让大家对未来增强了信心,有你们支持,小案件我们有能力预防;碰到武装犯罪团伙入侵,你们一定能够迅速赶来进行制伏。这是非常利好的事情!"据当地村民介绍,藏匿矿区和深山的小股前战乱分子,大部分时间都是在人员外出劳作时潜入社区作案,遇有巡逻队多次到达或者部署警力的地方,极少同拥有武器弹药的武装力量公开抵抗。

作为协助居民开展卫生防疫工作的第二小组,首先由组长邵明亮带着两名卫生员对当地各公共场所进行了实地勘察,然后确定急需消毒防疫的重点部位和区域,然后对学校、镇政府和正在建设中的医院工地等场所进行了彻底的药物杀毒。在现场,全身穿戴防护服的邵组长介绍说:"这里白天温度持续保持在43℃左右,到处都是苍蝇、蟑螂、蚊子,极易引起传染性疾病,加上周边地区多次有埃博拉疑似病例通报,如果不加强这里的消毒工作,一旦有人员感染,病毒就会加速扩散,那样的话将会给当地人带来毁灭性的灾难。"在对公共场所消毒后,他们还将携带的小瓶装消毒水、常规消炎药、医用防护口罩等物品赠送给当地民众,现场教授他们正确的使用方法,宣传日常防病、防毒尤其是预防流行性疾病的方法。"量体温、测视力、号脉搏……下午2点整,一场别开生面的义诊活动在该镇中心广场进行,共有十余名老人和儿童接受了随队医务人员的体检,领取了常规治疗药物。谈起当地村民的健康状况,卫生员迟玉超介绍说:"这里的人多数患有风湿、肌肉拉伤等疾病,由于天气炎热,每个人都会时常中暑或者突发伤风感冒症状,我们提供的创可贴、风湿膏、清凉油和感冒冲剂等小药品非常受欢迎。"

收集犯罪分子活动规律和各类犯罪线索
"中国防暴队'街面'巡逻震慑让我们的治安达到近年来的最好水平"

"我们这里出现安全隐患时,第一时间想着向有关部门求助,并申请中国防暴队务必前来进行巡逻,没想到你们到达得这么快!"4月5日,维和警察防暴队勤务组到达大吉德州巴黎营镇执勤时,该镇代理镇长泰德·波蒙特先生热情地向周围群众说,"上个月他们来时约好了,只要这里安全出现问题他们会马上赶来,现在你们看到了他们非常守信用,让我们以热烈的掌声表示欢迎。"

据队员王国强介绍,巴黎营作为当地经济较为发达的地区,经常成为前战乱分子实施犯罪活动的首选地域。防暴队曾于3月份对这里施行武装巡逻,有效打击了犯罪分子的嚣张气焰,给当地民众留下了良好的印象;面对当地群众的强烈要求,防暴队承诺只要这里有安全隐患出现,在得到联利团同意后会经常到这里进行巡逻,以保证当地治安稳定。

此次巡逻期间,巡逻组专门安排业务骨干对相关敌情、社情进行了深入了解,走访了十几位以普通民众为主的民意代表,其中,当地独立法官桑普森·图鲁介绍说:"2013年以前这里没有武装力量巡逻执勤时,因为矿产较多、民众存储食物丰富,经常受到前战乱分子的持枪抢劫,对很多人的生命健康造成了威胁,数名成年男子被致伤致残。自中国防暴队协同州警察局前来巡逻视察后,类似恶性案件再也没发生过,少数盗窃、抢夺犯罪活动民众配合当地警员都能够及时处置,我们的治安稳定达到了战乱后最好水平。"除了法官的介绍,队员们了解到当地的安全、宗教、种族、医疗、教育和经济等方面形势近期均有所好转,尤其是单身外出、傍晚休闲娱乐活动明显增多,这和良好的治安形势有着密不可分的关系。谈起这种防暴队武装巡逻的重要作用,尤其当我问起"治安好坏和维和警察的出现甚至次数多少有直接关系吗",同行的军事观察员萨博瑞中校用两个"当然"的肯定语气给了更多的答案:"以防暴队为主体的巡逻队的到来,结束了这里治安失控、失管的糟糕局面,足以说明联利团以及当地政府有能力对这里的所有恶性犯罪尤其前武装人员进行监控和武力打击,他们(武装分子)目前从不敢和武装巡逻队公开为敌。"

中午,巡逻组对当地数家棕榈油贸易公司的管理人员进行法律宣传,深入了解敌对分子挑唆组织游行示威情况等犯罪线索,教育相关人员遵守法纪、远离枪支、远离犯罪团伙,同时提醒现场数百名员工要依法申诉,珍惜目前良好的治安环境和生活条件,为建设美好家园贡献自己的力量。在活动现场,泰德·波蒙特先生感慨地说:"中国警察是我们接触的最好的公务人员,不像其他人那样用盛气凌人的训斥口气。尽管你们不持有任何政治观点,但是这种朋友般的交流灌输给民众的是信任和法律上的支持,我和我的村民都非常喜欢你们的工作模式。"

下午2点,正是一天中天气最热的时段,地面温度足有46℃,当一支巡逻小队到达距离镇政府5公里以外的特斯里德社区巡逻时,队员们挨家挨户了解治安信息,收集犯罪团伙的活动规律和骨干分子的相关情况,闻讯赶来的居民邀请队员们一起座谈。座谈中65岁的老太太蒙拉丽向巡逻组道谢:"你们常来的地方治安越来越好,通过你们向政府反映的问题部分已经得到了落实,卫生医疗和教育投资已经引起了他们的重视。还像这次一样好吗?我们遇到困难时希望你们还及时站在我们身边,给我们信心给我们更大的勇气!"

罕见路况即使国内雪域高原和原始森林里也鲜少碰到
全力挺进美克舒尔镇:在多国员工汇集矿区进行治安巡逻法律宣讲

"出发!目的地——高山丛林深处中的矿区美克舒尔镇!"4月14日上午,维和警察防暴队12人组成的巡逻组面对当地最复杂道路末端的里弗赛斯州美克舒尔镇矿区,防暴队队长、巡逻组指挥员国向东果断下达行进命令,"那里丰富的矿产资源吸引了很多异国员工滞留作业,长期与外界隔绝,治安形势复杂,一定要克服各种困难前往执法巡逻,显示联合国武力存在,震慑暴力违法犯罪活动。"

临行前,当地移民局官员查理斯·维介绍美克舒尔镇时担忧地说:"这几年那里矿产资源开采越来越多,大量周边国家人员涌入里面生产作业,各种不好的传闻通过各种渠道传来,我们几次组织人员前往调查掌握,都因为路况极差、危险系数非常高没有成行。那里到底怎么样,对管理部门尤其是当地政府来说是个谜。"据悉,联利团防暴办根据各地区安全、治安等形势,划分为普通、重要、非常重要3个等级,该镇以矿区集中、外来人员密集、交通极度闭塞、长期无政府人员进入等特点列为"非常重要"的最高等级。

上午10点,当巡逻组3台车辆开进通往该镇唯一一条公路时,呈现在驾驶员面前的情况出乎意料:宽度仅供单向行驶的狭窄路面上,布满了乱石和不规则的木段,空地处长着一米多高的野草,其间仅有少量摩托车和大型动物的印记……"坐在剧烈颠簸的车里,感觉就像坐在洗澡盆漂泊在江河里,没有一会儿的安稳,五脏六腑里的东西开始反胃吐酸水！"驾驶员于大超双手紧握着方向盘，以四驱加力的方式边缓慢行驶边说，"这种路况即使国内雪域高原和原始森林里也很少能碰到，稍有不慎就会滑到沟里。要是一台车出现故障，掉头返回都实现不了，更没有空地让你拖车！"行驶途中，除了驾驶员，其他人员都充当起安全员角色，随时提醒"紧急躲避石头"、"减速绕水坑"等事项，否则稍有不慎就会引起车辆受损或者紧急情况下抛锚。队员王兆琰指着车里用背包绳捆成"粽子"的短波电台说："我们所有的车都做了防震、防颠簸准备，出发前拧紧了车体所有部位的螺丝，还给电台、物品箱反复缠绕加固，否则早就颠坏了！"这条仅有30公里的山路整整走了2个小时，抵达目的地时浑身覆盖了厚厚尘土的队员们个个身体颠得散架一般。来不及休息，他们马上进入环绕在大山峡谷中的各个矿区开展工作。

美克舒尔镇周边数平方公里的山谷里布满了一个个小型金矿和铁矿，由当地人和异国外来人员组成的采伐团队在隐蔽的树林里从事开采工作。当队员们深入一个个作业点巡逻时，立即感受到了工作上的困难，对此，王兆琰说："这些员工大部分使用土语方言，很多没有经受过系统教育，和他们沟通起来异常艰难，很多时候需要画图和打手势才能表明意思。除此之外，这里一半以上的人员为加纳、几内亚国籍务工人员，相互了解情况同样困难。"同行的查理斯·维先生就此前当地发生的绑架、抢劫、殴斗事件线索进行深入查找。当问起这里的治安情况如何尤其是外来人员较多会带来什么管理难题时，他说："按照国家管理规定，持有合法证件的邻近国家人员可以跨国进行长期的流动务工，但是这里异国人员较多，是否存在恶性犯罪行为一时间难以辨别，只能逐个进行情况登记，上报有关部门后进行资料查询。"

3个小时的巡逻时间里，巡逻组除了按计划进行武装巡逻，协同当地警察、移民官员调查了解案件线索外，还有针对性地对人员多、情况复杂的6个矿区进行了法律宣传，重点宣讲了防暴队在联合国授权下严厉打击有组织犯罪的鲜明态度，并向当地村长、安保人员及普通民众发放了通信方式联系卡，提示他们遭受武装袭击及犯罪人员侵害时及时上报信息，争取最快最迅速的警力支持。

橡胶工人基本在半饥饿状态下工作
巡逻队走进最大的橡胶园区：传递和平安全理念，帮助解决生活困难

"贫穷饥饿仍是困扰这里民众生活的最大难题，两三千人的橡胶园里没有医院没有教育，低价出售的橡胶原料连基本生活都保障不了，安全隐患实在令人担忧！"4月19日，防暴队二分队队长王立平率队前往希诺州橡胶园武装巡逻期间，

面对当地胶农恶劣的生活环境感慨地说,"我们提供安全保障的同时,一定向有关部门呼吁帮助他们解决生活困难,争取让这些举步维艰的民众早日过上幸福生活。"

临行前,同行的联利团第五民事警队长奥马尔这样概括了橡胶园区的现状:这是当地政府内战后用于战乱人员就业技能培训为主的项目,目前有员工及其家属近3000人。由于几年前开发商中断了项目投资,现在的经营情况始终处于维持状态,打架、债务纠纷、绑架勒索现象时有发生,这里已经成为全州治安管理的最大隐患。针对此次勤务重要性和复杂局面,防暴队领导通过深入研究部署,确定了"武装震慑与法律宣讲相统一,了解治安状况与关爱普通民众相结合"的工作思路,旨在通过确定经常性巡逻勤务保障该园区治安稳定,逐步解决疑难问题,促进民众生活有所提高。

上午9点,我随巡逻组驱车进入这片漫无边际的橡胶园时看到,在烟雨霏霏水气升腾的长距离里,道路两旁高大的橡胶树旁边活跃着十几名收割黑色橡胶液(做法是用刀子割开树干固定口,让橡胶液流入悬挂的瓶子)的员工。当地管理人员贝克·竺玛先生介绍说:"这个占地6000多英亩的橡胶园是当地最大的橡胶原材料生产基地之一,几年前鼎盛时期,这里生产的橡胶材料出口欧美及亚洲众多国家,是当地经济收入最好的经济实体,现在受经济危机和投资方的影响,居民家庭年收入不足几百美元,连购买最起码的粮食等生活必需品都困难。"据了解,该橡胶园区共有6个居民点,相互间隔距离平均在5公里左右,彼此之间泥泞不堪的道路某种程度上影响制约了当地经济的发展。上午10点,当巡逻组艰难地通过一座年久失修的铁木混合结构桥梁时,正好遇到在此处作业的居民斯蒂尔森,当队员向他询问当地安全形势和民众生活状况时,他语气里充满了无奈:"受落后交通和经济下滑的影响,我们辛苦收割的橡胶原料卖出的价格非常低,很多人都是在半饥饿状态下工作的,加上这里没有教育、医疗和安全饮水保障,生活越来越艰难,常住人口逐渐减少,少数有犯罪经历的人开始重操旧业,一切都很糟糕。"随后,根据斯蒂尔森的提示,我们一眼望去,眼前几千平方米的橡胶树林里到处都是荒芜的景象,当前正是雨季前橡胶收割的好季节,这里却只有他和他的弟弟在细雨中忙碌着。谈起当前的生活困难时他还补充说:"我们辛苦收割的橡胶原料凑够数量后得走上半天路到10多里外的收购点去卖,然后购买粮食、食盐再返回来。马上到雨季了,我们连雨具都没有钱去购买。"

"我们刚刚接触的两个居民点说明贫穷落后是当地安全和治安问题的最大诱因,这些问题不妥善解决,安全稳定无从谈起。我建议既要武装巡逻震慑犯罪,更要收集民众关心关注的焦点问题,通过参与行动各方向有关部门反映这里的困难并敦促问题逐步解决!"中午,王立平分队长向同行的民事警察、军事观察员及当地警察局负责人提出建议并得到了支持。随后,前往其他三处局面点巡逻期间,巡逻组都会安排"双语"队员鲁博森、崔赫等人专门走访了解涉及居民生活困难突出问题的相关数据,并有重点地向当地负责人史帝文、萨斯曼等人就防暴队着眼当地实际,帮助解决实际困难的工作计划进行了深入宣传。这种做法不仅得到了对方的理解和支持,很多员工还放下手中工具纷纷跑过来介绍情况,他们热情地把队员围在中间轮流解答问题、提供数据,这种场面每次都会持续一个多小时。当地居民为什么对这种做法给予支持?小队长张茂林介绍说:"我们向大家通报了防暴队会通过正常渠道如实反映当地交通、医疗、物资保障等亟须解决的问题和工作建议,这些都是和大家息息相关的事情。每次我们不光把问题写出来让他们自己看,还主动出示自己的工作证,让他们记住我们的名字和号码,有事情可以继续咨询了解。"下午3点,巡逻组即将返回之际,当地群众选出史帝文作为代表前来感谢队员时说:"你们是3年来第一次走进这里的公职人员,你们真正关心理解我们的难处并努力帮助这里改善环境,让每名员工感受到了你们的爱心和善意,希望橡胶园在你们的帮助下早日恢复更好的局面。"

暴雨天气救援联合国失联公务车
超强暴风骤雨不停息:大山深处巡逻路上实现多方合作困难重重

"这是由局长先生给你们留下的信函,主要是告知贵警队前方道路实在无法通行,请酌情确定任务如何落实!"4月25日,在希诺州与里弗赛斯州交接处的必经路口,当地村民指着树上ITI警局代理局长舒斯特先生留下的张贴的告示,向防暴队巡逻组队员转告这样的内容,"在通信完全无法保的障情况下,前方赶来与你们配合的联利团民事警队可能迷失了方向,请给予帮助和行动配合!"

近期,当地进入高强度降雨季节,每天数场次的强降雨伴随着10级以上的飓风袭来,当地部分道路、桥梁及公路两侧少有的信号发射塔受损严重,给联合执勤巡逻任务造成一定的影响。今天早上,巡逻组整装待发时,乌黑的云层笼罩着几十公里内的地区,强烈的飓风吹坏了营区少数房屋的铁皮、遮阳棚以及旗杆没来得及撤下的彩旗,这一恶劣天气预示着本次勤务来自极端天气下的不利因素压力增大。

巡逻组出发的路途中,随处可见刮倒的树木和受损的居民房屋,很多村民都躲在当地牢固的水泥建筑里避险,4台巡逻车在泥泞无比的道路上艰难行驶,尽力赶在上午10点前赶到ITI警局门口,与对向赶来的联利团民事警察及当地警员会合后，一起前往 60 公里外安全形势异常紧张的巴达维镇巡逻执勤。车辆缓慢行驶在道路上，每到重要路口，带队指挥员盖立新政委都安排技术人员同另外两支警队人员进行通信联系，每次都显示对方手机无法联系。几次努力尝试后，他看着毫无停止迹象的暴雨说："他们（民事警队及当地警察）没有电台设备和卫星电话，又碰上这种极端天气，会合起来很艰难。"

上午 10 点，当防暴队巡逻组按时赶到 ITI 警察局门口时，发现警察局长舒斯特将便条贴在树上已经忙于其他工作，前来会合的民事警队尚未到达。随后，队员们着急等待 2 个小时后仍无对方消息，除手机联系带队人员外，多方联系其所在部门值班人员同样没有确切消息。望着风雨交加、能见度极低的天气，队员们开始着急起来，盖立新政委组织骨干人员进行商议时谈道："他们在没有武器装备保障和良好性能越野的车情况下，独自进入丛林里面，尤其是现在恶劣天气造成多处路面坍塌，往返车辆极少，一旦遇上意外情况，自身安全难以保障，我们应该想法立即组织寻找和救援。"

中午，巡逻组开始对照军用地图确定寻找路线，并按照民事警队出发的时间、大约距离、车速进行推算，然后从宁巴路口、沙滩镇两个关键方位逐个路段进行查找，坚持"见到行人打听，看到车印追到底"的做法，通过 200 多公里艰难寻找，最终在距离沙滩镇 56 公里处的一处深泥坑里发现了 4 名民事警察。据该警队队员阿姆林介绍，他们在大风大雨的恶劣天气里，误入该路段已经 7 个小时，由于无法与原单位、防暴队巡逻组取得联系，只能艰难地利用短把铁锹、树枝、石块开展自行救援，截至队员们到达时，他们那台公务车辆车体大半部分仍陷在泥坑里。

"食物已经吃没了，饮水下午就喝光了，我们又不能派出单个人员冒险求助，只能靠运气往外拖车，要是等到天黑下来，敌对分子闻讯而来，野兽再来袭扰，那将会很糟糕！"看着队员们用两台车合力拖出了他们那台陷了很久的遇险车，阿姆林感慨地说，"真的很可怕，这期间我们和外界无法联系，还无法请求你们援助，没想到你们想尽办法找到了这里。"据联利团通报，近期由于高强度降雨增多，造成任务区内大范围路况不佳，维和人员遭遇交通事故的频率增加，极端天气下预防非法分子袭击是值得警惕的重要问题。

深入庆祝现场确保安全无失
民众欢迎巡逻队节日期间进村入寨：中国维和警察战斗力强纪律严明亲民乐善

当地时间 4 月 30 日上午，大克鲁州最偏远的村寨旺达芬社区广场处几十名村民正在筹备具有非洲特色的群众性歌舞演出，当防暴队巡逻车在极度泥泞的道路中缓缓开进这里时，看到全副武装、满身泥水的队员时，村民代表说："你们来了，我们这里的劳动节会更和谐稳定，大家可以尽情地唱歌跳舞到深夜，舒心地度过一个最难忘的节日。"

今天早上，连续几天的持续降雨导致任务区部分路段不同程度损毁，普通车辆难以行走，但是随着"五·一"国际劳动节的到来，当地群众尤其是偏远村寨会普遍开展丰富多彩的庆祝活动。为此，防暴队领导决定派出一支由4台防暴车17名队员组成的武装巡逻组深入人群聚集、活动较多的大克鲁州方向进行治安巡逻。针对此次敏感时期、复杂路况下的武装勤务安排，范佳强副队长说："节日期间，当地民众会把大部分时间用于球赛、歌舞表演、群体性聚餐等活动，很容易形成前战乱分子伺机骚扰和入侵的空隙，我们这支由战斗人员和良好防暴装备组成的巡逻组，一定要想方设法进入各个重点区域，对违法犯罪团伙高压震慑和打击的同时给民众树立信心，确保任务区节日期间的安全稳定。"

当天早上8点30分，巡逻组刚刚进入大克鲁州路段时，战勤室主任孙书恒就对照军事地图认真研究路线和预计巡逻到达地点，对多个从未到达、人数众多、治安案件频发和地形复杂的村寨进行了红色醒目的标注，意味着这些地方将是今天巡逻到达的重点地区。从上午9点起，防暴车始终艰难地行驶在遍地泥坑和水沟的简易公路上，6名经验丰富的驾驶员不停地调整车速和选取最佳位置通过，他们在为当天到达7个村寨争取宝贵的时间。上午10点左右，当看到巡逻车队沾满厚厚的黄泥抵达时，旺达芬社区族长哈雷姆斯·格诺说："每年劳动节到来时，全体村民都会集中采购丰富的物品，集中进行庆祝，往往最担心的就是长时间的娱乐活动让犯罪分子有机可乘，趁机作乱。"他还介绍由于近期阴雨天气增多，野外自然生长的食物不易采集，那些藏匿深山的战乱分子经常前来村民家中进行抢劫和盗窃，还对单独出行的村民持枪威胁夺取物品。

"你们在我们最需要的时候来了，这是今天最高兴的事！"在当地村民的一片赞誉声中，巡逻队两名精通通信技术的队员在庆祝现场忙着帮助村民抢修一台简易音响和点歌机，还给他们送上了随身携带的足球、跳绳、记分牌、护腕等文体用品，其他队员则深入到通往外界的四条小路进行巡逻。

"大家如果有犯罪团伙的电话，你们要告诉他们中国防暴队来过，更会保证这里的长期安全！""你们可以在村口贴上条幅，写上'防暴队永远保护这里！'"类似的宣传话语和队员严整的警容给当地民众吃了最好的定心丸。截至下午3点，队员们共到达6个村寨进行治安巡逻，每到一处他们都会首先向当地民众祝福节日快乐，就村民关注的治安问题进行武装巡逻，并在各广场、路口、山坡等显著位置实行长时间警灯闪烁。这种整编制武装巡逻的身影足以威慑周边数公里内的不法人员,以此显示联合国维和警察武装存在,确保当地节日期间安全无案件发生。

巡逻途中车轱辘飞了
巡逻路上暴雨急骤乱石遍布:每完成一次任务都需要超强的智慧和勇气

5月7日傍晚,持续的超强降雨对利比里亚东南部地区的热带雨林进行了密不透风的冲刷,各条道路瞬间布满了厚厚的积水,山坡上冲刷下来的石块、断树残枝横挡在路面上,此时防暴队的两台巡逻车在例行巡逻途中艰难行进。途经十几个社区、村寨时,队员们冒着滂沱大雨走入村民之中了解治安情况,全面掌握当地安全信息,给民众增强极端天气的安全感。

当天中午,几片厚厚的乌云呈立体型交叉笼罩在巡逻路段上空,像一个厚厚的巨形锅盖扣在几十公里的林区里。随着云层的急速移动,几道闪电响彻天空,然后超强暴雨开始降下来。队员兼司机王法正机敏地控制油门慢速行进,启动最快速的雨刷器刷掉挡风玻璃上的积水,他边谨慎驾驶边对眼前的雨天发出感慨:"这种雨天危险系数超大,十几米外的情况一点儿都看不到,30多厘米的水面下面到处都是障碍物,只能凭经验判断!"当车辆行驶至距离目的萨利昂镇20公里处时,前方一处陡坡不停地有石头滑落下来,王法正开始减慢速度,缓缓往前行驶,突然间前车队员通过对讲机传来紧急提示:"你车一轮胎脱落,已蹦出路面向树林里滚去。"面对这一突发情况,王法正驾驶防暴车继续缓慢紧靠道路右侧向前行驶,在十几米处路况较好的位置停了下来。

20多分钟后,滚落丛林深处的车轮胎被找回安装,巡逻队负责人、政委盖立新政委总结这一情况时说:"这是轮胎撞击到石块造成的危险情况,幸亏发现及时,采取了缓慢停车的措施,车轱辘飞到草丛中也及时找了回来,否则后果会相当严重。"随后,巡逻队例行巡逻返回时,罕见的暴雨更是让队员们感到莫名的恐惧和惊讶,密集的雨点敲打在车顶棚发出噼里啪啦的巨响,车轮胎大部分淹没在路面积水中,如果一旦出现故障造成紧急停车,就会难以再次启动。这种恶劣天气下如何完成巡逻勤务?有哪些注意事项?分队教导员任杰说:"这里的暴雨程度是国内没见过的,就像不停地往下倒水一样,队员们下车走访村民和设点检查车辆时,光靠雨衣根本不管用,两三分钟后就进水,必须用雨衣加雨伞的形式才能完成短期的执勤任务。"

傍晚,巡逻队返回营区途中更是险象环生:路面是齐腰深的积水,无法判断具体情况,两旁高大的树木受雨水浸泡后根基倾斜,导致很多树枝打斜垂落到路基上,阻碍了车辆正常行驶。对此,司机王法正说:"这种情况下必须加倍提高警惕，靠感觉、靠经验用最慢的车速往前走，遇到紧急情况可以妥善处理。幸亏防暴车底盘高，做过专门防雨防水技术性处理，如果一般车辆到了这里只有等待漫长的大雨过后才能行走，否则陷到沟里一会儿就会被大雨淹没。"

据了解，当天持续5个小时的强降雨已给数千名当地群众的生产生活造成不同程度的影响，共计80多公里的路基被冲毁，路面集水坑里随处可见居民家中被冲走的各类小型牲畜。防暴队于当晚9点艰难返回营区，成功地完成了此次恶劣天气下的应急巡逻任务。

复杂路况使车辆受损严重

找规律善维护加"保险"：中国警务防暴车克服诸多"致命"难题，不惧海外任务区天堑险路

"防暴队因地制宜建设了规范实用的车辆维修所，所有经过复杂路况锻炼的维修工驾驶员坚持随车保障，探索出了一系列海外任务区车辆使用、保养细则，确保了所有防暴车在恶劣环境下始终处于最好水平。"5月10日，国内派驻维和警察防暴队负责警务车辆维护保养工作的工程师唐剑城感慨地说，"目前，经过将近9万公里长里程的检验，防暴队实现了人与车最好的协同配合，确保了所有车辆均处于保行驶保战斗保安全保速度的工作目标。"

今年4月份，根据相关工作协议，唐剑城工程师从国内专程赶来利比里亚，对由其所在公司供应防暴队使用的40多台各类防暴车、公务车进行使用情况调研和专业性维护。在长达一个多月的朝夕相处中，他除了对车辆维护保养提供技术支持，还多次随队出勤、实地调研当地的路况和自然环境。对于国产警务装备车辆在国外复杂战乱任务区的使用和维护，多次前往拉美、中东等地区国家进行售后服务的他，对防暴队车辆日常行驶所遇到的路况难题有自己独特权威的总结：一是在全世界最为落后路面上行驶的国产警用车，来自复杂路况的颠簸对于车辆的正常使用损害极大；二是大部分泥沙混合路面飞起的沙尘对汽车发动机造成致命危害，尤其空气滤清器"原定3万公里更换必须改为1000公里更换"；三是热带季风气候环境里的高温、潮湿、多雨天气对汽车发动机及车体油漆同样造成"寿命减半"的不良影响。今天上午，在车辆检修现场，他手里拿着一台防暴车传动轴前端"十字轴"介绍说："这个部位普通常规路面要求4万公里才更换一次，现在这台车才跑了1000多公里就已经破损严重，连润滑专用的黄油都一点儿不剩，说明车辆受到强烈频繁颠簸非常严重，不仅对车辆造成大幅度损害，更为严重的是要不是你们驾驶员发现及时，很容易给乘车人员带来危险。"

今晚夜幕降临时,他还在和维修工刘滨交流危险地区的车辆抢修经验,谈起防暴队车辆管理、维护措施,他说:"到了这里我有很多感慨,一是队员们自己动手建立的车辆修理所功能很全,还自制了很多维修工具,自行排除车辆故障的能力让我感到惊讶;二是队里车辆管理制度发挥了巨大的作用,每位驾驶员出车前自觉检查发动机、冷却液、制动液、车轮胎等环节,这对延长复杂路况下车辆使用寿命作用非常大;再就是这里有个爱钻研疑难问题维修技术的专业小团队,很多小毛病、小问题能够及时排除,这在海外各种团队里是很少见到的。"

据了解,目前各种车辆安全行驶总里程 87000 余公里,工程机械车辆安全营建施工总计达到 1150 余小时,顺利完成运输、营建、生活保障等各项任务,其中通过精心维护,在极其复杂路况下有 16 台车辆从未发生过故障,少数发生故障的车辆自我修复率达 96%,使车辆运行始终处于良好状态,确保了执勤及生活保障到位。

女警受到当地民众欢迎

维和女警深入安全复杂区:善于与妇女儿童沟通情感同各方领导谈判,具有亲和力

5月11日上午,格林威尔市布特镇某大型国际工业园区内人头攒动,讨论声此起彼伏,汇聚的大量人群中出现了两名中国女警察,她们是身着防弹头盔和其他单警装具、腿套上佩带装满子弹的警用手枪的队员赵瑛瑛和高志恒。她们在人群中与不同年龄段的人打招呼、聊家常,还深入到对男性队员充满戒备的公司高层各办公室同他们谈问题成因,寻找解决办法,受到了多次发生冲突的当地民众同工业园区及政府部门人员在内的各方好评。

据了解,该工业园区为拥有 1000 多公顷棕榈种植的大型企业,拥有员工 2000 余名,自投入建设以来同当地居民存在涉及土地使用权、工人合同履行、不公开种植计划等矛盾纠纷,当地民众曾于 2013 年 10 月 31 日发起以挖断道路、设置障碍、聚众抗议为主要形式的群体性骚乱事件,经中国防暴队现场处置,妥善和平地稳定了现场秩序。

近期,根据联利团格林威尔分部通报,该地区再次出现暴力示威倾向苗头,联利团指令防暴队同民事警队前往调查了解情况。上午 9 点 30 分,防暴队派出一支 12 人组织的执勤小队前往该公司驻地执行相关工作任务,值勤官赵瑛瑛、护士高志恒作为战斗队员参与此次勤务,并在现场人员众多、警惕性较高、局面较为混乱的情况下发挥了女警细致入微、容易沟通的优势,确保了敌对各方保持冷静沟通的态度。

上午 10 点左右，面对围观人群人数多、情绪激动、园区领导闭门防范等情况，赵瑛瑛在战勤室主任孙书恒协同下深入公司高层办公区进行协调沟通，全面了解对方工作态度和所采取的积极措施等。良好的形象、文明的态度加上熟练的英文表达能力，尤其女警那种亲和力迅速让对方放弃了抵触情绪，公司主要负责人坦诚地表达了立场和观点，并表示坚决支持配合防暴队维护安全局势的所有措施，力争尽快改变公司管理、员工福利及改善当地居民生活环境等，在安全稳定促进当地经济发展上做出企业自身的努力。30 分钟后，圆满完成任务走出办公区的赵瑛瑛谈起这次深入矛盾一方内部完成任务的体会时说："我专门收集了这个公司的相关情况，对文化背景、企业宗旨都有深入了解，我把当地民众尤其是妇女、孩子关于修建水泵、开设学校、医院等方面的诉求进行将心比心的转达，我又是站在中立立场的维和女警，让他们感觉到站在他们面前的就是真心提供帮助的，所以沟通异常顺利。"

在执勤现场，赵瑛瑛、高志恒受到了当地民众的热烈欢迎，一群老人、妇女和儿童纷纷围着她们表达生活诉求，其中当地老师戴维琳娜高兴地说："我们见到女性警察很亲切，她们素质高很有礼貌，能够认真倾听对待我们的每一句话，尤其一些生活细节都会负责任地记下来，我希望她们常来。"

教授民众如何报案等法律常识
巡逻队前往偏僻闭塞的扎米镇：救助遇险车辆，清查非法移民，宣讲法律常识

"途中所有遇险车辆都得到了我们的救助，这是中国警察异国他乡爱民助民最佳体现；对极度封闭的深山社区民众进行常见治安案件的法律讲解，这是防暴队履行和平职责的体现，我们从众多的人群中清查非法移民，对于维护任务区的安全状况也是一次成功做法……"5 月 12 日，维和警察防暴队许亮副队长总结当天武装巡逻情况时指出，"我们要在任务区整体安全形势稳定的情况下，结合当地治安实际，更多地为那些处于基本生活保障水平线以下的民众做好事、解难事。"

当天上午 8 点左右，巡逻队在极其泥泞坎坷的道路上行驶 90 公里时，被前方连续发生的交通事故阻挡了脚步：因连日持续降雨导致该路段当地民众车辆深陷泥坑当中，连车门都陷在积水下面看不到模样……面对这种情况，巡逻队是绕道行驶，还是从旁边的小路强行通过？许亮副队长经过现场勘查后向全体队员提出：为了应对近期复杂天气对路面带来的影响，巡逻队专门配备了擅长现场急救的车辆维修工。另外，如果不及时救出肇事车辆，这里会造成几十台甚至上百台车辆

滞留，民众正常出行受到严重影响。于是，巡逻队采取防暴车联合拖引、"硬牵引"助力、警民携手一起推车的方式，终于将深陷道路中间的两台"关键位置"的民用车成功拖出，确保双向车辆可以同时继续行驶。

"这里无学校、无懂得法律知识的人员，但是各种治安案件频发，民众却不知道如何基本定性，连如何报案都不清楚，我们得重点帮助弥补这方面空白！"上午10点整，巡逻队在小队长国云峰的建议下协同当地警员召开了以"普及常见法律知识，切实保护民众权益"的讲解加互动加演示的法律宣传会，300多名民众放下手里的农活主动前来参加这种形式新颖的警民联谊会。在现场，"双语"队员刘辉钢、陈哲等人回答了当地山区常见的强奸、盗窃、蓄意谋杀、意外致人死亡等犯罪行为的主要特点，他们边介绍边对具备条件的情节进行肢体演示，引起了民众极大兴趣，并现场为当地一女青年提出"自己多次遭到异性好友肢体接触是否具备立案条件"的问题，随即对同在现场的"肇事人员"进行重点环节询问，然后给予双方合理、合法的初步答复。队员陈哲还就当地经常发生的野外个人物品被抢事件的"抢夺"和"抢劫"不同的性质和法律量刑标准进行了讲解。活动结束时，国云峰介绍说："这里长期没有电视没有报纸，极少接触外界信息，加上当地人员基本处于低学历甚至半文盲状态，很多人对法律知识的了解和掌握很不尽如人意，造成他们受到非法侵害时不知道如何维护自身权益，所以我们这种生动、直观的法律宣讲模式他们非常欢迎。"

中午，队员们深入居民区内巡逻、盘查时，从众多人员中通过口音、服饰、证件等重要因素，查证了4名非法逾期滞留当地的其他国家人员，帮助当地民众消除了潜在安全隐患，受到了民众的一致好评。

感谢信表达 15 万民众请求

友邻分部同行发出诸多期盼：持续震慑治安热点地区犯罪活动，给平民更多安宁

"诸多次数的联合武装巡逻活动，让全州十几万居民生活环境发生了巨大的变化，大家期待你们把这里当成自己的家，把我们当作你们的战友，继续一起协同作战，力争年前把这里打造成联利团的模范任务区！"5月13日，里弗赛斯州赛斯托城民事警队同防暴队巡逻队召开上半年联合巡逻座谈会时指出，"贵防暴队自启动远程武装巡逻任务以来，克服路途遥远、路况恶劣等困难，以专业的表现与不屈服的精神给当地民事警队及全体社区居民留下了深刻印象，大家渴望把这种模式继续下去。"

据悉，自去年12月份至今，防暴队已经远程协同该分部完成了武装巡逻、军事观察员护卫、要人警卫等多种类别任务，深入到32个治安热点地区、偏远山寨、长期无政府人员前往的矿区巡逻执勤，受益群众达到10余万人次，在联利团、当地政府和各界民众之间架起了沟通信任的理想纽带。今天，该分部负责人卫斯理·纳塔纳、民事警队长艾提姆·所罗门联合向防暴队发来正式感谢信，以表达所在州15万各界民众请求，并对下半年联合执勤工作提出良好意愿。下午，在该分部办公室里，民事警队哈里先生指着标有暴力事件、重大刑事案件、非法示威、越境贩毒等类别的柱形图滔滔不绝地介绍起防暴队功能来："以前我们州没有成建制防暴队提供行动支持和保障，各种有组织的犯罪都会有选择地把这里作为犯罪的天堂，他们人多势众，配备粗劣枪支和摩托车，多次出现警务人员被追打的事情。现在中国防暴队长驱直入的能力、攻坚克难的水平、自我保障的能力实现了对几百平方公里内暴力性事件的快速机动打击能力，所以说我们各项案件的发案率一直呈直线下降状态。"

年初至今，防暴队按照固定勤务、临时性勤务分类，多次选派精干力量组成的巡逻队长驱直入到该州各个治安热点地区实施全面巡逻和"定点打击"，震慑异常猖獗的各类恶性犯罪活动，给当地最底层的普通民众以安全感，并助推当地亟须解决的问题加速落实。对此，当地琼德林斯镇镇长戈尔·柴沃斯接受采访时说："我们能够行驶机动车的道路非常少，因为你们定期在各个路段实施公开武装巡逻，那些开车带武器的前武装分子从来都是躲得远远的，所以这里的民众度过了几年来少有的平安日子。另外，你们每次将医疗、教育、饮水等我们急需解决的事项向有关部门报告、反映，这些问题已经逐步在解决，相信在你们的帮助下再有一年的工夫，资源丰富，劳动力充足的这里会发生很大的变化。"

到最偏远的地方送药

空降黄金海岸金三角村寨：维护安全，感受平民生活艰辛

一望无际的原始森林里低空中看不到任何道路和行人、车辆，漫长海岸线上成片的部落式建筑显得安静和谐。15日上午9点，防暴队巡逻队乘坐的武装直升机降落在地处大片沙滩三角洲地带的金威廉姆斯镇一处广场时，几十名老少村民已经围在停机坪旁边耐心等候。对于这里的700多位村民而言，防暴队员不仅给他们带来安全感，更能送来健康、时讯等方面的信息，镇里已经很长时间没有外部人员进入做客了。

据了解，在这个距离希诺州政府最偏远、景色最美的镇子里，村民大部分以种植和捕鱼为生，属于不通路、不通电、不通邮的艰苦地区，居民常年与外界隔离，信息较为封闭。在巡逻执勤现场，队员发放印有治安动态、艾滋病预防、埃博拉病毒传播走势等内容的宣传画时，现场民众纷纷前来抢阅。对此，该镇镇长马斯·杜介绍说："这里基本属于部落式社区状态，外面很少有人进来，当地人极少有人出去，造成了当地民众知识面窄，对外面很多事物都感到新鲜、好奇。"随后，队员们先后深入居民家中、社区办公处、学校等地巡逻、走访，全面了解当地安全、治安及困扰居民生活的突出问题等。期间在一处山坡上看到一处尚未建设完工的小型诊所荒废时，村民哈里曼·特韦立介绍说："自从内战结束后，这里的居民为了躲避恐怖分子的干扰，选在这处环境优美、与外界隔绝的地方长久生活，治安环境好了不少，但是缺医少药的问题已经10多年没有得到解决。为了持续增加人口量，只得提倡村民多生孩子提高成活率。"此后，队员们还得知这样一件触动人心的事：由于没有医疗场所和专业医务人员，当地村民患病或者劳动受伤后，只能依靠山里采摘的草药服用、涂抹，如果这些"药"不对症或者效果不好，剩下的就只能靠患者自身免疫力抵抗，经常造成小病发展成大病、突发疾病得不到及时救治的悲剧发生。针对当地民众患病"无医可求，无药可买"的落后状况，巡逻队指挥员任杰立即果断做出安排：原定巡逻执勤任务正常进行的同时，抽调卫生员车艳良等人现场召集所有患病村民集中诊治，除了提供常规感冒、风湿、外伤所需药品外，还将携带的创可贴、消炎药、感冒通、胃药、紫药水、止疼膏等所有常用药品都无偿赠送给当地民众，并为塔琳娜、布鲁托尔等4个受了外伤的孩子进行消炎、包扎。

据当地村民介绍：对于外界担忧的当地治安问题远比想象中的良好，该镇实行特有的镇长、长老双负责制，多用传统经验实施家族式管理，加之当地民众大部分为信教教徒，各种恶性案件发生次数较少，内部人员打架斗殴等治安问题通过调解都能得到妥善解决，来自外部的最大隐患是经常有乘坐机动大船伺机登岸抢劫的海盗，他们人数多、持有自制武器，对当地民众及财产安全造成威胁。鉴于这种情况，巡逻组通过与同行民事警察、飞行队人员商定后认为应该加强对海岸线的定期巡逻监控，遇有不明身份的可疑船只施行低空警告、外围核查合法性及空降检查等方式保障当地安全。当参与巡逻执勤的各方达成上述一致意见通报给现场村民时，他们发出了一阵阵欢呼声。当马斯·杜镇长作为民众代表咨询"这种模式什么时候才能开始"时，巡逻组同行的联利团军事观察员图尔格姆巴耶夫上尉现场告诉他："我们远程空中巡逻就从这次开始。"

上午11点20分，12名防暴队员开始登机执行针对附近海岸线的空中巡逻任务。他们在历时两个多小时的低空飞行中，对可疑目标尤其是岸边停靠船只、车辆、活动人员进行了全面巡查和武力震慑，同时对相关数据进行详细记载，便于定期向该镇居民提供治安信息。

居民晚上敢出门了
"恶"字头案件逐步减少：治安热点地区由乱到治，中国警察功不可没

"武装贩毒、持械绑架、残忍谋杀，还有肆意开枪致人伤亡等非法活动多年来一直很猖獗，民众人少不敢出村，天黑大街上看不到老人和孩子，稍不注意就会遭到不法分子袭击！"5月20日，里弗赛斯州警察局驻赛德彼池镇警务室警员德拉克罗瓦谈起逐渐变好的安全环境时说，"现在，中国防暴队短时间内就可以抵达这里进行武装巡逻和打击，几个月以来的高压震慑让当地安全形势持续好转，达到了内战结束以来的最好水平。"

赛德彼池镇三面环山一面靠海，大部分村寨与州府赛斯托斯城隔海相望，唯一通往外界的道路桥梁破损严重无法通行，一度成为前战乱人员盘踞地和恶性违法犯罪活动的热点地区。当地频繁发生的暴力案件以犯罪分子有恃无恐、手段残忍、受害人数众多、无人敢报警、当地警察不敢受理著称，民众一度生活在危险恐怖的环境里，就连前往该地调查案情的安全部门、警察等公职人员人身都受到极大威胁，导致当地政府持续多年未设置任何执法机构。据中国在当地从事木材加工生产的企业负责人张兴良介绍："这里安全形势非常可怕，经常发生意想不到的枪击和破门而入的绑架行为，白天尽量别外出，夜间睡觉也是提心吊胆，唯恐犯罪分子来图财害命。"队员们在走访中了解到，很多和张兴良一样在当地投资经营的各国商家维持合法生产需要投入大量的安全费用，既要购买、安装办公区铁丝网、防撞击木桩，还要雇佣众多当地人员负责安全保卫，就连平时外出都得驾驶跑得快、越野能力好的车辆，否则一旦被非法人员盯上就会付出沉重的代价。

年初以来，防暴队根据当地安全部门仍处于职能过渡期，尤其赛德彼池镇恶性案件频发、司法部门能力较低等实际，决定对这一执行区域实行高压打击态势，先后采取了武装巡逻与治安热点地区打击相结合、设点检查与空中直升机震慑相结合、整建制防暴力量清剿与小分队深入抓捕相结合等方法，连续4次联合军事观察员、民事警察定期深入该地区，重点就保护联合国人员、扭转当地安全形势、协助当地警察处理案件等重点内容展开工作，全面延伸联合国维护治安热点地区安全形势触角。

据悉，持续近6个月的武装高压打击使当地安全形势已明显好转，各类恶性案件逐步减少，公共场合下无一起重大案件发生。该州警察局鉴于安全形势的逐步好转，从 5 月份起正式在这里建立警务社区，派驻德拉克罗瓦等两名警员长期在这里驻勤接警。今天下午，身着警服的德拉克罗瓦从居民区巡逻回来介绍当前治安状况时感慨地说："你们的长期巡逻执勤让居民们看到了信心，让他们不再像以前那样害怕亲人被杀害被侵财无人管无人敢管，有你们做坚强后盾，他们信任政府部门，也信任我们当地警察了。"

严厉打击凶残盗猎行为
巡逻组挺进国家森林公园：保护非洲种类最全野生动物，震慑非法狩猎活动

"深处西非原始丛林山涧中，到处都是几百年树龄的巨形树木，时而踏行在湿润的草丛里，时而还要在积水中乘坐独木舟前行，到处是穿行而过的羚羊、灵猴，遍地是爬行的穿山甲，持枪徒步在这里巡逻，我们油然而生一种责任感……"6 月 1 日，参加执行利比里亚萨普国家森林公园联合武装巡逻的队员王宝祥感慨地说，"面对这一和谐融洽的大自然动物景观，再去看那些非法狩猎分子残酷杀戮留下的场景，我们必须严厉打击非法狩猎人员，全面保护公园里面的珍稀动物'活化石'。"

据悉，萨普国家森林公园为利比里亚唯一以国家名义命名的大型野生动物保护公园，现占地面积 18 万公顷左右，里面生存着非洲象、金钱豹、鳄鱼、山龟、金丝猴等数百种野生动物，还有更多体型庞大、尚未进行科学命名的西非特有珍稀动物。公园代理管理员塞缪尔·M·弗里曼介绍说："几年前，这里非法采矿导致自然环境急剧恶化，几十种非洲特有的濒临灭绝动物生存环境受到了极大影响，加上利益驱动下针对野生动物的捕杀和贩卖活动，造成了野生动物数量逐渐下降，一度引起了国家政府和相关部门的高度关注。"

上午，全副武装的队员们对山涧中一条主要通道进行了全面巡逻，对途中发现的几处血迹未干的猎杀现场，通过摄像机和相机对相关情况进行了详细记录。期间，他们将非法人员遗留未带走的一条 6 米长蟒蛇皮和羚羊骨登记后移交给公园管理部门。谈起当地野生动物保护的重大意义，防暴队战勤室主任孙书恒介绍说："这个公园地处希诺州、大吉德州、吉河州三州交界处，几年前曾因资源归属、矿产争夺多次引发群体性暴骚乱，当地政府先后对 2 万多非法居住人员进行了清理，仅留下几十名管理人员对这里进行管理和维护，由于缺乏执法人员和武器装备，目前非法狩猎和恶性环境破坏活动仍然不同程度地存在，采取防暴队武装巡逻的强硬措施非常有必要。"上午 11 点左右，联合巡逻组在草丛深处抓获一名狩猎者，现场缴获其携带的猎枪、砍刀、200 余发子弹及十几只穿山甲。通过现场审查，

这名叫作泰德·波蒙特的成年男子对长期藏匿在这里猎杀野生动物的行为供认不讳。该男子随后由同行的利比里亚当地警察带回警局进一步调查。

中午，在由防暴队巡逻组、军事观察员、移民官、民事警察和利比里亚警察及公园雇员召开的治安防范座谈会上，联利团格林威尔分部民事警队队长奥马尔说："目前这里的治安管理尤其是野生动物保护工作形势不容乐观，受地域辽阔、森林山涧地形复杂等不利因素影响，外来人口和各类猎杀活动呈现增多趋势，只有持续加强武装巡逻和专项打击力度，才能更好地保护这片神秘的土地和野生动物的家园。"

超强暴雨冒险起飞坚持巡逻
超强暴雨中空降橡佩镇：极端天气中展示特战素质，受到民众欢迎

13日上午9点，联利团武装直升机救援飞行队一级飞行员安德里·德林斯基中尉望着满天倾盆而下的特大暴雨，眼见一阵清风吹来后，雨势明显减小，眼前视野一下子开阔了很多，他和防暴队特勤组组长、分队长王立平相互举起大拇指达成共识后，直升机发出阵阵轰鸣声后拔地而起，在随即急骤而下的暴雨中飞向一望无际的原始森林——目标是80公里外的案件高发地橡佩镇。

近期，利比里亚各地进入暴雨高发期，日常很难见到较长时间的晴空天气，给当地居民生产生活造成了较大影响。"很多擅长战地作战的战乱分子只惧怕全副武装防暴队员的打击，从来不担心暴雨天气对行凶作案产生影响，暴雨狂风天气恰恰是当地匪徒趁机作案的最佳选择时机，所以此次对橡佩镇空中抵达、雨天巡逻意义非常大！"临行前，身穿厚厚雨衣的联利团军事观察员鲍威尔斯说。两天前，由防暴队、军事观察员组、直升机飞行队联合举行的勤务分析会上，针对联利团防暴办提出的极端暴雨天气是否对步空联巡带来不便时，飞行队人员通过对气象数据、目的地临时降落点分析后提出，"勤务当天只要有15分钟稍小雨量空隙，飞机就可以顺利起飞。"他表明态度后，防暴队参会队领导说："鉴于防暴队员成功在极端天气里执行了10余次空步联巡任务，只要飞机能运输，多么复杂的气候都不会阻挡队员们深入危险地区进行巡逻的决心！"

"这种大雨非常可怕，就是在高空中依然能感觉到雨势的强劲，飞机总是躲着云层飞，倾盆而降的暴雨让我们看不到机窗外所有的场景，只有大大的雨点不停地打在玻璃上！"乘坐在极度颠簸的直升机上，王立平队长感慨地说，"尽管两名飞行员经过多年阴雨天气的实战飞行，但是近距离还是能够看到他们严阵以待的表情和慎之又慎的操作动作！"空中飞行的30多分钟里，特勤组人员在巨大

轰鸣声中通过"耳语"、手势进行交流进入地面后的人员部署安排。

9点50分左右，直升机通过低空盘旋、查看地面情况后，找准一处100多平方米、积水较少的地域立即降落。此刻，天空依然是倾盆而降的特大暴雨。庞大的直升机机身前面，王立平分队长在暴雨中向队列人员大声提出要求："越是这种（大雨）天气越要提高警惕，严防歹徒雨中袭击，严防武器装备损坏。"随着他一声"出发"的命令，4名队员留守监护直升机安全，其余8人协同军事观察员冲进暴雨中展开巡逻、走访。

随后两个小时内，队员们对当地6条重要路段进行武装巡逻，冒雨走访了当地镇政府、学校、法庭、市场等区域及相关人员，全面了解当地安全、治安形势，对频繁入侵当地的战乱分子团伙线索进行收集整理。期间，暴雨始终如同往下倒水般的急剧，因当地地势高低不平，地面已经成为一片泽国，负责前卫的队员何海涛、李光明勇敢地走在队伍前面，在没过膝盖的深水中边探查路况，边向后面的人员通报注意事项。

此刻，负责直升机护卫的队员们同样遭受着超强暴雨带来的考验。战斗队员刘石林等人站立不到两分钟时间，浑身上下便开始往下不停地滴水。雨水"倒在"头盔上再像小"瀑布"一样在眼前流下来，为了能看到十几米外的情况，他们一手拿枪一手不停地擦着眼睛，防止眼眶进水后无法监控周边的突发警情。"队员们在大雨中吃尽了苦头，既要保护警卫目标安全，还得保护武器装备防雨防水，厚厚的防弹衣外面雨衣根本发挥不了作用！"在执勤现场王立平队长说，"这些队员个个勇猛，从来不在居民家中停留避雨，绝大部分时间是在雨中巡逻、走访。机组人员邀请队员去机舱避雨实行室内观测时，队员无一人前往，无论雨水再大都是在四周空地雨中最佳位置护卫飞机安全。"

此次任务中4个小时时间里，天公始终不作美，倾盆而降的暴雨始终没有停止过。这种极端天气下队员们将战靴做"水靴"，以浑身流水不止的战斗状态圆满完成了武装巡逻任务。据统计，尽管队员们像爱护自己身体一样爱护警务装备安全，仍然有部分摄像取证设备、手持对讲机等器材在暴雨中不同程度损坏。对于此次勤务工作成果，橡佩镇镇长刘易斯·多格巴先生代表民众给予了这样的评价："以前暴风雨越大，非法武装分子来的概率越大，那是他们知道你们不能来；现在你们这种天气能来，他们自然就会知难而退。"而执行飞行任务的联利团一级飞行员安德里·德林斯基中尉发出这样的赞誉："这种步空联巡任务以往只有维和作战军队才能承担，现在中国防暴队在这种恶劣环境中作战执勤毫无问题，绝对称职！"

节庆活动救援受伤少女

当地少女格洛莉雅：我们首次向中国警察求助竟然如此让人满意

当地时间12月25日，格林威尔市区处在一片欢乐喜庆的节日氛围中，家家户户张灯结彩，公共场所人群聚集，街道两侧聚满了以家庭或者亲朋好友为单位的欢庆人群。应联利团指派，中国防暴队12名队员对市区及周边乡镇进行治安巡逻，全面提高当地群众安全感，确保当地年内最大的节日平安稳定。

根据此前掌握的情况来看，大部分当地群众对中国防暴队充满了友好和期待。作为全程参与者，我注意到这次勤务安排队领导做了精心准备，选派的基本都是熟悉英语口语的年轻队员，负责执勤的一分队还专门强调外事礼节注意事项。当晚8时许，3台执勤车如期行驶在密西西里、凤梨、芭蕉、约翰逊大街上，在教堂、电影院、冷饮厅、酒吧等公共场所进行定点执勤，在四条人群聚集的路面上徒步巡逻，王兆琰等3名外语队员身穿醒目的反光背心疏导交通，避免街道上大量摩托车造成交通事故。

队员们每到一处都有三三两两的民众过来热情打招呼，主动要求合影留念。盖立新政委通过对讲机提出要求："群众对我们友好是对中国警察的信任，对于走近你们的群众要主动打招呼、热情回应，只要不影响正常勤务，对方提出合影要求时一定要满足大家的愿望。"

巡逻组路过希诺大街时，十几名坐在露天酒吧休闲的民众异口同声地用中文高喊："你好！"同行的中国民事警察黎倍军说："中国警察的友好，在这里可以说家喻户晓，学习简单汉语成为一种时尚！"

晚上9点，队领导命令巡逻车队开进附近几个偏远乡镇，查看当地庆祝活动的安全秩序和治安状况。当巡逻至西贝镇中心位置时，第一台车指挥员发现左侧人群中有人求助，并发出急促呼救声。盖立新政委命令4名队员迅速下车处置，优先对受伤人员进行救助。经了解得知：这里刚刚发生一起交通事故，受伤的为13岁少女格洛莉雅，当时她随同父母在路边参加节庆活动，被急速行驶而来的摩托车撞伤腿部，肇事车主藏匿起来不承担责任。巡逻组队员徐东晓小心翼翼地保护着受伤少女的腿部，吕成林将她轻轻地抱到警车上进行先期处置。此时，其他队员在当地警察的配合下，迅速对人群及周边地区进行搜索，找到并控制住肇事人员拉萨格。经现场询问了解，肇事人员拉萨格承认过错的同时同意先为受伤女孩支付治疗费用，并初步达成和解协议。5分钟后，防暴队护送伤者前往格林威尔医院进行救治。

在急救室外，格洛莉雅的母亲哈丽丝说："圣诞节是我们最大的节日，家家户户基本都会庆祝，以前很少有警察到我们那个小镇子巡逻，我们对于求助也基本不抱有希望，看到你们来了就尝试着发出喊声，没想到你们处理得这么及时。"随行医护人员和当地医生交流后得知，这个小患者系皮外擦伤，进行输液消炎后，明天应该能正常外出活动。听到这个消息，格洛莉雅露出开心的笑容："明晚我能继续参加狂欢了，就是光坐着看不跳舞，也很有意义，因为过了这个节日不久后我就又长大一岁了！"

协助当地警察抓捕涉毒团伙

武装巡逻四大效果呈现：户外消除"枪影"，居民区增添"压水井"

"沙滩路口镇毒贩里阿图特的抓获，意味着FPU（防暴队）主导下的'发现即打击'工作思路的有效性，他的入狱将有效震慑本地区的各种犯罪活动的嚣张气焰，大家会在趋向稳定的环境里安心工作。"3月18日，联利团里弗赛斯州分部负责人韦斯利组织数百名当地群众座谈时提出，"中国防暴队在本地区的和平支持作用达到了预期目的，成为大家最喜欢最友好的国际警队。"

近期，针对当地涉毒团伙里阿图特等人猖狂的系列犯罪活动，在防暴队强大的武力支持下，当地禁毒警察成功对其进行了抓捕，其他各项隐形违法活动得到了强大震慑，此举赢得了民众一致好评。当地现年62岁的长老杰罗姆介绍说："这里地广人稀、山高林密的恶劣环境给犯罪分子提供了随处作案瞬间躲藏的条件，他们手中自制猎枪数量多、藏匿方便，当地警察查证、抓捕难度很大，只有全副武装的防暴队才能对他们给予致命的打击。"据了解，由于当地治安情况复杂、警察人数较少，警用枪支和装备车辆极易成为违法人员的攻击、获取对象，身处复杂环境中的当地警察保障自身安全成为首要任务。目前全州大部分警察尚未配发相关警械，尤其缺乏必备的枪支弹药，大部分警务活动需要防暴队提供行动支持，才能确保出警、巡逻、办案等各项警务活动顺利。

"消除了枪患就控制住了一多半的恶性案件，这个地区的安全形势就能趋向稳定。"范佳强副队长带队行驶在当地几条崎岖的山路上，看到路上往返的大部分都是携带物品的普通民众时，他总结道，"这种场景和几个月前的变化非常明显，看不到带枪的人员，看不到他们瞬间跑入密林的身影，说明这些人员已经开始转入更偏远的地区藏身，当地人员密集的社区短期内会有良好的治安环境。"同行的当地警察还向勤务组通报了年初以来刑事案件尤其是杀人、绑架、贩毒案件呈明显下降趋势，"年初至今，当地警察接到报案16起，去年同期是27起。"防暴队经常巡逻的曼德镇、ITI镇等地上个月刑事案件创下5年来最低。

防暴队每次远程武装巡逻都要经过长途跋涉，还要风餐露宿忍受恶劣的环境，究竟有哪些具体作用发挥？对于我的提问，韦斯利略作思考给了答案："中国防暴队是附近4个州的唯一一支防暴队，更是我们长期合作融洽的伙伴。你们在各项勤务中应该有4个方面的作用在积极发挥，一是对能力素质较弱的当地警察提供了很大的行动支持，让他们在辖区内复杂地域执法力量得到加强；二是防暴队良好的装备尤其是警用车辆的优势，保障了偏远地区各种安全需求的快速到达；三是队员们过硬的战术水平令犯罪分子望而生畏，这种震慑作用是巨大的；最后，是中国警察友好富有爱心，给当地民众带来安全感和自信心。"

"治标还得治本，要尽快改变当地民众最需要、最为关注的生活问题，才能让大家对工作和生活恢复信心。"就中国防暴队多次巡逻执勤后多次提出的工作建议落实问题，副队长范佳强在走访社区中看到了理想的效果，由政府投资兴建的6个简易取水设备——压水井已经安装在沙滩路口镇所属社区不同位置，每台设备保障几十户居民无偿使用。正在洗衣服的当地居民赛琳娜告诉我们："教育、医疗、饮用水一直是困扰我们生活的几件大事，现在喝水问题解决了，生活用水也有了保障，大街上可以就近取水，不用再去远处河里背来，大家都说不出的开心。"

荣誉、声音

巡逻途中发现可疑人员
看到久违的闪烁警灯：大山深处的社区居民说，我们的生活有希望了

利比里亚里弗赛斯州扎米镇距离州府赛斯托斯城110公里，途中山高林密，道路狭窄，一条十几年前建设的简易公路险情频发，少有外界人员前往，成为当地政府行政管理上的难点和盲点。今天，中国维和警察防暴队巡逻组协同联利团民事、移民及当地警员前往该地区执行远程武装巡逻任务。

公路两侧多是高达20多米的原始树木，很多倾斜的树木和杂草占据了路面很大的面积，尘土飞扬的路面上遍布大大小小的泥坑，即使高性能的防暴巡逻车行驶起来也倍加艰难。车体随时产生的颠簸让人浑身难受，手中携带的GPS定位仪、军用地图、卫星电话，包括我手中的相机，只要车不停下来根本不能使用。路上遇到一台因路况差抛锚后维修的当地载货车司机，谈起低洼不平险情不断的路面，他苦不堪言："从赛斯托斯城到这里的100多公里，我们开车经常要走两天，途中还要在路上睡一夜。"看到路上穿梭不断的高速行驶的摩托车，同行的联利团移民官提醒我们："根据群众举报，他们中有人可能涉嫌非法运输毒品，还可能附带其他犯罪活动。"果不其然，当巡逻车行驶至35公里处时，一可疑人员发现维和人员后迅速逃匿到原始森林里，随行当地警员记录下对方的体貌特征后妥善进行了处理。

短短100多公里路程，我们整整走了3个小时。面对极难行驶的路况，防暴队具有10年驾驶经验的队员闻鹏程说："在这里行驶100公里的时间，在国内普通土路上能开进3倍还多，道路大部分还是单行车道，行驶起来非常危险。"当3台巡逻车闪烁着耀眼的警灯进入扎米镇时，受到了当地群众意想不到的欢迎，上百名村民蜂拥而至前来围观，人群中65岁的长老吉布维说："这里山高路远，平时很少有车辆来，尤其这种闪烁的警灯，我们10多年没有看到了，现在看着就感觉特别亲切！"

10分钟后，根据当地复杂的安全形势和治安隐患，巡逻组决定在这里召开一次座谈会，其形式和内容很像国内的警民恳谈会。村民们选出的30多名代表围坐在一处乘凉的木棚子里，由联利团民事警察主持，防暴队、移民官、当地警察分别介绍各自的职能，然后广泛征求大家对安全、治安方面的意见建议，收集各类信息。据了解，这个镇子现有常住人口2000余人，多数以务农、小生意为主，由于道路偏远，当地缺医少药，严重缺乏生活用水，对民众生产生活造成了极大不便；尤其是不远处有上百名前武装战乱分子混杂在群众中间，涉嫌组织贩毒、走私、谋杀等犯罪活动，严重威胁着群众的人身安全。当地镇长乔波尔话语中充满着期待："我们盼望有关部门关注我们的治安和人身安全，对恶性案件严厉打击不能放纵，让人们对生活恢复更大的信心。"针对群众的诉求，当地警员克里斯耐心解释了正确的报警救助方法，恳请大家在受到非法侵害时通过正当渠道通报警察局。他还就当地存在数量较多的非法猎枪的问题，要求村民们依法上报登记后才能合法使用。

看到中国防暴队队员纪律严明、语言文明，村民布里克尼幽默地说："我们第一次看到中国维和警察们，尽管我穿着短裤拖鞋，但是不影响我对你们的尊重！"他和周边群众纷纷举报当地少数人员夜间从事违法活动的信息，恳请中国防暴队经常到这里进行治安巡逻，保障大家在良好的环境下走向幸福生活。看到当地群众生活极度困难，范佳强副队长带领队员给老人、儿童赠送了食品、中国结等礼物，祝愿大家生活逐渐好起来。

为中国企业保驾护航

众多中资企业和员工赞叹：中国警察在这里我们理直气壮

　　4月24日，中国派往里弗赛斯州某造船企业的负责人老薛带着8名工友在宽阔的河道边上忙着一件大事：他们在造船工地最显眼的位置竖起旗杆，同时升起鲜艳的五星红旗和所在国国旗，把携带的中国结等装饰品挂到简易的宿舍门口；他们还准备了一顿难得的饺子，叫上当地员工一起庆祝……对于今天这种红火喜庆日子的由来，他代表企业员工表达心声："中国防暴队月内连续5次'绕弯'到我们这里巡逻查看，还就中国人在这里的合法权益保护同当地警察达成共识，我们从此不再担心害怕，这是我们最值得庆祝的事。"

　　今年56岁的老薛自去年带着来自中国台州的8名老乡辗转前来当地，承包了河流造船项目以后，尽管有稳定的收入，但是关于安全和恶劣环境的担忧让他们产生很大的心理压力。"当地执法部门和闲散人员说来就来，什么理由都没有，就是吃拿卡要，不给就动手打人然后开始抢！"老薛回忆起那段让自己战战兢兢的坎坷经历依然心有余悸，"那时候我们夜里不敢在岸边住，天黑前早早地搬到大河中间船舱里才能睡好觉。"据悉，去年年底，防暴队领导获悉老薛负责的这处工地具体位置以后，决定每次前往里弗赛斯州巡逻都要到他那里进行巡逻和安全保卫，以全面保障在当地工作的中国员工人身和财产安全。2013年12月29日，盖立新政委率队到达这处工地巡逻时，同时邀请当地警察、移民以及当地官员一同前往，在现场他向当地人员介绍了这处手续合法、生产正规的中国企业工地，并郑重表明态度："我们中国派往这里的企业和员工目的就是为了加强两国合作，促进当地经济发展，他们勤奋工作就是为了早日完成工作任务。中国防暴队最大的愿望就是当地各方要依法保障他们的安全，各种黑恶势力绝对不能打中国人的主意，否则防暴队将依照规定严厉打击，绝不姑息！"

　　"我们自己国家的警察来了，他们作战能力强，行动速度快，而且严格执法，纪律严明，每次到这里来连口水都不喝，还给我们送来药品和做饭的调料，他们一来，我们舍不得让他们离开这里！"老薛对于防暴队每次"绕弯"到这里巡逻的做法赞叹不已，"荷枪实弹的中国警察来了，再也没有当地人来欺负我们了，现在我们开始理直气壮地合法生产作业，这是中资企业在这里最大的福气。"同老薛一样所有在当地经商、务工的中国人员在这里均得到这种安全保护。据许亮副队长介绍："在我们勤务涉及的4个行政州里，共有500多名同胞在这里工作，很多在偏远的矿山、林场里担任技术人员。他们长期在当地人中间工作，危险性大，安全难以保障，我们巡逻执勤时每次都会想办法找到他们，验证合法手续后，留下联系方式并通报当地警察部门,通过这种多方渠道保障他们的合法权益。"

从"你们来某国知道吗"到"请你们留下来竞选议员"
"你们可以留下来竞选议员吗?"

格林威尔是大西洋岸边一座非常优美的海滨城市,森林覆盖率很高,有漫长的海滩和国内重要的大型港口,连我防暴队4号哨位都能看到远处海水潮起潮落,近处能观赏到一棵树上七八个种类的鸟儿,还有两只幼小的猴子在树枝上追逐打闹……关于这座城市的名字,我专门问过几个英语队员,按照翻译工作"信、达、雅"的标准,既不同于国内准确的"直辖市",也不同于行政机构的"省",但是都有这两个方面的意思,我们"约定俗成"地称之为格林威尔市。

这里是"联利团"一个重要的任务区,有20多名不同国籍的联合国军警和职员,除了任务区大本营,还有油库、机场等重要设施。自10月26日起,这里各个重要区域都进驻了我防暴队的执勤人员,哨位旁都升起了鲜艳的五星红旗。在这个人口仅有1万人左右的地方,中国警察的形象和修养备受当地人关注——作为当地唯一的一支防暴队,我们既要履行联合国赋予的和平使命,又肩负着展示中国警察形象的重要职责。

"我们的车辆行驶到市区时,一位当地主管经理骑着摩托车在后面紧追不舍,追上后一边和我们寒暄,一边向围观人员介绍说:"他们是我中国朋友!"

短暂几天时间,我们就和当地居民建立了较好的友谊,这得益于各个执勤点的"工作队"和"外交官"们。以当地唯一一个机场为例,这里是城市的重要窗口,也是我警队最重要的执勤点,这里驻守着防暴队最有特色的战斗小队。

格林威尔机场不大,远处是森林中一片特殊处理过的金黄色土地,长长的土质跑道分布其中,近处大约几十平方米的帐篷里是安放两排椅子的候机厅,这里除了正常寥寥无几的商务运输,大部分承担联利团人员、物资装备的转运,一分队11名队员就负责这里的安全警卫工作——3间水泥板房,十几个床位,简单的用具。小队长孟凡军干什么事情都有板有眼,为人更是实诚,他在到达任务区72个小时内,就把原本简陋的执勤点收拾得整齐划一,温馨养眼,用防暴队盖立新政委的话说:"看着就舒服,也很实用!"

他们的警卫哨远在偌大机场的那侧,周边是一望无际的原始森林,情况到底有多复杂?当地居民告诉孟凡军:"那里很可怕,有很多让人恐怖的毒蛇猛兽,还有胆大妄为的劫匪出没过!"这些参考数据让队员们在筹建哨所上更加用心:集装箱防损坏用的方块"托板"被整齐地改装成防袭栅栏,细细的铁丝织成了阻止动物偷袭的防护网,哨兵持枪上岗视野开阔,安全系数很高;棚子角落房梁墙夹关键部位悬挂着让毒蛇远离的"雄黄布包",原本是2米多深的陡坡也被改建成行走方便的甬道——细细的沙子里连石块都没有!

"老孟你建设执勤点确实有两下子!"在盖立新政委眼中,这个小队不仅执勤设施因地制宜搞得实用,连生活区也建设得漂亮实用:干干净净的小营区,每个房门口都张贴着中国、联合国小国旗,花丛前侧用小石子拼写出了"中国警察"的图案,房间里还腾出地方摆上了小茶具……看见靠近森林处的简易厕所蹲位巧妙地用冰箱包装纸箱改装成三面封闭的空间后,队领导半天没猜出用途,老孟严肃地说:"这片区域经常有镐把子粗的眼镜蛇出没,我们可不能让它偷袭了!"

"老孟"在执勤和营建上每天带来的"小清新"吸引了机场员工和旅客频繁来参观,不仅因为他们100多个小时里建设出了漂亮的家园,还因为他们的爱心举措让周边人群受益:机场员工经常在一个由竹竿、破布搭成的千疮百孔的棚子里休息,阴天不挡雨,晴天不遮阳。孟凡军组织队员利用帆布、纸箱、铁架子搭成了一个漂亮的休闲区,供当地人躲避风雨和休闲使用。因为要写维和日记,刚才我在对讲机里向孟凡军了解了一组数字,他听说自己翻修棚子的事要"见报"了,高兴地说:"你可得好好写写,我们'中利多功能兄弟棚'又升级了,能喝茶,能下棋,还能听中国戏曲,当地居民朋友不请自来,经常在这里娱乐!"

一小队驻守的机场有20多名工作人员,几天下来基本都和我队员成了朋友,有的人第一天曾经好奇地问:"你们中国警察来这里,西方某个国家知道吗?"到现在看着我警队"天天有新变化",还经常为当地人提供爱心帮助,机场工作人员鲍利曾经认真地问孟凡军和他的队友:"你们可以留下来竞选我们的议员吗?我相信你们能让我们日子过得美好!"

当地人表达最高感谢之情
当地民众载歌载舞感谢中国警察的智力支持

5月28日,希诺州多边镇一处广场上,州广播电台记者露西亚·扬正在直播一场见证警民融洽关系的群众性娱乐活动:"亲爱的听众们!当地十几名农民艺术家组成的'多边民俗艺术团'正在把一组最具西非农俗风情的节目献给上帝的爱心使者——对当地提供了无私帮助的中国维和警察,看,他们来了……"

在今天的演出现场,长期从事国际关系研究工作的多边镇高中校长大卫·曼杰先生介绍说:"近年来利中两国注重友好合作关系建设,政府之间的合作项目越来越多,来自中国人民的援助和技术支持达到了几年来最好的水平,尤其防暴队长期为当地民众搭桥修路，为山区老人和孩子送药品送食品，帮助我们解决各类急需解决的问题，还给大部分教育机构送去了计算机、打印纸、图书、文具等学习用品，这将对提升全州青少年教育质量起到积极的促进作用。"

据悉，防暴队近期根据群众工作计划安排，有机会有步骤地走访帮助周边贫困地区里众多家庭生活困难的老人、儿童，还向当地学校捐献急需的文具和服装，全面展开警队同当地学校和困难家庭之间的爱心帮助计划，力所能及地帮助他们克服生活困难，取得了良好效果。

"农民朋友不畏困难艰险，他们多才多艺，现在已经唱起来、舞起来了，把西非最美的民间艺术送给最亲爱的警察们！"多边民俗艺术团团长弗巴·多尔爵一段主持词后，一场具有西非乡土风情的演出正式开始：欢快的击鼓声中演员们手拿锄头播种菜种，嘴里唱着喜悦欢快的民歌；一段《击鼓伴农耕》将山区农民战胜恶劣环境、渴望幸福生活的场景再现得透彻淋漓；舞蹈《伐木抖精神》中勇于吃苦敢于挑战恶劣环境的"农民们"抖动浑身的饰品，喊着整齐响亮的口号，将肩负的沉重生活压力化为幸福坚定的步伐，用节奏紧凑、心情欢快的舞步展示出来……

在表演现场，露西亚·扬记者介绍说："这是最能代表当地人感谢之情的艺术表现方式。中国维和警察纪律严明和蔼可亲，来到这里之后为当地民众做了大量的实事和好事，队员们不喝民众一口水不吃当地一顿饭，专心致志地为当地做好事、办实事。今天，当地业余民族艺术家用这种方式感谢你们这些远方的朋友，在以往是很少见到的。我会把这些场景全程记录下来，向全州十几万民众宣传中国警察和当地民众的和谐关系，让大家对未来的生活更有信心，只要我们一起努力，幸福不会距离我们太远！"

幸福小镇居民陪同巡逻
最美村寨居民夹道欢迎："中国防暴队到来，我们的生活会更安稳"

"中国防暴队来巡逻了！"

"欢迎你们！"

4月12日上午，希诺州诺恩伯恩特镇民众夹道欢迎维和警察防暴队巡逻组的到来，现场数百名群众随同队员一起对十几条负责路段和危险区域进行重点巡逻，张贴和平宣传标语，拆除人为设置的危险路障，在异国他乡掀起了一股警民同巡逻、共防范的热潮。

据悉，这处距离州政府所在地30公里的镇子，现有人口700多人，民众勤劳朴实，经济收入基本能够满足生活需要。他们还申请建设了一所小学，村民提供相关物品，保障这所拥有 150 名学生、3 名教师的学校正常运转了 12 年，成为周围地区羡慕的注重教育、生活安逸的幸福小镇。镇长休斯顿向巡逻组介绍说："这里由于没有道路通往外界，长期处于相对封闭管理状态，即使战乱期间也无兵匪前来捣乱，当地更是严禁青壮年参加各方战斗，管理工作均由各家族族长负责，民风相对朴实，除外来战乱分子时常制造小麻烦外，当地治安较为稳定，人均收入超过 500 利币，粮食够吃够用！"

随后，根据当地治安及安全现状，应民众请求，巡逻组分为两个小队迅速展开工作：一部分队员清理各重点路段十几处由外来前战乱人员设置的石堆、木质路障及反动标语；另外 4 名队员向村民发放携带的食盐、药品尤其是消毒水等常用物品，同时对当地唯一一口饮用井周边进行卫生消毒，防止因老鼠、蟑螂过多传播疟疾、鼠疫及埃博拉出血热病毒等。

工作之余，行走在环境优美的几处该镇所属村寨中，到处都是紧靠路边建设在椰子树下的简易住房，环境优美，气候适宜，很多老人和孩子正在这里乘凉休闲，看到队员们巡逻走过，他们高兴地起身打招呼，然后紧随巡逻组陪同队员一起开展徒步巡逻，至中午，共有数百名民众跟随队员一起前行。他们边介绍当地安全形势，边向队员推荐这里良好的人文环境，讲述当地发生过的奇人异事。"这里山高林密交通偏僻，但是人文环境非常好，有学校有商店还有难得的饮水井，老人和儿童人数众多，非常适合民众居住，所以我们到来后当地人非常欢迎。"带队指挥员任杰行走在这处美丽的山寨式社区中说，"看到队员们来了，他们不约而同地陪同我们一起巡逻执勤，介绍当地相关情况，这种热情更是激发了大家维护安全的信心和责任。我们也代表防暴队向大家承诺，一定尽力帮助他们维护好安全环境，当遭遇袭击或者非法侵害时我们一定有求必应。"

下午 3 点，巡逻组与同行的联利团军事观察员现场汇总治安、安全、教育等方面情况返回时，始终陪同巡逻执勤的上百名当地群众主动要求与队员合影留念。临行前，72 岁的族长阿木林达紧握翻译吕成林的手表达民众意愿："周边几十公里内只有这里的民众能够吃饱睡好，人口死亡率最低，尤其老人和孩子都能安稳地生活。希望你们经常来这里，这样我们的良好环境才能保持更长久。"

防暴队被誉"上帝给我们最好的馈赠"
我驻联利团官员夏青：中国维和警察国际影响力稳步提升

"联利团这个国际大家庭里军警团队众多，来自全世界大部分国家，我工作在这里，经常能够听到各部门瞬间对中国维和警察发出由衷的赞誉声，有的称赞'很震撼'，有的称赞为'上帝赠予的礼物'！"5月19日，担任联利团警察第一战区副总指挥官的中国民事警察夏青介绍起防暴队战友们日益提升的国际影响力时说，"综合联利团连续6个月绩效考评及各部门工作情况来看，中国驻利比里亚维和警察防暴队和中国驻利民事警队是各国派遣维和团队中表现最好的维和防暴力量，这一点毫无争议。"

目前，公安部派驻联利团的第一支维和警察防暴队和由广东公安厅组建的赴利维和民事警队属于联利团9支成建制防暴队和460多名民事警察中的重要组成部分。防暴队承担任务区内4个行政州的武装巡逻、武装护卫、重点警卫目标守卫、处置暴骚乱等专项工作。民事警队除部分人员分布在联利团各地区分部警察部门外，部分业务骨干承担着联利团总部警察招募、纪检、援助项目管理、社区警务、刑侦、法医等重要岗位的工作。夏青警官连续数月担任联利团防暴办防暴队顾问工作期间，专门就中国警队工作优势进行深入调研后认为："一是中国维和警察素质明显高于其他国家人员，无论专业技能还是遵守纪律都做到了最好，所有在联利团工作的队员继续保持'零违纪'；二是携带警务装备发挥作用明显，尤其是防暴队主战装备、配套设施以及科学管理维护方法至今在联利团各派遣队伍中无人超越；三是尊重联合国规章制度及所有相关规定依然走在上万名维和人员前列，尤其在尊重其他国际人员宗教信仰和民族习惯方面做得非常好，所有维和警察无一人受到此类问题投诉；四是注重警察文化软实力培养扩大中国影响力，通过广泛、深入的各项交流交往活动，深入宣传中国公安机关执法理念和人性化管理做法，受到了国际社会的高度认可。"

据悉，包括联利团防暴办主任罗伯特在内的高层管理人员，经常在工作例会或者官方演讲中突然讲道："中国维和警察各项表现出类拔萃"、"方方面面优于其他国家维和人员"、"你们防暴处突能力以及处置疑难问题的水平让人感到震撼"……

防暴队、民事警队的很多经验做法不仅在联利团备受瞩目，连联合国纽约总部装备核查、后勤行动能力支持等多个部门也对中国派出的警队进行通报表扬。与此同时，很多民众在评价中国警队参与公益活动、支持教育事业等活动时共同的叫法是"这是上帝给我们最好的馈赠"。

联合国秘书长特别代表亲手撰写感谢话语
联合国秘书长特别代表肯定防暴队工作：我代表联合国秘书长感谢中国

"4月8日，我非常荣幸地参加了中国第一支驻利比里亚维和警察防暴队授勋仪式,感谢你们对联合国维和事业做出的贡献;你们高标准高要求的精彩表现,为同仁们树立了良好榜样,我代表联合国秘书长对中华人民共和国表示感谢!"4月11日,联合国秘书长特别代表、联利团最高事务负责人卡琳·兰德格琳女士出席防暴队授勋仪式,临行前为队员们亲笔撰写的这段鼓励话语,成为刚刚被授予和平勋章的队员们学习讨论的重要内容,他们表示一定不辜负联利团的希望和重托,进一步珍惜荣誉,扎实努力工作,在任务后期继续为当地和平重建工作做出更大的贡献。

据防暴队联络官姜瑞海介绍,4月8日,前来参加防暴队"和平勋章"授勋仪式的联利团及利比里亚警察部门负责人对当日进行的汇报演练给予了最高赞赏,"参会人员对我们通过资料图版、工作纪录片展示的进驻6个月以来的各项工作非常满意,尤其是主动承担国际人道主义义务、给当地困难家庭送去帮助的场景和画面,很多嘉宾都要求得到相关资料,带回去推荐给身边的维和人员学习借鉴。"据悉,在当天举行的分列式、实战背景演练、拳术、棍术、中国传统武术表演项目中,现场嘉宾和观众均拿起手中的相机和摄像机来记录队员们精湛的技战术表现。现场观看了防暴队全力支持当地司法能力建设的利比里亚国家警察总监克里斯·马萨奎奥先生今天致电感谢防暴队:"祝贺中国防暴队授勋成功,我谨代表利比里亚国家警察向贵防暴队为利比里亚和平建设所做的工作表示感谢。"

美观实用的中国特色警营、因地制宜建设的队员休闲区、饮水用电自我保障能力的工作成果,引起了当天出席此次庆典活动的联利团后勤支持部部长休伯特·普莱斯先生的高度关注,他详细了解了防暴队自己动手建设家园的经验做法,亲口品尝了队员制作的工作餐后留下赞言:"很高兴看到你们营区建设得这么好,你们日常展示的快速执行力给我留下了深刻的印象,期待着与你们在任务区再次相聚。"

11日当天,联利团警察总监格雷格里·辛茨先生、维和部队司令莱昂纳德·米鲁其·恩贡迪少将、联利团副警察总监凯撒·哈索尼·宾纳格先生以及我驻利相关机构相继发来贺电进行慰问祝贺,鼓励防暴队员珍惜殊荣,继续努力,取得更加优异的成果为祖国再次赢得赞誉。其中,莱昂纳德·米鲁其·恩贡迪司令在祝贺辞里这样写道:"感谢中国防暴队对人道主义做的贡献,你们为利比里亚人民做的贡献会被永远铭记,永远不会被磨灭,祝愿中非友谊之花常开。"据许亮副队长介绍:"防暴队进驻任务区的6个月,深入弘扬中国警察光荣传统,在营区建设、维和勤务、对外联络、爱民善举等方面做了大量卓有成效的工作,能够得到联利团及当地警察部门史无前例的认可和赞誉,融入了队员们艰辛的付出和聪明智慧。我们正在开展以'崇尚荣誉、再创业绩'为主题的专题教育,全力推动任务后期各项工作圆满完成。"

改造前战乱人员任重道远

联利团分部负责人：地区形势整体平稳，治安隐患不容忽视

1月24日，联利团格林威尔分部负责人兼外勤部主任阿米诺先生前来中国防暴队拜访，就全区当前形势重点传达了这样的信息："2013年初至今，全州整体形势良好，但是不同观点不同势力影响着当地整体格局的良性运行，很多行业仍然由改造后的前战乱分子承担，中国防暴队的维和使命尤其是武力震慑作用需要继续发挥。"

利比里亚战乱过去了10多年时间，这里从满目疮痍的混战局面到逐步稳定，在由联合国派遣大批维和人员协助改造后，无论政治、经济、文化都在逐步恢复，尤其社会秩序明显好转，然而各种原因导致的不利因素明显存在，和平使命持久漫长。据悉，大量前战乱分子仍然是当地社会治安的主要隐患，成为各类犯罪活动的主要制造者。阿米诺先生介绍说："有关部门采取了一系列关于前战乱人员的改造计划，建立了每年几个批次、每批2000人的技能培训计划，并采取摩托车换取枪支的强制措施消除非法枪支的威胁，现在所涉及的人员基本都在岗位上从事工作，靠辛苦付出赢得报酬。"

据了解，按照联合国行动指令，中国防暴队进驻任务区以来，先后13次派出执勤小组182人次，分别在赛斯托斯、绥德鲁、格林威尔市区及巴黎营等涉及3个州的重点方向开展武装护卫、远程巡逻、节庆日安保、直升机空步联巡等5种外勤任务，充分展示了中国警察精良的装备、扎实的作风、过硬的素质。谈起防暴队发挥的重要作用，阿米诺代表联利团表示由衷的感谢："显示武装力量存在，适时展示超强的作战能力，这是中国防暴队积极作为的重要体现。你们能够熟练运用联合国迎战规定，坚持中立原则，从不放弃打击来犯之敌的准备工作，尤其在信息通信高度发达的现在，已经对企图暴乱和添麻烦的敌对人员造成了威慑，只要继续坚持下去就会取得更好效果，对此，当地政府和普通民众很是期待。"

据阿米诺介绍，当地摩托车驾驶人员、各类市场摊贩很多都是改造后的前武装人员，随着当地经济发展速度缓慢、物价保持上涨的不良影响，潜移默化地存在各种隐患。从目前各类不断上升的盗窃、抢劫案件来看，基本都是这些群体在制造麻烦。鉴于此，以中国防暴队主导的维和人员仍需时刻保持警惕，确保能够随时处置各类暴骚乱事件，维护本地区的安全稳定。

写在后面

《人民公安报》按

见证维和英雄成长壮大的真实足迹,记录中国警察扬威海外的艰辛历程。2013年10月23日,公安部应联合国要求,选派140名队员组成的第一支赴非洲成建制维和警察防暴队开赴利比里亚任务区,展开了长达9个月的漫长维和历程,本报随即开办"维和日记专栏",以此记录中国警察在西非大地打造远离祖国坚强战斗堡垒、防暴处突维护安全、爱民惠民传播中国文化、艰苦奋斗夯实维和基础、强化警队建设、弘扬警察光荣传统等方面工作的真实场景。

首都北京与利比里亚任务区相隔万里,通信不便,"维和日记"架起桥梁,以公安新闻媒体特有的战斗、支前精神克服重重困难、昼夜畅通、全天候保障。其中,编辑人员越洋电话和网络联系中一声声平安健康的叮咛、一篇篇微信接收来自非洲任务区"带着非洲泥土气息和苦难民众信任眼神"的稿件,已成为报社服务最遥远的战斗警队积累的宝贵财富。很多"日记体"新闻稿件内容真实感人,语言生动贴切,像《蒙罗维亚:100部对讲机齐奏中国国歌》《详解维和任务区里新"三大纪律八项注意"》这些新闻佳作,必将成为中国警察参与国际事务、维护世界和平的历史见证。9个月期间,专栏累计刊发新闻稿件二百多篇,成为全国公安民警及社会各界了解海外维和警察防暴队工作成绩和生活状况的最佳平台,发挥了最佳宣传效果。

作者的话

小时候,赶集时邻里大人拿不了的东西让我帮着分担,面对沉重的篮子或者其他物品,我使劲提了起来,对方说"这小子肯定行",为了这句话,走了两里地累得冒汗时我还说这是天热的;长大了看《白鹿原》里和东家白嘉轩同吃同住的幸福的长工鹿三,深有同感,再累再冒险的活老鹿都会抢在前面干,因为他这么勤奋和耐劳东家才能长久雇佣他;时至今日,我年迈的母亲告诉我:"你行的,没什么事能难倒你!"2013年10月23日,报社领导的越洋电话打到首都中转营交办"日记"专栏时,我答应下来。

这么大的营区、这些熟悉的面孔、这些人和事,还有我丝毫不敢怠慢的教育、文化等等"本职工作",多少个日日夜夜里我盼着有素材,我盼着有大素材——固定哨位在那里,远程巡逻还是那几个地方,包括查尔斯、邓肯、阿米奴……包括大西洋的涛声没有明显的变化,当然闷热的天气也是如此;盼素材盼得望眼欲穿时,又荒谬地盼"两会"早点开能给我"放假"几天……难熬的几天里,是战友们帮了我;头疼的日子,是藿香正气水"帮了我";萌生放弃念头的深夜,是来自微信的好友们鼓励了我。

刚开始,我趴在行军床上写;后来,我在四处透明、蚊子自由出入的老办公室里写;再后来组织上给予了温馨而特别的关照,让我时间随意、抽烟自由、喝茶有水——写得精彩他们鼓励几句,写得凑合时他们也包容谅解……耕牛忙碌有歇晌、母鸡作业有"蛋假",我没有!大年三十我还写下了《天涯共此时错时过除夕:防暴队员忠诚履行使命,以特殊方式迎接马年春节到来》,此类例子很多很多。

我是一名特长队员——要不我怎么能来这里;我承担了这份责任我就要坚持下去——哪怕从来没有看过整本的书和整部影视剧(最遗憾的是处里兄弟姐妹签名的《静水深流》也只是翻翻);我是一名党员骨干,哪有见利上,遇难(处)退的道理;我是个男人——怎么能做了点儿工作就喋喋不休地挂在嘴上;我是沂蒙山长大龙江大地培养的干部——又怎能把目光仅仅盯在这些日记上……我的追求在我心里,我的执着在不停息的脚步上,我的目光更应该像桅杆上的鹰一样去遥望远方……

"日记"前面如果加个定语那就是"维和"。任务已结束,人生的高铁还将急速稳重前行,即将抵达的停靠点也将是短暂的,这一页无论它多重要也即将翻过,心中默念典故"屠羊说"……

在此,感谢所有的人!

不负祖国人民重托:打造联合国任务区一流钢铁维和警队是我们最好的答卷

"利比里亚作为全世界欠发达国家之一,自然环境恶劣,安全、治安基础薄弱,基础建设薄弱,饮水供电和交通网络大部分处于恢复重建中,尤其是生活用品匮乏到难以想象的程度,我们就是在这种艰苦环境下全面推开各项工作的……"在送别首批战斗队员前往联利团中转营候机回国时,盖立新政委总结历时近9个月艰苦卓绝的维和生活时说,"进驻任务区以来,我们面对复杂的政治环境、恶劣的自然条件,全面开展'营建突击战'、'保障攻坚战'、'勤务安全战'和'群联开拓战'等攻坚任务,在战胜恶劣环境、建设实用营区、维护国家利益、高质量完成多样化勤务、拓展群联局面等方面取得了优异成绩。"

突出政治建队，打造远离祖国远离组织最坚强的战斗堡垒

战后百废待兴、社会治安缺乏保障、生活物质极度匮乏、刑事案发率较高、病毒疫情严重……2013年10月底，面对任务区复杂、艰苦的实际情况，防暴队党总支"一班人"始终把"党组织第一"作为立队之本，建立了"动中抓建"党建工作模式，在每次远程勤务派遣中融入中国警队特色，将由分队长带队执勤模式提升为由总支书记、副书记和成员轮流带队，全程负责临机处置、随机教育、安全保证等工作，成为圆满完成30余次重要勤务的政治保障，在近期组织的"民意调查"中，队员对于答卷中出现的以下问题牢记在心，熟练写在纸上："盖立新政委同其他总支成员国内集训、海外维和400个工作日无一天不出操"、"我们所有基建项目主要思路来自队领导"、"政委同里弗赛斯州分部谈判解决了我们远程执勤住宿睡地铺、水管漏电无饮水等困难"……

"维和一家亲"活动是防暴队"很有人情味"的首创做法，从顶层设计到全方位内容丰富，在全队经常性的思想工作中发挥着主导作用。"'一家亲'就是让大家感受到党组织无处不在的真情关爱，队领导对普通队员的慈父情兄长爱，维和战友之间亲如兄弟血浓于水的战地友情……"按照政委盖立新的部署安排，防暴队以"维和一家亲"凝聚警心、培育亲情，举办了"维和好声音"卡拉OK、元旦联欢会及系列文体比赛活动，丰富了警营文化，缓解了队员压力，先后为33名队员举办了集体生日，为46名生病队员送病号饭，节日按照不同饮食文化特点烹饪"家乡菜"，让点滴小事传递防暴队大家庭的亲情和温暖。一桩桩关爱维和家庭、关爱维和儿女、有困难国内国外一起帮等方面真实感人的故事，汇集成源源不断的正能量，成为打造任务区一流钢铁警队的软实力。

利国总统称赞："装备精良素质过硬的中国防暴队是任务区典范"

2013年12月31日当天中午，防暴队10名全副武装的战斗队员整齐列队，有序奔向准备起飞的"米8"直升机，每个携带30多公斤各种装备的队员进入机舱后，熟练地进入操作程序。几分钟后，飞机准时开赴目的地。特勤小队经过40分钟空中飞行后，准确无误地在任务地巴黎营起降点降落，开始在密林、矿区进行徒步巡逻。随后，在巴黎营与村落长老、代理村长及村民进行深入会谈，并通过对涉爆涉毒区域的实地踏查，全面了解当地人口、社会治安、教育医疗和司法机构等情况，对当地非法采矿及贩卖大麻毒品等行为进行调查掌握。

"我们在这里生活很多年了，很少看到政府人员到这里来工作。你们很友好很善良，会让大家对未来增加信心，更好地生活！"村民默罕默如是说。除了给当地居民带去安全感和打击违法犯罪的信心，特勤组还在居民区深入开展法制宣传和爱民活动,现场救治了因缺医少药面临脚部恶化感染的受伤村民,赠送了大量消炎止痛药品。

全程目睹了中国防暴队过硬的素质和良好的技战术水平后,同行的乌克兰直升机搜救飞行队给予了高度赞扬——完成任务返回营地的飞行过程中,机长米洛夫少校特意邀请分队长林雪峰到驾驶室就座。他坦言:"任务区人员对优秀警队指挥员会给予应有的特殊礼遇,你们是维和同行们中最出色的作战队伍。"

无警区、治安盲区、无政府公务人员到达区,利比里亚所属东南方向的希诺州、里弗赛斯州、大吉德州、大克鲁州,多数社区城镇隐藏在茫茫大山中,远离交通要道、远离政府人员管理视线,既有普通民众,更有战乱分子藏匿,如今,中国防暴队实现了陆地全天候全覆盖长驱直入、空中随时乘机抵达武力震慑的防暴工作模式,还给了当地民众更多的晴空。

8个多月来,防暴队累计执行空降步巡、武装护卫、处置群体性事件、要人警卫和武装巡逻等任务27次,派遣警力469人次,动用枪支397支次、弹药23254发次、车辆118台次,行程5566.6公里,发现并处理销毁了战争遗留的迫击炮2门、地雷5枚,炮弹、子弹等弹药近百发,为任务区的和平稳定贡献了力量。承担由原作战部队承担的空降步巡任务后,连续5次实现了全天候出勤、快速深入复杂林区、圆满完成执勤任务的高标准,被誉为任务区特攻战警,联利团防暴办3次发来贺信表扬,利比里亚总统瑟利夫女士称赞中国防暴队装备精良、素质过硬,是任务区防暴队的典范。

"涉及国家利益寸步不让,掌握沟通技巧维护中国警察形象;执法培训爱民善举紧贴实际,多项群联工作受赞'里程碑'"

"出于负责任的大国警队,我们先后整修(格林威尔)分部公共路面500延长米、紧急抢救异国维和重患人员27人、建设执勤点'维和驿站'为过往旅客提供饮用水和解暑药……"3月15日,当防暴队提供最有说服力的PPT演示片在联利团会议大厅播放后,联利团防暴办、维和部队、民事警察部门、后勤行动支持部、新闻办、后勤基地等单位对中国防暴队的理解、支持、信任达到新的水平。

"国家利益是最大的利益,涉及其中的每一分钱都要争取到位!"针对我国政府维和装备投入补偿问题,防暴队更是以"让每一个螺丝钉都完好无损,让每台机器都是最好状态运行"的标准,提出了"爱国就要爱装备"的工作口号,确保所有装备器材均处于最好状态全部纳入补偿范围,为下步我国政府与联合国正式签署谅解备忘录(MOU)争得了主动。

"由于经费受限,我们长期没有进行过警务技能培训,这是不争的事实,在中国防暴队协助下,首批警员重新系统学习了最实用的知识,这对于他们完成各项警务工作势必有着巨大的帮助,这项工作对提升当地执法能力具有'里程碑'意义!"利比里亚国家警察总监克里斯·马萨奎奥向连续举办警务执法能力建设培训班的防暴队致谢。同当地警察一样受益的还有当地340名"中华传统文化学校"的学员们,他们以当地职员、学生为主,已经通过计算机、日常汉语、医护常识、安全防卫、武术等科目的系统培训,成为拥有一技之长、自食其力的技术型人才。

"远在小城格林威尔的中国防暴队以敬业、奉献、合作、有为的良好姿态,已经成为全任务区当之无愧的一流钢铁警队,你们的祖国为你们自豪,联利团数千同行为你们骄傲!"正如联利团警察参谋长马克尔先生的客观评价,代表着任务区高管层面的一致态度,联合国秘书长特别代表卡琳·兰德格琳女士也给予了最高褒奖:"你们主动积极承担超出你们任务职责范围的任务,全面负责大克鲁州、里弗赛斯州等4个地区的远程巡逻和空步联巡、武装护卫等,让那里的安全和治安状况达到近年来最好水平……联合国为你们能够为之服务而感到自豪和骄傲!你们应该得到特别的褒奖。"

六一期间,防暴队充分发挥女队员的优势,在当地学校开展文化交流,在希诺州4所学校开展庆六一系列捐赠助学活动,累计捐助学习用品1000多件,1500多名学生获益,驻地民众称"中国防暴队是上天赐予格林威尔人民的礼物"。希诺州首席司法官表示:"在中国防暴队的帮助下,希诺州警局有信心成为利国最强的警队。"联利团最高长官、联合国秘书长特别代表兰德格琳女士表示:"感谢中国防暴队对联合国维和事业的贡献,你们高标准严要求的专业表现,为同仁们树立了一个好榜样。我代表联合国秘书长对中华人民共和国表示感谢。"